——不出户，知天下；不窥牖，见天道

大端文库

俄罗斯文学经典

А. Куприн

士官生

ЮНКЕРА

[俄] 亚·伊·库普林 著
张巴喜 译

新星出版社 NEW STAR PRESS

目录

“库普林的作品没有任何虚假的东西……”

“像亚·库普林这样的小说家，为什么会被拔高为当代俄罗斯文学的翘楚？

“……十九世纪末，俄罗斯文学开始了一个动荡、断裂和新的文学形式发展－巨变的过程。‘颓废主义’、‘印象派’、‘现代派’，尽管无一例外地缺乏节制，但它们在为新的主题创造全新的文学形式；无论如何，这类新主题往往都与‘日常生活’……都与统御俄罗斯文学的‘现实主义’（除了个别的例外）发生着断裂。我们且不说‘唯美主义者’，且不说‘神秘主义者’，只需指出契诃夫和高尔基的继承人——列·安德列耶夫就已足矣……与此同时，亚·库普林写作偶尔非常迷人的生活趣闻和故事，被视为过去的‘现实主义’最具天才的代言人之一……就这样，在广大公众的眼里，这个可爱的笑话讲述人和不坏的‘风俗题材艺术家’成长为第一流的明星。而这已经给他并且还会继续给他带来糟糕的影响……”①

一九一二年，库普林在俄国享有巨大声誉的时候，老练而敏锐的批评家 P. B. 伊万诺夫－拉祖姆尼克这样写道。此外，他还预言道：“这一切公正与否，惟有到我们这个时代退为‘历史’之后，才会变得分明……”然而在给此文命名时，批评家却让无与伦比的想象力充当了主角。他的文章题为——《一时的哈里发》。

一九二〇年代中期，库普林本人在分析文学声望的奇迹时写道：

“俄国读者群——非常古怪的一些受众。它的底层极端热衷于

① 伊万诺夫·拉祖姆尼克：《一时的哈里发（亚·库普林）》，《遗训》，彼得堡，1922年，66－67页。

《强盗邱尔金》[1]、《凶犯马卡尔卡》[2]、维尔比茨卡娅[3]、别布托娃[4]和耐特·平克顿[5]。理智的……上层读者至今仍热衷于反复咀嚼《怎么办?》……

“但在俄国读者中有一个非常庞大却又难以捕捉的——睿智而独立的中层，他们只受健全的本能驱使，而且从不会错选或误评年轻的作者。”[6]

下文中，库普林以他素有的绝对的朴直，作为被“广大读者”发现并推崇的作家，依次讲到了蒲宁、列昂尼德·安德列耶夫、苔菲[7]的文学命运。其实可以认为，库普林也在字里行间准确而心怀感激地勾勒出了他本人的读者形象。

最令人惊异之处恰恰在于：在四分之三个世纪内，维尔比茨卡娅，《凶犯马卡尔卡》，“唯美主义者”，“神秘主义者”，还有长篇小说《怎么办?》，命运几度沉浮。而库普林——连同圣诞节故事《神医》（1908）和《乐手》（1910，二者作为近百年历史的《基辅论坛》、《敖德萨新闻》的圣诞节专号而在编辑桌上草草写就），库普林——连同自己的杂技艺人、走私贩子、巴拉克拉瓦渔夫和加特契纳的飞行员，连同大辅祭奥利姆比和警察分局长维特契纳，连同女骑师诺拉对身穿散发着护肤霜气息的斜纹衫的独角戏小丑、监督局小吏热尔特科夫对“有着可以在老插画中见到的迷人肩部曲线的公爵夫人”刻骨铭心的爱，库普林——连同“破坏性的”《决斗》（1905）和“保护性的”《士官生》（1932），连同大象托米、小猫尤尤和长毛猴亚什卡——始终是个被广为阅读的作家，一个深受爱戴的作家。

他大概与“新文学形式的发展”进程无关——因此也并未在文

---

① 报刊连载小说，作者为巴斯托霍夫。

② 报刊连载小说，作者为日沃托夫。

③ 维尔比茨卡娅（1861～1928），女作家，作品以描写女性爱情和自由为主，极为畅销。

④ 叶莲娜·别布托娃－库兹涅佐娃（1892～1970），女画家。

⑤ 耐特·平克顿（1819～1884），美国侦探。

⑥ 库普林：《阿维尔琴科和〈讽刺〉》，《库普林论文学》，库列绍夫编，明斯克，1969年，第110页。

⑦ 苔菲（1872～1952），俄国女作家，1920年代流亡，一个被长期低估的天才。

学史管理机构领取养老金。一九〇〇至一九一〇年代的采访人、报刊记者、“大众”的活跃信使，远比随笔作家们对他更感兴趣。而享有这种一直伴随库普林的、被“广大却难以捕捉的中间读者”关注的——还有蒲宁和高尔基、列宾和斯塔索夫、契诃夫和列夫·托尔斯泰。

“当他出现在《俄罗斯财富》之后，我立刻便对他充满期待。”①蒲宁回忆道。一八九三年夏天，二十三岁的第聂伯第四十六步兵团上尉在《俄罗斯财富》发表了中篇小说《在黑暗中》。要想在这篇小说的作者身上预见到未来的库普林，《盗马贼》（1903）、《冈布利努斯》（1907）、《莱斯特律戈涅斯人②》（1907）和《革出教门》（1913）的作者库普林——或许需要具有蒲宁一样的敏锐眼光。

一八九四年秋，库普林从军队退役。随后是在基辅、日托米尔、顿河－罗斯托夫的外省报纸充满磨难的艰苦工作的六年，在南俄罗斯“极度贫困和快乐青春中”游历的六年，广为人知的库普林式的辗转于各地与各种职业的六年。“我先后担任过军官、土地测量员、西瓜装卸员、搬砖工人、莫斯科肉店店员……做过巡林员，春秋季节在别墅区搬运家具，给马戏团当听差，从事下九流的演员行当……”

这份清单并不完全，在写作中篇小说《摩洛》（1896）期间他曾去钢厂做工，他种植过莫合烟，他还在波列斯克教区代任过诵经士——这些便是库普林严酷的学校。

有两点可以作为他出自于这所学校的证明。

“……他毫无节制地挥霍自己的健康、精力和才华，像个凡事都不在乎的人那样，天马行空地随处游荡……

“我们交往初期最常在敖德萨相见，在这里，我见识过他怎样越堕越深，他或是在码头，或是在最下等的小饭店和啤酒馆消磨时光，他在最恐怖的房间过夜，他什么也不阅读，除了码头渔夫、马戏团的勇士和小丑，什么也不感兴趣……”③ 这又是蒲宁的描述。

---

① 蒲宁：《库普林》，《九卷本文集》，第九卷，莫斯科，1967 年，第 394 页。

② 古斯拉夫神话中，奥德修斯曾经遭遇到的食人巨人。传说这些巨人所在地即克里米亚的小城巴拉特拉瓦。

③ 蒲宁：《库普林》，《九卷本文集》，第九卷，莫斯科，1967 年，第 396－397 页。

"……他在敖德萨的老朋友，律师安东·安东诺维奇·伯格莫列茨，一九〇二或一九〇三年给他讲述了一个老女人的故事，这个女人遭受着自己的儿子、体形魁梧的码头装卸工的折磨。库普林当天便在码头上寻到此人，一边饱以老拳，一边放出狠话，让对方发誓不再污辱自己的母亲。那老妇来伯格莫列茨家里向库普林道谢的时候，我见到了她。库普林像儿子一样，毕恭毕敬地接待了她，同时为了不让我们赞美自己的善行，客人走了之后，他说道：

"'在南方，女人的气息可真是美妙：苦艾、洋甘菊、干矢车菊和——教堂的香味儿。'"①

这是科尔内伊·丘科夫斯基所讲述的，几乎是在相同时期、相同处境下的库普林。

毫无疑问，《冈布利努斯》属于世纪初敖德萨"最低级的小饭店和啤酒馆"。

……一九〇〇年春，库普林在敖德萨结识了契诃夫，并把自己在基辅出版的小书《小品集》（1897）——封面绘有一个女士和一株棕榈树——送给了他（"非常胆怯"地，关于这一点，献辞也可以证明）。（"这些小品大多发表于一份外省大报的通俗文艺专栏，或为这类专栏而写"，彼得堡的批评家这样证实。他们说得不错。）一九〇一年夏天，库普林在雅尔塔一个贫苦的希腊人家租了个房间——并且应契诃夫的邀请，去他家里写作，艰难、缓慢、细心备至地工作。在契诃夫雅尔塔的家里，在"楼下餐厅旁"的房间，诞生了库普林第一篇真正的杰作——《在马戏团》（1901）。

几个月后，契诃夫简洁地告诉作者："我荣幸地向您通报，列·尼·托尔斯泰读了您的小说《在马戏团》，他非常喜欢。"②

一九〇三至一九〇九年间，库普林的作品经常在亚斯纳亚波梁纳得到阅读。库普林收入《小说集》第一卷（彼得堡，知识出版社，1903）中的《调查》（1894）——被视为（大概也有充分的根据）列·尼·托尔斯泰《舞会之后》这个短篇小说的来源之一。托尔斯泰喜欢《冈布利努斯》和《安宁日子》（1904）；《决斗》

① 丘科夫斯基：《同代人》，莫斯科，1967年，第191页。

② 契诃夫：三十卷本全集，《书信集》，第十卷，莫斯科，1981年，第177页。

引起他的强烈关注（“读它并不愉快。极其沉重。……一本可恶的书。写得极有天赋。”《战争与和平》的作者最终这样评判）。托尔斯泰后来的通信，以及同代人恭敬记录下来的谈话，都包含了对这个年轻人饶有兴趣且颇具好感的一系列零星的评价；托尔斯泰与他只有一面之缘，那是在一九〇二年六月，在雅尔塔“圣尼古拉号”轮船甲板上——他们的谈话也不过半小时。

“库普林在高尔基和安德列耶夫之上，”[①] 托尔斯泰不止一次说过。“我最青睐库普林……他的小故事：《Allez!》（1897）、《在马戏团》、《夜岗》（1899）。”[②] “库普林的作品没有任何虚假的东西。”[③] “我想起了库普林：过去的军官，如今在出版《神界》；听说他以前喜欢狂吃宴饮，是个大力士。”[④] “库普林没有任何主义，他就是一个军官。”[⑤]

鉴于托尔斯泰奥林匹亚神似的远离一九〇〇年代的文学生活，他对库普林“军官身份”的垂青已被年轻些的同代人所注意。一九〇六年的一本讽刺杂志上，刊登了一幅署名列－米（列米佐夫）的生动漫画——托尔斯泰身穿克里米亚战争时期的炮兵军服，正在庄严地抚摸陆军上尉库普林的脑袋。

关于《决斗》的作者，在一九〇七年二月的亚斯纳亚波梁纳，还记录下这样一段引人关注的谈话：

“他还年轻……他大谈自由主义的时候力不从心；而在表达感情时则非常强大……”

《决斗》于一九〇五年五月问世。小说编入“知识社”同仁作家合集第六卷，并献给了高尔基。“如今彻底完成的时候，我可以说，我小说中所有的勇敢和激烈之处都属于您。但愿您能知道，我从您那里学到了多少东西，我为此又多么感激您。”[⑥] 书籍出版之

---

① 马科维茨基：《在托尔斯泰身边。亚斯纳亚波梁纳笔记。1904～1910》，《文学遗产》，第九十卷，第一册，莫斯科，1979年，第426、428页。

② 同上，第274页。

③ 同上，第519页。

④ 同上，第424页。

⑤ 古谢夫：《日记。1907年10月29日》，《关于亚历山大·库普林》，萨文编选，奔萨，1995年，第56页。

⑥ 《库普林论文学》，明斯克，1969年，第221页。

日，库普林这样对高尔基说道，而该书出版日期几乎与对马海战及俄国海军溃败的时间重合。

一年之后，温格罗夫在为《布洛克加乌兹和耶夫隆百科全书》所作的《库普林》一文中，以学院派的严谨风格写道：“《决斗》在俄国图书业之所以取得空前成功，就在于它对于军队生活的描写迎合了一时最主要的兴趣。为俄国军队在满洲的一系列溃败所震惊的整个社会都在探究这场灾难的谜底。库普林的小说提供了一把钥匙……”[①] 保守派的《莫斯科消息报》评论员一如评论高尔基的同路人那样，愤怒声讨“知识派”散文作家，说他们在自己的作品中，“把我们的人民一个阶层接一个阶层剔除出具有生存能力者的名单”[②]。而守旧的《俄罗斯信使报》的文艺评论家则预言：“要知道，高尔基们和库普林们只是无产阶级春天的第一批燕子。要知道，这仅仅是些海燕。暴风雨还在前方。还会发现新的泥潭，具有独立见解的俄罗斯将在这些泥潭中毁灭殆尽。”[③]

此外——还有最酷烈的反应。各种出版物的评论家们在谈到《决斗》时，都要拿库普林的小说与列·尼·托尔斯泰的《复活》，与契诃夫的《黑衣修士》和话剧《三姐妹》在不久前的一九〇一年的轰动相比（奇怪的是，他们把库普林的主人公和图金巴赫与维尔什宁相提并论，却一次也未提及索廖内依萨上尉），他们回忆起巴扎罗夫与巴维尔·彼得罗维奇·基尔萨诺夫的决斗以及迦尔洵写于巴尔干战争期间的小说。在《注定灭亡之人》一文中，库普林的好友巴丘什科夫把《决斗》里检阅这一场景同列宾的画作《国家代表大会》相比照。

在这一洞见后面——显现出小说的深层含义，而这似乎是日俄战争与一九〇五至一九〇七年革命时期的文学论争中未曾发现的内涵。就像列宾在画布上一样，库普林的小说描绘了复杂、强大、历经数代的，尚且宏大——但已经僵死的社会机制。失去价值基础，内含不复存在——形式也就随之轰然崩溃。在公民抗议“知识派人

① 温格罗夫：《布洛克加乌兹和耶夫隆百科全书》，第三卷（增补卷），圣彼得堡，1906 年，第 40 - 41 页。

② 巴萨尔金：《文学对军队的攻击》，《莫斯科消息报》，1905 年 5 月 21 日，第 137 期。

③ 斯基福：《报刊与文学评论》，《俄罗斯信使报》，1906 年，第 12 期，第 586 页。

士”的背后，《决斗》的文字中透露出面对社会共同体即将消亡，或许还包括——对世界末日潜在的恐慌。年轻的库普林所爱戴的、颇具自传成分的罗马绍夫上尉不无缘由地苦苦思索，“空虚，巨大，冰冷……在上方……从大地直至苍穹，所有空间都充斥着永恒的恐惧和无尽的忧伤。”

罗马绍夫、团队和驻防部队的生活——不是这种感受的原因，从众所周知的意义上来说这是——结果。这种庞大无比的空虚——让宏大的帝国机器、军队、N步兵团和上尉所在六连的存在、过往和日常生活失去意义，因此，库普林的整部小说或许还可当做陀思妥耶夫斯基这个著名诘问的详细版本来读：“如果上帝已死，那在此之后，我究竟算什么大尉？”

过了四分之一世纪，在谈到库普林小说的存在主义意味，谈到《决斗》时，阿达莫维奇敏锐而准确地把它视为“俄国男孩儿们”“迷惘一代”的超前宣言。

一九〇五至一九〇七年间，批评家们不止一次地把库普林的小说与日耳曼中尉比利泽极其畅销的讽刺作品《一个小分队的生活》相提并论（此书译本一九〇四年出现在俄国图书市场）。但是，且不管库普林在创作小说时是否知道比利泽的作品，“《决斗》阶段”对库普林的创作生涯都不可或缺。而这个阶段度过得也足够迅速。

“在柔弱的罗马绍夫身上，库普林倾注了自己的情感，”[①] 列·尼·托尔斯泰在阅读《决斗》时指出。库普林在字里行间融入了自己严酷而痛苦的青春体验，在把高尚的神经质的上尉不可挽回地推向死亡的过程中，他似乎也从自身剥离掉了某个替身，而目的则是与之告别。与此同时——他告别的，还有自己所承受的小说轰动所带来的诱惑。

“库普林的首部杰作——便是他的《决斗》。但在《决斗》中所读到的与其说是他，不如说是某个想象出来的俄国的比利泽。

“对一些人来说，小说在艺术上的缺憾是造成这种情况的原因，

---

① 马科维茨基：《在托尔斯泰身边。亚斯纳亚波梁纳笔记。1904～1910》，《文学遗产》，第九十卷，第一册，莫斯科，1979年，第425页。

而对于另外一些迫切希望拥有自己的比利泽的人，这正是比利泽，而不是库普林或是什么艺术家……一个严重的危险。而他作为一个艺术家，值得称道的是——顺利避开了这种危险。在他小说集的第三卷，再没有库普林－比利泽的影子。”① 一九〇七年二月号的《天平》杂志指出。库普林站在了创作高峰期的门口——接下来的六七年，创作出了《冈布利努斯》、《莱斯特律戈涅斯人》、《婚礼》(1908)、《莲诺奇卡》（1910)、《家庭方式》（1910)、《石榴石手镯》（1910)、《旅行者》（1912）和《革出教门》。

“我迷恋英雄主义情节……”这个时期，库普林曾经说过，“所有读者——而尤其是俄国读者——似乎已经失掉信心（这是十九世纪文学的过错），认为英雄主义本色已经人间蒸发、枯竭、一去不复返了。我们开始认为，一个人应该死于穿堂风……不再相信友情和诺言，不再尊敬别人的女人，不再喜爱别人的孩子……”② 一九一〇年代为数不多、但光彩照人的随笔中，库普林热情洋溢地写到吉卜林、杰克·伦敦、汉姆生和亚历山大·仲马，但他这个时期最杰出的中篇和短篇故事的主人公——却有另外的灵魂，另外的根基。《冈布利努斯》里的残疾乐师萨什卡英勇无畏；《石榴石手镯》中的小吏热尔特科夫和老将军阿诺索夫英勇无畏；基辅贫民窟复活节餐桌上的女主人、并未在自己贫苦、严酷、肮脏的生活中丧失人性的妓女索尼娅英勇无畏（《家庭方式》)；来自尤拉·巴拉吉诺合作组的那些莱斯特律戈涅斯渔夫（《莱斯特律戈涅斯人》)，以及被不公正地遗忘了的迷人故事《穷王子》（1909）里那个逃离华丽却无趣的圣诞树、带着“厨娘孩子们”挨家唱祝歌的十岁的达尼亚英勇无畏；那个并未宣布把远离教堂的列夫·托尔斯泰逐出教门、而是祝他长寿安康的大辅祭奥利姆比英勇无畏（《革出教门》)。

这种文字世界，确切地说——这文字中的世界，英勇，乐观，充满绚烂的光彩与气息，透过对世界的爱与感恩——为世界本身的

---

① 阿尼奇科夫：《Allez！（论库普林的小说)》，《天平》杂志，1907年，第2期，第70页。

② 《库普林论文学》，第247页。

存在——的棱镜，那睁大的眼睛所见到的日常生活的快乐令人迷醉。这种爱，这种感激，似乎创造了库普林的风格：对生命的爱——是他洞察力的原初动因，是进行赞歌般描绘的激情，描绘秋天的海滨花园、海滨的渔民咖啡馆、小马驹依祖姆鲁特撒欢儿的青草地和古老莫斯科的小院，就在这小院，就在复活节之夜，小说《莲诺奇卡》里的武备学员和女中学生第一次，也是惟一一次亲吻。

而这一点正如所呈现的那样，与库普林由来已久、并在一九〇五年的笔记中所透露出的领悟力密切相关：惟有“自由的空气和迅猛的运动”能够医治契诃夫时期俄国散文中那一代矛盾、盲目、崇高、意志薄弱、沉迷于世界性颓废的主人公。

毋庸置疑，这便是——人类的暖意，以及“相信爱与承诺”、热爱别人孩子的能力。这在库普林的文字中毫无止境，既非反省的结果，也不是有意为之，而是不言自明、本身固有的。库普林的女主人公所呼唤的不是超人，而恰恰是人，他文学谱系中的人物并非源自吉卜林式的士兵与官员，源自杰克·伦敦的淘金者，源自戈兰中尉——他们大概源自库普林最挚爱的世界文学范围里的英雄，源于“猎人，酒徒，骑手，小地主，无政府主义者，异教徒，源自‘舒适且并无不快地散发着奇西里红酒[①]、烟草和野兽气息的人’”[②]——源自托尔斯泰的《哥萨克》中的叶罗什卡大叔。

“俄国人中蕴含着无数叶罗什卡的灵魂。”[③] 他曾对列宾写道。

很多证据表明，他热爱并在一篇文章中歌颂赞美过“狄更斯”，正如陀思妥耶夫斯基所评价的那样，这位“所有作家中最具基督徒气质的作家”。他理解，“狄更斯笔下，这家常的、舒适的、宗法制的英格兰，它的家庭节日，它的驿道，它好客的小饭馆，它古老的法庭和事务所，它古朴淳厚的风俗和海风一样强健放诞的幽默，这一切都是那么的亲切迷人。”[④] 带着狄更斯式的暖意，狄更斯式的对

---

① 一种高加索红葡萄酒。

② 《库普林论文学》，第249页。

③ 同上，第250页。

④ 同上，第124页。

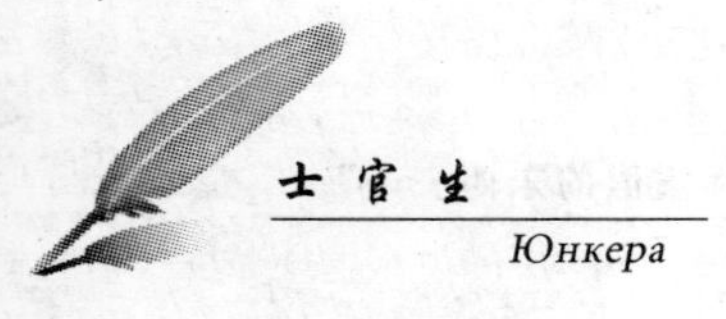

忠诚的宗法制家庭生活的热爱，狄更斯式的对“普通人”、对闪耀着生命之爱、回荡着铜茶壶的叮当声和灶膛边蟋蟀鸣叫声的日常生活进行隐秘颂扬的迷恋——库普林在一九〇〇至一九二〇年间的作品中，创造了一系列多姿多彩的正派人物——从警察分局长维特契纳（《旅行者》）到参谋部上校沃兹尼琴（《莲诺奇卡》），从公爵夫人、寄宿学校校长（《勇敢的逃亡者》1917）到掩护被宪兵追踪的“奥恰基”巡洋舰水手的邋遢女人依莲娜·普拉东诺夫娜（《毛毛虫》1918）。

“健康、明理、勤劳、强大的人”的形象变换着身份，一次又一次地在库普林的笔下诞生。他这个年代作品的主人公们伫立在散列的文学形象队伍之中，位于列斯科夫的正派人物和什梅廖夫的正派人物中间。库普林的小说仿佛一系列的素描和草图，仿佛一个虚拟画廊里的杰出肖像，这个画廊如狄更斯的那般详尽和宽广，如狄更斯一般——为一个民族提供了“家常的、舒适的、宗法制的”，但在任何意义上又是绝对真实的独具特色的形象。

这一主题在小说《所罗门星》（1917）中得到了完美体现。库普林的主人公，小办事员伊万·斯捷潘诺维奇·茨韦特，住在五层楼顶的复折式阁楼，在窗台上用板条箱种植旱金莲、木樨草、桂竹香、矮牵牛和香豌豆，他喜欢就着番红花甜面包圈喝杯加炼乳的咖啡，喜欢特罗伊茨冰场、谢肉节集市和淌凌期，他为补贴家用，用纸、箔、金银绦带和绸缎边角料剪剪贴贴，制作糖果盒和圣诞节枞树饰品，而在节假日——去一家名为“白天鹅”的地下室小酒馆，跟邮政局、宗教事务所、警察局、收容院的小官吏们一起演唱“古老的俄罗斯民歌，小俄罗斯歌曲，特别是《多瑙河外的扎波罗热人》选曲，但更常见的是——风格肃穆的教会音乐”。伊万·斯捷潘诺维奇的最大梦想是——得到十四品官衔，能戴上在他的抽屉柜底层抽屉中放了很久的、配着墨绿色丝绒帽檐的制帽。

这种用温暖淳厚、浓墨重彩的笔调描画的安闲日子突如其来地中断了：猜出了在先知魔法书中发现的密码之后，小办事员得以驾驭名为梅菲斯托费里的魔鬼（值得一提的是，布尔加科夫的长篇小说《大师和玛格利特》的若干篇章明显带有库普林这篇几乎被遗忘的小说的影响[①])。茨韦特的所有愿望都能实现，可他出于对无所不能的恐惧，拒绝了魔鬼的礼物。“您幸运的是，您这个人心灵那么善良，还那么……请您不要生气，我亲爱的……还那么……怎么能说得委婉一些呢……单纯幼稚。处在您的位置，恶棍可以让整个地球血流成河、火光冲天。智者要努力把它变成极乐世界，但他自己也将悲惨而痛苦地殉葬。您避免了这两种可能……”温顺的魔鬼在把心地纯良的主人公送回阁楼，赋予他十四品文官头衔，与他告别时说道。

库普林把这个简单的观念，把这种亲切到放肆程度的生活哲学提交给读者来评判的时间是——一九一七年春天。

值得一提的是，也就是在这种历史语境下，他因为“颂扬小人物以及小人物的市侩利益”而遭到了谴责。

一九一七年五月，库普林与新闻人比利斯基一道，开始编辑《自由俄罗斯报》。几乎在每一期的“图书”专栏都载有库普林“恶毒”的杂文，以及记录二月革命后，俄国“现实变迁”的迅速、简洁、鲜明的特写。顺便说一句，该报只维持了不到三个月。

然而，当出版人瓦西里耶夫斯基（涅-布克瓦）创办《言论报》的时候，库普林连同塔诺姆-伯格拉兹、穆伊热利、阿维尔琴科、苔菲、阿格尼弗采夫、丘科夫斯基，成为该报固定的作者。《言论报》（它既是《言论早报》，又是《彼得格勒回声报》和《纪元报》）生存到一九一八年五月，其间经历过革命法庭的七次查封、四次审判——又重新以各种名字复刊。

库普林一九一七年发表在《自由俄罗斯报》上的政论，还有文章中对书呆子气的空谈家乌里扬诺夫的冷静分析，对祖国的拯救者——克伦斯基寄予的颂歌般的希望，对沙皇制度的牺牲者、对那些“为自由这个神圣而幸福的口号、几乎在我们目睹下死去的同代人和战士们浸透鲜血的荐亡人名单”[②] 的沉痛议论，这一切在一九一八年的报纸上都让位给另外一种热情，另外一种观察，另外一些文字。他

① 基谢列娃，彼得罗夫斯基：《基辅作家：库普林和布尔加科夫》，虹出版社，基辅，1988年，第124-132页。

② 库普林：《焦糊味儿弥漫》，《自由俄罗斯报》，1917年5月17日，第8期。

出版纪实小册子和草就的乱世纪事。他竭力挽救特鲁别茨基设计的亚历山大三世纪念碑免遭毁灭，恭敬地请求“有觉悟的同志们”从海军部大厦前的普尔热瓦里斯基的青铜塑像上除去肩章，请求“一位同志原封不动地保留骆驼”[①]，他在一九一八年七月描写了对将领们实施的枪杀[②]，他思考教育问题，颇具前瞻性地呼吁：“……危及学校的不只是无知这种瘟疫，还有党派侦缉和扼杀持异议的教师的危险以及洗衣女工般的无所不能的恣意妄为。而这一切，当然都是打着新的革命教育的旗号。”[③] 作为药方——库普林建议家长们从“旧人”中合伙雇用教师，按学校的大纲在家里教育孩子（用他的话说，就像从前犹太人居民区的犹太家庭所做的那样）。

一九一八年六月，如自己所确信的，从此不再是个君主主义者的库普林（照列·尼·托尔斯泰的准确定义，“仅仅是个军官”，带着自己朴素而坚定的人格准则毕业于莫斯科第二武备中学）发表了《米哈伊尔·亚历山德洛维奇》[④] 一文。大概他是惟一高声疾呼保护沙皇的弟弟米哈伊尔公爵的人。而理由——绝对是库普林式的：米哈伊尔·亚历山德洛维奇——一个优秀的指挥官，亲王的野战师随时可以证明这一点。除此之外——他热爱孩子、马匹和狗。

库普林这篇文章的背景——首次郑重而带有保留意见地宣布沙皇一家被处死于叶卡捷琳堡的消息。

结果是——十四天的拘捕。根据 K. A. 库普林娜[⑤]的回忆，她和作家的妻子 E. M. 库普林娜曾被告知，亚历山大·伊万诺维奇被枪毙了。

库普林在特写《轰动事件》[⑥] 中记录了这次拘押。

“……任何时候，政权都不应该因为不自觉地参与谋杀、偶然地纵容强暴行为、麻痹地窝藏罪犯而让自己蒙羞。

“那些杀害申加廖夫、科科什金……无数神职人员、将军、军

---

① 库普林：《古迹》，《言论晚报》，1918 年 4 月 18 日，第 23 期。
② 库普林：《三次死亡》，《言论报》，1918 年 6 月 20 日，第 8 期。
③ 库普林：《合伙》，《言论报》，1918 年 6 月 20 日，第 13 期。
④ 库普林：《米哈伊尔·亚历山德洛维奇》，《言论报》，1918 年 6 月 22 日，第 15 期。
⑤ 库普林的女儿。
⑥ 库普林：《轰动事件》，《纪元报》，1918 年，第 4 期。

官和其他人的凶手，此刻你们在哪里？

"……他们命令那些饿得奄奄一息、失血眩晕的人，带着小丑尖帽、傻瓜铃铛和夜间焰火去参加'五一'节游行……"[1] 这些话写于一九一八年。

在一九一九年十月，尤登尼奇的军队开进了库普林和他全家居住的加特契纳。库普林出现在了城市警备司令部——而出来的时候，他已经成了战地报纸《涅瓦河流域》的编辑。这份报纸的寿命不到一个月。

一九一九年十一月初，库普林随西北军撤离城市……大约在十年之后，他在中篇小说《圣伊萨基·达尔玛茨基尖顶》（1928）中描述了这希望和绝望交集的几周。

库普林一九二〇年上半年为《新俄罗斯生活报》写于赫尔辛福斯的一些小品，则是这篇小说的素材和草稿。

这些小品形态各异——从陀思妥耶夫斯基和赫尔岑式的评述与预言，到不足报纸四分之一版的短文《图申上尉们》——没有这篇文章，似乎就无法想象库普林从《调查》、《决斗》到《圣伊萨基·达尔玛茨基尖顶》和长篇小说《士官生》的创作轨迹。除了这篇不长的文章，库普林或许从未在任何地方如此坦率而充分地表达过个人的价值体系和人格准则。

人格准则好像还促使库普林为《新俄罗斯生活报》写下了最后一篇小品。在随笔《蔬菜栽培》中，最著名的俄国作家之一详尽、清晰、认真地向仓皇的俄国难民讲解，怎么给胡萝卜松土，怎么整理白菜畦，怎么架豌豆，怎么掐黄瓜叶。没有任何隐喻，没有一个形动词短语。只有种植自己园地——在巴拉克拉瓦，在日托米尔，在加特契纳——的多年经验[2]。

一九二〇年六月二十六日，库普林带着妻子和女儿离开赫尔辛福斯。七月四日抵达巴黎。

他一九一七至一九二〇年间的报刊文章有五十多篇，至今未被

---

① 库普林：《万恶》，《彼得格勒回声报》，1918 年 5 月 12 日，第 68 期。

② 库普林：《蔬菜栽培》，《新俄罗斯生活报》，1920 年 5 月 1、20、22 日，第 6、112、113 期。

收集，实际上也不为当代读者所知。

关于库普林的流亡生活，曾有很多人记述。大概没有哪位俄罗斯大作家如此沉痛地体验过与祖国的别离。蒲宁笔下匆匆而过、却又刻画犀利的库普林的晚年肖像广为人知，并被频繁征引，却很难不再次转述："……我有一次在街上碰见他，心中一惊：丝毫看不出昔日库普林的影子！他捯着可怜的小碎步，慢吞吞地走着，那么消瘦羸弱，好像风一起就能把他吹倒似的，他没能立刻认出我来，随后，他抱住我，那么感动和温情，那么悲伤而柔顺，让我热泪盈眶。还有一回，我收到他两三行字的明信片——非常荒唐地遗漏掉了个别字母的字迹那么大、那么抖，就像是个小孩儿写的……"①

作家在失去祖国的同时，还失去了滋养他创作的源泉，这一点——已经成了老生常谈。但这个通行的观点却很少得到文学史的支持。在任何情况下，大多数最具名望的俄国作家——蒲宁、什梅廖夫、格奥尔基·伊万诺夫和其他很多人——恰恰是在那里，在国外，写出了自己最好的作品。或许只有谈到库普林时才会说，流亡期间他浪费了自己大部分的艺术才华。但这种说法似乎显得牵强。这个时期的作品中，曾经以自己的威力让同代人震惊的"血肉之声"变得有些喑哑，但与此同时，库普林的散文语言却变得越发澄净和……抒情。其中仍然保留着那种对鲜活生命的敏感，但这个世界呈现得却没有那么分明了，要透过记忆的雾霭才得以看清。因此，晚期佳作中的库普林（这里所说的也不单单是《士官生》和《扎涅塔》〔1933〕，还包括其他作品）与创作旺盛期的库普林不分伯仲。他不过是稍有变化而已。

有关读者怎样接受作家的"暮年"之作，保留下来格奥尔基·阿达莫维奇的重要证言："在我们这里，库普林曾经非常受人爱戴——而且现在仍然如此：好像甚至都超过了任何一位他的同龄人。不管乍看上去这有多么奇怪，即使在最后的岁月，当他天赋上的疲态变得明显时，对他的喜爱也在增强。"如果要给出一个谈论流亡期间的库普林写作弱点的理由——那就是，他作品的命运取决

① 蒲宁：《库普林》，《六卷本蒲宁文集》，第六卷，莫斯科，1988 年，第 256 页。

于批评家的评价。

不，没有人辱骂他。恰恰相反，批评界通常十分友善。但——阅读一篇又一篇的评论时——你无法摆脱这样一个印象，即评论界对作家进行各自的评判时，缺乏应有的努力，好像只是顺便“沿切线”触及一下他的作品。而这里面存在一个——谜团，很想解开它，而同时甚至又意识到未必能做到这一点。

俄罗斯流亡文学——不仅仅是伊万·蒲宁、鲍里斯·扎伊采夫、伊万·什梅廖夫、玛丽娜·茨维塔耶娃、格奥尔基·伊万诺夫……除了“高潮”这个词，你无法命名俄国侨民批评界和随笔界所发生的情况。其中包括永远的论敌格奥尔基·阿达莫维奇和弗拉季斯拉夫·霍达谢维奇，包括文化批评家彼得·比采里和弗拉季米尔·魏依德列，包括“杰出的修辞大师”（通常这样介绍他们）康斯坦丁·莫丘里斯基和斯维亚托波尔克-米尔斯基公爵（他们最好的作品写于重返苏联之前）。他们全都继承了伟大的俄罗斯批评传统，亚历山大·勃洛克不无理由地把这种批评称做散文。这当然是散文，只是不具有——“小说”的风格罢了。

俄罗斯侨民出版物上充斥着激烈的交锋——争论中既涉及侨民文学和苏维埃文学，涉及新文学，也涉及文学创作的立场问题。格奥尔基·阿达莫维奇和弗拉季斯拉夫·霍达谢维奇之间进行的最著名的战争旷日持久，时而停火，时而重新爆发。双方的“作战技巧”纯熟到可以稍加暗示便可进行争论的地步——在分析这部或那部作品的时候，忽然就会向论敌一方（不点他的名字）随便丢出一句，这句话的含义远非任何一个读者所能领悟。

俄国侨民文学还熟悉另外一类“批评的戏剧”：在阅读针对这本或那本著作不计其数的评论时，你会发现它独特的“万花筒式的”形象。你似乎面对无数面活动的镜子（每一面都有自己的“特性”，都有自己的好恶），它们反射出作品的形象。看起来多么神奇呀，就比如说弗拉季斯拉夫·霍达谢维奇、费多尔·斯捷蓬、弗拉季米尔·西林（纳博科夫）笔下的蒲宁一九二九年的诗集，尤其是最后一位阿列克谢·埃伊斯涅尔愚蠢评论吧（在最后这位笔下，同一部蒲宁文集竟是文章的“反面主角”）。

通常情况下，某位批评家对某位作家“按时间排序”的批评也不失戏剧性，评价上的摇摆不定，有时候还会修正以前自己关于这位作家所讲的一切（经典的例子——阿达莫维奇对弗拉季米尔·纳博科夫的全部言论）。

当我们把有关库普林的所有评价汇集在一起时——碰到的却是失望。几乎在任何时间，任何场合（仅有极少的例外）——一致的赞扬，没有任何紧张、任何冲突——都是枯燥无味的描述性的文字。就连有趣的评论都非常罕见。

关于库普林，谈论最多的是彼得·比利斯基——一个对俄罗斯文学自有功绩，却又缺乏洞察力的、往往流于表面化的批评家。他不断谈论库普林，但往往重复同一套耳熟能详的术语：库普林忠实日常生活与生命，对生活充满激情，热爱古老的习俗，热爱俄罗斯经典（特别是托尔斯泰），洞察力与好奇心，擅长发现和表达整个多姿多彩的世界，“激烈狂野的本色”，此外——对群众的仇视（他的主人公永远孤独）和对个人的喜爱。“吸引他的是人间和大自然中直爽和无意识的本性。天真的人们、普通的劳作、忠诚的心灵、强大的灵魂、大地的诗意让他向往。矫揉造作永远与他格格不入。”①

在有关库普林的随笔中，蒲宁也引用过一段与彼得·比利斯基类似的文字。如果赞同这在某种程度上属实的话，会让人忍俊不禁。“这愚蠢的一代中间还会少写不了，还会一次又一次反复说到，库普林身上有多少‘原生态和动物性’，有多么热爱自然，热爱马、狗、猫、鸟……”②

批评者没有捕捉到最重要的东西——那个把艺术家和常人分开的边界，也就是说，没发现艺术家的本质。（和作家早年共事可能妨碍了他“回避”过于熟悉的形象。）对形态万千的生活的热爱，就像对风俗和经典等等的热爱一样，或许也是一个天才新闻记者的固有素质。但远非每个充满“生活激情”的人都能有幸成为一个大作家。

比其他作品更吸引文学圈关注的，是自传体长篇小说《士官

---

① 比利斯基：《库普林。近四十年的文学活动》，1930 年，第 237 页。

② 蒲宁：《库普林》，《六卷本蒲宁文集》，第六卷，莫斯科，1988 年，第 263 页。

生》。这里似乎可以期待对作家最有趣，在很大程度上也是总结性的评论。况且发言的都是些赫赫有名的人物：米哈伊尔·奥索尔金、伊万·卢卡什和批评文体的“国王”——弗拉季斯拉夫·霍达谢维奇。

但读奥索尔金时你会觉得沮丧：难道这也能称为评论吗？

“作为一个读者，我根本分辨不清，《士官生》这本书是否可以称之为长篇小说，抑或这不过是——有关青春和莫斯科的短章合集……对亚·伊·库普林，我所期待和要求的是艺术魅力……而我作为读者的期待也没有落空，库普林给我提供了古朴而珍贵的画面：莫斯科与青春岁月。”①

说实话，如果除去大量的引文和对“莫斯科与青春岁月”这句空话冗长啰嗦的注解——再没有其他东西了。（谈到奥索尔金，值得指出的是，关于《扎涅塔》，他写过一篇不长但很地道的评论，他发现库普林的语言与当代俄国小说家的语言是那么不同，鲜活的俄语好像出自外国人口中纯熟牢记〔没有口音〕的俄语。）

霍达谢维奇通篇文章似乎都在驳斥奥索尔金那个低级且未得到足够关注的论题：这是长篇小说抑或回忆录——全无所谓，只期待“艺术魅力”。批评家注意到了《士官生》结构有失严谨（缺乏“主题的统一”），发现小说与松散回忆录的相似之处。他确实得出一个颇有意思的结论：

“库普林好像丧失了驾驭长篇小说文学规律的能力——事实上，他也给了自己极大的勇气——来无视它们……他巧妙地以语调的统一，以温厚的抒情风格上的统一，来代替主题的统一，因为这种抒情风格，呈现给我们的是古老的、略显杂乱而又欢快的莫斯科突然蒙上一层柔和、匀净、温情脉脉的光彩，真的，它浑身上下都那么亲切和纯良，就像踏在它落雪的大街上的士官生亚历山德罗夫。”②

不过，在霍达谢维奇把读者引到这几句话之前，首先抛给读者一些“云山雾罩”的论述，关于形式与内容（不很友善地提到了

① 奥索尔金：《莫斯科与青春岁月》，《最新消息》，1932 年 10 月 20 日。

② 霍达谢维奇：《书与人：士官生》，《新生》，1932 年 12 月 8 日。

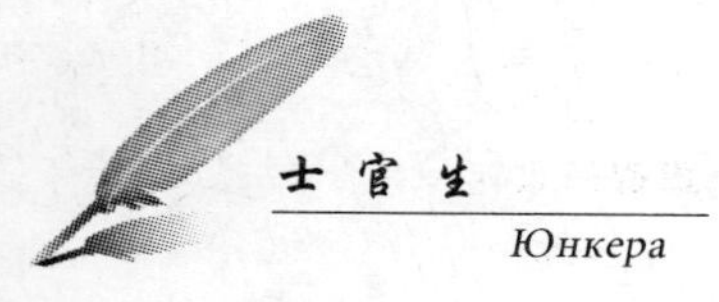

德米特里·皮萨耶夫，提到了俄国的形式主义者），关于长篇小说之所以为长篇小说，关于应该把独立的片断联结成一体，等等。对库普林的批评既有趣，又生动，但在这寥寥数语之后，却是妙极了的“深刻的”语文学论文。

最胜任自己论题的是伊万·索佐托维奇·卢卡什①。他所见到的不单是主人公的“青春”（“透过他年轻的双眼和年轻的生命，整个世界都在奔腾和流动”），不单是莫斯科的形象（“……‘微弱的叙事之线’被流淌、呼吸、闪烁着快乐之光的莫斯科的气息所点缀和笼罩，这气息充满了每一次回忆，充满艺术家所提及的每个最不引人注目的细节，充满任何一次物与人的描绘”），而且包括“记忆复活的魔力”，这时候，库普林所创造的一八八〇年代莫斯科生活的所有“微粒”都变得生机勃勃：“其中所描绘的所有景物——也全是主角，就像那些轻轻拂来的一切——不管是莫斯科的融雪、军乐队、女子中学学生的舞会长裙，还是士官生的阅兵手套，或是‘马鼻孔中喷出的白色水汽’”……

卢卡什还捕捉到了亚历山德罗夫情感的律动（“……爱情完全充盈了舞会的进行和舞蹈的流动。在托尔斯泰的《战争与和平》里，爱情同样在舞蹈和舞会上得以表现”），而且触及到了小说“明亮的、仿佛在微微颤动着的结构”的秘密：“从所有虚构与幻想、所有我们称之为生活的东西中所剩下的，或许只有这些几乎没有意义，几乎无须文字的，转瞬即逝的气息，而我们所有日常的存在，就像‘鱼苗’或蜉蝣的生命，不过是一种‘轮回中倏忽而过的奇妙感受’，一种近乎失重的惬意的轻盈感”……

伊万·卢卡什成功勾勒出了一本书的“肖像”（这已经是——不小的功绩了）。但在他这篇非常出色的文章里，却没有任何针对作家的整体性的评价，尽管谈论这本回忆录式的小说时需要涉及这一点。

早就有人注意到，存在一些可以轻松谈论的作家，他们似乎在主动挑起有关自己创作的任何话题。还有一些作家，他们很难“把握”。有一次，魏列萨耶夫回忆起革命前典型的批评文章：起初想

① 卢卡什：《〈士官生〉。库普林的新小说》，《新生》，1932 年 10 月 20 日。

说蒲宁的最新小说是——“真正的杰作”，而后来，批评家转到了其他平庸之辈，于是开始激动、争吵、达成一致……这个话题之所以在每篇文章中出现，并非因为蒲宁不值得评说，不过是他难以评论而已。

对流亡前的库普林的评论主要触及他作品所关涉的社会问题。在一九二〇和一九三〇年代，这些问题已经不存在了。到了不是谈论那个提出此类“问题”的普通人，而是谈论艺术家库普林的时候了。谈论这一点，尤其是在社会批评居于长久统治之后，的确不太简单。

比如说，当纳博科夫（一位凭借极其敏锐的嗅觉，通常能在自己的文学评论中抵达艺术真谛的少有的批评家）拿起库普林的小说时，他会提出什么看法呢？

“库普林亲自指出，当一个俄国人在讲述自己熟悉和喜爱的事物时，你会惊叹于语言的准确干净、句子的简洁自如和一些必要词汇的轻盈驯顺。假如不是一个普通的俄国人，而是一个得到上帝慷慨垂青的俄罗斯作家，他在讲述自己了解和喜爱的事物，自己无限温柔和奇特的欲想时——您可以想象他的语言会有多么动人。库普林正是这样描写马匹之美，描写它滚热强烈的呼吸和神奇的味道的……”①

库普林散文的一个特点被异常准确地察觉到了。但也仅仅是一个特点而已。

或许只有惟一一位批评家，我们能在他对库普林所做的评论中发现真正的张力——这便是格奥尔基·阿达莫维奇。但这大概不能说是一场理解上的“戏剧”吧——两篇完全对立的有关库普林的文章都出自他笔下——一九二四年和一九三八年（后者改头换面之后，收入著名的批评集《孤独与自由》）。

难以说清，究竟是什么促使阿达莫维奇在自己批评生涯的最初时期对库普林讲出那么令人不快的言论。想必仍然记得昔日那些针对库普林的批评性“分析”，这些分析中，首先指出的就是作家所

---

① 西林：《库普林。荒原（小说集）》，《俄罗斯丛书》，《贝尔格莱德舵报》，1929年10月23日。

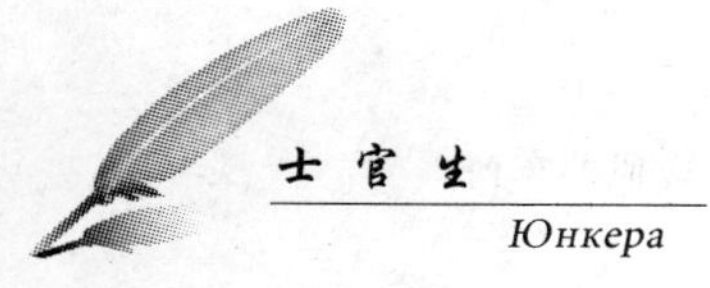

暴露出的“症结”。或许因为记得这些“症结”，阿达莫维奇似乎不太情愿，甚至带着成见翻阅作家的著作：

“间隔很久之后，阅读库普林的感受非常无趣。他有种极其宝贵的特长——单纯。因此，一定会立刻毫无争议地认为，他强于若干‘不会简单说话’的作家。但单纯与其说是具备优点，不如说是不暴露缺点。库普林的优点不多，他的艺术非常缺乏才气。”①

其实，正如阿达莫维奇不能感受作品的“表现手法”，他也没有理解这种文学世界中的艺术变形：

“罗马绍夫上尉的死，以及他所生活和死亡的那个小城的全部龌龊，它们所带给我们的激动并不是艺术给我们的激动。在有关《决斗》的讨论中，可能会触及军官的生活、自我修养的必要性以及其他问题。但没有一个永远活跃于人的意识中的问题会进入这种谈话。”②

可在十四年间，所有看法发生了多么大的转变呀！库普林的语言？——“它自然，完全无拘无束，有时甚至接近某种贵族风格的潇洒，它‘古朴风雅’……”③ 而对《决斗》的评价则把过去的观点一笔勾销：“小说的情节的确成了历史。但它真正的内涵却只会变得愈加突显。罗马绍夫所遭遇的事情可能永远会在任何条件下，任何情境中，发生在一个人身上。即使当代的法国——或英国——作家‘重写’《决斗》，他们从这部作品吸收创造的东西，也会让批评家们从中寻出‘最新恐惧’的本质，并阐释若干年……”④

听到这样的评论，其实就可以导出一个事实。艺术家不为理解和理解不够的历史比他的“理解”史更加有趣。一个作家的创作可能被重新发现——如果不去清理零散的、近乎偶然的考察——也可能被视而不见。有关库普林侨民时期创作的看法与评价的整个万花筒，作家的创作与那些评述和思考他作品的人整场潜在的“决斗”，所昭示的不是批评的虚弱（毕竟在引述的评论中有几段文字难得的精到），而且也绝对不能说明俄罗斯散文大师作家威望的“滑落”。

---

① 阿达莫维奇：《论库普林》，《环报》，1924 年 2 月 18 日。

② 同上。

③ 阿达莫维奇：《库普林》，《最新消息》，1938 年 11 月 1 日。

④ 同上。

库普林属于非常受欢迎的作者，当然也不是出于各个时代活跃却二流水准的作家受到追捧的原因。但不管怎么说——必须承认这一点——即使当代，库普林其实也没被当做一个艺术家来评价和理解。要知道苏联的批评界非常乐于谈论的，是他君主主义的“症结”，而不是远非自己所有作品能呈现的库普林艺术世界的特性。在这个意义上，蒲宁关于库普林的那篇著名的，乍看上去评价太过苛刻的文章——乃是“批评”这个词最佳含义上的批评。在反复阅读自己老友著作的同时，蒲宁实质上想努力从“形形色色”“公式化的”、并非一直与自己的艺术相符的库普林那里，抽离出一个“真正的”库普林：“……在军人题材小说方面就是另外一回事了，我越来越经常地由衷感叹：太棒了！马上便再次感到，一切都是那么有些不可思议地和谐、流畅、纯熟，但这一切全要归于真正的才能……而当我读到库普林才华全盛时期的作品时，……我只能惊叹于小说的各种长处，惊叹于它们所蕴含的‘叙事的自由、力量、光彩，以及它准确的、绝无冗赘的、丰富的语言……”[①] 在我们这个时代，库普林的大量作品显得越发突出，在它们整个看似质朴甚至近乎——“平常”的前提下，有足够的理由被称为散文的杰作。

叶莲娜·季亚科娃

谢尔盖·费佳金

---

① 蒲宁：《库普林》，《六卷本蒲宁文集》，第六卷，莫斯科，1988 年，第 262 页。

所罗门星

所要讲述的这些古怪而又不大可信的事情发生在本世纪初，发生在一个除了自己的谦和、善良以及彻底不为世间所知以外，毫无特出之处的年轻人的生命当中。他叫伊万·斯捷潘诺维奇·茨韦特。他是西罗尔法庭的一个小官吏，确切地说，甚至连小官吏也算不上，不过是个最低级的办事员而已，因为他还未获得十四级文官的响亮封号，每月还只领三十七卢布二十四个半戈比。如果单靠这么可怜的薪水，当然仅能勉强维持生计，可是，或许是因为心灵纯朴吧，仁慈的命运垂青茨韦特。他有一副柔弱而又干净、清澈、让人愉悦的歌喉，一副还算不错的袖珍小嗓儿，不太高亢的小坠子般的男高音——算不上什么长物，但到底也多亏了它，茨韦特能在富裕的本教区教堂合唱队唱歌，偶尔还会担任领唱，而加上各种唱歌挣外快的活计，比如婚庆、祷告、葬礼、追悼等等，他微薄的收入也能翻上一倍。除此之外，他还以令人惊叹的技艺，饶有兴趣地用纸、箔、金银绦带和绸缎边角料剪剪贴贴，制作非常精致的糖果盒、亮闪闪的利蒂荣舞勋章和圣诞节枞树饰品。这种手工副业也能带来不菲的进项，伊万·斯捷潘诺维奇准时把这些钱款寄给基涅什马城的妈妈，这位靠可怜的养老金，跟两个女儿——两个毫无姿色的老处女，在自己狭陋的小房舍里挨着晚景的消防队队长的遗孀。

茨韦特过得安宁舒适，很快就要在五层住宅楼上面的同一间阁楼住到第六个年头了。三棱形的斜坡屋顶是他的天棚，整个房间也因此呈现棺材的形状；住在里面，冬天冰冷，夏天酷热无比。但窗外延伸出的平台却很宽阔，每到春天，茨韦特便用板条箱栽培旱金莲、木樨草、桂竹香、矮牵牛和香豌豆。到了冬天，屋内的窗台上，伫立着满身毛刺、疙疙瘩瘩的仙人掌，老鹳草散发出幽幽的清香。系着蓝色花结的透花纱窗帘之间挂着个鸟笼，笼里养着一只嗓音悠扬清脆的纯种金丝雀，碰到好天气，那鸟儿一边在阳光和珐琅水池里嬉戏，一边嘹亮地忘情放歌。床头立着一面镶嵌传统画的廉价屏风，在赤红的屏风一角上，装饰着一条见证上帝慈悲的柯斯特罗马[①]绣花毛巾和一幅三臂圣母像，每到节日，粉红色的磨光灯便会在圣像前慵懒甜蜜地燃起微光。

所有人都喜欢伊万·斯捷潘诺维奇。公寓女房东——因为相对于另外那些蛮横无理的短期住户他堪称典范的端庄正派的举止；同事们——因为他性格开朗可亲，乐于为人出力出资，或是顶替沉迷于幽会的僚友值班；上司呢——因为他头脑的清醒、优美的字迹和工作的精确无误。他满足于自己金丝雀般的平凡日子，从未曾冒险启动过分的欲望。他的确也在期盼，非常非常地期盼——得到朝夕思慕的初级官衔，在某个幸运的清晨，能戴上配着墨绿色丝绒帽檐和护法镜、宽大的帽身从两侧很考究地收紧的漂亮的大檐帽。他为此通过了考试，但成绩不很出色，特别是地理和历史，因此，梦想也就只能暂时浮荡在浓浓的粉红雾霭中了。早就定做好的制帽在柜子下层抽屉的盒子里安息。有时候下班回到家，茨韦特会拿出它来见见天，用袖子摩挲一番天鹅绒，吹去呢料上看不见的纤尘。他不吸烟，不喝酒，从来没做过牌迷，也不是个喜欢向女性献殷勤的人。他放纵自己的仅仅是一些理智而廉价的消遣：每周六晚祷之后——滚烫的热水澡，久久的令人惬意的蒸气浴，而在周日清晨——一杯加炼乳的咖啡，再配上番红花甜面包圈。偶尔他也漫步

① 俄罗斯城市。

到柳枝节集市，去特罗伊茨溜冰场，去看草台戏，看溜冰和水祓除①，每年去一次剧院，观赏某出眼泪、呐喊和硝烟比剧情还要丰富的爱国主义的狂热演出。

他有个天真的嗜好，大概也算得上是种天赋吧——破解报纸杂志上可能找到的所有字谜、沙拉德②、算术题、暗语文件和其他杂七杂八的东西。在这个微不足道的领域，茨韦特表现出无可置疑和无与伦比的卓绝天才；而这种情况也经常发生：他轻松随意地替自己那些被低级周刊搞得精疲力尽的同事和熟人解开复杂的有奖竞猜难题。他还是解读各种密码的大师，关于伊万·斯捷潘诺维奇的这种异禀，我们诚实的良心，即便不太清白的良心，也不是在随便提及，而是有意地大书特书，这一点在下面的叙述中将会变得分外明确。

有时候，在节假日的傍晚，茨韦特会去——时而是应别人的力邀——一家名为“白天鹅”的小酒馆。那里时常聚集着邮政局、宗教事务所、警察局、收容院的小官吏，还有一些教会或师范学校毕业生，以及一个教堂唱诗班歌手组成的一个嗓音洪亮、协调良好、富有合唱经验的小团体。肥胖威严的店主人纳古尔内伊先生，一位教堂圣歌的狂热崇拜者，非常乐意为这种聚会提供宽敞的“宴饮”雅间。演唱古老的俄罗斯民歌，小俄罗斯歌曲，特别是《多瑙河外的扎波罗热人》曲目，但更常见的是——风格肃穆的教会音乐，比如《我看见你的宫殿》、《圣女的香膏》，或是巴赫梅季耶夫乐谱集里的希腊歌调。通常由兹纳缅卡教区的大名人斯列布罗斯特鲁诺夫充任指挥，而男低音则由闻名遐迩、声誉极盛的苏格罗波夫亲自担纲，他是流浪的歌者，苦难的酒徒，一位异常低沉的男低音。因为完全缺乏嗓音和听力，主人纳古尔内伊被永远禁止演唱。他只好晃着脑袋指挥，表情时而委屈，时而威严，时而兴奋，一面翻动着眼睛，一面哼唧着鼻子，还会——像一条苍老委靡的鳄鱼——流淌果粒大小的真心泪珠。而动情之余，他还会捧出吃的喝的来。

---

① 依东正教传统，每年1月7日，即纪念耶稣在约旦河受洗礼的节日前夕，为举行水祓除仪式，在冰面上开凿的孔洞。

② 字谜的一种，把一个词分解成若干不同意思的词作为谜面。

在这种业余爱好者的音乐会上，伊万·斯捷潘诺维奇有时候无法推却，就要饮一杯别人的啤酒、桑托林果酒或卡奥尔甜酒。但最让他开心的还是宴请某个友好之人，受请最多的是——毛发丛生、形如野兽的苏格罗波夫，他对这个人怀着尊崇、敬畏、淳朴的爱慕之情，就像满身尘土的九岁男孩儿面对头戴光灿灿铜盔的消防员时偶尔会涌起的感情。

2

四月二十六号恰巧是个星期天，正赶在伊万·斯捷潘诺维奇唱歌教区的教堂命名节。除了午餐前的日祷，还要举行专卖商索罗多夫的遗孀在丈夫死后第四十日安排的安魂弥撒。竭尽全力的唱诗班得到号啕的商人妻子空前的慷慨奖赏（传言死者曾在喝醉时狠狠地揍过几下自己的老婆，所以她在丈夫活着时就跟一个英俊的老伙计找乐子）。做完安魂弥撒，又在家里念亡人经，而跟神职人员与特别邀请来的大辅祭一起，教堂合唱队也被招呼到了丰盛的荐灵饭桌旁边。

这天以“白天鹅”酒馆内的纵情狂饮收场。就像自然而然发生的一样，永远节制有度、不喜饮酒的茨韦特远远喝过他所习惯和酒量所允许的限度。但他也一点儿没因此而丧失自己可爱的古道热肠，恰恰相反，还丢掉了平素的腼腆，稍稍放松了精神，变得更加善良，更加迷人了。他带着温情脉脉的殷勤劲儿给别人斟酒，一会儿是低音歌手苏格罗波夫，一会儿是身材魁梧的卡尔塔格诺夫大辅祭——大家伙没费什么特别的力气就把他拖到了饭馆的小酒窖。茨韦特在兴冲冲地侧耳倾听，这两个城里的名人，两个满脸涨红、汗水涔涔、毛发丛生、脖子上筋脉暴突的人，如何隔着桌子对谈，他们的嗓音深沉浑厚，震得连空气都在低矮而宽大的房间内回声隆隆地猛烈颤动。茨韦特还不止一次跟扭扭捏捏、头发卷曲、体态臃肿的斯列布罗斯特鲁诺夫交谈，让他相信，以他伟大的才华，不该仅仅担任一个外省小城的指挥职位，他至少能领导宫廷合唱音乐厅或莫斯科的圣公议合唱团，而且还几次三番地承诺，作为斯列布罗斯特鲁诺夫命名日的礼物，要送给他一件带签名的金音叉，再配上——用上等红羊皮手工制作的精美盒套。

这一晚没怎么唱歌，也不像平日那样井然有序：他们声称太过疲累，商人家的款待也实在丰盛。可大家说得却很多，吵闹，兴奋，七嘴八舌。在男低音弦乐队般嗡嗡的轰鸣声衬托下，男高音洪亮的鼻音和喉音在飘荡、颤动，就像落日洒在沉静宽阔的大河蔚蓝色河面上的粼粼的波光。有些瞬间，茨韦特恍惚觉得，置身于驳杂的交谈声中，置身于透着星星点点灯火幽光的淡蓝色的烟云中，他自己也静静地飞向某个黑暗深处，体验着梦幻般欣喜的甜蜜的昏沉和某种泛着鲜红光斑的蔚蓝色的惬意的眩晕。而他面前还不时呈现出一些谈话的片断，异常地清晰，鲜明得有些夸张。

“我也不用隐瞒。我为什么要隐瞒呢？”面色黝黑、生着粉刺、闷闷不乐的男中音卡尔宾科说道。“我有一张彩票。五月一号抽奖。即便拿它去作抵押，毕竟也是我靠血汗钱攒来的，别人也没资格说三道四。要是走运，能在五月一号赢个二十万，就让合唱队和工作见他妈鬼去吧。我要过老爷日子。拿出一成来赎房契。用利息过日子，而不必动用本金。每年有一万二呢。我要去斯穆里斯基的饭店吃午餐，午餐时要喝两个半卢布一瓶的波尔图葡萄酒。试试看吧，要跟我借钱。一分一毫都没门。甭管是谁！滚开！”

“呵——呵——呵，”卡尔塔格诺夫轰然大笑起来，“有一回我赢了五百卢布。”

“这是怎么回事，辅祭神父？赌马吗？”

“根本不是。真的。就像你们都知道的，我爹也是教堂大辅祭，不过不是在这儿，而是在莫斯科。他也有一个惊人的大嗓门，就像钟王或飞机发动机。跟他比，我算什么呀？窝囊废！”卡尔塔格诺夫大喝一声，灯上的火舌都为这声吼叫抖动起来。“有一回，因为一个信徒结婚，商人们送了他六张彩票。当时它们每张要卖一百多卢布呢。他就把这些彩票洗了好几遍，像发牌一样瞧也不瞧地给分了，而后又在每张上面签好名字：他自己的，妈妈的，还有我们四个的——我，两个兄弟和一个小妹妹。然后就塞到了圣像后面。

“但他没做祈祷。怕受到诱惑。圣经上说：‘既不要指望魔鬼，也不要指望人子。’然后他又在我们之间定下这样一条不可违背的规则：如果谁中了五百卢布，就完全由他本人支配，小孩子——要等到他们成年那天。而能够到手的——是按年龄立刻分发的一次性奖励。就拿我来说吧，能得到一卢布四十戈比。如果谁能中的更多，所有彩金要按照协议在参与者之间分配和保管，尽管幸运者仍能得到成倍的奖励。中一千——三卢布，中五千——十卢布，如此等等，比例适当降低。真中了二十万的话——五十卢布，这笔钱在当时——相当于一艘帆船，而且还装满黄金。

“到了五月一号，父亲特意买了份报纸，戴上眼镜查看。一瞧——好么，我的号码。一个数都不差。报上刊登的一模一样：同样的兑奖签，同样的发行日期。兑奖签是什么东西——当时谁也搞不懂：不管父亲，还是熟人。不过，在跟某些关系亲密的聪明人商量之后判定，大致认定这个词也是中奖的意思，没准儿还是——凭什么这样认定？——加倍奖励呢？父亲为此痛饮了一番，而在欣喜之余，还预付了我一卢布四十戈比。我当天就安排了一场伯沙撒狂宴①。我在街上买了整整一桶梨汁克瓦斯和满满一托盘腌梨。我和伙伴们尽情享用，甚至吃坏了肚子。

“清早，父亲带着报纸赶到伊利因卡，去找兑换商们探问，奖金在哪里领，怎么领。人家当即就把他所有的无知之处给揭示出来了。他们说，‘辅祭神父，你的一百个小卢布打水漂了，不过，你倒是可以把彩票镶到镜框里挂起来，好永久纪念你干的傻事。’他遭遇到了最粗暴的羞辱。他像一团雷雨乌云回到了家。他直接就冲我来了：‘脱下裤子！’‘为什么呀，爸爸？’‘为，为这个。不许吃那么多腌梨，因为这是放荡行为！’我脊背下面遭受的那顿毒打，现在想起来都痒痒。而剩下的五张彩票当天就给扔了。他说，‘我不想纵容骗子的投机勾当。’就是这样。”

“没啥意思。”有人讥讽道。

“说什么呀？”另一位反驳说。“哪怕一天，一个小时，毕竟也

---

① 指灭亡前的盛宴。《圣经》记载，波斯军进攻巴比伦，巴比伦王伯沙撒败退回城内，以为平安无虞的时候，敌军攻入并杀死了他。

是幸福。其中有各种梦想、希望和筹划……”

大家若有所思地沉默了片刻。斯列布罗斯特鲁诺夫首先打破了沉寂：

“要是我得到二十万，我要转遍俄罗斯，转遍所有城市和偏远之地，选拔一个世界顶尖的合唱团。我要带他们在莫斯科演唱。然后开始欧洲巡演。无处不去：巴黎，伦敦，罗马，柏林。我将获得世界性的声誉。而苏格罗波夫呢，我要喂他生肉，把他放在笼子里表演，赚大钱。因为国外还没见识过这种野兽。”

“没——错。”大辅祭拖着低沉、柔和、醇厚的声音应和道。

“是的。”苏格罗波夫用低四度的嗓音表示认同。“要是我，”他颇有兴致地继续说道，“我大概会把十五万给我老婆，并且告诉她：‘这是给你的补偿金。爱怎么过就怎么过吧，唱吧，玩吧，跳吧，而我呢——拜拜了。折磨我十年啦，吸干了我的血，该知道尊严啦。’于是我就逃到了外面。然后我拿出三千，来作一次伟大的全世界的豪饮，用剩下的钱买一间农舍，狗窝的样式，不过要带花圃和菜园。我要种植水果、浆果，还有肉质直根类的作物……”他以长音阶的低音“拉”结束发言。

很多人笑起来。他们早就清楚，这个体格强壮、活力无穷、天性朴直的人如何被他老婆——一个又瘦又小、伶牙俐齿的女人，恶名远播的快嘴婆娘，全日特尼市场的头号泼妇——对待奴隶一般辖制。

接下来，大家伙热闹的交谈声很快便把这个宴会间搞得沸反盈天。一如常见的那样，这个有关金钱威力的诱人话题魔术般地勾起并点燃了这些穷苦人、失败者、潜在的利禄之徒，这些精神颓败、对生活永不餍足、对残酷的命运隐隐感到屈辱的人们难以平息的骚动。被日常生活所遮掩的每个人的真实本性像翻衣里似的彻底呈现出来。他们公然幻想着美酒，牌局，珍馐佳肴，奢华的家具，异域的长途旅行，考究的时装和宝石戒指，私人的马匹和大狗，伯爵和男爵圈子里的上流社会生活，剧院和马戏团，与著名女歌手或女驯兽员的私情，每天想睡多久就睡多久，优哉游哉地无所事事，身穿燕尾服的仆人，而最主要的幻想则是女人，满是女人的后宫，各种肤色、身高、体态、温度和种族的女人。

上了年纪的宗教事务所官吏斯韦托维多夫，一个脑筋灵活而又刻薄粗鲁的人，恶狠狠地说道：

“你们谁都不具备人的想象力，亲爱的大猩猩们。在最卑微的条件下，也能把生活创造得美妙至极。只需要在那儿，在自己上方，有一个小小的目标。无比微小，但又无比崇高。然后带着热忱的信仰奔向它。而你们的理想是猪，是孔雀，是行尸走肉和流亡苦役犯的理想。二十万——你们的幻想仅此而已。但是，第一，你们所有人的现钱总共只有十五戈比的烂硬币。第二，你们中的任何一位都没有能力攒够买一张彩票的一百卢布。卡尔宾科大概有自己的彩票，因为他趁姑妈睡着的时候杀死了她。要是他能中二十万，那他卑鄙的罪行当日就会大白天下，而他，上帝的奴仆，就会被投进监狱。第三，即使兜里揣着彩票，中头奖的概率也等于千万分之一，也就是接近于零或无穷小的小数。因此，你们此刻所讲的一切——不过是一堆废话，一种痴贪而可怜的思想的反应。二十万！这想象可真够寒酸的！”

“他想中一百万，”桌子尽头，一个不太友好的的声音说道。“都知道宗教事务所——是个有油水的地方，连它的眼神都贪婪。”

“那又怎么样呢？”斯韦托维多夫头都没转，平静地反问道。“既然是幻想不可能的事情，那就幻想得大气一些。一千万——我们可以说，这还不错。可以过理智、有益、有品位的日子。但为什么不一挥魔杖，立刻变成，比如说国王呢？可到那时候，你们的傻瓜脑袋却想不出来任何明智的东西。知道吗，有这样一个小段子。有人问一个俄国梁赞省的庄稼汉：‘米坚卡，你要是当了国王，想干什么呀？’他说：‘要是我，就整天坐在墙根土台上嗑瓜子。要是有谁经过——就吐他的狗脸。一过——就吐。’你们霍屯督人[①]的幻想也强不了多少。即使现在魔鬼来到你们中的任何一位面前，开口问道：‘瞧，这是预售你灵魂的真正凭据。你用自己的血签上名字，在若干年内，我会准确无误地随时满足你任何一个刁钻古怪的愿望。’你们中的每一位都会非常乐意出卖自己的灵魂，这一点毫无疑义。但即便如此，你们也设想不出任何或新奇、或宏伟、或快

① 非洲南部的一个部落。

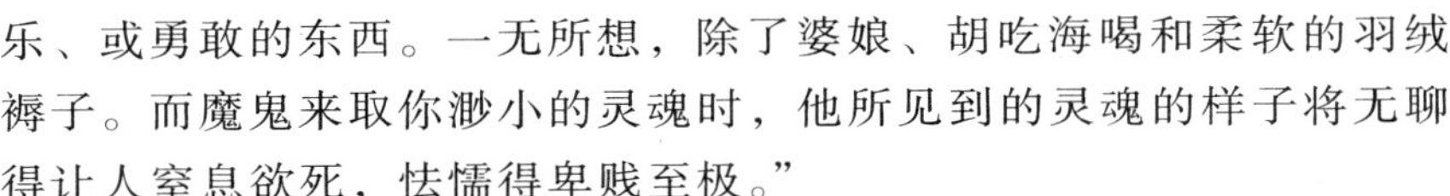

乐、或勇敢的东西。一无所想，除了婆娘、胡吃海喝和柔软的羽绒褥子。而魔鬼来取你渺小的灵魂时，他所见到的灵魂的样子将无聊得让人窒息欲死，怯懦得卑贱至极。”

斯韦托维多夫沉默起来，谁也没来反驳他。他的话就像敷在发热脑袋上的一帖冰压布。只有一个隐身在淡蓝色烟雾中的人转向茨韦特，问道：

“嘿，你呢，约翰·茨韦托诺斯内伊[①]。要是你会怎么做呢？啊？”

“我？”茨韦特猛然打了个哆嗦。他安详而清澈的眼睛注视着灯火，那灯火立刻便分出另一簇来，轻轻地向右上方飘去。“假如是我吗？我什么都不缺。瞧，现在这样就很好呀……明亮，舒适……一群可爱的好伙伴……友好的聊天……”茨韦特冲邻座的人开心地微微一笑。“我希望能有一个大花园……里面开满各种美丽的鲜花。不计其数的各种各样的鸟，凡是世界上有的都有，还有野兽……希望它们全都温顺亲密。希望我们所有人在那里生活……谁也不要争吵……希望花园里满是小孩儿……希望我们大家能非常美妙地歌唱……劳动也能成为享受……那里有溪流遍布……鱼儿应声游来……”

“简单说——是天堂！”斯韦托维多夫插话道。

而比肩而坐的大辅祭却抱住茨韦特，把他紧紧搂向自己巨大的胸膛，并用一连串动情的亲吻弄湿了他的鼻子、嘴唇、面颊和下巴。还贴着他的耳朵吼叫道：

“瓦尼亚！朋友！天使的化身！”

但这个时候店主人站了出来，他第三次，也是最后一次提醒道：“所有饭店全都打烊了。该散了。否则警察局会找不痛快的。”大家开始各自离开了。

茨韦特在无比美妙的心情中归家。他温情脉脉地仰望高空，天幕上铺展开的云朵间，一轮银亮的圆月在滑行，身后洒下黄澄澄的痕迹。他以异常悠扬的独特曲调，唱着自己特有的献给全世界美好

---

① 原意是“带花的，开花的”，茨韦特即是“花”的意思。基督教有“圣约翰花”一说。这是同伴给主人公起的外号。

之物的颂歌："大地上美好的生命和芬芳，天空庄严的深处，快乐地嬉戏歌唱的人们……"

他在墙壁和廊柱之间维持着平衡，费了很长时间才爬上自己的阁楼。他照老习惯悄悄打开房门，有条不紊地脱衣，上床，并在自己身旁的椅子上摆一根点燃的蜡烛。本来还拿起了早晨未读完的报纸。但字母却连结成模模糊糊的飘带，这些带子又开始一条条旋转起来。最终，眼皮发沉，合拢，茨韦特的意识也随之沉入无底的黑暗与沉寂中去了。

"抱歉搅扰您。"有个声音小心翼翼地说道。

茨韦特慌忙睁开眼睛，马上在床上坐起来。天光已经大亮。笼子里的雄金丝雀在嘹亮婉转地歌唱。从窗口斜射进来的尘粒浮动的金黄光柱里立着一位陌生的先生，他身穿破旧的老式黑礼服，身体略微前倾，成半躬的姿态，拿着大礼帽的一只手伸向一旁。他手上戴着黑手套，胸前系一条——火红的领带，腋下夹一个皱皱巴巴褪成棕红色的老式公文包，而脚边的地板上则放着一只簇新的黄色英国皮手提箱。茨韦特第一眼便诧异地发现，来客的瘦长脸似乎是张熟面孔：这个在鬓角斑白的黑发当中分缝、梳成弧形、酷似末端展开的蝴蝶翅膀或触须的平整发型，这个鼻孔像山羊一样抽动的略带弯钩的瘦削的鼻子，放肆好斗的小胡子下嘲讽似的弯曲着的惨淡嘴唇，又尖又长的法国式鬓须。但最能让人联想起一张非常古老的、几乎被遗忘了的面容的是——陌生人的那对眉毛，它们从鼻梁处开始陡峭地竖立起来，样子笔直、乌黑、阴沉。而他的眼睛几乎毫无光泽，确切地说，有点儿像被阳光晒褪了颜色的绿松石，与整个刚毅、睿智、阴沉的面孔极不协调，让人感到锐利、冷酷，令人厌恶。

"我敲过两次门，"陌生人继续用略显沙哑的嗓音客气地说道，

“都没有人应答。所以就决定拧一拧把手。发现门没有锁。真是太大意了。偷光您——可是轻而易举的事情。您知道有那么一些老贼，他们专门到各个公寓‘问早安’。换作我的话，可不敢那么早惊吓您。”他从坎肩儿口袋里掏出一块老式怀表，洋葱形的那种，鬃绳上系着一个亚当头像的坠饰。他看了看表。“现在是十一点零三分。倘若不是因为事情绝对重要、无法拖延……哦不，您不用那样激动。”他察觉到茨韦特脸上的担忧和慌张，说道。“您今天没法去上班了……”

“哎哟，这可太不好意思了，”茨韦特腼腆地说，“让您见到我没穿衣服，稍等片刻。我打理好自己，马上就来为您效劳。”

他穿好鞋，披了一件大衣，跑进厨房，在那里飞快地洗漱一下，整理好衣装，要了茶炊。短短几分钟之后，他已经整洁清爽地回到了访客身边，尽管因为昨天的纵酒，眼皮还有些发红和滞重。他先是为房间的零乱表示了歉意，然后在陌生人的对面坐下，开口说：

“现在我好了。马上就给我们送茶来。有什么能荣幸地……”

“先互相介绍一下吧。”来客递上一张名片。“我——案件代理人。我叫梅福季·伊萨耶维奇·托费里。”

“奇怪。姓氏好像很熟悉。”茨韦特思忖道。他轻轻点了点头，目光疑惑地低声说：

“非常高兴……而我……”

“稍等……抱歉打断了您。我如果没搞错的话，您过世的父亲名叫斯捷潘·尼古拉耶维奇。是不是？”

“一点儿不错。”

“好的。就是说，他同样已经过世的兄弟，名字和父称是阿波隆·尼古拉耶维奇？对吗？”

“对。但他在世时，我本人一次也没见到过。我只在双亲回忆家事时偶尔听说过他。不过，这已经是很久以前了……是的，一些琐事……而我非常惭愧，好像已经完全忘记了。”

“这根本无关紧要。区区小事。”代理人满不在乎地挥了一下手，立刻打开自己的破公文包，魔术师一般灵巧地一张接一张抽出几页不同格式的纸，扔在了桌子上。“我们这件案子的关键在于，您叔父生前是个非常古怪的人，就是说，一个厌世者，孤僻者，甚至像人家说的，一个炼金术士。一句话——正如通常说的——一个怪人。”

“嗯，这一点我也有所耳闻。但我对此印象模糊，就像梦里一样。我们家跟他基本没有什么联系。失去联络了。而且不存在任何争端……”

“没错。现在快接近正题了。十年前，您叔父在命运的安排下脱离了人间的苦难。对您来说，这个变故除了完全出于本能的伤心失落感，不具有任何现实意义。与此同时，阿波隆·尼古拉耶维奇身后留下一笔不小的遗产，包括切尔尼戈省的几百俄亩不动产：土地，森林，还有一个相当大的带有地主房子的庄园。八年来，它都被当做无主甚至无人继承的财产。就这样，因为我专门着手调查这份不知该属于谁的财产，所以在偶然听说切尔沃诺之后，便动身反向追踪您过世叔父的生活轨迹。我举步维坚。没有遗嘱，法定继承人也不明晰。田庄附近的邻居们跟阿波隆·尼古拉耶维奇没有来往，只是远远地见过他，并且怀疑他要么是共济会成员，要么是发明家，要么就是无政府主义者——遗嘱跟他有什么相干呢？而农民们全都确信他是在搞妖术，甚至已经把灵魂出卖给了魔鬼。但我通过各种蛛丝马迹和推理，开始慢慢踏上您叔父的生命历程，而且您瞧，终于在维捷布斯克，在焚毁殆尽的档案中找到了非常陈旧的遗嘱原件，根据这份遗嘱，土地、庄园，以及建筑物和所有役畜农具，全都应该由家族的长男继承。查询到的资料表明，这位家族长男就是您，最尊敬的伊万·斯捷潘诺维奇，我为此荣幸地向您表示祝贺。”

托费里坐着鞠了一躬。茨韦特的脸色变得绯红，赶紧向他伸出一只手。裹在黑手套内的那只手握得结实而生硬。

“为了不至于空口无凭，”托费里继续说道，“请允许我为您出示所有能清楚证明您权利的文件。这是遗嘱。这是取得所有权的……遗产税和其他收费。这是田租和其他税赋单据以及过去这些年的补偿罚金。这是特拉——达——达，特拉——达——达。”代理人噼里啪啦地喷洒着官话和令人眼花缭乱的琐碎数字。

他这样唠叨着的同时，仍像刚才那样熟练灵巧地塞给茨韦特一张张字迹清晰、机器打印的纸页，上面标记着圆形图章、墨水和火漆印记，还点缀着深奥难辨的签名和花笔道。

“他叫什么？”茨韦特暗自问道，他瞧了一眼名片，然后又打量一下托费里。“怪熟悉的名字。我究竟在哪里见过这张奇特而难忘的古怪面孔呢？”随后，他略显羞怯地大声说道：

“但您要知道，尊敬的梅福季·伊萨耶维奇。这一切是如此地出人意料……对这种事情我茫然无知。此外，要知道这是那么地遥远——切尔尼戈省……”

“斯塔罗杜布县。”托费里补充道。

“您瞧见了。我的确昏了头，完全需要您的指点……此外，您殷勤的操劳……劳驾您自己定一下酬金吧。”

托费里友善地笑起来，轻轻地，非常温柔地碰了碰茨韦特的膝盖。

“报酬——不是主要问题。我们谁都不会吃亏的。我调查过您。抱歉，我们这些公务人员不可能有别的做法。而我从四处打探到了有关您的信息，比如说您是个最正派最诚实的人，比如说您是个真正的绅士，更甭提慷慨大方的性格啦。关于这一点，我自己非常放心。喂，比方说，官方估价的百分之二十、十五？如果您觉得这样过分了，百分之十我也满意。”

“不，您瞧，您瞧。就二十吧。”

“不胜感激，”托费里鞠了一躬，“现在，既然您已经请求过我提供自己的意见，那就让我真诚地建议您：抓紧时间，尽快前往切尔尼戈省查看一下田庄。我甚至坚持认为，您最好今天就动身。”

“等一等，可这根本没法想象呀。应该请假……必须弄到路费……得凑一凑……这也没什么要紧吗？”

“小事一桩，”代理人洋洋自得地柔声说道，“第一，这就是您的假条。它是在今天一大清早，我通过你们的庶务官卢卡·斯皮里多诺维奇搞到的。谈到他，必须得说，他收了我一点点好处，然后就心甘情愿地去找主任了。他们俩很为您的福分高兴，就像对待自己的好运气一样。您绝对是个幸运儿。您瞧瞧。”

“您是个——魔术师。”茨韦特看着经过主任签字、庶务长证明的，自己因为家事需要请假为期一个月的假条，喃喃地惊叹道。就连正文的笔迹都几乎跟茨韦特的一模一样，但他马上便想到，所有

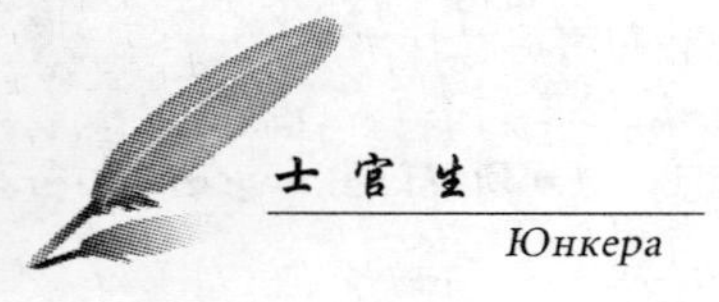

工整书写的圆体字彼此都很相似。

“资金问题也不必担心。我的职责——这也是我们代理人的惯例——借给您必要的款项，当然了，是以最适度的利息。劳驾您点一下。这一叠正好是一千卢布。不，不，您就蘸湿指尖儿点一下吧。都喜欢点钱。而这是借据，我提前准备好了的，为了不白白浪费宝贵的时间。您只要签上‘伊·茨韦特’——就万事大吉了。”

茨韦特不知所措。

“您可太客气、太周到了……让我……让我……是的，我没话好说。”

“真是多余，”托费里亲昵但又谦恭地摆手推谢道，“区区小事。而现在呢，例行的公事办完了，我才敢送您一件意外的小礼物。”

又有两个硬纸片以此前那种神奇的方式从公文包里冒出来。

“这是到戈雷尼谢车站的头等车车票，而这张是下铺的卧铺票。票是今天买的。十一时三十分发车。所以您只需揣上身份证和笔记本，戴上帽子，拿起手杖，然后就是：‘出发吧，出发吧，我亲爱的……’[①]”托费里的山羊嗓子走调走得厉害。“要是您允许的话，我来帮您收拾东西！”

“哎呀，您说什么呢，哪能呢……千万使不得！”茨韦特很是不安。

托费里的脸调皮地皱起来，但完全是副丑陋的鬼脸。

“您可真是个谨小慎微的家伙。在这种情况下，就不要拒绝接受我送您一件旅途中的小礼物了吧——就是这个旅行包。不，不，我恳求您不要拒绝。我特意为您的旅行选了这件小玩意儿。您不收下的话，会让我难堪的。您想一想，要知道我会从您那里挣不少的佣金呢。”

“谢谢，”茨韦特说道，“很漂亮的物品。”他尴尬地觉得自己似乎被拴住了，似乎被别人的意志迷惑了。暧昧不明的恐慌让他质朴的心灵不时地暗淡起来。“来自这个陌生人的关怀是多么精细文雅啊，”他思量道，“一切事情的发生又快得如此惊人！没错——就

---

① 原文为意大利语。

像在做梦。还是我真的在做梦吗？不，如果我是睡着的，就不会意识到我在睡着。还有那张脸，那张脸……我到底在哪儿见过它呢？”

“可这一切都是如此离奇，”他从柜子后面喃喃自语，他正在那里打理自己的盥洗用具。“假如昨天有人提前告诉我今早发生的事情，那我会当面嘲笑他的。”

他慢慢腾腾，而托费里却像朋友一样，既客气又随便，坚持不懈地继续催促着他。

“哎，年轻人，年轻人……您可真缺乏进取心。顺便说一句，我们俄国人全都这个样：懒洋洋，疲疲沓沓，瞻前顾后。可宝贵的时间却在飞奔，飞奔，一刻都不会重来。所以呀，就要抓紧时间，像美国人那样，一二三，走。您的新鞋放在门外。我请女佣擦过了。您或许会感到奇怪，我干吗这样催您？但是，第一，我也没有丁点儿空闲。这不，一送走你，我就得赶往县城去办急事。狼要靠四条腿找吃的。没关系，没关系……当我的面换衣服吧，一点儿都不要难为情。我——是个男人。第二呢，您自己权衡一下，如果您在城里多磨蹭几天，到底会有什么好处？要知道，您所有认识的和无数不认识的人，现在都已经从庶务长那里知道了落到您头上的遗产。噢，我可是洞察人的本性的。开始死乞白赖地跟您借贷，要您为自己的收获大宴宾客，成年姑娘们的好妈妈将会向您展开郑重其事的围捕追逐。您——这个软弱、柔顺、谦让的人——是个好同志。您刚忙碌起来，恐怕就已经债台高筑了。我清楚类似的先例。您马上还会被那种让人销魂的对象纠缠上身，比方说糖果店的美人，就像那位——记得吗？——丰满的金发女郎，久梦糖果店柜台后面，窗户旁的第一个，有蓝宝石一样眼珠的那个？没错，请您听我这个老麻雀的吧。我不教人学坏。更何况从第一眼您就引起我最深厚的，可以说是慈父般的怜爱。不过请您不要理我，您收拾吧，收拾吧！而我借这个工夫，给您讲一些必要的常识。被褥和枕头，就请您不要随身携带了。卧铺车厢会提供给您所有东西，庄园里也有很多漂亮精细的荷兰睡衣。衬衫也用不了太多。有两三件换洗的就行了。您选柔软、花哨[1]的吧。拿几条手帕和几双袜子。我们有

[1] “花哨”一词，在原著中为法文。

带着整个商队板棚旅行的可恶习气。单凭这个特征，在国外也永远能认出俄国人来。您只带旅行箱能盛下的东西。其余的用不到。您总共出门两三天。

“好啦，您听我讲一讲吧。说实话，地产虽然没有出售，但也荒弃得很厉害了。三百多俄亩。其中有一百五十亩方便种的，好心的农民们在耕种。领地里还包括分散的代役租份地，至今不仅还存在着地役权，甚至什么见鬼的《蜗牛登记法》[①] 还都有效。不，我要非常严肃地让您相信，确实存在那种法律上的怪事！我的意见是——卖掉土地。跟它费心思——这正如波兰人说的：‘田越多，乐子越少。’这也不只是您这个经验全无的人，就是第一等的精明人、守财奴和实干家——也得出洋相……您在挑选领带吗？建议您戴这条黑地儿带白色斜纹的。它更庄重一些……把庄园留下来吧。它很大，但很阴森，又是在湿地上。果园古老、荒芜，没人经管，都已经退化了。役畜农具——一样没有。房子呢——地地道道的破烂货，破败不堪的废物。被虫子蛀坏的亚历山大一世时代的双层木头建筑，柱子东倒西歪，带单侧望楼。风一吹——它就会塌掉。这么说来，庄园也该舍弃。不过您最好还是实地视察一下，而我留在这里，您放心，我会物色到不错的买家的。恐怕未必能在房子里找到什么有价值的玩意儿。全都是——垃圾。那里还保留着一个不大的图书室，但您不会对它有什么兴趣。大多是些有关神秘主义、神智学和妖术的东西……不是吗，您是个有信仰的人？”托费里并没转身，他背对神像，向后仰了仰头，这个动作扭伤他的脖子了吧，因为他痛苦地皱起了眉毛。“您这么纯洁可爱的一个人，不应当，而且也会厌恶干这种怪诞乖张的混账事。您最好把这些害人的东西统统烧掉！啊？是的，统统烧掉。我之所以这么说，是出于个人对您强烈的好感。您能保证烧掉吗？嗯？好不好？噢，向我发誓，发誓吧，可爱而善良的伊万·斯捷潘诺维奇。”

“我发誓，我发誓。悉听尊便。上帝啊！……”

“咳……”代理人的喉咙里发出古怪的颤音。

“您怎么啦？”茨韦特关切地问。

---

① 一种有关遗产权转让的协约，当时在俄国的一些省份内施行。

“没什么，没什么，请不要担心……有点呛着了。气管里吸进了什么东西。喂，您好像是准备好了？那就出发吧。我们到车站还有时间吃点儿早餐，为新地主的健康喝上一小杯。波梅乐干红。不，您前头走。我跟在您后面。罗马尼亚人的规矩。这就对了。”

一小时之后，这个充满活力、事事精通、能预见一切的精明人已经把茨韦特殷勤地送上了头等车的车厢踏板。似乎在最后一分钟才发现他手中那个精致小巧、花里胡哨的小篮子。他把它递上去，交到茨韦特手里，带着愉快的微笑说道：

“请不要不接受。这个么……是路上吃的……一点儿鱼子、榛鸡肉、小牛肉、黄油、鸡蛋和其他一些小玩意儿。还有两小瓶姆东－洛希尔红酒。请您多多包涵。您等我的电报吧……如果有什么需要，请给我往这儿发电报，发到别利维亚。再见啦。我不想再愚蠢地戳在车厢旁唠叨烦人了。我这些溢美之词呀。”

然后，他毕恭毕敬地亲吻了一下裹着紧绷绷黑手套的指尖儿，消失在了人群之中。

4

旅途倏忽而过，快得出奇。茨韦特平生从未经历过如此舒适的旅行，对他来说，时光也从未飞逝得如此地不留痕迹。他遇见的是些非常文雅的旅伴——温柔，殷勤，健谈而又爽利。在普尔曼车簧的均匀摇摆中，茨韦特香甜而深沉地睡了两夜，而到白天，他透过车窗，欣赏从眼前经过又退去的河流、田野、森林和村庄，或是到明亮华丽的餐车端庄有致地吃东西。餐车内，鲜花在雪白耀眼的桌布上轻轻摇荡着自己绚烂的小脑袋，桌子后面就坐的是特快列车的普通女客：像经过挑选一样，全都是高大、丰满、装束华美、自信、笑声爽朗、讲着法语——散发着浓烈刺鼻的香水味道的女人。对他来说，她们是另外一个星球的造物，在他心中引起好奇、惊诧，并让他尴尬地意识到自己的笨拙。

在自己的旅行中，只有一件事让茨韦特心神不安，又隐隐不快而可怖地刺激着他。他的思绪只要一触到此次出行的最终目的，这份仿佛从天上掉在他头上的遥远的田产，哪怕是一瞬间呢，他面前也会立刻浮现出这位神奇的案件代理人——托费里神采奕奕、狡诈尖刻的面容，他不是出现在视觉的记忆中，出现在大脑里面的某个地方，而是实实在在，也就是说，他活灵活现。他到处闪动着自己的鹰钩鼻和鬓须笔直的侧脸：时而在火车站台上熙熙攘攘的人群中间，时而扮作忙来忙去的车站仆役，出现在头等车的小卖部，时而又寄身于列车检票员的后脑勺、后背和行为举止当中。“简直像某种幽灵，”茨韦特惴惴地想，“这个怪人难道这么轻易地就刻在了我的内心，让我跟他隔开这么远的距离，还如此强烈、如此频繁地念念不忘。”

两个昼夜将尽时，茨韦特在戈雷尼谢车站下了车，三卢布雇了个留着瓦灰色胡子、身体强壮的霍霍尔[①]送他到切尔沃诺。路上当茨韦特说明他要去的不是村子而是庄园时，马车夫回过头，带着固执而粗鲁的好奇心，仔细打量了他好一会儿。

“就是说，要到那个，那个地主的小田庄吗？”他最后将信将疑地问道，“到那个死了的茨韦特家吗？”

“是的，去田庄，去老爷的房子。”伊万·斯捷潘诺维奇证实道。

“哎哟嗬。”老头儿在马车上咂巴一下嘴。“您是什么人呀？”

茨韦特简单做了一下自我介绍。顺便提到了遗产和亲属关系。老头缓缓地摇着头。

“唉，不是好事……不赞成。”

“您为什么不赞成呢，大伯？”

“这个么……我不想说……”

随后他不再作声了。他们默默地走了十二俄里左右，抵达坐落在清澈的小溪上方、白色的土坯房和郁郁葱葱的花园布满高岗的切尔沃诺村，又转弯经过水坝，驶近庄园，来到大敞四开、斜挂在红砖柱子上的透亮的铸铁大门前。从这里，粗壮的老杨树的浓荫当中

---

① 对乌克兰人的蔑称。

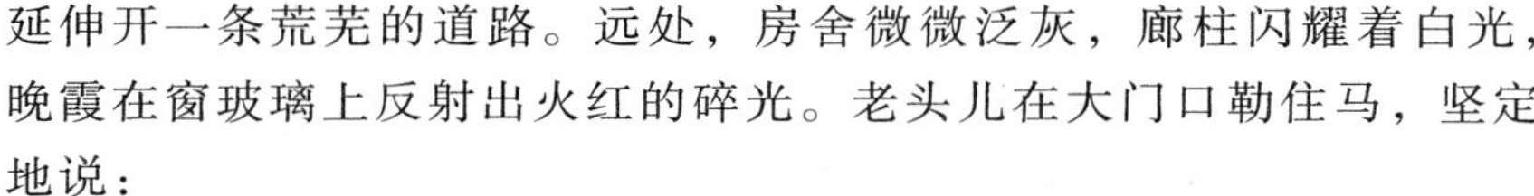

延伸开一条荒芜的道路。远处，房舍微微泛灰，廊柱闪耀着白光，晚霞在窗玻璃上反射出火红的碎光。老头儿在大门口勒住马，坚定地说：

“您进去吧，喂，少爷。我不再走了。”

“怎么到这儿就不走了呢？”茨韦特感到惊讶。“没多远了。瞧，房子都能见到了。”

“不行。我不会去的。给五个卢布也不会去。我不想去。”

茨韦特想起托费里所讲的在农民之间流传的关于古老庄园的愚昧传言，于是他故意嘲弄道：

“您害怕，是不是？”

“不。我一点儿都不怕，就是不想去。请把我的小费给我，就这样吧。”

茨韦特请车夫稍等片刻，然后独自沿着幽暗清冷的林荫路向房子走去。托费里说的没错。建筑非常破旧，几乎快要塌掉了。歪歪斜斜的柱子从未刷过白灰浆，表皮剥蚀脱落，裸露出腐朽糟烂的木头。窗户上零零落落地镶着玻璃。长满青苔、微微泛绿的屋顶上杂草丛生。塔楼上的风向标凄凉地倒向一边。花园内，弯曲多节、郁郁葱葱的树木下面笼罩着潮湿阴冷的黑影。荨麻、牛蒡和巨大的苍耳茂盛地耸立在曾经的花坛。到处弥漫着荒凉和寥落。

茨韦特绕着房子走了一圈。所有外门——正门、阳台门、厨房门、通往彩色玻璃围成的凉台的后门——全都上了锁。茨韦特满心疑惑、郁闷和失落，回到轻便马车旁边。

“大伯，在这个地方，我去哪儿才能找到钥匙呢？”他问。“到处都锁着。”

“我怎么知道？”庄稼汉无动于衷地耸耸肩膀。“有可能在门房老爷那儿，在警察局，在庄户人那儿，还有可能在村长或者老师那儿。现在大家都把这个破房子给忘了。况且它还没有主儿。您别怨我，人家说您亲人的可不是好话。您听听——有多恶毒，好像说他伺候魔鬼本人去了……还说他出卖了自己的灵魂，可是连狗尾巴都没换来。而您呢，少爷，但愿上帝和圣母保佑您。”

他以勉强可以察觉的动作在斯维塔长袍的纽扣上画了个十字。突然从哪里卷起一阵风来，悬在锈死的门环上的半扇大门一阵晃动，吱扭扭地呻吟起来。

“丝毫不差，就是托费里的声音。”茨韦特心里暗想。而与此同时，他又为抹不去的记忆生起自己的气来。

“好啦，您上车吧，少爷，我们赶紧去村里吧。”霍霍尔说。

不得不再次翻过水坝，爬上切尔沃诺村。经过久久的、给心地纯朴的村民们带来迷信恐慌的探问，茨韦特终于找到了钥匙的线索，原来，很多年了，它们都由教堂看门人保管。这个消息是神父告诉他的。伊万·斯捷潘诺维奇在神父家歇息了一会儿，在主人笨手笨脚的女儿加普卡跑去找看门人的工夫，他甚至还喝了杯茶。

神父一边捋着浓密的花白胡子，一边用浮肿的小眼睛死死盯着茨韦特，说道：

“作为一个众所周知的有文化的人，我根本无法分享荒唐的民众体验和愚昧的迷信行为。但作为一个神职人员，我又不得不声明，关于魔鬼为了把人类脆弱的灵魂捕获到自己的罗网而施展的无所不能的诡计和花招，在教会神父们的著作中有所提及，甚至还不止一次。因此，为了避免一切奇谈怪论和各种妇人式的胡言乱语，请允许我提议您接受我哪怕一夜的殷勤招待。会安排您住在这里，就在客厅，小沙发上。绝对不算豪华，或许显得狭陋，但是抱歉，有什么就……而房子么，明天早晨来得及察看。您瞧，外面有多黑呀。”

茨韦特转身面朝窗口。窗外一片漆黑。他巴不得接受神父的建议，因为旅途劳顿的身体正在请求歇息和睡眠，但是，一种来势汹汹的烦人的好奇心却在拖着他后退，退回到那座荒弃的老宅。他谢绝了主人。

教堂看门人到了，这是一个老迈瘦小的老头儿，头发已经不是花白，而是微微泛绿，风湿病让他身体蜷曲，像要随时准备四肢着地趴下去似的。他手里提着一盏大灯笼，还有一串锈迹斑斑的大钥匙。道别时，神父给茨韦特一根备用蜡烛，并邀请他明天吃早茶前来用早餐。

“如果有什么需要，作为邻居，非常愿意效劳。不管怎么样，还是要比邻而居的。不过请您原谅，我不亲自送您了。我们这儿的老百姓是爱搬弄是非的野蛮人，甚至还有很多人投靠了联合教会。”

夜色漆黑一团，星光全无，微微有点儿暖风。灯笼明黄色的、幽幽的光影在路面纵横交错的车辙间诡异地跳荡。茨韦特看不清并肩而走的送行人，他费力地分辨着那人微弱、纤细、含混不清的话音。照老头儿的说法，他本人是整个切尔沃诺村惟一无所畏惧的人，但茨韦特觉得，他的吹嘘是在给自己壮胆。

“我有什么可怕的呢。我什么都不怕。我——是个军人。给尼古拉，给第一皇帝[①]打过仗，塞瓦斯托波尔[②]战士。还到过土耳其。士兵不应该害怕。我在教堂和墓地当了十五年看门人。十五年我都干那个差使。所以我要说：全是娘儿们瞎扯的废话。世上根本没有任何妖怪、鬼魂和会走的僵尸。万一碰到了，反正总是小偷或者什么响声。还能是什么呀。那些死了的人，他们抱着两个小手，消消停停地躺在那儿，不会呼噜呼噜地发一点儿声。可妖怪早些年是有过，在养农奴的法令还有效、庄稼汉还归地主养活的时候。当时发生过一件事，有个老乡活够了，就把灵魂卖给了妖怪。真有过这种事。可现在呢，所有魔鬼都跑到光溜溜的道路或是轮船上去了，真是不得了。还有用电作法的。”

老头儿，还有他身后的茨韦特，走进吱吱呀呀、阴沉地发着托费里声音的大门，沿着看不清楚、树冠瑟瑟作响的黑黢黢的林荫道，来到宅屋跟前。他们俩被迫折腾了很长时间的钥匙。锈迹斑斑的钥匙艰难地插入锁孔，又不愿意转动。终于，在长时间的不懈努力之下，厨房门被攻破了。它好像并没有锁住，不过是在猛烈的撞击下屈顺了。

老头儿把自己的灯笼交给伊万·斯捷潘诺维奇，回去了。茨韦特留在了空荡荡的陌生的房子里头。他并没感觉到惊慌：他纯净健康的心灵与面对超自然的彼岸时的恐惧完全格格不入——但因为旅行，他头痛得厉害，觉得浑身上下碎了一般，意识深处还有种纠缠不休的好奇心，以及对即将到来的非凡遭遇的朦胧预感。他手持灯笼把一楼的所有房间转了一遍，奇怪的是，他在高大、老旧、黑魆魆的镜子里竟然认不出自己来，他觉得镜子里的自己是个在水下世

---

① 指的是沙皇亚历山大一世。

② 指的是塞瓦斯托波尔战役，克里米亚战争中的一次主要战斗。

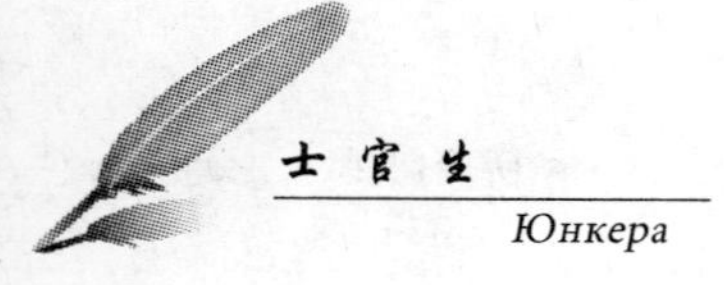

界蠕动着的什么人。他的脚步声在空阔凄凉的沉寂中回响，有一种似乎要在这响声中睡去的感受。印花壁纸开裂、脱落，挂在墙上，宛如轻轻摆动的大块布头。所有东西都因为岁月而起皱、打褶，发出沉重的老人似的喘息、呻吟和幽怨的吱嘎声：干透了的凹凸不平的镶木地板，轮廓分明的叉开脚的椅子，红木圈椅，靠背像贝壳一样撑开的形状怪异的长沙发。摇摇晃晃、瘸了腿的大柜子和抽屉橱，墙上蒙着层层灰尘和蛛网的油画和版画，都在四壁投下倾斜的浮动的暗影。茨韦特本人的影子时而诡秘地长大到天花板，时而又滑下来，在墙壁和地板上来回奔突。每次这个独自迷失在空寂老宅中的人经过时，窗户和门口上沉重的垂帘都要轻轻摇动自己阴郁幽深的皱褶。

茨韦特顺着狭窄的旋转楼梯登上二楼。那里的所有房间都堆积摆满了各类家什：损坏的家具，成堆的衣物，大箱子，粗席子，篮子，绳子，旧报纸。但有两个房间却保持着生动而独特的面貌。其中一间以前大概是卧室，里面至今仍遗留下洗脸池、盥洗桌和镶着镜子的穿衣柜。挨墙摆放着漂亮的老式土耳其麂皮面长沙发——它又宽又长，能并排坐下六七个人。地板上铺着一张绝美的大红色调的帖金[①]地毯。而另外一个开间稍大的屋子立刻便震惊并吸引住了茨韦特。它既像一个绝妙的让人迷恋的图书馆，又如同一间绘图室，一个炼金术士的实验室，一个铁匠的作坊。占据最显要位置的，是一个由熏得黧黑的砖头砌成的炉口下垂、闪着一张黑色大嘴的熔炉；在它旁边和两侧的台板上放置着两台风箱。一张三条腿的圆桌上摆着曲颈甑、烧瓶、软木塞、坩埚、量杯、温度表、各种规格的天平和很多其他器具，这些东西的意义和用途，茨韦特没有本事弄清楚。但他发现，一些装着粉末和液体的水晶玻璃的瓶瓶罐罐上全都贴着带骷髅头像或拉丁文“毒药”的标签。

还有一张桌子，一张支在架子上、类似于平常绘图桌的樗木大桌子，上面铺满了烟蒂、笔记本、涂画和书写过的纸张、圆规、尺子，以及各种开本的书籍。此外到处都是书籍：椅子上，地板上，而更多的是分成几层的靠墙的橡木书架上，架子上的书籍摆放得杂

① 土库曼斯坦的一个部族。

乱无章，所有书籍的外观都很古雅、厚重，绝大多数是半张纸的开本，包着厚厚的皮书封，封皮上的金色花纹泛着幽光。

楞木桌子上的两样东西引起了茨韦特的格外关注：一根一英尺长的黑色小棒，在它的一端，一条镶着红宝石眼珠的金蛇盘成几匝；另一个是尺寸如同大苹果的圆球，它由毛玻璃浇铸而成，或者用软玉、蛋白石、缠丝玛瑙一类的半透明石头雕刻而成。小棒很重，像是铅质的，也可能灌了水银，摸上去感觉冰冷异常。而小球呢，当茨韦特拿在手里时，极轻的分量让他惊诧不已，尽管它毫无疑问是实心的。圆球散发出一种神奇的、近乎生命体的温热，在它的球心，不必借助灯笼的转动，便闪耀着奇异而浓艳的时而丝绒般碧绿、时而深紫色的细小的火焰。握住它时，带给手指的是仿佛摩挲滑石、硬脂晶体、肥皂或云母的触感，但又能感觉到它像钢铁一般坚硬。

茨韦特把灯笼放在桌上，在桌前那个非常古旧的皮面圈椅上坐下，他就像被一股神秘莫测的下意识的好奇心推动着，就像被某个陌生人温柔但强大的意志操控着，伸手从摊在桌上的书籍中抽出一本明红色上等羊皮面的来，打开了它。

在通常留白的第一页的上端，以分明是用鹅毛笔蘸着鲜红的墨水写下的清晰古雅的笔迹，以那种典型的十八世纪末期特意模仿同时代斜体印刷字的字体，字母个个分开，“н”像“т”，“д”像“п”，漂亮而优雅地写道：

> 这本印象、观察和实验之书，由退役的近卫军上尉，尼基塔·费多洛维奇·卡里亚津斯基公爵，一七八六年四月十一日起笔于奔萨省卡里亚津斯基领地上的斯维斯图纳庄园。

稍低一些，在页面中央，用尼古拉时期的圆形字体——大写字母上方有许多花笔道，“р”、“д”、“у”、“з”等等突出字母[①]的末尾带着小弯钩——标记着：

① 以上几个字母书写起来比其他字母要高。

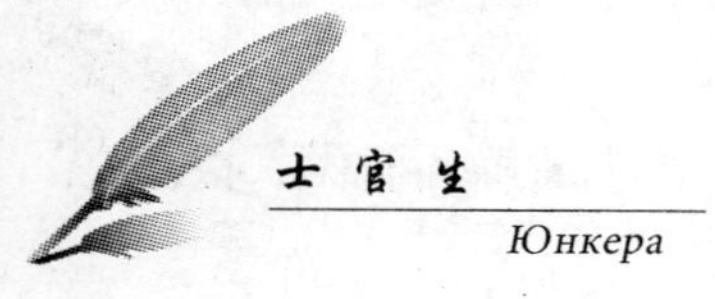

一八四八年四月二十四日，贵族谢尔盖·埃拉斯托维奇·格里丘辛于苏哈列夫塔附近小摊觅得此书，并于同日着手续写。

莫斯科，希夫采夫－弗拉热克，自己家中

而再靠下一些——则是由一个聪明人、吝啬鬼、幻想狂、数学家书写的，颇具个性的，纤细、飘逸、优雅、不带一点儿粗笔的笔迹：

我将以微薄的力量，续写我的导师和朋友作为不可估价的礼物遗留给我的这本著作。七等文官阿波隆·茨韦特。一八九九年四月三日。切尔沃诺，切尔尼戈省，斯塔罗杜布庄园。

茨韦特怀着敬畏而感动的心情，开始谨慎地一篇篇翻阅硬如纸板、黄似象牙的书页。

但书籍的内容却超出了茨韦特所掌握的能力。在书中，这样的地方随处可见：有时是整页整页的法文、德文，经常遇到拉丁文，希腊文较为少见，偶尔还会碰见眼花缭乱的东方花字——不知是阿拉伯文还是犹太文。经过拼命回忆，茨韦特能恍惚认得十来个拉丁文词汇（他当年曾经读到古典中学四年级），但要看懂成句的格言就勉为其难了。要理解前两位作者的俄语文本也非常困难，它用古老、虚饰、神秘而晦涩的暗语写成，这种语言最初由玫瑰十字会员，后来是共济会成员使用。

相对晓畅些的是已故的茨韦特用优美、精巧、纤细得令人惊叹的笔迹所加的俄文语句。但它们要么意义隐晦曲折，要么包含着无趣、枯燥、简短的札记，关于天气，关于大气现象，关于化学、物理和天文学领域的某些发现，关于一些碌碌无闻、毫不出众的人的死亡。

而且，叔父笔记中的很多地方显然被译成了密码，因为它们表面看来毫无意义。但茨韦特稍作尝试便找到了破解的钥匙。它不很平常，可也并非难得出格。原来，在每个单词中，首位字母都用它在字母表中的后一个字母代替，第三个再代替第二个，第四个再代替第三个，以此类推。按照这个方法，秘密笔记中的字母“a”代表的就是字母“я”，字母“к”就是连接词“和”，“пессв”编译自“火”，经常碰见的符号“ехт”意思是“灵魂”，“тснжу”要读作“话”，荒唐的“грлбсп”是指“请接受”。

但破解密码并未带来任何新的发现。被猜出的语句混乱、庄重而又晦涩，就像先知或招魂会上的神灵训谕。要想攻克它们必须是一个炼金术士、天文学家、隐逸修士或神智学者。茨韦特毕竟只是个卑微的孤苦无靠的小官吏，一个还算不差的杂志字谜和沙拉德的天真破解者。但几分钟之后，他揭示隐秘暗语的特长还是派上了用场。

夹杂着文字，整本书充满了无数古老的配方、复杂的图纸、数学和化学公式、图画、星座图和黄道带标志。但最常见的，几乎每页都能遇到的，是两个彼此相叠的等边三角形，它们的底边相互平行，而顶角相交——一个向上，另一个向下，组成的整体形状是一个有十二个交叉点的六角星。在叔父的密码中，这个图形被称之为“所罗门星”。

与所罗门星一起，在页边或书页下方总是附着七个名字组成的一个竖栏，他们用各种语言书写，时而拉丁文，时而希腊文，时而法文，时而俄文：

Асторет（有时是 Астарот 或 Аштарет）
Асмодей
Велиал（有时是 Ваал，Бел，Вельзевул）
Дагон
Люцифер
Молох
Хамман（有时是 Амман 和 Гамман）①

显然，茨韦特的三位前辈曾试图用组成这些古代恶魔名字的字

① 以上均为不同古代文化中的恶魔名字。

母进行某种全新的组合——可能是一个词，可能是一整句话——并且，或在所罗门星的交叉点上或在它的三角形内，各填上这个组合的一个字母。茨韦特到处都能发现这种不可计数而又非常精细的尝试痕迹。三个人前赴后继，彼此衔接，在整整一个世纪的时间内致力于解决某个神秘的问题：一位——在自己的公爵领地，另一位——在莫斯科，第三位——在斯塔罗杜布县的荒僻之地。在茨韦特所关注的东西中，有种怪异的情形挥之不去。书籍作者们不管是重组还是编造字母，始终不可避免地在自己的结果中放进两个音节：Sa-tan。

关于这些尝试的徒劳无获，阿波隆·茨韦特在二百三十六页，在自己最后的札记中表述得最为清楚。那里写着如下这些译成密码、满含绝望和疲惫的话语：“只要想一想！十七个字母。必须在其中选择十三个。五个已经找到：Sa-tan，‘a’出现两次。总计是四个。还有十一个。也可能是八个吧？可能字母会重复呢？按照数论，可能有几百万种组合、搭配和替换。打开三重伟大的赫尔墨斯[①]可怕法则的钥匙遗失了。在谁手中？伟大的帕拉塞尔苏斯[②]？还是那个环游世界的流浪汉和探险家卡里奥斯特罗[③]？我们全都凭着感觉艰难前行，惟有疯狂的机遇能来帮助幸运者。抑或智者的意志永远消失了？”

这段话下面，隔着些空白，有几行用颤抖的手非常潦草地写下的文字：

> 感觉精力衰颓。快要结束自己的劳作了。一切都是徒劳！我要告诉我的后来者。题解中蕴含着公式。公式中——有力量。力量中——有权威。
>
> 阿·茨韦特

伊万·斯捷潘诺维奇口袋里揣着笔记本，笔记本里也永远夹带着一根阿尼林变色铅笔。茨韦特把它取出来，沾湿了，满心激动、

① 希腊神话中亦人亦神的角色，传说他创造了数字、几何学、天文学和字母等等。

② 帕拉塞尔苏斯（1493～1541），生于瑞士的医生，曾试图把医学同炼金术结合为医学化学。

③ 卡里奥斯特罗（1743～1795），意大利冒险家，欧洲著名的魔术师和炼金术士。

毅然决然地在首页写下这样一段话：

> 一九××年四月二十六日于切尔沃诺村庄园发现此书，尊敬的前辈们的工作得以延续。小公务员伊·茨韦特。切尔沃诺。

而当他再次打开书，想碰碰运气的时候，当中翻开的书页恰好夹着奇特的书签：一个淡黄材质、四英寸见方、刻画着所罗门星的薄薄的记事板，还有很多一厘米见方、相同材质的小牙牌；它们中的每一片上面都用黑漆涂写、雕磨有一个拉丁字母。茨韦特翻了一遍书，抓住书脊两角用力抖动起来。又有一些小方块带着轻微的撞击声掉在桌子上。茨韦特清点了一下，它们有四十四片。

“奇怪，”他思忖道，“三位智慧博学的人用整整一个世纪都未攻克的东西，莫非注定要由我来解开？噢，能怎么样呢……试一试吧……”

灯笼内的蜡烛快要燃尽了。茨韦特点着那枝备用的，在火上烤了一下平头的那端，把蜡烛直接粘在了桌面上，而灯笼则被吹灭了。现在他觉得更加明亮、舒适，似乎也温暖了一些。他朝桌子靠了靠，埋头于那张记事板。窗外的风已不再飘摇。屋内笼罩着绵绵无尽的深深的寂谧。茨韦特有种感觉，觉得这世界惟有他一人，坐在狭小、安静、通明的空间，沉迷于自己的牙牌，而生活——则在遥远的地方，在黑暗之中，在过去，在未来。怀表滴答滴答地铿然作响。

如同已经掌握的那样，他首先用这些小牙牌拼出凶恶嗜血的魔鬼的名字，并尽可能地把这些名字排成纵列。他得出的正好是七行，每行一个名字：

Astoret
Asmodeus
Dagon
Hamman
Lucifer
Moloh
Velial

即便他组合的这些词不太合乎语法规范，或者还缺了几片吧，但不管怎么说，所有四十四张小牙牌都让他派上了用场，已经无须置疑的是，他正确地踏在了自己前辈的道路上。

然后，他把所有相同的字母和词分成堆。结果得到十七堆。"又对了，"茨韦特心想，"但组成公式的只有十三个。余下四个。但怎么知道——某个字母在所罗门星中不会重复两次或三次呢?"

这颗星总共有十二个交点，也就是说，第十三个，是的，最重要的这个要放在中心。如果从Satan这个词着手，是不是要把S放在六角形的中心呢？没错，叔父在后面的几页里写道："强大魔鬼的名号融合了蛇的智慧和太阳的光芒。"当然是——"S[1]"。于是，茨韦特把这个字母放在了六角形的中央，而在它四周分别摆上另外几个字母——a，t，a，n。

起步非常顺利，但接下来就行不通了，已故的阿波隆·茨韦特的暗示也没带来任何帮助。茨韦特绞尽脑汁，编造着最恐怖的句子，并用牙牌把它拼出来：Voco te，Satanoe！Advoco te，Satan！Veni huc，Satana！[2]

但连他自己都本能地觉得走入了歧途。

突然之间，他大脑里闪过一个念头，它是那么简单，甚至有些低级，昔日那些沉迷于高深莫测的学问中的智者大概从来不会想到，把小方块拿到灯光下仔细观察！

一分钟以后，他的猜想便取得非常理想的结果。如果不是本性谦恭的话，他本可以骄傲地宣称，他已经超越了先辈们一百年徒劳的求索。在四十四个被他依次举到蜡烛前的小牙牌中，有十三个根本不能透光。它们是以下这些字母：a，a，e，f，g，i，m，n，o，o，r，s，t，而其中也包括能组成这个凶猛、英明而又耀眼的名字：Satan的几个字母。只剩下八个字母的命运需要揭示：e，g，i，m，o，o，r，f。于是茨韦特把其余的牙牌放进口袋，开始在中心放置着蛇形字母S的精美六角星的各条边相交的位置，紧张而专注地移动着小小的方块。他左手摆牌，而右手则用那根无意中从桌上拿起

---

① 拉丁文"太阳"这个词的首写字母。

② 拉丁文，意为"我在呼唤你，撒旦！我在召唤你，撒旦！到这里来，撒旦!"

来的黑色小棒，漫不经心地敲打着轻灵的圆球。

现在亲自动手，他才真的相信字母、音节和词汇在组合上无穷无尽的多样性了。从左到右，从上到下，顺时针和逆时针，他试着沿所罗门星的各条边来阅读。他得出一些千奇百怪、荒诞不经的词汇，比如：афит，униг，гано，офт，офир，мего，аргме，обхари，тасеф，нилоно，等等。但不论在哪种语言，这些词也都毫无意义。这时候，茨韦特一面继续用小棍敲击小球，一面开始尝试着按照所有可能的发声规则，念出全部十三个字母。"Танорифогемас，Морфогенатаси，Расатогоминфе……"他脑袋发沉，沮丧和疲劳越来越强烈地控制住他。忽然……灵感似乎一下子攫住了茨韦特，他的卷发猛然陡立，头顶竖成一个冰冷的刺猬。

"Афро-Аместигон[①]！"他大喊出来，用小棍猛击一下小球。桌子上发出一声凄惨尖厉的嘶鸣。茨韦特一抬眼，因为惊诧和恐惧，他的身子立刻挺得僵直。奇特的小球膨胀成西瓜大小，球体里面，一团团蓝灰色浓烟状的东西，就像雷雨天气时的乌云，翻卷着来回滚动，无形的火焰从里面映射出不祥的血红色的光晕。一只乌黑的大老鼠后爪支撑，站立在球体之上。它的眼珠绽放着天蓝色珐琅一般的光芒，它张开的血色大口发出凄厉的尖叫。整个鼠头都酷似某张非常熟悉的脸。"梅福季·伊萨耶维奇·托费里！"茨韦特的记忆里瞬间一闪。"梅菲斯托费里[②]！"

他挥舞起小棍，冲整座房子大吼：

"嘘！该死的！去[③]！阿弗洛－阿梅斯基贡！"

他自己也不知道，怎么就喊出这个怪诞的词来。但大老鼠立刻就像融化了一般，没了踪影。取而代之的是黑暗中伸出来的一颗硕大的山羊头，山羊胡子微微颤抖，珐琅般的眼珠骨突着，嘴唇来回嚅动，宛如人的面孔，既可恶又可怕。整间屋子都令人作呕地弥漫起浓烈的羊膻味。

"咩——咩——咩！……"山羊示威似的叫着，拱出犄角。

---

① 俄文发音为"阿弗洛－阿梅斯基贡"。

② 魔鬼的名字，最著名的是歌德《浮士德》中的形象。通常译作"梅菲斯特"，这里据俄文音译。

③ 该句中的"嘘！"是轰鸡的声音，"去！"是轰猫狗的声音。

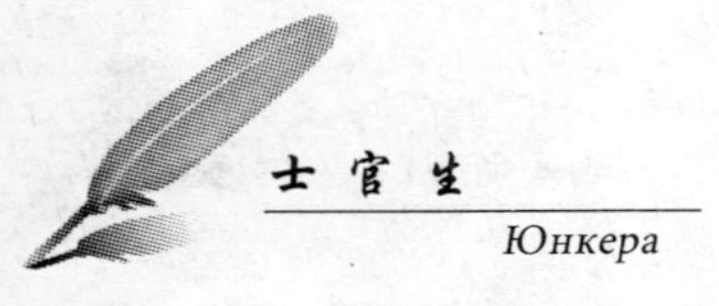

"噢，真的吗?"茨韦特在狂怒中大喊道，"阿弗洛－阿梅斯基贡!"

他拼尽全力，举起沉甸甸的小棍朝山羊的脸上砸去，但没有打中。重击落在了火红的圆球上，火药库爆炸似的传出一声猛烈的巨响。炫目的火焰直冲天花板，令人窒息的硫磺味巨浪袭向茨韦特。

他失去了知觉。

或许是因为疲劳和无法承受的激动吧，他昏厥过去很长时间，然后，这种昏厥又不知不觉地变为沉沉的、石头般结实的睡梦。他之所以醒过来，是因为一束窄窄的阳光，如同纤长的金针，从黑樱桃色窗帘上的小洞射进来，久久地刺着他的颈项、嘴唇和鼻子，直到最后落在眼睛上，开始用自己暖洋洋的触摸为他搔起痒来。

茨韦特眯缝起眼，打了个喷嚏，睁开了眼睛，他马上感觉自己精力充沛，浑身舒爽、轻盈、敏捷，好像身体已经失去了重量，好像有人猛然卸去了压迫他很久的胸口和后背上的重负，好像他一下子又变成了九岁——比起在地上行走，那个年龄的人更渴望飞行。

和衣醒来，睡的不是实验室，而是相邻卧房那张宽大的鹿皮沙发，头下枕的是不知从哪里弄来的绣着绸花的老式缎子面枕头；这些都丝毫不让他感到惊奇。但昨晚在近乎疯狂的炼金术士的书房内所发生的一切，也从他的记忆中消散、遗失得了无踪迹，就像什么人用海绵擦净了这个怪异恐怖的夜晚发生的所有事件。他只记得他昨晚来到这座房子，一个人留下来，因为百无聊赖，试着阅读老人的一份陈旧破烂的手稿。但他累得要死，自己也不清楚怎么就糊里糊涂爬上了沙发。

他飞快地跳下床，跑到窗前，拉开通过象牙吊环从木质窗帘杆上滑动的厚重的窗帘，推开小窗户。他满心欢畅地感觉自己的动作从来未曾这样轻快惬意，这样舒爽得随心所欲。春天清晨的碧绿、蔚蓝和金黄，欢快地涌入多年未曾透风的心房。

“生活多么美好啊！”茨韦特动情地深深呼吸着空气，独自感叹。“最好再有一小杯茶……你怎么才能弄到呢？”

就在这时候，他身后的门“吱呀”地响了一声。他转过身，昨天那位老态龙钟的教堂看门人正走进房间，吃力地端着一个擦得锃亮的小号大肚子茶炊。

“日安，少爷，”他从自己淡绿色的大胡子后面咕哝道，“您可睡了一个好觉。门都没关好。怪不得说年轻呢。瞧我给您烧好了茶。稍等一会儿，我马上就来。”

片刻之后，他抱着个托盘回来了，托盘上摆着茶具，放着一个豪放地切成大块的家做白面包；另外还有一小碟蜂蜜、炼乳，以及一个日久风干的柠檬。

“茶炊是我从神父家借来的，”看门人郑重其事地解释道，“柠檬是从小铺老板那儿搞到的。我知道，老爷们喝茶时加柠檬。要知道我伺候过您的叔父。想起来了，昨天跟您讲过的。脑袋瓜子坏了。越往前的事情，还是谢瓦斯托波尔时候的事，记得清楚着呢，可眼边前的事儿——却全都忘光了。您随便用吧。”

“您也坐下吧，老大爷，”茨韦特礼让道，“您也喝一杯吧，我给您倒上。”

“无比衷心地感谢您。我不会推辞的。如果您想早晨来点儿伏特加的话，我也可以立刻跑一趟。很近。用不着吗？好吧，就听您的。”

老头儿没牙的嘴巴里含了些白糖，从碟子里喝一大口茶，聊了一会儿闲天。不断扯到尼古拉耶夫铁道部门和军队行军，但要回忆起阿波隆·尼古拉耶维奇的什么事情来却很费劲。用他的话说，已故的茨韦特是个好老爷，谁也不欺负，从来不爱打官司，也不是傲慢的人，可就是活得太孤僻了。他的家务事由一个特别凶的老女人掌管，她是他从彼得堡带到切尔沃诺来的。而打理院子和马匹的是个当兵的——一个举止非常粗鲁的酒鬼。茨韦特不在自己家里招待任何邻居，他本人也从不串门。至于说他好像在研究魔鬼书——这全是老娘儿们的胡说八道。他确实不去教堂，可这个嘛，就像人家说的那样——每个人都能以自己的方式选择自己的信仰。这不，在我们切尔沃诺，还有兹亚布洛夫卡，都有同样一些人，他们也不去教堂，只是每个礼拜天穿着长袍私下聚在一起读经书。可人家过得也没什么，挺好的呀……不喝酒，不抽烟，也不玩牌……做事清清白白……人家谣传，好像他们在婆娘上很混乱……”

起初，茨韦特以冷淡、豁达的无所谓的心态听老头儿闲扯。但一股远远的，后来变得越来越明显的焦糊味，渐渐传来且惊动了他的嗅觉。这股味道终于强烈得连看门人都已经闻到了。

“顺便问一句，您家里是不是在烧什么东西呀？”他问道，一面小心翼翼地把碟子放在桌上。

“还在烧，”茨韦特答应道，“我去看看。”

他在老头儿的陪伴下走进书房。大桌子上烟尘腾腾、火光熠熠，那本翻开的红色羊皮封面的书烧得正旺。茨韦特马上联想起他昨晚可能忘记了熄灭蜡烛，它烧到头的时候，蜡油滴到书页上，引起了火苗。

“您还是把它扔到炉子里去吧，少爷。”战战兢兢的老头儿建议道。“让我来吧。”

茨韦特伸出一只手，想要阻止老头儿。

“等一下。可以熄灭的。”

但那本书已经飞进了壁炉黑洞洞大张着的嘴巴，在里面欢腾着燃烧起来。

“噢，好啦！”看门人心满意足地咯咯笑了起来。“去它的，见他妈鬼去吧！”

“是的，没错。”茨韦特平静地应和着，转身背对壁炉。这一刻，他根本没回忆起在刚刚过去的深夜自己埋头于那本红皮书籍所度过的几个小时。但莫名其妙地，他忽然感到了烦闷……

在看门人的帮助下，他打开前厅和起居室内膨胀变形的腐败的护窗板，日光下，偌大的房间呈现出自己空落、丑陋和荒弃的容颜，这容颜流露着肮脏、忧愁、颓败的老态。房屋的各个角落都挂满蛛网，宛如幽暗的微微摇曳的幕帐，熏黑、开裂的天花板乌蒙蒙一片，时光和老鼠啃噬过的家具，歪歪斜斜、翘曲不平，裸露着自己的纤维、蒲席和弹簧组成的内脏。陈腐的木板墙上，某些地方贯通的孔洞里透进外面的光线。空气中笼罩着潮烂、老鼠、蘑菇、霉

菌、囚牢和死亡的气息……

“瞧，这些破烂儿！”茨韦特摇着脑袋说。

“没错，”看门人搭话道，“在里面住的话，那可得小心点儿。您就瞧着吧，会塌的。修也不划算，应该盖新的了。”

茨韦特沿着摇摇晃晃、七扭八歪的台阶而下，进了花园。但那里显露出的冷落、荒芜、凄凉之气愈加浓重，愈加强烈。小径上野草丛生，朽烂的篱笆墙倾倒、发黑、泛绿，暖房碎裂的玻璃上流淌着脏兮兮五彩斑驳的光晕。

孤独、疲惫和忧伤感突然凶猛地抓住了茨韦特，他肉体上都感觉到它在喉咙与胸膛内的煎熬。为什么要跑到这世界的边缘来？谁需要这些破烂玩意儿呢？在城里，在六层屋顶，棺材形状的天棚下的那个小房间充满可爱而谙熟的舒适感，无比诱人地浮现在他眼前。“唉，要是能赶快回家该多好呀，”他心里想，“无论如何我也不会在这里生活。”

这时候，大路上传来铃铛声。随后又响起了车轮声。一辆轻便马车停在了大门口。

“看样子，是科兹涅茨来的邮车吧？”看门人说道，“它就是这种铃声。”

茨韦特赶忙踏上白杨树林荫道。迎面走近一个邮递员，一个高高瘦瘦的小伙子，又年轻，又快活。他卷曲的红头发从豪爽地歪向一侧的大檐帽下狂放地支棱出来。淡蓝色的眼睛在长满雀斑的脸上机灵灵闪烁。

“茨韦特先生吗？是您吧？您的电报。”邮递员边走边喊。“荣幸地欢迎您的到来。”

茨韦特拆去封条，打开灰色的方形纸包。电报是托费里发来的。

科兹涅茨信使送切尔沃诺庄园主人茨韦特收。请即刻动身找到买主现价四万争取更高致礼托费里。

在最初的一瞬间，茨韦特似乎想象不出给自己发电报的是个什么样的人，这种怪异的情形让他自己都有点儿震惊，然后，他费了一点儿力气，才回忆起自己那位代理人的个性特征。但对自己想卖掉庄园的念头与电报的出现如此巧合这一点，他丝毫不感到惊奇，甚至都没有细想这件事。

“老大爷，我要回去了，”他郑重地说，“怎样才能在村子里找到马车呢？”

“您愿不愿意跟我走呀？”邮递员主动提议。“反正我要去车站。您的电报也是我顺路从科兹涅茨带来的。我们的马车不错。给车夫一点儿酒钱——眨眼间就到。还正好能赶上特快列车。”

“您待得太短了，”苍老的教堂看门人说道，“就是说，您对我们这儿没兴趣吧？……您是城里人，小伙子……最真诚地感谢您，少爷……会为您的健康干一杯的……衷心祝福您万事顺利，事业成功。愿您……”

“好的，好的，”茨韦特兴冲冲地打断了他。“请您稍等，我只去取一下行李，然后就——出发！”

当我们眼望电影银幕，看见生活的故事在上演，平平常常、有条不紊，也许只是加快了些节奏，这时候就意味着，胶片在以每秒二十帧左右连续画面的速度通过机器焦点。如果放映员稍稍快一些转动摇柄，与此相应，所有姿势和动作也会加速。每秒四十帧图片时，人们就会在房间内飞奔，不抬脚也不落脚，就像穿着冰鞋滑行；出租马车的劣马将以顶级大走马的疾速奔驰，并且它还好像有一百条腿；延误了与情人约会的年轻人，疾如流星地划过画面。最后，倘若放映员突发奇想、任性胡闹，还要加快底片的速度，那么银幕上将会出现连绵不断的、灰蒙蒙、颤悠悠、不知要飞向哪里的一条光带。

在旁观者的眼中，切尔沃诺之行后，茨韦特的全部生活所呈现出的正是那种速度。数百、数千、数百万最光怪陆离的事件，突然瀑布一般猛冲进这个温顺、隐忍的人默默无闻的生命，卷入这个老好人百无聊赖的平静生活。一位无形操作员的手臂忽然转动起他的生活底片，速度就像发热病一样，不仅日日夜夜、午餐晚饭、屋内和街头的会面以及其他日常琐事，甚至包括最出格的遭遇、闻所未闻的神奇历险、各种童话般虚幻的奇迹——这一切都汇成一团鬼知道要卷向何方的污浊的旋风。

隐形放映员的手臂好像也会不时感到疲劳，但他却并不停止转动，而是把摇柄换到另外一只手上。那个时候，在一旁观看这部真实影片的观众，便可以在四五秒钟内，讶异得张大嘴巴，瞪圆眼睛，剖析就连用自己的故事取悦夜夜失眠的苏丹的美丽绝伦的山鲁佐德①以她自己永不枯竭的想象力，也梦不见的那些事情。但在这场不知从哪里刮来的日常生活的风暴中，最引人关注的是他的主人公伊万·斯捷潘诺维奇·茨韦特，竟然对发生的事情毫不惊诧。不过，他偶尔也会体验到对命运悲哀的顺从，以及面对必然发生的事情时的那种无能为力感。

能稍稍触动他的——尽管仅仅是稍纵即逝的短暂瞬间——是这样一种情境：像信纸背面透出的字句，像债券上的水印，像凌乱梦境中模模糊糊的潜梦，透过他不计其数的历险所组成的绚烂斑斓的万花筒，异常频繁且不由自主地闪现出——遥远而熟悉的他复折屋顶阁楼内的陈设：对称铺饰着绿枝红花的泛黄的印花壁纸；日式屏风上，红腿鹳在芦苇丛中信步，身穿蓝色和服的光头渔翁，手持钓竿在石头上端坐；系着蓝色蝴蝶结的透花纱帘悬挂在窗上。这些景物在混杂、重叠、光怪陆离的运动中浮现，刹那间融化，消失，宛如玻璃上的哈气，在心底留下倏忽而逝的一丝疑惑、惊惶和怪异的羞耻感。

整场电影般的魔术开始于戈雷尼谢车站，茨韦特在那个殷勤的邮递员陪伴下，正午时抵达这里。这个偶遇的同伴是个非常可爱的年轻人，年龄大概跟伊万·斯捷潘诺维奇相仿，但却没有他那种拘谨的谦恭劲儿——快活、周到、健康、爱笑爱闹、冒冒失失，就像健壮的一岁的幼兽。想必他在以自己年轻的好胃口，心地纯朴、毫

① 《一千零一夜》中苏丹新娘的名字，以夜复一夜地给国王讲故事而免于一死。

无保留地吞食着农村腹地的朴实生活所能赐予他的所有快乐：擅长在娴熟的吉他伴奏下身手敏捷地舞出花样，在神父、邮政所所长或乡文书家的晚会上，当仁不让地跳上一段第五节卡德利尔舞曲的独舞，开开心心地豪饮大啖，用标准的第二男高音合唱《披上斗篷，大襟下挂着吉他》，在门厅的黑影里或玩逮人游戏时，从风情万种而又略显胆怯的少女嘴上讨得短促的颤栗的亲吻，用黑乎乎、鼓囊囊的扑克牌玩顶牛或二十一点时赢上五十戈比，得意洋洋地左别一把拔不出鞘的大匕首，右挎一把生锈且没有扳机的十磅重的老式史密斯·韦森手枪。

这个棒小伙儿彻底折服和迷住了谦卑的茨韦特。所以到了戈雷尼谢车站之后，他们俩在车站小卖部痛痛快快地喝了伏特加，吃了醋渍鲇鱼肉，并且彼此感觉到那种霎时萌发、无端无由，但又忠贞不渝、和睦友爱的惺惺相惜，这种感情在年轻时是那么地合情合理、美妙迷人。

两辆列车从两个方向几乎同时进站。要分别了。心地柔软的茨韦特忧郁起来。他紧紧握着瓦西里·瓦西里耶维奇的手，突然无法抑制地想要送对方一件东西留作纪念，却又想不出送什么，除了口袋里那个滴答作响、因为年月久远蒙子已经被磨花和泛绿的廉价的黄铜怀表。但他想象这个物件的出现或许恰逢其时呢：路上，快乐的邮递员曾经滑稽地讲述过，在给相好的姑娘们表演“神秘的托钵僧，或者叫帽里藏蛋”时，他如何用厨房的捣槌把自己的轮摆式钢表砸得粉碎。

“我的怀表是个微不足道小玩意儿，”茨韦特思忖道，“可好歹算个纪念。它还带一个小表坠，一个肉红玉髓的小印章……可以拿去刻上姓氏和名字的首写字母，或雕成一颗穿孔的心形……”

他柔声说：

“您是位顶好不过的旅伴。要是我不走的话，我和您或许能结为好友。请不要拒绝我作为纪念送给您的这件东西……”他一面把手探进坎肩儿口袋，一面为了用轻松的玩笑话掩饰一下礼物的微薄，又说道，“……瞧这个带钻坠的家传金表……”

“嗬——嗬——嗬！”邮递员友善地哈哈大笑起来。“如果您不吝惜的话，有什么办法呢，说心里话，我不会拒绝的。”

可接下来，当茨韦特迟疑着拽出英国工匠诺尔顿的杰作，一块硕大、古雅、异常精美的金表，把它展现于世间时，他自己都惊诧得眼睛鼓突起来。被衣料偶然夹了一下的打簧启动了报时装置，怀表悦耳地敲响了十二声[①]。精致的金表链上挂了一个镶嵌着小钻石的黑色珐琅戒指，那粒钻石在阳光下闪闪发亮，犹如一颗无比洁净的露珠。

“抱歉……那么贵重的东西，”窘迫不安的邮递员咕哝道，“我，真的，我感到羞愧。”

但茨韦特的讶异已经消散了。“也许是不小心拿了叔父的吧。无所谓了，没什么的。”他随便寻思片刻，以特有的质朴劲儿做了一个漂亮的手势：

“收下吧，收下吧，我的朋友。如果这个东西让您称心，我会非常高兴的。”

7

到了分手的时刻。红头发的邮递员要带着自己装信的皮包赶路了。年轻人再一次紧紧地握住了手，四目相视，又突然莫名其妙地相互亲吻了一下。

“您这个人真是太好了，”动了感情的茨韦特说，“真心祝愿您能成为邮政局长，到时候再娶一个美丽、富有、贤惠的女人。”

邮递员带着鲜明的绝望神情，甩了一下手。

“唉，我们这俩傻瓜最好能找个地方喝杯茶。您的第一个祝愿即使能够成真，那也要等到五年以后。必须要有区里的哪个局长丢官或去世，嗬，我可不希望任何人倒霉。而第二个——唉，我说什么呢，我的孩子！——对我来说是那么不可思议，简直如同妄想当

① 这里所说的怀表应该是一种功能复杂、名为“三问表”的顶级机械表，表壳边装有按钮或拔钮，触动它时会启动一系列装置，报告时间。

一个中国皇帝。我对您呀，我亲爱的茨韦特先生，当然要实话实说，百分之百地信赖了。眼下有一个……在斯塔罗杜布……名叫克拉夫杜什卡娅……她让我深深地动了心。圣诞节时我跟她跳舞，甚至都表白了心意。可是——有什么用呀！她爹——一个木材商人，暴发户。光是克拉夫杜什卡娅的彩礼钱就开出三千块，还不算那些东西呢。我怎么能跟她相配呀？可她却对我青眼有加，接受了我的表白。她说：'您忍一忍，也许我能说服爸爸。'她说：'您等一等，我会给您信儿的。'但四月马上都快过去了……明摆着的事，她忘了。姑娘的记性不会长久。唉，勾起一长串的痛苦哟。不过呢，还是祝福您一路顺风……祝您万事如意……我走了，走了。"

伊万·斯捷潘诺维奇走进车厢。包厢窗子紧闭。放下车窗的时候，茨韦特正好看见自己对面相隔三步远的距离，停靠着一列相反方向的火车，车窗口内伫立着一个妩媚的女人。她身后幽暗的背景就像画中一样，柔和而鲜明地衬托出华丽的、春天佩戴的、装点着玫瑰花的白色女帽，明灰色的丝绸大衣，粉红、姣妍、柔美、迷人的面容，以及双手捧着的摇摇欲散的一大束今天清早刚刚采摘的鲜嫩的丁香花。

"多美啊！"茨韦特暗自赞叹，他激动的目光定定地落在她身上。"多么温柔，纯洁，聪慧，善良，秀美。全世界也没人能跟她相比！美人很多，但她——独一无二，无与伦比，不可复制。噢，她在微笑呢！"

是的，她在微笑，但只有一双眸子在浅浅地嫣然而笑，这眼神脉脉的笑意中，包含着无邪的风情、亲昵，以及自身的健康和春光所带来的喜悦与青春俏皮的欢欣。她把鼻子、芳唇和下颏埋在丁香花串里，似乎在不经意间，渐渐把自己乌亮、灵动的眼神与伊万·斯捷潘诺维奇沉醉的目光交会在了一起。

但就在此刻，茨韦特的列车缓缓向右启动。可仅过一瞬便明白了，这不过是铁路上常见的那种幻觉：开启的是美丽女人的列车，他的却原地未动。"哪怕是给我一朵呢！"茨韦特默默叹息道。就在这个时候，美丽绝伦的女人无比迅速和敏捷地把花束径直抛向了茨韦特身旁敞开的车窗。他竟然接住了它，而且还来得及把身子探出窗口，几次把花束优雅地贴近自己的双唇。那个美人却大笑起来，笑得那么灿烂，牙齿都在春日正午的阳光中闪耀，她低头道别，马上消失在了车窗后面。此刻，她的车厢斑驳起来，模糊起来，融入了其他的一长串车厢，消失了。

茨韦特的列车也启动了。而这个时候，被推开的门“轰隆”一声震响。冲进包厢的竟是那个邮递员瓦西里·瓦西里耶维奇。他的大檐帽完全滑到了后脑勺，红发像燃着的一团火，脸色潮红且洋溢着幸福。他非常激动地紧紧攥住了伊万·斯捷潘诺维奇的双手。

“我亲爱的……但愿您能知道……什么？火车开了？嘿，去他的那些通信人吧。榨我的血汗……让他们等一天吧……我要送您到下一站……这样的日子不会有第二回的……但愿您能知道！……不，您本来就是个魔法师、魔术师、占卜家和预言家。您就像古老童话里的一个神奇善良的巫师……”

“亲爱的瓦西里·瓦西里耶维奇，请您讲清楚些。我一头雾水。”

“真是太神了！您只管听听吧！分手时您对我说：希望您能当上邮政局长。对不对？记得吗？”

“记得。”

“然后还有呢。希望您能娶到一个好小姐，她怎么怎么样……是不是？”

“嗯，是的。”

“这不，您想象一下吧……就跟奇迹似的！……我接过口袋，它又破旧又糟烂，突然就散了。小山一样的信件散出来。我捡它们。我突然看见两封，两封给我的。您瞧瞧吧，您只管瞧瞧吧。”

他塞到茨韦特手里两个信封。一个——公家的灰色大信封，另一个——小小的，淡紫色的，字迹稚拙可爱。茨韦特郑重地声明：

“也许，这些信里有什么……我不便了解的吧？……”

“您吗？您吗？您怎样都可以！您是——我的大恩人。您看看吧！读读吧！”

茨韦特看了信。第一封——区里寄来的。信里写明，外派邮递员瓦西里·瓦西里耶维奇·默德斯托夫被任命为萨布罗沃镇邮政电报局领导一职，以顶替身患重病的局长。而那个淡紫色的信封里，正面左上角贴着两个正在接吻的天蓝色小鸽子的绿色信纸上，向右

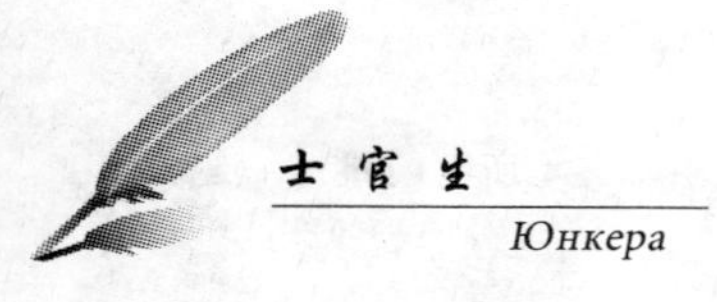

倾斜的稚拙笔迹细心地写有五行字，五行在朴素的希望和天真的信任驱使下所写的、不带抬头、另外还有十三处语法错误的文字。

“好极了，”茨韦特交还信件，温柔地说道，“真心为您高兴。”

“我幸福死啦！”邮递员心花怒放。“哎，在如此欣喜的时刻，要是能弄瓶卡奥尔酒就好了。我愿意用我最后的五个卢布请我可爱的好朋友。魔术师先生，我们吃喝一顿怎么样呀？”

“也好，我不反对。”茨韦特表示赞同。恰好此刻有人敲门。闪进来一位蓝礼服、金纽扣、手持卡片的服务员。

“要早餐吗？”

“没错。”茨韦特回答得很坚定。“我们当然要吃早餐了。请先给我们拿……”他思量起来，但只思量片刻工夫。“给我们拿一瓶香槟酒，配上好一点儿的鱼子，还有醋渍蘑菇。”

“遵命。”服务生带着隐隐可以察觉的嘲笑，殷勤地答应一声，然后出去了。

“我跟您说过，您是个魔法师。”邮递员满心欢喜。“如果您现在想听音乐，就会有音乐。您下令吧，别客气。要知道您的每个愿望都能实现。”

茨韦特突然面色苍白，因为某种让人痛苦不堪的潜在的恐慌，他心脏抽紧。于是他用微微发颤的声音说道：

“好吧。来点儿音乐吧。”

悠扬的吉他旋律从过道传来。两个尖厉、干哑，但欢快而自信的嗓音，男人和女人的嗓音，唱起了意大利小曲：“O solo mio……①”

默德斯托夫从包厢向外窥视一眼。

“流浪音乐家！”他报告说。“哦，不过呀，您也够运气的了。简直是魔法。”

茨韦特没有搭话。他顿时恍然大悟，惊恐地回想起从早晨开始的整个一天。邮递员说得不错——他所有愿望几乎全都瞬间就实现了。醒来时他想喝茶——看门人送来了茶。他想——也同样是倏忽而过的念头——摆脱庄园——便收到了托费里的电报。想动身离

---

① 意为：“噢，我的惟一……”

开——瓦西里·瓦西里耶维奇就给他提供车马。他开玩笑说“送您怀表”——便从口袋里拽出一块不知什么人的古雅珍贵的金表。突然迷恋上车窗内的美人，想得到她的花束中的一朵鲜花——便那么贴心而突兀地得到了一整束鲜花，连同额外的飞吻和迷人的微笑。出于殷切的礼貌，非常偶然地预祝瓦西里·瓦西里耶维奇事业上的高升和期盼中的婚礼，老天便遂了他的愿。而现在车厢内又接连发生两个小意外……在偶然事件的这种恭顺和即时里面蕴含着某种不祥的东西……最关键的——最关键也是最沉重的——是，所有事件都是那么不可避免，它们好像轻松随意地取决于茨韦特内心中崭新的一个方面，其中甚至没有任何值得惊奇的地方。

茨韦特立刻感觉郁闷起来，内心也变得忧愁和狂躁。温吞吞的香槟和鱼子让他觉得可恶。坐在餐车里的时候，他突然厌烦起了红头发的邮递员：忽然觉得他太过腻歪、饶舌、肉麻、亲昵了。他们此刻正在吃鱼。瓦西里·瓦西里耶维奇用刀子插起一大块梭鲈鱼肉，已经把它递到张开的嘴边了，茨韦特地暗自想道：

“你最好离开吧，随便到什么鬼地方去吧。”

默德斯托夫马上咬紧牙关，闭上嘴，把叉着鱼肉的刀子放在盘子里面，脸色发青，恭顺地站起身，说道：“对不起，我离开一会儿。”然后出了车厢。而且他再也没有回来。他在服务部的哪个地方睡着了，还是下了火车——这件事茨韦特永远都无从知晓。是的，说实在话，他也再没对这件事发生过兴趣。

早餐后回到车厢，对自己全新的操控意外事件的神秘异能，他又试着检验了几次。有一次他觉得火车爬坡时走得太慢了。“噢，好吧，快一点儿！”茨韦特命令道。或许火车也恰好在这一刻征服了山坡吧，它像服从他的操控一样，车轮隆隆地震动起来，一阵忙乱之后开始提速。“再快！再快！喂，再快点儿！”茨韦特继续催促着它。很快，电报杆在车窗外开始一闪而过，速度起初是三秒，然后是两秒，然后是一秒半；车厢仿佛喝醉了酒，来回地左右颠簸，并且它们似乎在你追我赶地拼命蹿动着，就好像是在跳山羊；玻璃稀里哗啦，车厢挂钩吱吱尖叫，减速器轰隆作响。走廊和隔壁包厢传来男人惊呼和女人的喊叫。

茨韦特本人也惊慌失措。“不，这已经过分了，”他想，“这样

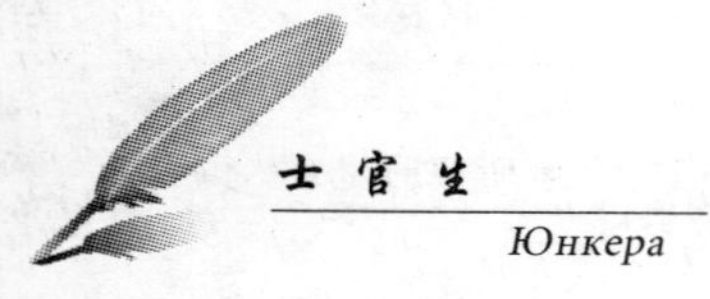

会让人发疯的。安静一些，拜托了。”

“遵——命——呜——呜！”机车拖长声音，安抚他似的嘶鸣着回应，列车像一个飞奔的巨人，气喘吁吁地开始减速。

“这就对了，”茨韦特夸奖道，“我更喜欢这样。”

过了不一会儿，来包房收拾东西的列车员解释了火车这样疯狂疾驰的原因。机车翻过山坡以后，空气制动器的什么地方出了故障，同时不知是送风器还是调速器也突然出了毛病。（茨韦特不是很懂。）乘务员因为风声没听清“减速”预警。此刻正好赶上一个又陡又长的坡道。火车全力向下冲去，速度提到了极限，达到一百二十俄里，到下一次爬坡之前都没办法减下来。这时候，列车工作人员才检查出疏漏，开始刹车。

“这一切多简单呀！”茨韦特心想……但这个念头里却隐含着种悲哀的不能自主的东西。

第二次时，火车刚好非常近地经过一座正在施工的教堂。在钟楼尖顶的十字架旁边，一个从下面看上去像条黑色小虫子的人正蠕动着干什么活计。“万一掉下来，会怎么样呢？”茨韦特闪念想道，同时感到心口窝阵阵发冷。而马上他便清清楚楚地看见，那个人突然失足，顺着亮闪闪的一侧弧形尖顶，开始一面无助地下滑，一面抽搐着想抓住光滑的金属表面。再有一瞬间——他就会跌落下来。

“不要啊，不要啊！”茨韦特大叫起来，惊恐中他双手掩面。但他立刻又张开手，带着兴奋的解脱感长舒了一口气。工人抓住了什么东西，现在可以看见他正趴在屋顶上，双手拽着从十字架底部垂下的一根绳索。

火车继续飞驰，教堂消失在转弯的地方。“难道我想目睹他摔死吗？”茨韦特质问自己。可他无法回答这个该死的问题。不，他当然不希望这个陌生的穷苦人死亡或残疾。然而就在他的心底，在某个恐怖的黑暗深处，在一层层同时涌现的，清晰、阴沉、几乎是无意识的思想、感受和欲望下面，有个类似恶毒的猎奇心一样的阴影始终在奔突。也就是在这个时候，茨韦特第一次带着羞耻和恐怖想到，倘若所有人类的愿望都能够瞬间实现，整个世界将会充满多么血腥的疯狂景象。

在一个车站，茨韦特命令风，命令它吹去一个举止傲慢的官老

爷头上的巴拿马草帽，那人正印度公鸡般趾高气扬地在月台上踱步。然后他从一旁冷眼观看，这个胖子如何追着那个飞奔的草帽，像山羊一样蹦蹦跳跳，还看见他的西装下摆怎样向上飘扬、翻卷，露出肥硕的屁股和吊裤带。

午餐时，一个肩佩将军徽章的铁路大员，一个肝火旺盛、好用权势的家伙，因为给他的鱼丁汤不是用鲟鱼而是用闪光鲟鱼肉烹制的，便当着全车厢的人，粗鲁地痛骂起伺候他的服务生。这一幕给所有人留下压抑和郁闷的印象。尤其可恶的是，将军在整个粗野的训斥期间都没停下吃东西，他的喊叫声一直夹杂着嘴巴的吧嗒声。

“你最好住嘴吧!”茨韦特懊恼地想道。那位长官立刻便张大嘴巴，仰在了椅背上，嘴里发出了嘶哑的哼哧声。他脸色发青，两眼充血，似乎马上就快憋死了。“噢，不，不，让他平安无事吧!”茨韦特连忙吩咐道。刚刚受过羞辱的服务生迅速、熟练、响亮地拍了一下不幸者的脖子。将军就像一只饮水的母鸡，猛地一仰脖，吞咽一下，喘过一口气来，满脸惊讶和欢喜地转动一下脑袋。他脸上的充血很快退去了。

“滚吧，下不为例!”他还在喘着粗气，显得严厉而又大度地说道。“否则……”

“几次三番了，”茨韦特毫不惊奇地心想，“这可真是简单。我显然碰到了一连串无比荒诞的偶然事件，它们恰好跟我的愿望巧合。我在哪里读到过，有一天，在彼得堡，一位大辅祭经过某栋建筑，上面掉下一块砖头，砸破了他的脑袋。第二天，同样的时间，另外一位大辅祭经过那里，也被砖头砸倒在地，而且击中的仍旧是脑袋。我还在报纸的杂俎栏读到过一个轮盘赌幸运儿的故事，他连续七次填‘零’，赢了七次。在时间和偶然性全都无穷无尽这个前提下，也可能还会轮到另一个赌博者凭借‘零’而连赢成百上千次呢。我听说一些人，他们一天之内遭遇到两次铁路事故外加一次轮船遇难。还有一些永远不知道输牌为何物的幸运儿……他们说——这是命数。那么，我也是碰到了某种命数。”

只剩下一个人留在包厢里的时候，他试着测验一下这种命数。他想喝点儿东西，于是低声说道：“现在，让四月的桌子上出现西瓜吧!”

但西瓜没有现身。这甚至让茨韦特有点儿欣喜。

“这样很好，”他评判说，“也就是说，不存在任何奇迹。一切都很容易解释。让我继续试一试吧。瞧，我对面的沙发上放着一束丁香花。其中有一枝分叉的支棱出来。让它折断了，飞到我这边来吧。”

车厢在转弯时猛地摇晃一下，花束掉在地板上。茨韦特捡起它的时候，地板上遗落了一枝，但它不是两杈而是三杈的。

“不及格。”茨韦特嘲弄道。“三减[①]。喂，再来一次吧。第一，我希望马上亮灯。第二，无论如何我都想闻到‘铃兰’香水的味道。”

就在此刻，列车员用长杆挑着蜡烛走了进来。他点着了圆形玻璃灯内的瓦斯，笨拙而又善意地微笑着说道：

“您瞧，老爷，不知道您愿不愿意……早晨打扫车厢时我发现了一个小瓶。哪位女士丢下的，好像是香水。我们用不着，也许您会有用吧？”

“您给我吧。”

茨韦特端详一下水晶玻璃小瓶上镀金的绿色标签，按照拉丁文的读法，大声念道：“穆古耶特，皮纳乌德，巴黎斯[②]”。他小心翼翼揭开包在玻璃塞上的薄膜，闻了闻，非常清新细腻地散发着铃兰的香味。

“噢，这是个巧合——可真是个巧合。”茨韦特宽容大度地感叹命运或其他什么未知的东西。“不过——算啦，到此为止吧，不想再来了，厌倦了。现在最好能找本无聊点儿的小书，然后睡呀，睡呀，睡呀。不要做梦，也不想听任何别的鬼话。让魔法见鬼去吧。要不然你会发疯的。”

“列车员，顺便问一下，你们有什么小书看吗？”他问道。

列车员犹豫片刻。

“有，不过您可能不会看的。大名鼎鼎的骗子罗坎博尔历险记[③]。想看的话，我愿意拿来。”

---

① 学生考试的分数。

② 法文“Muguet，Parfum，Paris”的俄音，意思是“铃兰，香水，巴黎”。

③ 法国作家庞逊·德·泰尔莱利（1829～1871）的多卷本长篇小说，又译作《罗坎博尔历险记》。

“那就请把您的骗子带来吧，再整理一下床铺。”

他惬意地钻进清爽的被窝，但刚刚看到这部杰作的十五卷十一章十二节的头几行，睡梦就温柔甜蜜地模糊了他的意识。他记忆里滑过的最后一簇清醒的火花，是漆黑的窗口，是窗口内那顶白色女帽下粉白娇柔的面容和乌黑灵动的眼眸，还有调皮可爱的微笑中闪耀的皓齿。“很想明天见到她。”快要进入梦乡的茨韦特呢喃道。

早晨迟迟醒来以后，他首先见到的便是手持报纸坐在对面沙发上的梅福季·伊萨耶维奇·托费里。

“早安，我最尊敬的委托人，”代理人问候茨韦特，“您休息的可好？我特意不吵醒您。您睡得那么香。”

“我在哪里见过他。”茨韦特暗自思忖。“在以前，还是在认识他之前，还有眼下，非常非常近的时候。他握我的那只手是多么令人不快呀，硬邦邦、干巴巴的，像个蹄子。他身上还散发着硫磺味。那张脸根本就不是人脸！”

“您怎么会在火车上呢，梅福季·伊萨耶维奇？”

“我是专门提前三站来迎您的。没有您我感到寂寞，真是见鬼！另外，我还有一大堆事要找您。不过您还是赶快去洗漱一下吧。总共还剩半个小时了。您去吧，我会安排早茶的。”

洗漱时，茨韦特久久不能消除心中的一些奇怪感受：忿恨，沮丧，还有从前那种熟悉而又暧昧不明的对灾祸的预感。“这个神秘人身上这种黏糊糊的殷勤劲儿是怎么回事呀？”他在琢磨。“瞧，我们的生活轨迹又重合了，而且还无法分开……这到底是怎么了？难道我害怕他吗？”茨韦特瞧了瞧镜子里的自己，摆出一副骄傲的神情。“根本没有的事。但无论如何我也要对他客气些。不管怎么说，很多事情我都要感激他。因此，不要乱发牢骚，我亲爱的茨韦特先生。”他对自己镜子里的形象叮咛道。“世界辽阔，生活美好，洗漱

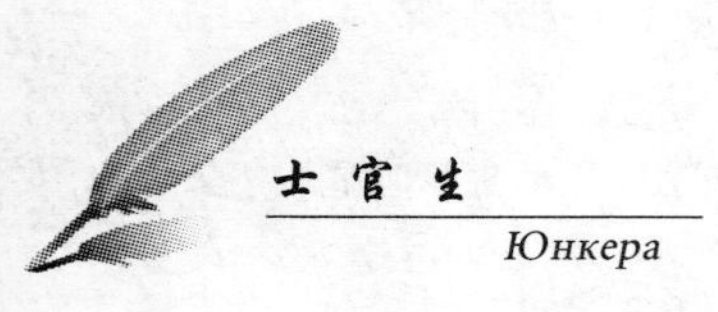

让人精神焕发，而您，即便不是一个公认的美男子，可也比魔鬼好一些吧，您年轻、健康，不愿任何人不幸，您未来无限。请您去喝茶吧。”

在过道里，面朝敞开的车窗站着一位身穿浅灰色丝绸长衫、戴着白帽的女士。她朝茨韦特转过头。他在喜悦的窘迫中定住身子，眼前就是昨晚那位扔花给他的女人。他看见娇艳健康的红晕如何渲染她绝美的面容，清风怎样拂动又飞快地卷起她绺绺纤柔的云鬓。有几秒钟，他们面面相觑，找不到言语。女士先开的口，她无比独特的嗓音如此娇柔、温润，直沁心田！

“我必须请求您原谅……昨天我纵容自己……那么放肆的……幼稚举动……”

“勇敢点儿，伊万·斯捷潘诺维奇，”茨韦特给自己鼓气，“抛开平日里的笨拙，要表现得殷勤、机智和文雅。”

“噢，请您千万不要表示歉意……是我的过错。我一边欣赏您的花，一边心想：真希望能给我一枝！可您是那么的慷慨大度，送给我一整束。”

“您瞧，我也觉得您想要这束花。我这样做好像有点儿身不由己……”

“请允许我真诚地感谢您……春日里，阳光明媚的天气，还有从您手中得到的第一束丁香花……我是您永远的负债人。”

“我以为您给吓坏了呢……也许会把我当成从疯人院跑出来的女人。”

“绝对没有。这是个非常可爱、优雅……女皇一样的举动。我会永远珍藏这束花，来纪念这次短暂而奇妙的相逢。顺便问一下，我无论如何也不能理解您怎么会上了这辆列车呢？要知道您乘坐的可是相反方向的……”

女士快活地大笑起来。

“哎呀，我干了一件无法想象的傻事。您想想看，我在戈雷尼谢上的根本就不是我要坐的车次。第三遍铃都响过了，我问坐在我旁边的一个老大爷：‘我们很快就会经过库尔斯克吧？’可他回答说：‘女士，您赶紧去坐相反方向的吧，那才是您的火车。’当时我连忙抓起提包，冲到车厢平台，纵身跳下开动的火车……然后就坐

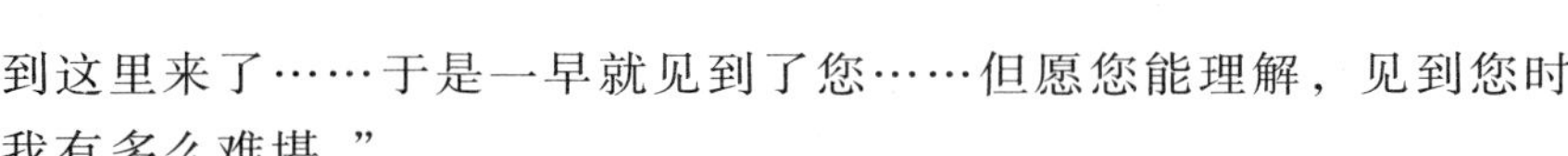

到这里来了……于是一早就见到了您……但愿您能理解，见到您时我有多么难堪。”

“这可真够不小心的……跳火车。万一出什么意外就不要紧吗?”

“嗳！我身手敏捷着呢……再说了，是祸也躲不过呀……”

“可您知道吗，”茨韦特郑重地告诉她，“昨天晚上躺下睡觉的时候我就想过，今天早晨一定要见到您。这是不是有点儿奇怪?”

“您可别信这个……不管怎么样，我们匆匆而过的相识虽然有点儿可笑，但也真是不太寻常……”

“所以呀，”旁边传来托费里的声音，“请我给你们相互引见一下吧。”

美人的脸上飘过一丝勉强可以察觉的不满神情。

“哟，是您呀，梅福季·伊萨耶维奇……真是没想到。”

托费里郑重其事地介绍了茨韦特。

然后他说：

“洛科捷娃小姐，瓦尔瓦拉·尼古拉耶夫娜……”

“而这位是无所不知、无处不在的托费里先生。”她回应道，同时像男人一样有力而热情地握了握茨韦特的手。

“到我们那里喝茶吧，”托费里邀请道，“我们的茶马上就好。”

瓦尔瓦拉·尼古拉耶夫娜谢拒了茶，但去了包厢。她落座时打量了一下花束，眼神立刻与茨韦特交会在了一起。凝注的目光里闪过一星亲昵而嘲弄的火花。随后，两个人像是在恪守无言的协议，只字未提昨晚的奇遇。

托费里以一个饱经世故的精明老手所具备的自信和放肆，让他们的关系变得越来越近。据他讲述，瓦尔瓦拉·尼古拉耶夫娜是大名鼎鼎的磨坊主、慈善家、艺术保护人的独生女。她一年前中学毕业，却不打算上高等进修班，尽管眼下这是一种风尚。她以美国人的方式生活，完全独立，凭兴趣选择自己的交往对象，自主接待朋友，并不局限于父亲的熟人圈子。她永远健康、快活，就像水中的鱼儿、树上的鸟儿。父亲不把她当做助手来夸耀。她不会受到任何人欺侮，但对人类的苦难却怀着天使般的慈悲和同情。她是个绝佳的骑手，擅长手枪射击，还是个音乐家和戏剧票友舞台上出色的滑稽女角[①]。

至于茨韦特，这是一个舍弃了狭窄仕途，转而从事农业和土地活动的青年才俊。他此行是去切尔尼戈视察继承的田产。他有一副好歌喉，是个抒情男高音[②]。具有一定水准的艺术家和诗人……社会栋梁……专注于应用数学，还有神秘主义研究。让托费里感到惊奇的是，这两个如此招人喜欢的年轻人在同一座小城里生活这么久，竟然没碰过一次面。

这一切近乎某种说媒拉纤。当托费里讲到自己，并胡乱地混淆真实和虚构的时候，茨韦特咬着嘴唇，在座位上局促不安，瞧都不敢瞧洛科捷娃一眼。她却友善纯朴地说道：

“非常高兴我们能够相识，伊万·斯捷潘诺维奇，并且希望能在我家里见到您……您有笔记本吗？请您记一下：奥杰尔大街……不知道吗？是在城郊，石头镇——洛科捷夫宅第，十五号，每周四，五点左右。如果您有时间和愿望，敬请光临。我会非常开心的。”

茨韦特点头致谢。最后他发现她没有邀请托费里，于是心想：“或许她跟我一样，对这个目光空洞的人也不抱好感。”

到了车站。紧紧的握手，温柔、晶亮、善良的眼神，随后，插着粉红花朵的白色女帽很快便消失在了人群当中。

“漂亮吧？”托费里眯着一只眼睛，问道。“瞧，这可是个地道的新娘……又有美人的容貌，又有教养，又可爱，又有钱……”

“行啦！”伊万·斯捷潘诺维奇粗鲁地打断他，这完全出乎他自己的意料。托费里驯顺地不再出声。他拎着旅行包，茨韦特也看在眼里了，但并没有感到不安并做出一副为此发窘的样子，因为这样做似乎理所当然，但为什么——茨韦特自己也不知道，何况他也脑子里根本就没想过这件事。在出站口，他轻率地说：

“应该有辆汽车。”

“马上。”托费里奴仆似的赶紧附和。“摩托车！去欧罗巴。”

托费里路上讲起了正事。茨韦特不在的情况下，他卖掉了庄

① 原著中“滑稽女角”一词为用俄语说的法文。

② 原著中“抒情男高音”一词为用俄语说的法文。

园。他请茨韦特不要为此生他的气，交易场中碰到这种百年一遇的可靠的好生意，倘若拒绝的话会让人感到羞耻的。托费里用得到的所有钱款去赌了一把，在两天内把它翻了一倍。顺便提一下，这一次赌博的胜率是万分之一。随后，他，托费里，发现阁楼间如今已经完全不符合茨韦特这样显赫人物的身份了，因此斗胆把自己委托人必不可少的物品搬到了城里最高级的饭店。当然这只是权宜之计，明天就可以物色到舒适的、有四五个房间的上等公寓，精心陈设一番，购置地毯、鲜花、画作和各种摆设，营造出一个温馨怡人的小窝。在这方面，托费里具有精细无比的品位，并擅长低价买到“保真的”货色。他们今天将前往城里惟一一家像样的裁缝店。若想衣着高尚、奢华考究，就不得不去一趟英格兰。在伦敦只需订制男士衬衣和西装，领带和帽子呢——要在巴黎买。不过这要留待日后了。眼下需要在上层社会中建立牢固而有威望的交际圈子。而那时候再到彼得堡、伦敦、巴黎、比亚里茨、尼斯……简单说吧，我们将征服全世界！……

他在侃侃而谈，而茨韦特神情安意，大度而漫不经心地听着，偶尔懒洋洋点一下头附和他。这情形好像也理所应当似的，并且也惟有茨韦特和托费里才能理解。

但一小时之后，伊万·斯捷潘诺维奇却强烈地感到了震惊、困惑和不安。他们在酒店餐厅雅间快吃完精致昂贵的早餐时，托费里点了咖啡和烈性蜜酒，并对侍应生说道：

“我们不需要什么了，克林曼吉。如果要什么的话，我会叫您的。”

那位出去了，托费里在他身后紧紧关上房门，甚至还拉上了呢门帘。然后，他回到桌子旁，面对着茨韦特，双膝跪在了椅子上，身子弯向桌子，几乎趴在了上面，双手抱住脑袋。他阴沉、凝滞、死死盯住茨韦特的眼神异常古怪，里面充满强烈的意志、咄咄逼人的指令、低贱的乞求，以及隐隐的凶狠的恐吓——全都混作一团。有几秒钟，谁都未出一声。托费里呼吸急促，鼓动着鹰钩鼻硕大的鼻孔。最后，他声音沙哑、微弱地咕哝道：

“那个词？……您猜到了那个词！……”

“我不明白。”茨韦特轻声回答，并在托费里双眼发射出来的威

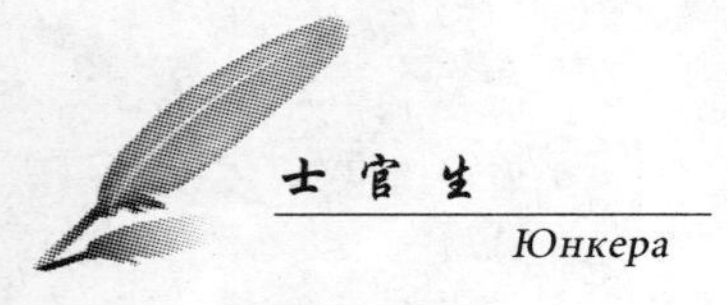

力下，不由自主地向后挣了挣身子。“哪个词?”

托费里的目光变得愈加坚定、执著和可怕。汗珠从他的鬓角沁出来。眼珠里燃起了浓重的黑褐色的火焰。

“在那里……在庄园……书……公式……红色封皮……梅菲斯托费里……”茨韦特的大脑恍惚泛起点点光亮。托费里坚持不懈地继续低声说道：

“恳求您说出这个词吧……只需一个词，我就将成为您的仆人，您终生的奴隶……”

茨韦特浑身发冷，嘴唇发干。托费里的愿望所唤醒的某种东西在记忆中形迹不定、模模糊糊地摇曳，就像刚刚在梦中见到而在醒来后的意识里又让人无法捕捉、融合成神秘形象的那种难以捕捉的痕迹，那种细微的感觉。

“我不知道……我没有办法……我不能……”

托费里柔和地，悄无声息地翻身滚下椅子，趴到地板上，像狗一样四脚着地爬到茨韦特身边，抓住他的两手，鸟啄食似的开始亲吻它们。

“词，词，词……”他语无伦次。“请您回想起，回想起那个词吧!”

有一秒钟茨韦特眯缝起双眼，然后凝视了托费里片刻。

“算啦，不要这样，”他厉声喝道，“听清了吗——我不愿意!”

托费里背对着茨韦特站起身，踉踉跄跄走到包间一角。在那里他呆呆站了两秒钟。而等他转过身来的时候，面孔已然扭曲成充满嘲弄意味的狰狞的嘴脸。

“见鬼去吧!”他大叫一声，把手臂抡圆了在自己面前打了个响指。“见鬼去吧。我喝醉了。忘了我的胡说八道吧——也让它见鬼去！请您原谅。可是还有……惟一一个小小的、您不费吹灰之力就能满足的请求。”

“好的。您说吧。”茨韦特答应道。

托费里把手伸进口袋，攥成拳头掏了出来。

“我手里是什么?”

茨韦特微微含笑，自信地回答：

“一枚小金币。”

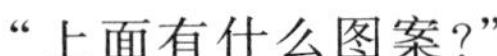

“上面有什么图案?”

“稍等一下……马上。女人头像,转向右侧对着观看者……脖子赤裸……面相凶狠、枯瘦。瘪嘴唇,翘下颏,尖鼻子。大绺的卷发,头上顶着一个很小的王冠……”

“嗯……没错,”托费里语气里透着忧伤,“猜中了。五卢布的安娜·约翰诺夫娜[①]金币,一七三九年出品。没错。您想不想来点儿香槟?”

正是从这一天起,开启了茨韦特在上层社会的辉煌名声。像他在旅途中所经历过的一系列心想事成的情形一样在面前展开,宛如五彩斑斓的东方地毯,茨韦特以主宰者习以为常的冷漠,践踏着这奢华的织物。

短短的时间之内,伊万·斯捷潘诺维奇便化身为这个城市传扬的神话。有形有影的传言把他的财富规模夸大到几百万、几千万卢布。好奇的人们在他身后张大嘴巴,给路人指指点点,就像解说世界第八奇迹,报纸上几乎没有一天不刊登他的古怪行径、慷慨大度和好运气。毋庸赘言,他身边立刻主动聚拢起朋友、相识、食客、乞讨者、饶舌者、谗佞者所组成的闹哄哄的随从。在丝毫没丧失心灵中那种天生的善良和谦卑的同时,茨韦特很快便学会了洞察世人的复杂艺术。有时候,他往往只需缓慢地瞥视一下傲慢的无耻之徒或纠缠不休的勒索者的眼睛,稍作思量:“再不想见你!”——那个人马上就会退后,变为某种背景,变得模糊起来,渐渐失去颜色,永逝不复地融化并在空间中消失。

只有托费里会百折不挠地回到他身边,尽管茨韦特经常以心底

---

① 安娜·约翰诺夫娜(1693~1740),俄国女皇。

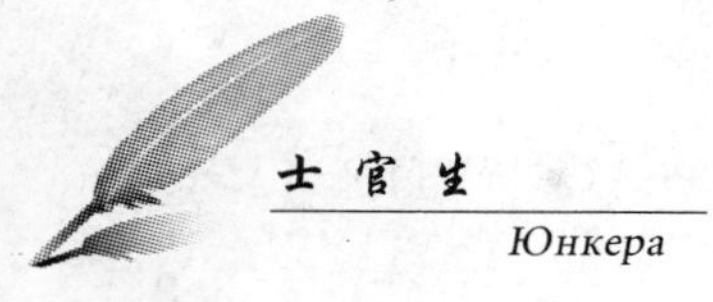

的指令驱逐他。这种情形往往发生在这种时候，当伊万·斯捷潘诺维奇猛然转过身，突然捕捉到代理人投射在自己身上的眼神——正在哀求和催眠的贪婪眼神，“词！说出那个词！”可怜又可怖的空洞的眼睛在号叫。茨韦特默默呵斥道：“滚！”——于是托费里整个人便垂头丧气地远远地避开，他被羞辱得俨然一条聪明、敏感的老狗，遭到喝斥后蜷下四肢、拱肩缩背，尾巴藏到肚子底下，讪讪地溜到一边，同时又用委屈、负罪的眼神偷偷回望。

但在一天或一个小时以后，他就像什么都未曾发生似的，再次出现在茨韦特面前，而且带来交易所巨大收益的消息，装满一沓沓刚刚印好、咔咔脆响的纸币的皮包，最新流行的无伤大雅的笑话，奢华的或体面的提亲，以及新鲜消遣的所有选择。

他似乎无时无刻不在守护着茨韦特，如同保姆、嫉妒的妻子或尽孝心的儿孙。如果可能的话，他好像恨不得要去监听茨韦特梦中的呓语。没准儿他还真的倾听过呢，虽然茨韦特上床之前总会特意锁上公寓的所有房门。

伊万·斯捷潘诺维奇的每个愿望都能立刻实现，似乎某人无形而敏捷的手、无声而迅捷的脚真的在为他忠诚效劳。但其中并不存在奇迹，仅仅是愿望与现实持续不断的简单巧合而已。

茨韦特很多最异想天开的任性要求得以完成，要借助一些最平常的手段。比如他独自一人坐在自己豪华书房的椅子上，心里默念道：“我想跟椅子一起升空！”是的，椅子的确在他身下吱嘎作响，似乎想要拼命脱离地板，但伟大的引力定律却无法违抗。不过有一天清晨，茨韦特从窗口出神地欣赏在高空翱翔的鸽子，艳羡起它们轻盈美妙的姿态。“哎，但愿人也能有类似的体验！”他既真挚又完全漫无目的地想道。而当他从窗口转过身，飘忽的目光首先便落在那份头版以硕大的黑体字宣布今天为航空日的报纸上。于是，当晚他就以荒唐的费用，跟在飞行员后面，吃力地爬上了笨重、丑陋的“法尔芒”四号，在田野上空盘旋了两周，体验了十分钟生活在繁重的陆地世界中的人类刚刚得以实现的，最纯粹、最沉醉、最自豪的一种感受。

有好几次，他注视着放在自己眼前的水杯，坚定地低声说：“让水沸腾吧！”杯中的水清凉如故。但清晨开始便连绵不绝的雨水

每一回都会如他的心愿而停止倾洒。如果他想的话，就能随心所欲地聆听音乐，或是闻到不知从哪里飘来的花香。可有一天深夜，他在公园里想起了月光，最终却一无所获，因为这夜月亮已藏起了自己最后一道窄窄的光晕。

他从来也不能强迫蜡烛和火柴自动点燃。但有天夜上，由于他的突发奇想，城里所有电灯刹那间熄灭，所有的有轨电车也都停止运行，而如他后来得知的，这是因为线路出了什么故障。

至于日常的人类事件，可以说它们在盲目地依从茨韦特，仅仅是自己心地的善良和无意识的谦恭，才把他控制在了实施愚弄、羞辱和犯罪的边缘。此外有关他疯狂的成就，还在城里的“上流社会”兴致勃勃地流传。

一个明媚怡人的春日正午，他和托费里去看赛马。他们恰好赶上一场重要锦标赛的决赛。无所不知的托费里把他带到会员看台，很快便介绍他认识了所有赛手和赛马主人……

伴随着铃声，马儿们一匹接一匹——一共十一匹——被带到场地，茨韦特站在紧挨栏杆的位置，旁边是位高大臃肿、剃光了脸、身穿一件肥大衣的先生，他表面无动于衷，抽着雪茄，但又一直神经质地把这根烟咬来咬去。茨韦特恍惚听说过他的姓氏，不过就像在短暂的偶然相识中总会碰到的那样记不清楚了。这个人乜斜着眼睛，俯视着茨韦特，问道：

“您押谁？”

“稍等一下，”茨韦特客气地回答，“我才开始考虑。”

身后的观众席一面叫着赛马的名字，一面斟酌着它们的机会。冠亚军锦标的好运归属不会引发任何人的疑问。第一名应该属于那个长着一张鸟脸、穿白袖黑坎肩儿的干瘦的英国人，第二名——那个一身红衣、龇着白牙、冲观众闪动着大眼睛的黑人。赌马也在他们两人之间较量。第三的名次也有两匹马值得期待，但它们却勾不起人们多大兴趣。

在离起跑线一步远的地方，骑师们拨转马头，按照号码顺序，以稳重的疾步依次从观众面前飞奔而过，展示着自己的英姿勃发、精壮高大的纯种马，尽显它们体态的优美和动作的轻健。骑手本人身子微弓，轻松潇洒地坐在马鞍上，踩着短马镫，双膝蜷曲成尖

角。在他们面颊光洁、鼻头尖翘、被劳役摧磨得冷酷、被阳光晒得黝黑的面庞上，清晰地凸现出皮肤下面骨骼的所有隆起和坑洼。

其他的赛马全都经过以后，隔了很长一段距离，一匹体形漂亮、不太高大的金红色母马非常慌乱地跑过来，马背上的骑手穿一件缀着白星的蓝色坎肩儿。这匹马毛毛躁躁，不想服从骑师的驾驭；它的耳朵灵敏地扇动着，时而对着骑手，时而伸向前方，绸缎般的皮毛此刻已经汗津津闪亮，嚼子上淌着泡沫，在乌黑的没有一丝眼白的鼓突突的大眼睛里，阳光反射出炫目的火花。它的步伐由疾驰突然变为小跑，然后停下来，它左右乱跳，猛烈地摇动着漂亮瘦削的马头，拼命想要挣脱缰绳。

"就这匹……棕红色的吧，" 茨韦特颇显天真地说，"它会跑第一的。"

背后传来笑声。有个人带着讥讽而又压低的声音说道：

"没错，就像进了国家银行。"

伊万·斯捷潘诺维奇旁边那位挑起乌黑阴沉的眉毛，两根手指夹着雪茄，把它拿得离自己身体远远的，轻声吹了个口哨，拖着异常浑厚的沙哑嗓音说道：

"押萨塔内拉？太妙——了……我敢向您保证，它跑不出任何名次。它既不合群，又不守规矩，不受控制。骑它的是谁呢？卡祖姆-奥格雷，嫩豆荚小鞑子。去年还是个马童……我反正无所谓，可您呢，钱是白花了。"

茨韦特用一根手指把托费里招呼过来。

"请押这个……它叫什么……押棕红色的……带星点儿的蓝坎肩儿。"

"萨塔内拉，第十一号。"

"对，对。"

"您押多少？"

"无所谓。哦，那就要……十张……十五张票……随便您吧。"

"遵命。" 托费里点了点头，一路小跑去了售票厅。

"真棒——" 臃肿的先生扔掉烟头，把自己剃得精光的脸完全转向了茨韦特。他有一个大极了的、鼻毛很重的、红通通的鹰钩鼻，肥厚的下嘴唇耷拉着，暴露出吸烟过重人的大黄牙。"真

妙——不过请您听好了，”他换成正常一些的嗓音，“我不心疼您的钱，但我看出来了，您是个赌马新手。”

“第一回。”

“您瞧呀……喂，我懂得玩倒置游戏，靠的是疯狂的撞大运……但哪怕有一个赢它一百万的机会呢，那也值得……可这里却绝绝对对是个零！……盲目地押萨塔内拉，这就像压一匹根本就没参加这场比赛的马，它甚至不在今天的整个名单当中，总之，它在这个世界上根本都不存在……明白吗，它都没有出生。”

“可是它——就是它啦！”茨韦特兴冲冲地反驳道。“它会跑第一的。”

“奇怪——”对方哑着嗓子叫道。“有人跟您介绍过俺吧？是不是？您已经买完票了吧？对不对？我不仅没唆使您做这个可憎的选择，而且还阻挠过您吧？没错吧？嘿，那就让我跟您说吧，非常不幸，我正是这匹劣马的主人。您瞧一瞧吧，不，您瞧一瞧比赛名单。您瞧见了吧：第十一号——萨塔内拉……拥有人奥希普·费多洛维奇·瓦尔达拉耶夫。这就是俺。”他用毛烘烘、胖乎乎的大手指一下自己的胸口。“俺跟您说，它不会有名次的。”

“第一。”

“我就弄——不——懂——了，”马主人耸了耸肩，“喂，您愿不愿意——我现在用一千对您一百卢布，赌它不会取得任何一个赢钱的名次，就是说第一、第二、第三都不会得？”

茨韦特固执地摇了一下头。

“不愿意。一千对一千，押它得头名。我用不着让人迁就。”

“可我也不想稳赢。”那位冷冷地回答。“要是赌它跑头名的话，我现在愿意用十万对半个卢布。”

茨韦特温柔的面颊飞上了懊恼的红晕。

“而我，”他说得斩钉截铁，“押的不是虚幻的十万卢布，我要用实实在在的五千现金赌您的一千。您的萨塔内拉跑第一。”

这时，骑师驾着的马儿们簇拥成美妙如画、跃跃欲试、五彩斑斓的一群，掉头回来，回到最初那条起跑线，要从那里进行试跑。它们一个绕着一个，原地打转几分钟，你争我抢地分成大致的几条横队，排得整齐了。骑手们抓住瞬间的有力时机，在马镫上齐刷刷

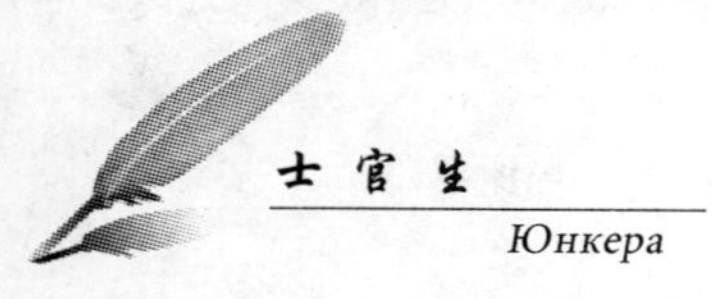

欠起身子，在马脖子上方佝偻作一团，一下子冲了出去。但马儿们奔腾到起跑线时却混乱不堪，它们没有被放行，其中几匹最暴躁的不得不掉头退回很长一段距离。而萨塔内拉白跑了大概有小半俄里，再折回来时已经浑身汗涔涔的了。

“俺不会生气的，”瓦尔达拉耶夫和善地说，“您自己看看吧，那匹母马是个什么样子。白搭！……不过，它血管里流淌的倒是拉夫烈什和卡里基莫尔的血脉，如果卖的话，它也值三千卢布。就用这个数，不管它跑第一，还是跑第二，我都赌您的三千卢布。”

“第一。”茨韦特咬住不放。

“好吧。”瓦尔达拉耶夫耸耸肩膀。“但还是定一个能让我们接受的折中条款吧。假如它得了第三或是什么也得不到，就是我赢。如果得第一，那算您赢。嗯，要是第二呢——不算您，也不算我，到时候我们各出一半，捐三千给红十字会。行不行?”

茨韦特冲他灿烂地一笑。

“好的。”

“好极啦——”

一连五次，挤作一团的赛马都没被放行。烈性发作、前蹄竖起的萨塔内拉搅和着所有马匹，它时而尥蹶子，时而肋部撞击邻伴。两卢布票价的看台上传来了已经愤愤不平的声音：“赶走萨塔内拉，撤掉它！那母马累坏啦!”但第六次时，马匹们跑得相对紧凑了一些，聚集到了起跑线前，快到横杆前时，似乎停顿了一秒钟，随即急驰出去，快得如同有一阵风袭向了靠前站立的观众。发令员手中高高举起的白旗猛然垂到地上。

托费里拿着票赶过来。

“售票处可真是拥挤，我好不容易才挤到近前。祝贺您，伊万·斯捷潘诺维奇——没有一个售票点卖出去一张押十一号的票。纯赚啦!”

这场比赛特有的意外性和无法比拟的荒谬程度，连那些在赛马场熬白头发的行家里手和赛马运动的爱好者也是平生头一回见识。两位被普遍看好的骑手之一，黑人斯奇比昂，在第一个弯道就被扔下马来，还被马蹄踢到了头部。让担架抬走时，这个不幸的人奄奄一息。在他之后，连人带马一起摔倒的是个身穿暗红坎肩儿、肩披绿色绶带的骑手。他还算幸运，敏捷地跳起来，又抓住了缰绳。但赛马却有半分钟不让他上身，这让他耽误了至少两百俄丈①。第三个骑手绷断了鞍带……两个骑手相互撞在了一起，严重得无法继续比赛。后来得知，他们一个手臂脱臼，另一个肋骨骨折。总而言之，几乎所有骑手和马匹都遭遇到了某种不幸而惨痛的突发事件。

在两分钟将尽、跑完第二个弯道、观众们的视线、脑袋和整个身子都颤动着伸向左侧的时候，他们面前呈现出下面一幅情景——最前面，黑衣白袖的英国人自信、沉稳地径直飞奔。他不用马鞭，一面不时朝后张望，一面准备让马儿变为疾驰步法。他身后相隔四十个身位的距离，萨塔内拉以惊人的速度从弯道处冲出来，它身子拉直，四蹄仿佛腾空一般。卡祖姆－奥格雷几乎是趴在了它直挺挺的脖子上，他左手抡圆了，不住地甩动着缰绳，右手则用马鞭不停地打马。再远一些，一匹空鞍的黑色牡马正在狂奔，它已经被击打自己两肋的马镫激怒了，它身后老远的地方，奔跑着那个身穿暗红坎肩儿、披挂绿色绶带的骑手……其余的马匹都被落在了圆形赛道的另一侧。

茨韦特从来不是个赌徒，也体会不到对赌输的担忧：对他来说，金钱早已如同粪土。但这一刻他却像发了寒热病，为萨塔内拉兴奋欲狂。他咬紧牙齿，满脸抽紧，心里默默喊道：

“你，你要得头名！……”

奇怪的事情发生了。萨塔内拉以神奇的速度开始接近英国骑手。经过五秒钟左右，它已经旋风般地从他身边一闪而过。马上，那匹黑色牡马紧跟它也超了过去。英国人的赛马完全停了下来。骑手飞身跳下马，弯下身去，仔细检查它的前腿……一条马腿在膝盖以下折断了。白色的骨头碴儿刺破皮肤，戳到了外面。谁也没为萨塔内拉鼓掌。一卢布票价的看台响起嘘声和愤怒的叫喊。

“恭喜。”托费里凑近茨韦特耳边，谄媚地说……

“见您的鬼去吧！”伊万·斯捷潘诺维奇冲他凶狠地怒喝道。

臃肿肥硕的瓦尔达拉耶夫双眼紧紧盯着茨韦特的鞋子，然后，抬起眼以愤怒而轻蔑的目光望着他，一面掏钱，一面嘶声说道：

---

① 俄国旧长度单位，1 俄丈约等于 2.13 米。

“魔鬼带给您的成功。我不羡慕您。收下吧。”

“真的，我，我个人觉得……不应该……”茨韦特语无伦次。“要知道我不过是……那个……为什么我……”

“什么?”这个巨人咆哮一声，他的大脸立刻涨得紫黑。“不——应——该?这是什么意思?难道您在帮助人吗?我是瓦尔——达——拉耶夫!”狂吼声传遍了裁判台。

接着，在把钱塞到此刻完全忘记了自己可怕能量的茨韦特手中之后，金红色萨塔内拉的拥有人把足有三层楼高、羊屁股油一般悬垂的红色的后脑勺甩给了他，雄赳赳地离他而去了。

那匹重伤的赛马从茨韦特跟前被抬了过去。它胸脯下包了一条宽毛巾，毛巾两侧分别搭在马夫的肩膀上。它拖着那条毫无生气地晃荡着的断腿，用三条健康的马腿可怜地一瘸一拐地移动着。它眼里滚出大颗的泪珠，汗水顺着皮毛汩汩地淌下来。

“噢，见鬼!”茨韦特悲伤地诅咒。“要知道这样，无论如何也不来看这该死的赛马。怎么会出这种事呢?”他问站在栏杆旁边的什么人。

“搞不懂。小石头崴伤的或是马掌松了……对啦，顺便说一句，骑手们也是些……出了名的滑头。”

托费里飞奔过来。他笑逐颜开，凯旋似的老远就凌空挥舞着厚厚一沓一百卢布的纸币。

“我们赢啦!”他一面跑向茨韦特，一面道喜。“您知道吗：不管普通的、两倍的、还是三倍的，除了您的，没有一张票有效!请吧：三千五百块挂零。这对您来说可不像打喷嚏那样简单。”

茨韦特一声不出。托费里循着他的目光望去。

“枕么了?可兰那匹小满吗?”[①] 他带着嘲弄，学着小孩的样子，故作悲伤地瘪咧着嘴唇，口齿不清地问道。“哎，算了吧，我最亲爱的。天命可不认同情心。我们去月亮娱乐城为赢钱吃喝一顿吧。”

“托费里!”茨韦特怒喝一声。他恨不得打这个此刻显得无比可恶的顽劣的家伙一个耳光。但他忍住了，轻声说一句：“走开。”

---

① 即“怎么了?可怜那匹小马吗?”

同时他满心痛苦和悲伤地暗自思忖：

“我还要给身边的一切带来多少不幸，我该拿自己怎么办呢？谁能教给我呢？”可不知为什么，虔诚的茨韦特此刻竟然没想起上帝。

走向出口的途中，即便垂下眼睛，他也能感觉到所有的目光都投注在自己身上。上层包厢有人啪啪地鼓起掌来。“万一是她，是瓦尔瓦拉·尼古拉耶夫娜呢。”茨韦特莫名其妙地一闪念。但他对可耻的胜利感到如此羞愧，甚至没敢抬起头来。而他的心脏却开始剧烈地跳动，跳动。

我是根据口口相传、不是很有条理的茨韦特的故事写我现在所写的一切的。但我似乎早就听见读者不耐烦的质询声了：这到底是怎么回事——现实还是梦境？倘若是梦境，它何时才能终止呢？

很快。我们会快步奔向结尾，我也会尽量以最紧凑的节奏讲述接下来发生的事情。至于我们主人公所遭遇的一切是否真的发生过，我不会站出来担保，尽管我最后仍然保留一两个事例，它们似乎能够证明，并非所有关于茨韦特的奇谈都真的是幻梦或无聊的杜撰。况且，谁又能告诉我们，哪里是梦与醒的边界？睁眼与合眼的生活是否存在天壤之别？难道又盲又聋又哑、手足尽失的人过的就不是生活吗？难道我们在梦中不笑、不爱，不体验有时比散漫的现实还要强烈的快乐和恐惧吗？这又有什么可奇怪的呢？如果我们看得深邃一些，人与人类的全部生活不正如一场倏忽而过、布满花饰的、大概也是徒然的幻梦吗？因为——我们的出生是偶然的，我们的生活摇摆不定，永恒的梦境也无法抗拒。

茨韦特干了一连串的蠢事。赛马结束后的当晚，他尚在为自己中彩而经受羞耻和同情心折磨的时候，却突然回想起瓦尔达拉耶夫粗鲁的喝斥，他为此恼羞成怒，于是便听从欣喜若狂的托费里的建议，向嗓音嘶哑的巨人发出决斗的挑战。见证人，一个还未长胡子的龙骑兵少尉和一个年轻的冒牌波兰公爵，带来了瓦尔达拉耶夫的约定书，甚至还转述了他的原话。他愤怒地宣称："我要给这个茨韦特弄出个窟窿，让他只剩下点儿气味。"

"这种事他能做得出来。"少尉煞有介事地阴沉着脸，信誓旦旦地补充道。"他曾经是个骠骑兵和出了名的决斗人。"

"这我可以证明！"公爵十分认真地证实道。

因为新的羞辱而面红耳赤的茨韦特心想：

"嘿，要是这样的话，我一定要杀了他！"

第二天早晨，他们在卡拉瓦耶夫别墅区后面小树林的草地上进行决斗。瓦尔达拉耶夫首先开枪，但没有击中；子弹只稍稍蹭到了伊万·斯捷潘诺维奇的衬衣袖子。头一回拿枪的茨韦特开始瞄准。巨人侧身站在他前方二十步远的地方，他魁伟得让人觉得怪诞，挺着红鼻子，神色镇定，手臂颓丧地撑开，脑袋微微下垂。阳光穿透的一只耳朵在海狸皮圆帽下红艳艳地闪亮。

夜间已渐渐平息的余怒在茨韦特的心中烟消云散……"我要射他的耳朵。"茨韦特打定主意，轻轻扣动扳机。但他又不可救药地心疼起对手来。"不，最好打他的帽子。"随后收紧了食指。

"砰"的一声巨响，茨韦特两耳轰鸣，火药味欢快地喷涌而出。圆顶帽从瓦尔达拉耶夫头上掉下来。瓦尔达拉耶夫捡起它，仔细检查了一遍，用无比低沉的男低音平静地哑声喊道：

"非常好——"

然后他伸出手，向茨韦特走过来，用最动听、最热诚的声调说：

"我对您表示歉意……我没想到您会这么干……我以为您是……平平常常的……一个草包。可您原来是个可爱勇敢的小伙子。不过真是见鬼，您赢得了恶魔般的胜利！太罕见——了……"

离决斗地点不远，绿荫掩映之下安适地坐落着一个城郊小饭馆。结束了决斗程序，决斗双方、四个见证人和医生前往那里，点了以后数十年都不会忘记的一顿早餐。吃过腌制小菜，瓦尔达拉耶夫和茨韦特已经用"你"相称了。喝第一打香槟时，瓦尔达拉耶夫以五千卢布的价格，把母马萨塔内拉转让给了伊万·斯捷潘诺维

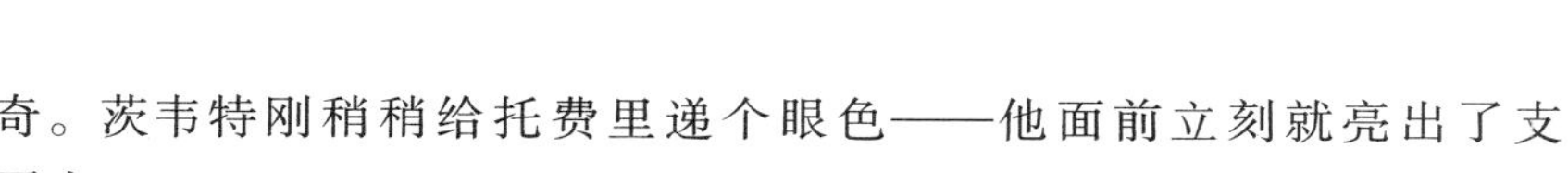

奇。茨韦特刚稍稍给托费里递个眼色——他面前立刻就亮出了支票本。

“请您签字，伊万·斯捷潘诺维奇，”托费里带着忧伤的快感说道，“请您签字。”

临近午夜、一伙人已经换过四个狂饮地点的时候，茨韦特买下了瓦尔达拉耶夫的整个马房，还包括八匹赛马。

“但愿，”他摇摇晃晃，溅洒着杯里的酒，站在那里高喊，“但愿不要弄折马腿，不要用鞭子抽打它们。总而言之，我希望是一个马儿们的幼稚园！希望我能够亲吻它们的鼻梁！……亲吻可爱的马脸！万岁！”

“我们去商人俱乐部吧，”瓦尔达拉耶夫像在半空中的什么地方说道，“那儿有几个法国骗子。我在那里输了十万……”

“好。出发！”茨韦特温柔和善地赞同道。“不过，请您先用塞尔查矿泉水给我冲洗一下。”

冲洗完毕，茨韦特感觉自己立刻变得既清醒又轻爽。行进途中，瓦尔达拉耶夫搂着他并肩坐在马车上，热烘烘地贴着他的耳朵嘟囔道：

“四个法国人。四个先生：波利，比尔丹，菲里巴尔和卡莱尔。你把他们——一窝儿端……你懂吗？”

“一窝端！我懂！”

“你的威力，亲爱的小葡萄，来自恶魔。对不对？”

“没——错！”

“干吧！”

“我要让他们好看！”

“好看。”

在总督经常光顾的城里最高档的俱乐部，茨韦特赌了一夜巴卡拉牌，赢光了四个顶级的职业赌徒。他还揭穿其中的一位，即坐庄的菲里巴尔先生，预先在袖子里藏着八和九[①]的小把戏。随后他又把在场的所有人员赢了个干干净净。但赢完之后，为配合笑得前仰后合的托费里的狂喜，他突然坦诚招认道：

---

① 即扑克牌的八和九。

“先生们。不管法国人，还是你们，确实被我赢光了。法国人就这么算了。而你们——可是些纯朴、善良的老爷。因此，请你们劳驾拿回输掉的钱。我有透视能力。我能看透每张牌。要不要我背朝你们，报出随便一张牌的点数?”

他经受了检验。要他猜第二十七、第九和第十三张牌，他合眼一秒钟，然后睁开，并立刻猜了出来：黑桃A，方块九，方块二。大家用神灵感应和神秘主义解释这种现象，开开心心地拿回自己的赌资，期间还有很多人争吵不休。

只有瓦尔达拉耶夫一个人拒绝拿钱。他系上所有纽扣，画了个十字，用自己隆隆的声音说道：

“太令人震惊啦——但我可不是这种鬼把戏的参与者。这些钱——见他妈的鬼去吧！……”

说完他碰都没碰那堆黄金和纸币，气宇轩昂地离开了。

伊万·斯捷潘诺维奇目送着他，目送着他渐渐远去的宽阔背影，忽然变得脸色惨白，用手掌神经质地揉搓起自己的太阳穴。

早晨，特里特切尔先生，即昨天驾乘那匹断腿赛马列加-文杰尔斯特的骑师，来拜会茨韦特，并且毛遂自荐，要为他效劳。照骑师的说法，瓦尔达拉耶夫那匹赛马的品质本来非常优良，但因为前任马主的性格问题，却在逐年下降，那位马主由于自己的暴躁、自以为是和缺乏耐心，频繁更换骑手，只信任平庸无能的教练。茨韦特答应下来。从这时起，他的马开始夺取所有冠军锦标。

除此之外，有一天他受了突如其来的荒唐的虚荣心的驱使，主动请缨，亲自参加了一次绅士马赛。所有理智的论据都不支持这次野蛮游戏，而首当其冲的一个事实便是，茨韦特平生从未骑过马。对伊万·斯捷潘诺维奇稍微有利的理由只能列举出两个：他较轻的体重——三普特二十五磅——和他坚定不移的参加比赛的决心。

为此，特里特切尔先生以足够昂贵的价格，买来一匹性情温顺安静、身高六尺半、名为巴贝夫人的九岁母马。他又为自己的老板在马房的小跑马场亲自进行了几次骑术训练。骑着枣红大马、跨坐着小号英式马鞍飞驰的茨韦特，让他想起一只在结冰屋脊上保持平

衡的小狐犬[①]。听见特里特切尔短促的响鼻声，茨韦特频频回头向他张望。但每一次他目光所及的，都是罗圈腿英国人那张严肃而自尊的、冷酷、瘦削、长着鹰钩鼻的面孔。

但有悖逻辑和常理的是——茨韦特最终在绅士马赛中跑了第一名。不，确切地说，不是他跑到，而是强劲有力的马儿把他带到了终点，他呢，不过是两手死死抓住马鬃骑在马背上，丢掉了缰绳和马镫，也遗落了大檐帽和马鞭。在栏杆旁迎接他的是上千人的呼号声、哈哈大笑声、口哨声、嘘声和雷鸣般的掌声。

与此同时，他还痴迷上了交易所的投机活动，在这个黑暗、复杂、风险重重的领域，不可理喻、永远常在的好运非但没丢下他，还奴仆般地对他不弃不离。在最短的时间内，他已然变成当地交易所的神明，在一定程度上充当起了交易所的晴雨表。经纪人、银行家和投机商看他的脸色行事，对他的每句言语都要权衡品评。而他的行为永远不假思索，绝对服从于变幻莫测的瞬间欲念。他买入和卖出证券，全凭自己今天喜欢还是不喜欢它们的名称，丝毫不考虑这些证券由哪些企业保证。他永远无法掌握交易活动“升”和“降”[②] 的深奥内涵。但当他投机买升的时候，在某个地方，在他闻所未闻的世界边缘的荒漠，马上就有汹涌的石油开始喷射，在从未听说的西伯利亚山脉，丰富的黄金矿藏立刻就会被人发现。如果他选择降，那么，一些老牌企业就会因为罢工，因为火灾和水灾，因为国外交易所的震荡，因为突如其来的强烈竞争，遭受巨大的损失。倘若别人问他神奇赢利的秘密，他只好耸一耸肩膀，回答说：“是的，确实连我自己也搞不明白……”他生命中隐隐的不幸和无形的痛苦也恰恰在于，他知道却又无法向任何人坦白。

他阔绰的生活方式很快引起了关注，人家也以秘密的方式开始打探他的信息。但结果却无可挑剔：无论继承的遗产，还是交易所的惊人盈利，全都样样属实。此外他还慷慨地广散钱财。在慈善性的晚会、音乐会、义卖会、购买公债和抽彩活动中，他名下标列着数额最大的捐献。没人比他更乐于为助学金、奖金和医疗所的病床

---

① 体小灵活的小兽，过去用以驱狐出穴，今主要供玩赏。

② 原著中“升”“降”为用俄语说的法文。

捐款。但他自己也沉痛地发现，除了挫败、破产、堕落、疾病和死亡，他哪一次慷慨解囊都没给任何人带来丁点儿益处。

在城里最有贵族气息、最宁静的山顶地区，他拥有一座掩映在椴树林荫道和花园内的大理石镶面的不太大的老宅。相传拿破仑曾在这座房子居留，有一个房间至今仍保留一张硕大的、垂挂着盖形幔帐、围着镶嵌金边的暗红色丝绒床帘的大床。他的随从人数与日俱增。所有人全由一位气度非凡、留着花白连鬓胡子、酷似俄国驻法或驻英前任大使的大总管统领。除了大总管，还有：长着宫廷戏中情郎外表的贴身男仆；为冷盘而从莫斯科聘请来的球一样滚圆、面颊精光的老厨师；以黑胡子的浓密、面颊的红润、腰背的宽阔、嗓门的粗犷而让所有人惊叹甚至恐怖的俄式马车车夫；英式马车车夫；学问渊博、戴一副眼镜、经管暖房和冬季花园的德国园丁，以及另外二十个下等仆役。每当茨韦特在英式双轮马车上居高临下地驾着两对精心挑选、训练有素、闪耀着明黄色光泽、淡白色鬃毛和尾巴梳理得洁净无比的骏马，在明媚的正午经过莫斯科和皇宫大道时，全城人都前来观望。

无所不知、无所不能的托费里通过特别适当的时机，从什么地方给他弄来古老的银器和镶嵌金丝印记的古雅的法国瓷器。他从破产的波兰大地主手里收购了贮藏极丰的酒窖，在藏品的稀有和精致上，它被视为世界第四的酒窖（至少它原先的拥有者这样认为）。他通过中间人搞到了非常香醇的雪茄，连头号百万富翁拉扎尔·伊兹拉伊列维奇都从未用它们招待过本地总督——一个权势无限的酷吏和鼎鼎大名的口腹之徒。另外，托费里每逢周二便在茨韦特的私宅组织温馨的晚宴。被邀客人需要精挑细选，尽量杜绝街头风气的侵入。惟有机智、创造快乐的能力、天赋、优雅、美貌、高贵的品位、和善谦恭，才能充当这些晚会的通行证，而傲慢无礼的社交界的假斯文，懒散可恶的猎奇心，愚蠢无趣的人，处心积虑拉关系、搞交际的家伙，这一切则被永远拒之门外。

各行各业的男女明星是深受欢迎的客人：演员，歌手，舞者，乐师，作曲家，画家，雕塑家，演讲家，诗人，丑角，魔术师，口技演员，多才多艺、类型独特的上流社会的业余爱好者。城里所有的漂亮女人都满心欢喜、毫不拘束地光临这些晚会，用她们的话讲，这种晚会永远那么迷人和纯朴。举行隆重而谐谑的中国式灯会、舞龙和抬花轿，身着十八世纪服装跳加伏特舞和小步舞，以重现古老的田园牧歌情景，演员们在茨韦特的客厅现编剧情，演出带歌唱的轻松喜剧和完整的喜歌剧，而且还编排大体称得上滑稽欢快的、讽刺流行话剧和当代趣闻的戏仿剧。

晚宴分成单独的小桌，每桌两人或四人，随意组合。男人侍奉自己的女士和他本人。晚宴的自助餐台供应大量的美酒和无比精致的冷盘。

关于这些绝对难以光临的晚宴，城里流传着各种不怀好意的风言风语，而实际上，尽管享乐无拘无束、绝无丝毫压抑，但宴会却极具体面、雅致和纯洁的格调。茨韦特希望如此，也的确如此。他以平和而敏锐的目光巡视着整个餐厅，无论放肆的行径，过于吵闹的笑声，抑或粗鲁的姿态，一露端倪，他便即时制止它们。

茨韦特多姿多彩的生活与成百上千人相关，可在这段时间，却没有一个人跟他志趣相投，他的心灵从未与任何人亲近过。凭借“双重视力”的奇异能力，这种能让茨韦特看清攥在托费里手中那枚金币上的女王头像和铸造年代，或是猜出任意一张纸牌的异禀——他同样也能轻松阅读每个人的思绪。为此，茨韦特需要在专注而紧张地窥视对方的内心之后，在自己的意识里想象出他的姿态、动作、声音，悄悄地让自己的脸换上他的神情，再经过一瞬间类似于变形企图的、神秘莫测的意念上的努力——面前便呈现出他人所有的思想，所有清晰、暧昧、甚至都不为自己所知的欲望，所有感情以及感情的细微差异。常常如同这样一个情境，茨韦特好像穿过了无法穿透的外壳，进入一部极其复杂精细的装置的核心，并且能够观察它的所有零件：弹簧、轮盘、齿轮、轴承和杠杆，以及外部无法觉察的眼花缭乱的运转。不，甚至像另外一种情形：他本人似乎忽然变成了这种装置，具有它所有的特征，但同时又仍旧是他自己，仍旧是茨韦特这个冷眼旁观的工匠。

那种凭借外在的特征，凭借最细微的勉强可以捕捉到的神色转变，探测别人心灵深处的能力，在本质上似乎也没什么神秘的。老练的法院调查员，天才的刑警，经验丰富的占卜者，精神病医生，肖像画家，洞察世事的寺院长老，他们或多或少都具备这种才能。惟一的差别在于，在那些人身上，这种才能是经过长久而丰富的生活历练的结果，而茨韦特却获得的太过轻易了。

此外这也让他变得格外不幸。人类内心污秽的深渊每天在他面前展现，其中聚集了谎言、欺骗、背叛、出卖、仇恨、嫉妒、无尽的贪欲和怯懦。德高望重的老者，具有族长风范的长辈，纯真无邪的小姐，神采奕奕的少年，完美无瑕、子女众多的家长，和善、风趣的胖子，城里的神父，政治活动家，慈善家和乐善好施者，进步作家，艺术与宗教工作者——他们所有人在自己意念的地下室里，成千上万次地充任窃贼、歹徒、强盗、违背誓约者、凶手和变态的通奸人。他们朦朦胧胧、瞬间即逝的，往往是下意识的欲望，如同一群上了锁链的嗜血而淫荡的野兽，而钥匙则掌控在一只无形而明智的手中。每天茨韦特都感觉他内心生长着对人的蔑视和对人类的憎恶。

多少次呀，颤动的温柔手臂伸向他，迷离、多情的眼眸搜寻他的目光，双唇为亲吻而张开。但透过成熟老练的卖弄风情的假面，茨韦特在爱情自欺的画皮下面所洞察到的，要么是对他的财富赤裸裸的贪欲，要么是世世代代培育而成的、隐秘而本能的、对财力奴隶般的臣服。他带着迷人的微笑和心底的厌恶去赞美女人，而他自己却冰冷冷的无法接近。

全世界只有一个——她的名字以字母“B”开头——惟一的一个人，不可取代，不可比拟，美丽绝伦，她粉红的面庞掩映在丁香花束中，她乌黑的眼眸在笑，在爱抚，在诱惑。但在她远远的影像前，无所不能的权力沉默不语。茨韦特用无言的崇拜，用安静而忘我的无需回报的爱包围着她。重新在笔记本里找到她的名字，并且读出来，这能带给他无上的幸福，但他却毫无缘由地不敢按照她亲自念给自己的地址前去探访。

能够阅读别人的思绪还不是茨韦特惟一的不幸。自己最细小的欲望与它们瞬间的实现经常吻合，这也让他异常郁闷。茨韦特不愿任何人不幸，可他每行一步都在不由自主地作恶。流传着一个有关伟大炼金术士的故事，他把长生水的准确秘方告诉了自己的信徒，并且提醒他，在配制神水时千万不要想到白熊。就这样，他的信徒

每次刚一开始秘密的操作，第一个萌生的永远是关于白熊的念头。茨韦特也是如此。比方说，有一回他坐在杂技场，敛神观看正在绳索上滑行的技巧女演员，抑制不住地想到了自己倒霉的才能，因此便拼命地暗自提示："千万不要去想她会掉下来，千万，千万……"这么想的时候，他握住拳头，绷紧面部和脖子上的肌肉，但在他的想象中却已经浮现出了坠落的画面……就这样，伴随着鸟一样的轻声尖叫，那个穿着雪青色紧身衣的灵巧的女人跌落下来，亮闪闪地掉在绳网上面。

类似情况中，有一件事把茨韦特吓得几乎发狂。他从早场音乐会步行回家。一个阴沉的大风天，天色怪异而不祥，泛着红铜般的乌云像发狂的群魔，正低低地迅猛飞奔。茨韦特的心绪循着一种稀奇古怪的思路，接连不断想到了约书亚为了延长作战时间而让太阳停住的奇迹[①]。凭着天文地理课的基础知识，茨韦特当然知道，犹太统帅为实现他的目的所停住的应该不是太阳，而是地球围绕自己轴心的旋转，这种停转会因为惯性的力量招致地球表面、甚至可能是全宇宙的灾难。这一天，茨韦特格外地心浮气躁。他自己都不知道，在那万亿分之一秒，他距离跟古老的地球讲出"停下吧！"这句话有多么接近。他快要说出口了，突然扑向城市的飓风裹挟起他，把他抛出去三俄丈远，一下子撞在了电报杆上，让他在极度的恐惧之中手脚并用地抱住了它。在他面前，狂暴的旋风席卷尘土，笼在这团昏暗中的是雨伞、帽子、报纸、树枝、惊慌失措的人和发狂的马。崩塌的烟囱的砖头从房屋上纷纷掉落，屋顶的铁皮在震耳欲聋地轰鸣，电报线刺耳地号叫，窗户和招牌乒乓作响，玻璃窗在噼里啪啦颤动。

扫过该城的是一九××年那场飓风的边缘，那场大风暴在莫斯科扫荡了无数村庄，摧毁了城里的水塔，掀翻了货车车厢，顷刻间刮倒了几十座巨大的脚手架。飓风发作得异常迅猛，平息得也同样突然。一整天，茨韦特都在一边摩挲着额头上的大包，一边在对整个宇宙忏悔似的嘟囔："要知道这可不是我呀，我发誓，不是我。我不想这样，我没有这样说……"

---

① 参见《旧约·约书亚记》。

茨韦特还有一种深沉而悲伤的痛楚。所有过去的事情都从魔法般征服现在的他那里消逝，飞到某个荒凉的黑暗之处。并非是他遗忘了，而是他无法回忆。昨天的经历显现得相对清晰，前天的在回忆中就成了碎片，再远些的便凝聚成浓重的雾霭。雾霭中，一些苍白的形象断断续续闪动，熟悉的声音在鸣响，但它们只隐约呈现几秒钟便消失得无影无踪，茨韦特无法捕捉和留住它们。

偶尔在夜晚，茨韦特独自留在自己豪华的书房，久久地枯坐，他抓扯着头发，拼命想要重温自己从前的经历。一团团东西在他面前飞过：铁路，荒芜的花园，奇特的实验室，红色羊皮面书籍，棕发邮差，赤色圆球的爆炸，老态龙钟的教堂老头儿，山羊的面孔，帖金地毯的图案，车窗内的姑娘……但这些影像没有关联，没有意义，没有光亮。它们牵动不了意识，它们只在刺激着记忆，消磨着意志。

因为不懈地回忆，茨韦特头痛欲裂，就像有人用长长的螺丝钻透了他的大脑，而他的内心则饱受纠缠不休的悲哀的折磨，这悲哀比头痛还要苦楚。疲惫不堪的茨韦特一边脱衣，一边命令自己：睡觉！——他立刻便沉入寂静和安宁之中。

他总在做同一个梦：装饰着绿色枝叶和粉红小花的微微泛黄的壁纸，绘着鹳鸟和渔翁的日式或中式的屏风，金丝雀鸟笼，窗台上的仙人掌，还有带丝绒帽圈、碧绿镶边的制服大檐帽。这些尚未隐去的景物周围，笼罩着那早年青春的闪光，那纯真然而永远消逝的欢乐中的美妙之物，那甜蜜的忧伤；夜里醒来的时侯，茨韦特会感到惊讶，他怎么枕着潮湿的枕头。但他却永远也记不起自己的梦来。

11

但一切，即便是痛苦，也总会有尽头。

一天清晨，姿容华美、长着一张戏剧里交际圈情种面相的贴身

侍应在给茨韦特送咖啡时说道：

“我昨晚整理您的衣柜，老爷，在一件灰色的旧西装口袋里面发现了这个……是什么筹码，还是游戏牌……我不知道……”

他小心翼翼地端上一个小圆托盘，里面整齐地码着十三张一厘米见方的牙牌。牙牌上用瓷漆涂写雕磨出不同的拉丁字母。茨韦特用两根手指夹起一枚，举到眼前，又轻轻推一下托盘，随口说道：

“请随便收起来吧。”

仆人离开了。

茨韦特漫不经心地小口呷着咖啡，偶尔打量着象牙制作的小方片。毫无疑问，他以前见到过它……与它相关的甚至还有某种遥远的、异常重要而又神秘莫测的记忆。这个精致古雅的修长的S图形也曾同样在他眼前蛇一般蜷曲……当时，铁丝灯笼微微跳荡的柔弱的火花映照着他……在子夜时分的静谧中，只听见桌子上的钟表在急促地滴答作响，海潮般的回声在茨韦特耳边轰鸣……就在这时候，突然发生了……但头痛像螺丝钻进他的脑袋里一般，淹没了他的回忆。茨韦特下意识地把小方片放进口袋，开始穿衣。

过了不一会儿，他的私人秘书，托费里安插的心腹，进来找他。这是一个矮小敦实的南方人，活泼好动，戴一副玳瑁眼镜，头发理得很短，脑袋俨然一个白球，因为胡子剃得精光，他的面颊、嘴巴和下颏微微泛青。他安排所有事，支使所有人，他粗鲁、傲慢而又滑稽可笑，可实际上，他一无所知，一无所长，毫无作为。他对茨韦特拍拍打打，拍打他的肩膀、肚子、后背，称呼他“我亲爱的”，只有面对托费里一个人时，他会始终用那种渴望、恳求、忠诚的眼神，一如托费里面对茨韦特的眼神。伊万·斯捷潘诺维奇对他的了解非常之少，仅仅知道这个年轻、愚蠢、粗鲁无礼的家伙名叫鲍里斯·马尔科维奇，祖籍敖德萨，在信仰上是个社会民主派，关于这一点，他每天要宣讲一百遍。茨韦特有点儿怕他，对他的狎昵无礼总是感到畏惧。

“有个家伙——斯列布罗斯特鲁诺夫非要见您。他是个什么家伙——我也搞不明白。不管我怎么劝他，他就是不走。非要单见……喂？”

“请您去叫他。”茨韦特说完，咬了咬牙。因为骤然发作的怒火，整个房间在他眼里都一下子变得血红。“您呢……”他愤恨地低声说道，“您现在还站在这里干什么，请您消失！永远消失！”

秘书立在原地呆呆不动，但他本人却开始暗淡、褪色、颓败，变得透明，然后只剩下一个朦胧的轮廓，而两秒钟以后，这个幻影真的化成了一股清烟，袅袅升起来，消散在了空气中。

“最要命的幻觉，”茨韦特忧伤地想，“开始了。真是瞎胡闹。”

随后传来敲门声，他大声喊道：

“谁？进来吧！”

他疲惫地闭上眼，再睁开时，面前已经站着一个浑身亮闪闪的矮胖子：他圆乎乎红扑扑的脸蛋儿在放光，抹油的卷发和打旋的胡子在发亮，刮得干干净净的下巴在微微放光，黑色常礼服的丝绸翻领在熠熠闪烁。

“难道你不认识了吗？斯列布罗斯特鲁诺夫。合唱指挥。”

不认识了。伊万·斯捷潘诺维奇没认出合唱指挥斯列布罗斯特鲁诺夫，可在以前，这个要命的美男子的每个细节，每一个动作，嗓音的每一次颤动，他都无比熟悉。麻痹的记忆沉默无声。但茨韦特以他所掌握的、每天跟无数认识他而他却根本记不得的人交谈时的习惯，指着一把圈椅，确定无疑地应对道：

“怎么会呢，怎么会呢……记得非常清楚……合唱队指挥斯列布罗斯特鲁诺夫……那还用说。有什么可以效劳的呢？……”

斯列布罗斯特鲁诺夫既慑服于别具一格的大书房所透出的雅致和舒适，又对主人的宽厚大度、彬彬有礼感到惊讶。显然他想提示一下茨韦特，跟他真心诚意地叙一叙亲密、温馨的家常琐事。茨韦特也期待能够这样。但指挥却没打定主意。他遮遮掩掩，手足无措，眼神飘忽，一面紧张地转动着袖子上的纽扣，一面开始了司空见惯的恼人的求告：感冒了，耳朵不好使，嗓子也不中用了……所有这些当然都是一时的，也会过去的，但您自己也知道人是怎么回事……争来争去，好嫉妒别人……如今大夫们让我去高加索，去洗治病泉水……怎么去呀？……有的东西都抵押出去了……总而言之呢……”

总而言之，茨韦特给他开了一张两千卢布的支票。但临告别时他忽然抓住合唱指挥的手，用他羞怯、安静、近乎哀求的声音

说道：

“请您稍等……我的记忆力不中用了……稍等片刻……哎，见鬼……”他用力地揉了揉脑门儿。“怎么也不行……我们最后一次见面到底是在什么地方呀？”

“哪能呢！茨韦特先生！怎么会这样呢？我在兹纳缅卡教区担任合唱指挥。难道不记得吗？您就在我的合唱队唱歌。第一男高音。想起来了吗？您有一副绝妙的小嗓儿……您唱的费奥凡司祭的独唱曲《祝福我的灵魂》可真是动听。不是吗？您记不起来了吗？”

宛如漆黑夜幕中远远的一点火光，茨韦特的脑子里浮现出断断续续的情景：唱诗班席位，香气，纤细蜡烛跃动的火焰，照得通明的乐谱，身后骚动的人群发出的簌簌声和低语声，音叉嗡嗡嗡嗡的轻声鸣响……但火光一闪便熄灭了，再次变得踪迹全无，除了黑暗、空寂、头痛，以及心中疲惫、恼人、昏昏沉沉的忧伤。

茨韦特双手掩面，低声呻吟道：

“抱歉……我再没办法了……请您赶快走吧……”

孤独一人时他感到惶恐和寂寞，于是他一整天都漫无目的地在城中游荡。在马修餐厅吃早餐，在欧罗巴餐厅吃午餐。早餐和午餐中间，他去歌剧院观看彩排，坐在空旷漆黑的大厅内的座位上，他心不在焉地望着灯火微明的舞台，舞台上聚集着身穿便装的男女演员，他们半睡半醒似的，用呆板的声音有气无力地唠叨着什么。他在杜兰商店买了一串珍珠，把它带给了安侬奇娅塔·别涅德提娅，就是那个在他看来是因为他的过错而从绳索上掉下来的可爱的杂技团女演员。他在俱乐部阅览室坐了大约一个小时，他手持报纸，目光紧紧盯着一个广告，却一直也没弄懂说的是什么意思：“美甲修脚，别拉热·胡赫里克女士，家中接待。”他处在一种沉重、不安、抑郁的想要重生的状态，像暴风雨来临前的神经病人，或者像约定今天要进行一次关键手术的患者：“最好快一点儿吧！”

他出了欧罗巴餐厅，天已经不早了，浅红、碧绿、淡紫色相间的晚霞已经开始笼罩城市。他早就打发走了轻便马车，一面步行，一面沉思冥想，两手插进衣袋，也不理睬与他相识或不相识的人深深的鞠躬。他的思绪越来越集中在早间的两件事上。毫无疑问，它

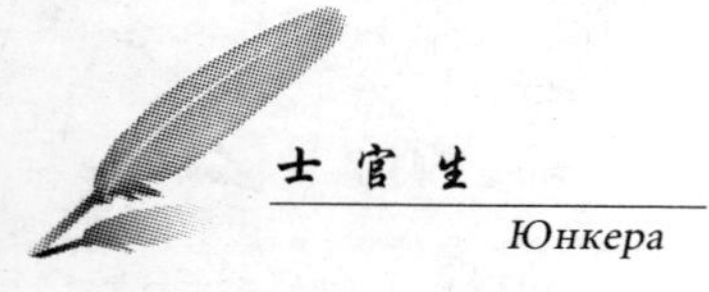

们之间存在某种遥远而难以察觉的联系，可与此同时二者又相互排斥，就像彼此对立的两个世界中的情景。明亮而惹人怜爱的斯列布罗斯特鲁诺夫属于非常清晰、朴素、亲密，但又无法重返和抵达的茨韦特从前的生活，他触动了一种无比接近而如今已被遗忘的东西。那带有拉丁字母的牙牌恰好标志着茨韦特向当前这种存在——神奇而悲伤的存在——的转变。

在十字路口，伊万·斯捷潘诺维奇停下来，右手下意识地翻弄着口袋里的那块方形牙牌。

沿亚历山德罗夫大街，迎面驶来一辆有轨电车，车轮下刺刺地喷溅着一簇簇紫中泛绿的火星。它划过一道弧线，已经驶近布里瓦尔纳亚大街街角。一个上了年岁的女士，牵着一个六岁左右的女孩儿，正在穿行亚历山德罗夫大街。茨韦特思忖道："她马上就会扭头瞧着电车，停顿一秒钟，耽搁之后，再跑过轨道。怎么所有女人都有这样一个愚昧的习惯呢，非要等到最后一刻，在最不适宜的时机对着马匹或车厢冲过去。她们似乎在故意考验命运或是跟死神游戏。她们这样做也许仅仅是因为胆怯吧。"

的确如此。那位女士看见飞驰而来的有轨电车，惊慌失措，进退两难。在最后几微秒的关头，孩子以自己天生的本能，表现得比大人更加明智。小姑娘挣脱出小手，向后跳开了。老女人抬起手臂，转过身，朝孩子扑去。这一刻，电车冲向了她，把她掀翻在地。

茨韦特完完整整地经历并感受到了这几秒钟内那位女士身上所发生的一切：忙乱，惶惑，无助，恐惧。他跟她合为一体——远远地，内在地——急迫，慌张，团团乱转，最终被撞晕了，倒在了钢轨之间。在蛇形闪电一般短促而非凡的、绚烂得让人无法忍受的最后瞬间，茨韦特飞快地重新经历了一次自己过去的生命，从重大的遭遇到无比细小的琐事。据很多被死神逼近的人——这种情形往往发生在水里、火里、地下，抑或空中——讲述，他们都经历过类似的体验。茨韦特就像在水晶魔镜里似的看见了自己的童年：消防队员的铜头盔和队伍夜间紧急出勤，在马厩后面打羊拐子，在基扎哈小溪用扎紧的裤腿抓鱼，城里孩子跟对岸的图隆塔亚的孩子在基涅舍姆卡冰面上斗拳头，教会学校和高级中学，西罗尔法院的所有工

作，兹纳缅卡教区合唱队，自己六层阁楼上的安乐窝，托费里的来访，前往切尔尼戈的庄园，炼金术士叔父书房内的恐怖之夜，归来的行程，手抱丁香花束、面颊绯红、声音甜美的让人迷醉的瓦尔瓦拉·尼古拉耶夫娜，充满孤寂、失忆、不由自主的恶行与荒唐奢华的所有最近的日子。这一切都在千分之一秒内一掠而过。在即将失去意识的时候，他大声狂叫：

“阿弗洛－阿梅斯基贡！”

清醒过来时，他人在马车上，旁边是一手托着他的肩膀、一手在他鼻子旁拿着个氨水小瓶的托费里。代理人从旁边凝望着他的脸，目光专注、认真、深邃，而茨韦特马上发现，他的眼睛此刻已不像以前那样空洞和明亮，这是一双深棕色的幽深的眼睛，它们也不再那么冷酷，而是柔和甚至温情脉脉的了。

回到家，托费里把伊万·斯捷潘诺维奇扶入书房，细心地照料他在椅子上落座，拉好窗帘，打开电灯。然后他吩咐仆人去拿白兰地，等那位送来并离开之后，他亲自去关紧了房门。

“您喝一点儿吧，我亲爱的保护人和委托人。”他一边说，一边给茨韦特斟上一大杯。“您喝吧，压压惊，然后我们说一说话。”他轻轻安抚一下茨韦特的膝头。“看来，最重要的事情完成了。您说出了那个词。而您看见了吧，没发生任何可怕的事情。”

白兰地温暖了茨韦特，也让他平静下来。但在他的内心，对托费里的敌意，蔑视，此前对他那种颐指气使的态度，都已经统统不见了。他透着安宁的好奇心，以无比纯朴的声调问道：

“您是——梅菲斯托费里吗？”

“噢，不是。”托费里宽和地微微一笑。“梅福季·伊萨……我名字、父称和姓氏的开头音节让您不安了吧？……不，我的朋友，我怎么能比得上那个大名鼎鼎的人物呢。我们是——小角色，仆人……马马虎虎……庸众而已。”

“我的秘书呢？”

“哦，这纯粹是个跑腿儿的孩子。噢，您早晨那么漂亮地让他蒸发了。我很欣赏。就这样讲吧——一个无耻之徒！不过，说正经的，最善良的伊万·斯捷潘诺维奇……喂，怎么样？体会到权力的强势了吧？”

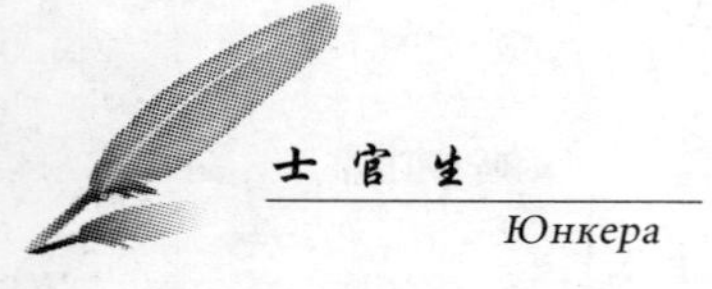

"哎，让它见鬼去吧！"

"算了？够了吗？"

"实在够了。真是太可恶了！"

"我很高兴听您这么说。但您未曾有过……不，不是现在，不是现在……现在您在梦里……还要早，在您清醒的时候，在您还不是神话般的百万富翁和花花公子们的偶像，而只在西罗尔法院担任小职员的时候……您就没有什么私密的，小小的，哪怕是最微小的愿望吗？"

茨韦特脸红了，诚恳地说：

"当然有啦……我非常想得到十四品文官的头衔，戴着制帽出门。"

"会实现的。"托费里郑重说道。

"嗯，可是，万一这又要伴随什么莫名其妙的事情呢？……"

"没有任何奇妙的事情。那您想要吗？"

"非常想。"

"一分钟后就能实现。请再说一遍那个词。"

茨韦特吞吞吐吐地说道：

"阿弗洛－阿梅斯基贡。"

"万事大吉了。"托费里点了点头。"而现在呢，您听我讲。您非常偶然地掌握了一个极其古老的、超过三千年的伟大秘密。它由所罗门王本人取自神秘的灵异世界。从他那里传给腓尼基人，又传给迦勒底人，然后传到印度的智者，然后又再次传回埃及，再后来传入西班牙，传入法国，而最终到了俄罗斯。和这个秘密一起，您获得了无可比拟、令人震惊的巨大权力。数千个无形的生命像忠诚的奴隶一样为您效劳，其中也包括变成这个委靡不振的模样、接受这个愚蠢而好斗的名字的我。可幸运的是，您这个人心地那么善良，还那么……请您不要生气，我亲爱的……还那么……怎么能说得委婉一些呢……幼稚。处在您的位置，恶棍可以让整个地球血流成河、火光冲天。智者要努力把它变成极乐世界，但他自己也将悲惨而痛苦地殉葬。您避免了这两种可能，所以我真心实意地说，没必要用什么玄妙的语言，您是一个——不折不扣的非比寻常的成功典范。

“但有多少人间的巨大诱惑被您忽略了呀，我亲爱的茨韦特！您本来可以环游世界，遍览它多姿多彩的美景，它的大海、山峰、河流、瀑布，从火热的赤道到神秘的极地。您可以欣赏最古老的历史遗迹、最伟大的艺术创作和生动绚丽的人类生活。巴黎以及它的品位和享乐，英格兰利己而保守的舒适，纽约的狂热和它四十层高的摩天大厦，马德里的斗牛，埃及的金字塔，罗马的狂欢节，君士坦丁堡和威尼斯的美景，波利尼西亚群岛的人间天堂，印度童话般的全貌，中国的佛寺和烟馆，繁荣而柔美的日本——一切都会从您沉醉的双眼前展现……您不想这样……而现在已经晚了……

“您似乎忘记了或是不想知道，世上有无数美妙的女人。不仅是她们那让无数豪杰心甘情愿付出生命的美貌在等您召唤，还有智慧、优雅、天才，还有那经过千百年文化滋养所达到极致的女性魅力。但您羞怯而无望地幻想着的只有一个人，不敢……”

茨韦特沉下了脸。

“这个就算了……”他语气轻柔但坚定地说。

托费里垂下眼睛，恭敬地低下了头。

“遵命，”他温顺地说道，“而接下来，接下来呢……您从未想到权力，从未觊觎对芸芸众生强大的霸权统治，我本可以帮您实现……您记得吧，皇帝驾临的时候，我和您曾一起位于观礼台。我当时观察过您，我看见您的双眼如何敏锐而紧张地凝视他的面庞、他的身影。因此我知道，几秒钟内您已经穿透他的外表，化身成了他本人。”

“是的，是的，”茨韦特嗫嚅道，“您猜对了。”

“我看得清您的脸，也看得清您表情的转变：庄严，和蔼，烦闷，致命的忧惧，厌倦，疲惫，最后还有同情。不，您不热衷权力。但您也没有好奇心。为什么您从不渴望，从不试图去窥视一下那本保存着宇宙奥秘的伟大书籍呢。它本可以在您面前打开。您本可以打破时间的永恒和空间的无限，感受神秘的第四维，体会死亡与复活，了解孜孜以求的人类智慧还需几十万年才能破解的可怕而奇妙的物质特性——它们无比丰富，其中就包括神秘莫测的镭——它也仅仅是识字读本的第一个音节。您回避了知识，经过它们时，一如您经过权力、女人、财富，经过永不餍足的欲望的时候。而正是在这种淡漠中——才有了您无上的幸福，我亲爱的朋友。”

“但我们，”托费里继续说道，“只剩下很少的时间。您愿意听从我吗？如果您还在摇摆不定，请您抬起自己垂下的头，望着我。”

伊万·斯捷潘诺维奇凝视着他，微微笑了。他面前坐着的是个干干净净、温厚安详、满身银光的老者，有一双愉快、善良的淡烟色的眼睛。

“我会听从您的。”茨韦特说。

“您做得很好。请您此刻在纸上画一个所罗门星。不，不必用尺子和量角规，也不用费力。凭目测把每个角画成六十度。时间飞逝，而我们的期限快要到了……哦，好啦，就这样吧……现在填上字母。正中间是撒旦。其中萦绕着所罗门的遗迹。阿斯塔罗德[①]交叉的魔角穿过它们。”

“您不用教我，我知道，我记着呢。”茨韦特打断他，准确无误地迅速完成了图形。

“很好。”托费里说道。然后他用命令的口吻，深沉而又略显庄严地念叨起来。在他精神凝注的烟色的眼睛里，在眼珠深处，燃起了茨韦特熟悉的紫色火焰。

“现在请听我说。您马上点燃这张纸，说出那个词，我不敢说出口的那个该死的词。这样的话，您就自由了。您将顺利冲出命运如此奇怪地把您抛进去的那个漩涡。但先要告诉我，您是否，在您灵魂的箱子底儿，您是否对那些包围您的辉煌感到惋惜？您想不想再回归到枯燥无聊的生活时随身带走什么快乐、芬芳、贵重的东西？”

“不。”

“就是说，仅有帽徽了？”

“是的。”

“那么，请允许我向您表达自己诚挚的感激之情。”托费里站起身，以老派的方式，绝对没有丝毫讥讽地给茨韦特深深鞠了一躬。“您整个人——都完美无瑕。您以慷慨的推辞把我置于负债人的境地，而且是那种至死也无法偿还您的永远的欠债人。您只用一个

① 中世纪欧洲占卜术士们在魔法书中描绘的魔鬼，外表狰狞，能洞察过去和未来。

词——‘是的’——便把我从已经承受了超过十三个世纪的奴役中解放出来。请您相信，在我们一分半钟的短暂交往中，我已经非常热烈地喜欢上您了。您是个善良、有趣、纯洁的人。让那个谁也不敢叫出名字的人佑护您吧。您准备好了吗？不害怕吗？”

“有点儿怕，不过……您讲吧。”

托费里打着袖珍打火机，把它递给了茨韦特。

“烧起来的时候，请念出咒语。”

“请您稍等，”茨韦特拦住了他。“可这是……新的诅咒……它不会带给我什么新的磨难吧？它不会把我变成什么动物，或者可能又突然夺走我的记忆力或语言能力吧？我不害怕，但想确切知道。”

“不会的。”托费里肯定地回答。“我可以盖章担保。没有伤害，没有痛苦，没有失落。”

所罗门星猛然腾起火焰。“阿弗洛－阿梅斯基贡。”茨韦特低声念道。燃烧的纸片还没来得及燃尽，茨韦特的眼前便开始呈现出他以前不止一次在电影里，在画面飞速切换时看到的那种情景。

书房内的一切也同样地渐渐失去色泽，在水洇似的微微闪亮的颤栗中渐渐暗淡，沉没，消失——包括所有东西：门帘，地毯，窗纱，家具，墙纸。与此同时，透过它们，从远处渐渐接近，渐渐明晰，浮现出——绿中带粉的花环，日式或中式的屏风，垂着纱帘的窗口，这一切都在随时随刻地定格为熟悉而亲切的朴素形态。什么人在墙外均匀、响亮、持续不断地敲击，像马达开动。

接下来，茨韦特恢复了意识，但这一次完全是在现实当中，在自己早已谙熟的棺材样的房间。有人敲了很长时间的门。

茨韦特光脚去打开房门。

拥进来的是他的同事：布吉洛维奇、萨什卡·洛科科、茹科夫和弗拉斯·布斯滕尼克。他们已经因为清晨的滥饮而大醉了，所以大家一起在门上敲打鼓点。他们面目丑陋，头发蓬乱，满脸浮肿，摇摇晃晃地进到房间，兴奋地合唱起了一起在街上胡编的滑稽小曲：

十四品的小文官儿，
跟皇帝就差那么一点点儿，
妙啊，妙。

别着帽徽的大檐帽儿，
装着文件的公文包儿。
妙啊，妙。
领薪水，
誊文稿。
妙啊，妙。
痛饮豆叶酒，
痔疮也堪受。
妙啊，妙。
一想到二十号，
他欢歌如狂号。
妙啊，妙！……

沃洛吉卡·茹科夫踉踉跄跄地迈着小碎步，挥舞着一份《政府公报》，上面清清楚楚刊登着：办事员伊万·斯捷潘诺维奇·茨韦特晋升为十四品文官。

布吉洛维奇则用烂醉且吼哑嗓子的老虎般的咆哮声说道：

“Ergo[①]，你得出血。喝一顿，吃一顿。我们后面还有以大辅祭卡尔塔格诺夫神父为首的，欢蹦乱跳的一大群人呢。”

“说定了，”茨韦特高兴地回答，“嘿，你们怎么编出这首歌的？一起唱吧……”

12

故事讲完了。画上句号了。最好应该跟主人公道个别。而作者呢，他也不认为自己有权对几个不起眼的细节保持沉默，即使在清

① 拉丁文，意为“所以、因此”。

醒状态下，那些细节似乎也能见证茨韦特所做怪梦的某种真实性。

在穿衣服、准备跟伙伴们前往“白天鹅”酒馆的工夫，伊万·斯捷潘诺维奇惊讶地发现，在自己的小写字台上，廉价的珐琅花瓶里插着几枝绽开的丁香花。花是人工催育、提早开放的，带着淡淡的汽油味，紫丁香总是散发出这种清香。这个意外立刻便轻而易举地得到了解释。昨天房东的侄女丽达奇卡在一个豪华的婚礼上担任伴娘，她从自己得到的花束里抽了几枝丁香送给姑妈，而姑妈又温婉客气地把鲜花放在可敬的房客的桌子上。

就在那儿，紧挨花瓶放着一个当中翻开的彩色便条本。两页对开画着一个图形——六角形的所罗门星。那张图绘制得似乎——很随便，既不美观，也不整洁，好像画它的时候要么闭着眼睛，要么是摸黑或是喝醉了酒。不管怎么绞尽脑汁，茨韦特也想不起来什么人在什么时候涂抹过他的笔记本。不是他本人干的——这点确凿无疑。“也许是哪个同事上班时搞的恶作剧？”他暗自揣测。

发生在“白天鹅”的事情就更加怪异了，不管情愿不情愿，伊万·斯捷潘诺维奇都要为自己的初级官衔和绿丝绒帽圈上别着帽徽的漂亮制帽而在那里请客。茨韦特不经意间把左手伸进坎肩儿口袋，触到了一个不大的硬物。他掏出来之后，才看清这是一张方形的牙牌，上面精美地雕刻着拉丁字母“S”，笔迹外沿勾勒着一圈细细的银线，细线内涂着亮闪闪的黑瓷漆。茨韦特认出了这个小玩意儿。他昨天夜里在梦中见到的正是这种一厘米见方的薄片。但它究竟是怎么跑到他口袋里来的，茨韦特实在无法想象。

合唱指挥斯列布罗斯特鲁诺夫喜气洋洋，神采奕奕，衬着一头卷发，俨然一个圣诞节的美少年，他瞧见了茨韦特手里的小牙牌，喜欢上了它，并且想把这个没什么用处的精致的小玩意儿央求到手。“好像特意为我准备的，”他说，“有我姓氏的第一个字母。”茨韦特欣然送给了他，亲眼看着合唱指挥把它放进了小钱包。可三分钟后斯列布罗斯特鲁诺夫再想瞧瞧它时，它已经不在口袋里了。在地板上也没找见它。

找寻中间，斯列布罗斯特鲁诺夫突然撞在了椅背上，他一拍脑门儿，瞪大了眼睛盯着茨韦特：

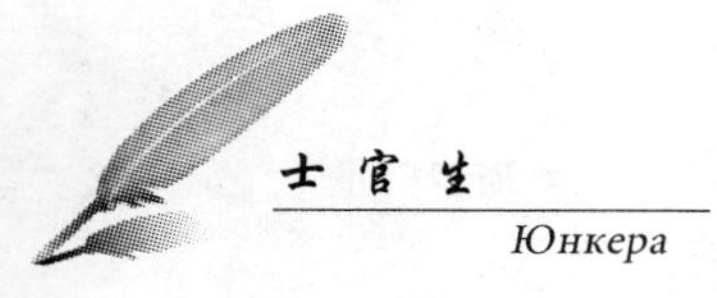

“小约翰[①]!”他惊呼起来，“要知道我今天梦见过你！你好像坐在一间富丽堂皇的书房，俨然一个百万富翁或是什么了不起的大人物，而且呢，你还拿着接受新闻采访的腔调，‘堆在伏尔泰式的高背椅里面’，我好像求你借我十万卢布组建一个大合唱团……真想不到——能梦见什么乱七八糟的怪事呀？啊？”

茨韦特一阵发窘，怯怯地笑了笑，垂下眼睛，咕哝了一句：

“没错……很常见……”

但对那场怪梦最玄奥最震惊的回忆还在三天以后，也就是在五月一号这天等着茨韦特呢。或许是碰巧，或许多少受了自己梦境的影响，茨韦特这一天前去观看赛马。他以前偶尔来过跑马场，但他不爱好运动，对赌博也没兴趣，不为别的，就是给人搭个伴而已。因此，他今天也是无动于衷地打量着奔驰的马匹、五颜六色的衣衫胀得鼓鼓的骑手和挤满看台、装扮华丽的观众们形形色色的兴奋样。

在一场比赛中间，他忽然感到急切的想要回头的冲动，而就在他转过头去以后，正看见了对面座位上的瓦尔瓦拉·尼古拉耶夫娜。毫无疑问，这是她，是他从自己梦见她那一刻开始便再也无法忘记的她，当他独自一人，特别是每个夜晚躺到床上时，总会回忆起她的容颜的那个她。她稍稍弯身靠近看台栏杆，目光凝注而惊诧地怔怔望着他，她微微张着嘴，脸色也因为激动而分明变得苍白起来。茨韦特承受不住她的注视，回过头来，他的心脏开始感觉剧烈的刺痛。

赛间休息时，一个刮净胡须、面容英俊的海军军官走到他身前，轻轻碰了碰他的臂肘。茨韦特抬起头。

“对不起，”军官开口道，“瞧，那个座位的女士请您过去一下。我奉命来转告您。”

“知道了。”茨韦特回答。

他双腿石头一般，沿木板阶梯拾级而上。他觉得赛马场的所有观众都在望着自己。他走错了通道，费了好大力气才认出那个座位，于是他一边往里走，一边笨拙地弯身行了个礼。

---

① 主人公的外号。

这是她。只有她才可能这么美，这么纯洁，这么光彩照人，她全身都笼罩着那失落的梦境中的光辉。她精致的眼睑、睫毛和蛾眉，所有最细小的线条都像勾画出的一般鲜明无比，她乌亮的双眸闪耀着活力、好奇、惊诧和忧虑。她给茨韦特指了指自己对面的椅子，脸色也因为局促不安而泛着潮红：

“抱歉，我打扰了您。但我好像觉得您脸上有种熟悉得不可思议的东西。”

“您的名字是瓦尔瓦拉·尼古拉耶夫娜?”

“不。我叫安娜。而您叫列昂尼德吗?”

“不。我叫伊万。”

“可我见过您，见过……不会是在铁路上吧？在车站?”

“是的。那里并排停着两列火车。窗口对着窗口……”

“没错。我穿一件灰色大衣，就在这儿，在领口和衣襟上锁着绸边儿。”

“一点儿不错，”茨韦特兴冲冲地应和道，“白上衣，配粉花的白帽子。”

“多奇怪呀，多奇怪呀。”她缓缓地说道，温柔而困惑的眼睛定定地望着他。

“而——您记得吗——我手里抱着一束丁香花?”

“是的，我记得非常清楚。您的火车启动的时候，您把它从敞开的车窗扔给了我。”

“是的，是的，是的!”她兴奋得惊呼起来。“清晨时……”

“清晨时我们又见面了。您无意中坐上的不是该坐的那列，火车已经开动的时候，又换到了我这列……于时我们认识了。您邀请我去您家做客。我记得您的地址：奥杰尔大街，十五号……洛科捷夫私家宅第……”

她轻轻摇了摇头。

“不是这样，不是这样的。我邀请您去我们莫斯科的家。我不是本地人，昨天才到，明天又要走了。我头一次来这个城市……这一切可真是奇特……跟您在一起的还有一位先生，他有一张很可怕的脸，就像梅菲斯托费里……等一下，他姓……”

“托费里!”

“不，不，不是这个……是某个响亮些的……好像是埃里奥或昂塔里奥……想不起来了……后来我们就在车站分手了。”

“是的，”茨韦特弯身对着她，说，“直到现在我还记得您的握手。”

她微微点了一下头，仍在凝神望着他，但在渐渐黯淡下去的眼眸里越来越深地透出哀伤和失落来。

“但您不是那个人……”她终于带着无法形容的惋惜说道，“这是梦……奇特而神秘的梦……无比神奇……不可思议……”

“梦。”茨韦特回声一样附和道。

她用修长柔美的手掌捂住眼睛，有几秒钟，她一动不动地坐在那儿。然后，她好像清醒了似的，一下子站起来，向茨韦特伸出一只手：

“再见吧，”她平静地说，“我们再不会见面了。抱歉打扰了您。”接着，语气里带着由衷的感伤，又补充道，“多么可惜呀！……”

的确如此。茨韦特再也没见到过这个美妙绝伦的姑娘。但这一点——他们俩，两个从不相识的人，在同一个夜晚，在相同的时刻，彼此在梦中相逢，他们的梦又如此神奇地重合——对茨韦特来说，这一点确定无疑而又那么地不可思议。不过，在形式无比丰富而又无限神秘的人的幻梦、人的生死中，这——仅仅是个微不足道的插曲而已……

一九一七年

圣伊萨基·达尔玛茨基尖顶

丰硕之秋

北俄罗斯一九一九年的秋天非常之美。一派闲静中的古朴的加特契纳，秋的美景尤为深邃、甜蜜和忧伤。这里的每条街道都植着两排苍老蓊郁的白桦树，而横贯全镇、悠长而绿意盎然的巴格伍托夫大街甚至被四排白桦荫蔽。

春季里，因为疏朗的白桦树早发的柔嫩叶芽，整个加特契纳都微微泛绿，散发着让人心旷神怡的树脂清香。秋天，它则穿戴起柠檬、琥珀、金黄和绛红色的盛装，树干素雅的白桦，枝叶芳香馥郁，犹如醇厚名贵的老酒。

这一年，全俄罗斯五谷丰登。（一九二〇年的收成也绝佳。一九二一年则是——可怕的荒岁，粮食所剩不足，这让我不得其解。）我从自家的菜园亲手采获了三十六普特[①]茎块粉白硕大的马铃薯，挖出无数汁液肥满的齿鳞蔓菁、埃及圆甜菜、气味辛辣浓烈的旱芹、洋葱、肥厚松脆的格拉乔夫卡红色胡萝卜、见棱见角的大头白

① 俄计量单位，1普特约等于16.38公斤。

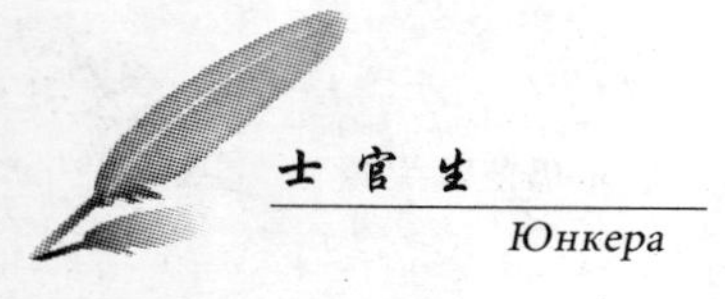

蒜——这是抗坏血病的绝佳食品。只有瘦小晚熟的胡萝卜根还未采摘，在长得粗壮饱满之前，我心怀期待，并不去惊扰它们。

我整个菜园的种植面积有二百五十平方米，但我可以凭良心说，我尽心尽力甚至是在力不从心地侍弄它。

冬季里，我带着滑雪板和小铲子——去捡粪。可怜巴巴的干硬的厩肥没什么用处——连麻雀也不啄它一口。记得有一天，我正干着这活计，恰好有个老婆子经过，她停下来，瞧了一会儿，冲我咕哝道："喝干了我们的血，够啦！"（这个白痴口号是革命的创造。）我非常仔细地收集炉子里的余烬和柴灰，千方百计搞到几把过磷酸钙和干牛血。我用炉灶焚烧所有骨头，把它们碾成粉末。我爬上城市钟楼，搜刮到一口袋鸽子屎。（鸽子早已飞离我们城郊，同去的还有乌鸦、寒鸦和老鼠，它们在这里找不到食物。）

当时，所有能经营的人都去经营自己的菜园，而那些没有办法的呢，就去邻居家偷菜。

最繁重的工作是把土地平整成菜畦。来自皮日马的可爱的福马·哈米列伊宁帮我干活。他为我翻土耙地。为此我送他一件足够新的燕尾服（对这位纯朴善良的楚赫纳人来说，这件怪诞的衣服有什么用处呢），为他亲手破土挖了十二棵六岁树龄的苹果树。它们是我三年前从列盖尔－凯塞尔林格苗圃买来的。我满怀爱意地种下它们，精心呵护。原先怜惜它们的弱冠之龄，不想让它们挂花，所以破坏它们的花期，但今年却任由它们第一次绽放花朵、释放母亲的喜悦，在每一株上都留下两三枝果实。与苹果树告别让人非常不忍，但冷酷而无趣的马铃薯却坚定不移地为自己争夺空间。

不是么，像故意作对，像罪恶的诱惑似的，降临的竟是如此和暖、如此奇丽的一个秋天。以前，我留在菜园边上的六株晚苹果树从未收获过成熟的果实：霜冻之前，我们给它们包上纸，储藏在柜子里，一直放到圣诞节。

可如今六棵树全都盈盈累累，饱满、香浓、娇艳的苹果完美得几乎能直接拿去参加展览会了。

但在这一年，我费尽周折也没种成花。为了得到国营商店的种子批文，初春时，我往返于加特契纳和彼得堡的二十个衙门，在奔波和忙乱中耗费了无数钱财、时间和精力，最终还是一无所获；我

狠狠地啐了一口。

请原谅我在这个无聊的话题上如此纠缠不休，难以割舍。我毫不惋惜自己永远失去的在俄国的财产：房子，土地，摆设，家具，地毯，钢琴，图书，画作，舒适，以及其他东西。当时我便领悟到，跟粗朴的黑面包的伟大价值相比，这些物件虚妄而无足轻重。我不带些许遗憾地目睹镜子、皮毛、窗帘、被褥、沙发、钟表和其他家什在粮食贩子们手里消失。此时，金钱也不抵他们一张盖印的寒酸纸片。

不过说实话，我倒希望在将来安宁而健康的俄罗斯，不给别人，也要给粮食贩子们竖立一座朴素的公共纪念碑。在定量供应豆油饼、配给酸果蔓的时日，正是他们，这些粮食贩子，吊在车厢平台上，跨在火车制动器上，趴在保温车顶棚上，千里迢迢地运送食品，还要随时面临被抢劫或射杀的危险。当然了，即便是轻微的经济恐慌，注定也要由时间而不是他们来平息。但在那个年月，哪个灾难深重者不会在苦痛的经验中晓得，一个月，一星期，一天，有时甚至是身体能得到暂时休憩、能因为吃饱而变暖的那一瞬间，对一个垂死的生命有多么珍贵和重要。我能点出我们国家很多精英人物的名字，他们今天的生存都要归功于粮食贩子的进取欲望。是该给他们树碑！

我再次申明，我不惋惜财产。但我的小菜园，我的苹果树，我精致芬芳的花坛，我那“维多利亚”麝香草莓和“任尼林德”糙皮甜瓜——一想起它们，我的心便隐隐刺痛。

这里有一种纯洁、质朴、神奇的创造之美。多么欢喜呀，在木格盒子的底部铺上椴树叶，整齐地码上硕大的苹果，再铺上一层树叶，再码上一层苹果，把所有这些丰盛芳香的紫红色的大地的礼物馈赠给邻人！多么纯真的快乐——如同母亲的快乐。

但这种情形已经变成了过去。一九一九年上半年，我们全体居民浑然不觉地渐渐陷入死寂的冷漠、疲惫和困倦。他们死去，不是因为饥荒，而是由于持续的营养不良。瞧，一个穷困潦倒、未老先衰的小老头儿坐在车厢一角，他安详地睡过去了，干瘪的唇上挂着恭顺的微笑。到站了，该下车了。售票员走到他跟前，可他已然安息了。就这样，我们在中途睡去，在墙脚，在公园的长椅。

当时我是如何咒骂这种肉质直根类作物，这种鬼块茎——马铃薯的呀。通常，你要收满整桶，再拎到阁楼上晾晒。然后呢，你坐

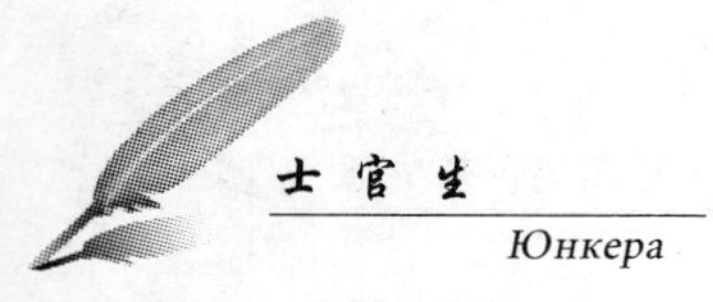

在台阶上，像一条岸上的鱼，张大嘴巴拼命喘气，歪着眼睛，可恶的头晕让你天旋地转，而下颏上大块的赘肉疙瘩也胀得滚圆：神经怎么也不听使唤。

口腹之乐一去不复返了。吃什么全无差别：只要别蹭坏舌头，别刺破上腭和牙床。普遍的体质衰弱让人们不由自主地停止操控各自的身体机能。所有抵抗力、自尊感、大笑和微笑……统统不见了。一九一八年尚且存在的，靠友谊、信任、相互扶持和关爱所联结的一些小团体，它们今天也已经分崩离析。

白天，加特契纳的街道空空如也：似乎无人可以幸免的瘟疫席卷过城市。而夜晚则一片恐怖。你无法成眠。死寂与黑暗，墓地一般。有时骤然传来一声孤零零的射击。谁在开枪？不会是士兵吧，在哨岗上寂寞了，朝远处或亮灯的窗口瞄准并扣动扳机？还有的时候，远处枪炮闷声齐射，一连五响，随后是瞬间的宁静，再次传来五声单独的微弱的射击。射杀的是谁呢？

我们就这样进入临死前的昏睡。西北军的胜利进攻就像对我们施加的电疗。它让彼得堡、彼得堡所有郊区和别墅内半死的尸首还魂。被唤醒的心脏燃起甜蜜的希望和欣慰。身体变得硬朗，心灵重新充盈起能量和弹性。时至今日，我仍不知疲倦地跟那个年头的彼得堡居民探问此事。他们大家无一例外，都会谈到盼望白军进攻首都的那种兴奋心情。没有一所房子，身处其中的人不为解放者祈祷，不准备好要丢到奴役者头顶的砖头、开水和煤油。假如他们说相反的话，那他们讲的是自觉而神圣的党的谎言。

2 红军

关于外边的事件，我们所有人都被隔绝到荒诞的程度；不仅我们这些僻处一隅的加特契纳人，还包括彼得堡市民。苏维埃报纸上

找不到一个字的真话。无论是阿列克谢耶夫、科尔尼洛夫、邓尼金的作战，还是尔察克，我们全都一无所知。记得有人带来哈利科夫和库尔斯克沦陷的消息，但没人当真。不时听见北方远远的炮声。人家试图让我们相信，这是海军在进行射击演习。五月份时，炮击声从西北方向传来，而且变得越来越响。但当时无人可问，即使问了，得到的也是谎言。过了半年，到十月时我才得知，这是西北军复活节前一周的第一波（失败的）进攻。此外，也是在五月份，一个来自沃洛索夫的楚赫纳人跟我讲了这样一件事：有一天，他们村子来了些骑马的人，这些人身穿军装，佩戴肩章。他们请求给自己点儿牛奶，吃东西之前，他们对着挂圣像的上位①画十字，吃完以后，为了报答女主人，回送给她们白面包、黄油，还慷慨地——付钱。而他们在上马的时候承诺："等着我们吧。再来这里时，我们会打垮布尔什维克，生活也会恢复原貌。"

记得我将信将疑地问道：

"你怎么知道呀，没准儿这是布尔什维克奸细呢？他们现在到处打探消息。"

"我不清楚。可能是奸细，也可能是白军。"楚赫纳人说。

日子令人惊恐而郁闷，却是隐忍的奶牛似的惊恐和郁闷。板墙上贴着标语："鉴于苏维埃联邦后方存在资本主义的拥护者、协约国的雇佣军和其他进行资产阶级宣传的白军匪徒——所有公民都有权采取行动：在任何地方发现诋毁苏维埃政权的企图和反对它的煽动蛊惑——不必把罪犯送交审判，就地正法。"不过必须实话实说，这种正法的事情——鲜有发生。但让人痛苦不堪的是没完没了的缉查和无缘无故的拘捕。谁内心里也不畏惧死亡。我觉得，当时如果再极端一些，再果断一些，就足以让人窒息，而我自己也已做好了准备。地下室里随时等待处决的折磨最令人恐惧。

因此我们就像聆听饿猫正在逼近的老鼠，蹲守在自己的洞穴。偶尔探出鼻子，嗅一嗅空气，然后再次躲藏起来。

但到了十一月底，红军和红军领导人内部出现了某种不安的骚动。

① 机关、宿舍等辟出进行文化、教育活动的场所。

突然开来一辆载着在维亚特卡集结的一个团的专列，驻扎在了城郊边缘的简易木屋。他们似乎全都经过精挑细选，一样的高大结实，一样的开朗快活，他们发色淡红，长着夏利亚宾①那样的浅色眉毛。一群英武健壮、保养良好的小伙子。不知出于什么原因，他们获准随身携带三普特面粉，在加特契纳，他们非常乐意用这些面粉交换物品。我们去了他们的营地。那里已经聚集了很多人。他们那么关切地询问瘦骨嶙峋、破衣烂衫、愁眉苦脸的加特契纳居民，这让我感动。他们那么满怀同情地轻轻摇着头，意味深长地唏嘘着："真没想到！"然后"呸"地啐一声，感叹道：

"你们可真是可怜呀，可怜呀。把你们弄成什么样子了。难道还能继续下去吗？"

后来他们被运往某地。但这些"维亚特卡的剽悍小伙子"没有销声匿迹。十月中旬他们几乎全部回到加特契纳，在普斯科夫附近，所有成员已经集体投靠了白军队伍。他们骁勇善战。

这些人离开之后不久，加特契纳突然拥来一群不知从哪里被驱赶来的红军，他们衣衫褴褛，可怜巴巴，面如菜色。看样子他们不仅群龙无首，也从未听说过纪律。他们马上在城里四散开来，到处寻摸随便什么吃食。他们乞讨，在菜园捡拾黏糊糊的白菜帮儿和偶然漏掉的小土豆，出卖十字绣花和贴身衬衣，窥探早已荒弃的肮脏地窖。他们全都神情抑郁、畏畏缩缩，仿佛生了病：他们这种精神状态大概可以表明，来到此地的目的不是抢劫和施暴。

他们在加特契纳没待多久，三天。一个晴朗爽澈的清晨，有人把他们集合成杂乱的一群，排成形状勉强可以辨认的一个纵队，继续被驱赶上了华沙公路。目睹这屈辱的景象，怨恨、怜悯和无力感让我想要哭泣：要知道，这无论如何毕竟是俄国的军队呀。要知道"每个军人都该知道自己的行动方向"，可这些异常不幸的被欺骗的俄国伊万们②——他们是否知道，哪怕是稍稍了解一些呢，自己为什么要被赶上战场？

没有乐队在前面开路，没有耀武扬威、跨着灰马的骑兵，也没

---

① 夏利亚宾（1873～1938），享誉世界的俄国歌唱家，库普林的好友。

② 意指农夫等下层人。

有在队伍上空晃动、旗帜包在套子里的金黄的旗杆尖儿。慢腾腾走在前面的是辆一路生火的行军餐车。浓烟从它的烟管径直滚向后方，一面低低地在全副武装的人群头顶弥漫，一面用煮白菜的气味挑逗着他们。唉，不祥的征兆！

这是多么虚幻、可怖、噩梦般的一群人呀！驼背的老人和面孔蜡黄、瘦弱不堪的半大孩子，瘸腿的，伤口化脓的，佝偻肩背的，掉了鼻子的，长年累月地不洗脸，脏兮兮的破衣烂衫，穿着棉便鞋和难看的敞襟女式棉袄，光着一只脚，另一只趿拉着套鞋，到处是窟窿和裂口，步枪枪刺或上或下，还有的拖在地上。莫非不是那支在维亚捷姆大教堂集结的趾高气扬、鼻孔朝天地经过我们的军队了吗？

第二天我们又听见了炮击声，这一次更加清晰、接近，而且是在新的方位。这次海军舰队的射击演习显然转移到了加特契纳的西南方向。可这个方向上好像没有大海呀？

就在同一天的正午之前，加特契纳所有空阔无人的街道上，开始了一场奇怪的慌乱，一场神秘莫测的逃亡，一场惊恐不安的喧嚣。前所未见的完全陌生的人们拖着大木箱、包袱、篮子和行李箱来回乱窜。郊区的庄稼汉驾着空马车络绎赶来。肩扛成捆秸秆和一束束麻绳的下人们在马路上奔忙。分明有人搬家或是逃难。这是什么人，我不感兴趣。

但晚上我要出一趟门。我在教堂街碰见一位怪人。他总是操一口浓重的男低音，握手时扎煞着胳膊肘，平日里也挺着脖子：一位国立中学教师。我不知道他的姓氏。他是个不错的小伙子，尽管任何接近他的人每一次吸气都要饱尝大瓶发乳的味道。

他走到我跟前。

“您知道出什么事了吗？所有苏维埃的人现在都急匆匆逃往彼得格勒。”

“为什么？”

“谁知道他们呀？一片慌乱。我们去瞧瞧吧。”

巴维尔一世[①]大街、米哈伊洛夫街和勃姆巴尔基尔街，密密麻

① 巴维尔一世（1754～1801），俄国皇帝。

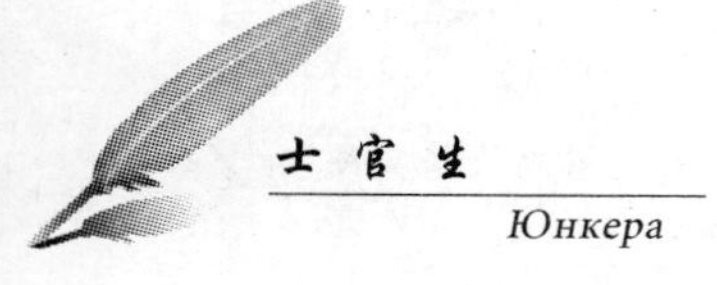

麻地停着拉货马车。车上什么没有呀：床，羽毛褥子，长沙发，圈椅，抽屉橱，鹦鹉笼子，留声机，花盆，儿童推车。从房子里还在源源不断地搬运家庭生活用品。

“逃跑啦！”教师说道，“顺便问一句，您有拉雷花露水吗，为幸福的告别喷一喷？”

“抱歉，没有。您觉得，在加特契纳住着多少布尔什维克呢？您瞧——整个西徐亚人[①]的大车队。”

教师沉思片刻。

“据我统计，算上家仆、妻子、姘头、小孩儿，再加上本地的志愿者和情报员的话——不少于四百人。”

车轮纠缠成一团，鞭子抽击声，女人的喊叫声，狗叫声，咒骂声，孩子的哭声，杂沓而来。干草味，焦油味，马尿味，混在一起四处弥漫。天色渐黑。我走开了。

但夜里躺在床上，我愈加长久地听着，远远的马车在破损的公路上吱吱呀呀作响。

死亡与欢乐

第二天，在碧空下凉爽芬芳的金灿灿的美妙晨光中，不安、胆怯而又好奇的加特契纳醒来了。风声从一家传到另一家……听说紧急转移到彼得堡的只是些可有可无的小角色。负责人留下来坚守岗位。代表苏维埃和特设委员会有机枪守卫，它们的入口也已经对群众关闭。但苏维埃的汽车却随时待命。

据说彼得堡下达了指示：假如最终必须撤出加特契纳的话，要用炸弹毁掉它的宫殿、教堂、两个车站和所有公共设施。

---

① 历史上具有伊朗血统的一个游牧民族，公元前8世纪至公元前7世纪从中亚迁移到俄罗斯南部克里米亚地区。

大家坚信，红军的重炮部队正从彼得堡赶往加特契纳（这个消息后来被证实了）。不过也散布着很多无稽之谈。联想起了瑞典人和英国人，说他们已经攻克喀琅施塔德，眼下正在彼得堡战线登陆。诸如此类。

现在，炮击声从南方，从普列奥布拉热区甚至是锡维尔区传来。它们已经变得那么清楚、分明、凸显，好像是在十里、五里远的地方发射。

近四年来，我偶然认识了一位常住加特契纳的隐士，并跟他结成朋友。这人曾在一家颇具影响力的大刊物担任权威而严厉的编辑。如今他在加特契纳的宁静和绿意中安度晚年；也明显变得蔼然温和了，其实在当年好斗的时候，他也只是挂着一副冷酷的假面，骨子里却是个再善良不过的人，仅仅是杂志圈的人没能认清这一点而已。他给我看自己翻译的经典作家作品，而尤其让我折服的是路吉阿诺斯[①]、爱比克泰德[②]和马可·奥勒留[③]。他不厌烦跟我交往，对我来说，同他的交谈总是那么美妙，那么受益匪浅。怎么回事呢？人为什么会羞于承认，他即使年届高龄也永远乐于弥补智识的不足？

我还知道，不善于恭维别人和袒露心扉的 C. 对我非常信任——不过，我当然不是从他口中，而是以非常悲伤、沉重的方式得知的。

他的两个儿子——尼古拉和尼基塔——兄弟俩全去参加大战了。长子作为基层军官，在战争最初离家，次子——一九一六年年末以志愿军身份加入战争。两人全都阵亡：一个因为重伤，另一个因为伤寒，时间相隔很短。

一九一七年年初的某月，我收到一封信，寄信人是谁，我本人并不认识。他是尼基塔的双重伙伴：加特契纳实科中学同学，之后又是炮兵师的战友。而我，他当然认得了。在郊区小镇，我，连同我的狗、马、熊和猴子，参加过无数场晚会和音乐会，再加上一些

---

① 路吉阿诺斯（约 125 ~ 约 192），希腊哲学家，又译作卢西安，有中文版周作人译《路吉阿诺斯对话集》。

② 爱比克泰德（约 55 ~ 约 135），与斯多葛派有联系的哲学家。

③ 马可·奥勒留（121 ~ 180），斯多葛学派哲学家，古罗马帝国皇帝。

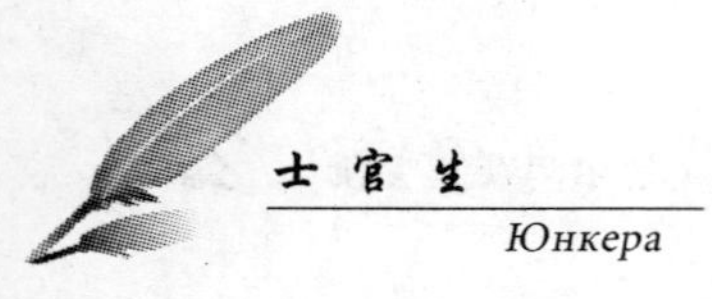

逸事，这些全都处于大庭广众之下。

他写信告诉我兄弟俩的死讯。他说他下不了决心把这可怕的噩耗告知他们老迈的父亲，因为他亲眼见证过老人对儿子们炽热、激动和疯狂的爱。最终他动情地请求我，让我以自己的方法、良知和智慧，承担起这件异常繁难的任务。据他讲，老父亲曾不止一次以善良和信赖的语气对尼基塔说起过我。我决定沉默一段时间。但说实话，怎样做更合适些呢：让残酷的事实杀死可爱迷人的老头儿，还是让他至死都活在期盼和茫然无知当中？

我沉默了将近两年。

这并不轻松。C.有时会以洞彻心扉的探询的目光注视我，好像猜到了我了解什么重要的事情，但又不想也不能说出口。

此刻我所讲述的最后这段时日，要隐藏这个秘密尤为艰难。

每天上午他都会在我之后出门。我们在华沙铁路上漫步，久久地在那里停留，倾听日益猛烈的炮击，沿着渐行渐远、愈来愈窄的闪亮的铁轨眺望南方。他偶尔会充满幻想地说：

"我亲爱的朋友。明天，或者后天，英国人就会到达（原来，他还相信英国人）——给我们带来自由。而我的科利亚和尼基杜什卡也会跟他们一起回来。他们晒得黝黑，嗓音浑厚，身穿破旧的军装，眼睛炯炯有神。他们会给我们带来白面包，还有英国奶酪，还有巧克力，还给您带点儿威士忌。我会非常荣幸地给您介绍年轻的英雄。"

然后，我们再次凝望消逝的远方，似乎同时在嗅着几十里外的硝烟。

可怜的好人C.没能盼到——不单是自己亲爱的儿子，还包括西北军的来临。他在收复加特契纳的前两天去世了。尼基塔伙伴的信件就这样留在了我的那个美国制造的小箱子里。今天，住在我房子里的那个人即便发现它，大概也扔到炉子里去了吧。倘若分析一下这封信的话，想想它可能的归属——我会感到心安。C.（愿他安息吧）家已没有一个生者。

还有一次死亡。

在我家旁边，还是在革命之前，市里建了一座漂亮的两层楼的老妇救济所。布尔什维克掌权以后，用一纸清单强行赶走了老人

们，房子里塞满了无产阶级幼童。一个古怪的姑娘被派来负责他们的日常起居。她年纪已经不轻了，带着绝顶姿色的遗痕，那姿色已在未被满足的激情和挫败的毒火中凋零，她两腮透着砖色的红斑，漆黑的眼睛总是燃着刻毒、嫉妒和好权的光焰。我承受不住她赤裸裸的充满仇恨的目光。

至于她怎样照看儿童的，从她的孩子们某天饱食一顿有毒的污秽食物这件事便可得到证明。多数孩子病倒，十一个死掉。接到指令，要在夜间将尸体运往医疗所的太平间，浇上熟石灰，带出城去。讲述此事的是从前给我收拾院子的费奥多尔，这是个一只眼斜视、精通各种活计的哲人、酒鬼和流浪汉。他尤其痴迷于一些亡命徒的职业。他曾在狗场从事猎杀流浪狗的工作，在运垃圾的大车队干活，后来又去停尸间当看门人；而在此期间他还打过各种短工。他跟我讲述，中毒身亡的孩子们的母亲怎样大半夜赶来，他怎样以每具一百卢布的价钱向认领人出售小孩尸首。价钱不高，但劣质酒精也相对低廉。

有一天，这个收容所的一个小姑娘跑进我家院子，她十二岁上下，但个子却极矮，裹着一条老妇式样的白头巾，面容也如悲苦、病态的老妇。她在污水坑里翻来翻去。

我们成功抑制住她的野性，好歹给她洗了洗小手小脸，拿家里有的东西给她吃。她叫济娜。她开始光顾我们家。来过几次之后，还领来一个蓬头垢面、长着雀斑的男孩子，他声音嘶哑，粗野不驯，俨然一只小狼崽。

但有一回她刚走进小篱笆门，女监护人像个刁蛮的泼妇，后脚紧跟着就冲了进来。她疯狂的眼睛“电光闪烁”。她抓住小老姑娘的胳膊，那么粗暴和放肆，就像坏小孩撕扯自己破损不堪的倒霉的洋娃娃。同时她还冲我们怒吼，语速迅猛得让我们不能、甚至想不到去回一句嘴：

“资本家！吸血鬼！恶棍！居心险恶地诱骗未成年人！会杀光你们这些卑鄙透顶的狗崽子的！”

而且一直是用那种幸灾乐祸的腔调。

随后又过了半个月左右。一天早晨，我站在篱笆旁，看见女监护人正在马路上拉着一辆大独轮车，车上放着一个草草钉就的薄木板小棺材。我知道她正在把小尸体运往墓地，把它扔进公共墓坑，既没有祷告，也没有宗教悼词。

但经过我家的大门时，独轮车的轮子不巧撞在了石头上。

因为撞击，新鲜的棺材薄板散了架，露出白色的小衣服和纤瘦蜡黄的小手。女监护人无助地左右张望。

我冲她喊了一声：

“等一下，我来帮您。”

我从家里拿来钉子和锤子，马马虎虎，笨手笨脚，歪歪斜斜，但非常牢固地钉好了棺材。在钉最后一颗钉子的时候，我问她：

“这不是济娜吧？”

她恶狗狂吠似的回答说：

“不是，是另一个混蛋。那个早死了。”

“这个叫什么名字呀？”

“鬼才知道！”

然后，她把自己整个精疲力竭的身子套在了独轮车上。

我只能暗自默念：“主啊，让这个无名幼子的灵魂安息吧。连你本人也不知晓她的名字。”

换作另外一个女人，我也会帮着她运送棺材，哪怕就送到公路上呢……

悲伤的事情还有很多。要知道每天都有罪恶相伴。但现在，我内心里却发生了一种简单而剧烈的转变。

大炮的轰鸣越来越近，伴随它们的接近，内心卸下了令人沮丧和日渐颓唐的忧伤、无力的愤懑、永远青黄相间的奴隶般可恶的惊恐。仿佛有个人在对我说：

“够啦。整整这三年全是愚蠢的噩梦、残酷的体验和疯子的幻想。回到现实生活中吧。它是那么迷人，一如从前你为它唱诵高尚赞歌的时候。”

我经常坐在阁楼上摆弄纸牌，一面清理小土豆上的干泥巴，一面合计：如果考虑到沾上的泥土还有块茎的缩水，结果就不是三十六普特了。不过要是按每口人分得一磅来算，每天毕竟还能达到三磅。这是巨大的储备。但有一个前提：尽量避免大手大脚。

这个时候，我还会以特别白痴的调子，粗鄙欢快地唱着某支荒唐的小曲：

特拉——拉——拉，多么快活，
活在世上可真是欢乐；
可爱的太阳多么活泼，
多活泼呀多乐和……

亚　沙

塔拉布斯团何时进入加特契纳的——我记不清了；我只知道是在十月十五、十六或十七号夜间。当时我还曾想过，对俄罗斯来说，十月中旬往往是不幸的日子。

这一天前夕，南方的炮击平息了。

城里笼罩着紧张、慌乱但生气勃勃的氛围。大家全在期待某种非常的东西，并停下所有活动。

傍晚时——天色还未变得昏暗——我装了一大筐土豆，上面盖了层茂盛的马铃薯叶，弄成很体面的花束模样，准备馈赠给我的一个犹太人老友，因为他不时从彼得堡给我买酒。

是的，必须承认，当时我们在偷饮私货，尽管饮酒被禁止，会遭到严惩以至于被枪毙。但谁能忍心指责我们呢？

在自己的箴言中，伟大的诗人和智者所罗门援引利慕伊勒王的母亲传授给他的训诫：

“利慕伊勒啊，君王喝酒，君王喝酒不相宜。”

“可以把浓酒给将亡的人喝，把清酒给苦心的人喝。”

“让他喝了，就忘记他的穷苦，不再记念他的苦楚。”①

当我到他位于尼古拉耶夫大街的家中时，家人们正围坐在茶桌旁。主人已经三天没回家了，他在彼得堡忙于生意。但他的椅子却摆放在主人的位置，照老传统，他不在场的时候也不会有人占据：谁也不许坐在上面。（顺便说一下，在一些古老的俄罗斯大家庭也保留着这个良好习气。）

他家有位两周前从偏远外省来的远亲——一个头发斑白、身形消瘦、神情张皇的人。他一直捂着脑袋，他的牢骚和恐惧让所有人腻烦，他牙疼一样咕咕哝哝，在自己周围散布着酸腐和颓唐的气息。

还有个我多少了解一些的男孩儿，亚沙·法因施坦。他把自己的诗歌练习本拿给我浏览和评价。他的缪斯之才非常可怜，不通文理，平庸无能，绝无任何前途，泛滥着崇高主题。但男孩儿本人却充满内在的敏感和真挚的激情。

他在房间内踱来踱去，头压得很低，两手深深地插在裤袋里面。显然，在我进来之前，他们的谈话就已经搁浅，此刻还说不到一块儿。

过了半小时，疲惫不堪的主人终于回来了……见到我带来的喜篮，他微微一笑，冲我点了点头，说道：

“只有二百（他说的是克数）。得给您找零儿了。”

然后他讲起了彼得堡。

那里既混乱又恐怖。加强的红军纠察队在街上巡逻，苏维埃的汽车乱轰轰地横冲直撞。

搜查和抓捕成倍扩大。私下流传着白军逼近的消息……

他回家的火车只通到伊若拉。站长吩咐全体旅客清理列车。彼得堡发来电报，要这趟列车无条件地终止前行，返回——彼得堡。

旅客们沿狭窄荒僻的小路步行前往加特契纳。跟我玩普列费兰斯牌的好搭档，跟我同名的——亚·伊·洛巴金也跟他们走在一起，但出于自己一贯的逆反心理，他没有结伴而行，而是独自走一些小径。行人们忽然听见远方传来他绝望的尖声呼叫。然后是第二

---

① 引自《旧约·箴言》。

次，第三次。有人循声跑了过去，却找不到洛巴金。绝对不可能呀。道路前挡着一个臭气熏天的泥塘。倒霉的洛巴金分明是掉在里面被吞噬了。

桌边闲话中间，主人又记起了什么无关紧要的事情，可突然……此前一直沉默不语的亚沙勃然大怒，像被锥子扎了一下似的。

“可耻！丢人！丢人！”他尖叫着，想要飞起来一样向上挥舞着手臂。“您！犹太人！您为白军到来高兴！难道您背叛记忆了吗？难道您忘记了大屠杀，忘记了您苦难的父辈和兄弟，您被蹂躏的姐妹、妻子和女儿，您被羞辱的祖先的坟墓了吗？”

就这样，他挥动着拳头，不断地，不断地叫喊。他身上有种癫狂的迹象。

费了好大力气才让他冷静下来。这是身形肥胖、心地诚挚和善的女主人以特别得体的方式做到的。

我和亚沙一起出门。他来送我。半路上，他再次滔滔不绝地讲起共产主义。我没有反驳。

“你们全都怀念沙皇、皮鞭和奴役。甚至也包括您——自由主义作家。不，如果白匪杀回来，我会爬上消防塔，会从那上面用耶利米[①]的箴言抨击宪兵和戴金肩章的家伙们。我不是奴隶，我是忠贞的共产主义者，我为这个称谓感到自豪。”

“会被打死的，亚沙。”

“不值一提。在我们这个伟大的时代，只有流氓才畏惧死亡。”

“请想一想自己的犹太兄弟吧。您会给他们招来灾祸的。”

“算了吧。既没有犹太族，也不存在俄罗斯族。民族，这不怀好意的无稽之谈。存在着人类，存在着被无比美好的共产主义平等关系团结在一起的全世界的兄弟。仅此而已！我要去市场，要爬上屋顶，要站在最高的大车上，发表我震撼人心的愤怒演说！”

“再见，亚沙。我该向左走了。”我说。

“再见，”他轻声回答道，“对不起，我这么冲动。”

我们分手了。我再也没见过他。让他听天由命吧。

---

① 典出《旧约·耶利米书》。

这一夜我睡得很少，却做了一个永志难忘的美梦。

我乘着一页报纸在雅尔塔上空翱翔。我像驾驶飞机似的操纵它。我飞到了艾－彼得里山顶峰。克里米亚铺展在我身下，仿佛凸形地图。可就在掠过艾－彼得里山的时候，我的飞行器边缘碰到了峭壁，我随它猛然坠落下去。

醒了。心脏怦怦跳动，窗外朦胧地透出淡蓝的晨光。

重　炮

像往常一样，我在七点左右起床，晨光预示着一个响晴的白日，家人还在熟睡的时候，我轻悄悄地准备茶炊。

这门静默的艺术——恕我夸口——我在一年前才刚刚学会，但很快便领悟到，这里面蕴涵着独特的清雅宜人的美。

而就在我的茶炊里的劈柴刚刚燃起，我正准备装上弯曲的烟管时，头顶轰然响起一声饱满而结实的炮击，窗玻璃被震得乱颤，我失手掉在地板上的烟管嗡隆作响。这可要比不久前远方的打炮声来得严峻。

我再次装好烟管，可炭火刚刚燃起、泛红，第二声炮响便接踵而至。就这样，炮击持续了一整天，直到傍晚，其间停顿过大约五至十分钟。

当然啦，在第一次射击之后全家人就醒过来了。倒是没什么惊慌，没什么恐惧，没什么忙乱。天气晴好，和煦怡人，如果不是败叶令人陶醉的气息，都会让人以为此刻的户外正值五月末呢。

噢，该如何表达醉人的希望所带来的这种愉悦感，这种欢喜而蓬勃的颤栗，这种对运动跃跃欲试的渴求，这深深的呼吸，这种手脚难以遏制的内在冲动呀。

我很快得知，从加特契纳开火的是红军的大炮（响声没有中

断，彼得堡不停赶来增援）。听说一部分大炮架在巴维尔一世建造、被他称为“大司马[①]”的方尖碑附近，另一部分布置在原先的飞机场。它们连连开火，白军却默不作声。

似乎有足够的理由造成家庭的恐慌。但——信心、信念或是对信念的渴望真是奇特之物！这种它的蔓延并非通过口口相传，并非沿着线、沿着面。它的传播经由三个纬度，而谁又能知道，也许经由四个纬度呢。我永远无法忘记对生活充满自由的信念、对蓝天充满安宁的感恩之情的这些时刻。

抑或我们全都无比绝望地沉沦于卑污的冰窖，那里没有光，而且潮虫出没，以致会为蚁洞透进的一丝金黄的月色而欣喜若狂？

我不知道迟缓得难以忍耐的时间将要流往何处。我暗暗为自己着想，眼下务必要从菜畦里拔出剩下的胡萝卜了。这让人愉悦。根茎已然长熟，牢牢地扎在干涸的土地。你两手攥紧它顶部拉扯，但力不从心。一旦近处的炮击声轰然大作、窗玻璃叮当震响，你便会不由得“哈”的一声，刹那间就从泥土中拔出一根又大又肥的红艳艳的胡萝卜。就像有音乐伴奏。

十岁的女儿也坐不住了。她受到四处弥漫的激动情绪的振奋，并被美妙的炮声所鼓动，兴冲冲地前来帮我，拎着欢快跳荡的木桶在菜园和阁楼间来回飞奔。可渐渐地她便落到了母亲的手里，而母亲则拽住她的衣裙，把她拉回窗户全都蒙上了褥垫、地毯和枕头的屋子里去。但小姑娘一有机会就会偷偷溜到我身边来。就这样她们一直折腾到了傍晚。

红军在向哪里开炮——我猜不出来：我没听见炮弹的飞行，也没听见它们爆炸。第二天才有人告诉我，红军不是向华沙公路而是向波罗的公路射击。我家斜对的方向。

白军隐忍不发，因为不想暴露自己。他们的侦察员探明，通往加特契纳的道路守护较为薄弱。此外有必要说明的是，西北军认为夜间激战优于白天交火。他们在等待黄昏到来。

---

① 原文为法语缩写，意为“大司马”，也译作“大伯爵”，从罗马帝国时起，便是军队的最高统帅，相当于中国历史上的大司马或骠骑将军，拿破仑一世以后，变为一种封号。

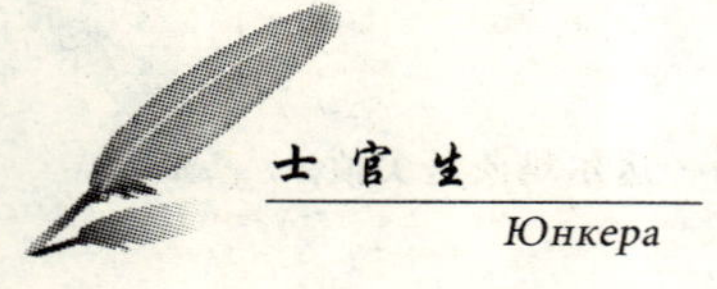

就这样，空气在不知不觉间凝重起来，夜色也变得晦暗了。西边伸展开窄窄的一带鲑鱼肉色泽的晚霞。

已经分辨不出胡萝卜和土地的颜色。

疲惫的大炮收了声响。

忧伤而惊恐的宁静笼罩下来。

我们就着硬脂蜡烛的烛光坐在餐厅——睡觉还早——百无聊赖地翻看布洛克加乌兹和耶夫隆[①]词典里的插画。

女儿第一个看见黑洞洞窗口上的火光。我们拉开窗帘，准确无误地判断出，着火的是本地的工农兵代表苏维埃，一座带廊柱的古雅漂亮的大房子，多年以前这座建筑上空便军旗飘扬，里面世代居住着蓝甲骑兵统领。

房子火光炫目。燃烧的纸片在周围烈烈飞舞，如同一团团渐渐消融的金黄色的棉絮。

我们知道，委员们、共产党员们、所有红军都已撤出了加特契纳。

小姑娘放声大哭起来：被奇特的一天和前所未见的夜间大火的可怕景象刺激得兴奋不已的神经绷不住了。她让我们相信，整座房子，整个加特契纳，我们和她，全都会被焚毁。

勉强安顿她睡下，而她在梦里仍在哽咽，似乎在向某个我们看不见的一位无比年长的人哀诉。

6

“你妈妈在家吗”

我抽着莫合烟，翻阅布洛克加乌兹百科词典精美的木版插画：过去千百年间的服饰。妻子在缝补家里的破烂衣物。我们两个——

① 1891～1904年间出版的以两位出版家命名的百科辞典，共计82卷。

我知道——默默地预感到，我们的生活无疑要面临巨变了。

内心明净而恭顺。在这艰难的年代和死一般的时日，我们从未曾试图超越或迁就命运。

对于可能逃离俄国的各种途径，我们有所耳闻。而且有幸福的典范，有诱惑。钱也足够。但我自己所不能理解的是：是对祖国的爱与怜惜特别强烈，还是我们对群众暴乱普遍的仇恨以及面对它的恐惧，抑或对厄运幽暗的信念——让我们驯服于汹涌而至的意外事件。我们决定不作任何逃亡的打算。

的确，在偶尔耍闹时，我们会跟小孩儿指指点点，进行地图上的旅行。

叶甫谢维娅还朦胧记得尼斯绿松石色的海滨，记得——清晰得多——赫尔辛福斯[①]福杰尔点心店美味的蛋白酥皮饼。而我则给她讲述——安徒生的丹麦、狄更斯的英格兰和大仲马的法兰西。

在丰富的想象中，我们不止一次造访这些国家。命运乐于栩栩如生地为我们指引行程，不需要我们为此耗费任何力气。我相信，倘若一个人没有目的、没有怨尤、没有顾虑地幻想天真的琐事，那它们就一定会实现，尽管是在非常细小的程度上……

此外，我们这些饥饿、光脚、赤身的人，发自内心地为侨民感到惋惜。“疯子，”我们心想，“这个时候，如果没有自己祖国内最微弱的精神支撑，你们在国外有什么意义呢？恐惧和多疑会把你们这些小傻瓜带向何方呢？”

我们也从未羡慕过他们。心底里把他们视为骄傲的可怜虫，为遥远而亲切的、永远无法回还的故乡，他们为时已晚地夜夜哭泣，夜夜啃咬手指。

我们的单层小房子低矮的屋顶上，突然滑过并弹落一颗铁豌豆……机枪在远处嗒嗒嗒地响起来。显而易见：射击就在加特契纳或邻近的郊区。我们交换一下眼色。我们闪过相同的感受。

一九一四年五月，加特契纳的华沙公路上，什么人的毒手曾引燃一列满载炮弹的大型火车。十三节车厢相继爆炸。但是，因为炮弹不是成车，而往往是一颗颗地依次爆炸，所以这乐曲便从凌晨三

① 赫尔辛基的旧称。

点一直持续至七点。一些榴霰弹填料和被榴霰弹炸碎的钢片飞到我们这里，不过已经是强弩之末了。它们的威胁不大。只是不能出屋而已。

在我们眼前，第一枚弹壳（它有八到十磅重）击穿了屋顶上的圆柱形铁皮，第二枚撞倒了烟囱和洗衣间，第三枚干净利落地削掉了一棵老白桦树的树冠。霰弹碎片一直冰雹似的纷纷击打着屋顶。后来我们捡了满满一筐这种沉甸甸樱桃大小的小铅丸。

当时我们的房子罹难很轻。而画家M.遭受的不幸可就深重多了，他家坐落在公路旁边，离铁道五十步远。炸弹穿透马赛瓦[①]，落在阁楼。画家事后清点，共计有八十个窟窿。人员上有一例牺牲：一枚弹壳击中了柳采夫卡亚大街上的一个老太太。

而我们所操心的事情比物质上的损失还要严峻一些。当时，我们家里驻扎着一个小医疗所，总共十名伤兵。医疗所总是满员，虽然人员会有更迭。此时的十个人像是精挑细选过似的，全都热诚、豪爽、可爱。士兵们带着保护者所特有的兄长似的宽厚，承受着我们对他们的操劳。腔调庄重、正式；交往中有种——严肃而微妙的客气劲儿。只在道别并要重返前线的时候，他们才在粗朴率真的氛围中瞬间温暖明净地袒露一下富有人情味的内心。是的，即使在一些细微的小事上，他们也会表露出那种隐藏不露、无需赘言的友善。但我好像在回避。

什么时候让H.H.基德洛夫来讲吧，讲一讲我们的士兵怎样敏锐地倾听他的四重唱，怎样宽厚而率性地道谢，怎样深刻而睿智地理解清洁掉锈迹、潦草之处和低级趣味，并以最严格的形式复原的俄国歌曲的美。当时，士兵们表现得俨然真正的善良的主人……他们是怎样倾听果戈理的作品呀！

但那天却拿他们毫无办法。他们冲出医疗所，穿着长大褂，趿拉着便鞋，不戴帽子，样子千奇百怪。

“护士！亲爱的护士！就放我们走吧。要知道必须拆解开火车。要知道没什么可怕的。小事一桩。”

如果不是小女子手握无形的缰绳，这十个人无疑就会溜出去拆

① 一种坚固的陶瓷瓦。

解列车了。顺便说一下，火车后来被拆解了。做这事的是个十三岁的男孩儿，扳道工的儿子。他解除了九节满载重炮炸弹的双层平板车厢的爆炸危险。

之所以讲这件事，自有缘由。我设想，所有这些让我内心感到亲密的好士兵：尼柯林科、巴兰、基斯年科、图佐夫、苏布汉库罗夫、库里岑、布洛夫和其他人——今后可能会被混浊的血污之流拉入荒唐无稽的“无产阶级斗争”。可俄国人根本无法做一辈子的暴徒，有朝一日，他会突然把劫掠的东西分送给穷苦人，遁入修道院，做一个苦行修士。

机关枪扫射一阵，安静了下来。与此同时，相隔不远的另一个地方又开始枪声大作。它稍作停顿。它就像结束对骂时那样，急急地啐出一股霰弹，随后也安静下来。

寂静久久地笼罩，耳边只有烛芯在毕毕剥剥、噼啪噼啪地微微鸣响。而此刻，从什么地方远远地传来士兵的歌曲，又汩汩地荡漾开去。从武备中学时起，我便熟悉它了。已经三年没听见过，但现在却马上听得清清楚楚。于是我一面跟着它轻声哼唱，一面似乎还在体味着它的词句：

从山冈下面、从山崖下
爬上来一个少校呀
他拉着萨沙的前襟
不是左边的，也不是右边的
他拉着萨沙的前襟呀
他在跟玛莎问好
“你好，玛莎，你好，达莎，
你好，亲爱的娜塔莎，
你好，我的宝贝，
你的妈妈在家吗？”
“一个人都不在家，
上校，请你去爬窗户吧。”
上校伸出了小手呀……

在炮火下经历过整场日本战争、非常熟悉士兵歌曲的妻子笑起来。(这是在停顿很长时间以后!)

“喂，你瞧，这显然不是红军在唱。去睡吧。明天就全都清楚了。”

我躺下来，大概已经开始瞌睡了……可突然间，整个大地都猛地一震，一个钢铁般的嗓音冲全世界大吼：

“咚——!”

这并不让人惊恐。我瞬间便怡然地沉入深深的、头一回没有梦的睡乡。

瑞　典　人

再次声明：我记不得准确日期了。不久前，我和 П. Н. 克拉斯诺夫[①]将军曾经回忆这件远离我们、沉入七年岁月深处的往事，可我们的日期也存在明显分歧。但那往事本身的开局却美妙得犹如童话。

哪个俄国人能不记得，当你清晨时从窗口看见夜里飘落的初雪，内心所体验到的那种奇妙而激动的感受呢！……这种印象无法用散文描述。在诗歌中，普希金以无与伦比的淳朴和美做到了。

我们清晨来到街上时，所体验到的正是这种宽广、纯洁、清爽、欢乐的感受。一个平平常常的明媚滢澈的秋日。但内心却在激荡，并以独特的方式洞察一切。

一出家门，迎面碰见了邻居 Д. 夫人，一个上了年岁、疑神疑鬼的女人。她打过招呼，交流了昨晚的印象。Д. 一直惴惴不安，不住地探问，依我们看的话，可不可以安全进城，去市中心呢?

---

① 彼得·尼古拉耶维奇·克拉斯诺夫（1869～1947），俄国将军，作家，后流亡国外，二战后在莫斯科被绞死。

我们劝她放心。在我们中间，忽然冷不防地冒出一个肥胖、饶舌的陌生女人。她从哪里来的呢，我想象不出。

“您去吧，去吧。”她们开心地挥动着手臂，爆豆似的说个不停。“您一点儿都不用担心。他们来了，赶走了布尔什维克，而且——不触犯任何人!”

“谁来了呀，亲爱的?”我问。

“瑞典人来了，老爷，瑞典人。全都那么规矩、和气、高贵，举止正派。是瑞典人，老爷。”

“您怎么知道是瑞典人呢?”

“怎么能不知道呢? 穿皮夹克，全是……黄帽子……他们从墙上揭下布尔什维克的告示。嘴里还在咒骂，还在咒骂布尔什维克呢!”

“用瑞典语骂的吗?”

“怎么会用瑞典语! 直接用俄语，骂娘，真的，骂得让你都站立不住。确实这样，骂得真不像话，确实这样……”

她连珠炮似的喷射着最强硬最粗鲁的下流话，以前擅长这些言语的是伏尔加河上的苦力和黑海上的水手长，可如今却非常容易在苏联文学里碰到。慷慨激昂的婆娘说到了兴头上。我们三个站在那儿，不敢抬眼彼此对视。

“跟您说，是瑞典人!”

摆脱了她。我们继续走。在叶利扎维塔大街和巴格乌托夫大街右侧拐角，在一挺玩具般的绿色机关枪旁边，岔腿站立着一个身穿皮衣、头戴法式军帽、来自普斯科夫省的纯正的瑞典人。他高大，整洁，健壮，自信，肩宽背厚。他那双分得很开的敏锐的眼睛闪耀着机智，透着调皮的笑意。

他隔街看见我（我穿着军用保护色短大衣，戴一顶毛皮大檐帽)，快活地冲我点了点头，喊道：

“老爹! 您应该去参军。”

“马上就去，”我回答道，“这是哪里出事啦?”

“瞧那边。瞭望塔那地方。您再看一看您身后的海报。”

我转过身。墙上贴着一张白纸印制的告示。我看见上面写着，建议居民把持有的武器上交到位于警察局的城市警备部。退伍军官

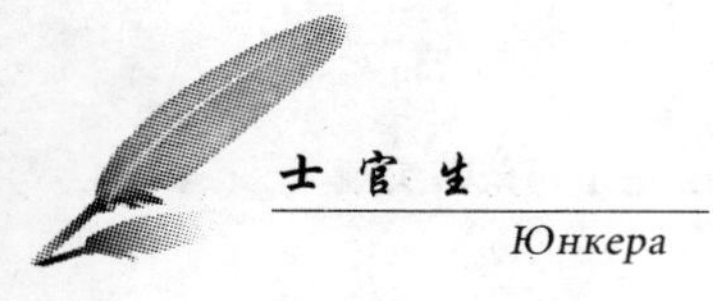

需要前去报名登记。

“好吧。”我说。然后我又忍不住讲起了闲话：“你们都是普斯科夫[①]人吗？”

“我们吗？普斯科夫人。”

“就是说，小五金工匠[②]？”

“没错。有时候别人这样奚落我们。”

警察局大楼宽阔的台阶和一大半平台上都挤满了密密麻麻的人。略微感到沮丧：不可避免地要排很长时间的队，而这一天我完全没有耐心。

但我只等了不到三分钟。门口闪出一个身材不高、机灵麻利的小伙子，他穿一身紧绷绷的行军服，扎一根亮闪闪的皮带。

“有没有一位库普林先生？”他高声喊道。

“我！”

“您好，请跟我来。”

他帮我穿过人群，领我走过一段向下的楼梯和走廊。说实话，我感到惊奇，又有点儿不安：为什么要找我呢。我绝对问心无愧，但这种情况下，你会不由自主地做着各种可能的猜测。我不管怎么苦思冥想，也还是一头雾水。

他把我带进一个宽敞的半地下房间。写字台后面坐着一位长着雀斑的年轻少尉；他是个哥萨克，我从他左耳上方那撮剽悍的长发猜到这一点（哥萨克把它称为“抖发”，因为骑在马上时，它会剧烈颤动）。身着浅灰色大衣的工兵军官来回走动。而在房间一角，我还看见了自己的老熟人伊拉利昂·巴甫洛维奇·卡宾，他穿一件棕色弗伦奇军上衣和一双高勒系带黄皮靴，面色异常惨白，神情惶恐、疲惫。

军官对他说：

“我请您去其他房间，在那里等一下。”

随后他走到我跟前。他身材非常矮小，但胖墩墩、雄赳赳的，

---

① 普斯科夫是一座古城，也指普斯科夫地区。历史上这里曾发生过无数次罗斯人与日耳曼人、瑞典人组成的条顿骑士团的激战。因最终击败骑士团，普斯科夫人成了英勇战士的代称。

② 18世纪，很多普斯科夫工匠为彼得堡的修建提供五金零件，因此普斯科夫人又被称为“小五金工匠”。后来这个词演变为多种意味，但基本是个蔑称。

穿着自己昔日的战前样式的工兵制服，整个人滚圆、严整，浅灰色眼睛上架一副眼镜。他跟我自报名姓，讲了这样一番话：

“我感到抱歉，叫您来是出于某种沉痛而不快的情况。可有什么办法呢？战争期间，特别是内战，军官无法选择职责与义务，只需执行命令。我需要跟您了解这个人。我事先就相信，您给我讲的只会是实情。预先提醒您，您的每一句证词我都会无条件地相信。这个人，卡宾先生，以前和现在跟苏维埃政府都保持什么关系？关键问题是我现在掌握着他的生死……这里是反侦察机关。”

哦，我一下子变得非常轻松。关于卡宾，我的确只能讲而且也讲了好话。

是的，为了保护加特契纳宫和它绝妙的博物馆，他是做过委员。但后来坐到他位子上的祖博夫伯爵和波洛夫采夫先生也同样被称为委员，他们的名声与威望就能超越任何怀疑。后来卡宾又担任过若干博物馆的收藏和保护委员，让大量东西免遭盗掠。此外，就在一周前他还展示过身手，既作为一个正派人，又作为一个杰出的爱国者。出于彼此的信任，亲王的手稿和私密的家信被交给他保管。他害怕搜查，来找我商量：他该怎么做。因为我也多次受到搜查，而且要运到这里的话，还要牵涉到某个第三方，我觉得这也不太明智，所以我提议烧掉这些信件。于是我们就这样做了。找各种借口支走他的妻子、两个老人和四个孩子，点着了火炉。没有钥匙，不得不砸开二十四个精美的上等羊皮公文箱，不仅要烧掉所有通信，还要从箱子角上小心裁下金线绣成的手写字母和王冠图案。请您相信——这绝不像布尔什维克的行为。

“非常感谢您的证言。”Б.中尉说道，他摇了一下我的手。“我永远乐于相信一个人的无辜（总之，他有点儿矫揉造作）。卡宾先生！您自由了。”说完，他“砰”地打开了门。“请让我握您的手。”

跟他告别的时候，我忍不住问道：

“向您举报卡宾的是谁？”

Б.举起两手。

“噢，我的上帝啊！从早晨五点开始。我们这儿就不断收到匿名告密信。您瞧，桌子上有多大的一堆。太可怕了。”

到了走廊。卡宾一下子搂住了我的脖子，弄湿了我的面颊。

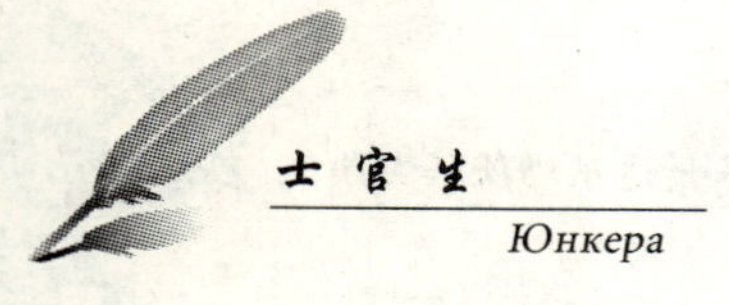

“托付您作证，我没做错。您——是个天使，”他嘟囔着，“唉，我多希望在关键时刻为您献身啊……”

他，还有我，当时都没有料到，那样的时刻将要到来，而且一点儿都不遥远。

8 博大胸怀

当我从侧门出了警察局地下室，来到大天白日下时，感到快乐而惊诧。已经沉寂一年的大钟在城里欢快地鸣响（教堂祈祷的钟声被苏维埃政权所禁止）。温顺的居民在清扫便道，或四肢着地、拔除半枯的杂草，它们在马路的石头缝间早已长得繁茂（充满勃勃生机的不可消除的主人翁的感受醒来了）。很多房屋上方，国旗飘舞：白——蓝——红。

“多么神奇啊，”我心里想，“布尔什维克坚决要求我们，在他们胜利、节庆和游行示威的日子，务必在住所外面装饰上大块的赤红材料。搜查时发现国旗的话，毫无疑问，就会遭到被抓进肃反地下室的危险，甚至还会被枪毙。到底是什么样的力量，什么样的信念，多么高贵的勇气和多么伟大的渴望，能让居民们珍藏和守护这些亲爱的色彩！”

是的，这的确让人感动。可当我立刻回想起刚刚亲眼目睹的小山一样的居民揭发自己邻人的匿名告密信时，就不得不暗自承认，我根本无法理解。难道这就是伟大作家热衷于提炼的博大胸怀吗？

接下来，我刚刚转过警察局大楼拐角，便碰到了另一件博大胸怀的例子。

过来四个本地教师。看见我之后，他们停下脚步。他们满面荣光。

他们用力握我的手。一个甚至想要亲吻，但我适时地咳嗽起

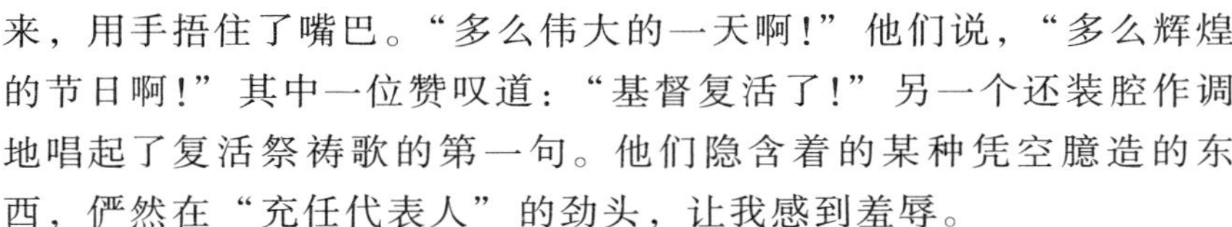

来，用手捂住了嘴巴。“多么伟大的一天啊！”他们说，“多么辉煌的节日啊！”其中一位赞叹道：“基督复活了！”另一个还装腔作调地唱起了复活祭祷歌的第一句。他们隐含着的某种凭空臆造的东西，俨然在“充任代表人”的劲头，让我感到羞辱。

而教师奥奇金则把我悄悄拉到一旁，压低声音，意味深长地对我说：

“我现在跟您讲一件非常重要的事情。要知道您可从没猜忌过别人，但与此同时，在布尔什维克排列的名单上，您的名字却是最先公开枪毙的人质候选人之一。”

我瞪大眼睛：

“您早知道了吗？”

“怎么说好呢？……两个月以前。”

我勃然大怒：

“什么？两个月？那您为什么对我只字未提？”

他语无伦次，浑身瑟缩：

“可是，要知道，请您相信：我怎么可能呢？人家是当做最高机密给我看的这份名单。”

我揪住他的大衣前襟。

“那你现在干吗要告诉我这件事呢？什么意思？”

“哎呀，我以为您会为此高兴呢……”

……这些教育工作者，这些对孩子们认真负责的朋友、第二父亲和保护人，很快便丢了丑。

白军攻进来时，一起来到加特契纳的还有乘坐大型卡车的美洲慈善人士。他们运来——专为救助靠油渣饼和酸果蔓果腹、饥肠辘辘、羸弱不堪的儿童——数量巨大的饼干、炼乳、大米、可可、巧克力、鸡蛋、白糖、茶和白面包。

这是些美洲的加拿大人。我对他们的回忆充满敬意。他们为军队急救药箱和医疗所供应大量必需的医疗用品。他们运送伤员和病人。在他们与俄国人的交往中，有种恬静、谦恭、基督教式的善良——无数人感激他们。

以自己北美人的视角来看，他们的行为当然没办法做得最为合理、最符合实际，所以，他们选用当地教师，来充任援助之手和孩

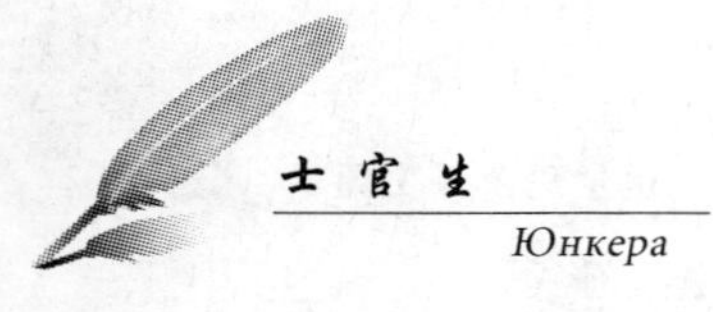

子们饥饿之口的中间人。要知道，长久以来美洲教师便以最值得称赞的社会威望而广为人知。

但同样广为人知的是——至少我们清楚——俄国具有“特殊品格”。

那么浓稠那么丰盛的油汪汪的可可流进了教师们的肚子，那么生动那么鲜活的煎荷包蛋在教师们的平底煎锅上咕咕嘟嘟，花样那么繁多的美味饼干填满了教师们的餐柜、抽屉橱、衣柜和贮藏室，让善良的加拿大人只有叹息。另外值得一提的是，儿童食堂所信赖的女教师们其实也半斤八两。

但这些丑恶的琐事并没让明智的美洲慈善界厌倦和放弃美好的善的事业。

他们只是越过俄国的社团组织，采取了切实可行的方案：

“我们现在应该积极关注，希望亲眼看见每一勺、每一份食品都物尽其用，分到孩子们的嘴里。”

而且也这样施行了。我并未去特别想象，光荣的美洲人回到家，回到加拿大，随身带走的会是对俄国社会的何种看法。

瞧，还有一次荒谬的会面：跟教师们分手以后，我又碰见了K.先生。这是一位彬彬有礼、足够显赫的官员，职位我倒不太清楚。我跟他只是点头之交。他总是带着冷漠的客气和干巴巴的殷勤，并且对加特契纳居民始终保持着一种高高在上的姿态。他是个收藏家，收集红木和瓷器。这些玩意儿在加特契纳储量甚丰，且价格低廉。奥尔洛夫、波杰姆金和巴维尔一世曾在这里居住。叶卡捷琳娜经常到石头和地板都由拉斯特拉里和克瓦林奇设计的宫殿做客。宫中的生活曾经奢华、美妙。

K.先生异常热情地跟我打招呼：

“恭喜，恭喜！”他说，“真巧啊。您去看过被吊死的那些人了吗？”

“我什么都没听说。”

“您想看的话，我们一起去吧。您瞧，不远，就在大马路上。我已经去过两次了，不过还可以跟您结伴再去看一回。”

我当然没去。我可以久久注视死者古怪而神秘的笑容，但强迫致死的样子却让我反感。

K.先生跟我详细讲述，早晨绞死的是加特契纳的裁缝辛多夫和一个红军逃兵。他们砸开了钟表匠犹太人沃尔克的商店，实施了抢劫。辛多夫只拿了台缝纫机。红军士兵抢走几块廉价钟表。这期间沃尔克和家人正在城里。群众抓住了抢劫犯，并交给了军队。两个人被吊死在同一棵白桦树上，还贴了张白纸标签："抢劫居民罪"。

被打死的还有俩。其中一个没人认识，大概是个狂热的共产主义者。他爬到树上，朝进入他视野的每个士兵开枪。他被包围了。他打光毛瑟枪的整排子弹，然后被射杀了。他绊在树杈上，尸体就挂在了上面。他仍旧那样挂着。

而另一个呢……是的，另一个是不幸的亚沙·法因施坦。他实现了自己的诺言：爬上一辆拉白菜的大车，没完没了地疯狂诅咒上帝，诅咒所有的国王、资产阶级、资本家，诅咒所有反革命的畜牲和他们的领袖。

加特契纳的很多人都认识他……一些人试图说服他，让他安静下来。白搭！他疯病发作了。士兵们抓住他，把他带到了布里奥拉茨基公园，在那里枪杀了他。

他有母亲。亚沙发牢骚的消息传给她的时候，已经太迟了。如果她及时赶到，也许能挽救儿子。她可以跟人讲，她的儿子一年前曾在西沃里采住过卡申科的心理诊疗所。

唉，亚沙！我到今天都为他心痛。我对他的精神疾病一无所知。

然而，第一个布尔什维克——是否也是个病人呢？

侦察员苏沃洛夫

警备部内水泄不通。别说要挤到办公室门口，就连原地转一下身都很困难。可是，一个身材魁梧、没戴帽子、神采飞扬的士兵却在人群中穿行，他越过一大片黑压压、汗津津、毛烘烘的人头，一边在人流稠密处为自己挤开道路，一边用响亮而嘶哑的嗓音，像中世纪的征募人一样高喊（他别具一番鼓动力）：

“参军吧，公民们！参军吧，同胞们！到头啦，你们饿得抽搐、给布尔什维克捧臭脚的日子；到头啦，你们躲在婆娘裙子底下、躺在热炕头上取暖的日子。我们不是独自为战，我们身后有同盟军：英国人和法国人！坦克明天就会开到！面包和黄油明天就会运达！红军怎么在我们面前逃跑，想必你们已经看见了吧？用不了几星期，我们就能攻占彼得堡，就能让所有布尔什维克匪徒见他娘的鬼去，就会解放亲爱的俄罗斯。光荣属于我们，光荣也将属于你们！如果钻到蝗螂洞里去——你们这些男子汉能有什么脸面呀？你们就不是男人，而是，呵……呸！请不必担心：我们不会提前就派你们上前线——我们只挑选年轻勇敢些的志愿兵。肠子肥一点儿的人，他也有不少正事儿可干，守城，押送和看守俘虏，负责内务。参军吧，好汉们！参军吧，美男子们！赶紧的，公民们！”

可惜我此刻无法再现他简明的语言风格，况且，笔纸也的确难以胜任。别人踊跃而贪婪地听他讲话。这位该不会是塔拉布斯团一连的司务长，大名鼎鼎的勇士和奇人鲁缅采夫吧？

我决定午饭后去一趟警备部，顺便带上证件和枪支。

我还没来得及换上衣服，两个骑兵便打马到了我家：一个军官和一个士兵。我打开大门。骑手们下了马。军官笑着向我走来。

“您不认识了吗？”他问。

“对不起……有点儿面熟，不过……”

“上尉P－斯基。”

“老天！变化太神奇了。请进，请进。”

真的很难认出他来了。我跟他最后一次见面是在一七年秋天。当时他已经从米哈伊洛夫军校毕业，正在考炮兵研究院。每逢节假日，他都会从彼得堡来加特契纳，看望自己上了年岁的亲戚，而我晚上经常在他们家玩文特牌：我们在那里见过面。

我们颇少共同之处，此外也不能说我对他感兴趣。他长得不错，又年轻，又谦和，但整个人都有些过分拘谨——无论是外表还是内心：事先就清楚该说什么，该做什么，不喝酒，不吸烟，不玩

牌，不苟言笑，不跳舞，但喜欢甜食。在他身上，连虚荣心都不太明显：他只是冷冰冰、干巴巴的，循规蹈矩，暗淡无光。那种人也许十分可贵，但——实在不对我的心思。

如今却完全变了个人。首先，他在行军中丢掉了镜片厚重的眼镜。鼻梁上留下两个红色的小坑；他不由自主眯起来的灰眼睛闪耀着善意、信任和一种炯炯放光的活力。他绝对变得英武了。第二，他的靴子似乎有一个月未曾清理，大檐帽皱皱巴巴，军便服满是褶子，还缺了几颗纽扣。第三，他的动作既放松又大气。除此之外，他还彻底丢掉了紧绷绷的拘谨劲儿。原先那个“风度翩翩的家伙”哪儿去了呢？

我有什么就请他吃点儿什么。他毫不犹豫地欣然同意了，而且说：

“如果有烟的话，能抽上一支就更美了。”

“莫合烟。”

“哦，什么都行。连桦树梗和青苔都抽过！莫合烟——太幸福了！”

“那我们就去餐厅吧。而您的勤务兵，我们会安排的……”我说到这儿，突然停住了。

P－斯基弯腰贴近我，腼腆地小声说道：

“我们不设勤务兵和传令兵头衔。这是我的侦察员苏沃洛夫。”

我的脸一下子红了。可高高大大、棕红头发的苏沃洛夫却很和气地回答说：

“别为我们费心啦。我们就在厨房吧。”

可最终我还是把侦察兵交代给老成持重的马特琳娜·巴甫洛夫娜照料，领军官进了餐厅。我还叮咛苏沃洛夫，如果需要干草的话，我家厢房的干草棚里有。不多，但也够两匹马吃的了。

“这可真是不错，”侦察兵赞叹道，“老实说，马儿们饿坏了。”

天知道我的午餐有多么丰盛：用陈年里海拟鲤干熬的黄米粥，还有剑麻油煎土豆（我至今也不知道这是什么东西——剑麻油；我只知道它跟蓖麻油一样，没有任何怪味或香味，甚至还颇受欢迎，因为蓖麻油——即使是在煎熟的情况下——也保持着噼啪乱爆的特性）。但P－斯基胃口极佳，干了一杯极淡的酒水，他拖着长声，发自内心地感叹道：

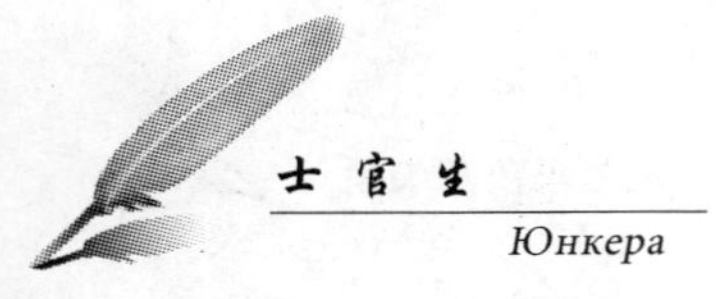

“太——让——人——陶——醉——啦！”

这一刻我真想亲吻他——他太可爱了。惟有战争的风暴，才能以自己可怕的气息，让一个非凡的人展现自己，并在不知不觉间把他变得俊美。它也可以把卑微的人践踏得更加低贱——踏为污秽。

“要指示侦察兵苏沃洛夫吗？”我问。

“没人管他当然也能应付。不过呢，说实话，如果使唤的话，他也会非常荣幸和快乐的。”

吃午饭以及随后喝茶的工夫，P－斯基给我讲述了进攻加特契纳时一些最新的趣事。

他和其他炮兵加入了夺取湖区的队伍。我现在已经不记得这些溪流的位置：雅尼亚、别辽兹纳、萨巴和热尔恰；这些湖的位置：萨莫罗、夏别罗、扎奥杰尔斯基、卡捷尔斯基。我只记得从红军的一份报纸上见到过并且告诉P－斯基，以托洛茨基为首的红军最高苏维埃声称这片湖区绝对无法突破。

“我们不仅突破了它，而且还拉过了轻型大炮。鬼知道这件事的代价，我还丢了眼镜。多棒的战士呀！我都没法描述，”他继续说道，“他们惟一的缺点呢——请您别见怪——就是他们向前冲得太猛了，有时候不顾部署，还拖得指挥官们不由自主地跟他们一道冲。多么疯狂的冲锋呀！一定要追上其他人——这些家伙根本就控制不住。他们无一例外全是志愿兵或自愿参军的老战士。您就拿塔拉布斯团来说吧。昨晚它头一个进入的加特契纳。它的基层干部是来自塔拉布斯湖的渔民。他们到现在还操着自己独特的俗语，“ц、ч[①]”不分地嚷嚷着：猪崽子、小鸡雏、礼拜四[②]。可打起仗来——全是猛虎。抵达加特契纳前，他们连续作战三个昼夜；什么时候睡过觉——没人知道。而现在他们已经向皇村进发了。所有团也都是这个样。”

“有一件事很可笑，”他继续讲道，“发生在昨天晚上。塔拉布斯团的人从巴尔基斯基车站已经攻下了加特契纳郊区，这时候，罗德坚科带着自己的一百余人，也从希维尔斯卡亚杰方向赶到了。他们碰在了一起，黑灯瞎火地没认清对方，就互相用机关枪交上了

① 类似于汉语发音中的c、q不分，多为俄罗斯北方口音。

② 原著中这几个词全都以方言发音拼写。

火。不过很快就纳过闷儿来了。只有一个士兵受了轻伤。”

“我夜里听见一次猛烈的爆炸。”我说。

“这也是塔拉布斯团。是拉弗洛夫大尉干的。在巴尔基斯基车站藏着红军的埋伏。一枚手榴弹就把他们给轰了出来。全部投降了。”

P－斯基准备动身。我们在前厅停下来。厨房门开着，我看见和听见一幅迷人的情景。

马特琳娜·巴甫洛夫娜，一个安静、柔弱、待人和蔼的老女人，坐在一角，正用手绢抹眼泪。侦察兵苏沃洛夫伸开长腿，这样的话，两腿就刚好从厨房的这一侧横到了另一侧，他臂肘撑在桌子上，用温柔的女人似的假声说道：

“我看得出来，你们的日子不好过。不过没关系，请不要再担惊受怕了，马特琳娜·巴甫洛夫娜。我们会养活您，保您平安，消灭所有敌人。您就高高兴兴活着吧，马特琳娜·巴甫洛夫娜，要说的都说了。”

P－斯基和他的侦察兵走了。我去送他。分别时他跟我说，他的炮兵战友们想见一见我。我告诉他随时愿意恭候他们光临。

经过厨房时，我发现桌子上有个纸包。

“不会是士兵落下的吧，马特琳娜·巴甫洛夫娜？”

“哦，不是。他自己放下的。说了——这是给我们作纪念的。我问他：为什么呀？我们什么都不缺。可他说：没什么。”

包裹里是白面包和一块荤油。

瘸　鬼

对我来说，这是充满忙乱、巧遇、新的交往、传言和新闻的一天。细节吗，如今我已回忆不起来了。只有在陀思妥耶夫斯基的小说和狂乱的梦境里，才会有这种充斥着人与事的无比漫长的日子。

去见警备司令的路上，我见到了板墙上新贴的告示——白色窄条上写着言简意赅的文字：

“卫戍部队首长别尔米津上校提醒公民们保持冷静和秩序。”仅此而已。

警备司令从对面破裂的皮沙发上站起身，迎进了我。他的外貌让我震惊。他又高又瘦，蓝眼睛，翘鼻子，卷曲的浅色头发像艺术家那样杂乱无章地垂在前额上。他酷似一八一二年卫国战争时期年轻的战斗英雄肖像，但他身上还有种和巴维尔一世相似的东西，后者的青铜塑像就矗立在加特契纳宫对面的大理石基座上。他的目光坦率、勇敢、欢快，富有洞察力；他微微眯着眼——给人孔武有力、意志坚定的印象。

我规规矩矩地向他“报到”，他挑衅似的从上到下、又稍稍从侧面打量我一番。我沮丧地从他的眼神里读出令人不快但又无法避免的心思：

“怎么说您都有五十岁上下了吧。”

“好极了，”他非常客气地说道，“我们欢迎每一位新同志。如果我没搞错的话，要知道您正是那位……库普林……作家吧？”

“没错，大尉先生。”

“非常高兴。您究竟想为我们提供些什么帮助呢？”

我以一个老兵的方式回答道：

“没有任何要求，不拒绝任何命令，大尉先生。”

“不过，好像……还是打算干您的专长吧？”

“我可以为前线报纸写文章。我想我可以写公告和呼吁书……”

“好的，这方面我会考虑和调查的，马上我就给您写一封呈交司令部的文函。现在请您撇开任何官腔。请您坐下吧。您抽烟。”

他把打开的装着地道的波格丹诺维奇[①]卷烟的银烟盒递到我面前。我根本抽不惯土耳其烟草。才吸第一口，我眼前就一阵发黑，脑袋也晕晕乎乎。

等警备司令写完了，我小心翼翼地打探起昨夜发生的事情来。

① 俄罗斯城市。

拉弗洛夫讲得兴致勃勃（只是不提机关枪因误会交火一事）。还在夜里，就任命塔拉布斯团三营营长斯塔夫斯基为城市警备司令。当时他攻占了货站和铁路修配厂，并且催促着工人们，在黎明前就已经让开往扬堡的火车带着整备完毕的机车出现在了铁轨上。他这个从前的军事工程师真是名不虚传。早晨，斯塔夫斯基再次接管让他无比得意的自己的营队，而警备司令的职位则委派给了拉弗洛夫大尉，这让后者大为不满。这些让人称奇的西北军军官对警备部和卫戍部队职责的畏惧，要远远甚于苦不堪言、深陷黑暗的人对被派往作战部队的惊恐。这已经成了他们作为军人的缺点。对他们来说，战斗就是习惯性的日常工作，高速冲锋则演化为他们的精神习性和不可消除的需求。

“我们谁也不会违抗命令，连想都不会去想，”拉弗洛夫说，“这不，就这样，我成了所谓的警备司令。好极了。他们说：你是个瘸子，你应该歇一歇了。没错，我的确是个瘸子。老伤了。我们逼近的时候——布尔什维克总冲我叫嚣：‘瘸鬼！去你妈的，去你妈的你的近亲们！’可我根本就不想休息。是的，我是警备司令。可我的心却在塔拉布斯团一连彻底扎了根。从最开始，从塔拉布斯渔夫们组团的第一天，从我们用炮弹把布尔什维克们轰出委员会和代表苏维埃时起，我就指挥它。”

“昨天怎么样？”我狡黠地问道。

他带着漫不经心的微笑挥了一下手。

“不值一提。要命的是，我坐在这里审查居民们的废话，可谢缅诺夫团和塔拉布斯团已经急行军赶往皇村了，我的连一马当先，但已经不归我指挥了。此外，在加特契纳您很快就会见不到一个士兵了。我们的部队永远驻扎在郊区，遍布农村和岬角，而城市就免了。只有司令部设在城里。诱惑太多了：婆娘、赌窝、烧酒等等的。”

我想起了早晨被吊死的暴徒，问道：

“没有士兵的话，怎么能保证城里的秩序呢？”

“尽管放心好了。您见到刚刚贴出去的告示了吗？您见到是谁签署的它们吗？”

“别尔米津上校。”我说。

“这不得啦。足够啦。真的，他现在已经不是上校了，是将军。今天做完祷告，罗德坚科将军宣布了他的晋升。不过都无所谓，既然签上了他的名字，就可以告诉加特契纳的懒汉们，让他们像吃奶的孩子似的安心睡觉吧。”

“他凶吗？”

“作战勇猛，被士兵们奉为偶像。工作起来要求很严。其他时候，又严肃，又和善，但不管怎么说，在他身边做事还是提心吊胆的，不能瞎套近乎。他的话掷地有声，跟金刚石似的，可不是随便乱讲的。”

“就是说，跟他开玩笑很不妙了？”

“还是不开为好。他的消遣方式绝对与众不同。就比方说今天吧，三小时以前他干了什么事呀！”拉弗洛夫忽然小伙子似的哈哈大笑起来。“稍等一下，我马上讲给您听。只需把这四个人打发走。(必须说一下，我们整个聊天过程中，他仍在一直冷静地签署文件、发布命令和接待各色人等。)”

“喂，现在请听我讲一讲吧。这——可是件有意思的事。”

下面便是他给我讲的故事，我尽可能地完整转述。

因为顺利攻占了加特契纳，安排在大教堂进行祈祷（早晨我听见过祷告的钟声)，接下来该罗德坚科将军接受检阅。所有指挥官，所有不用值勤的军官全到教堂来了，当时还是上校、半小时后就要晋升为将军的别尔米津当然也出席了。

但祷告仪式一开始，他就突然冒出个不安的念头。他今天已经下达了若干命令，其中包括派人截断瓦伊沃拉附近通往彼得堡的公路。城市几乎空了，可据侦察报告，通向北方的道路上还滞留着一大股配备了德式装甲车的红军。这股红军随时可能发动出其不意的袭击。于是别尔米津担心起来：他的命令是否得到准确理解，能否执行呢。

最后他再也绷不住了。他点头给自己的副官打了个信号，然后，他们悄悄溜出教堂，来到了广场，别尔米津的高速汽车和两个芬兰司机在那里等着他。那两个司机早因为自己神话般的芬兰人的冷血品格而闻名遐迩，这种冷血让他们得以准确、完美、机智地完成最疯狂的转弯和疾行。

他们飞驰过加特契纳、炮兵营房、哨卡和奥尔洛夫丛林。临近瓦伊沃拉的公路上簇拥着手持丁字镐、鹤嘴锄和铁锨的人群。这些人在极速行进。别尔米津刹那间发觉一道散兵线在眼前一闪而过，立刻便飞逝到了身后。他想叫停汽车，但已经来不及了。转弯的地方闪现出红军的哨卡。两个士兵斜端着枪朝汽车跑来。

在这种情形下——一切都要随机应变了……别尔米津让车停下来，而他自己和副官，就那样佩戴着金色肩章一起跳下汽车，向红军战士打起了问好的手势。对方还未跑到近前，别尔米津便从远处高声喊道：

"赶快，同志们，赶快！白军在追赶我们！我们是来投奔红军的！万分紧急！请告诉我们怎么去红军司令部！对了，顺便说一下，要是你们亲自带路就更好了。快上车，同志们！快！"

茫然无措的红军士兵乖乖地上了汽车。车门"砰"地关上了。别尔米津用食指飞快画了个圆，给回头张望的芬兰人打了个手势。刹那间，两把手枪已经抵在红军士兵的脑门儿上了。

"放下武器！"

汽车立刻掉头，朝加特契纳飞奔而去。

别尔米津不知不觉、悄然无声地走进教堂时，里面正在唱《主啊，保佑你的子民》。在把自己的"舌头"交给看押队之后，他尚且来得及聆听约翰神父简短、优美的祷词，向宣布他荣获将军头衔的罗德坚科将军举刀致敬。

但我该走了。拉弗洛夫友好地请我常来拜访。"您需要多做观察，而我每天都要待到深夜呢。"

我突然想起来询问他：

"要把武器交给这里的哪个人呀？"

"请你下楼，去反侦察处。"

片　段

直到昨天（一九二七年一月十五日），我才想起一本旧笔记，并在故纸堆里中间努力翻找。这甚至不是本子，而是一些未装订的发黄散页，上面涂满了潦草的铅笔字迹；大部分纸页都已散失殆尽。

我去见警卫司令的那个忙乱一天的记录得以保留下来，标注的是十月十七日。与其猜想着写，不如援引当时匆忙记下的文字。

十月十七日

告别拉（弗洛夫）——去司令部。此乃中等师范学校旧址。从未来过。漂亮的建筑（外观），厅堂宏大。明亮。镶木地板。一个典型的参谋部副官。讲究的弗伦奇军装，漆皮靴，白净双手。该人高挑，纤瘦，整洁，梳分头。让我想起一位故交。记不起是谁了。装腔作势：当然啦，当然啦。鸟一样的姓氏。忘记了。看地图，为了帮我认清方位。玩笑：他都不明就里，正“从地形学基础”学起。

参谋部长官维加金。魁梧，仪表堂堂，强壮，冷峻。晒得黝黑，呈橄榄色。正在整理摆弄上校肩章（今天晋升：新添了一道杠）。大概难以跟他相处。在屋内来回踱步。步幅阔大，鞋跟嗒嗒作响。浑身笔挺，胸膛板直。脑袋傲慢下垂，背手，蹙眉，神情庄重深沉。拿破仑？

两人问起高尔基和夏里亚宾（拉弗洛夫也问过）。我想讲托洛茨基在最高苏维埃（很久以前的）的发言（《真理报》）：“我们让出加特契纳，要在伊热尔卡附近沼泽（洛巴金）和沟壑纵横的地带作战。”没拿定主意。毕竟不是自己人，是半个草包①。会被粗暴打断的。

---

① 俄国军人把文职人员称为草包、饭桶。

В. 问我是否愿意从事登记俘虏和志愿兵工作。当然不合我意，但……“是，上校先生。”连连道谢出门。这里气氛肃穆。倒也应该如此。

去了一趟反侦察处。卡宾又在。把纳甘手枪交给长雀斑、留“抖发”的哥萨克。他略带嘲弄和悲痛地冲我一笑。小孩子！机敏人手里的烟盒也比懦夫的手枪管用。可多少人无缘无故就被傻瓜和混蛋射出了窟窿呀。萨文科夫跟我说过（一九一二年，尼斯）：“请您相信，上了膛的手枪是会哀求并需要射击的。”但作为报复，我跟下级准尉说：“我不惋惜。我家里还有一把梅尔文格型左轮手枪呢。它不比女人手掌大，可火力就像勃朗宁。”的确，这把精致的手枪就放在我家板墙和靠墙的浴缸之间。只有十岁女孩的小手才能把它从那里掏出来。

卡宾送我出来。他说：

“Б.中尉建议我在反侦察处工作。您帮帮我：该怎么做？”

我问：

“登记过了吗？”

“嗯。”

“这种情况下，建议就相当于命令。”

“那该怎么办呀？我不想做。”

我恼了：

“我的建议是——您去做吧。这样更保险些。没什么可发脾气的。瞧我已经碰巧帮过您一次了……不，不，这不过是稍稍诚实的人的一项义务。Б.中尉让干吗就干吗。不过，要知道在反侦察处您本人也可以发挥公正和善心呀，何况还很轻松：只需如实去做就是了。您瞧，多大一堆告密材料啊？”

相互道别。

（一九二七年。）应该说，他在这个岗位上干得无可指摘，做了不少好事。他是个精力充沛、意志坚定、感觉敏锐的人。还有良知。他如今在写一些有趣的小说。

顺便去车站看运来的坦克。斜方形的百足怪兽、庞然大物。灰褐色。腹部和背部有数百条尖利的链条。开下陡峭的壕沟，扭动身子，就可以从另一侧的缓坡爬上来。作战时应该非常可怖。它们有

五辆。这就凭印象记一下它们的名字吧："志愿者"，"克拉明大尉"（威猛的名字），"紧急救助"，"棕熊"……打住，真是折磨人（记起来了）。老天啊。够了吧？

在瑟索耶夫的旧货店买了不带金线的中尉肩章。这已是我第四次佩戴它们了：奥波莱义勇军团，乡村城市委员会，航空学校和这一回——西北军。回到家，答应给我把志愿兵角形标志钉在袖子上。累了……这时候，炮兵们来访：P－斯基和另外四位。真是可爱、纯净、热爱生活的人儿。那么彬彬有礼、聪明伶俐。难怪契诃夫如此喜欢炮兵[①]。

他们询问我们的生活，打听红军的首领。惋惜，同情，唏嘘感叹。最终还必然要问到高尔基和夏里亚宾。说实话，我已经说烦了。

他们给我讲了很多趣闻。顺便说一下：那晚让我和叶甫谢维娅无比兴奋的清晰的炮击声并非像我们感觉的那样，既不是从"大司马"方尖碑，也不是从飞机场发出的，而是在更加靠南的位置。那是停在加特契纳站以外、邻近下一个车站的"列宁号"铁甲列车在射击。

"真是见鬼，这装甲列车，"Г.大尉沮丧地说，"在我们接近铁路沿线的进攻中已经不止一次跟它交火。当然啦，它是德国出品，属于军事技术的最新成果，包着双层钒钢装甲。我们轻型炮的炮弹像烂纸团一样从它身上弹落，仅管我们靠得已经非常近了。另外还必须承认，车上有一支精锐的队伍。在沃洛索夫的指挥下，我们成功炸毁了它前进道路上的高架桥，破坏了两处铁轨。但'列宁号'展开最猛烈的火力——机关枪和火炮——并且派出了登陆小队。轻骑兵团冲登陆小队近距离扫射，可他们仍像魔鬼一样工作。我无法想象他们配备了多么专业的设备！这个小队冒着炮火修复了道路，'列宁号'逃向了加特契纳。"

Г.神情激动地沉默片刻，又继续说道：

"必须承认，最要命的问题还在于我们的炮弹。大部分都不能爆炸。我们很快便统计出来了：发射一百枚，爆炸的只有十二枚。

① 契诃夫结识过一些炮兵军官，也很熟悉炮兵生活，他的不少作品里都有所体现。

这又算得了什么呢？给我们运来了上好的武器，可全都没有炮闩。‘炮闩呢？’原来——‘忘装了’……”

“谁给你们装备的武器和炮弹？”我问。

Г.在回答之前，迟疑了片刻。

“本来不该说的……但我告诉您吧，要保密……英国人……”

在他们动身之前，我忘了“不讨要也不拒绝”这句至理名言，请他们派个炮兵，带一匹备用的马，来接我去他们的阵地看看。

“马么，”我说，“随便什么样的都行，哪怕是农民的驽马呢。但要在允许的情况下……”

在答应我之后，他们走了。时间也已经约好了。但最终还是没派人来。加特契纳的半天——是他们最后的喘息时间。接下来——他们便投入无休无止的战斗，直到撤离，直到纳尔瓦才得以休息，痛苦的休息。

报　纸

就这样，我准备开始细致而繁琐的工作，不能不说，在我看来，这件未来的事业忙碌而又迷人。我已经预见到了，维加金上校会既苛刻又严厉，但我不担心这一点。不知为什么，我相信他很快就会了解和习惯我——怎么会晓得呢——或许让我有机会见到、听到、提前感受到比枯燥地忙碌于登记俘虏和志愿兵更加精彩的东西。老天却赐给我另外的事情。

第二天十点钟之前，我奉命来到师范学校，可在十点半的时候，B.上校乘汽车前来接我，把我带到了格拉杰纳普[①]的司令部。他把我交给了克拉斯诺夫将军。我们私下里相识，这次见面对我来

① 格拉杰纳普（1882～1951），俄国中将。

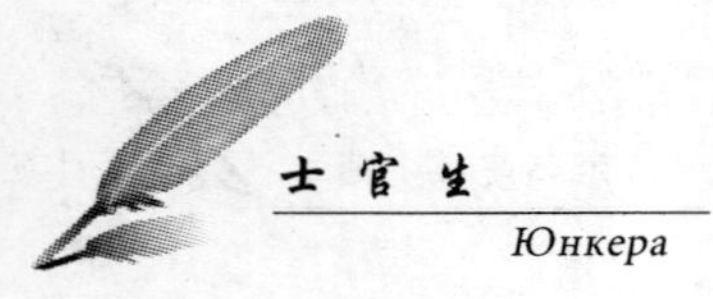

说非常愉快。彼得·尼古拉耶维奇告诉我，格拉杰纳普将军马上就到，要来谈一谈能否在加特契纳创办一份前线报纸。我一刻也没有忘记，坐在我面前的这个充满魅力的人，彼得·尼古拉耶维奇，是我评价甚高的一些游记和长篇小说的作者，但对我来说，现在他是首长，是骑兵将军。在西北军的工作关系中，所有人都全力以赴。后来我更加密切地了解了彼·尼·克拉斯诺夫，他给我留下了最高尚、最可敬、最友好的印象。不过，如果一个人从十岁开始就饱尝军事纪律的管束[①]，那他再次回归它时总会感到惬意的。

格拉杰纳普将军步履矫健轻快地走进来，腿上的马刺微微作响，他是——从布尔什维克手中收复的所有地区的总督。

我欣赏起他来。他非常英俊：一个身材不高、但很匀称的黑发男人，上翘的黑胡子，神采奕奕的黑眼睛，黝黑的面颊，透着精锐骑兵的矫健和上流人物的自由洒脱。他是冰上远征[②]的参加者和无数次惨烈的骑兵冲锋的指挥官。

跟他交谈非常轻松，再加之彼·尼·克拉斯诺夫明晰事理，给予我支持。依他看，报纸必不可少。问题在于印刷厂和纸张。资金无需多虑：近日就将印行西北政府的新版纸币。克拉斯诺夫将军担任领导者和我的直接长官。照我的预计，多久以后能出版第一期呢？

我开始提一些补充意见：克拉斯诺夫能否今天就提供一篇发刊文章？——好的，两三个小时之内。——司令部有没有最新的红军报纸，能否从中做些剪报？——有，可以，但第一期例外。报纸通常最先送到司令部，用于汇总报告。——有没有外国报纸，即使不是很新？——能够找到。——司令部有没有纸张？——有，不过是书写纸，信纸的尺寸。——如果没有纸印刷，能否允许我去某家商店征用？——可以。不过要开收据，账单要送交办公室……“就这些吗？”将军问道。

“好像就这些，长官，”我回答说，“不过……”

---

① 1880年，10岁的库普林进入莫斯科军事小学，此后又依次就读于武备中学、军事学校。

② 俄国历史上白军运动的标志性事件，于1918年2月由俄国军人发起。

瞧，我现在要自夸了。在所有的事务性谈话和交涉中，我永远不会忽略细节，但总会忘记核心问题。而这一回却想起来了。

“不过要事先说明，排字工——可是世上最傲慢最难伺候的一群人。需要下一番功夫，才能统领这些‘苛刻的铅字大军的指挥官’。但是，如果发给他们即便是士兵的口粮，他们大概也会对这种关怀感到心满意足的。”

“好的。请您去找我的总务长。我会提前打招呼的。归根结底，我们什么时候能见到第一期?”

“明天早晨。”我脱口而出，必须承认，我说了大话。

格拉杰纳普将军开心地笑起来。

“这可是苏沃洛夫①的速度呀!”

克拉斯诺夫将军面带微笑，透过金边眼镜看了看我。

我又赶紧补充道：

“当然了，这不是三十二版的《时报》，也不会发行五十万份。不过……让我试一试吧。”

格拉杰纳普将军说：

“总之，我把您交给克拉斯诺夫将军了。毫无疑问，他比我更精通这种事情。然后呢，我希望一切顺利。对不起，还有人等我。”

最重要的又最难定夺的是报纸的名称。我不止一次接受过期刊出版的洗礼，清楚取名字的艰难。每一个都让人觉得陈旧，觉得跟另外的某个名字相像，或多或少地觉得耳熟、拗口，诸如此类。而后，习惯便会发挥威力——任何名字都会渐渐变得适宜。

我们苦思冥想，列出“世界”、“北方”、“涅瓦”、“俄罗斯”、“自由”、“光”、“白色”、“军队”、“未来”，等等。彼·尼·克拉斯诺夫找到一个平常的名字：“涅瓦河流域”。我脑子里愚蠢地一转，闪过一个念头：“接近！涅瓦河地区②”。不过，每个词都是可以拿来取笑一番的。反正都一样：到第十期就能习惯和适应了。

瞧，如今在巴黎经常有人暗示我，我可能是个作家，但无论如

---

① 苏沃洛夫（1729～1800），俄国著名的军事统帅和军事理论家，他的理论和作战指挥以强调行军和作战速度而著称。

② 克拉斯诺夫所说的“涅瓦河流域”可拆解为“接近”和“涅瓦河地区”两个词。

何也不是个新闻工作者。我不反驳。但在十月十九日两点整，也就是说，经过二十八小时，我已经出版了三百零七份第一期《涅瓦河流域报》。彼·尼·克拉斯诺夫有关白军运动的杰出文章准时送达。尽管委婉，但出于公正，彼·尼·克拉斯诺夫还是为我没给他送审（送去的话，只有两步远距离）而责备了我。漂亮的红色包装纸是我在军官经济协会的商店里征用的。排字工有三位：印刷厂厂长的儿子，一个长手长脚的懒汉、牢骚鬼、差劲的排字工，但幸运的是，这个家伙壮实有力；第二位多少熟悉些排字业务，但正遭受疝气折磨，而且还不住地咳嗽；第三个倒是个好手，尽管是个慢性子和动作迟缓、郁郁寡欢的人。

机器如果不是古登堡[①]的，也是它孙子辈的。它只能单面印，要想连续印刷，就必须翻面。它的轮子要手工操作，我非常踊跃地参与这件差事。

我已经刊登了诗歌（的确不是什么新诗）、社论、阅兵报告、约翰神父优美的祈祷词和戏仿列宁的文章（写它时，我不带恶意，严格遵从个人的印象）。我剪取和评述在红军报纸上发现的一切有趣的东西。我还坚持出两份校样。一句话：本地《费加罗报》[②]，外地《费加罗报》。

到了夜里十一点，大家都已筋疲力尽，但毫无怨言。我跑去领供给，并以独特的方式及时而郑重地发下去。我说："顺便讲一下，这是您每天的口粮。"这让他们无比振奋，以至于要分些冷肉、猪油和白面包给我。早晨，我和郁郁寡欢的那位最后收尾。

新闻工作者先生们，你们在这种条件下工作过吗？

这台印刷机，这头骆驼，后来被我们带到扬堡、纳尔瓦和雷瓦尔[③]。拆拆装装。它最大的缺点就是效率低下。需要转动轮子，而且还要转动两次——不太轻松的活计。

创刊号在一小时内被一抢而光。它定价半克伦卡[④]。我们为什

---

① 1455 年，古登堡发明了铅活字凸版机械印刷机。这里暗指印刷机的陈旧程度。

② 影响颇大的法文报纸。

③ 均为爱沙尼亚城市。

④ 克伦卡，克伦斯基临时政府发行的货币。

么不收五百卢布[1]呢？——不清楚。何况这些数目也没有任何差别。我们自己也不知道怎么处置收到的这些钱。雇佣了一个校对员（她还担任出纳），但一个钟头以后就不得不把她辞退了：根本不堪重用。

红军耳目

在方法和设备最简陋的条件下办报，最初很不容易，但让我感到满足和自豪。事情很快便理顺了，连续不断地平稳开展起来。

那位让人难忘、办事严谨的警备司令拉弗洛夫仍在应我的请求，派人在审查红军俘虏的时候询问：他们中间有没有印刷师傅。第三天就给我送来了两个。一个是真正的排字工，对报纸绝对有用，另一个简直算得上宝贵的收获：他以前在主教工会印刷厂上班，众所周知，那家工厂的生产要求最为严格和一丝不苟，此外，他还具备真正拼版工的眼力和应变功夫。在加特契纳附近，我们还发掘出一个被布尔什维克废弃但纸张储备充足的工厂。

彼·尼·克拉斯诺夫每天提供言简意赅的漂亮短文，署的是他自己常用的笔名格尔·阿德（格拉德是他心爱的赛马的名字，当年他曾骑着它，在红村和米哈伊洛夫跑马场的赛马会上赢得过无数锦标）。他写罗斯统一、动乱时代[2]、彼得大帝的法令和欧洲的政治生活。两个相处得不大合拍的司令部（格拉杰纳普将军的和巴林[3]伯爵的）尽其所能，都给我们发来报告和指令。两位将军和最高统帅尤登尼奇[4]的呼吁书得以刊登。雇佣了两个机器转运工。两班倒，

① 当时币制混乱，同时流通着几种货币。

② 专指俄国17世纪初长年战争、变乱迭起的时期。

③ 巴林（1874～1938），俄国中将。

④ 尤登尼奇（1862～1933），俄国陆军上将，白军运动领袖。

昼夜不停。印量达到了上千份，但仍然供不应求。

红军报纸能够准时收到，且内容品种丰富：通过俘虏和每天前往彼得堡、深入龙潭虎穴刺探消息的侦察员。我带着莫名其妙的感动，阅读献给我的好评。我从一则简讯中得知，尤登尼奇的司令部就设在我的住所，而我也因为谙熟当地环境，忠诚不渝地参与所有军事会议。瓦西里·科尼亚杰夫甚至还为我作诗：

> 尤登尼奇供他白兰地，
> 于是库普林开始用拳头恐吓我们。

诸如此类……

在莫斯科的《真理报》上，无产阶级诗人杰米扬·别德内依把我贬得完全低级不堪，他试图让人相信，还在一九一九年年初，当我在克里姆林宫跟列宁、加米涅夫、米柳金和索斯诺夫斯基商讨无党派的民众报纸出版时，他就觉得我可疑。这是事实：我是跟他们讨论过这份报纸，但我不是一个人，身后支持我的是大批作家和学者，而不是蛊惑人心的布尔什维克主义。资金也有了。后来却没有成功。让我来办名为“红色庄稼人”的最后版。可红色的庄稼人——这是哪种庄稼人呢？为什么庄稼人要是红色的呢？我不顾一切地回到了彼得堡。

但未得到邀请、旁听我们讨论的杰米扬当时就已经确信，我在以“恶毒的行径”背叛苏维埃政权。

这一切分明是无稽之谈……让人郁闷的是，如果仔细阅读彼得堡的红军报纸，可能会在加特契纳混淆视听。

大量的加特契纳共产党员中，没有一个落到白军手里。（顺便提一下，白军曾经两次在昂托洛和维索茨基漏掉过托洛茨基，每一次搜寻到的不是他，而只是尚带余温的空被窝儿。）令人恐怖的沙托夫[1]也跑掉了，有一回，他下令枪毙了一个因为飞行员丈夫而充当人质的女人，一起被打死的还有无论如何也不能从她手中夺走的

---

① 沙托夫（1887～1943），布尔什维克活动家，1918～1919年间担任彼得格勒警备司令，曾参与血腥的“红色恐怖”活动，后死于斯大林的劳改营。

吃奶的婴儿。

加特契纳肃反委员会主席、女中学生布尔什维克的偶像、昔日的近卫军军士谢罗夫逃脱：在普斯科夫前线，他从队伍里叫出所有昔日的基层军官，大约有五十人，命令枪毙他们，为了表示忠诚，他还亲自用手枪朝他们射击。在行刑前他对他们说："……我们不相信任何投靠红军的军官。你们已经完成了自己的使命，训练好了红军战士，对我们来说，你们现在——是多余的负担了。"

残暴的肃反委员奥辛斯基溜掉了。在他的住处发现了一间血污直抵顶棚、尸臭熏天的地下室。职业刽子手、过去的恶棍和杀人犯什马洛夫也不见踪影。他几乎永远身穿灰色的囚禁室长大褂，头戴囚禁室无檐帽。有一回他在柳采夫卡亚大街醉了酒，毫无缘由，也没言一声，就从身后朝一个陌生人开了一枪，伤了那人的大腿，他突然又兽性大发，把那人拖到肃反委员会（就在对面），杀死了他。

白军只在红村抓到丘马钦一个人。这个无足轻重的翘鼻子的男人负责食品供应，并自称为"粮食国王"。他没害过任何人，天真地陶醉于高级职位，配上自己时刻翘着的小纽扣似的鼻子，只让人觉得好笑。他是被人告发的。

总而言之，大头儿和要人都逃了。剩下了些喽啰。但有些所知甚多、诡计多端的漏网的家伙也隐藏其中，他们和红军指挥部保持着联络，给它往彼得堡发送自己探听到的消息。要查处他们，既无时间，也没人手。最有可能的是——他们企图在加特契纳煽动起寻衅性的大混乱。

有天晚上我去拜访我的犹太朋友。在他家里遭遇到了恐慌和灾难。男人们刚从犹太教堂回来。年纪最长的犹太人、祖父莫吉亚在祷告时脑袋开始振颤，随后就未停止过抖动。善良的胖胖的女主人请我把她五岁的小女儿罗扎契卡暂时带到我家，可小姑娘都缠住她哭泣。他们全家都被街上的流言和匿名的告密信吓坏了。

就在当晚，在模糊不清的本能驱使下，我向维加金上校转述了这一幕。他阴沉的眼睛突然放起光来：

"我绝不允许大屠杀，无论从哪个方面讲，都不能造成大屠杀的恐慌，"他吼叫道，"实话实说，我不喜欢犹太佬。但在那里，在西北军的地盘上，在那里想都不要想对和平的公民施加一次暴力。

我们不吝惜自己的鲜血和布尔什维克的鲜血，但市民的血，一滴都不应该沾到我们身上。请您坐下，立刻写一篇安民呼吁书。”

半小时后，我把写好的呼吁书交给了他。其中讲到，还是从叶卡捷琳娜二世和巴维尔一世时代开始，加特契纳就生活着早被全城熟知的几个犹太家族，他们是诚实的劳动者，是不太富裕的工匠，是一些与布尔什维克的思想和习性完全格格不入的人。讲到了惟一的神，说到在眼下这个大时代不应该播种仇恨。最后我还提到必须恪守的责任感，以及可以消灭施暴者和挑唆者的严厉惩治。

临近深夜时，呼吁书经过了巴林伯爵签字和参谋长盖章。第二天它便被贴满了墙壁。

这件事之所以讲得如此详细，是因为我想再次证实，西北军不分种族与信仰，公正对待所有和平公民的充满善意、毫不徇私的态度。关于这一点，所有参与行军的人和这支军队途经地区的所有居民都能作证。

但就在雷瓦尔的《自由俄罗斯报》上，基尔德措夫、丘什和巴什基尔采夫却胆敢把这支真正行侠仗义的军队诬蔑为强盗和匪徒，他们所讲的不是后方，而是神奇远征中的英勇官兵。

14

一点史实

西北军不是惟一一支与布尔什维克作战的部队。在自身的创建和组成方面，北路军从一开始便与爱沙尼亚共和国和它年轻的军队紧密相连。在抵御布尔什维克入侵爱沙尼亚的过程中，俄国军队经受了战争的洗礼。到一九一九年五月，北路军的所有战役都发生在爱沙尼亚境内。双方军队的联盟关系源于此时。在北方俄罗斯军存在期间，这种关系由达成的协约形式保证。但在俄罗斯军演变为军团的时候，双方的处境发生了变化。爱沙尼亚摆脱了布尔什维克，

获得了自治，而俄国军队也已经在俄国领土上作战。

在这种情形下，俄国军队脱离了爱沙尼亚的掌控，并由尤登尼奇担任俄国最高长官授权的独立统帅。原本预定领导军队的是古尔科[①]将军或德拉戈米罗夫[②]将军。但埃尔祖卢姆[③]之战的胜利者声望更高。

没有自己的港口，又受领土所限，西北方的白色俄国政权和它的西北军被迫迁往雷瓦尔，迁往爱沙尼亚。而与此同时，爱沙尼亚已经从布尔什维克手中获得了自由，并拥有超过八万人的军队，实际上已经不再需要白军的援助。双方以前的协约失效了。必须达成新的协议，它的基础已经具备，但非常地不稳固。一方面，在一九一九年八月组成的西北政府急忙认可了爱沙尼亚完全而永久的独立，承诺会让所有列强、俄国最高长官和所有地方政府承认。为此，爱沙尼亚同意帮助白色俄国和布尔什维克作战，并答应支援尤登尼奇对彼得堡的远征。（可在开始攻打彼得堡的战役时，爱沙尼亚的军队却没有加入……）

还准备和芬兰签署类似的协约，芬兰也正在谋求这个协约。但没有达成。它的实现与否，取决于流亡巴黎的昔日的俄国外交官们。他们拒绝了。为什么呢？从芬兰方向对红军进行猛攻，本来可以在两三日之内决定彼得堡的命运。

白军的最高指挥部认为，后方的总体情况和政治环境还不能完全应对立刻进攻的要求。

但了解自己战士情绪的指战员们绝对清楚并能感觉到，要想保持这种高涨的战斗精神，就必须把消磨战士们斗志、降低他们兴奋状态的阵地战方式转变为急攻。

军队的精神和意志占了上风。统帅最终决定开战。此外，关于进攻的必要性，能理直气壮讲出来的还有以下一些理由：

（一）在自己社会主义政党的影响下，爱沙尼亚已经准备与俄国的苏维埃政权进行和平谈判。

这种和平协议的签订会让西北军既失去爱沙尼亚的支持，也不

① 古尔科（1864～1937），俄国将军。

② 德拉戈米罗夫（1868～1955），俄国将军，白军主要将领。

③ 土耳其城市，俄土战争中，尤登尼奇曾在此获得大捷。

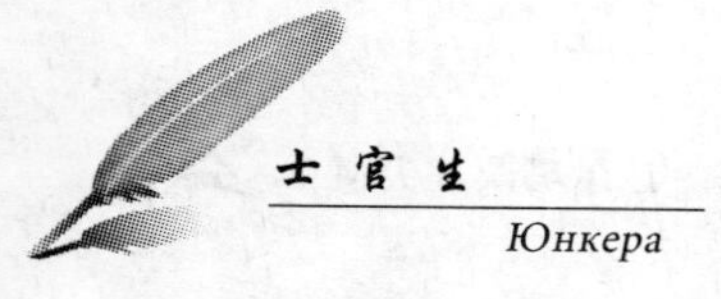

再能把爱沙尼亚的港口和铁路用于军事目的。

（二）邓尼金攻打莫斯科过程中的一系列胜利，此时已引起了整个红军最高指挥部的关注。为了消灭他攻无不克的冲锋，全苏维埃的力量都被调集起来。近期之内，针对彼得堡的威胁可以大大缓解邓尼金的困境。

（三）在严寒到来之前必须攻占彼得堡。占领彼得堡的主要目的在于——把首都不幸的居民从恐怖、寒冷和饥饿中解救出来。运送食品和其他急需物品只能赶在通航期之前，从十一月月末开始，结冰的彼得堡港就会影响航运了。

（四）英国海军所承诺的支援，落实起来也取决于严寒的降临时间。

（五）白军战士远离亲人和家庭，他们的伟大精神无法到春季时还保持高涨，有可能在冬季里变得颓唐并带来相应的后果。

（六）红军指挥部忽视了西北军士气和实力的复苏。仍然认为它根本不具备作战能力，也不忌惮它。因此大部分红军兵力都转移到了其他战线，与之对比，西北战线的兵力眼下非常有利于白军进攻。

决定进攻。

我是西北军狂热的行吟诗人。我会永远孜孜不倦地赞叹它的英雄主义并为之歌唱。法国人和英国人早已承诺的，首先以运来军服、坦克、大炮、弹药、枪支这种形式兑现的援助，在西北军中极大地提升了士气。第一批物品到达时，士兵们精神鼓舞。他们亲眼见证了在同布尔什维克作战上，对德战争的老朋友和同盟军绝对愿意帮助白军。靴子、面包、大衣和枪支——除了信念，这便是战士需要的一切，这便是战争所意味着的全部。饥肠辘辘、衣不蔽体、手无寸铁的士兵——仅仅是用于暴乱或开小差的好材料。流传甚广的昔日强悍首领的俗话是一派胡言："我三天不给士兵们吃的，他们就会把敌人连皮带骨地吃掉，所以，就是逃个无影无踪，他们也不会掉头回来的。"

西北军攻打彼得堡的战役可能在两个方向上展开。大多数不久前才来到内战前线、不熟悉战情的老将军坚持认为，一定要确保占领普斯科夫，然后才能向彼得堡开进。

但那些从西北军草创之初便身处这支军队、了解它战斗作风的

指战员们则坚持另一套方案。他们说，内战中更可靠的是速度与强攻。其中的一切都取决于心理时机。如果我们能迅速把握这个时机，不管是我军赤裸裸的两翼包抄战术，还是苏维埃军队的迂回作战方针，都挽救不了红色的彼得堡！这种迅猛之势必然会在红军指挥部内引起慌乱，唤醒苏维埃军队和彼得堡城内反布尔什维克分子沉睡的希望，为工人大众的起义创造有利条件，等等等等。

这个计划占了上风。或许，除了神话般的苏沃洛夫行军，西北军扑向彼得堡的疯狂速度真的不愧为世界史上的典范。

游击战特征

我面前摆着一本小册子，《彼得堡十月进攻以及远征失败的原因。白军军官手记》。这是惟一一本刊行的献给远征的资料。作者没有具名。（据说在某处保存着团师的档案。不过还是留待枯坐书斋的历史学家去利用它们吧。）

小册子很有价值，写得清楚、翔实、深明事理，充满了对祖国的爱，透着对英勇的西北军悲剧命运的强烈悲恸。为了不迷失于复杂错乱的作战细节，我需要求助这本书。必须要说，它不仅证实了我所耳闻和亲眼目睹的事情，而且还流露出看待事件的精准眼光。只是在对失败的评价方面，与这位显然是伟大俄国军队基层军官的杰出作者相比，我有着另外的观点。但我要向读者衷心推荐他这本著作。

后来的很多人在批判性分析西北军战役时，说它存在太多的游击战特征。但有别的可能吗？——一支总共两万人的志愿兵队伍，在非人的条件下连续不断地四处作战，白天的、而更多是夜间的战斗，没有保障的侧翼进攻，惟一的任务便是速度和勇猛，一路来不及补给和小憩的拼命疾冲。即便如此，这支军队为什么没有涣散，没有溃逃，没有抢劫，没有人开小差？为什么布尔什维克都在自己

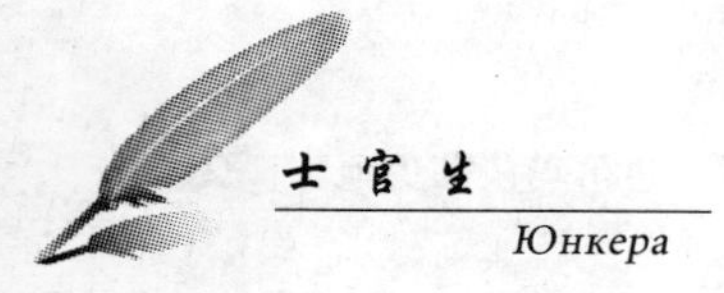

的报纸上说它拼死作战？为什么流血最多的塔拉布斯团那么英勇地掩护全体撤退，而一年之后，在弗兰格尔时期，仍然纷纷从各处前往华沙，投奔自己的领袖和创建者别尔米津将军，再次由他统领？是的，仅仅是因为每个战士、每个骑兵、每个瞄准员、每个司机都在自觉地为解救祖国而行动。他们彻底忘记了利益的分歧以及普斯科夫和塔姆波夫省之间的遥远距离。因此，农民们古道热肠地迎接、又带着辛酸的忧伤送别他们，尽责地充当他们的车夫、运输员和好客的主人。因此，白军战士能自由地展现任何一次内战中最重要和最宝贵的品质——个人的主动精神。

他们还谈到最高指挥权的缺失，像指责不愿意丢弃游击策略、只在各自为战的渎职官员那样谴责这一点。

存在正式的军队首脑。这便是尤登尼奇将军，一个剽悍骁勇的士兵，一个忠诚的人和一个优秀的指战员。但在所有俄国当代的著名统帅中，能够强有力地把握这样一支无比独特的军队的精神、心灵和意志的，我能想象到的只有列奇茨基[1]将军。尤登尼奇将军只亲临过一次战场，那就是刚刚夺取加特契纳的时候。他在这里稍作停留，去了趟皇村和红村，当日便返回了雷瓦尔。如果尤登尼奇将军能在后方对英国人和爱沙尼亚人施加外交影响，从他们那里谋取已经承诺的紧急援助，对军队也具有重大意义。

但实际上，这位英勇的埃尔祖鲁姆的征服者，本性却是——托尔斯泰精湛刻画的图申大尉[2]。他不善于跟他们沟通，面对英国人的言谈和外国人隐秘的政治手腕，他感到拘谨。必须讲个事实：有一回他无疑表现出了极大的自尊。在那一天，当时英国的马尔奇（抑或戈夫？）将军就组建西北军政府已经叮咛了若干时间，想以这样一段话开始协商具体行动："在西北政府和它军队的帮助下，爱沙尼亚人进入彼得堡并推翻布尔什维克政权，同时也将开创民主化的俄国。"

老战士久经锻炼的心脏受不了这种胡言乱语。他断然反驳，让面皮刮得干干净净的大下巴的英国人不得不妥协。

---

① 列奇茨基（1856～1923），俄国步兵上将，战功卓著。

② 《战争与和平》中的人物。

这场特殊战争中的惟一统帅应该尽可能在这些士兵前露面。这里的士兵表现出超人的勇敢、无法形容的强悍和伟大至极的坚韧，但也在默默要求将军和军官来做崇高的表率。关于军官，这支部队里不会听到诸如勇敢、英勇、无畏、英雄等等这样一些评价。有两种评语："好军官"或是"最好做他的手下"。其中包括罗德坚科和巴林将军，两个高大的巨人，身穿浅色的军官呢大衣，手持武器——那武器在他们手里就像玩具，一面冲锋在前，一面向布尔什维克发出震耳欲聋的怒吼。别尔米津也在此列，他骑着浅灰色的骏马，冒着装甲列车的炮火和红军散兵队线交织的射击，疾驰在坦克前方，为它指引道路。

至于说指战员们脱离总体计划、各自为战，这也未必属实。

宣布远征时，全军分为七个纵队，以不同路线向彼得堡进攻。不可避免的事情发生了，在沼泽和森林地带，各个纵队之间失去了联络，再加之红军在撤退时不仅切断了电话线，还砍断了电线杆。他们靠着野兽的嗅觉和鸟类的本能前进，不仅按时抵达，而且在相互靠近时，还在作战中彼此施以强有力的支援。这就是你们所谓的游击战争。

的确发生了一位将军故意违抗命令的可怕而令人痛心的意外。我指的是总参谋部军官维特林科将军……关于他稍后再说。但不能从一个偶然事件就得出理由牵强的结论来。

梦游症患者

西北军的人员构成并非固定不变，它具有流动和不断更换的特征。

春季攻打红山一战，绝大多数卫戍部队未经战斗，便投靠了白军一边：组成了红山团。而派去抵抗白军的维亚特卡军队——同样组成了维亚特卡团。

同一时期，红军指挥部派谢苗诺夫团——（从前的御林军）正式番号是“彼得格勒内保团”——前往后方，迂回围剿白军。谢苗诺夫团在革命后的存在，特别是布尔什维克对它的态度，古怪莫测，令人费解。这个曾经残酷镇压一九〇六年莫斯科起义的团，驻扎在旧日的营房，遵守原先的制度，承担以前的警卫任务，保护国家银行、金库和其他一些重要地点，而且好像还受到格外的优待。前往沃鲁[①]附近的白军后方时，在杀死了自己的政委和红军司务长（其中一个自杀）之后，奏着乐加入了西北军。这个团就这样永远保留了自己古老的名字——彼得罗夫团。

加入西北军的，偶尔也有些非同寻常且让人惊诧的部队，颇具所谓的巡回演出特点。比方说，大名鼎鼎的图拉[②]营就是这样一支队伍。时至今日，西北军的一些老官兵还会带着笑声和赞叹回忆起它。

在布尔什维克疯狂压榨农民时期，当所有村镇都在罹受战火、破坏，都在进行土地斗争（托洛茨基的用语）的时候，出现了一件怪事。这支队伍马马虎虎武装起来，冒冒失失地到处搜寻能打击布尔什维克的地方。他们在俄罗斯的土地上游荡，似乎想投奔邓尼金，但最初却奔向了彼特留拉[③]，随后又到了波兰。在彼特留拉那里，他们没有“露脸”，波兰人未接纳他们。最终，他们在普斯科夫找到了布尔什维克主义的真正对手。他们当时便留下来，以图拉营的名号加入了西北军。

我至今没弄清，也从未打听出来过：哪位指战员是图拉营最高的直属长官。打起仗来，他们勇敢得无人能比，疯狂至极。他们把敌人赶出村庄，用闪电般的冲锋攻占桥梁和危险的狭窄路口似乎是他们所热爱的专长。他们对战败者从不留情。最精良的作战器材都能被图拉营坚强冷酷的双手所掌握。此外值得一提的是，西北军的军官中绝对不缺乏钢铁意志的人。但要想让图拉营人服从最基本的

---

① 爱沙尼亚城市。

② 俄罗斯地名。

③ 彼特留拉（1879～1926），乌克兰的民族主义领袖。

军纪都是不可想象的。因为他们在长期游牧般的漂泊中已经变得野性十足。世上从未见过这样的强盗、匪徒、狡诈之徒和桀骜不驯的人。无论惩罚还是训导，对他们都起不到丝毫作用。为了保持西北军本质上的纯洁性，在远征彼得堡之前，不得不抛弃了图拉营可怜的残部，因为他们中的大多数都已经阵亡了。作恶多端地活过——带着荣光死去。

可以说团队是在行军过程中一边组建一边补充的。有时候，就像从地层来判断土地形成的历史一样，从各营人员的构成就能追踪这个团的历史。就拿著名的塔拉布斯团来说吧：

一营：来自塔拉布斯湖（楚德湖附近的一个大湖）的渔民。他们是基础和骨干。

二营：加特契纳郊区乡村的老兵和居民（二营的人是……最佳的向导）。

三营：维亚特卡人和俘虏的水兵（水兵是最棒的战士）。

三个营都有大量扬堡和附近其他地方的年轻学生。这些年轻人中的大多数都没能返家。死掉了。

是啊！在残酷内战的所有战场和所有战斗中，俄国青年，甚至是男孩儿们，为祖国承受了伟大的、浴血的、神圣的牺牲！

从这份名单中便可以推测该团的历程。

关于塔拉布斯团，以及包括如下各部的第二师（奥斯特洛夫团——五百人；塔拉布斯团——一千人；乌拉尔团——四百五十人；谢苗诺夫团——五百人，这是行军开始时的数字）——关于他们，我无法不去格外地经常怀想。也绝对不是因为这些队伍比其他部队更富有战斗精神和传奇色彩。对西北军的所有团队，怎么赞美都不为过，如今你情不自禁地想起他们的功绩时，都如同在想象一个神话。同时我也感到困惑：这些事从未听人提及，报纸上也绝对见不到有关西北军的晚会、聚会或交往的消息。我觉得，这些人做了人所不能做的，在很大程度上他们战胜了自我保护的本能，承受了身体与精神上超自然的压力，对他们来说，连对这种压力的回忆都变得沉痛。

正如这种处境：一个夜游症患者，夜里从一座建筑的五层，沿纤薄的木板走到另一座建筑的五层，而当他白天又从这个高度向下张望时——他会心脏缺血，脑袋眩晕。

不，我本人愿意竭尽所能地探听二师的消息，最频繁地跟塔拉布斯团的人接触。此外，这支部队听凭捉摸不定的战争命运的安排，在攻打彼得堡时，要参加加特契纳、红村和皇村附近的战斗，而在撤退时，又必须每天扮演艰苦卓绝的角色。

这就是二师几个战斗日的简略记述。请注意日期：

十月九日。骑兵开始冲锋。右翼师团在自己的团长别尔米津的有力指挥下，黎明时分在加格尔斯科耶湖区域展开攻击，以坚定的突击陆续占领敌方村落。

十月十日。塔拉布斯团乘胜追击，攻占希洛克村，越过卢加河，占领科斯加吉诺村。奥斯特洛夫团一边作战，一边在列杰日附近通过卢加河。谢苗诺夫团攻打萨布斯卡亚渡口的红军。

十月十一日夜间。塔拉布斯团逼近沃罗索沃车站，并掩护白军骑兵继续他们的冲锋。

十月十二日。塔拉布斯团赶到沃罗索沃车站，通过奇袭，击溃驻守此处的红军。

十月十三日至十六日。奥斯特洛夫团和谢苗诺夫团。基科利纳、叶利扎维基纳以及什巴尼科夫附近的战斗，加特契纳阵地的短促激战。十六日晚，塔拉布斯团逼近加特契纳。

十月十七日。二师（现在由别尔米津指挥）各团在加特契纳未作停留，攻打并击溃了盘踞在城郊的红军部队和哨卡，随后马不停蹄，占领别格里沃－沙格里诺阵地。

十月十八日。二师从各条战线扑向皇村。塔拉布斯团傍晚前赶跑了布格尔村的敌人。

十月十九日至二十日。昂脱洛沃附近持续不断的激战。别尔米津放弃阵地战，转为迂回进攻。托洛茨基的精干学员和他个人的百人卫队察觉之后，高唱着《国际歌》前来迎战。塔拉布斯团的冲锋两次被击退。布尔什维克试图转入进攻。在华沙至波罗的铁路线上自由行动的“列宁号”、“托洛茨基号”和“黑海号”装甲列车给予红军极大的支援；新型（法国）坦克运抵加特契纳，并马上被派往昂脱洛沃。但骁勇善战的塔拉布斯团已经攻克了守备坚固的村庄，迫使红军撤退。二十日傍晚，二师的先遣部队击退了敌人，抵达皇村。

十月二十一日。夺取皇村的战斗。塔拉布斯团二营黎明时执行围攻任务，突袭占领了皇村车站。

由此可见：十三天连续作战。接下来师团被调往左翼，去夺回基别尼亚和沃罗索沃失陷的决口。再后来便是撤退过程中的后卫任务。而从始至终——都没作休整。想想都可怕，人有多大的潜能啊！

圣伊萨基·达尔玛茨基[①]尖顶

西北军开进加特契纳的当天，最高指挥部命令三师师长维特林科将军：立即向东调转，沿加特契纳至尼古拉耶夫的铁路支线快速行军，赶到托斯诺车站后，毁掉尼古拉耶夫公路，以切断莫斯科和彼得堡之间的交通。

维特林科没有服从上级命令。他沿右翼向北进发，自作主张地前去增援别尔米津的攻击，随后又在二师的掩护下奔向右侧，目的是攻占巴甫洛斯克。在司令部紧急电报的追问下，他回答说，加特契纳至托斯诺的道路已被大雨冲毁，出于战术目的，他们必须占领巴甫洛斯克。完全无法理解的是，最高指挥部为什么不下令枪毙维特林科，不向托斯诺派遣另一支部队：最有可能的推测是，手中已经没有备用兵力。

但时机却错过了。托洛茨基以魔鬼般的能量，用一辆辆专列从莫斯科发出红军学员、布尔什维克、水兵、重型大炮、巴什基尔人……塔拉布斯团的侦察兵遵照别尔米津的指示，快速潜近托斯诺。但已经来不及了。通往车站的入口已经布满了红军部队。

---

① 即彼得堡的伊萨基辅大教堂，以伊萨基·达尔玛茨基命名。

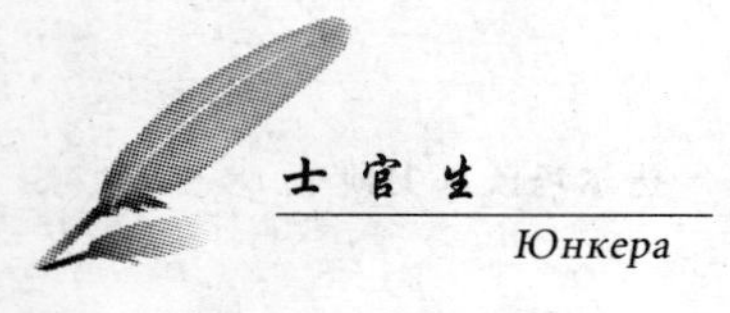

对于维特林科不可饶恕的过错，西北军的人倾向用急于最先杀入彼得堡的英雄主义虚荣心来解释。我表示怀疑。总参谋部的指挥官应该明白，他的疏忽让红军得以成倍增强兵力，另外还包括作战物资。情势无比艰难——他的过失是攻打彼得堡失败的致命原因。

同事们的看法减轻了他的罪责，因为“人已死了，既往不咎”——据说维特林科由于伤寒而奄奄待毙。可其实呢，维特林科不仅完全康复，还带着妻子和年幼的儿子投靠了布尔什维克。因此，即便十月十八日的时候他没想到叛变投敌，可不管怎么说，他的行为也是对布尔什维克的巨大效劳，对他自己来说，则是一张王牌。

清晨，我正坐在一夜未眠的拉弗洛夫大尉的房间办事。我在的时候，塔拉布斯团一连的一个年轻军官被派来警备司令部呈送报告。他必须急忙赶回团里，中途抽出片刻工夫，顺便跑来握一握自己老首长的手。他高高的个头儿，浅红色的头发，胖胖的体形，一张光洁的脸圆鼓鼓的，满是汗水。他的眼睛闪耀着喜盈盈棕红色的——不，甚至是金黄色的——光芒，他说得那么兴高采烈，以至于他嘴唇上都有气泡迸起和胀裂。

“您知道吗，大尉先生，在中罗加特卡……”因为奔跑，他还在气喘吁吁，“这是布尔克夫北边的地方。一个士兵冲我喊：‘您瞧，您瞧，中尉，尖顶，尖顶！’我顺着他手指的方向一看……太阳刚刚升起来……我看见，我的天啊，上帝啊！——真的是伊萨大教堂的尖顶，它让光芒包裹着，又亲切，又孤单。看不到房子，只有它，那样闪闪放光，那样流光溢彩，那样在空中微微颤抖。”

“没有弄错吧，中尉?”拉弗洛夫问道。

“噢！我弄错了，您说什么呀！我从军官学校三年级起就像熟悉亲人一样熟悉它。它，它是个美人。圣伊萨基·达尔玛茨基尖顶！上帝呀，真美啊!”

他画了个十字。拉弗洛夫从沙发上站起来。我也同样站起身。

这个消息像电流一样传遍了加特契纳。我一整天听到的只有圣伊萨大教堂尖顶。希望能带来多大的幸福啊。人们说希望是长着翅膀的，的确，因为它，心胸变得宽广，灵魂为之飞升，飞向湛蓝清冷的秋空。

自由啊！多么神奇和迷人的字眼！走动，乘车，睡觉，吃喝，议论，思考，祷告，劳作——这一切明天即可实现，没有白痴的检查，没有低三下四哀求来的应允，没有野蛮而令人羞辱的禁令。而最主要的是——房屋、财产不会受到侵犯……自由啊！

午饭后，司令部来了另一位军官，好像是谢苗诺夫团的。他说，有个去打探彼得堡入口的白军侦察员深入到最前方，已经能在非常近的地方看见纳尔夫大门的拱顶了。稍晚些，另一个侦察员朝一辆有轨电车扫射，它正被托洛茨基用于向各个车站调动一批批的学员。

充满令人欣慰的希望的日子短促而稍纵即逝！右翼的白军向布尔科沃挺进，希望在那里能再次控制尼古拉耶夫公路。而在左翼，他们先后占领了泰奇、杜德尔戈夫、利格沃，冲向达奇诺沃，开始试图寻找攻进彼得霍夫宫的途径。胜利之神显然站在了西北军一方。

红军成百上千的人缴械投诚。残疾的被派往后方训练队伍。靠得住的士兵则被编进白军团队，在队伍中英勇作战。久经沙场的团长们拥有扫一眼就能辨别好战士的不可思议的天赋，这就像真正的伯乐，只需看一眼马儿，就能准确无误地认出它的牙口、脾性、优点和缺陷。

尤其是别尔米津将军，他所具备的这种天赋达到了极高的水准……

这个非凡的人无疑具有与生俱来的军事才能，经过三次战争[①]，这种才能只会发展得更加博大精深。

白军中不存在虐待和报复现象。俘虏被带来的时候，部队的长官会问："你们谁是共产党员？"偶尔会有两三个带着挑衅似的自豪感，不假思索地高声回答："我！""带到一边！"长官下令。随后进行搜查。有时候在几个士兵身上会找到共产党党证。而后，共产党员会被带走，这样的话共产主义者就不能渗透到后方去。

很多共产党员英勇牺牲。有一个军官不得不在执勤时枪毙两个共产党员，他这样讲述：

① 这里指的应该是俄土之战、第一次世界大战和国内战争。

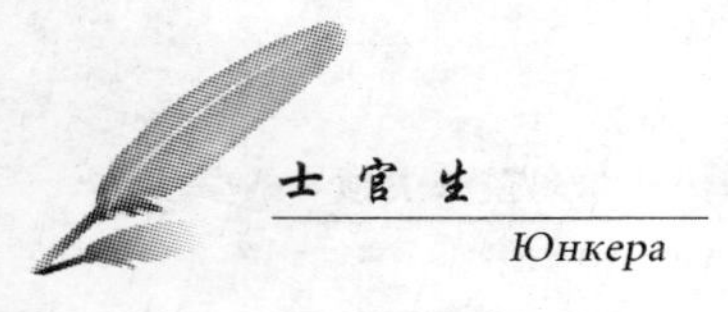

“路上，我让押送队停下来，问他们中间一个头发蓬乱、又瘦又凶的红军：‘不愿意祷告吗？’他破口大骂上帝、耶稣和圣母，这让我非常憎恶。而当我向另一个穿着水兵服的提出同样问题时，身后有绳子拴着的他尽了最大可能，低头贴近我的耳朵，深信不疑地低声说道：

‘反正上帝也不会宽恕我们。’”

关于这句“反正上帝也不会宽恕我们”，值得思考的东西很多。其中是否透露出热烈但被玷污的信仰呢？

军校学员拼死抵抗。他们赤手空拳地扑向白军的坦克，被卷到坦克下面，几十人几十人地死去。红军领袖们言之凿凿地欺骗他们，说坦克是伪造的：“木头做的，涂上了钢板的颜色。”他们给士兵灌输对白军的恐惧，照他们的说法，白军不仅不会饶恕任何一个俘虏，相反还会惩罚他，给他用酷刑。

但红军战士，其后是军校生和水兵，在被俘的当晚就坐在了连队伙房，也听不到不久前的对手的辱骂和嘲弄。他们立刻便摆脱并断绝了布尔什维克所煽动的所有仇恨，以及习以为常的奴役感。

“我经过营地时，”一个军官跟我讲，“突然闻见真正烟草而不是莫合烟的味道。我像向导犬似的追踪烟味。我看见破衣烂衫的陌生士兵坐在那儿，正从纸烟盒里给旁边的人分香烟。我问：‘哪儿来的卷烟？’对方一下子跳起来，比战士们还快。‘那还是早晨发的，长官。’”

而一个渔夫出身的战士没有起身（士兵在休息和吃饭的时候用不着起立）就用标准的塔拉布斯口音说道：

“他刚刚改造过来。还紧张呢。不错的小伙子。会懂事的。”

接下来，另一个被俘的士兵说，他听到白军唱歌就忍不住流眼泪……唱的是《卢尼娅·福明娜》，一听见就想起来了。“《国际歌》跟你没有关系……”

布尔什维克大概也明白，歌曲有时比印刷的传单更有力量。在叶利扎维基纳，从一个被俘的政委那里，斯塔夫斯基上校曾经没收过一张用铅笔写给上级的字条。

“他们排成紧密的纵队，唱着老歌前进……”

别尔米津和其他指战员们当然理解善对于恶的巨大优势。别尔

米津经常对战士们讲：

“战争对我，对你们，都不可怕。可怕的是兄弟要互相残杀。我们越早结束战争，牺牲就越小。所以，我们要忘记疲劳。我们要尽快出现在所有地方。但不能欺负居民。要把第一口吃的给俘虏。

“在布尔什维克看来，任何一个士兵，不管自己的还是敌方的——都是行尸走肉。但对我们来说，他首先是个人，是个兄弟，是个俄国人。”

撤　退

“是祸躲不过”，没什么比这句俄罗斯谚语更明智，更贴切，也更可怕的了。

胜利之神背弃了西北军英勇无畏的铁人。眼下，导致悲惨命运的已经不是指战员的过错，更不是军队的品质，而只能归咎于一系列的可怖事件。

遇到了冷雨连绵的白天和湿淋淋的夜晚，夜色浓黑如墨，没有一颗星星。每到夜里便能看见，在一团漆黑的远方，大火闪耀着红光，探照灯一般的淡蓝色光柱抵着地面在天空游弋。就在那里，想象中便会浮现出无形的、彻夜不眠的英雄和受难者，他们正为祖国的福祉建立最伟大的功勋。

传来邓尼金军队抵挡不住反扑的令人不安的消息。原来这是非常沉痛的事实。

承诺用自己的海军来支持白军攻打彼得堡的英国人没有动静，他们只是躲在幕后，而当布尔什维克以无比强大的力量逼迫和包围白军，白军已经打算撤退时，英国人的浅水重炮舰这才出现在红山后面，远远地放了几炮，那距离远得不会给任何人都带来一点儿帮助。

英国人还答应过支援武器、炮弹、军装和食品。他们最好什么都不答应!

他们运来的枪支打不了三次，放完第四枪，子弹就会死死地卡在枪管，要想弄出它来，必须要去修配厂。

他们最新型号的坦克（军中挖苦它是“马其顿腓力[①]战争时代的坦克”）需要经常维修，走小半里地，就会浑身毛病地返回城里。法国人的“贝贝”性能优良，但它们由英国人操纵，坦克的职责只是在远处发挥精神震慑作用，而不必参加战斗。在自己的军队里，他们可不敢这么说。他们也纵容被调去指挥坦克的俄方军官无所事事。只有别尔米津一个人敢强令这些坦克开入战斗腹地。有一回，英国人坐在“贝贝”里拒绝前进，别尔米津下马敲了敲小门。出来一个身穿英军制服的金发高个子军官。别尔米津盯视他片刻，问道：

“您是谁?”

对方用英语回答道：

“大不列颠军官。”

别尔米津愤怒地抬高声音：

“我问的是：哪国人?”

“俄国人，长官。”

“那就请您转告英国人，如果三分钟以后坦克还不启动，我把你们统统枪毙。”

坦克开动了。

英国人送来了飞机，但它们安装的是不合用的螺旋桨；机关枪——不配套的子弹带；大炮——不能爆炸的榴霰弹和榴弹。有一次，他们运来三十六件船货。原来——是些击剑用品：花剑、胸甲、面罩和手套。事后被问到的英国人带着苍白的微笑解释说，所有问题都出在本国的社会主义分子身上，他们负责装载用于危害布尔什维克兄弟的战争物资。

英国人答应为军队和彼得堡市民供应美洲食品；答应提供全套备用的美洲军服和内衣，以应对军队补充从布尔什维克投靠过来的

---

① 腓力（约公元前382～前336），马其顿国王，亚历山大大帝的父亲。

新兵。事实上他们也兑现了承诺。雷瓦尔的仓库、军需品商店、码头货栈，全都堆满了美洲的面包、油脂、猪肉、衬衣和军服；但所有这些物资都成了后方投机买卖和盗用的对象。在各个时期，白军共吸收了两万名红军和平民志愿者，但大家缺鞋、缺衣、缺武器。除此之外，他们很快便失去了任何食品供给。而雷瓦尔的英方代表马尔奇（还是戈夫?）已经开始与彼得堡的布尔什维克直接联络了。

尽管在进攻中期，被布尔什维克毁坏的途经纳尔瓦的铁路桥就已经修复了，但运送过来的食品却如涓涓细流，只有一星半点儿。不仅郊区居民没得到承诺的供应——连军队的基层人员都吃不饱。面对军粮需求，后方这样回答：食品要用于清除布尔什维克之后的彼得堡市民，所以我们不能动用它；请就地取材吧。令人震惊的指示：要从光身子的人身上扒衣服。

如果英国人根本不做承诺，也要好于承诺了却不执行。纸浆不能解饿，海水无法止渴。

西北政府孱弱无力。如今已经过世的库兹明-卡拉瓦耶夫、卡尔塔舍夫和苏沃洛夫很快便从中脱离，英国人马尔奇或戈夫对待俄国人和俄方利益的态度让他们愤怒。一九二〇年，他们三人出版了一本关于西北政府的小册子，它虽然务实而乏味，但没有一个俄国人在读它时不会激动与愤怒。但作者们并未把一切事情和盘托出。最后他们提示说，有很多东西他们眼下还不能披露，如果条件允许，他们一定会重提这些内容。至今他们也没有重提。

在他们这次出走之后，西北政府其实已无足轻重。但有一个人仍在热情而密切地关注军队的艰难处境，关注难民们的伤痛、贫穷和困苦，一直坚持到了事件结束。这便是——利阿诺佐夫。他的镇定，他的坚忍和独立，可以打动英国人自私的冷漠，而他当时为俄国人所做的一切——足以承受深深的感激。

西北军在不计其数的战斗中精疲力竭，日益削弱。所有后备军全部投入作战。主动权正在转移到红军手里。捷柳任斯基的师团——最后的储备兵力——支撑着右翼战场，但布尔什维克却在我军左翼的基别尔附近打开了缺口。别尔米津将军奉命消除这个缺口。

他带领塔拉布斯团和谢苗诺夫团火速从右翼扑向左翼。他还把

另外两个团和刚刚从芬兰运来的两辆法式“贝贝”坦克编入自己的突击队。傍晚前（二十七日）攻占别尔维列沃，当天晚上又通过联合围攻占领了基别尔，并派叶格尔骑兵团前往维吉诺方向追击布尔什维克的迂回纵队。随后是克拉斯科沃、索库里、别尔科维采的战斗。罗德坚科率领坦克登陆营和自己的百人卫队前来支援。罗德坚科是个神奇的战士。在尤登尼奇免除他最高指挥权的那一刻起，他似乎已经无处立身、无所归属。但陷于困境的他，一组建起几乎无法执行任务的队伍，便率领自己的百人团和沿途弄到的有用东西，奇迹般地前来救急。是的，他的确是个天生的伟大骑士。

接下来是马尔科沃、基别尔－加特契纳公路、罗普莎，别尔米津紧紧咬住布尔什维克，一路突击，缴获了卡车、大炮，俘虏四百敌军。随后是维索茨科耶和维索卡亚。别尔米津将军计划在黎明前占领红村。但右翼突遭的不幸迫使司令部命令别尔米津放弃任何攻击红村的行动，加入全体的撤退。

别尔米津电告最高指挥部：“在我面前，通往彼得堡的道路一片顺畅。不会遭遇任何抵抗。”司令部发来第二道命令，暴怒的雄狮屈服了。

塔拉布斯团最后离开加特契纳。它以小规模但非常频繁的突击战，确保军队和无数彼得堡郊区难民的撤退。临近冬天。在纳尔瓦附近，俄军被爱沙尼亚人用铁丝围网阻隔在了外面。这一夜，人们成群地冻僵。随后是纳尔瓦、雷瓦尔，是堆满俄国军人的简易棚屋，他们因伤寒而相继死去。棚屋里，士兵照顾军官，军官服侍士兵。但这已经不是我的话题了。

面对所有把自己的心灵献给朋友的、无私而忘我的志愿兵和军队的英雄们，我只能充满敬意地低下头。

一九二八年

时间之轮

石榴糖浆

这次相逢，老兄，让我多开心呀！算一算吧！从一九一六年到一九二八年——整整十二年没见面了。服务生，再来两杯加石榴糖浆的白葡萄酒！你瞧，怎么都教不会这位美男子，让他先往杯子里倒一点儿石榴糖浆，然后再把酒加满，这样很快就能混合，也不必用他们讨厌的锡勺。跟他讲过无数次了。不成，依然我行我素，根本拗不过他。实在是个保守分子……唉，我亲爱的，眼泪让我灼痛。很久以前的青春岁月浮上来了。莫斯科。猎人俱乐部。测验考试。制图。小剧院。霍登惨剧①的奔逃。初恋情人……驯鹰手……唉，时间的车轮，它止不住，也无法倒转。从物质世界的角度来说，这可真是卑鄙。

你瞧，多让人懊恼呀：我们一小时前就碰到了。嗬，当然了，一开始俩人都认不出对方来，然后呢，便是由衷地感到高兴，兄弟似的紧紧亲吻。可你想一想吧：直到现在，而且还费了那么大的力

① 1896年尼古拉二世登基时，霍登田野上发生的民众踩踏事件。

气——我最后才认出当年的你，当年我们三个火枪手中最有进取心的那一位。第一眼——你承认吧——我们俩见到对方时，全都觉得羞愧和惋惜：冷酷的时间的颌骨已把我们咬噬殆尽了，无情的岁月爬上我们的脸，给它蒙上了树皮、沟壑、皱纹和深深的褶子。不过，谢天谢地，所有的老树皮都已经散开了，不见了。你又是那个你了。再让我握一握你的双手吧，就是这样！你好。欢迎你来到美丽的图卢兹城。服务生！来一升白葡萄酒。再请您用石榴糖浆润一润它。如果放一会儿的话，它会更柔和一些的。

你说——多了点儿？小菜一碟啦。酒很淡，石榴糖浆也不过是去一下奶酪的怪味。告诉你，可不要见怪呀。我看得懂你匆匆瞟一下的眼神。我知道，关于我你闪过一个念头："该不是堕落了吧？"没有，好兄弟，我不是堕落了，应该这样说，成了一个空心人。我的灵魂空了，只剩下一副躯壳。我听凭不可改变的惯性活着。有工作，有收入。身体健康，每天早晨读读报，喝杯咖啡，一切按部就班。酒么，只是偶尔跟同事喝点儿，尽管伙伴们根本不能让我感到快乐。可是魂儿没了。对时光的流逝，我冷眼旁观，就像观看一部老电影。

这不，你刚才大概讲了讲自己十二年的日子。老天呀！不说时乖命蹇吧，那也绝对算得上一部史诗了。这是种混合物，忧伤的悲剧混合着下流的轻喜剧，人类精神的顶峰夹杂着恶臭熏天、让人作呕的下水沟。你讲的时候我就在想："哦，人的机体可真是一部坚强的机器！"可你毕竟还活着。活在对祖国无尽的思念之中……活在对重返家园、重返正在复活的俄罗斯的信念当中。我的经历和你比起来——小儿科，儿戏……不过，其中也有让你感兴趣的东西，而面对值得倾诉的人，我也很想诉说一番。真是难过啊，一个人连续五年缄口不言。那么，就听我讲一讲吧。

你或许已经猜测过了吧，我这个故事的标题只有三个字母："她[①]"。但这一回还关系到我的愚蠢，还会说一说那种情况，就像偶尔会碰到的那样，因为一时犯浑，一个人瞬间便失去了莫大的幸福，以至于让他追悔终生……唉！你无法挽回了……

---

① 俄文中的"她"为она。

一九一四年，你大概记得吧，当时我刚刚通过了民用工程师学院的毕业考试，立刻就赶上了战争，我被征作工兵。在招募赴法救援部队时，我以工兵中尉的身份肩负起了自己的使命。在法国我什么都见识过了：既包括我们部队所遭遇到的热情，也有我们俄国人的英勇无畏，而随后呢，唉，却开始了群众集会，分崩离析了……

休战以后，我没费什么周折，便在马赛附近的一家混凝土工厂找到活儿干。起初做普通工人。然后当上了质检员，再后来——班组长和重点车间的主任。我们很多俄国人一起工作；都是各个阶层的落魄之徒。大家和睦相处……挤在简易宿舍，大家自力更生，镶好玻璃窗，砌起炉灶，给地板铺上席子。我住单独的小厢房，两个房间，一个小厨房，外加遮着帆布篷的大露台。大家吃公共食堂的羊角面包、蜗牛、驴骡肉、番茄酱通心粉。谁也不羡慕谁。是的，我告诉你吧：我们所有这拨俄国人已经商议好了，要集资创建自己的产业：马赛瓦工厂。筹划清楚了——将是一家经营有道的企业……可就在这时候，我发生了变故。但谁知道呢，没准儿什么时候我还会重返这项制瓦事业吧？

开始时我们有些寂寞。尤其到了节假日，时间漫漫，你不知道该如何消磨。周围是这样的景象：太阳炙烤下的一片不毛之地，旁边是些粮仓塔楼，而在远处，稀稀落落、半死不活的金合欢在微微摇曳，再远的地方是一带蔚蓝的大海——这就是全部风景。

这种压抑难挨的节日里只剩下一件乐事：去迷人的马赛城，坐支线，总共一个半小时车程……我们自愿组合：我——过去的工程师，然后是——过去的近卫军上校，过去的测量员，还有过去的皇家歌手、曾经的男中音。人不多，可就像波兰人说的，很是有模有样①。

我喜欢马赛。我喜欢它的一切：老码头，新码头，作为马赛人骄傲的加纳比耶大街——这条绿叶浓蔽的法国梧桐林荫道，俯瞰水面的救世圣母大教堂，窄如人的两臂宽、遍布四层楼房的老街，马赛的小餐馆，还有老百姓的泼辣、亲昵与和善。我永远不会离开这儿，死也会死在这里的。除此之外，你马上就会看到，我这种狗一

① 原著中这句为用俄语说的波兰文。

样的依恋还有另外一层原因，更深刻更病态的原因。

是这样的：十一月的一天，礼拜六——我甚至能说出日期——十一月八号，我的天使[①]，天使长米哈伊尔的命名日，我们按照英国人的最新习惯中午收工。经过精心的梳洗打扮，我们前往马赛。阴天，还刮着风。海水惨白透绿，泛着暗黄泡沫的波浪凶猛地冲击着港湾，溅上海滨大道的护墙。

照老规矩，早餐在老港吃了必不可少的地道的普罗旺斯鱼汤，喝了它，你会觉得自己的喉咙和肚子就跟达纳玛特炸药[②]爆炸过一样。在老城区陡峭的窄巷里闲逛散心，去展览会观看大象般体形庞大、性情温顺的佩尔什灰马，在黄昏分手时约好明天早晨在老地方聚齐，一起去看日场戏剧：海报上有蒂达·鲁福[③]出演《弄臣》[④]的预告。

每次来马赛我总是下榻同一家旅馆，它位于城市另一侧的新港。名字简单地称做“码头旅店”。这是一座阴森、狭仄、带回旋石头楼梯、高得令人生畏的建筑，无数双脚踏过的楼梯石阶，当中凹成了弧形。在这座楼的最顶层，有一个低矮但非常宽敞的房间。我喜欢它。屋子的窗口呈圆形，就像轮船舷窗。地板上铺着图案精美绝伦的真正的波斯地毯，但它已经破旧得开丝、露线、出了窟窿。墙壁上，色泽污浊、表皮剥落的金色木框内镶嵌着海洋生活题材的古旧版画。每逢周六，这个房间由我支配。

我早就跟旅馆主人们相熟了。对我们俄罗斯人，特别是像我这样的雅罗斯拉夫尔[⑤]人来说，这够长久了吧？

旅店老板是个态度和蔼、四平八稳、慢条斯理的人。他是个土生土长的马赛人，昔日的水手，满脸皱纹，有着明亮的眼神和宁静的性情。老板娘阿列戈里娅（西班牙语的意思是“欢乐”）跟自己沉稳的丈夫正好相反，她是个活泼好动的西班牙女人，已经过分发福了，但还未失去浓烈火热的南方女人的姿色。这让她成了真正的

---

① 主人公本人以天使长米哈伊尔命名。

② 即诺贝尔发明并取名为达纳的炸药。

③ 蒂达·鲁福（1877～1953），意大利男中音歌唱家。

④ 意大利伟大的音乐家威尔第的名剧。

⑤ 俄国地名，距莫斯科不远。

当家人。为所有七层客房和楼下餐厅服务的是个叫安利的家伙，外表看上去，像个地道的雇佣杀手，事实上却是全马赛最快活、最麻利、最殷勤的仆人。这个黑色卷发的美男子可真是棒极了！服务生，再来一杯石榴糖浆酒！

七点钟，我来到旅馆吃午餐，我占了角落里的一张小桌，给自己点了东西。坐在那儿等菜的工夫，我一面琢磨着碰见的各种琐事，一面漫不经心地打量众人。相对于这片不太美观的城区，这家餐厅算是非常难得了，宽敞明亮，不仅整洁，甚至称得上华丽。如果到了马赛，我和你什么时候去一趟。门口正对港湾，从那里会送来海浪的叹息声、拍打声，以及大海的味道。

桌子后面的食客可真是千奇百怪！

身穿肩部结成绚烂皱褶的大长袍的阿拉伯人；红色、黑色、樱桃色的无边帽，白色、绿色的缠头巾，玉米秸编制的包头，意大利式的尖顶帽，瘦小、半裸、猴子一样的海员，他们像鞋油一样，又黑又亮，卷曲的头发短得像毛毡；来自五湖四海的水手纷纷围坐，杯子猛烈地敲打着桌面，各式各样的语言混杂其中、此起彼伏，从什么地方——也懒得去看是从什么地方了——传来婉转动人的吉他声，甜美的男高音在唱着意大利小曲，歌中唱的是，三个鼓手从战场返回家乡，其中一个手捧一束玫瑰，坐在窗边的公主对他说："嗨，鼓手呀，把这些玫瑰给我吧……""你要是嫁给我的话，我就会送你玫瑰花。"可她回答道："嗨，鼓手呀，Senti Sor Prel![①]"

突然起了场争端。一群有色人种的水手，不知算巧克力色，还是橄榄绿色，全都像精挑细选出来似的，矮小、精瘦，但铁打的一般结实，他们喝多了酒，开始喧哗，吵闹，已经准备动用又弯又细的匕首了。他们所有人一起用喉音浓重的野蛮语言呼号，时而像哀鸟嘶鸣，时而像猪一样哼哼，同时还面目狰狞地瞪着黄色的眼珠，彼此龇着乌黑的牙齿。就在这个时候，阿列戈里娅罩上一件带流苏的艳丽的大披肩，从头上拔下一朵玫瑰，叼在嘴里，两手叉腰，姿态火辣辣地抖着屁股，脑袋骄傲地高高扬起，来到了闹事的那一桌。这一刻她看起来可真是有趣。她像完全换了个人，年轻了，突

① 那不勒斯方言，意为："去问问父亲吧！"

然变得漂亮了。燃着怒火的褐色的眸子，阿拉伯大走马一样张开的鼻孔，红唇间娇艳的玫瑰……她以简洁而威严的动作，伸出一只手，指向门口，满脸盛气凌人、令人惊诧的表情，从牙缝挤出一句：

“索尔泰！①”

嗬！那动作，那腔调，简直就像萨拉·伯恩哈特②！

剑拔弩张的水手们立刻收了手，嘴巴还顾不上合起来，就一个跟一个，迈着罗圈腿，踮着脚跟，小心翼翼地从餐厅鱼贯而出，沉甸甸的水手皮鞋咯吱咯吱作响。因为阿列戈里娅颐指气使的态势，这出轻松喜剧的收场充满了强烈的滑稽色彩。我哈哈大笑起来，那么情不自禁，那么肆无忌惮，只有童年时看小丑哑剧才那样笑过。

可就在此刻，我感觉我的椅背轻轻颤动一下。我抬眼一看，马上起身给一个女士让位。也就是在这一刻吧……不，不必担心，我没有掉泪……这一刻，我神魂颠倒地意识到，仁慈的命运，抑或善良的主，给我送来世上最大的幸福。这是用心，而非理智感觉到的。

她漂不漂亮？这个我不敢说。她美极了。我要是个小说家——他们全都见鬼去吧——我就会描画她一番：唇如红珊瑚，皓齿似珍珠，眼睛像黑钻石或天鹅绒，体态绰约，等等等等，诸如此类的吧。

她仍然在笑。她摘下手套，扔在我的桌上。她为女主人热情鼓掌，阿列戈里娅则向她郑重地点头致意。她美不美？我还得说——不知道。我只知道，很久很久以前，还是个小男孩的时候，我想的就只有她一个。我觉得，我认识她非常之久，有二十年了，她好像一直就是我的妻子或姐妹，如果我也曾喜欢过别的女人，那仅仅是因为——我在寻找她。

我们的眼神又在微笑中相逢了。我觉得，没什么东西能像微笑那样把人连接在一起。哪一次真挚的爱情不是从微笑开始的呢？

她在我身边坐下。她穿一件黑色丝绸长裙，饰着黑色的花边。她没洒香水，也没施粉黛。她的身体散发着青春与活力的芬芳。

---

① 原文为用俄语说的西班牙文，意为：“滚！”

② 萨拉·伯恩哈特（1844～1923），法国女演员，被视为第一位超级明星。

她问我：

“您给自己点的什么呀？我懒得从菜单上选了。”

我回答说：

“牡蛎，鳎目鱼，瑞典干酪和香蕉。”

“给我也每样儿点一份吧。酒由我来点。好不好？”

接着不等我回话，她便用宝石戒指敲了敲大理石台面，招呼来侍应生。

安利送来一瓶镇着冰的香槟酒，可我在认出“玛姆红带香槟”之后，多少有点儿担心：倘若这个女人如此铺张，那她今天得花掉我多少法郎呀？够不够呢？跟你说——这天我是个傻瓜，可更要命的是——在后来的所有日子，我仍旧是个傻瓜。我试着给我的朋友安利递了个严肃的眼神，但毫无用处：这已经不是我的安利，而是她的仆人和奴隶了。

但她几乎滴酒未沾。给她拿来一个小银勺。她轻轻摇了摇香槟酒，等泡沫散去之后，也只是稍稍抿了一小口。她吃得很开心，姿态也非常优雅。而我坐在那儿心想：这个女人，她究竟是什么人呢？演员？国际间谍？天价的高级娼妓？放荡的猎艳者？还是，也许……她在这家小餐馆拿提成？她不会是个阿根廷女人吧？

安利带来账单，但给的不是我，是她。我愤怒的眼神再一次失效。而她呢，随便瞧一眼账单，只是微微点了点头。当时我便来火了，是啊，哪个男人处在我这种情况下能不恼火呢？来了火，也就变得无礼了。

于是我粗鲁地问道：

“到上面我的住处喝咖啡吗？难道不该这样吗？安利，请给我们送一下咖啡和甜酒。”

噢，伟大的主啊！我多么渴望在此生中能再听一次她飞快地登上我七楼的台阶时那悦耳的鞋跟声！多想再一次看她精心地摆弄地道的自动咖啡机，听她温柔地请求我：“愿意的话，您抽一支烟吧！”不是我，是她，延长了我们的亲吻。也是她，首先推开了我的双手……

“等一下。”她说。

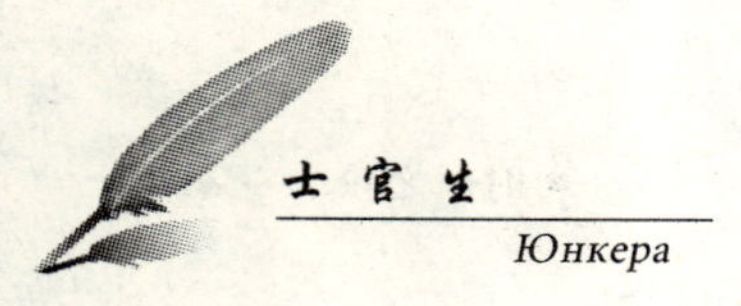

2

傻瓜念头

“请您坐下，”她说，“安静地听我讲。我希望您能理解我。”

她在长沙发上坐下来，挨我那么近，我们的肩膀不时依偎在一起，这个时候我便会感觉到她身体的温度和弹性。起初我暗自揣摩：“在偶然亲昵的相识以后，这些解释有什么必要呢？要知道她不是小姑娘，要知道她三十岁，三十五岁了——无疑也不是姑娘了。她当然清楚，女人来到单身男人的房间绝不是为了欣赏珍贵的日本版画，或是呷着甜酒、沉浸在体育和政府最新内阁话题的朋友间的聊天。更何况又是在夜晚。”

我是否从一开始就违反了老练的爱情攻略，犯了愚蠢至极的错误？要知道，很久很久以前就有人讲过，最甜蜜的亲吻不是那些哀求来或被允许的，而是在强迫之下惊厥失措的亲吻；又说，每个女人，即使是地道的淑女，在羞涩被炽热的激情压倒时也根本无法抵抗；最后还说，爱情战争的第一幕便可以宣告：错过的时机很久以后才会重来，甚至是永远都不会复返，如此等等。这一刹那，我甚至还想起了瓦雷维尔伯爵夫人略显轻浮的生活趣闻，那是她已近暮年时亲口讲述的。

在塞纳森林，一群强盗袭击了她的四轮马车。匪徒首领恰好是位异常英俊、彬彬有礼的年轻人，他并不满足于劫去伯爵夫人毫不反抗地奉上的所有钱财和珠宝，还贪恋上了她的如花美貌，于是，他不顾她的哀求和喊叫，野蛮地从她身上夺走了女人生命中最珍爱的财富。“请你们想象一下吧，女士们，先生们，”瓦雷维尔夫人讲道，“你们也许不相信我的故事，但有那么一刻，当我泪流满面的时候，却不由自主地大声喊叫：‘Oh, mon voleur, oh, mon charmant voleur![①]’”

① 法语，意为：“噢，我的坏蛋，我迷人的坏蛋！”

的确，我亲爱的，这种趣闻和廉价的格言在我们男人中间非常走俏，是否恰恰因为它们，我们才会像落汤鸡和抑郁的驴子一样退出爱情的交锋？最好还是相信智慧的所罗门王吧，他从自己广博无边的爱的经验中得出一个结论：没人能参透男人进入女人心灵的道路。必须跟你坦白：在我这位奇怪的陌生访客讲过几句话之后，我便羞愧地觉得，自己是个无比渺小、无比庸俗、无比下流的家伙。

“我不隐瞒，”她柔声说道，“我早就见过您，甚至还不止一次。最早是在你们的混凝土工厂。我去那里接厂长，但没下汽车。

“您跟厂长交谈的样子让我倾倒，让我非常欢喜：两手抄在工装口袋里，姿态潇洒自信，冷静、优雅，毫不殷勤作态。那种作为下属的独立的个性可以在英国人，或许还有美国人身上见到。而在法国人那里——则较为罕见。我最初以为您是英国人，但随后却断定：不，不像。

“在我和厂长前往马赛的路上，闲谈中间，他说他的工厂里有很多俄国人，他对他们十分满意。他们工作起来不仅手巧，还会动脑。他说，他们非但不要求提高工资，甚至还很知足。当时我恍然明白为什么会把您错当成英国人了。您身上非常富于这种俄罗斯的……怎么讲好呢，这种 quelque chose de ‘Michica’①。”

我感到诧异：

“富于什么东西？”

“De ‘Michica’，熊的某种东西。请您原谅，我没有任何侮辱您的意思。确切地说，这该算恭维话吧。各种动物我都很喜欢，只要有可能，我就去动物园，去野兽苑囿，去马戏团，去观赏大型动物和它们优美的活动。但我对熊却充满崇敬！人们毫无缘由地诋毁它们，说它们笨拙。不，它们尽管力大无穷，却非同一般地灵巧和敏捷，而在它们的姿态里还有种神秘而又深沉的优雅。有一回，不记得是在哪里了，我见过一头关在笼子里的巨大的棕熊。它颈上裹了一圈白毛，俨然一条项链，而笼子上写着：‘米申卡。西伯利亚熊’。守卫告诉我，这头熊是在部队遣散后回到家乡、回到西伯利

① 法语，意为：“米申卡”身上的东西。

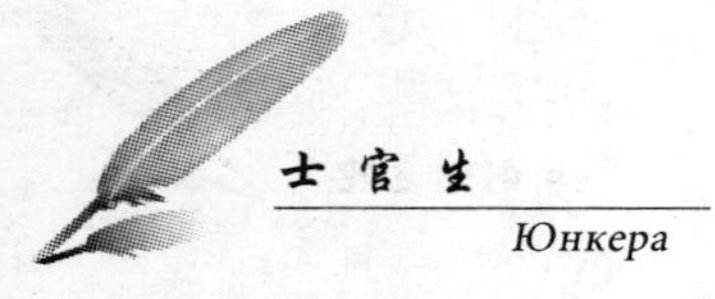

亚拉普兰[1]的俄国士兵们送给法国军团的礼物。从那时候起，我就不再用别的名字称呼俄罗斯人，只叫他们‘米申卡’。”

我忍不住笑起来。她疑惑不解地打量我片刻。

“很奇怪的巧合，”我说，“米什卡——这是我的名字，受洗时赐给我的。”

于是我给她解释，米哈伊尔这个名字在我们那里可以变成米沙和米什卡，也不知道因为什么，我们的老百姓到处都把熊称为米什卡。

“多怪呀！”她说完，凝神望着吊灯灯罩，沉默了几分钟。然后，仿佛费了很大力气似的，她把眼神从灯火上移开，问道：

“您信命吗？”

我坦白说，是的。

“多怪呀！”她若有所思地重复道，“多怪呀……难道是命中注定的吗？”她温柔娇小的手掌紧紧地压在我的双唇上。而在她接下来的倾诉中——往往是这样：或者温情脉脉地摩挲我的面颊，或者分开我头上的短发，把发缕在自己指间缠缠放放，或者把手抚在我的膝头。我们独自相对，我的双唇还记得她不久前急切的亲吻，但肯陶洛斯[2]的进取欲望已然离我而去了。

她继续说道：

“我喜欢俄国人。他们中间游荡着一个年轻的种群，若干年之后，这个种群也不会融入无聊而普遍的模式。我赞赏他们的勇敢、坚定和纯净，他们带着这种纯净，承受着自己的不幸。我爱他们歌唱、舞蹈和说话的样子。他们的绘画令人惊叹。我不大懂俄国文学……试着读过，能感觉到有一种巨大的内在力量，但我无法理解……也不可能理解。觉得沉闷……

“第二次见您，是在 Notre Dame de la Guarda[3]，当时您正在给圣母敬献蜡烛。再下一次我见到您时，您和朋友——你们三个人——正从斜眼老人奥涅吉姆那里租了小船，驶往伊夫城堡岛。一

---

① 西伯利亚的一个地区。

② 希腊神话中的半人半马怪，相传他们居住在古希腊北部的色萨利，大多是酒鬼且行为放纵不羁。

③ 法语，意为“圣母保佑教堂”。

点儿也不恭维您，您划得特别棒。最后一次么——就是今天。我承认，我是有些放肆，而这也多少委屈了您。不是吗？不过，我要让您相信我并非总是这样的。您想不到吧，有时候我非常矜持，而矜持的人最擅长做傻事。我早想跟您相识了。我觉得，我会把您作为一个好朋友的。”

“朋友！”我哀声叹息道。

“也许会更进一步。我根本无法预见。您明天中午还会再来这家餐厅吗？先告诉您，我也许会讲很多很多，也许什么都不会说。无论如何，明天十二点钟。好不好？”

“谢谢您。我在这里过夜。也许要送送您吧？”

“嗯，就到街上好了。汽车在下面等我。”

我给她打着灯，走下回旋楼梯。在最后一级台阶，我忍不住吻了吻她的后颈。她猛地抽搐一下，但没有作声。神奇的是：她的皮肤散发着木樨的清香，就像，就像浪涛拍击后的大海和不到十岁的小姑娘脖颈的气息。男孩子呢——他们散发出的是麻雀的味道。

“Monsieur Michica et madame Reseda①”，黑暗中，我用法语默念着，微微一笑。

押　运　员②

请你想象一下，一个笼罩在淡绿色昏暗灯光中的混凝土房间。除了一张白碴儿木桌，屋子里空空荡荡。桌子上堆放着三四十张荷兰陶片，就是那种饰有简单的蓝色图案、我们俄国人非常喜欢装饰在“荷兰式炉灶”上的瓷砖。我像受了什么人的命令似的，分门别类地把不同花色、年代、国家的一些老邮票，规规整整、条理清晰

---

① 法语，意为“米申卡先生和雷塞塔女士”。雷塞塔在法语中是“木樨”的意思。

② 轮船上掌管收发货物、看管货舱的人，一般由二副担任。

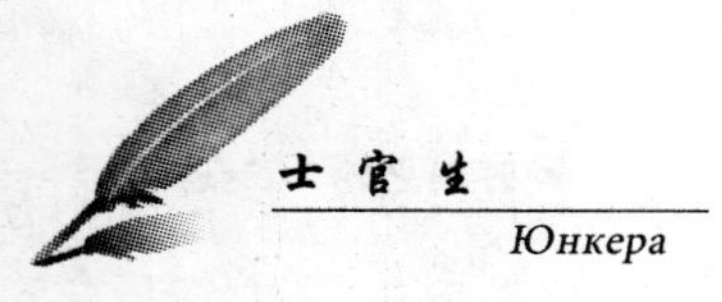

地排列在每一张瓷片上面。可摆放在我床边的那个衣篮里堆满了邮票。鬼知道我什么时候能结束这白痴的活计？我两眼疲乏，昏花不清；手臂发沉、迟钝，不愿听从我的使唤；邮票粘连在我的手指上，因为我的呼吸而四下乱飞。

但这还不是最关键的。最关键的是，等结束了这种劳作，还有一位让我无法释怀的陌生的神秘女人在焦急地等待我。她无影无形，但我却分辨得清。她——就像招魂会上摇摇荡荡的朦胧的幻影或苍白恍惚的图像；就像画中描绘的幽灵；而同时我又分明知道她是肉身的人：鲜活、温热，我越是摆弄邮票，越是看见她栩栩如生的姿容。但愿快点儿，快点儿……

我在焦灼不安中醒来。夜。黑暗。汽艇和小渡轮在码头远远地吟鸣，细微、悠长、凄清。我怎么也分不清哪里是左，哪里是右，我摸索好久，直到触着了冰冷的墙壁。我呼吸紧促，心脏憋闷。找到开关，摁动它。灯光马上洒满整个房间。看看表：真早，差十分两点。

再次入睡。再次是光秃秃的淡绿色的水泥墙壁，再次是饰有蓝色图案的白瓷砖，再次是变幻无常的该死的邮票……再次是朦朦胧胧、若隐若现的女人身影，再次内心疲惫地醒来。抽烟，喝水，看表，换到另一侧躺下来，又一次入睡，并做着同样的梦，一次，又一次，反反复复……备受折磨。我早就知道，在剧烈的心灵震动过后或前夕便会做这种讨厌的光怪陆离的梦。

我最后一次惊醒，是因为我的床铺在细微的震颤中猛然抖动起来。一艘远洋巨轮在码头嘶号。它吼叫得低沉、浑厚、凶猛，仿佛就在我的房间下面，而就在这天启般吼叫的黑色基调上，决不服输的雄鸡把自己的晨曲编入金黄色的回旋的线条。从窗口笔直的细缝淌进来一道道平行的淡蓝色的晨光。

夜里的梦境还在昏暗的房间内捉摸不定地飘浮：水泥房子，瓷砖，邮票，荒诞的劳作，苦楚不堪的心脏……要知道，梦久久都不会离弃我们；它们的味道，它们的气息，有时候整天都能嗅到。不过它们却在消散，消散，当我“砰”地敞开护窗板时，就连它们的回音都无影无踪了。

七点钟。本来可以叫醒安利，可我宁愿走下楼去。餐厅还紧锁着，但旅店大厅的门闩是内置的。我来到街上，向左走，在一家运煤工聚集的小饭馆喝了咖啡和朗姆酒。然后返回住处，衣服没脱便沉沉地睡着了——也没做梦。

大约十点钟的时候，大概也是惯例吧，安利带来咖啡、牛奶和羊角面包。互道日安。我奉承安利，我称他“我的老头”、“我的好友”。（要知道我们是老相识。）

我问他：

“请您告诉我，安利，昨天晚上的这位女士是什么人呀？”

他做了个鬼脸——乜斜着眼睛，嘴巴微微张开。

“女士，夫人？哪个女士？”

这个坏蛋完全是一副无辜的样子。

我生气了：

“见您的鬼去吧，我最亲爱的安利！就是那个女人，昨晚坐我身边的，在楼下。”

“哦，我不记得了，先生。随您怎么想，我不记得了。”

“喂，就是要‘玛姆’香槟的那位。”

“您原谅我吧，您得相信，我不记得了。”

“噢，见鬼！就是那个最后付清全部账单，尽管我给您做暗示、您却让我难堪至极的女人。别装傻了，我的老安利，求您了。”

但安利冷静、神秘、无动于衷。

“您想要我做什么呀，亲爱的先生？我们餐厅每天都来数百位男人和女士。很难全部记住……日安，先生。”

“不，不，稍等一下。就是那位女士，您往这里，往这个房间给她送过甜酒的。”

“哦，先生，您今天睡醒以后神志有些糊涂……对不起，我得离开您这里了。我还要为二十个房间服务呢。日安，先生。”

然后他离开了。这个混蛋。

谁没体味过时间的怪异无常呢：你越是急不可耐、每一刻都很宝贵的时候，几小时就像几分钟一样飞逝。可要是你在等待或思念的话——几分钟都漫长得如同几个小时。我不知道该怎么打发这两个钟头。我去刮了脸，买了鲜花——石竹和紫罗兰，买了糖裹栗子，可仍有很多闲暇，还能去海滨大街逛一逛。经过昨天的雨水和

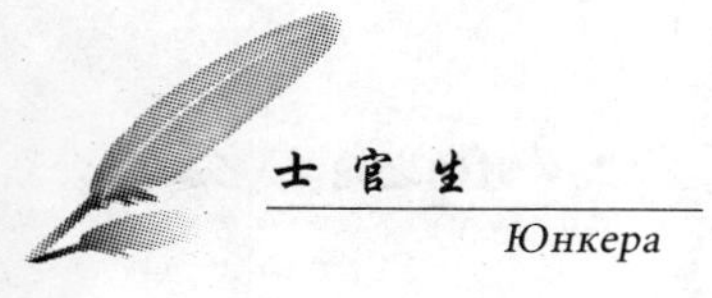

暴风，一个响晴的艳阳天，安宁，和煦，整个马赛都像水洗过一样，焕然一新。我张大鼻孔，惬意地呼吸着偌大海港的气息。周围弥漫着海碘、水藻、西瓜、潮湿的新木板、树脂和淡淡的木樨的味道。一种对极度欢愉的预感在我的胸膛内猛然涌起，又旋即消失了。

十二点整，我下楼来到餐厅。我那位熟悉的陌生人已经坐在那里了，就在昨天坐过的位子。她身穿暗红色的大衣，戴一顶同样颜色的帽子，围一条兽皮大披肩，比黑貂皮略红，但泛着类似的光泽。噢，我的上帝，今天她可真美，我无法描述也描述不出。

她不是独自一人。她对面坐着个年轻的海员。从金色的锚形饰物，从衣袖上的金色镶条还有其他的金色标识，很容易猜出他的职业……我不知道别人会怎么样，但我跟人交往时，除了对方千奇百怪的姓名以及什么绰号，第一眼就能牢牢记住自己瞬间捕捉到的形象。这个形象在记忆里比什么都牢固。我在心底把这个年轻的海员称为“押运员”。坦率地说，我不清楚这是什么海员头衔，只知道比船长低得多，但又比水手略高。大概近乎于水手长吧……他就是以这个封号存进了我的记忆。

我还发现他很英俊。不过这还只是乍看上去的印象。几分钟之后我便确信他不仅仅是很英俊，简直算得上罕见、惊人、非凡的英俊。但我不会说——美。美——是内在的。偶尔也会碰到不算帅气的人，一点儿不好看，身材也不出众，鼻子旁边布满雀斑。可当他蓦然抬起睫毛、瞬间放射出金子般柔美的目光时，你立刻便会觉得，面对这种魅力，即使公认的美男子也会黯然失色。在中国海域的一场台风中，我就见过这样一位海军船长。平日里他很不起眼儿，那种俄国常见的圆鼓脸儿，土豆似的鼻子。可当飓风来临的时候，四周笼罩起嘶号、轰鸣、喊叫、呻吟，弥漫着惊恐和死亡逼近的气息……当数百人的生命和意愿都掌握在他手中的时候——他脸上就充满那种绝美的东西，那种灵光乍现的东西。

不过还是把闲话暂且放在一边吧。简单来说，这个押运员的俊美完全是意大利式的，确切地讲，是罗马人的俊美。罗马人的圆颅，希腊雕像般的轮廓，完美的嘴形。他波浪状的青铜色的头发，发梢晒得褪了色，微微泛黄。面庞那么黧黑，犹如穆拉托[1]人的咖啡色。他还有一双晶亮湛蓝的眼睛。喂，你知道吗，我一向不喜欢深色调的面孔上——嵌着双明蓝色的眼睛；这种搭配给人某种残酷的意味和内在的空洞之感。噢，就是这样，不管你怎么看，我不信任，不信任那种面容……

在我弯下身，以非常荒唐的俄国人的习俗亲吻女士手背的时候，不用瞧便能感觉到海员落在我后背上的敌视的目光。

她说：

“认识一下吧，先生们。”

我站立在那儿，已经准备把手递上去了，但又立刻收了回来。押运员没有起身，几乎是侧对着我抽出手臂，这当然可以理解成粗鲁或是放肆了。我点了点头，坐下来。

“您好像是外国人，如果我没搞错的话。”他说完，微微眯起蓝眼睛。

我冷冷地回答：

“我觉得在马赛我们都是外国人吧？”

“我可不可以问一下先生是哪国的呀？”

他的腔调粗鲁无礼。冷酷的眼神和蹩脚的法语发音愈发强化了我对他的反感。我怒火中烧，那一刻我觉得自己异常难堪。哎哟，我可受不了这种三重奏，俩男人围着个漂亮女人，相互龇牙咧嘴、剑拔弩张，就像争风吃醋的公狗，请您原谅，打了这个粗俗的比方。

但我还未丧失自尊。

我尽可能平心静气地回答：

“我是俄国人。”

他矫揉造作地笑起来：

“啊——啊。俄国人……”

“我来自一个伟大的国家，那里的人们懂得什么是基本的礼貌。”

他故意粗鄙傲慢地说道：

---

① 黑人与欧罗巴人的混血后裔。

“如果您有足够勇气的话，大概还要给我上一上这种礼仪课吧？你们俄国人是闻名遐迩的勇士。战争期间抛弃自己盟友的时候，你们已经出色地证明了这一点。”

在这里我得顺便交代一下我的一种个性，确切地说，是天性上的弱点。在父系血统方面，我是个和善安静的俄罗斯后裔，就像一头雅罗斯拉夫小鹿；可从母亲那方来讲我却是个鞑靼人，血管里流淌着帖木儿[①]——跛子铁木兰的血脉，而这种贵族血统的首要特征便是——狂放、急躁的暴烈性格，在我青春年少、收束自己之前，曾经为此吃了不计其数的苦头。于是乎，在瞪视着意大利人的同时，我已经感觉自己的大脑中正在升起一团玫瑰色的薄纱——既亢奋又可怖。

我腾地站起来，他也几乎跟我同时起身，我们就像听到口令的两个士兵。

我已蓄势待发，唇边已经颤动着那种能让男人拔枪相向、在地板上扭作一团、翻来滚去的恶毒而蛮横的言语。我想让他回忆一下在所有战争的撤退中闻名于世的意大利飞毛腿，随时待命的孟尼利克二世[②]手下那些衣不蔽体、手持标枪的野蛮人，以及英勇无畏、装备精良的意大利阻击兵的仓皇逃窜。

我看见他的一只手飞快地伸到怀里，而这个动作却没有任何意义。玫瑰色的薄纱越发浓重，变得赤红。

“Siede[③]。”突然听见威严凛然的女人的声音。这是我那位陌生女人的喝令，押运员立刻坐在了椅子上。这种极端的服从似乎有些滑稽的味道。要知道所有意大利人身上都活跃着假面喜剧的遗传因子。不过，我能够开怀大笑却是在半小时以后了。

我冷静下来，抹了一下额头。

我强作出无所谓的口气，说道：

“我觉得，我们完全没必要当着女士的面进行政治和民族问题的辩论。这可是非常乏味的话题……”

---

① 帖木儿（1336～1405），蒙古征服者，又称“跛子铁木兰”。

② 孟尼利克二世（1844～1913），埃塞俄比亚皇帝。1894 年，意大利发动对埃侵略，孟尼利克二世率领民众大败意大利人。

③ 法语，意为“坐下”。

随后，我又对押运员补充一句：

“不过，您要是愿意继续我们之间有趣的谈话，我乐于奉陪。我就住在这里的旅店，十七号房。永远高兴见到您。”

押运员想说些什么，但她一个细微的手势便让他安静下来。

我给女士深鞠一躬。她平静地说道：

“请您不要离开自己的房间。十分钟后我去找您。”

走在楼梯上，我突然记起意大利人那个迅速而阴险的动作，明白了他是在掏刀子。我感觉有点儿后怕。

“要知道，那个恶棍是有可能捅破我的肚皮的。”

米　什　卡

坦率地说，我在低矮而宽大的舱房一样的单间里徘徊时，内心并不轻松。与意大利水手突如其来的争吵所引发的冲动，还没有在我身上平息。

她为什么要让我们见面呢？她和这位黝黑的蓝眼睛的安提努斯[①]有什么关联？怎么解释他放肆无礼的吹毛求疵呢？难道是嫉妒吗？我现在该如何把握跟这个美人的关系？她昨天承诺要告诉我很多或缄口不言……她要说些什么呢？

我陷入了混乱的谜团。但是——说实话——我并未对这位古怪的陌生女人产生一丝疑虑和一点儿敌意。我记忆中浮现出她娇美的面容，她迷人的声音，她的双手，我觉得自己仍对她坚信不疑。非常响亮地敲了三下门。我应了一声“entrez[②]”，迎面站起身。

进来的是押运员。此刻在他站立着的时候，我见识了他身材的匀称、健美，并且暗自揣测：莫非又要争吵吗？粉红色的好斗的薄

① 公元2世纪的古罗马皇帝哈德良热恋的美少年。

② 法语，意为“请进”。

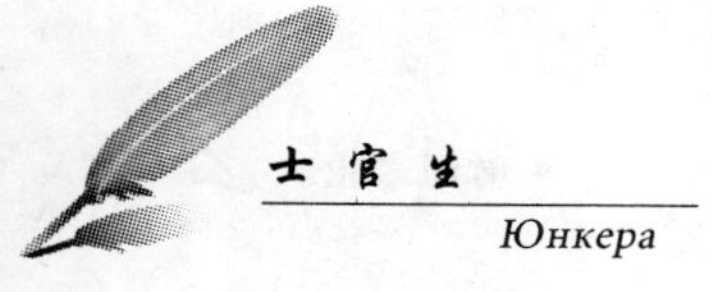

雾已经从我的脑子里消散了。再次迷狂于仇恨让我觉得无聊和可恶。

他坦诚地伸着一只手臂朝我走过来，目光明亮而率真。

“请您原谅我，”他开门见山地说道，“是我不对，挑起这场愚蠢的谈话，而且还不冷静。”

我们相互握手。他用平静而又隐隐颤抖的声音继续说道：

“所有麻烦都因为我看见您亲吻她的手。我忘了，在你们北方这是——最基本的礼节。而在我们南方，只有对非常亲密的女人才会亲她的手：母亲，妻子，姐妹。我不知道该如何理解您的动作：是亲昵、放肆，还是……还是……其他什么东西。但我对您表示歉意。请您给我点儿水喝吧。”

我夜间用的小桌子上没有水杯。他拿起长颈玻璃瓶，对着嘴喝起来，喝得那么贪婪，我听得见他一声声的吞咽，看得见他的手在微微颤抖。

喝足了，他用手掌擦了一下嘴，非常郑重地说道：

“愿马赛至圣的慈爱圣母和所有圣人保佑夫人。”

我忍不住问了一句：

“您这么说，似乎这位‘夫人’跟您很亲近。”

他用食指在鼻子前晃了晃，表示否认。

“不，不，不，不。能跟太阳亲近吗？但谁又能禁止我崇拜夫人呢？即使一根细针要扎到她的小手指，我也会不惜我全部的鲜血去制止……再见吧，先生。我相信您会转告她，说我们是像朋友一样分手的。”

我们再次握了握手。他长满老茧的手掌攥住我的五指，把它们捏在一起，握得我疼痛。

我又仔细地端详过他，而让我震惊的是，他的眼睛发生了奇妙的变化。里面已经没有了先前那种令人不快的冷酷：它们微微泛蓝、温情脉脉；它们闪动着那种欲落未落的泪花。我不喜欢见到哭泣的男人，可当一个强悍而骄傲的人，当他发红的眼中噙着这种温暖的、他自己竭力强忍住的泪水时，他的面容会在刹那间变得无比动人。

“好啦！”水手一面松开我的手，一面说道，“愿上帝保佑夫人吧：这世界上她无与伦比。不管是她还是您，我永远也不会再见

到了。”

“您为什么这样说呢？世界并不太大，也许会重逢呢。”

“不会的，”他恭敬地叹息道，“我相信：这一年结束之前——我会沉入大海。一个加迪斯的吉卜赛女人为我预测过两件几乎同时发生的事情。有一件今天已经发生了。再见吧，先生。”

他道过别，头也不回地离开了。我听见他飞快地跑下石头楼梯，只有年轻的水手才能以那种速度在舷梯上奔跑。

我在等她。我听得见自己的心跳。面对让我们寄予很多期待的约会，谁能够不激动呢？但现在却完全是另一回事。我感觉我的命运之神就静悄悄地守在门外，她马上就要进来找我。我体验着那种奇特的无力感，那种慵懒的奴隶般的疲沓感，它们就像遥远的神祇，正在为我们预告人生巨变的逼近。我在想象，什么是加冕礼前的君主和等待刽子手的死刑犯所承受的、那种短暂的精神折磨。

迅捷、轻盈、清晰的，她鞋跟笃笃的敲击声远远地、远远地从楼下传到我的耳畔。我赶忙下楼，与她相逢在楼梯间的平台上。她双臂环抱起我的脖颈。她嘴唇贴着我的嘴唇，热烈地呢喃着：

“米什卡，我亲爱的米什卡，我爱你，米什卡。我们自由了，噢，我的米什卡，噢，我亲爱的米什卡！”

就这样，我们在每层平台上都要停下来。而当我们进了我的房间之后，她用手掌温柔地抱住我的两鬓，把我的脸拉向她自己，深情地凝视着我的眼睛，非常郑重地说道：

“我是你的，米什卡……无论幸福还是不幸，健康还是生病，成功还是失败。只要你愿意，我一直是你的，噢，我的爱人啊，米什卡！”

然后，她猛地甩了一下头，说道：

“我交代过了，让人把早餐给你送上来。就我们俩，不是吗，米什卡？”

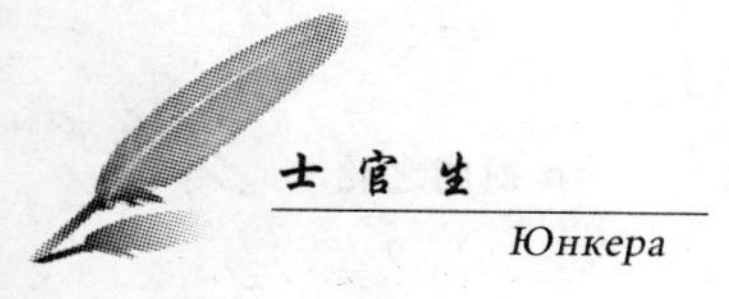

玛丽亚

这个礼拜天我把自己工厂的朋友们全然抛到了脑后，按照约定，他们要在旧码头，在以火辣鱼汤闻名于世的老巴索餐厅对面等我的。我还忘记了自己的工厂：我在电话里请了假，不管周一还是周二，我都没有回去。这几个日子不可磨灭地永远铭刻在了我的记忆里。我记得每句言语，每丝笑容；如今，这是我的秘密宝匣……

我不知道，或许是不太合时宜吧，我提起了押运员，但我却觉得这是一种不可避免的义务。我跟她讲到我们友好的和解，讲到他俊朗的男子汉气概、他对她的景仰，还讲到他怎样为她祈祷。当我追述他对死亡临近的预感时，我似乎觉得她的脸色变得一阵苍白。她沉默了片刻，说道：

“你应该知晓所有的事情。我爱过他将近一年。他也爱我。我们不得不长久地分离。他必须去作环球航行。我们没有发誓要彼此永远忠贞。这种誓言——是种可笑而可耻的侮辱。我只告诉他，我会等他回来，在此之前我不会爱上任何人。最初我真的有些思念。但我说不清为什么——是时间渐渐熄灭了我的感情，还是我对他的爱情原本就不太深厚——他的样子在我的印象中变得有些模糊了，消散了，退去了。最终，我忘记了他的面容。我努力在回忆中再现我们的幸福时刻……但我做不到。我明白我不再爱他了。他了解我。他知道没有任何力量能在他缺席的时候让我背叛他。

“我必须向你坦白——尽管这让我有点儿羞愧——我第一次见到你时，立刻便感觉你将会是我的快乐，我也将成为你的快乐。不，不，我不认为自己是个胜利者，是个窃贼，是个诱惑男人的女人，但我分明感觉到我们的心很快就会紧紧相依，一起跳动。噢！这种黑暗中的火星一样的飘忽而过的第一预感呀！它们比相识多年更加可靠！

“我难以自持，所以昨晚干了几件小傻事。

“你原谅了我，可我毕竟没有背叛你。在爱情中，甚至是过去的爱情，也容不得谎言。

“我告诉他我爱你。他立刻便顺从了命运。并不是我让他上楼来找你的，他意识到了自己的过错。你亲吻我手的时候，他把你当成那种常见的恬不知耻的猎艳者了——这让吉奥瓦尼觉得是对他的挑衅和对我的不敬……”

一层淡淡的、几乎难以察觉的忧伤浮上她的面庞，随后又消失了。她说：

“不要再说他了！不是吗？他不在我们之间。”

我表示赞同。是的。但这一刻，当沉入漆黑夜色中的马赛无声地睡去的时候，我却觉得苦闷和沉重。我不由得回忆起在自己房间，在告别时，我所见到的我之前的那个人，也不由自主地想到了自己。我所看见的自己，身材笨重，步履迟缓蹒跚，灰色的眼睛远远地分向两边，草黄色的卷发，公牛一样的脑门儿……他比我年轻多少岁呀！……

而清晨，沐浴着斜斜射进来的金黄色的晨光，在经历了一个不眠的夜晚之后，她却忽然变得愈发娇美、愈发红润和清爽了，简直就像她今天清晨刚刚滑冰回来，浑身散发着雪和健康的气息。

她坐在镜子前，一面梳理自己青铜色的发丝，不是和我，而是跟镜子里的我说着话，一面快乐地微笑，时而对自己，时而对我。

“在爱情中承诺和发誓……难道这不是在上帝面前作孽，难道这不是对爱情的亵渎吗？比这更糟的大概就是嫉妒了。难怪瑞典人把它称为黑色疾病。你嫉妒，就意味着你不信任我，就意味着你不顾我的意志违背我的愿望，在强行爱我。不，最好立刻结束。怨恨——可不是爱情的好帮手。

“或者比方说吧：过了一段时间，我的温存让你觉得无聊了，厌倦了。取代爱的狂欢的是让人疲惫和昏沉的单调的日子。请你坦白告诉我，像朋友一样简单：再见吧。我们最后一次亲吻，然后分开。多恐怖呀，如果一个人不爱了，可另一个还像个死乞白赖的乞丐似的哀求爱情！

“哦，米什卡，这就是我想说的一切。就让这些话作为我们的婚约，如果你愿意的话，或者是作为我们的宪法，或者是作为爱情手册的第一章。”

她走到我面前，抱住我，双唇贴上我的双唇，喃喃地低语起来，她的絮语就像飞来的亲吻。

“正在这个合约上签下我的名字：玛丽亚。瞧，这手臂，这眼睛，这嘴唇，还有我内心和灵魂中的一切，在我们相爱的时候，全都属于你，米什卡。”

我也同样轻声回答他：

“我，属于你的忠诚的米什卡，也在这个合约上签名。”

“科里亚”

知道吗，我的伙计？这个自以为是的卡拉恰耶夫[①]小绵羊的糊涂劲儿可真是让我烦透了。我们换个地方吧？离这儿不远，拐角后面，我熟悉一家不错的小酒馆，那里有上等的咖啡和正宗英国口味的牙买加甜酒。Garson，addition![②] 没必要道谢，图卢兹的那喀索斯。Voire![③]

我跟这个女人交往了一年零四个月。请注意，我说的是交往，因为我不能说——亲近：她从没让我进入过她的内心，几乎也从来没袒露过。我也不能说我和她生活过。她一想到两个自由的人——男人和女人——可能共度很多年，每一天，从早到晚，又从晚到早，共享饮食、浴室、卧房、想法、睡梦、品味、休闲、爱好、金钱、悲伤、报纸、书籍和信件，等等等等，一直到睡鞋、牙刷和手

① 位于北高加索、以畜牧业为主的地区。

② 法语，意为：“服务生，结账！”

③ 法语，意为：“算了吧！”

帕，便会觉得无比厌恶。噢！……这种亲密的生活绵绵不尽，直到两人最终失去了所有魅力和个性，直到被日常习惯消磨尽全部激情的爱变成了一种习惯性的需求或是略带快慰的满足，而这种满足感还要以戏剧化的谎言或一场有趣的电影来替代。

我转述的不是她的原话，仅仅是她所表达的意思。她的言语总是温柔娴雅。

有一天，我问她：

“怎么样，要是……有个小孩儿的话？”

她深深地，深深地叹了口气。然后她沉默了片刻，哀伤地说道：

“我还真的不知道。我从来不敢违抗自然法则。但上帝大概不会赐予我那种幸福。我无法想象，如果我做了母亲会有什么样的想法、感受和行为。不过请你谅解，谈论这件事让我有点儿为难……”

是的，应该说我一开始给她提了太多无聊的大约也会让人尴尬的问题。必须承认：我们俄国的知识分子永远滥用自由，对偶遇的旅客也像对老朋友似的，提一些空洞而愚蠢的问题：“您从哪儿来？去哪儿？您眼睛怎么啦？好像是针眼吧？”

“哦，没错，针眼，你可真是见鬼，让我恼火的倒不是针眼，而是因为到你为止已经有三十个同样的白痴问过我同一个问题：‘您多大了？您的妻子呢？老天呀，您怎么这么瘦呀？为什么您儿子既不像您也不像您的妻子呀？’”

没完没了：在哪里？去哪儿？干什么？为什么？多大呀？

在这类放肆无礼的问题上，俄国的庄稼汉、士兵和工人的表现都要好得多。

用了几个星期我彻底相信了，无论愚蠢的问题，还是讨人嫌的内心表白，全都一样可恶。所以你瞧呀，我亲爱的，必须永远牢记一条明智的法则：不要为亲近的人去做你自己都讨厌的事情。

玛丽亚从不表露不满或不耐烦。有时候她似乎没听清我的问题，可我再问一遍时，她会亲昵地表示歉意，她偶尔会说：“真的，我的米什卡，这不会让你感兴趣的。”但最常见的是她巧妙委婉地转移开话题。

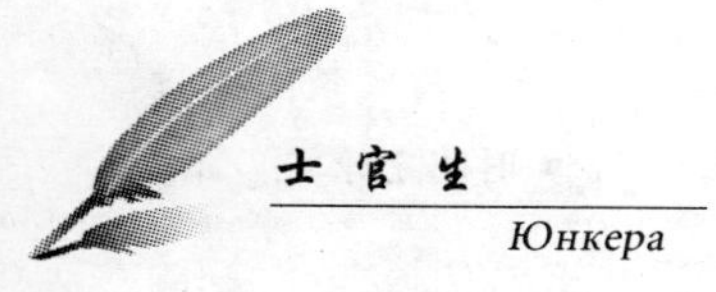

一天夜里，我躺在自己的工厂宿舍里不能成眠，因为很偶然的联想就回忆起了我的一个老朋友，科里亚·康斯坦基亚。他是那种生活在巴拉科拉瓦[①]的希腊人，“斯韦特兰娜”渔艇的老板和阿塔曼[②]，一个大酒鬼和最伟大的渔夫，我们出海时，他充当我善良的导师和严苛的指挥官。有天早晨，他正在岸边打理自己的渔艇，显然是准备出一趟远门。我问他：

“科里亚，你要去哪里呀?”

他郑重地回答我：

“吉利伊纳美加洛（意思是‘米哈伊洛先生’，或——换句话说——‘大先生’），永远不要问水手他去哪儿。命运和老天想让他去哪儿他就去哪儿。也许去敖德萨，也许去坚德拉沙嘴[③]，要是刮起特拉蒙塔那风[④]的话，那还有可能被带到特拉布宗[⑤]或安纳托利亚[⑥]呢，可还有可能呀，别看我这样好好地穿着捕鱼人的皮靴子，还不得不去海底喂鱼呢。”

这是很好的教诲。但什么叫习惯的强大力量呀！过了几天我又看见科里亚，他摊开了鲭鱼网，正像挂在网上的蜘蛛一样趴在那里缝补坏了的网眼。我问他：

“你要去哪里撒网呀?”

就这样，他马上又给我讲起了渔民的信仰。

“我已经教过你了，特拉达拉，永远不要问，特拉达达，水手，特拉拉达达……”渔民的脏话喷涌而出、源源不断，其中牵扯到了所有活物、死物，甚至是抽象的物体和概念，只是不包括跟主的仆人尼古拉有关的组合[⑦]。

就在此刻，在这充满遥远而荒唐的回忆的夜光中，我忽然觉得在我粗暴地折磨别人灵魂的时候，自己有多么的不公、无趣和无

① 乌克兰城市。
② 原指哥萨克的首领，又有“领袖、头目”等意。
③ 乌克兰地名。
④ 地中海沿岸的一种干冷北风。
⑤ 土耳其城市。
⑥ 土耳其城市。
⑦ 意思是“脏话里不提沙皇尼古拉”。

赖。比如说我就曾经问过：所有你爱过的人里面，你爱谁爱得更强烈呢？或者是：在我之前你爱过很多人吧？你还思念自己年轻的水手吉奥瓦尼吗？你心疼他吗？

唉，这种俄国式的、对自己和别人心灵的刨根问底呀！这可实在可恶！在那个独处的无眠的夜晚，我几次在黑暗中为自己羞愧得脸红。

第二天，我给她讲起我亲爱的希腊朋友，而从她双眼闪烁的欢欣、温情和感激中，我看出来她理解并接受了我的忏悔和承诺。从那时起我不再充当纠缠不休的探问者了。

我猜得不错，这个悔罪故事触动了她的心灵。我的浸透了伏特加、烟草和鱼腥气的“科里亚”让她兴致勃勃。她逼迫我为她讲述我所记得的一切，关于科里亚·康斯坦基亚，关于尤拉·巴拉吉诺，关于卡比塔纳卡和巴纳伊奥基纳，关于瓦吉基奥基亚和安德鲁恰卡，关于萨沙·阿尔吉利基亚，关于库姆巴鲁里和其他希腊水手。她愿意没完没了地听我给她讲所有的捕鱼方法、不当渔猎的所有危险、英勇的传统、海上的传说和迷信，甚至还包括捕获大量欧鳇后荒唐的狂欢滥饮。

“我最崇拜的大熊！”她紧紧地贴着我，说道，“我们去那儿，去你的‘科里亚’那儿。你愿意吗，我们今天就出发？”

可当我给她解释了我们为什么根本不可能前往眼下的俄罗斯时，她突然像个小女孩似的放声哭起来，既难过又委屈……

她具有一种神奇的能力，可以用最简洁的方式把梦想变为现实。她久久地认真询问我现在渔民们最需要的可能是哪些物品。而后，就在当天，她便给科里亚寄出了一个鼓鼓实实、最高限重的包裹。里面装了两件暖暖和和的海员毛衣，几捆不同尺寸的英国细绳，钓鲻鱼用的小号钩，滚网捕鲽鱼和鲂鮄用的中号钩，滚网捕欧鳇用的最大号钩；因为还有些空隙，又用巧克力饼干填满了。为了掩人耳目，她是假托美国人约翰逊的名义寄出的包裹，科里亚曾在一九一〇年用小船运送过后者，指引他去巴拉科拉瓦郊区。邮件百分之九十九不会寄到。我们寄希望于百分之一。

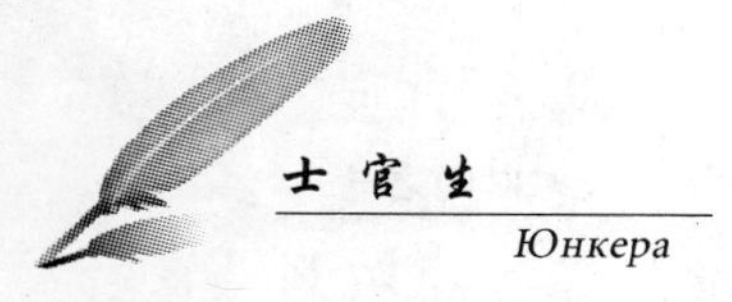

7

爱情约定

看得出，老友，我讲得让你很厌烦了。忍耐一下。我现在简短点儿说。

哦，她给了我如此之多，而我是怎样一个偿还不清的欠债人呀！她非常智慧，在任何方面都比我智慧得多。但她的才智不会让人难堪，不会给人压力：它轻松、从容、欢快，能在生活、在众人、在书本中迅速抓住，并以或风趣或动人的形式表达出最关键、最独特的东西：它似乎对恶的和愚的东西不以为意。

我觉得在爱情上，玛丽亚是个真正超凡脱俗的女人。你知道现在我经常萌生什么样的念头吗？我这样想：世界上生长和活动的所有生命，从细胞到拿破仑和裘里斯·凯撒，全都不可避免地要屈从于生殖本能，但只有人，只有这种精华、珍宝和造物，才会被赐予伟大而神秘的爱情的天赋。但这种赐予却完全不像我们想象的那样寻常。最崇高、最纯洁、最忠贞的爱情故事——唉——全是天才诗人们的杜撰，他们渴望却寻不到这样的爱情。

你知道我们大家都在思想，我认为这会贯穿一生。但为人类所了解的真正的哲人却不会多于十到二十位。我们大家都会描画人的形象：一个圆圈，加上两个点作眼睛，用四根小棍代替四肢。有无数的画家画得会好一些，而另一些人要好很多，但总有个限度：谁也达不到拉斐尔、列奥纳多·达·芬奇和伦勃朗的高度。我们谁不会哼哼几句小调，或用一根手指在钢琴上弹几下呢？但我们的音乐才能与贝多芬、莫扎特或瓦格纳的天才却根本沾不上边儿，跟他们在精神气质上也毫无共同之处。

有些人天生神力。还有些人视力敏锐得裸眼便能看清土星。爱情也是如此。它——是神秘莫测的上帝所赐予的一种最高级、最珍稀的天赋。

你想一想吧，自创世以来，数以亿计的人在几百万年间结合、享乐、孕育、生产，经营着这件事情。但关于伟大而美妙的爱情，关于那种能经受所有考验，能克服一切阻碍和诱惑，能战胜贫穷、疾病、诽谤中伤和长久别离的爱情，关于那种所谓的能超越死亡的无与伦比的爱情，你听说过很多次吗？难道你不赞同我，认为爱情的天赋一如人类的所有天赋，是一架有无数台阶的云梯，从潮湿、黑暗、黏着的土地延伸而上，通往永恒的天空甚至还要更高吗？

什么？你说这是梦呓？我不辩驳。夜晚跟朋友坐在小酒馆胡聊点儿闲话不算罪过。不过请允许我提醒你，曾经有过这样的年代，因为那污浊、丑恶、龌龊的吞噬爱情的泥潭，人类突然惊悚并试图重新清洁和赞美爱情，哪怕是以女人的名义呢。这便是中世纪的骑士对美人的膜拜。但可惜的是，这种对女主人的效忠却演化成了闹剧和滑稽戏。

可谁又能洞悉人类未来的命运呢？人类曾无数次堕落得不如任何动物，又不屈不挠地挺立到近乎神的高度。贵族的精神，爱情的献身者，爱情的诗人和骑士，爱情忠贞不渝的崇拜者，这一切或许还会重来吧。

算啦。我已经跟你提到过十个哲人，反正我不是第十一个。何况这些智者中的一位已经委婉地提示过我们："静默——你便是哲人。"服务生，来一瓶波尔多白葡萄酒！我只想对你说，我亲爱的朋友，我神奇的玛丽亚绝对是爱神为了博大、幸福、善良和欢愉的爱情而进行的创造，而且是无比精心的创造。但老天却在时间上犯了一个错误，玛丽亚本应出生在要么是黄金世纪，要么再晚几百年，在我们这个汽车、流血、匆忙而庸碌的时代之后。

她的爱，质朴、纯洁、清新，犹如繁茂之树的呼吸。每回我们相约，她都像初次幽会那样欢喜和矜持地爱我。她既没有讨人欢心的甜言蜜语，也没有司空见惯的爱抚。只有一点她一以贯之：保持独特的始终不变的优雅，这种优雅能够掩饰和美化爱情中那些粗粝、世俗的琐碎之处。

是的。我再说一遍，她具有极高的爱的天赋。

但爱情是生着翅膀的！你大概发现了吧，朋友，世上有一些人特别适于飞行，适于这项美妙而骄傲的现代技术。这些天生的飞行家长着鸟儿的脸型、鸟儿的鼻子；他们像鸟儿一样拥有辨认道路的神奇本能；他们双耳的听觉相同——这是完美平衡感的标志，他们轻轻松松就可以让那些重心高于支撑点的物体保持平衡。空间会最先为这些鸟一样的人向上、向下、向远方展开。勇敢但并非天生的飞行家在一千米的高度就会心绞痛和心悸。

我跟认识的飞行员探问过他们年轻时的梦想。众所周知的是，除了地道的傻瓜，所有人都会梦见飞翔。可实际上天生善飞的人飞行在楼宇之上，直抵云霄。而那些失败的飞行者——他们只能勉强脱离地面，所谓的飞翔也不过是持续的跳跃。爱情——便是这种生了翅膀的感受。但倘若在这个意义上拿自己跟玛丽亚相比，那我得说，她肩头生长着长长的白雪般的天鹅的羽翼，而我则是一只企鹅。起初，我非常敏锐甚至满心委屈地体验到她心灵超越于我的翱翔，以及我自己凡夫俗子的体重，并为此——我承认这一点——感到难堪、窘迫，以至于自怨自艾。当然，这只是正常的男人的多疑；想象力不时悄悄提示给我各种不太精妙的比喻。她时而像个下凡的仙女，像个献身于奴隶角斗士的贵妇，像个爱上马夫或园丁的公主。唉，在每个人心灵深处的某个地方，某个阴暗幽僻的角落，都游荡着甚至羞于向朋友宣讲的隐秘的思绪、隐秘的感觉和隐秘的形象，它们是那样的畸形。

但很快，这些别扭的地方便被抚平了：玛丽亚那么亲昵、那么殷勤、那么温柔、那么善解人意，她是如此大方、谦和与真挚，她在爱情当中是那么愉悦，她热爱生活，在她金灿灿的光环下，她身上光彩耀人、源源不断地流淌出对所有生命纯真温暖的善意。

是的，朋友，关于我们永不复返的生活，我心灵深处珍藏着许许多多幸福美妙的回忆和宝贵的点点滴滴。这是——一整本书。我像触摸伤口似的一面翻检书页，一面体验着残酷而炽烈的快乐。我在对永逝时光的追忆中感受煎熬，其中有我苦楚的慰藉和爱的狂欢。我经常为我没留下玛丽亚的任何东西而惋惜：几条发带，一缕发丝，一朵枯萎的花儿，梳子，手套，手帕，或者哪怕是几颗没有生命的纽扣呢。那样的话，我的回忆也会更加深刻，更加痛楚，更加甜蜜。

但在当时，我却像个冷漠的现实主义者和严肃的生意人，以鄙夷的眼光来看待这些琐碎的纪念物。

也的确应该——有什么办法呢——应该承认，玛丽亚温柔而热烈的、恭顺而又始终欢快的爱情，她动人的爱抚，她强健的欢愉和忠贞——多多少少地渐渐消弭了我所臆想出来的面对自己爱人时的妄自菲薄，而在从前，这种自轻自贱是那么强烈地吸引和牵动我。我已经不再如饥似渴地追求她的抚爱，我乐于自艾自怜。男人永远如此，总在爱情中自以为是。

有一天，在一个令人难忘的瞬间，我明白了这一点。和煦芬芳的春日夜晚，我和玛丽亚坐在葱郁迷人的加纳比耶林荫道上。我们沉静无语。玛丽亚枕在我的肩上。这时候，她抱住并且贴紧我，轻轻地，舒缓地，像在出声思考并在检验着自己的思绪似的对我说：

“你知道吗，米什卡。我现在觉得在你之前我谁都没有爱过。我曾渴望去爱，也曾寻找过爱情，但我所见证的一切——不是爱情，而是错误……也许是无意识的自欺吧。可现在我感觉我找到了自己，找到了你，找到了所有恋人都在梦想、芸芸众生中却只赐予两个人的永恒的爱情。”

我没有应答。我默默抚摸她的秀发。但我心里却悸动起不祥的预感。这是什么？难道是觊觎我的自由吗？是司空见惯的陈词滥调吗？

噢，蠢驴！愚蠢卑鄙的驴子！如今就以野蒿和飞廉为食，就饱尝辛辣眼泪的棘刺吧。时间之轮，你无法停止，也无法倒转！

迪朗女士

一切会随时间流逝，你会渐渐习惯的，甚至自己都不会察觉。我已经快把自己当做玛丽亚的丈夫了。她在我的“码头旅店”时，我们的思绪往往不谋而合；我们经常同时说出相同的话；习惯和品味也渐渐变得一致。

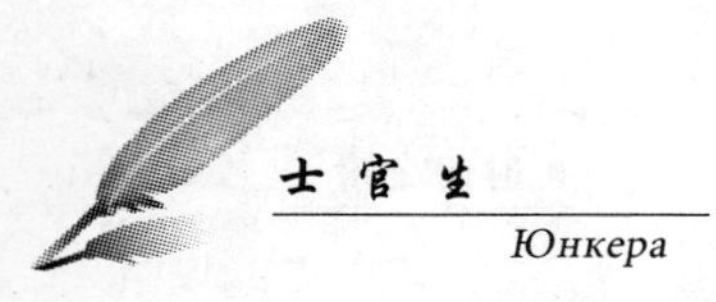

我把自己低矮宽阔的带舷窗的舱室完全装饰成船上的风格：墙上挂起巨大的气压计、救生圈和软木环；窗台上安装着罗盘，而窗台表面则画上三十二方位的罗盘度数；天花板上悬垂下吊床——船上的铺位。玛丽亚非常喜欢这个游戏。我也一样。然而她对所有跟大海有关的东西的狂热——我承认——偶尔会勾起我千方百计回避的、带着忧伤和嫉妒的联想。

我早已习惯了不向她提那些无聊的问题，本着这个原则，我也最终认可了现实、事理和相互间的信任关系，是的，我带着不以为然的嘲笑，开始思考俄国人相当普遍的一种习俗。他和她，在他们被戴上“忠贞的宝石婚冠”那天之前，会莫名其妙地交换日记，或相互坦白以前错施的爱，不管那些爱是真心的还是逢场作戏。噢，时过境迁，一年以后若想无情地刺伤和攻击对方，这书面或口头的材料会变成多么有力的证据啊！

我依然对玛丽亚所知甚少，但日常生活本身会偶尔为我显露一些新的特征，不管是她神秘莫测的生命，还是她无比美丽的心灵——这颗心灵自由、纯洁、骄傲、善良，尽管时至今日我还迷惑：这心灵是火热的还是冰冷的？……而这些闪光，我可以把它们比做照相机瞬间的咔嚓作响。

我可真是个傻瓜呀！我对玛丽亚心怀怨尤——而且非常当真！——因为她从来不愿意在我这里过夜，尽管有时会“滞留”到天明。“为了工作时头脑清醒，我需要休息一下。”有一天她这么跟我解释。但下一次对于我的挽留，她却没说什么。她笑起来，非常非常温柔地亲吻我，说我是自己可爱的大熊，而后她打开门，笃笃的鞋跟声便飞快地在楼梯上响起来。我好不容易才追上她，送她上了汽车。

我记得有个早晨，经过一个销魂的长夜之后……该去工厂了，我却冲动地跟她说：

“我的心肝，我们在一起多好啊。今天这样的夜晚——就是这一夜——永远不会重来了；我们再让它延长二十四小时吧，求你了。”

“你的工作呢？”

“哦，我也不是非去不可。还有，我现在就可以发电报，说我

病了或是扭了脚……”

她缓缓地，非常认真地摇了摇头：

“为什么说假话呢？只有懦夫和无能的懒汉才会撒谎。你，大米什卡，不该作假。”

“也包括开玩笑？”

“包括。”

这种训诫让我有点儿恼火，便略显生硬地反驳道：

“奇怪。难道我不是自己的身体、自己的时间、自己的想法和意愿的主人吗？”

她表示赞同：

“当然了，绝对的主人。不过要在不受约束的时候。”

“协议约束吗？”我撇嘴笑道。

“不。一句承诺而已。”

说实话，我无法再继续我们的谈话了。但我意识到她是对的，所以我恼羞成怒，讲出了彻头彻尾的蠢话：

“难道我不是自己诺言的主人吗？我想守——则守。想毁——则毁……”

她没有应声。她把手垂在膝盖上，深深地低下头。就那样沉默了几秒钟……

在这难堪的一刻，我带着辛辣的苦涩，带着对她充满自责的爱怜和对自己行为的憎恶，心里默默说道：

“你最好做个真正的男人，跪下来，抱住她的腿，把神奇的亲吻印满她的手背，请求她宽恕！一切都会很快过去的，所有的尴尬瞬间就会消除。”

然而可真是见鬼，这种荒唐的自尊心，这种愚钝的心胸狭窄的固执己见，就连勇敢的人也往往会为此难以大声承认自己的罪责或过错。深受这种虚伪的屈辱感和做作的自尊心之苦的，经常是些坚定、睿智、强大的人物，而最常见的是儿童和俄国的知识分子，尤其是俄国的政治家。

有那么一瞬，我的神经和肌肉绷紧、收缩，准备好拜倒在她脚下了，可随后——冷不防地——却冒出一个可恶的念头：“不，现在已经晚了！……最合适的时机已然错过去了……停顿这么久之后再做这个动作会显得很矫情……会更加羞耻和难堪的……”

但玛丽亚，我美丽善良的玛丽亚，马上便领会到我的犹豫和我芒刺般的念头。她站起身，双手抚住我的肩头，用自己娇柔纯洁的眼睛紧紧地注视着我。

“亲爱的米什卡，我们不要相互斗气。原谅我吧。我不知轻重，想要给你作道德说教。这当然不是女人的事情。亲吻我一下，米什卡，赶快亲吻我一下，我们忘掉一切吧。你愿意跟我待多久就待多久，怎样对我都好。我今天、明天，永远都是你的。”

我们幸福而真诚地和好了。但我已经不再那么执拗，无论是把我们的夜晚再延长二十四小时，还是给工厂发电报。玛丽亚送我到了车站，在那里，我们像一对好朋友和甜蜜的恋人一样道别。

即使你拔出又大又深的芒刺，受伤的地方还会痛痒很久呢。整整一个星期，我早已无法得意起来的、不快而恶劣的思绪让我不得安宁。在一位聪慧迷人的欧洲女人面前，我非常粗鲁地展示了俄罗斯博大心灵的另外一面：我们对义务和承诺的轻慢，我们为逃避直接承担责任而一贯善于“耍花招”的天赋，我们在行事上的惰性，还有这样一个最要命的可憎习惯，即不顾文化经验、科学成就和文明习性，喋喋不休地沉迷于自我，并把它无缘无故地到处乱塞。我们的虚无主义、无政府主义、个人主义、自我中心主义，我们营养不良、癫痫病似的无神论，以及蔓延到爱情联盟、蜡头儿团体①和抢劫行为中的极为畸形的超人思潮，难道不是来源于此吗？难道不是俄罗斯精神的这些阴暗面为俄国的僭越者，从叶梅利扬②到赫列斯达科夫③，创造了繁荣兴盛的土壤吗？……醉酒的小吏，十四品文官，因为赖账被人从小酒馆拖出来时一定会威胁说：“等着瞧！我会给你好看的！你们还不知道是在跟谁打交道！”……

---

① 20世纪初，虚无主义和超人哲学弥漫俄国，据传出现很多鼓吹推行其精神的秘密组织，其中包括自由恋爱联盟和一些中学生团体，即这里所说的爱情联盟和蜡头儿团体。蜡头儿指的是软弱无能的人或晒得皮肤黝黑的半大孩子。

② 指的是18世纪的起义领袖叶梅利扬·普加乔夫，1773年，他自称被暗杀的沙皇彼得三世率众起义。

③ 果戈理《钦差大臣》中的主人公。

现在你明白了吧，我的朋友，在那段日子，当我回想起自己关于诺言、关于类似盟约的那套白痴言语时如何浑身抽搐：“想做——又固执己见，想做——又无缘无故地放弃……”

周六下班的时候，就像以前常有的那样，玛丽亚来工厂接我。她有一辆不大、但速度飞快、精致漂亮的“标志”牌私人轿车，对这辆车，应该说，她驾驶娴熟。

我们在大门口碰到了厂长。他脱下帽子，恭敬地向玛丽亚弯身行礼。她冲他亲密地点了点头，抛了个飞吻，立刻换到了三档。

在车上时，我更乐意坐在后面乘客的位子而不是跟她并排。我喜欢她灵巧自信的动作。疾驰在宽阔的公路上，她应和着机器难以察觉的韵律似的，和谐地微微摇动着柔美的肩背。行到拥挤阻塞的路段，她从容不迫地挺直身子，高扬起头，眼光搜寻着可以畅行的通道，一旦找到了——便像公牛似的垂下脑袋，飞驰过去。我满心欢喜地欣赏着金子般的阳光在她柔美后颈上的浅褐色卷发间跳荡晃动。

这一天，我们划了一会儿船，去我所住的那家旅店吃午餐。她走得很早，大概在两点钟吧。告别的时候，我送她上了汽车，她从车门探出头来，说道：

“你听我说，米什卡！我早想请你到我家吃午餐或晚餐了。你明天会来吗？十二点半或是一点。”

我心花怒放：

“当然啦！非常乐意。可我既不知道你的住址，又不晓得……”

她替我说道：

“姓氏，你想说的是这个吗？”

“是的。”

“那么，请你记住了：我的地址——四五三〇号，Vallon de l'Oriol[①]。请找迪朗女士。”

我带着惊奇，疑惑地反问道：

“迪朗女士？（众所周知，迪朗可是个最普通、最常见的法国姓氏。随便翻一翻手册或指南就能知道。）”

难道美丽高雅的玛丽亚竟然有这样一个毫无意义的名字？

---

① 法语，意为“奥夫海湾”。

借着幽幽的路灯，我马上看见玛丽亚的面庞浓浓地泛起炽热的红晕。她轻声对我说：

“不，米什卡，不。我不想欺骗你。我根本不叫迪朗。这是我的 nom de guerre[①]。你不喜欢吗？”

“噢，亲爱的，我把你奉若神明。”

“我反正早晚要告诉你的。我的家族非常古老并且声名显赫。我的父亲和祖父是海军上将。所有历史教科书上都列有我的曾祖父、一位伟大元帅的名字。我知道，我如此爱惜我祖先的荣誉，你是不会见笑也不会见怪的。但不管现在还是将来，我都会自主地生活，而且我清楚我的生活方式可能有损我祖先的名声，所以随便用了个名字。此外我还要告诉你……我的过错不在于背弃了家庭。我还是小姑娘时便与一个人，一个我不爱他、他也不爱我、但喜欢我身体和青春的人结了婚。他比我年长得多。应该坦率地说：我迷恋他显赫的地位、财富和荣耀的爵士头衔，但要知道我当时非常年轻，非常愚蠢！是的，我第一次，也是最后一次撒谎——你记住了，米什卡——最后一次！我已经离开他一星期了。逃离时惊恐至极。就是这样……最好还是算了吧，我的大熊。要是我把这一切都告诉你——你不会不再爱我了吧？”

她打亮车灯，摁了一下喇叭。

“明天见，米什卡！”她清亮的话音传到我耳畔。

孔　雀

我在约定的时间来到玛丽亚家。她住在城市的另一端，这里远离尘嚣，林木繁茂。一位上了年纪、头发花白、仪态优雅、戴老式

---

① 法语，意为“绰号”。

银边眼镜的女看门人告诉我，迪朗女士住在第三座院子，一栋侧向私人独宅，除了她和女仆，里面没有别的人。这院子异常宽大，像个花园或街心公园。沿高大的方砖砌成的围墙生长着繁茂的栗树，树间是一丛丛丁香、茉莉和忍冬。庭院铺满砾石，当中有一个耸立的圆形花坛，花坛中央是个喷泉——一座年久泛绿的女人裸体雕塑。透过已显疏落的枝叶，可以看见两层楼高的偌大的玻璃窗，那种画家或摄影师工作间常有的窗户。

我拉了拉门铃，立刻听见从楼上飞跑而下的，轻盈、敏捷、欢快的脚步声。

玛丽亚亲自开门。她一身居家打扮：袖口肥大的休闲彩绸和服，无比柔美的手臂裸至肘部，微微含笑的面容荡漾着幸福和活力。她拉起我的手。

“走，走，米什卡。我给你看看我自己的屋子。”

我们上了平缓的旋转橡木楼梯，来到一间高大轩敞的工作室，它俨然一座舞厅，充满了清新的空气和安宁的光线，光从上面、从屋顶和占满整面墙壁的大玻璃窗淌进来。

陈设非常质朴，却又别具一格——全由梣木制造：梣木地板，梣木墙饰，窗边形如绘图台的梣木大桌，梣木椅子。我甚至欣喜地闻到早已谙熟的，亲切、清新、略带苹果味道的光洁梣木的芳香。正因为梣木镶板，屋内的光线爱抚和愉悦着眼睛，笼罩着雅致的淡黄色调，宛如新凝的奶油或从蜂房新采的椴树蜜。

门口右首，靠墙摆放着一个又矮又大的土耳其长沙发，上面盖着古雅的上等织毯，泛着幽深浓厚的皇家色泽：墨绿与暗红色。

没有任何装饰。仅在桌上安置一面丝绒小屏，在它前面，衬着它静穆的底色立着一个瓷瓶，瓶上饰有一朵孤菊：绝妙的日本式的赏花风格，既不扎眼，又不花人视线。

别见怪，我的老友，我如此沉迷于细节。噢！就在那里，在那间无与伦比的工作室，降临到我头上的是最伟大的快乐，连同——因为我的过错——把我从生活中放逐的满含绝望的痛苦。

我转身面向此前一直背对的墙壁。我猛然看见一件奇妙的东西。我的正前方站立着一只异常庞大的光彩耀人的孔雀，它展开自己富丽堂皇的尾翼，遮住了整片梣木饰板。我起初觉得自己所见的

是形体罕见、华美异常的标本，随后我又以为这是一幅绘制精美的油画，可走近一些之后我才确认，呈现在我面前的——是衬在淡紫色花缎上的让人叹为观止的刺绣，那丝绸绣线蓝绿相间，色调无所不包，相互间的差异细微至极，色彩间的过渡美得惊人而又难以察觉。

我由衷地赞叹道："多么神奇啊！这已经不是手工制品，而是真正的艺术创作！谁制造了这样的宝物？"

她带着妩媚的矜持和淡淡的谦恭，回答说：

"您谦卑而恭顺的仆人，噢，我亲爱的先生。"

然后，她问道：

"你真的喜欢这幅画屏吗，米什卡？"

"喜欢极了。我们俄国有非常精美的金线和绸丝绣品，但能与此媲美的，我连想都不敢想！"

"那你真的喜欢它了？我很开心，也很荣幸，它是你的了。收下吧。"

我不住亲吻她迷人的双手，坚拒道：

"哦，我的玛丽亚，你的礼物太过奢华了！你的孔雀属于织品博览会或是皇宫，不适合我的临时宿舍和旅馆客房。"

我跟她讲，在穆斯林的东方，有个地方曾经存在过，也许眼下也还保留着一个古老而庄重的风俗：倘若客人赞美家里的什么物品——餐具、家什、地毯或武器，那主人立刻就会送他这件东西作为礼物。

她一拍掌：

"你瞧呀，米什卡！你应该收下孔雀！"

但我继续说道：

"但是，肩负伟大使命——为野蛮民族输送文化和文明之花——的欧洲人很快便了解到这个慷慨的风俗。于是他们便滥用起这个好客的神圣风俗来。在穆罕默德信徒的家里，他们处心积虑地称赞这个，夸奖那个，毫无分寸、不分青红皂白地跟主人赞美他们祖先流传下来的最精美、最古老的珍宝。日复一日，穆斯林们锁紧眉头、唉声叹气、脸色发白，但他们忠于传统，做不来破坏悠久的

不成文法规‘阿达特’的事情。这时候，一个有名的智者毛拉[①]怜惜并前来帮助他们。

“‘《古兰经》上写着，’哈吉说，‘除了真主的意志，世上的一切全有界限，全有终了。因此，好客也有分寸。在你的家里，即使嗜血的仇敌也比主人尊贵。他比亲戚重要，他是朋友，他的女人对你来说也是神圣的。但他出了你的领地——好客的法规也就不存在了。敌人重新变为敌人，你该怎样对待他全凭你的见解。那个因为你对古老法规的宽容和尊敬而为所欲为地洗劫你的家、而且还把你当做蠢驴的人，对你来说难道不是贪婪和放肆的敌人吗？’

“先知忠诚的子孙把这个训诫牢记心底。遵从法规的主人仍然耐心地馈赠居心险恶的客人所中意的家中的一切。主人把他殷勤地送到门口，并祝他一路平安；但片刻之后，主人便翻身上马，循着贪婪的客人飞奔而来，在别人的属地，哪怕是邻家的田地呢，赶上窃贼，从他手里夺回自己的东西，当然还不会忘记翻遍他的口袋，抢走所有值钱的物品。瞧，你看到了吧，玛丽亚，简单明了的慷慨可能导致多么虚伪的结局。”

玛丽亚笑起来：

“感谢这个有趣的寓言。”

但随后，她脉脉含情的黑眼睛变得严肃起来。就像我们初次相识的那天，四个月前在我“码头旅店”房间里那样，她把手臂揽在我的肩上。她的双唇靠我面颊那么近，我都能嗅到她的气息，那气息无比香醇，似乎她刚刚咀嚼过蔷薇花瓣。

“西班牙有类似的习俗。在那里，客人第一回来访时，主人会对他说：

“‘这是我的寒舍。从这个最幸福的时刻起，我请求您，请把它当做自己的家，并且随您支配。’”

然后，她充满激情地感叹道：

“我亲爱的，我的爱人米什卡，我可爱的强壮的大熊！我从心底，从我忠贞的内心默念西班牙人这些好客的言语。这个家是你的，家里的一切——是你的；孔雀是你的，我是你的，我的所有时

① 对伊斯兰教学者的尊称。

间——是你的，我的全部思念——都是因为你。”

她缓缓垂下睫毛，又轻声说道：

“米什卡，我羞愧而欣喜地向你坦白……你知道吗，现在我越来越觉得，好像我一生所寻找的只有你，只有你一个人，并最终找到了。哎，这全是关于某个在远方闪耀的遥远的意中人的陈词滥调。可你是怎样一个意中人呀，我亲爱的大熊？你笨拙，你沉重，走路摇摇晃晃，你一头红发。我第一次在工厂看见你时，心想：

“‘这是一只需要驯化的神奇巨兽。’可我自己都不记得这是何时以何种方式发生的，善良的野兽成了我的国王。我认真地请求你，米什卡，住在我这里吧，喜欢住多久就多久。我不限制你的自由，你愿意的时候，我们可以重回我们的船舱。”

“玛丽亚！究竟到哪里去了呢，你骄傲和挑剔的孤独？你绝对的自由？你对亲密生活的反感？”

她微微一笑，但没有答话。

“赶快吻我一下，米什卡，我们去吃早餐。我听见我的因格丽特来了。”

的确，侧门开了，闪出一个女人，她远远地行了个礼。

玛丽亚的小餐厅舒适明亮，食物简单但非常可口，酒也上佳。默默为我们服务的正是这位因格丽特——一个非常古怪和神秘的女人，看外表她来自北方，从名字上判断，来自挪威、瑞典或芬兰；她浅色头发，皮肤异常柔和。她的面容和身材似乎属于两个人。望着玛丽亚的时候，她湛蓝的眼睛变得异常和善美丽，这是天使欣赏自己天父时满含柔情的眼神。可当这双眼睛停驻在我身上的时候，我便会觉得死死盯住我的是一条毒蛇，或是一个疯狂、暴怒的年轻的巫婆。可能只是我的想象吧？但这种印象没有保留多久——确切地说，从未留下过。完全可以说，每一次我感觉她出现在我背后，我都忍不住马上扭脸对着她，正如这样的情形：假如一个人身后悄悄尾随着一条凶残的恶狗，它正一声不吭、鬼鬼祟祟地咬向他的双腿，他会本能地转过身去。

趁着因格丽特出了餐厅的工夫，我问玛丽亚：

“你从哪儿找来的这个怪女人？”然而我马上便打住了话头：“对不起，玛丽亚，我又在问……”

她立刻闭上眼睛，一如我所感觉的那样，悲伤地摇了摇头。她可能是在悄悄叹息吧？……

“不，米什卡。这已经过去了。现在想问我什么就问什么吧，我会坦率地回答你的。我信赖你的温柔得体。我这就告诉你因格丽特来自哪里，你自己判断我是否应该揭开别人的秘密？”

“那就不必了，玛丽亚……不应该……”

“没关系。我是从阿根廷的妓院把她带出来的。”

我不知道该说什么，沉默起来。而走进门来的因格丽特似乎猜到了我们正在谈论她，妖蛇般狠毒的目光穿透了我。

可不管怎么说，我们还是愉快地吃完了早餐。因格丽特斟上香槟。玛丽亚突然问我：

“你很喜欢这种酒吗？”

我说不是特别喜欢，想喝的时候会喝上一两杯。但对这种酒我并没特别的敬意。

“你听我说，米什卡，我要跟你稍稍坦白一下。时至今日，当我一回想起在西班牙胖女人的餐厅冒昧地请求与你结识时的情景，我还感到害羞（她真的羞红了脸：总之，她脸红的时候并不罕见）。可在这件事上，我大概并不像感觉的那样惭愧。你晓得吧，我们马赛有过一家俄罗斯餐厅。如今它已破产不在了。有一回我和我的一位朋友去了那家餐厅，他在俄国生活过多年，非常热爱它，而且说一口流利的俄语。我没注意到，他这个人虽然又智慧又善良，却是个极爱说笑话和故弄玄虚的人。而我——我承认——不大听得出玩笑话。

“在这家餐厅，他是我的向导。我发现所有服务的女人全都高大端庄，甚至算得上雍容华贵。她们偶尔会带着宽和的屈尊姿态，坐在这张或那张小桌旁，抿一小口酒。‘这些贵妇是什么人？’我问我的同伴。他给我解释说：这些女人——全都来自最上等的俄国特权阶层。其中最不显眼的——至少也是男爵夫人，其余的——全是公爵夫人和伯爵夫人。后来，一些瘦小、卷发、坎肩儿胸口缝着金色小圆筒的人又唱又跳。我的向导把他们的一首歌翻译成法文。歌中唱的是，俄罗斯大贵族没有香槟酒就活不下去，如果听不到吉卜赛歌曲就会思念而死。这不是真的吧，米什卡？”

“当然不是真的了。”

“可我轻信到犯傻的程度。在那里，在阿列戈里娅餐厅，我就想对你表示敬意，显示有关俄国大贵族生活的浅薄见识。哦，我是不是很愚蠢呀，我善良的米什卡？现在为我们的新居干了这一杯吧！”

我戏谑道：

“为我们的婚礼！”

她呷了一小口酒，回答说：

“惟独不为这个。”

火 烈 鸟

早餐过后，玛丽亚领我参观她的家。世上有句非常古老的谚语：“告诉我你跟谁相识，我就能看清你的为人。”在大致相同的意义上似乎也可以说：“给我看你的居所，我便能断定你的习性和品格。”玛丽亚的房间带有她的质朴、她的含蓄雅致和无拘无束的印迹。一眼便能看出，在房间的布置上，她尽量避免装饰任何多余的衣物、纸张和摆设。

她最先带我看的是自己的卧室——房间不大，通体洁白：漆成白色的墙壁，白色的草编窗帘，窄得像小女孩或修女睡的洁白的床铺。床头上方挂着一个黑色的十字架，十字架中间插着一枝冬青。床边夜间用的小桌上立着一只脚掌撑开的绒毛熊。

“米什卡，你认得这是谁吗？”玛丽亚调皮地问。

“也许是我吧？”

“当然是你啦。是不是很像呀？我们还是接着走吧。隔壁是我的小图书室。你在里面能找到些有趣的东西。这里是我们的浴室，瞧一瞧吧。”

她推开门，而确切地说，我带着惊叹所见到的不是浴室，简直是个宽敞的泳池，光灿灿的瓷砖四壁和地面，黑色的台阶延伸下去，通到水里。空气中弥漫着马鞭草的清香。我告诉她，这一切太华丽了。

“你相信我，我的米什卡，”玛丽亚说，“我允许自己享受的惟一奢华——就是水。在笨重的瓷盆，在水龙头下的浴缸，在这种讨厌的大理石澡盆里洗澡，我受不了，身体上受不了。因此旅行时我永远会想念我的浴室。

“现在，米什卡，我领你看看你的私人房间，尽管我已经说过，整座房子，包括活的人和死的物，全都属于你。”

我笑起来。

“无论如何你也要把绝妙的因格丽特留给自己。”

“是的，”她说，“这个姑娘不会给任何人留下愉快的印象。她有一个荒唐的看法，认为出现在我这里的所有人——都是凶恶的仇敌或残忍的密探，一直在密谋杀死她，更主要的是杀死我。但她这个可怜人在自己不长的生命里遭受过多少苦难呀！我什么时候讲给你听，你就会理解她了。

“噢，你瞧，米什卡。你的房间。”玛丽亚一下子推开了房门。

这是一个非常华美和宽大的居室，比工作间小些，但也同样装饰着樗木板，配备了又宽又深的鹿皮长沙发和敦实的樗木写字台。我可能需要的一切在这里全都伸手可得，所有东西全都经过周密的设计、用心的摆置，从精致的文具到刺绣丝绸睡衣、雪茄、香烟、苏打水和威士忌。

我吻了吻她。

“你可真好，真是迷人，我的玛丽亚。”

“你的！”她欢快地高声感叹。

“除了我们俩，家里还有三个人：厨娘——她几乎从不露面，但你可以根据自己的口味选定菜单。然后是退役水手文采特，他冬天是锅炉工，夏天是园丁。你可以派他去做事，他对整个马赛了如指掌。如果需要的话，他也可开车前往——车库就在对面。而对因格丽特，你不必放在心上。随她挤眉弄眼去吧。你交代的事情她会绝对执行。假如我要她赤手去拿烧得白热的铁条，她或许会不太高兴，但也会毫不迟疑地抓起它……如今你已经到了自己的领地。我还忘了告诉你，司机会随时为您效劳。这便是——我。现在到我的工作间去喝咖啡吧。”

东方风格的长沙发。矮矮的日本小漆桌。用红铜咖啡壶送来的香浓的土耳其式带渣咖啡。埃及烟草香甜的烟雾。坐在我脚边地毯上的娇美绝伦的玛丽亚……如果不是棱形水晶烟管，我都敢把自己想象成从香烟标签上走下来的东方苏丹。墙上的孔雀富丽堂皇，在明晃晃的光线下发亮、闪耀，流光溢彩。

我当时并不晓得，这神奇的画屏为何那么频繁地吸引我的目光，它为何会唤起我某种惴惴的关注……后来我才知道……

我问玛丽亚：

“我觉得奇怪，为什么世间的君主没有一位选择孔雀作为自己权力的图腾。难以想象还有比这更好的徽章了。你瞧：它的王冠有上百个细齿，数目正合属国的数量。它的王旗上布满眼睛——这是不倦地监视自己臣民的象征。它的长袍在迟缓傲慢的动作中巡察尘世。这还不够威严吗?”

她含笑地听我讲述。然后说道：

“我认为，米什卡，帝王们选择自己的徽章，所依据的并非象征物的美貌，而是内在的品格。鹰——百鸟之王，狮子——兽中之王，大象——智慧而孔武有力。太阳照耀大地，并赐它丰饶。百合——纯洁无瑕，犹如帝王的心灵。雄鸡永远昂扬，永远忠诚，永远准备战斗和预报天气。

“而孔雀除了外表的美，一无所长。它的嗓音嘶哑、可憎，它天生冷漠、傲慢、怯懦、多疑。”

我反驳说：

“不过，白鼬外套会出现在所有加冕礼上吧？可众所周知这白鼬其实是个坏蛋——一种非常凶残、嗜血的动物。”

“我知道。可是关于它还流传着一个民间的说法。它很以自己白色皮毛的洁净为荣，只要不在酣睡，不专心于劫掠，任何时间它都在不住地清洁自己。如果皮毛上沾染了清理不掉的的污点，它就会郁郁而死。所以，在古老的白鼬毛皮的标签上都能读到一句题词：‘若被玷污，毋宁死。’白百合也有同样的含义——心灵的忠贞。

“而你知道吗，米什卡，在南方的很多国家，孔雀被视为一种能带来不幸和悲伤的鸟？”

“不，我没听说过。我认为这不过是种迷信。”

“我也一样。”

我们就这样一边喝着咖啡，一边亲密地闲谈。不，不，我仍然不时地窥视孔雀，怎么都觉得我和这件艺术品之间有种无形的联系。

玛丽亚问道：

“你一直在欣赏自己的孔雀吗？我很高兴能合你的意。明天我要开始制作新的画屏了。想不想听我讲讲要做的图案？你想象一下：一小片水塘、苔草和睡莲。远处，朝霞隐隐升起，水塘上有几只色调各异的火烈鸟。一只单腿站立，另一只鸟喙探进水面，第三只完全转过颈项，梳理着脊背上的羽毛，第四只款款地张开羽翼，仿佛振翅欲飞……此刻这一切在我眼前栩栩如生。我惟一担心的是找不到所需色调的合适丝线。火烈鸟羽毛的色彩艳丽而奇特：非粉非红，异乎寻常。除此之外，这色彩如何渐淡、渐渐过渡到白色，这也非常难以把握……没人能够洞察这种细微的色差：只有——大自然。”

我说：

“这一切都表明，你非常热爱自己的艺术。这当然是莫大的幸福了！”

“是啊，莫大的幸福。但我的工作——只是近乎艺术的行为，所以不晓得嫉妒和羡慕……”

这时候，我说：

“玛丽亚，你信赖我的稳重，你宽容地允许我偶尔给你提些问题……你已经制作过多少这样非凡的装饰品了？”

“我不记得。五十幅左右。”

“这样的话，你当然也会认为是在进行复制吧？”

“不。我不能重复，会厌烦的。最欣喜的便是寻找和构思新的主题。”

“之后呢，画作完成的时候，你不会舍不得跟它告别吧？”

“不，不会舍不得。只希望它能有美好的归宿。不过，过一段时间我在别人那里再见到我的作品时会感到淡淡的忧伤：就像偶然给我展示早已离去的好朋友的肖像。”

我摇摇头。

“朋友——这也是莫大的幸福。我不相信一个人可能有一个以上的朋友。如果你把大约五十幅的画作都留存在记忆当中，玛丽亚，那你有多少个朋友呢？”

“朋友？有三四个，我跟他们的见面没什么不愉快，并且更多的是因为事务而不是倾心交谈。我的朋友只有一个——这就是你。至于我的画屏么，我把它们发往巴黎，送到一家著名的精品店，而值得一提的是，那里给我的酬金十分丰厚。能做和会做这种物品的只有我，再没别人。商店提一点儿酬金。噢，有什么办法呢：要坦诚——就坦诚到底吧。”

玛丽亚最后一番话让我震惊，却不是让人感到特别愉快。我一下子甚至无法想象，这两种情景怎会有瓜葛——一方面是玛丽亚的生活方式：她有上等住宅，三个仆人，高级家具，尽管朴素、但绝美且非常珍贵的巴黎时装和不菲的花费……另一方面却是异常耐心而细致的丝绸手工。它能卖什么价钱呢？不会高过一千，噢，就算多说一些，每月也不会多于两千吧……

不，这不是我最先闪现的念头。

“手工”这个词，本身就让我觉得似乎特别平庸、无聊、卑微，适用于女裁缝和缝补匠。我的全部浪漫史也变得混乱、暗淡、狭陋和平淡无奇起来。

此前，在我还不知道新近偶遇的美丽情人的名字时，我便暗自揣测过她，时而是国际女间谍，时而是疗养地的塞壬女妖[①]，时而是走私贩，时而是妄想狂梅萨利娜[②]——我心里蠢动和活跃着男人的虚荣心与征服者的自豪感。当时我不仅竭力表明永远不许她再为自己付账，相反还要炫耀自己的慷慨和殷勤。

可实际上呢，她不过是个靠刺绣为生的劳动妇女……也许她左

---

① 希腊神话中半人半鸟的女妖，住在海岛上，以歌声诱惑航海者。

② 罗马皇帝克劳迪的皇后，以淫荡和残暴著称，喻指荡妇。

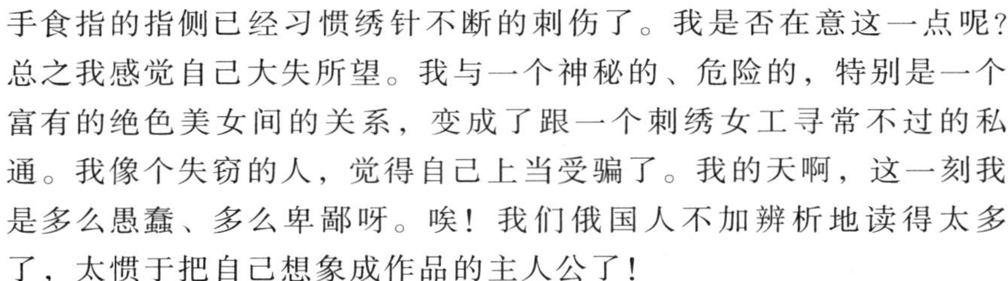

手食指的指侧已经习惯绣针不断的刺伤了。我是否在意这一点呢？总之我感觉自己大失所望。我与一个神秘的、危险的，特别是一个富有的绝色美女间的关系，变成了跟一个刺绣女工寻常不过的私通。我像个失窃的人，觉得自己上当受骗了。我的天啊，这一刻我是多么愚蠢、多么卑鄙呀。唉！我们俄国人不加辨析地读得太多了，太惯于把自己想象成作品的主人公了！

我沮丧地久久沉默着。玛丽亚理解我吗？她是否读懂了我的心思？她拉起我的双手（我能暗暗确认，她的食指又平滑又娇柔），把我拉近自己，说了以下这番话：

“米什卡，我不对你保留任何秘密，你也不会笑话我吧。我既不信民主，也不信博爱。我只知道一点：如果我见到身边饥饿的人和饥饿的狗，我会羞于进食。一想到他们，即使身在远处，我也感到羞愧。我事业稳定，让我的所得足够多了，比我所需要的多一些。但想到我无缘无故得到这么多金钱，就一直感到沉重和不安。于是，有一天我萌生了一个在我看来十分坚定的想法。我必须尽可能地去挣够我的花费，而这笔钱要用在我越来越清楚、越来越简单的真正的需求上。这样，我就能与社会、与我的良心扯平了。你理解我吗，米什卡？”

我感到羞耻。但关于这种羞耻的卑鄙的缘由，关于低级的念头，我只字不提。也应该这样做——为了自我惩罚……

这一天我们过得非常奇特。我感觉自己像一条善良的大狗，早晨惹了祸，已经受过惩罚，甚至都被宽恕了，但直到晚上还不时地乞求谅解，或用哀怜的眼神，或摇动尾巴……玛丽亚——她好像发现了我心中的这根芒刺——待我异常地亲昵和温柔。

她在我的新房间待到深夜。她已经准备离开了，却又突然留下来。

“米什卡！”她近乎羞怯地说道，“如果我在你这儿待到早晨，你不会生气吧？你不会轰我走吧？”

清晨，她还在酣睡的时候，在她的脸上，我看见了火烈鸟羽毛在渐变为纯白前那种无法描绘的粉红的柔美色调。

顶　点

十二月末，玛丽亚收到一封那不勒斯来信，信件简短且完全文理不通，歪歪斜斜地用意大利文写成，字迹糟糕透顶。它发自那个我险些没跟他殊死搏斗的美男子水手吉奥瓦尼的姐姐。意大利女人天真而无比纯朴地告知，她弟弟在“热那亚号”轮船遇难时葬身比斯开湾。最后一次出海前他给家里留下迪朗女士的地址，并请求在自己万一罹难时通知她。

“请您跟我们这个孤苦伶仃的家庭一起为他祈祷吧。”短信这样结尾。玛丽亚为我翻译它时，垂下的睫毛上颤动着泪珠。

她从不对我掩饰自己的行为。我知道她给死去的吉奥瓦尼家寄去了一大笔钱，又在圣母保佑大教堂为他预订了一场安魂弥撒。

我无法明白，也不想明白：是她记忆中依然保留着英俊海员的动人形象，抑或她对死者和他家庭的关照仅仅是一种友好而平和的对昔日幸福的感恩。

然而男人大概永远都不适应这一点：女人对爱情难以释怀，而她一旦不爱了，就再也不会回到过去的爱情。要知道，男人可是常常要吃回头草的。

这些日子里我非常克制，但“黑色疾病”——对过去的事情荒唐无稽的嫉妒——我承认有时会控制住我。

“他知道她奥夫海湾的住址。也许他还在这里住过。也许在我宽大的鹿皮长沙发上……”偶尔这样联想的时候，我眼前浮动着火红的光圈，鼻孔也会张大。我告诉玛丽亚，我想搬回“码头旅店”。她欣然同意了：我们偶然邂逅的炽热的爱情曾在那里发生，那里留下了无数非凡而动人的回忆。

但我们那家阁楼带舱室的旅馆原来正着手大修。不得不留在玛丽亚家里。此外必须要说的是，我的醋意消失得也足够迅速：玛丽

亚对我是那么亲密，那么温存，那么殷勤。

生活毫无伤痛地重新步入了正轨。玛丽亚每天早晨送我去工厂，晚上又来接我。我在班上吃早餐。

我已经不去充满海港诱惑的马赛城里的那些温暖幽暗的角落，参与那些轻薄的胡闹，和亲密无间的闹闹腾腾的同伴们坐在巴索餐厅喝火辣辣的普罗旺斯鱼汤。我不再与朋友们结伴儿去剧院、杂技场、博物馆和民间节庆上闲逛，不再和他们一起去开发新的舒适的小酒馆。

他们当然知道我跟玛丽亚的关系，这也造成了相互间的疏远。

要知道通常会发生这种情形：友爱和谐、真诚相待的单身汉小团体内，突然出现一个想永远投入家庭安乐怀抱的叛逃者；于是很长一段时间，整个小团队都感觉自己被拆散了，变得凄凉了，一直要到伤口结痂、渐渐习惯这种缺失。跟他们的交往，看起来仍像从前一样亲密，但他们中间自然而然地就会流露出对叛徒淡淡的鄙视、责怪，还有对他自愿丧失单身自由的惋惜。“喂，怎么样？好吗？身体好吗？快活吗？幸福吗？”抽足了烟的光棍汉们带着狡黠而不太信任的和善，听他稍显戏剧化的快乐表白。

“你们什么时候去我那儿吧。我妻子——可是位好伙计！通过我的讲述，她早就知道你们、喜欢你们了。有机会一定去我们家做客。给你们每位都准备好了壁炉旁的座位、老雪茄烟和美酒。让我们叙一叙狂热而荒唐的青春。”

敦敦实实、饱经风霜的光棍汉们点着头，打着哈哈，一边道谢，一边面面相觑：“我们清楚年轻的妻子们怎么殷勤招待新郎官的光棍朋友……”他们宁愿暗自琢磨，“干吗不去俱乐部呀。”

倘若朋友们得知叛逃者未经合法方式便确定了自己的同居关系：既没去教堂，也没有婚礼，还未见过登记人，情况就会变得更加复杂。这样的话，天知道会从哪个嘴巴里冒出些老套、陈腐、早被遗忘的偏见来。

那天，我的同事们在我的工厂宿舍为我和玛丽亚安排那顿丰盛的午餐时，我便想起和体验到了这一切。应该说，第一，餐桌上所喝的酒，要远远超过我的朋友们在“合法女伴”出席的情况下所能喝下的酒量。第二，在针对她的话里话外，在愚蠢的俄国式的祝酒

辞和婚礼的玩笑与黑话里面，都伴随着掩饰不住的粗俗放肆，透着虚伪、拘束和激动劲儿。我似乎能看透他们带有威胁意味的真实想法："你的好事——也就是撞上鸿运了吧。难道我们大家伙没见识过，漂亮小妞儿怎么坐在你腿上跟你共饮一杯？碰巧了，坐在体面位置上的不是她们中的一个；碰巧了，把这位弄到手的是你，不是我。"说来好笑：在这个意义上，所有男人都自命不凡到荒谬的地步。大贵族或王宫内的每个侍从，只要他没过五十岁，而且对自己的男性尊严也同样看重，当他那位高不可攀的雍容华贵的夫人一边脱衣，一边对他说："难道你至今都没发现，我整个人都是你的吗？"遇到这种机会，他也不可能不冲动。《吕意·布拉斯》[①] ——一部英雄主义的剧作，其实却像专门为侍从而写的。至少——是他们最喜爱的戏剧。

是不是正因为这种信心——一方面是对女人的水性杨花，另一方面是对自己的个人魅力——大多数男人才那样沾沾自喜，那样不着边际，那样荒诞不经地吹嘘自己的爱情战果？

这种吹牛大王的内心还有隐秘的理由："就算从没遇见过这种事，可一旦我有了闲暇时间和有利条件，再少一点儿胆怯，多一点儿执著，这种事无论如何都会发生的……"

一句话，这顿午餐越发疏远了我与同伴们昔日的亲密关系。

玛丽亚照例回请了他们一顿，她在餐桌上表现得非常可爱和周到，同时却又冷静得让人难以接近。告别时，我的一个朋友想要亲一下她的手，而她拒绝了。她说：

"这在以前也许是个好风俗。可现如今就算在宫廷里也都不时兴了。"

然后，为了缓和一下尴尬的气氛，她笑着找补道：

"更何况，好像就连宫廷本身也不再时兴了。"

这个理由十分牵强。不过也该实话实说：我们俄国人每天要亲三十次女士的手，亲吻熟悉的、半生不熟的、完全陌生的女士，而且还不能亲吻得稍微斯文一些。亲一下手吧——这是最亲昵无间的爱抚，对人对己都没有意义，我们为什么要弄得每个女人一手唾沫呢？

---

① 维克多·雨果的戏剧。

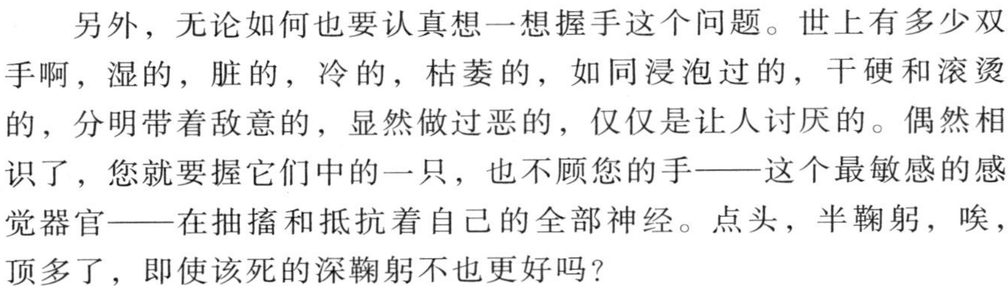

另外，无论如何也要认真想一想握手这个问题。世上有多少双手啊，湿的，脏的，冷的，枯萎的，如同浸泡过的，干硬和滚烫的，分明带着敌意的，显然做过恶的，仅仅是让人讨厌的。偶然相识了，您就要握它们中的一只，也不顾您的手——这个最敏感的感觉器官——在抽搐和抵抗着自己的全部神经。点头，半鞠躬，唉，顶多了，即使该死的深鞠躬不也更好吗？

就这样，我和玛丽亚独自留在了纷扰喧嚣、人烟稠密、花花绿绿的马赛。我和同事们的关系变得客客气气、一本正经，但我偶尔觉得能在他们形形色色的眼神里读出轻蔑而恶意的探问：“你不会要靠女人养活吧？”对男人来说，这是个可怕的问题！

正因为如此，当比利时企业买下我的新型液压机专利，得到一笔当时对我来说数额足够大的钱款时，我欣喜若狂。

此外还有一个人，我觉得他对玛丽亚真心关爱，并且充满敬重。这就是——我们的厂长勒米利亚克先生，一个清瘦的上了年岁的加斯科涅人，留着银白色的窄胡子，有一双炯炯有神的黑眼睛。他会带着骑士般的敬意提到迪朗女士。每次他向我问起她的健康，或给她弯身行礼、叫出她名字的时候，一定会微微欠一下大檐帽。很久之后我才知道，勒米利亚克先生是她先父的至交，负责管理玛丽亚的所有财务。顺便说一下，她的一部分财产便是我们工厂的股票。

前几个月我根本没感觉到男人自由团体的缺失。你知道吗，鞑靼人有句俗语——“哈尔达什”，这是伙伴、朋友的意思。但鞑靼人的伙伴有各种类型：战争中的伙伴，商业上的伙伴，酒席上的伙伴……还有旅途中的伙伴，也就是旅伴，称作基利－哈尔达什，如果他具有这个称谓的全部优良品格的话，会备受珍惜。正是这样：玛丽亚绝对是位理想的基利－哈尔达什。

她拥有敏锐、精准、清晰的眼光，这是一种上帝赐予天才的艺术家和作家们的罕见天赋，但这种天赋被慷慨得超乎我的想象地赐予聪慧且热爱生活的女人。她观察准确，见解尖锐、风趣，却从不恶毒。

我们喜欢随便旅行。拿着普罗旺斯地图，我们中的一个人眯上眼睛，胡乱用手一指，落到哪个城市或小镇，我们就在最近的周六

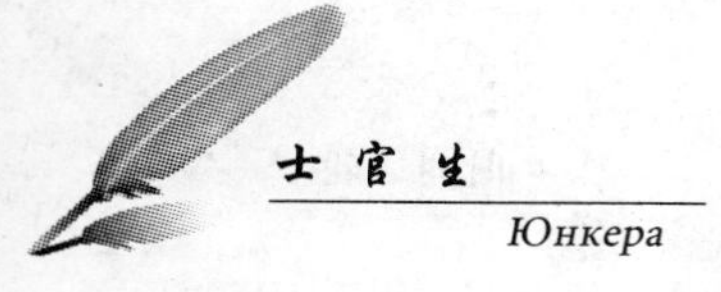

去哪儿。普罗旺斯的美景无穷无尽。

奇怪的是：在这种占卜中，我们最常碰到的是个名字非常有趣的小城：Cheval-Blanc——白马。但它就像具有魔法似的，总有什么事情阻挠我们去寻访它。有一天，玛丽亚非常亲切地说到这座小城：

“你知道我怎么想象这座神秘的小城吗？那里早已没有人烟。长青藤缠满了罗马建筑和废弃圆柱组成的古老的废墟。广场上矗立着一匹大理石白马，体形比真马高大十倍。小而硬的多刺的灌木，蝉在鸣叫……再没有任何东西了。我猜想，到了夜间，在月光的照耀下，那里大概非常恐怖……”

而令人惊奇的是，有关这座无形小城的想象始终让我感到惊恐，它就像某种暧昧不明的征兆。我是不是注定要死于此地？等着我的是欢愉，还是深深的痛苦？命运如飞，命运如飞，痛苦的是那个因为懒惰或愚蠢而被它的疾驰丢下的人。再也追赶不上了。

永志难忘的南方阳光下的暑热日子；蒙着漆黑天幕的酣甜的夜，那夜幕浓浓地笼罩着，浓到盈盈满满，南方的星星在上面闪动。古老的石头教堂内，弥漫着清爽寂谧的昏暗和冰冷神秘的气息；舒适的客栈，客栈的食物那么简单清淡，自酿的薄酒那么朴拙地散发着玫瑰花瓣的味道，而壮硕的老板娘迷人的微笑那么友善地流露着赞许，这一切都让我们觉得自己似乎是在大地母亲赤裸的乳房上吮吸，嘴里含着她富饶鼓胀的乳头。

我的老朋友，我亲爱的朋友！这一切我从未向任何人说起，当然也不会再说了。就请原谅我的饶舌吧……

我有一个消遣——我绝对可靠的记忆。但说什么好呢：这天赋难道不也是我无尽苦楚的源泉吗？如果给饥渴的人海水，他欢喜于它的清爽，但喝下去之后却加倍地苦渴。

我记忆里保留着无数鲜活的画面。主题永远只有一个——玛丽亚，背景却各不相同。我只需从我的储备中抽出随便一个奇特的名字，不论是普罗旺斯小城，还是跟我们的爱情相关的车站——或“Cargneiranne”，或“Pont de la Clue”，或“Mont des Oiseaux”，或

“Pas de Lancieres”，或“La Barque”[1] ——每抽出一个来，我便重历阳光搭成的天棚，长长的漆成黄色的单层建筑，玫瑰、薰衣草、大蒜和虬曲山松的芬芳，葡萄园的棚架，当然还有玛丽亚。我眼前的她那么清晰、生动，就像呈现在针孔镜箱。我追踪着她轻盈的体态、她脖颈的转动和脸上光影的荡漾。我听得见她的声音，记得起她每句言语。

瞧，此刻我就回想起了波尔姆——土伦和圣拉法埃尔间的那种小县城。我们下榻在据说有五百年历史的旅馆。它的名字和主人几度更迭。最后一位店主，一位布列塔尼人，叫它“La Corriganne”，在他的语言里这是“海帆”的意思。

该地洁净、舒适、清爽，逝去的岁月没给粗犷的美景留下一丝痕迹……

我们被带往带篷的楼顶凉台。透过凉台的拱窗，可以看见整座城市，城中的所有屋舍自上而下紧密相连，陡陡地散布在崖壁之上，屋舍间没有丁点儿缝隙，俨然一片蜂房；一些狭窄的过道、旋转楼梯和模模糊糊的乌黑窗洞隐约可见。而在上方，像趴在山尖上似的，堆积着“Chateau fort[2]”——昔日恐怖的强盗巢穴——一座笨拙的灰色建筑。

而在低处，遥远的大海生机勃勃，它在呼吸，在星星点点地闪烁，它蓝得那么幽深和浓重，与其说是蔚蓝，不如说乌黑更加确切。

玛丽亚臂肘撑在窗台上，举着望远镜站在拱窗中间。她忽然高声惊呼：

“米什卡，快过来。瞧一瞧这只小船。噢，真美呀！”

我走过去，从她手中接过望远镜，看了一眼，寻思道：这有什么奇特的呀？一个白衣、红腰带的人在摇桨划船。

可她却说：

“不，你仔细看一看：船桨——仿佛蜻蜓的翅膀。瞧，它在瞬

---

① 以上几个地名均为法语，可译为“白灰岩”、“一线桥”、“飞鸟山”、“骑兵关”、“小船”。

② 法语，意为“要塞城堡”。

间展开羽翅，线条是那么凌厉，那么优美。眨眼间它们不见了，就像融化了，就像蜻蜓收起了翅膀，一次，又一次。而小船的样子有多么迷人啊。现在你再看远处，看这个巧克力色的男孩儿。”

岩石上站立着一个皮肤黝黑的光着身子的半大孩子。他左臂弯曲着撑在大腿上，右手抓着一根又细又长的木棍，大概是鱼叉吧，因为男孩儿不时地从一块石头跳到另一块石头，猛然间把自己的木棍迅速叉到水里，为了保持平衡，还把左手抡圆了举过头顶。

“噢，米什卡，这真是无法描绘的美！这一切都如此和谐：阳光，大海，这清新的空气，这少年的身躯，这修长的腿，而最关键的是——男孩儿根本猜不到有人在注视着他。他自由自在，他的每个动作都很自然，因此也美极了……人不需要多做什么，便能饱览如此的美景！”

真也怪了：这一刻，我内在的心灵之眼似乎第一次打开，我好像头一回领悟到世上竟有如此丰富的质朴之美。

这一刻，我觉得整个世界都充满和浸透了某种震颤、悸动和摇曳着的无数人视而不见的快乐。我还感觉欢欣而颤动的光芒正从玛丽亚身上向我涌来。我特意不让她察觉地把自己的手掌贴近她的手，保持在一俄寸的距离。真的，我感觉到了某种金灿灿的光波。它们像暖流，但又完全不是暖流。当我触摸到玛丽亚的手时，感觉她的皮肤要比我的凉得多。

她转过头，亲吻一下我的嘴唇。

“你想说什么吗，米什卡?”

这时候我给她讲述了能穿透整个宇宙的黄金般的光芒。

她抱紧我，再次亲吻我。

“米什卡，”她贴着我的双唇说，“这是爱。”

每种巨大的幸福都有难以捕捉的顶峰时刻。紧随其后的便是降落。噢，顶点！……我体验过忧伤的黑纱怎样轻轻拂动我的双眼了。

切　　线

哎，我的朋友，我的朋友。我们俩碰巧都学过几何学。你记得吧，其中有这样一个概念——与圆相切的切线。它玄奥、神秘的特性总让我震惊，甚至是莫名地感到恐慌。在某个固定的时刻，当此前向上延伸的切线超过九十度的时候，突然会以不可思议的速度经历那种所谓的连续性中断，它非常奇妙地先是爬行，随后急速下滑——人类所无法想象的一种飞行。但更让我震惊的是，这个剧变的时刻完全无法捕捉。这不是分，不是秒，不是百万分之一秒：要知道时间和空间可以随意分割，总会得到足够小的单位……但这个神秘莫测的时刻究竟在哪里呢？

我有一个朋友，科里亚·采布里斯基，一个最具天才的数学家和音乐家，同时还是个不可救药的醚瘾患者，也是位靠吸食硫化醚写作的诗人。他曾经给我描述过吸入这种麻醉剂时的感受：

“最初，”他说，“醚类甜腻腻的气味令人不快甚至反感。随后便是空气不足、呼吸紧张和极度憋闷的强烈体验。

“但什么都无法填满、无法麻痹思想和生命的本能。

“你瞧——根本不是没有任何边界和过渡的‘突如其来’——我生活在了醚的极乐国度，这里除了轻松的欢欣和无限的快感，再无其他。

“往往是我躺在长沙发上，”采布里斯基说，“用浸透醚的棉制面具捂住嘴和鼻子，我坚定地命令自己，‘意识还没失去，要记住，记住，一定要记住如同涅槃的那一刻……’不行！所有尝试都无济于事。这……这不可思议……这就像切线的变化！”

因此，我的朋友，我认为爱情即将逝去，即将变成麻木冷漠、听天由命的习性的那个时刻，也同样无法捕捉。或许正是在波尔姆，在我们内心的幸福充盈到极致的那一刻——就在那时，在我没

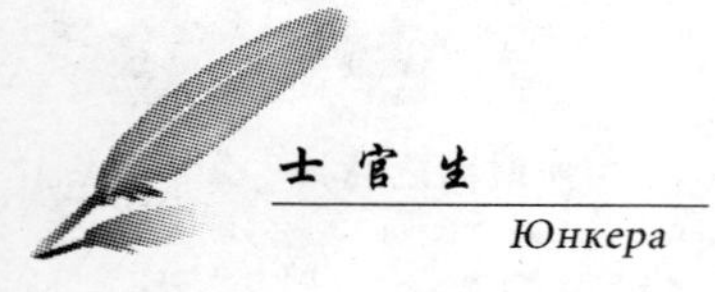

有察觉的时候，我对玛丽亚的爱情已经消退了。

她几乎是在婉转地取悦我，温情脉脉地说：

“米什卡！这里可真美呀。我们在这里多露营一天吧？”

我想起很久以前，还是在那里，在“码头旅店”，在我们的舱室内的一次小小的争执，我突然感觉自己又疲惫，又腻烦。

我反问道：

“可我厂里的工作呢？光荣职责呢？对承诺的忠诚呢？”

她哀伤地望着我。她的眼白微微发红。

“你说得对，米什卡。很高兴你比我明白事理。我们走吧。”

我怜惜起她来。我赶忙说：

“不。为什么呀？既然你愿意的话，我很乐意留下来。”

“算了，米什卡。走吧，走吧。”

我同意了。回马赛的路漫长而孤寂。我们更多时候是默不作声。局促感头一次横在我们中间。随后它当然消失了，我们接下来的约会又像从前那样轻松愉快。

如今，我思考过很多，也悟到了很多，我确信，我们男人很少了解，往往是毫不了解女人内心里的爱情构造。玛丽亚那么勇敢地崇尚爱情自由，在我之前曾经有过几个爱人。我相信，她最初也以为自己爱他们中的每一个，但很快发现这仅仅是对超越一切的惟一真爱的追寻，仅仅是自我蒙蔽，是激烈而强大的情欲所构置的陷阱。

大多数女人都经历过——不是用理智，而是用心——这种追寻与这种失落。

为什么最幸福的婚姻都属于鳏寡者或在离异之后呢？为什么莎士比亚要借梅尔乔库[①]之口来宣称，“强烈的不是第一次而是第二次爱情”？

尽管温柔娴雅，但玛丽亚却有着强大的意志和自制力。在爱情中，不是她被选择，而是由她选择。她从不会出于同情或因为习惯了变味、无聊、令人厌倦的关系而像很多女人做的这类庸俗事情一样受到引诱。她会在漫长无趣的结局到来前很久便斩断情缘，而且

① 《罗密欧与朱丽叶》里的人物，罗密欧的朋友。

做得轻盈、果断，犹如催眠般温婉，我从已故的押运员吉奥瓦尼的那个事例中头一回见识了这种温婉。要知道，她后来在对我无法排遣的嫉妒做出妥协的时候，跟我讲过很多很多事情。

我还要告诉你，那个最终找到自己真正的、自己下意识里所幻想和期盼的爱情的女人，她绝对会获得，获得一种无上的幸福，而这恰恰又是一种最大的不幸：她的宽容渐渐变得永无止境。她欣欣然地奉献给心上人的不仅仅是自己的身体，还恨不得把自己的灵魂也放在他脚下。她心甘情愿地奉献给他自己的白天和黑夜、自己的劳作和关爱，她把自己的财产和自己的意志都交由他掌控。她甜蜜地望着自己的心上人，就像仰望神明。如果男人在头脑、心灵、品格上高于她，她会拼命跋涉、攀登，试图赶上他；如果低于她，她会不知不觉地降下来，降到他的高度。和自己的意中人紧密相连，让自己的身体、血脉、呼吸、思想和灵魂都与他交融——这就是她始终不渝的愿望！

于是，她不由自主地开始以他的思想来思想，以他的言语来言语，换成他的品味和习性——得他得的疾病，欣赏他的缺点。噢！完美至极的奴役！

我的玛丽亚带给我的正是这种爱情。你自然会说，这种奇妙的礼物是疯狂、是荒谬、是极度的误解、是致命的错误吧？同样的话我对自己讲过上千次，至今仍然在讲。但从有生之初究竟谁能洞悉爱的秘密，理清它奇妙莫测的方式呢？而谁又能鼓起勇气，在设计爱情关系的时候，让豁达的和豁达的、美妙的和美妙的、强大的和强大的结合，而把遗落的一大堆丢进污水坑呢？

我——怎么跟你说呢？……我……“嘴刁了”。我们雅罗斯拉夫的庄稼汉这样讲自己偶然暴富之后便趾高气扬、不可一世、开始胡搅蛮缠“我的左脚想要什么！”的庄稼汉兄弟。大家会这样说他：“瞧，嘴刁了，馋鬼！”你看见了吧，朋友，我不给自己留面子。

从我们最初相识的日子起，我便惊讶地确信玛丽亚比我优秀得多——无论智力，还是对生活的爱、对爱情的执著。温暖愉悦的善在她身上散发出生动健康的光彩。她的每个动作都那么自信、优雅、和谐。她的美，是为自己特有的、无与伦比、独一无二的本真之美。难道我不是经常见到，男人如何对她出神，女人如何用审视

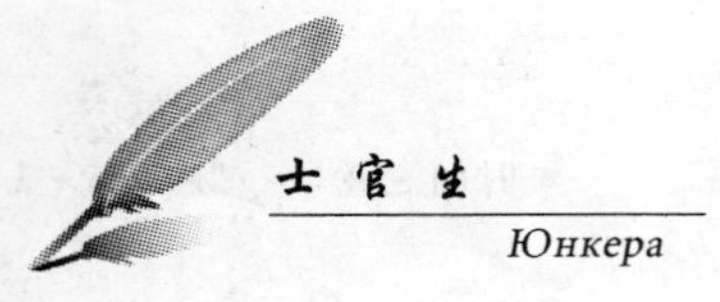

而嫉妒的目光久久地注视她，他们如何对她频频回头吗?

我已经跟你讲过了，在我们相爱初期那些粉红色的日子，我面对她的时候觉得自己又丑又笨……对我来说，她是爱上凡夫俗子的女神或女皇。她的自由奔放更是衬出了我这个俄国人的拘谨……

但隐秘的爱的快乐领地可真是幽深。伴随着夜晚的秘密，不为人知的情欲生活连接着两个人——男人和女人；让他们如同秘而不宣的欲望之罪的共同参与者，关于这欲望之罪，谁也不会坦白，关于它，即使在他们之间，白天时也羞于高声谈及。

这情欲的力量能超越所有尴尬，抚平所有粗糙之处，拉近极端，消弭个性，清除所有差异：性别，血缘，出身，种族，年龄，教养，甚至是社会等级——它狂热、安乐、乖张的威力大得无法形容!

但在这种迷狂中掌握主动的却不是那个爱得更多的，而是那个爱得更少的：真是离奇而可恶的怪事!

不知道这是什么时候发生、又是怎样发生的，但很快我便感觉到，该死的习性的力量消除了我对玛丽亚的崇拜，让我的景仰黯然褪色。热潮和姿态最终不会长久。年轻狂热的圣徒连自己都没留意，他何时、以何种方式变成了一个冷漠而多疑的市侩。

我并非不再爱玛丽亚了。她依旧是无法替代、让人着魔的我最美的爱人。意识到自己拥有她，而且想拥有多久就拥有多久，这让我的内心充满虚荣的孔雀似的骄傲。但在爱情中，我变得慵懒、怠惰，经常地漫不经心。这些温存的情话，这些亲昵调皮的称谓，这些可爱而愚蠢的嬉戏，所有这些纤弱、纯洁、不知餍足的爱情之花，它们已经不能让我快乐、感动、用情和迷醉。我失去了理智，也失去了对它们的兴趣，它们开始让我觉得陌生和无聊。我强迫自己去爱——仅此而已。我是一个被娇惯坏了的自以为是的主宰者。

但恰恰因为玛丽亚从来没想过要去衡量和计较自己慷慨宽广、没有止境的爱情，我根本没有省察到对她态度的转变。我以为我们的一切照旧进行，像最初那些日子一样单纯和平稳。是啊，渐进和习惯——这残酷的骗局，它们在悄悄地发生作用。

可这还不算完。从前的那个玛丽亚，那个我不久前还无比赞赏的朋友－玛丽亚，谈心人－玛丽亚，旅伴－玛丽亚，“基里－哈尔达什”，她快乐而活跃的智慧，她无比高尚的品格，她对生活纯洁的爱、对所有生命的怜悯——这一切在我的意识中都丧失了魅力，丧失了意义。甚至可以说，我对玛丽亚的很多东西都开始失去兴趣。

比如说吧，她有一个小小的嗜好：喂马。为此她的小提包里总是带着糖块。在街上，一见到体形如象的灰色佩尔什大轭马，她就会连忙走上前去，毫无畏惧地把摊开的粉红色小手掌上的糖块递给它。温良的巨型牲畜用柔软的翕动的嘴唇小心翼翼地碰一碰白色的糖块，舔起来，咯吱咯吱地一边嚼，一边频频地点头致谢。这时候，玛丽亚毫不在乎地便拉住我的手，而我呢，一定要用手帕狠劲地擦干净它。

对我来说，这个消遣一直很开心。可有一回，当玛丽亚照例捧着糖走近一匹大马时，我却莫名其妙地使起性子来。你看，这个消遣突然让我觉得幼稚，甚至是有失体面。人家在看我们呢！所以我对她说：

“玛丽亚，换成我的话才不会那么冒险呢。马匹经常得鼻疽，很容易传染。”

她立刻讶异地望了望我，扔掉了糖块。

“好，米什卡，你说得对。我再不这么做了。”

于是，从此以后她再没走近过自己的灰色宠物。

后来又发生了一件事。必须告诉你的是——她从不施舍职业乞丐，但对任何一位街头歌手、音乐家、魔术师、腹语者、杂技演员和其他流浪艺人，则会毫不计较地慷慨解囊。

这不，有一天，我们在某个郊区街心公园见到一个衣不蔽体的大力士，他穿着条条缕缕、污浊不堪的紧身衣，站在摊在地面的满是破洞的毯子上，双腿叉得很开，撑着疲惫的手臂，耷拉着粗壮的脖子，无精打彩地望着脚下。他身边堆放着哑铃、笨重的铁砧、粗粝的巨石和打铁的锤子。聚了一小群好看热闹的人，他们无声地打量着大力士和他的重型器械。一个贼头贼脑、瘦弱不堪的人戴一顶系着红绒球的水手软帽，站在中间吹嘘着大力士：“世界冠军，钢铁之王，世界纪录保持者，获得过绶带和金腰带；乌艾尔斯基亲王亲自褒奖，狮子和太阳勋章！……”

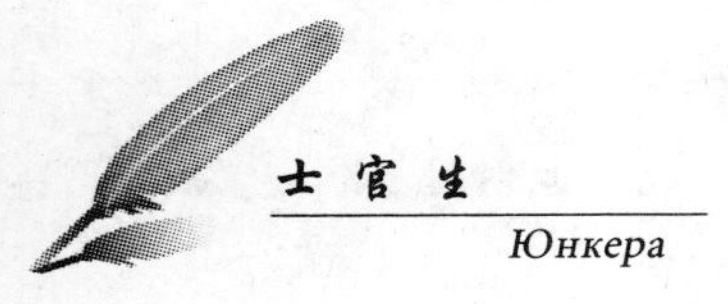

接下来他停顿片刻，托个盘子围着观众绕行，零零落落的几枚铜币和镍币叮叮当当地落在盘子里，然后他又开始招揽尊敬而仁慈的观众。

“我们走近一些吧。”玛丽亚说道。

我皱紧眉头：

“我的宝贝，你在这里找什么乐子？没病没灾、五大三粗的小伙子，好吃懒做，在闲人面前要活宝。这个摆摊大力士的那张脸可真是愚蠢：好像天生就是个小偷和强盗。”

噢，我可真是见鬼！我从哪里突然冒出来这种理智、这种挑剔、这种崇高感？以前我可从来没在自己身上发现过它们。玛丽亚回应道：

“米什卡，也许你说得对。我只不过是怜悯他。我们走吧。”

但在离开之前，她匆忙掏出一张淡蓝色的纸币，把它扔到一圈人中间的地毯上。招揽人立刻抓起它，冲玛丽亚滑稽地鞠了一躬，喊道：

“谢谢您，无比高贵的夫人，您有多么美丽就有多么仁慈。女士们，先生们，请学学这位迷人的公爵夫人吧！……”

另外他还用双手送给我们一个飞吻。

我催促道：

“走吧，赶紧走吧。在看我们呢。”

我感觉她叹了口气……或者是打了个哈欠？

哎，亲爱的，这段日子我做了无数蠢事和下流勾当。

比方说吧，她有自己的“粉红老人”。她以此称呼那些只剩下老两口——丈夫和妻子的家庭，而其他家庭成员要么相继过世，要么天各一方。老人们就这样挨着残生：两人白发斑斑，两人同样满脸慈祥的皱纹，两人像老年人那样面色红润、体格硬朗，彼此惊人地相像。

玛丽亚有两对这样的“粉红老人”，老爷爷和老奶奶以前都是渔公和渔婆。他们住在老码头，玛丽亚经常去探望他们，并且总是随身带去礼物：暖和的织物、烟草、治疗老水手风湿病的罗姆酒、咖啡、茶和水果。她经常带我同去。我还记得以前我是怎样温馨惬意地听她和老人们不慌不忙、睿智而亲昵的闲谈，而在这个时候，她整晚整晚地坐在炉火旁，膝上放着什么手工活。她具备善意待人的天赋，这种

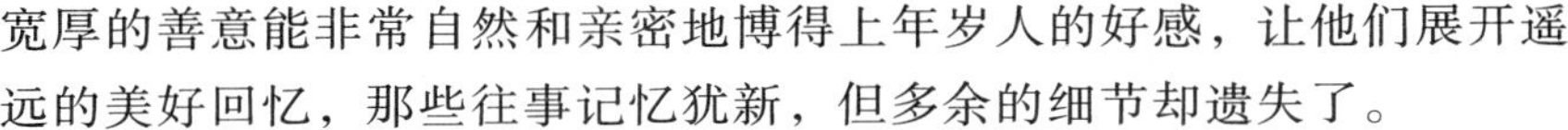

宽厚的善意能非常自然和亲密地博得上年岁人的好感，让他们展开遥远的美好回忆，那些往事记忆犹新，但多余的细节却遗失了。

她从不厌倦这些天真的海上故事——即使已被不止一次地重复过——水手和渔夫的生活，稍纵即逝的快乐，淳朴而平淡无奇的爱情，远航，风暴和旋风，对死神随时逼近的恭敬而庄重的顺从，上陆时粗鲁放纵的欢娱。这些故事能让人感觉到嘴上的盐味：海浪的盐，无尽的女人泪水的盐，劳作汗水的盐。

噢，玛丽亚，你是多么热爱这些质朴的故事。你身上不是平白无故流淌着海狼、海盗和海军将领含满氧的鲜血，而我的血管里流淌的则是大陆知识分子缓滞的血液。

有一回，我以工作繁忙为借口拒绝陪她去看“粉红老人”。而在第二次我没找任何理由便拒绝了。我直截了当地告诉她，我不想去。

“你不喜欢他们，我的‘粉红老人’吗，米什卡?”

“说实话，不是很喜欢。总是那一套，没劲。况且我也不是特别热爱大海、海上故事和水手老人们。”

她的下唇不由得抽搐一下。我知道玛丽亚感到了委屈。不是因为我的粗鲁，也不是为自己，而是为自己的“粉红老人”感到屈辱。

“再见，米什卡。”她不露声色地说道。

说完，她便离开了。

白　马

她说完“再见”，从土耳其长沙发上站起来，轻盈地快步离开了。

我以为她会很快回来，向我解释这次突然而果断的告别的缘由。我坐在那儿等她。她迟迟不来，而我则在心里默默搅动和鼓噪着仇恨。我已经在这细小的毫无缘由、毫无意义的恶意中，为她准备新一轮刻毒的羞辱。关于她那用于行善的画屏，她那基本属于手工作坊式的慈善事业，我打算和盘托出我的看法："这一切其实都是欺骗、伪善和虚情假意。这种东西就像英国老处女送进监狱和妓院的廉价福音书；这是对上帝的行贿，是贪得无厌的高利贷者摆在圣像前的蜡烛，是胆怯的富人为防止日后人民的压迫而购买的保险单，顶多——这也不过是发生火灾时的一根儿童用灌肠管……"

我还想给她讲述一幕残酷的情景，它发生在列夫·托尔斯泰和屠格涅夫之间，险些导致他们决斗。不管怎么说，在这个事件之后，两个伟大的作家永远成了敌人。在托尔斯泰家吃早餐时，屠格涅夫带着由衷的赞叹，绘声绘色地讲述英国家庭女教师如何教导他的私生女波利娜做善事。

"每个礼拜天，"屠格涅夫充满柔情地说，"她们两人都去最贫寒的城郊，去乞丐的棚屋，去穷苦的劳力们的地下室，去凄惨的落魄者的阁楼……在那里，她们一整天都在谦恭而忘我地清洗和缝补他们的衣物。噢，这多么感人，多么美好和淳朴啊。是不是呀？"

这时候，托尔斯泰从桌子后跳起来，一擂桌子，高喊道：

"真是虚情假意！真是伪善！真是对贫穷的侮辱！"

屠格涅夫严厉地回了一句，冲出房子。决斗勉强得以制止。

但这还不算完。我心里沸腾着妒火和怨恨。我准备用她对老百姓、对贫民、对水手和流浪汉、对原始力量、对粗野的健康、对那些如同吸引罗马贵妇人那样永远吸引着饱食终日的女人们的东西的迷恋，来斥责玛丽亚。

但玛丽亚没有来……我的朋友！她就这样一去不回了……永远不回来了。你听我说——永永远远！

我具有足够的男子汉的自制力：我忍住了要去叩她房门的强烈欲望。我决定去工厂。我想，明天晚上她就会来接我。到时候我们就会和解的。也许是我不对吧？我可以道歉。需要原谅女人的小脾气。而她不可能不来。这种事她做不到。她对我的爱——甚至不是爱情，而是娇纵。

我带着这样的念头去前厅时，经过威严、华丽、全身布满从墨绿到淡蓝所有迷人色调的孔雀。我突然身子一晃，感到瞬间的头晕，于是我在画屏前停下来，因为心悸和面颊与嘴唇上的冷意，我觉得自己面色惨白。我的记忆中忽然闪出不久前玛丽亚说过的话：

“除了外表的美，孔雀一无所长。这种动物傲慢、多疑、愚蠢、怯懦，此外还有一副嘶哑、可憎的嗓音。”

“见鬼！这不是说我吗？还好，我长得不算漂亮。”

随后我急匆匆地跑下了橡木旋转楼梯。

可我心爱的玛丽亚第二天没来，第三天也没有任何音信。

第四天，我疲惫不堪，既脆弱又懊悔，决定去一趟奥夫海湾。我觉得自己像一条湿淋淋、惹了祸的卷毛狗，或是一只未被拔光毛的公鸡。

给我开门的是这条该死的毒蛇，这个疯巫婆因格丽特。我走进工作间，问道：

“迪朗女士在家吗？”

“迪朗女士三天前走的。不过，她交代过我要听从您的吩咐。”

我恶毒而愤怒地问道：

“她把您送给我了？”

“完全正确。送给您或她调遣。所以，先生，我随时为您效劳。”

我回答说：

“夫人，我就算需要世上的任何人也不会需要您的。请告诉我她的地址。”

“我就是知道——也无论如何都不会告诉您。”

这个金发恶魔，这个卑微的、我永远无法理解的、天使与魔鬼的混合体，她鼓起那么凶狠、那么充满仇恨的眼睛望着我！

“您被解雇啦！”我冲她大吼一声，跑开了。奔跑途中，光彩夺目的孔雀从我旁边一闪而过。愤恨和绝望让我窒息，我下意识地但非常响亮地摔上了门，整个楼梯都轰响起来的时候，我听见那个小怪物的声音：

“Imbecile①！”

---

① 法语，意为“傻瓜”。

玛丽亚依旧音信全无。而在两星期以后，我终于收到了她的来信。

亲爱的米什卡，谢谢你给了我那么大的幸福。这段时间我一直在思考，关于你，关于自己，还有我们的爱情。天知道我费了多大的力气才没有失控，才没乘坐碰见的第一列火车奔向你。我终于明白了，我们不能生活在一处，也不能彼此接近。我们中间存在某种东西，它经常将我们分开，阻挠我们完美幸福地生活，而任何修补、任何新的尝试和考验都会把我们拖入新的、越来越强烈的敌对。我在“白马”小城给你写信。我错了，曾经把它想象成诗意和雄伟的样子。这里有将近两千的居民、英国人的旅店、向导、如画的风景、摄影师，甚至还有草地网球。明天我将离开欧洲。我们再不会相见了，而我还有一个友好的建议——尽快彻底地忘记我。再见吧。吻你。

你的朋友玛丽亚

另有附言：

我知道，你不在乎钱财，并且很自尊，不过，假如你碰上急需或困难，请以我的名义去找厂长勒米利亚克先生。他会主动帮助你的。M.

你瞧，就这样，一切都结束了，我的老友……无所谓了……我听天由命……你不能让时间之轮倒转……我得过且过。可是有一个，有一个念头不让我安生：为什么我不能单纯、信任、热情、温顺地爱玛丽亚，就像水手吉奥瓦尼，这个英俊的押运员那样爱她呢？是啊！我和这个意大利人面对的是不同的考验。

也许真是那只可恶孔雀的毒眼导致了我的不幸？

一九二九年

士 官 生

第 一 部

米哈伊尔神父

八月末，大约是三十号或三十一号吧。三个月的暑假之后，毕业的武备学员最后一次返校，前后整整七年，他们在这里求学，捣乱，偶尔蹲禁闭，纷争又和好。

返校日期和时间——是严格规定的。又怎么能迟到呢？“我们已不是什么准军人学生，什么半大男孩，而是亚历山大第三军事学校的士官生，在那里，居于首位的是严厉的纪律和明确的职责。我们一个月后就要在旗下宣誓，这可不是平白无故的。”

在红营房旁边，第四武备中学对面，亚历山德罗夫让马车停下来。走向自己的第二武备中学时，在某种隐秘的本能驱使下，他没走近路，而是沿着从前的道路和昔日的处所绕行，那些地方他成千上万次跑过踏过，也将在记忆里铭刻数十年，直到生命尽头，而如今，它们已在他心中散发着难以名状的甜蜜、苦楚和温柔的忧郁了。

瞧，铁门入口左侧——一座两层石头建筑，它颜色暗黄，墙面斑驳，五十年前以尼古拉时期的军队风格建成。

楼内样式古板的套间住着教员，还有神学教师、第二武备中学

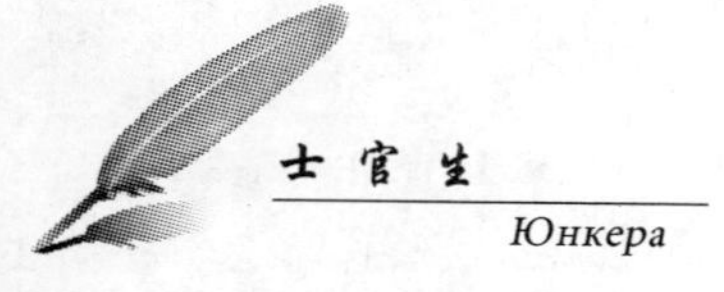

的首席神父米哈伊尔·沃兹涅辛斯基。

米哈伊尔神父。亚历山德罗夫心脏骤然抽紧，因为明净的忧伤，难堪的羞愧，淡淡的懊悔……是的。事情是这样的。

像往常一样，三点钟，连队准时爬下盘旋的石头楼梯，去学校公共食堂吃午餐。不知是谁，在队列里突然响亮地吹了声口哨。无论如何，这一次也不是亚历山德罗夫。但雅布鲁金斯基大尉犯了个愚蠢的错误。他应该喊一句："谁在吹口哨？"——犯错的那位就会立刻应声回答："我，大尉先生！"可他却异常凶狠地吼道："又是亚历山德罗夫？请去禁闭室，并且——免掉午餐。"亚历山德罗夫停下来，为了不妨碍连队行进，他靠近栏杆。直到队列最后的雅布鲁金斯基下了楼，跟他并排时，亚历山德罗夫低声却很坚定地说道：

"大尉先生，不是我。"

雅布鲁金斯基咆哮起来：

"闭嘴！不要狡辩！站队时不许讲话。立刻去禁闭室。即使犯错的不是您，那您也有一百次错误没被逮到过。您是连里（长官对七年级学生以'您'相称）和全校的耻辱！"

委屈、怨恨、不幸的亚历山德罗夫磨磨蹭蹭，来到了禁闭室。他感觉嘴里发苦。这个在学员中间被称为"烧酒"，更多时候被称为"木塞子"的雅布鲁金斯基，对他总是明显的不信任。天知道是怎么回事？因为他讨厌亚历山德罗夫透着典型的鞑靼人表情特征的面孔，还是因为这个男孩儿天性好动，鬼点子多，永远充当着破坏安静和秩序事件的首领？一句话，高年级的人都知道，木塞子和亚历山德罗夫过不去……

年轻人悄无声息地到了禁闭室，主动进了三间囚室中的一间，坐到铁栅栏后面的光板橡木床上，而禁闭室校役，克鲁古洛夫，一声不响地锁上了门。

餐前祷告声低沉而和谐地从远方传到亚历山德罗夫耳畔，三百五十名学员在唱祷词。

"主啊，众人仰望你，赞美你，请你适时赐他们食物，请张开你慷慨的怀抱吧……"亚历山德罗夫也不由自主地默默重复早已谙熟的词句。焦躁，再加上嘴里苦涩的滋味，让人食欲强烈。

祷告之后，四周一片宁静。怨怒不仅未平息，相反还愈发高涨

了。他在四步见方的狭小空间内团团打转，不断萌生的粗蛮念头渐渐驾驭了他。

“噢，好吧，也许有一百次，也许有两百次，我都是错的。可问到的时候，我总会承认的。谁为打赌用拳头砸碎了瓷砖炉盖？我。谁在厕所抽烟？我。谁从物理教室偷走一块钠，把它扔在盥洗室，弄得整层楼满是烟气和臭味？我。谁往值班军官的被窝里放活青蛙？还是我……

“虽然我立刻招认，可还是给放到汽灯下面，被关禁闭，被发配去跟鼓手吃午餐，被留下罚掉假期。这当然卑鄙。但既然犯了错——有什么办法呢，就得忍耐了。我也服从愚蠢的规定。但今天我决没犯丝毫过错。吹口哨的是别人，不是我，可雅布鲁金斯基这个木塞子却凶巴巴地冲我来了，当着全连的面让我难堪。这种不公让人忍无可忍。不跟我求证，他就叫我骗子。他现在有多不公正，我以前所有的行为就有多正确。因此——算了吧。不想蹲禁闭。不想，再也不想了。不想，就是不想了。说定啦！”

他能清清楚楚听见餐后的祈祷声。随后，所有连队闹闹哄哄、踢踢踏踏地各自散去了。接下来又是一片沉寂。但亚历山德罗夫十七岁的心灵仍在继续两股力量间的斗争。

“如果我没有任何过错，为什么要受罚？对雅布鲁金斯基来说，我算什么？奴隶？奴仆？农奴？听差？或者是他鼻涕虫儿子瓦列尔卡？听凭别人跟我说，说我是一个武备学员，也就是一个准士兵，因此就该无可争辩、无条件地接受长官的惩罚？不！我还不是士兵，我还没有宣誓。出了军校，毕业以后，许多学员都去考技术学校、测绘学院、林业研究院，或其他不要求拉丁文和希腊文的高等学校。所以，我跟军校没有任何关系，能随时随刻抛弃它。”

他口干舌燥，喉咙冒火。

“克鲁古洛夫！”他叫看守。“开门。我想去茅房。”

校役开锁放出了他。禁闭室位于连队所在的顶楼。厕所也归禁闭室与连队宿舍共用。这是地下禁闭室进行维修期间的临时安排。护送被监押人去厕所，寸步不离地监视他，以防他跟自由的伙伴们通气，这也是禁闭室校役的职责之一。可亚历山德罗夫一靠近寝室门口，便立刻蹿向一排排灰色的床铺。

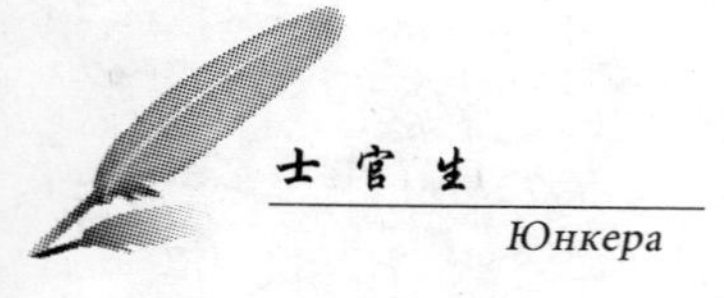

“去哪儿，去哪儿，去哪儿呀？”克鲁古洛夫束手无策，活像只公鸡，咕咕嗒嗒地叫着，急匆匆地追赶。可他怎么追得上呢？

跑过寝室和衣帽间的小走廊，亚历山德罗夫冲进了值班室；这也是教员休息室。那里有两个人：值班中尉米辛，正是亚历山德罗夫的班长，他来为三角和代数课程较差的学生做晚辅导；文职教员奥太，一个快活的小个子，长着赫尔库勒斯①的身子和侏儒的小细腿儿。

“这是怎么回事？怎么这么无礼？”米辛喊道，“赶紧回到禁闭室！”

“我不去。”亚历山德罗夫回答，声音小得连他自己都听不清，下嘴唇也哆嗦起来。这一瞬间，即使他本人也不会怀疑，他血管里沸腾起来的是自己粗野狂放、桀骜不驯的母系先祖——鞑靼人狂暴的血液。

“回禁闭室！马上回禁闭室！”米辛尖叫道，“立刻！”

“我不去，就这样了。”

“您怎么有权利不服从自己的直属长官？”

亚历山德罗夫热血冲头，冲动得两眼发红，坚毅的目光紧紧逼视着米辛溜圆的浅色眼睛，回答道：

“我再也不愿意在这个如此不公正地对待我的、莫斯科第二武备中学学习。从这一刻起，我再不是学生，而是个自由的人。现在就请放我回家，我再也不会回来了！无论如何。您此刻对我没有任何权利。就是这样。”

这时候，奥太把自己蓬松斑白的小脑袋贴近米辛的耳朵，嘀咕起什么来。米辛转身对着房门。房门半掩，几十张两眼放光、嘴巴张开、剪着短发的脑袋瓜儿，从上到下挤满了门缝。

米辛冲过去，敞开房门，吼叫道：

“你们要干什么？你们围在这里干什么？回到各自的教室，学习去！”

然后，他“砰”的一声摔上门，冲亚历山德罗夫大叫：

“您马上回禁闭室！”

---

① 希腊神话中的大力士。

“我跟您讲过，我不去，再也不会去的。”这学生像头牛犊一样，埋着头回答道。

“不去？那就强行拖走您。我这就让校役……”

“您试试看吧。”亚历山德罗夫鼓着鼻孔回应他。但这时奥太温柔地拉了拉米辛的手，低声说道：

“中尉先生，让我跟这位激动的年轻人说两句。”

“噢，好吧，请便！哪怕三十句，哪怕两百句呢。见鬼去吧，真不像话！正好赶上我值班！”

奥太起初非常和气：

“亲爱的年轻人，您多大年纪呀？”

“对您来说还不是一样？”亚历山德罗夫不客气地顶撞道。“哼，十七……”

“我当然无所谓，”教师继续说道，“但我得跟您讲，十七岁的年轻人几乎没有任何个人权利和社会权利。他不能结婚。他签字的票据到哪里都不算数。就连参军都不合适：要求年满十八岁。以您的处境呢，还要由父母，亲戚，或是监护人，或是某个社会机构抚养。”

“那又怎么样？”亚历山德罗夫固执地打断了他。

“总而言之，”奥太不动声色地回应道，“总而言之，所有问题都取决于决定让你上军校的人。”

“我妈妈。不过……”

“没有什么‘不过’，”教师驳斥道，“只有在您母亲同意的前提下，您才能离开学校，而且，还必须是在规定以外的时间。朋友一样坦白说吧，我建议您熬过这一夜。清晨将会给您建议——就像智慧的法国人所说的那样。”

“喂，跟他客气什么呀？”米辛不耐烦地嚷嚷道。“校役！来一下！”

奥太睿智而关切的劝说已经让亚历山德罗夫的情绪平稳下来，但米辛粗鲁的叫喊再次引爆了他的火药库。是的，应该说，这个时期亚历山德罗夫正是大仲马、席勒和瓦尔特·司各特的忠实读者。他回答得既粗鲁，又不由自主地有些戏剧化：

“哪怕叫来您的上千个校役，我也会跟您战斗，直到我挣脱您可恶的监牢。我首先就要……”

可就在此刻，奥太宽大的手掌轻柔地捂住了他的嘴巴，他勉强来得及甩了一下头。

“安静，小男孩！”奥太宽厚而威严地训斥道。“稍微安静一会儿。中尉先生，”他转向米辛，“这不是他，而是他愚蠢的青春期冲动在作怪。请让孩子冷静一下，一切都会过去的。要知道我们大家全都经历过这个顶牛儿阶段。”

“非常感谢您，埃米尔·弗兰采维奇，”亚历山德罗夫发自肺腑地说道，“但我今天仍然要离校。我的姐夫——特维尔大街报馆拐角的法尔茨－芬旅馆的经理，他上礼拜和我通过电话。最好让他现在就去找我妈妈，跟她讲，让她尽快赶到这里，再随便带身便服来。我会主动回禁闭室的。”

他冲奥太深鞠一躬，说：

“再次对您深表感谢，埃米尔·弗兰采维奇。您能否为我请求不要上锁？真的，我不会逃跑的。”

“噢，我的天啊！”米辛拍了一下自己的额头，高喊道。“这些不成体统的事情把我的脑袋弄裂了！好吧，别让他们上锁。我反正无所谓。”

但这一瞬间，亚历山德罗夫却让鬼迷了心窍。他指了指米辛，问奥太：

“您能担保不会上锁吗？”

“是的，能，能——不会锁您的。去吧。”奥太冲他挥了挥手。“赶紧去吧，不知害臊的家伙。倒也真有性格！”

送亚历山德罗夫回禁闭室的是打一年级起就已经熟悉的老校役切杜哈（本名是比奥杜赫）。他把学生交给克鲁古洛夫，叮嘱说：

“吩咐不要上锁。”随后，他沉默了片刻，加了一句：“真是个小鬼头！”

亚历山德罗夫把这个称呼听成恭维话。

一秒秒，一分分，一个又一个钟头，绵延无尽的时间过去了。给亚历山德罗夫送来了茶——热蜜水和黄油白面包，但他拒绝了，还给了克鲁古洛夫。

很久以后，男孩儿才得知长官们关照自己的原因。连队吃完午餐回来，亚历山德罗夫被关禁闭的消息在连里一传开，学生日丹诺夫就立刻找到雅布鲁金斯基大尉，信誓旦旦地申明，队伍里打口哨的是他，不是亚历山德罗夫。而他之所以这样做，仅仅是因为他今天刚学会把两根手指含在嘴里吹口哨，去食堂的路上，忍不住就稍稍演习了一下。

此外，全连都对不公正地处罚亚历山德罗夫感到不满，并且愤愤不平。有关隔壁第四中学的暴动，长官们至今记忆犹新。动乱源于鸡毛蒜皮的小事，是因为奸诈的后勤管理员和糟糕的伙食。屡见不鲜的现象。第二中学对付它的办法就非常简单，即采用家庭化的手段。比方说有一回，管理员给每日的早餐配上米饭馅饼。这种伙食大家全都厌恶，他们发牢骚，把大馅饼扔到地上。管理员并不让步。最后，面对校长的致词“你们好，学员们”，连队起初坚决不回答“您好，大人”，而是说——“您好，米饭馅饼”。这起了作用。米饭馅饼被叫停了，争端也和平收场。

但在第四中学，因为长官愚蠢的弹压，这种小小的不满便转化成恶劣的大规模暴乱。灯和玻璃全被砸碎，枪刺戳烂了门窗，图书室的书籍被撕成碎片。被迫召来了军队。骚乱平定下来。挑事者之一的萨尔丹诺夫被送交军队。很多孩子被赶出学校。一个真理：不能跟群众和孩子们纠缠……

那个切杜哈再来的时候，已经临近黄昏。

“小少爷，”他说（千真万确，他说的就是——小少爷），“您母亲来看您了。在教堂，在教堂台阶上等您呢。”

教堂台阶上一片漆黑。正面过道上映出灯光，毛玻璃后面，微弱的灯火隐隐闪烁。窗下长椅上坐着三个人。昏暗之中，亚历山德罗夫没能马上认出坐在那里的是谁。起身迎着他走过来的是姐姐索尼娅的丈夫伊万·亚历山德洛维奇·马扎诺夫。亚历山德罗夫撒了谎，称他是法尔茨－芬旅馆经理。他不过是个办事员。他懒洋洋，困恹恹，永远咧着嘴，面色苍白，眉毛上面有个黄色的小瘤子。他惟一的读物——里面列有他姓氏的贵族家谱第六卷。母亲亚历山德罗娃，亚历山德罗夫本人，姐姐济娜，她的丈夫、憨厚的林务员哈特，现在全都受不了这个人。索尼娅好像也恨他，但出于自尊，她默不作声。他有点儿跟家里人不搭调。似乎出于某种洁癖的本能，全家人都在疏远他；尽管当着马扎诺夫的面儿模仿他所喜欢的口头禅："那么说"、"问题在于"、"基本上"和"根据某某观点"时，妈妈会来制止阿廖沙[①]。

他走到亚历山德罗夫身旁，这样开口道：

"问题在于……"

亚历山德罗夫勉强握了握他又冷又潮的手，回答：

"谢谢您，伊万·亚历山德洛维奇。"

"问题在于……"马扎诺夫重复道。"根据原则性的观点……"

而这时候，另外一个人影从椅子上站起身，快步走过来。亚历山德罗夫满心惊讶和惶恐，他认出这是自己的妈妈，自己奉若神明的妈妈。他是从她轻轻的干咳声，从她小号的矮靿便鞋细碎的脚步声认出来的。

"伊万·亚历山德洛维奇，"她说，"请您下去吧，在过道里等我一会儿。"

"问题在于……"马扎诺夫讲到这儿，谢天谢地，离开了。

"阿廖沙，我的阿廖什尼卡，"母亲开口道，"你的恶作剧什么时候是头儿呀？瞧，你从拉祖莫夫寄宿学校逃学，让我在全莫斯科丢脸，甚至都登上了报纸。从那时候算起，你又年长了四岁，可从没让我省过心。不买票从池塘溜进动物园。人家拎着耳朵把水淋淋、脏兮兮的你带给我。你不愿意亲吻主教的手，说有臭味。更甭提你怎么让库达舍夫公爵难堪啦。你对着他看呀，看呀，冷不防冒出一句：'您是公爵？''我是公爵。''您大概是纳罗夫恰特[②]人吧？''没错，你怎么猜出来的，小家伙？''嗯，很简单：您的手很脏。'忍受这些事我容易吗？是谁跑到马车轮子下面的呀？是谁……"

亚历山德罗夫和母亲之间的关系非常独特。他们彼此无比相爱（阿廖沙是家里最小的孩子）。但两人也一样以亚洲人的方式争吵，冷酷，固执，暴躁。而在分开的时候，他们又能相互理解。

"你全都知道了，妈妈？"

---

① 亚历山德罗夫的小名。

② 俄罗斯奔萨省的一个地区，作者的故乡。

“全知道了。”

“你瞧，这个傻瓜怎么样呀？……”

“阿廖沙!”

“这个蠢货怎么敢怀疑我撒谎或是胆怯呢?”

“阿廖沙，也不单单是我们……要知道雅布鲁金斯基大尉可是你的长官呀!”

“没错。难道不是你跟我说的，要是长官——警察局长——上门来找我们，先在马厩里抽他，然后再用伏特加灌他，用一百卢布收买他?”

“阿廖沙，阿廖沙!”

“是的，我是阿廖沙……”这时，亚历山德罗夫突然不作声了。第三个人影从长椅上站起来，走了过来。这是神学教师和学校教堂神父米哈伊尔，他瘦瘦小小，头发花白，酷似上帝的仆人尼古拉。

“我的孩子们，”米哈伊尔神父语气柔和，“我看出来了，你们永远都不会谈拢的。您别作声了，刺儿头·刺儿头耶维奇，而您呢，柳波芙·阿列克谢耶夫娜，劳驾，请您去餐厅吧。我只耽搁您五分钟，然后您到我那儿喝喝茶。我会送您的……”

跟米哈伊尔神父留下来，这让亚历山德罗夫有点儿郁闷。神父拥抱一下男孩儿，他们在台阶上来回走了好一会儿。米哈伊尔神父讲了一些质朴但意味深长的话：

“你妈妈——一个无比优秀的妈妈。我也有母亲，我也没少惹她发火，就像现在你惹自己的妈妈发火一样。哎，有什么办法呢?你对，他不对。可你的良心毫无亏欠，而他在某天夜里想起你的遭遇时，会羞愧得脸红的。况且，你瞧瞧——妈妈多么恼火呀！对你来说，上完军校算什么呢？顶多了，一张文凭。可她感到幸福。小儿子成人了。随后呢，你想去哪儿就去哪儿。生活，亲爱的阿廖沙，非常丰富多彩，你还会让母亲的心承受很多不快呢。你要知道，人的舌头发出的第一个词就是——‘妈妈’。士兵，受了致命重伤的士兵，临死前说出的最后一个词也是‘妈妈’。我跟你讲的，你都明白吗?”

“是的，神父，我全都明白了。”亚历山德罗夫心悦诚服地回答。“不过，我是不会请求他原谅的。”

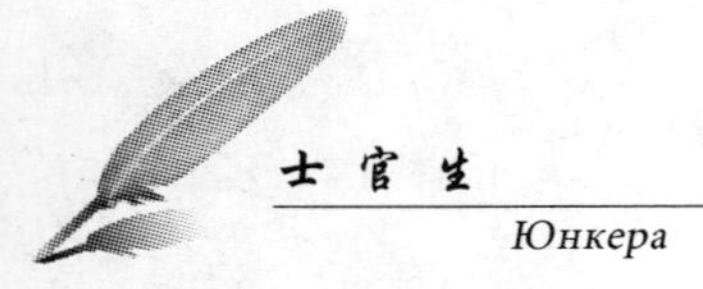

神父微微笑了：

“没必要，小傻瓜。完全没必要。”

而如此打动亚历山德罗夫冷酷心灵的，并不是米哈伊尔神父的训诫，而是突然纷纷涌来的他个人真切的记忆。他回想起怎样向米哈伊尔神父忏悔自己无心的罪孽，对方怎样跟他一起叹息，怎样给他遮上那散发着丝丝蜂蜡和暖香气息的长巾，想起他那些宽恕的话语：“我，一个不合格的神父，宽恕……”等等。还回忆起（作为从前的唱诗班歌手）安德烈第一个礼拜周[①]。米哈伊尔神父身穿家常的小法衣，在教堂的昏暗之中，朗诵着圣安德烈·克里基茨基赞美诗中的动人篇章：

“我从哪里开始偿还我一生的罪？主啊，我此刻的痛苦如何开始。”

然后，第二男高音亚历山德罗夫便跟合唱队一起应答：

“保佑我吧，上帝，保佑我吧。”

“现在呢，”神父说道，“跪下来祈祷吧。这样你会好受些。我的建议是——去禁闭室。那儿有肉饼等着你呢。再见，刺儿头·刺儿头耶维奇。而我要带你妈妈喝茶去了。”

随后，学校历史上前所未闻的事情发生了：亚历山德罗夫低头亲吻了米哈伊尔神父的手。

告　别

经过黄色的大门时，亚历山德罗夫暗自思量：“要不要去向米哈伊尔神父问好呢？”新生活，成年人庄重而严峻的新生活即将开始了。当他失去理智、滑向深渊的时候，谁会用温柔的手臂拉一把

① 大斋期第一周的教堂礼拜，期间诵读安德烈·克里基茨基的赞美诗。

头脑发昏的学生呢，如果不是这位瘦瘦小小、酷似圣徒尼古拉的神父，这位在大斋期晚祷上那么感人、那么疲惫的神父，这位在课堂上对恶毒的提问那么忍让的神父——“神父，这到底是怎么回事呢？要知道，上帝全知全能。他千百万年前就清楚亚当和夏娃会作孽，而且这么说吧，他们不可能不作孽。假如他是万能的，为什么他不能保护他们，让他们远离这种罪过呢？如果那样的话，又怎么解释他们的被逐和整个人类的苦难呢？”

为此，米哈伊尔神父清晰、精练、周密地讲起了自由意志①，可他最后发现，经院哲学让年轻人费解，便给出简明的结论：

“您更虔诚地向上帝祈祷吧，不要卖弄聪明。”

亚历山德罗夫心里觉得温暖和柔软，就像曾经依偎在祖母的兔皮短大衣下面。

他站在营房前犹豫了几分钟：去，还是不去？但某种强烈的羞怯感，纠缠不休的畏惧感——终于被克服了。亚历山德罗夫继续往前走。这些与米哈伊尔神父个人紧密相连的轻柔的感恩之情和拳拳的善意，让亚历山德罗夫的这颗心永志不忘。十四年之后，他已经退役，已经结婚，已经获得肖像画家的巨大名望，在心灵危机时期，自己也不知为什么便从彼得堡来到了莫斯科，同时还有一种神秘莫测的、幽暗而强大的本能，坚定地把他拉回列弗尔托沃，拉到剥落发黄的尼古拉耶夫军校的营房，拉向米哈伊尔神父。他被领到淡蓝色灯罩下的煤油灯微微照亮的小书房。身穿紫色小教袍的米哈伊尔神父迎面站起身，他非常瘦小，驼了背，酷似萨洛夫卡亚修道院的谢拉菲姆②，他的头发已经不是花白，而是微微泛绿。出现一位身穿便服的人，一位来自另外那个早已遗忘、早已生疏的非军事化世界的人，这显然让他有些局促不安。

“有什么可以效劳的吗？”他以亚历山德罗夫早就熟悉的可爱的老习惯，眯着昏花的眼睛，干巴巴地轻声问道。

亚历山德罗夫报上自己的名姓和毕业年级，而神父却只是一脸

① 该词在宗教范畴内的含义是，全能的神并不以其力量掌控个人的意志和选择。

② 谢拉菲姆（1760～1833），俄国历史上有名的修士，有很多生动的谈话在俄国深入人心。

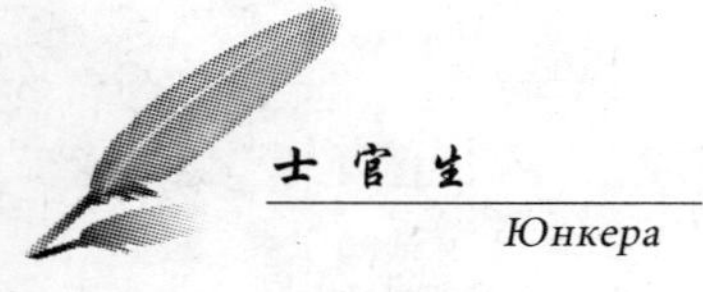

遗憾地摇着头。

“不记得了。抱歉，怎么都想不起来了。要知道，多少年了，千百个名字……很难全都记得了……”

这时候，亚历山德罗夫激动、急切，并且不由得沮丧地发现，与心灵的感受相比，言语实在太笨拙太词不达意了，他讲述自己的反叛，黑黢黢的教堂台阶上的那次训导，母亲的恼怒，以及男孩儿强烈的冲动如何软化和消除。米哈伊尔神父在静静地聆听，他就像应和着故事的节拍似的，一面轻轻点头，一面隐约可闻地说道：

“是的，是的。是的，是的。”

直到亚历山德罗夫收了声，神父才问道：

“而您，先生，现在做什么呢？”

“我是画家，写生画家。主要画油彩肖像。也许您听说过画家亚历山德罗夫吧？”

“说实话，没机会耳闻，没机会。要知道待在我们军营，就跟住修道院一样。唉，有什么办法呢？假如上帝赐给了天赋，绘画——是件美好的事业。你看圣路加[①]。圣母像画得非常美。美妙的事业。”

随后，神父好像再次不安起来，问道：

“先生，您究竟需要我做什么呢？”

“真的没什么，神父，”亚历山德罗夫略带伤感地回答，“没什么特别的事情。是对过去生活的怀念，神父，促使我回来看您的。我现在非常念旧。请您祝福我，您从前的学生吧。我曾跟您学习过八年。”

神父温柔地微微一笑，异常亲切的面孔皱成了一团。

“就是说，在哪个班熬过冬？”

“六班。在唱诗班歌手位子上唱过五年。祝福我吧，米哈伊尔神父。”

“上帝祝福您。以圣父、圣子、圣灵的名义……”

亚历山德罗夫亲吻了一下瘦小干枯、皮包骨头的老人，他的心情也变得柔和起来。

---

① 传说使徒路加曾为圣母画像，被奉为美术和艺术家的主保圣人。

“再见，神父。抱歉打搅了您。”

“没关系，亲爱的，没关系……请原谅我没认出你来。我不中用了。过了六十五年了……很多光阴都不在了……”

年轻的亚历山德罗夫走在熟悉而古老的地方，经过红色大楼上悬挂着巨大遮阳篷的第一军校。为纪念彼得大帝而由列弗尔特[①]建造的、每到夜间便幽灵游荡的国王大厅；旁边是围墙高耸、深沟纵横的古老的“少年军团”工事。远处的陡坡通向池塘：冬天时，水塘会堆成美丽的冰山。这是第一练兵场——浓密的黄槐树篱笆墙把它与道路隔开，每到春天，槐花香甜可口，会被整帽盔整帽盔地吃掉。值得一提的是，大家都愿意吃任何一种杂七杂八的植物，下意识地用它来弥补蔬菜的匮乏。吃大蓟、罕见的酸模、某种锦葵、野芹茎，尤其是酷似萝卜的荠根或者油菜根。为了畅美地吃下这些苦根，会从早餐上带来一片面包和包在纸里的一小撮盐。

这是由一排又老又高、清香四溢的白杨树隔开的第二练兵场。到考试时节，它们乌黑油亮的叶子和芽蕾那么奇异地散发着芬芳！在第二练兵场上打棒球，玩击木，玩沙袴，玩跳马，尤其是玩被禁止的游戏——经常是以手脚的骨折或脱臼收场的“堆人”。就是在这个操场上，大家唱自己特有的、代代相传、往往不太文雅的俗曲。也正是从这里，隔着围墙，跟被称为“灌肠管”和“催吐剂”的医士学校学生相互斗嘴，比试骂人技艺。

一道小门后面——是第三练兵场，建筑规模非比寻常。它从学校一直延伸至安年戈夫斯卡亚丛林；丛林深处，坐落着红色的尖柱城堡和城市垃圾场。早春时，胆大包天的勇士们偷偷穿过安年戈夫斯卡亚丛林，到小山雀溪流的冰水中洗澡，他们冻得浑身发青，跳出水面，牙齿咯咯作响，全身关节都在打颤。每到春天，小贩叶戈尔卡总会守在门口，售卖蒂罗尔馅饼（五戈比一个），馅饼看上去就像一块块的黑面包，既厚实，又解饿。春天时的散步时间，七年级学生就在这里，在小门旁边，守望每天一趟的公共马车抵达，马车上面，左右两排乘坐着各种年纪、各种

① 列弗尔特（1656～1699），彼得大帝的重臣。

着装的无比可爱的女孩儿。这是——列弗尔托沃本地的女学生前往城里别列别尔金娜夫人的女子学校，因此她们也被简单、亲昵地唤作“小鹌鹑[①]”。跟她们稍稍调调情——这是七年级学生必不可少且严格保留的特权。公共马车从小门经过，就会有一些朴素的小礼物纷纷飞上车：一小束毛茛花、婆婆纳、三色堇、黄色的蒲公英、黄色的洋槐花，甚至偶尔还会有冒着被逮住、扣留、从而错过第三道菜的危险，从隔壁植物园采集来的堇菜花。有时候还会殷勤地抛出写在纸上的小诗：

福波斯[②]刚刚照亮云杉，
小鹌鹑就已睁开睡眼。
忙呀忙的小佳人，
对我们看也不看。
遭到拒绝的我们，
发呆打颤甚至冒火焰……

亚历山德罗夫飞快地扫视过八年间与他那样紧密相依的所有地点和景物。他觉得目光所及的一切，面貌都非常缩微，非常清晰，就像他正在倒看望远镜。他心中若有所思，又感到甜蜜的忧伤。这便是一切。非常非常久远，如今要永远地离去了，消逝了。消逝，却不会痊愈，也不会枯萎。灵魂的一大部分将留在这里，一如它永远留存在记忆深处。

在这些屋舍，在这些葱绿的操场，度过了多少季节啊：一，二，三，四，五，六，七，八。不管思量多久，要知道，这便是——岁月。生命究竟为何物呢？它无比漫长，还是非常短暂？

永恒的问题。这一刻将会到来——在无眠的夜晚，亚历山德罗夫开始清点，要一直数到第五十四个年头，他没有清点完，便怠惰地停留在四十岁上。“为什么思考琐事呢？”

---

① 原文既有“别列别尔金娜学校女生”，又有“雌鹌鹑”的意思，军校男孩儿取的是双关的绰号。

② 即太阳神阿波罗。

尤 利 娅

亚历山德罗夫经“黑色”台阶踏进昏暗的门厅，赶来的教师永远在这里脱下外衣。碰见他的，是头发白里透绿，浑身像是长满某种苔藓，绰号“夜猫子”的老迈的看门人。

“您好，士官生先生。”他用哮喘病人似的莫合烟嗓音嘶哑地招呼道。

亚历山德罗夫仍然身着学生制服；他还远配不上真正的士官生，但这么殷勤地叫出这个骄傲的称谓，让他的手不由自主地伸进口袋，掏出最后仅有的一枚十戈比银币。

“请您去医疗所候诊室，”夜猫子通知他，“全体休假的人奉命在那儿集合。”

亚历山德罗夫沿着长长的他所熟悉的休息大厅，前往医疗所；大厅地板刚刚擦过，散发着他习惯的地蜡、黄蜡，还有打蜡工人浓烈刺鼻但仍令人愉悦的汗水味道。没有任何外在的印象，能像气味那样，对亚历山德罗夫发生强烈的作用，能那么亲密地在他记忆中将处所与活动联系在一起。从今天起，直到生命结束，军校回忆和地板蜡的气息对他来说都将难以割离。

有生以来已经是第八次了，亚历山德罗夫提前体验着那种经过半个月暑假再与亲爱的同学们相见时的欢愉。多么幸福地讲述、多么快乐地倾听那无比丰富多彩的夏季感受啊！其中的一切都新鲜而迷人。整个夏天，第一位用鱼钩、诱鱼片和鱼叉捕狗鱼。第二位收到了一匹马，他带着猎犬纵马逐兔。而第三位呢，考古学家在他父母的领地上挖掘出一座古墓，在里面发现很多骸骨、古代用具、武器，还有因为年代久远和深埋地下而覆盖一层铜绿的黄金饰品。第四位是大火灾和猎杀疯狗的见证人。下一位则骄傲地讲述，斯塔西的内兄，伟大的猎手，送给他一杆双筒猎枪；真的——枪口装药、

“卡斯丁·雷奈特”工厂生产的猎枪。那种珍稀的猎枪全世界大概只剩下五六把了。这件宝贝的拥有人跟它形影不离，连睡觉时也把它搂在被窝。多么棒的洗浴啊！特别是在晨霞映照下，露水那么冰冷，气息强烈和欢快得让人惊颤。多么诱人的虾啊，凶狠，呲呲作响，黑里透青！那生长着蘑菇、黑果越橘、牙疙瘩和水越橘的白桦林！遍布松蘑、芳香的马林果、松鼠、悬钩子、简直就像刺猬一样的带刺凤仙花的松林啊！温顺的家畜和幼兽啊！

这些交谈通常发生在夜晚，在半明半暗的寝室，在某个人的床铺上。在不计其数的日子里，它们能弥补陈腐封闭的校园生活的单调乏味，在讲述中重温暑假印象的神奇纯真的美妙之处，当那些印象流逝时，完全未被察觉，完全不被珍视，而此刻却闪耀着欢快宜人的光芒，魔术般地在记忆里浮现，让内心都因微微陶醉而抽紧，并且朦朦胧胧地生出一缕忧伤的思绪：“难道生命中的一切都在流逝，再也不会复返吗?”

亚历山德罗夫也有无数的夏季回忆，鲜亮，斑斓，芳香馥郁，准确地说——它们积满整整一行李箱，鼓得满满登登，满得如果亚历山德罗夫不和老朋友们分担过分沉重的行李，它随时就会砰然胀裂……迷人的少年心灵的渴望啊！

金黄的太阳，蔚蓝的天空，葱郁的树林和花园，美妙的背景下——最重要的，永远居于首位的是她；不可思议的，不可企及的，美丽绝伦的，独一无二的，令人神往的，令人魂驰神荡的——尤利娅。

不过，尤利娅，这只是个——人名。世上的尤利娅还少吗?瞧，甚至是在这样一首耳熟能详的轻浮的小诗里：

我思念，我徘徊，
永远是尤利娅啊，尤利娅。

的确，以小诗聊作消遣的亚历山德罗夫，偶尔也尝试对这两行文字进行润色和延伸。

六月，还有七月，
我爱上了你呀，尤利娅！

面对你的召唤，
我飞奔得不是比子弹更快吗，尤利娅？

我能描绘你的美貌啊，
尤利娅！

等等，等等……

但干瘪、孱弱的小诗算什么呢？她真正的名字也根本不是尤利娅，更确切地说，是盖芭、格拉、尤诺娜、采列拉，或者另外一个古老神话中的端庄的名字。

她身材高挑儿：比亚历山德罗夫高半头。她体态丰腴，她雍容高贵。她的面容让亚历山德罗夫觉得颇具古典之美。乌黑柔美的眼眸和下眼睑的黛色，让亚历山德罗夫暗自用荷马的修饰词“眼睛大而安详”来把她比拟。

在莫斯科郊外希姆基的别墅舞会上，他是她的固定舞伴，华尔兹，波尔卡，玛祖尔卡，卡德里尔，同时分一点儿赞赏和关怀给她的妹妹，奥利娅和柳芭。亚历山德罗夫本人甚至算不上英俊，在这方面，他既不会让自己迷惑，也不允许自己幻想；然而他以更强大的自信，不仅深知，而且能感觉到自己舞跳得好：轻盈，潇洒，欢快。

哦！有一天，他伟大的希姆基夏日之恋变得阴沉起来，并被恶毒的猜忌所刺痛：他满怀痛苦和羞愧地发现，尤列妮卡[1]不过把他当做一个男孩儿，一个幼稚的军校学生，甚至还算不上士官生，她跟他卖弄风情，仅仅因为消暑生活的“百无聊赖”，即便她看中他身上的什么东西，那也只是跟一个固定舞伴，一个不知疲倦的灵活机敏的舞伴，跟一个类似机械模特的东西跳舞所带来的她个人的便利。

亚历山德罗夫充满即便眼下也未消退的强烈的愤恨，回味着这个沉痛的时刻。

---

① 尤利娅的爱称。

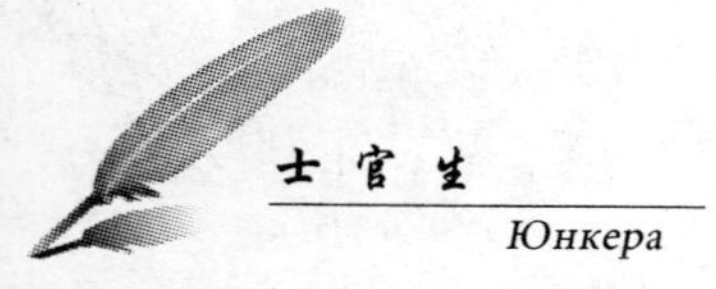

希涅利尼科夫家有三姐妹，别墅里每天聚集着许多没长胡子的年轻人，年纪在十七到二十岁：军校学员，中学生，实科中学学生，一年级大学生，音乐学校和绘画雕塑学校学生，还有另外一些人。在钢琴伴奏下唱歌跳舞，玩 petits jeux[①]，在某种周期性的混乱中，大家时而爱上尤列妮卡，时而爱上奥列妮卡，时而爱上柳芭奇卡。而且永远笑声不断。

经常光临这种天真消遣的，还有一位波科尔尼先生。亚历山德罗夫的同龄人觉得他像个小老头儿，尽管他未必超过三十五岁：这已然是青壮年的标准界限了。应该说，在这伙快乐的年轻人中间，波科尔尼不但多余，而且似乎还让人苦恼。他高得像长颈鹿；比尤列妮卡高很多，跳舞的时候，尖膝盖便会不停地碰撞自己的女伴。他不会笑，经常默默地咬手指甲。假如玩“邮局”时问他：“您的报道呢?”——他会回答：“我真的不知道该写什么。”总之，他让人感到沮丧。关于此人，大家只晓得他在莫斯科拥有一家大型照相器材店。他，连同呆板的面孔，连同身形和套装，浑身上下都布满纵横交错的皱纹。

三一主日[②]那天，希姆基圈子里安排了一场盛大的舞会——gala[③]。来自莫斯科的军乐团和繁多的彩灯。第三首卡德里尔舞曲过后，响起了华尔兹的前奏。亚历山德罗夫在寻觅尤列妮卡。她正独自坐在椅子上，摆弄自己的折扇。亚历山德罗夫走上前来，深鞠一躬，邀她共舞。她已经欠起身来，可不知从哪里突然插进了又高又瘦的波科尔尼，他在亚历山德罗夫头顶弓下腰，把手递给了尤列妮卡。而她——噢，太恐怖了！——扭身避开年轻人，把手搭在了长颈鹿的肩膀上。

“请您，”亚历山德罗夫压抑而又愤怒地喊道，“听我说!”

但尤列妮卡和波科尔尼已经转动起来了——因为内翻足，男舞伴的舞步不合节拍。

仇恨让亚历山德罗夫嘴里发苦，就像不喝水吞进去一整勺的

---

① 法语，意为“沙龙游戏”。(作者原注)

② 或称圣三一主日、三位一体主日，是基督教的一个传统节日，旨在纪念三位一体的上帝。

③ 法语，意为“盛会”。(作者原注)

奎宁。

为了不让人看出来，他躲开跳舞圈子，悄悄溜过矮栅栏（外面守着些华丽舞会的免费观众），故意伫立在正对尤列妮卡此前待过的地方。华尔兹很快结束了。他们回到了原位。尤列妮卡坐下来。波科尔尼像把钩子似的，佝偻着身子戳在她身边。他嗓音乏味而不满地咕哝着什么，似乎他不用喉咙而用肚子发声。

“就像一个腹语艺人，”亚历山德罗夫心说，“大概所有混蛋都有这样一副讨厌的嗓音吧。”

尤列妮卡默不作声，漫不经心地打开、合上自己的折扇。然后，她高声说道：

“我对您讲过一百次了——不可以，就是说——不可以。送我去妈妈那里。应该永远清楚自己在干什么。”

黑暗中，亚历山德罗夫满脸涨红。

“我的天，莫非我在偷听吗！”

过了很久，亚历山德罗夫也没走出隐蔽地，舞会进行得没完没了。夜凉了，也潮湿起来。宗教音乐令人厌倦；土耳其鼓节奏强烈地敲击着大脑。圆形玻璃灯灯光愈加暗淡。橡树和椴树干上挂着的枝条无助地垂下自己的叶子，树叶散发出干巴巴略带苦涩的淡淡清香。

希涅利尼科夫家的人总算动身回去了。送他们的有波科尔尼和年轻的音乐学校学生小班科夫，他是一个快乐可爱的金发男孩儿，为库兹马·普鲁特科夫的诗歌和其他一些幽默作品写过饶有趣味的音乐。亚历山德罗夫小心翼翼地尾随着他们，尽量保持听不清他们话音的距离。

他听见他们进了熟识的明黄色别墅，那别墅掩映在两棵白杨之间，看上去特别适合居家。夜色漆黑，没有星星，露水也浓。

男人们很快便出来了，在台阶旁各自散去。别墅窗子里的灯火熄灭了，夜色也变得愈发浓重。

亚历山德罗夫什么也看不见，但听得清波科尔尼拖沓的脚步声，他尾随在他身后。他的心脏扑通扑通地跳动，倒不是因为恐惧，而是担心他的行动失败，可能还会成为笑柄。

还未走到拉乌恩网球场时，他刹那间打定了主意，轻咳一声，

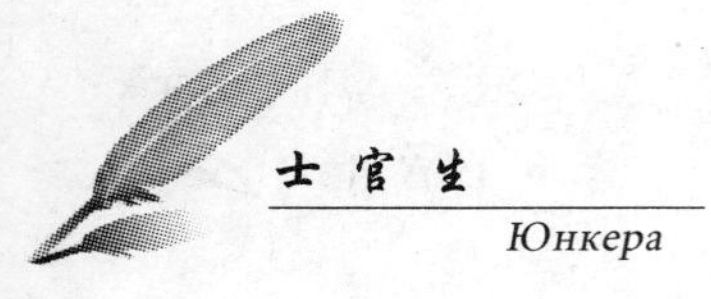

喊道：

“波科尔尼先生！”

因为雾水，他的喊声听来又闷又平。他更洪亮地又叫了一声：

“波科尔尼先生！”

波科尔尼的脚步声止住了。黑暗中传来似乎快被憋死的声音。

“谁？什么事？”

亚历山德罗夫朝他走了几步，喊道：

“等等我。我要跟您谈几句话。”

“谈什么话？况且还在夜里？”

亚历山德罗夫自己也不知道要讲些什么，但还是走上前去。这时候，已经西沉的残月穿过厚重的积云，给他们的两团身影笼上暗白的透着绛紫色的光晕。在面前十步远的地方，亚历山德罗夫隐约看见雾气中波科尔尼瘦长得怪异的身影，对方不等他近身，就一边后退，一边无比高亢和急迫地问：

“您是谁？您要干什么？见鬼。”

他声音颤抖，这立刻鼓舞了年轻人。大卫又向歌利亚[①]逼近两步。

“我是亚历山德罗夫。阿列克谢·尼古拉耶维奇·亚历山德罗夫。您认识我。”

对方强装粗鲁地回话道：

“我不认识，也不想认识任何坏蛋。”

但亚历山德罗夫继续逼近后退的敌人。

“您不认识，那现在就让您认识一下。您本人今天在大庭广众之下严重污辱了我……当着一位女士的面。我要求您立刻给我道歉，或是……”

“或是什么？”波科尔尼像兔子一样哀叫起来。

“或是请您明天手拿武器跟我决斗！”

成功发出了挑战。军校学生——再过一周就是士官生亚历山德罗夫了——指的是什么武器，就这样成了他的一个秘密，但骁勇的话语却发挥了惊人的效力。

① 典出《旧约》，大卫杀死了歌利亚。

“小屁孩儿！狗崽子！”波科尔尼惊声尖叫。“乳臭还没干呢！撕碎你的耳朵，小鼻涕虫！要教训教训你！”

他以极快的速度，不会长于两秒钟，便喷射出所有这些骂人话。亚历山德罗夫突然感觉脊背冷冰冰、麻酥酥地发凉，他的头顶也因为干架的预感而略带快意地热起来。

“该死的痞子！”波科尔尼临了还在骂骂咧咧。

但此刻发生了某种出乎意料的事情：拳头握得生疼，眼前现出红晕，快年满十八岁的健壮身体上，所有的肌肉都蓄势待发，亚历山德罗夫已经随着一声高喊“恶棍”，猛扑上去了，却又像遭到瞬间的猛击似的，突然停了下来。

波科尔尼仓皇掉头，撒开腿拼命逃窜。在远方，在高处，某个掌控天光效果的人豁然开启了月亮探照灯，令人叹为观止的景象突如其来地呈现在亚历山德罗夫眼前。很久很久以前，还是个小孩子的时候，他曾在儒勒·凡尔纳作品的插画中见到过拉着轻便马车飞奔的鸵鸟和速度超过邮政火车的长颈鹿。卑微的波科尔尼正是以这种阔步跑法从名誉的原野上逃离了。亚历山德罗夫冲出去想要追上他，但很快便确信，这件事非人力所能为。“要不要朝他后背扔石头？不。这太卑鄙了。”就这样，他不慌不忙地随波科尔尼奔跑着，直到对方停在自家别墅边上还没打开的正门前。

“懦夫，贱种，十足的恶棍！”亚历山德罗夫在他身后叫嚣。

“你这个流氓！”波科尔尼回应了一句，门“砰”的一声巨响，关上了。

亚历山德罗夫四天没有光顾希涅利尼科夫家，而在这之前，他每天要去两三次，跑回家吃午餐和晚餐也只耽搁片刻。甜蜜的苦痛折磨着他的心：炽热的爱情，当然是创世以来还没有一个人体验过的那种爱情；青涩的嫉妒，和偶像分离时的忧伤，长期以来对偏爱的怨愤……他夜夜凝望着爱人的窗口，在两棵白杨树间一连几个小时地守候。

到第五天，善良的朋友、音乐家班科夫，这个希涅利尼科夫家的小女儿、眼神精怪的柳芭的爱慕者（众所周知）前来找他，并以郑重的委托人的身份，带给他一张尤利娅签名的字条。

亲爱的阿廖沙（这是她第一次叫他小名）：您为什么在仇恨自己敌人的同时，给您真挚的朋友带来不幸。请您像从前那样来我们家吧。他眼下不在，而且希望他永远不再出现。没有您，我是如此寂寞。

您的Ю.

Ц.

如此特别、如此神秘地印在信件结尾处的这个字母Ц.，它可能意味着什么呢，亚历山德罗夫苦思冥想了十分钟。最后，他决定向今天充当大喜信使的、正直的金发男孩儿班科夫讨教。

班科夫瞧了瞧这个字母，然后径直盯着亚历山德罗夫，平静地回答：

“Ц.——意思就是说——吻你，仅此而已。”

就在那一天，恋爱中的年轻人豁然发现，神秘的字母Ц.所关联的不仅是视觉、听觉，还有触觉。对这个发现的可信度，他此后验证过一百遍或者更多，但这一次，他却从来没跟人讲过，即使是最亲密最忠诚的朋友。

4 漫长的一天

毕业生已经聚在了医疗所候诊室。亚历山德罗夫是最后一个。他不由得略带忧伤地感到惊诧：汇集在淡蓝色宽敞房间内的如此少的一群学生；十五到二十个人，不会更多了，而最后一次考试时还有三十六人。仅过几分钟他便意识到，没通过毕业考试的那些人要在毕业班复读；另外一些已被淘汰，根据健康情况，他们被认定不适合承担军队工作；其余的走人：有钱的——去尼古拉近卫军学校；有亲属在彼得堡的——去彼得堡步兵学校；数学好的优等生选择待遇优厚的工程师或建筑师职业；而在这个过程中，走关系和严格的附加考试必不可少。

亚历山德罗夫莫名地觉得惋惜，一个牢固友爱的家庭就此破裂了，溃散了，解体了。他开始朦胧地意识到，也只有在十七八岁前，少年的友谊才是亲密、纯洁和无私的，而今后，这个亲密的大家族的暖意会渐渐冷却，每一个兄弟都将遵循个人的志趣和命运的安排各奔前程。

克里什塔福维奇大夫到了，跟他同来的还有学校医士谢苗·伊佐特奇·马卡罗夫。学生们给医士起的外号是"谢苗·扎特奇[①]"，或者是另一个——"灌肠管"。他因为刻板固执而不讨人喜欢。被每天的死记硬背烦得昏昏欲睡的学生会自行决定，来到医疗所休息一日，这种情况时有发生。为此，该学生会在早晨的健康检查时报告说，莫名其妙地突然觉得忽冷忽热，脑袋又疼又晕，而自己也不知道这是怎么一回事。他便会被带下去，带到医疗所。而把体温弄到预期的最上限——三十七度六的诸多手段，大家全都了如指掌。但量体温的凶巴巴的马卡罗夫医士却洞悉学生们的花招和诡计，任何针对体温计的造假行为都逃不过他的火眼金睛。但接下去还会更糟糕呢。所有被认定为生病的，不管他们所患的是哪种病症，无一例外——洗澡前都必须喝一小杯蓖麻油。这件事由马卡罗夫亲自掌管，无论是请求，还是发誓，是谄媚，还是指责，甚至是反抗，都不能打动他的铁石心肠。粗粗的绿色玻璃杯，杯底有一丁点儿水，而水上面，直到杯沿都是淡黄浓稠的恐怖油汁。一小块黑面包沾满了大盐粒。这是——令人痛苦的佐餐。最后吸一口气，拼命抑制住自己。鼻子缩紧，眼睛眯起。

"喂，不行。喝完了，喝完了！"可恶的马卡罗夫叫嚷着……可怕的回忆……

但偶尔也会遇到伊佐特奇放弃自己冷酷阴谋的情况。这种事情通常出现在他被拉进健身大厅的时候。

他在单杠、吊环和平衡木上练习一些连学校最棒的体操选手都从来无法完成的动作。他小巧的身材，非比寻常的宽肩，弯曲的短

---

① 该词的原意是"堵窟窿的东西；临时替手"。

腿，原本就像个杂技演员。

而这个时候，随大夫来的却是不招任何人喜欢和尊敬的值班教员米辛。

“你们好，先生们。”他和学生们打招呼。

他们所有人简直就像商量好了似的，没有喊平常那句“您好，中尉先生”，而是漫不经心地回答道：“您好。”

米辛的脸涨得通红。

“脱衣服检查身体。”因为难堪和恼怒，他颤着嗓子命令道，然后咬起嘴唇来。

学生们迅速脱光衣服，赤着脚，依次走向大夫。这种特别隐秘的身体检查由医士来完成。克里什塔福维奇只是观察，并在名字对应着的表格上作标记。这种详细的检查在学校里通常每年进行四次，在亚历山德罗夫看来，它始终有些类似某种无忧无虑、天真无邪的游戏，特别是在检查时用各种测力器来测验力气——有点儿像角逐或竞赛。但现在，医士轻触身体的私密部位，这为什么会让他觉得非常地粗鲁和可恶呢?

还有另外一点：早就已经相识并熟悉的同伴光着身子，要一个接一个从他身边经过。跟他们一起，曾经上百次地在学校浴池洗澡，科洛姆纳夏令营期间在莫斯科河游泳。摔跤，比赛游泳，相互夸耀肌肉的大小和弹性，但躯体本身却只是一个微不足道的小皮囊，大家全都一样，也没有丁点儿有趣的地方。

可如今，亚历山德罗夫却困惑地觉察到他以前未曾见到，或莫名其妙地未加关注的东西。同伴们脱光衣服的身体让他觉得怪异。大家的腋下都长着黑色或褐色的一小撮毛发，并且支棱到了腋窝外面。一些人的胸口和大腿覆盖着一层柔软的绒毛。这个发现既突兀，又怪异。就在这时候，他发现布登斯基以前长在上唇的淡黄色的小胡须，已经变成又宽又厚、向上卷曲的极为粗鲁的红胡子。“我们大家出了什么问题?”亚历山德罗夫思忖着，他难以理解。

但这些半大男人的强壮裸体所发出的味道，尤其让他生来灵敏异常的嗅觉感到惶恐不安。它们气味各异：有的是火漆味，有的是狗尾草味，有的是烧火药味，有的是枯萎的水仙味……

“奇怪，难道我们全都不一样吗?”亚历山德罗夫自言自语，

“我们性格各异，我们已然陌生的生命流往各自的方向，等待我们的是各自不同的命运吗？难道是真的吗，我们是不是已经成人啦？”

检查结束了。学员们穿好衣服，去学校参加升旗仪式。但他们怎么去的，走的是哪条路——却永远地从亚历山德罗夫的记忆中失落了。对他来说，返校的那一天漫长无尽，繁复，纷杂，充满了无数的面孔、事件和印象。

清晨时在希姆基和姐姐济娜告别。他暑假在她家里做客。也是在这里，在不远的地方，拜访希涅利尼科夫一家。他好不容易才等到与女神一样的尤列妮卡独处的那个瞬间，可当他伸手向她索取甜蜜得让人头晕目眩的亲吻时，她却轻轻推开他黧黑的手臂，说道：

“忘记夏天的胡闹吧，亲爱的阿廖沙。一季过去，我们如今变成大人了。到莫斯科以后，请来我们家跳舞。现在分别吧。祝您幸福成功。”

于是他默默地离开了，既委屈，又悲惨；险些没流下痛苦的泪水……

随后，沿铁路到尼古拉耶夫车站；从那里坐有轨马车去库德里诺，去见妈妈；然后跟妈妈去看教母伊维尔斯卡娅；最后赶往几乎位于城市边缘的列弗尔托沃，返回军校。告别，换装，接下来又是前往阿尔巴特、兹纳缅卡、亚历山大军校白色大楼的漫长行程。

身体疲惫，头脑混乱。年复一年，这样单调的日子漫漫无际，根本没有尽头。

亚历山德罗夫终生难忘踏进学校的那一刻。在他的记忆里，这天的所有印象都像一个从酩酊大醉中醒来的人的感受：一些模糊的画面，一些细节，以及细节间幽暗的缝隙。他也因此无法在记忆中重现，毕业生们在哪里换上士官生衬衣、制服和鞋子，在哪里按着高矮排队、分连站开。

最鲜亮地珍藏在他心中的是那个瞬间：他站在悠长宽敞的洁白的走廊上；身穿一件轻爽肥大的短上衣，衣服侧面由小钩扣紧，双肩上的白袖章配着红色花字：“A. Ⅱ”，即亚历山大二世。走廊上，年轻人来往穿梭。其中还有二年级士官生，从姿态上立刻就能辨认出他们，而只有来这里的其他学校的毕业生，不管是莫斯科的，还是外省的，佩戴着五颜六色的肩章。亚历山德罗夫在这里体味到，

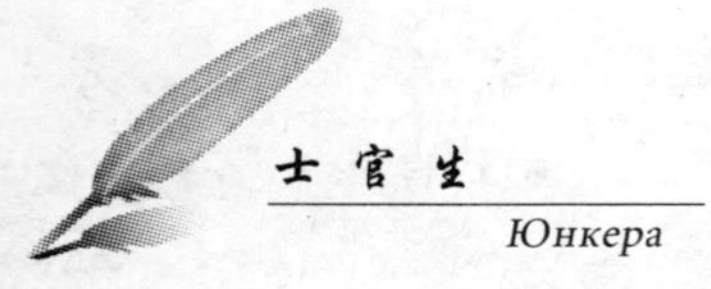

置身于陌生人群中的孤独有多么刻骨铭心。

他伫立在大窗户旁，一面侧耳倾听这个大蜂巢的一角，一面带着惆怅，兴味索然、满心烦闷地观望着纷乱匆忙的情景。朝他走来一个身材不高、佩戴大尉肩章的军官——身材瘦削，暗红脸膛，精心分开的黑发。他略微有点儿磕巴地问亚历山德罗夫：

“哪……哪个学校的？”

“莫斯科第二武备中学，大尉先生。”

“嗯……您怎么留这种头型？您以为很帅吗？”

接着他高喊一声：

“安德里耶维奇！”

“到！”走廊尽头传来一声回应，飞跑过来在军官面前麻利地挺身站定的，正是跟亚历山德罗夫同学到六年级、交情很好、甚至一起出版过学生报纸的那位安德里耶维奇。

军官问道：

“他是你们学校的吗？”

“正是，大尉先生。”

“嗯……那就带上这位大辅祭神父，拉他到理发师那里理个头。瞧瞧，多长的鬈毛。”

“是，大尉先生。”

安德里耶维奇一面开心调皮地微笑着，一面毫不拘束地拉着亚历山德罗夫的袖子说：

“走吧，走吧，法老。”

然后，他一面观看理发师在盥洗室修剪光着脑袋的自己昔日的好友，一面善意地微微取笑着他。

“我怎么是法老呢？”亚历山德罗夫问道。

那位回答：

“正因为我是尉官呀。一年级和二年级之间的差别。”

“这位大尉是谁？”

“这是我们四连的连长，福法诺夫大尉，而我们叫他‘乌鸫’。很凶的鸟，不过还是可以相处的。我早就了解你。在他手里，你蹲禁闭能蹲个够。”

理完发，他把他带去见连长。连长来回转动着脑袋，从上到下

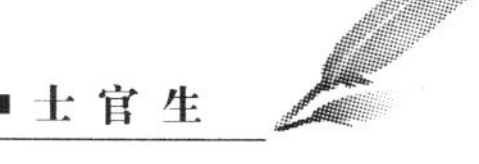

打量着这个新生。

“嗯……还可以。这样多少还像个士官生。您督促他吧，安德里耶维奇……”

法　老

亚历山德罗夫非常缓慢而又怏怏不乐地努力适应着新的军校生活方式。所有一年级学生都与他分享着这种拘谨、困窘的感受，他们在士官生话语中被叫做“法老”，以区别于尽管只高一年但骄傲地自称为“准尉先生”的高年级同学。

“法老”这个绰号听起来的确有种不敬的感觉，但凭着独特的滑稽味道，倒也并不让人感到屈辱。在亚历山大军事学校，几乎见不到在其他军校，尤其是特权学校中所谓的“恶搞①”现象，即高年级学生粗鲁专横、甚至经常是侮辱性地对待低年级学生的行为：这是很久以前从德国和杰尔普特②大学生以及他们高年级和低年级学生联合会那里模仿过来的糟糕风气，而它又在俄国的黑土地上演变成粗鄙、恶毒、轻佻的侮弄。

在亚历山德罗夫来之前的几年内，在莫斯科，在兹纳缅卡的白楼，“恶搞”现象原本也蓄势持久风行。当时，出于某个阴暗的理由，达吉斯坦特级公爵被从尼古拉近卫军学校送到此处，与骄纵的颓废作风和时髦的懒洋洋的法语小舌音一道，从彼得堡同时带来的还有“恶搞”小同学的时尚。或许是他显赫的爵位，或许是他的财富和个人魅力，而最有可能的是年轻人特殊的从众跟风，导致了公爵所加入的一连——陛下的连队——最先染上了“恶搞”风气，随后这种愚蠢的消遣又渐渐被其他三个连效仿。

---

① 原文有“粗鲁地嘲弄”的意思。

② 爱沙尼亚城市。

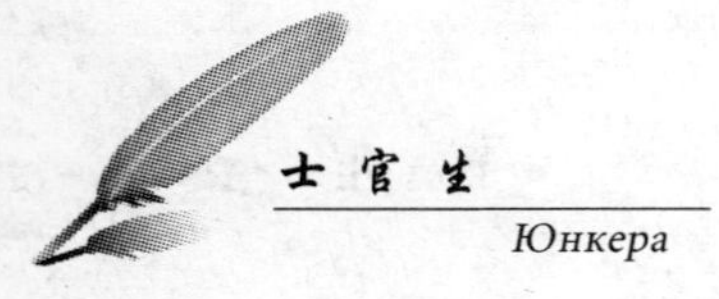

但这种有害的行为没能长久。

学校里居于多数的是来自四所武备中学的土生土长的莫斯科人。还在很久以前，莫斯科便是一位真正的“王后”，她不仅不臣服于彼得堡这个新国都，而且还以自己无数的教堂、无尽的财富和光荣古老的历史，居高临下、端正威严地鄙视它。她高傲，尊贵，自爱，豁达，独立，并且永远保持异议。偶尔让人觉得，她把自己视为弗拉基米尔·多尔哥鲁基[①]大公统领下的完全独立的公国。官僚的彼得堡，以及它枯燥、狭隘和欧洲式的琐碎，对她来说从来不曾存在。她也不承认彼得堡的贵族。“在皮捷尔[②]——所有人都是暴发户。最老的家族也不过三百年，那里会为奴颜婢膝和巴结谄媚行径颁发勋章和爵位。”而莫斯科呢，“怎么能为权贵生活和死亡呀！光荣古老的世袭大贵族居住在这里，在普列奇斯琴卡大道，在波瓦尔斯卡亚街，在诺文斯基林荫路，在尼基茨……”就连京城[③]的空气都完全不同于彼得堡：要浓厚、清新、醉人和自由得多。彼得堡的玩意儿、字眼儿和俏皮话儿若想植入莫斯科，会枯萎并很快消亡。声名狼藉的德国式“恶搞”也以同样的方式在亚历山大军校寿终正寝。在崇尚自由的莫斯科，它没有存身之地。不过，遭受尉官先生们所强加的小磨难的士官生既不跟最高长官抱怨，也不跟自己的父母诉苦：无论采取哪种方式，都可能会违背自己内在的精神和生活方式。转变似乎是突然自动发生的，就在火热的七月里的一天，当艰苦繁重的野营生活临近尾声的时候。

高年级士官生已经按照彼得堡传达下来的文件表格，挑选完二百个不同团队的军官空缺。每逢周末，他们便会进城，去军用裁缝店最后一次试穿制服、常礼服或大衣，他们每天异常激动地期待着朝思暮想的电报，沙皇会亲自在电报里祝贺他们晋升为军官。

这一天，在烦闷的队列训练之后，士官生们一边休息，一边惦记着午餐。出于某个古怪的念头，三连的二年级学生巴甫连科走到同连的法老戈鲁别夫跟前，作势要敲他的鼻子。为抵挡敲击，戈鲁

① 弗拉基米尔·多尔哥鲁基（1090～1157），被认为是莫斯科的奠基人。

② 彼得堡的俗称。

③ 原文里用的“京城”一词特指莫斯科。

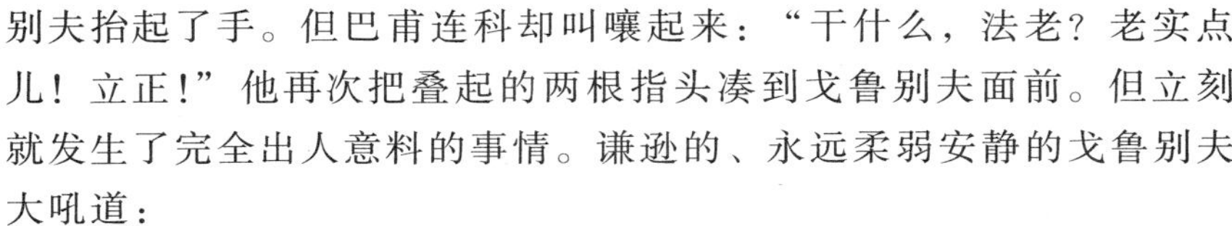

别夫抬起了手。但巴甫连科却叫嚷起来："干什么，法老？老实点儿！立正！"他再次把叠起的两根指头凑到戈鲁别夫面前。但立刻就发生了完全出人意料的事情。谦逊的、永远柔弱安静的戈鲁别夫大吼道：

"您别再戏弄我了！"随着这一声怒吼，他飞快地打开小折刀，刺进了对方张开的手掌外侧。巴甫连科大惊失色。伤口其实很小，血却流得很凶。顺便说一句，是戈鲁别夫第一个用自己的干净毛巾为巴甫连科进行了包扎。

这个不愉快的事件迅速传遍了整个营房。不管高年级还是低年级的士官生，全不知道该如何对待流血事件。少数几个毕业生，也是最厉害的"恶搞分子"，提议把戈鲁别夫的野蛮行径报告给校长，让他受到加倍的监禁，或发配到部队做下级军官。但半数的尉官先生和全体法老都站在戈鲁别夫一边。飞驰的信使眨眼间就跑遍二年级学生的全部四间宿舍："所有二年级学生午餐后在食堂集合！"

聚集了六十来人。回避开的有懒汉，有无动于衷者，自私自利者，胆小怕事者，略显迟钝者，疑心颇重者，利用每分钟余暇赖被窝的不可救药的瞌睡虫，还有未来的钻营者和书呆子。他们从内部条令了解到，任何集会和聚众都被严格禁止。

大家的讨论十分仓促，却异常迅速地达成了协议。

"香肠佬德国大学生不是我们的榜样，近卫军骑兵也不是我们的楷模。让骑兵士官生和近卫军'少尉们'骑自己的畜牲，并在半夜用愚蠢的问题唤醒它们吧。在光荣的亚历山大军校，世界上最好的军事学校服役，我们无比荣幸，我们也不想玷污它无上的荣誉，无论是用滑稽的洋相，还是践踏小同学的白痴行为。因此，我们坚决认为，并互相庄严承诺，从新学年开始，我们根绝这种足以被送去坐牢或流放的卑鄙的恶搞现象，我们无论如何要杜绝它，永远不放过它。是的，它已经不存在了，它已经过去了，我们已经忘记了它。对不对，朋友们？到此为止了。结束了。

"在老同学的记忆里，让法老仍旧是法老吧。想出这个称谓的不是我们，而是我们荣耀彪炳的前辈，他们中的很多人为信仰、沙皇和祖国捐躯疆场。让摆脱恶意愚弄的法老仍然铭记，在他和尉官先生之间存在多么大的差距。让他明白并牢记自己的位置，让他不

要过分随便地凑近学长，无论狎昵，还是友谊，甚至是简单的闲聊。尉官先生随便问他什么——他都应该回答得洪亮、清晰、精神饱满，并且永远要讲真话。仅此而已。除此之外——没有任何废话，任何玩笑，任何多余的问题。否则，法老就会自大和散漫。从他的益处考虑，应该让他保持严格、无情、恭敬的距离。

“再说，他为什么要挤进高年级的尉官圈子呢？连里有五十个跟他同样的法老，让他们去相互交友、共同娱乐吧。让他们彼此和好与争吵、跳舞和歌唱吧；让他们哪怕是演戏和胡闹呢，只要不妨碍晚上的功课。

“但法老们必须无条件地杜绝两种事情：一是伤害教官、连长和营长；二是唱士官生传统的‘离别歌曲’《痛饮吧，兄弟，痛饮吧》。无论哪一件——都是尉官先生们的特权；法老们做这件事——既早，也没有意义。让他们再忍耐一年，直到自己也变成尉官……究竟是谁，真的马上就要踏出门槛、正在与主人们道别？又是谁，还未品尝便指责主人的馅饼？”

今天的法老，一两天之后的尉官先生们，同样或近乎同样地发布了自己理智的决议；只差一封神奇的电报，之后，高年级士官生转眼便会各奔东西，被命运神奇的力量强劲地吹散，遍布到广袤无垠的俄罗斯的天涯海角。

在大食堂举行的这次特别会议上，还达成了一项英明的口头决议……

“然而，还应该关怀可怜的法老们。我们大家都曾经是胆怯的军校新人，深知最初的日子有多么艰苦，严苛纪律下的第一步是多么缺乏信心。这就如同学习滑冰或是踩高跷。因此，让每个二年级学生都来关照一年前还在武备中学同吃一锅饭的本连法老。适时地提醒他，但也要适时地努力督促他。自古以来，在伟大的俄国军队，同乡老兵就是新兵的第一位导师、帮手和保护人。”

最后一项法则的价值碰巧就在实践中让亚历山德罗夫体验到了，而教训也并不温和。士官生永远在早晨七点起床；清洁靴子和衣物，整理床铺，带上毛巾、肥皂和牙刷去圆形公共盥洗室，凑到铜水龙头下面。今天，这个九月的清晨，天光昏暗，细雨蒙蒙；黄里透绿的雾霭悬在窗外。整个人浑身发沉，不想离开床铺。

连里的值日生，二年级的巴利耶夫，一个橄榄色脸膛上长满雀斑的非常客气和安静的亚美尼亚人，走到亚历山德罗夫身旁。

“亚历山德罗夫，请您起来吧，”他心平气和地说，“起来吧。”

“好的，我马上，马上。您让我再躺几分钟。您犯得着吗?”

“我告诉您：立刻起床!”巴利耶夫提高了嗓门。

“噢，我的天！您可怜一下我也好啊，行不行?”

可随后他就突然听见一个猛烈而愤怒的声音响彻整个宿舍：

“亚历山德罗夫，闭嘴！立刻起床!”

这声音里有种异常威严的东西，让可怜的法老刹那间一跃而起，从眼里抖落了惺忪的睡意，立刻认出来喊自己的是老士官生图恰布斯基。这让亚历山德罗夫既惊讶，又不解。要知道这可正是那个图恰布斯基——他们曾在亲密的友谊中度过六年中学生涯，直至亚历山德罗夫在六年级留级一年。以前他们分享一切：合伙买籽仁酥糖和奶轧糖，一起收集植物、蝴蝶和羽毛标本，发明谁也不懂的暗号和密语。他们还同时迷恋上了烟花制造术；他们用硫磺、硝石、氯酸盐、捣碎的糖和煤炭制造五彩焰火、风信标和礼花炮，在夜晚的厕所里点燃它们。他们还轮流给对方朗读从外面带回来的书籍……“要知道这可是他，图恰布斯基，昔日好友图恰布斯基！……他怎么会冒出这种几乎把亚历山德罗夫从床头击落到地上的可怕腔调来。”法老感到难过和委屈。“接下来我还会碰到什么呢?”

而吃过午饭，到了两小时的休息时间，图恰布斯基走到坐在床铺上的亚历山德罗夫面前，把自己的大手放在他头上，既严厉又亲昵地说：

“你不要生我的气。我是希望你好。别再当刺儿头了。这里不是中学，而是服役的士官学校。再等一等，一切都会习惯，一切都会理顺的……就是这样，亲爱的。”

然后，他离开了。

难忍之痛

每周三的一个半天，从周六到周日的晚上，士官生们出门休假。不幸的法老们又艳羡又焦急，看尉官们在离校进城前精心梳洗打扮，看他们怎样把镶着金边、白底绣着红色花字的绝顶漂亮的制服穿上身。制服紧绷绷地系着宽腰带，腰带上十字交叉地装饰着两颗烈烈燃烧的掷弹兵榴弹。腰带左侧别一把皮鞘枪刺。从前——亚历山德罗夫凭借早年军校生活的印象记得——士官生的武器不是军刀一样窄窄的枪刺，而是又重又宽、带螺旋形铜把手的双锋短剑——这是真正的作战武器，如果愿意的话，可以轻松吓倒一头公牛。亚历山德罗夫已然知道，因为自己的品行而招致这次屈辱的武器更换的，不是他光荣的前辈，“古老的亚历山大人”，罪过在于那所红色营房内的军区学校的士官生，那些经过团队实习正进行陆军下级准尉考试的乌合之众。那是谢肉节期间的一个冬夜，他们在德拉乔夫卡和索博列夫街角的烟花柳巷挑起一场事端，动手的时候抄起了双锋短剑，斗殴过程中，莫斯科军区的军官们挺身相助。就像往常一样，围绕这次丑闻，掀起了轩然大波，风波没被校长及时平息，最终招致来自彼得堡一致的严厉斥责，下令所有的莫斯科卫戍部队都要把双锋重剑更换为无害的枪刺……

这身出门装束夏季搭配——带红帽圈和帽徽的无檐帽，冬天——带有金光（铜的）锃亮的雄鹰标志的卡拉库里羔皮窄帽。不管哪一种头饰，都挑衅似的粗犷地拉向右侧。追随从皇家士兵那里舶来的时尚，宽大的黑军裤折出宽褶，矮矮地掖进做工考究、价值不菲的法式或俄式漆皮靴。固定的军校供应商叶夫列莫夫为他们提供售价五十至八十卢布的鞋楦。最贫寒的士官生不得不穿着公家配发的军靴去休假，这靴子微微散发着绝对不太难闻的鞋油味。但鹿皮白手套却是必备的，而且不太昂贵：哪怕洗它上百遍，也一点儿不会开线。的

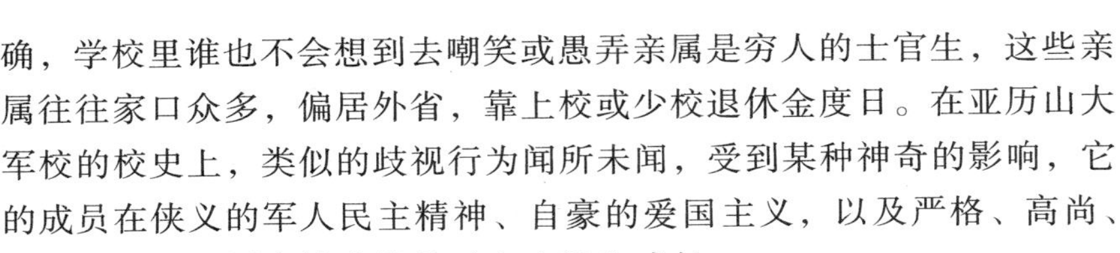

确，学校里谁也不会想到去嘲笑或愚弄亲属是穷人的士官生，这些亲属往往家口众多，偏居外省，靠上校或少校退休金度日。在亚历山大军校的校史上，类似的歧视行为闻所未闻，受到某种神奇的影响，它的成员在侠义的军人民主精神、自豪的爱国主义，以及严格、高尚、关切、悉心的同志情谊的基础上生活和成长。

苦命的法老们张大嘴巴，眼巴巴地看着提前得到临时休假证的尉官去找年级长官或德罗兹德本人接受检查。

“帽檐怎么歪了？帽徽怎么偏了？前襟起皱了。立正！向后转！把肩上的褶子整平了。”

但马上，矫健的“尉官先生”便踏着铿锵作响的配给皮靴，踩着精神抖擞的操练步伐走过来。一，二，一。右脚定住的同时，戴白手套的一只手抬向鬓角。动作完成得无可挑剔。德罗兹德从头到脚打量着英姿勃勃的士官生，俨然伯乐在端详千里马。

“好，士官生。着装无可挑剔。老远就能认出是雄赳赳的亚历山大人。看枭要看飞，看人要看小。”

“愿意继续努力，长官！”

“去吧！”两次有力的左转之后，士官生自由了。

要想改造成这种身段，经受这种苛刻的检验，新生们还要挨很多时日。不过他们自己也能痛苦地意识到，所有军事动作中的那种漂亮、敏捷、轻盈的姿态不是简单模仿所能掌握的，它的获得，要经过日久天长、最终变成一种下意识本能的磨练。

盼假期盼得发疯，发痒，但根本不能奢望这种幸福。法老们还没成熟到休假的时候。枯燥难挨的一天天、一周周缓缓爬过。法老们的精神只在周四能得到喘息和放松。每个星期四午餐时间，在石砌的偌大的半地下学生食堂，学校乐队演奏乐曲。这个乐队和它卓越的指挥，辈分最高的亚历山大人都记得的老克莱因布林格，共同组成了令人敬仰的莫斯科一景。

就像莫斯科本地人一样，所有士官生早就熟知，在这个乐队里有莫斯科音乐学院管乐系最优秀的学生，他们从参军开始，会一直服役到进入富丽堂皇的莫斯科大剧院。士官生——这些擅长洞察各种大事小情的好手——全都知道，他们乐队里演奏长笛的是著名的德什曼，阀键短号——大名鼎鼎的捷林邱克，双簧管——斯米尔诺

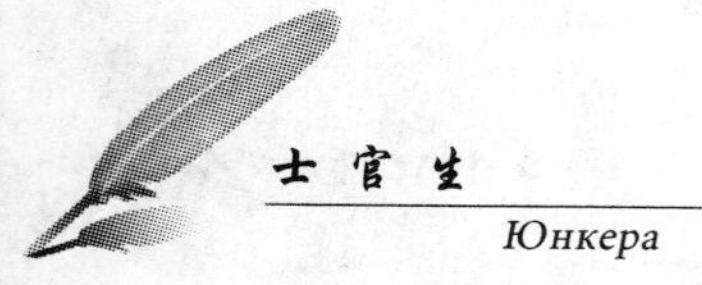

夫，单簧管——米哈伊洛夫斯基，圆号——夏洛德·杜德金，大低音号——从近卫军莫斯科军团聘来的超期服役的乐手、严厉的老克莱因布林格昔日的弟子，以及其他人等。亚历山大乐团的鼓手则是——不可替代的伟大演员因杜尔斯基，他是世袭兵出身，和克莱因布林格同年，一个身材挺拔、留着黑色唇髭和一圈花白腮须的小老头儿。他是莫斯科军区，还可能是全世界最棒的鼓手。据说，在莫斯科室内体育场举办过一次小鼓高手们的比赛，因杜尔斯基漂亮地赢得了桂冠。众所周知，因杜尔斯基不会把自己鼓点繁促的绝技告诉任何人，他要让它陪自己进坟墓。有什么办法呢？任何军校都存在那种无害的、在外人看来略显可笑的、无辜而天真的沙文主义。

周四吃午餐时，士官生们会在桌子上见到军队文书用“圆体字”书写并胶印的节目单。上面通常列着施特劳斯的圆舞曲、歌剧序曲和集成曲，还有舒伯特、舒曼、门德尔松和瓦格纳的轻松乐曲。克莱因布林格乐队的技巧操练得如此绝妙，能像上等弦乐队那样精湛地演奏最婉转的细微之处、最甜美的弱音部分。

士官生们频频鼓掌，但略微驼背的老克莱因布林格却毫不理会这种喝彩。士官生们偶尔会请求演奏一首自己喜欢的乐曲，比如《磨坊》、《布朗热进行曲》、《土耳其回旋曲》①、《鲁斯兰序曲》②，特别是《森林邮车》。最后一首曲子技巧花哨地演奏起来，妙趣横生。在节目演出前，阀键短号大师捷林邱克在士官生们毫无察觉的时候溜出餐厅，藏在长长的走廊尽头。全部妙处在于，重奏的引子刚近尾声，捷林邱克便插入微弱的略带忧伤的回音，简直像真的从森林深处传来的一般。就这样，乐队和迷路的邮递员久久地交相呼应，彼此越来越近，直到汇成共同的合声。

不过，想求得克莱因布林格的通融可不容易。这个德国老头儿的性子山羊一样倔强。从个人声望的高度——哪怕在莫斯科，也是无可置疑的——他像几乎所有的音乐大师一样，轻视外行的大众，

① 通常把莫扎特的这首作品称做《土耳其进行曲》，这里从原文译为《土耳其回旋曲》。

② 即格林卡改编自普希金的长诗《鲁斯兰和柳德米拉》的同名歌剧。

并对所有恭维置若罔闻。莫斯科人传说他全世界只敬重两个人：大剧院的指挥，固执而威严的阿夫拉涅克，此外就是德国人俱乐部主席，为这位同胞和会员订购法兰克福香肠和慕尼黑黑啤酒的冯·吉特茨涅尔。

但有一部让士官生们特别珍视的作品，他不仅经常排进星期四节目单，有时候甚至还会同意重复演奏。这便是利托尔夫未完成的歌剧《罗伯斯庇尔序曲》[①]。谁知道他为何对它如此偏爱：因为对法国大革命的仇恨，因为崇敬罗伯斯庇尔的个性，还是仅仅因为利托尔夫的音乐让他激动？

这个英雄序曲的尾声部分，定音鼓轰然大作，制造出可怕的效果；这是沉甸甸的钢刀落在“廉洁者[②]”垂下的脖子上的时刻。

关于这个序曲，士官生之间流行一个代代相传的老故事。据他们说，好像首位演奏断头台致命一击的鼓手是位默默无闻的乐师，是克莱因布林格童年时便开始结交的私人朋友。

又继续传说，有一回来乐团时，这个乐手沉浸于某种特别严肃近乎庄重的情绪。对同事们的询问，他回答得勉强而又冷淡，但告诉其中的一位，据说就是克莱因布林格：“今天您将听见终生都不会忘记的断头台的砍斫声。”确实如此。大概发生了什么恐怖的事情。无名乐手等到了精确规定的那一瞬，以非凡的力气猛击一下定音鼓。心脏震碎的他立刻摔倒在地。老士官生还试图让学弟们相信，好像克莱因布林格把这种非凡的鼓法传授给了鼓手因杜尔斯基，以纪念自己夭亡的朋友……他本人演奏序曲，同样也是作为纪念。这中间什么是真实，什么是杜撰，谁都没工夫去考证；也没人有胆子去向暴躁、傲慢、沉默寡言的克莱因布林格打探，是的，他俄文好像只懂得一些音乐术语，但不管怎么说，没有浪漫色彩，年轻的心可活不下去。

学校乐团，这个亚历山大人的骄傲，当然是优秀了，士官生们总是迫不及待地盼望星期四音乐会；但对于幼稚的法老们来说，一

---

① 亨利·利托尔夫（1818～1891），法国钢琴家、作曲家，歌剧《罗伯斯庇尔序曲》是他最有名的作品。

② 罗伯斯庇尔笃信“德行”，素有“廉洁者”的好名声。

个小时的音乐享受远远无法补偿无尽的单调、严苛的训练，以及住在还未适应的陌生房子里局促的拘束感和无助感，在这种房间，你总会不小心磕碰到所有墙角、门框。

每个士官生不可避免地要被教导的第一件事，便是这样的金科玉律：

“你首先要忘掉在武备学校学到的一切东西。现在你们已不是小男孩儿了，如果必要，你们中的每一位都可能转眼就会参加作战部队，然后被派往战场。也就是说，老同学的每一个指示和命令都要绝对服从。”

的确，大多数人，几乎是所有人，都不得不从头重新学起。

“要想肩胸姿势规范，”德罗兹德讲解道，“呼气，然后再最大限度地吸气。一开始要屏住呼吸，以便牢记肩和胸的位置，等到呼气的时候，也要让它们完全保持那种姿态，就像它们跟空气融为了一体。在列队的时候你们也要这样做。

“行进时要始终保持这种姿态，即使不列队的时候，也要有个军人该有的样子。鞋掌不要拖地，两脚不要在地板上磨磨蹭蹭。脚步要轻盈、迅捷、舒展、昂扬。两人同行时，必须步调一致。哪怕一个人走路，哪怕去厕所，也要步伐齐整。永远不许驼背。为此要学会头部挺高，但同时下巴不要抬起，相反要把它收向身体……亚历山德罗夫！现在请您前后走一走。试一下驼背走路，而头要尽量挺直。嗯！齐步走！一二一，一二一！立定！喂，怎么样，士官生亚历山德罗夫？弓腰驼背而头部挺直舒服吗？”

“绝对不舒服，长官（在列队和值勤的时候，士官生这样尊称军官）。确切地说，甚至很痛苦。”

“嗯，瞧您现在明白了吧？可惜您这么走时看不见自己。样子非常丑陋……因此，我的朋友们，任何时候都不要忘记，整个莫斯科都在瞧着你们。目光要像雄鹰，步伐要像新郎。而你们呢，这些二年级的士官生，要盯紧这些黄口小儿。别吝惜批评和警告。这只会对他们好。因为，”这时候他把声音升高为喊叫，“因为，一旦我发现我的士官生走路松松垮垮，像怀孕的教士老婆，或是慢吞吞地，像潮湿地方的虱子，或是盯着地面，像垂头丧气的猪，或者脑袋耷拉到一边，像朵快要枯萎的花——我会毫不留情地给惩治他：

额外值勤，扣掉假期，在完成服役职责的前提下实施监禁。”

是的，这的确是四重惩治的日子。自己的同班老兵惩治，自己排里的攫用士官①惩治，任课军官惩治，最后还有主惩治人、雄辩的德罗兹德，他言简意赅的训导因为轻微而独特的口吃而显得格外冷酷。

操练持枪队列时，必须穿卷成筒状的军大衣和配发的高鞠军靴；但也操练轻松、自信、英姿勃勃的进城时的步法。操练持枪和不持枪的立正姿势。操练，或确切点说，互练接枪动作。

同武备学校采用的别丹式步枪相比，十二磅半的步枪因为不习惯而显得有些偏重。一年级只有日丹诺夫一个人能手持枪刺直臂举起这种步枪。

但操练和费心最多的还是敬礼这门精湛技艺。同时在长走廊和舞会（会议）大厅内练习，大厅内挂着比真人还高的尼古拉一世和亚历山大二世皇帝的肖像，大理石板上镌刻着所有课程全部以十二分的成绩从学校毕业的士官生的金字姓名。

这种操练真的考验记忆力：向什么人行什么礼。对所有其他军种的尉官和校官先生，只需要把手简单地贴近帽子。对俄国陆军的所有将军、校长、营长和自己的连长则要立正敬礼。

“注意了，亚历山德罗夫，”图恰布斯基命令道，“现在你迎面走向我。我是——营长。齐步走，一二一，一二一……向左转的动作不太利索。重来。再来一次。齐步走……瞧，现在可是迟了。应该在四步远的时候开始做，而你整个人都要扑到营长身上了。再来……一二一。哎呀，你可真是个莫名其妙的法老！手触帽檐要跟并脚同步完成。这个动作要做得干净利落，可你却囫囵不清。停！再来一次！”

当然了，倘若他们的补课老师不是如此有耐心，如此严格关照，这种日复一日的训练会让人厌烦透顶，会让年轻人的内心过早感到苦楚。

有时他们会厉声叫停自己的小学生，而为了给枯燥工作的单调乏味增添些光彩，他们也用机敏的士兵风格的大话来炫耀技艺，这

① 特指那些佩戴武装带的士官生。

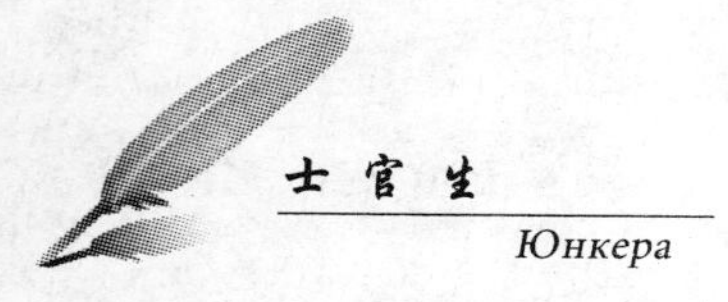

些话是从久远以前的学校前辈那里流传下来的。但他们在对待学弟们的态度上，却绝不存在恶意、挑剔、欺侮、嘲弄或偏爱某人等等现象。学生的长官——尤其是德罗兹德——理解这种严格、宽厚、家庭化的、团结友爱的军人教育所具有的重大意义，并且不会去阻挠它。他们理直气壮地为自己一、二年级的棒小伙儿——这些热情和勇敢得近乎粗犷，但又把柔情和严厉神奇地融合在一起的温顺懂事的手足——所组成的和睦团队而感到自豪。

三年前离开这里的前任校长萨莫赫瓦洛夫将军，或是按士官生们的叫法，叶毕什卡将军，对自己的年轻人溺爱得似乎到了有些过分的程度。关于这位脾气古怪得让人难以置信的近乎神话般的将军，学校的口头史保留下了很多逸闻。

比方说吧，有一次他满不在乎地破坏了莫斯科军区司令亲临的大阅兵秩序。他不顾要把亚历山大士官营直接排在近卫军学校后面的指示，下令把自己的营队带到并排列在近卫军的前面。面对阅兵司令官的指责，他义正辞严地回答：

“莫斯科近卫军——俄国军队的点缀，但要请您赞同，大人阁下，亚历山大学校的士官生——这才是莫斯科的近卫军。”

他坚持己见。这个任性无礼的事件他是如何应付过去的，没人知道。另外，全莫斯科都热爱自己的军校；而叶毕什卡呢，据说深受亚历山大三世皇帝的恩宠。

还流传着这样一件逸事：一个陆军少尉，既不是莫斯科卫戍部队的人，据说也没喝得特别醉，好像是因为敬礼不合规范，就在大街上跟一个二年级的士官生找茬儿，并且要他几次重复这个动作。明眼的莫斯科人凑集了一群。因为羞愧，因为耻辱和狂怒，士官生干了件非常严重的违纪行为。他发现小跑过来一辆灰马拉着的轻便马车，跳了上去，大喊一声：“快点儿跑！”飞驰进学校之后，被刚才发生的灾祸吓坏了的学生奔向萨莫赫瓦洛夫，详细讲述了自己所干的一切。叶毕什卡冲他狂吼了大约半个钟头，然后动用了自己全部大权，把他关到禁闭室，严加看管。等到受了委屈的陆军少尉到学校告状的时候，萨莫赫瓦洛夫命令全校学生列队集合。

“我学校的士官生，”他说，“不可能干那种事。但我还是把全部的士官生都交给您，悉听尊便！请找罪犯吧。”

在四百双嘲讽和敌视的目光逼视下，少尉当然没有找到羞辱自己的人，而士官生则顺利避免了在毕业前夕被发配做陆军士兵的命运。

叶毕什卡为自己所袒护的士官生做过很多类似的放纵事情。士官生经常绝望地跑去求他说：对所有军事科目的分数都心服口服，但工事课老师就知道给他密密麻麻地填上六分甚至是五分……他讨厌孤儿！这样一来，平均成绩无论如何也不会超过九分，现在头等生告吹了，上士军衔也告吹了……

这时候，叶毕什卡通常会把士官生赶入禁闭室，关他两个星期，罚掉假期，并派他去做三次额外值勤。而后把任课教师——工程兵上校叫来，亲密、恳切、温柔地对他说：

“噢，上校！我可是早就忘记筑城这门高等技术了。模模糊糊记得：沃邦[①]工事，托特列边[②]工事，还有那些什么露天炮塔、横梁、侧防暗堡……而您是这个领域冉冉升起的才华横溢的新星。不过请您承认，上校：难道我的士官生掌握的筑城知识能低于九分吗，况且又是那么优秀的士官生？学校的精英和骄傲。我向您保证，他会成为最合格的军官。但他干吗要当工程师呀？这需要天赋和您那样机灵的脑袋瓜儿。噢，您能答应吗，最后狠狠心，给我的士官生九分。”

上校应了下来。

“上帝保佑他，保佑这个荒唐的叶毕什卡吧……不过最好还是别跟他搅在一起。”

但非常奇怪，以自己的胡闹和捉摸不定的怪脾气，萨莫赫瓦洛夫深得士官生的欢心。然而他们心底里既不爱戴也不敬重他那种有失公正的个性。在为士官生求情和纵容他们的同时，他却以无情、粗暴和冷酷的愚蠢态度对待下属军官。他施加给军官们的惩罚极其严苛，但让他们更加痛苦的是忍受他的批评和斥责，那种斥责偶尔会演变为不仅侮辱他们也侮辱他本人荣誉的无耻谩骂。

基于这一点，等待他的是最惨痛的报应。第一个不再忍耐的是

① 法国军事工程师。

② 俄国工程兵将军。

柯瓦利耶夫上尉，他是格鲁吉亚人，一八七七至一八七八年土耳其战争的英雄，英勇的勋章获得者，攻打普列夫纳时的重伤员，深受士官生们崇敬的军官。在萨莫赫瓦洛夫的一次荒唐行径之后，柯瓦利耶夫来到他的住处，要求他作出解释（据说是代表全体军官）。这次交涉的结果是萨莫赫瓦洛夫离开学校，被调往南俄边境担任旅长。关于柯瓦利耶夫，鲜有提及且语焉不详。有消息说，他后来自杀了。

旗下宣誓！

在地球上，谁知道呢，或许还包括整个宇宙吧，存在着一个惟一的无可置疑的法则：

“世间的一切迟早都会终结，任何人，任何物，都无法逃脱这个指令。”

经过一个月，法老们在军事动作的灵巧、迅捷、美感和准确性方面看似遥遥无期的强化训练完成了。这一刻到来的时候，教官苛刻的眼睛发现，对于亚历山大第三军事学校士官生这个崇高的称谓来说，昔日那些未经雕琢的新生已经足够成熟了。很快，法老们中间就飞速传开一个激动人心的消息：“这周六去宣誓！”

最后一次在军需库迫不及待地试穿早就运来的阅兵制服。在这段忙碌而艰苦的日子，年轻人似乎长高了，变瘦了，而且已经不知不觉地显现出即使穿便装也能轻易辨认出挺拔庄重的军人风采。

星期六到了。这一天，教学和其他活动只进行三小时，早餐前便结束了。士官生们餐后回到连队营房，见到杂役摊开放在各个床铺上的、第一时间送达、还散发着裁缝店气息的军装。

“喂——赶——赶紧穿衣服！”德罗兹德指挥着。“喂——不要有一道皱褶！”

所有四个连的四百号人从容不迫地拥入偌大的室内操场，排成

两个纵队：右翼是持步枪的高年级士官生，左翼是没有武器的一年级学生。队伍前面是神父：东正教的——在读经台后面，身穿金色法衣；天主教的——一袭黑色长袍，头戴四角小帽；路德教的——身着长过膝盖的礼服，礼服领口露出洁白如雪的大领结；伊斯兰教的毛拉——裹着白绿相间的包头。学校乐队被安排在通往室内体育场和马房的大门附近。连长和教官们守在自己的连队旁边。在士官生中绰号为“别尔基－巴沙[①]”的营长阿尔塔巴列夫斯基，一个小眼睛、留短发的鞑靼人，在队伍前方当中站立，他凸颧骨的扁平面庞，他的宽肩膀和高耸的胸脯，都好像是用某种弹性十足的耐火材料浇铸出来的。

他远远地看见走出自己住所的校长，发布口令：“立正，向右看齐!”校长安丘金将军渐渐接近队伍。他身材奇高，比右翼一连的士官生高出整整一头，而且伟岸，威严，甚至称得上雄伟。他的士官生们叫他“骑士塑像”。他也的确像一尊石客[②]，当他偶尔地，一年不会多于五六次，缓慢凝重地行走于学校的方形走廊，像塔一样笔挺，酷似尼古拉一世，确切地说，酷似悬挂在会议大厅里的这位皇帝的肖像；同样高耸的穹隆般的额头，同样凛然严峻的表情。他从来不跟士官生们大声问好。是的，他也的确完全丧失了嗓音，仅能发出一种微弱的咝咝声。

在鲁修克[③]城下指挥罗斯托夫近卫军团时，他被子弹打穿了脖子，从那时起就用银制小管呼吸。因为土耳其战争中的功绩，他受赐终生穿戴罗斯托夫团军装，并担任亚历山大军校校长的光荣职位。每次他庄严肃穆地经过，士官生们会依次向他致以深深的宫廷礼，这种礼节是大剧院的芭蕾舞编导彼得·阿列克谢耶维奇·叶尔莫洛夫，在舞蹈课上反复传授给他们的。作为这种要求严格保持三拍的鞠躬礼的回应，安丘金只是垂下再抬起眼皮……但有一天，亚历山德罗夫聆听过罗斯托夫将军简短却很完美的一场演讲，这场演

---

① 别尔基，即拉丁文“鸟”的俄音；巴沙，伊斯兰教高级官员称号，又指获得这种称号的人。这个绰号的意思是“大鸟巴沙”。

② 作为专有名词，一般认为源于西班牙唐·胡安，即唐·璜故事里的骑士团长石像，而它在俄国广为人知，则主要因为普希金名为《石客》的诗剧。

③ 保加利亚城市，1877～1879年俄土战争战场。

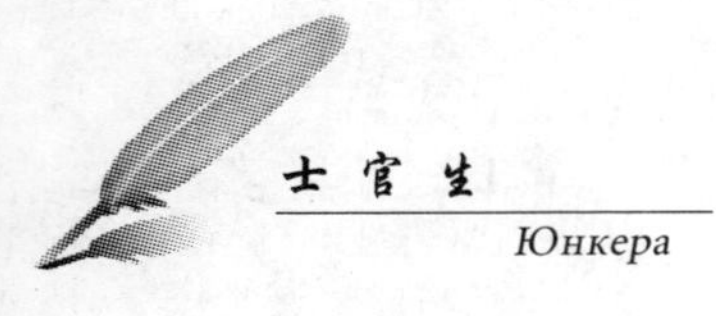

讲让他终生难忘。

安丘金集中起残破的喉咙韧带的所有力气，用阴沉沙哑的声音向全营致词：

“你们好，士官生们!”

后排的人根本听不清他的言语，他们紧盯着他的嘴唇的嚅动，这种技能早已演练过多次了。

“您好，阁下!”

安丘金勉强可以察觉地冲神父们微微点了点头，并向营长递了个眼色。

阿尔塔巴列夫斯基上校出列，居中面朝全营。他亚洲人的面孔神情肃穆。

“看旗!”他用金属般尖利的嗓音传令，然后停顿一秒钟。“肃静——（稍作停顿）……敬——（再次停顿）……”突然像抽了一下马鞭似的，短促清晰地喊道：“礼!”

法老们不能扭头，而他们的目光却猛然瞥向右方，斜视着半个营的二年级士官生。一！二！三！三个敏捷精巧、协调一致的动作，那响声就像三次轻轻的击掌。两百根枪刺直插天际；银亮的刀锋一闪，便定定地停住，凝固了一般。就在这一刻，完美绝伦的校乐队骤然奏起了庄重、激昂、震撼人心的进行曲。

旗帜仿佛高悬在枪刺上空，衬着十月湛蓝的天空。旗杆顶上那只金色的雄鹰似乎在振翅翱翔，随着旗手无形的节奏微微起落。

旗帜停在读经台旁边。口令声传来：“祈祷！脱帽!”随后便听到学校教堂司祭，伊万采夫－普拉丹诺夫神父不太响亮的拖长的声音：

“两指交叉……瞧，就是这个样子，再把它们举向高空。现在跟我重复神圣的军人誓词。”

士官生们稍稍骚动片刻，随即又肃静下来，手指伸向天空。

“我承诺并宣誓……”神父拖着长声朗诵道。

就像风掠过队伍：“我承诺，我承诺，宣誓，宣誓，宣誓……”

“向万能的上帝，当着他的圣经。”

队列里又响起密集微弱的絮语：

“在主面前，在主面前……”

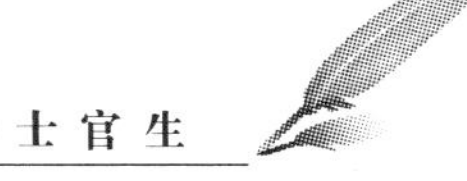

“我愿意并且应当……”

这是由彼得大帝确立的宣誓程序，冗长、细密、严格。

它的另外一些誓词渐渐让人觉得恐怖：

“向万能的上帝，当着他的圣经，我承诺并宣誓，我不惜自己的生命，直到淌尽最后一滴鲜血，愿意并应该为全俄罗斯的主宰皇帝陛下，以及皇帝陛下的继承人，坚贞不渝地效忠，并以最大的理解、力量和才能，去实现一切属于皇帝陛下伟大统治、威望和政权的，法定和日后法定的权力和特权。

“在皇帝陛下的国家和他敌人的土地上，在田野和堡垒，在水上和干燥的大陆，在交战、对垒、围攻、突击和其他战事中，用身躯和鲜血进行英勇顽强的抵抗，并努力推进任何情况下可能关系到皇帝陛下的忠诚军队和国家利益的事务。而对于皇帝陛下的利益的损伤、破坏和危害，我要尽快了解，决不延迟地及时报告，不惜一切代价毫不留情地进行制止，并保守被托付的任何秘密；在可能关系到国家利益和军队的所有事情上，都绝对服从于我的长官，并真心实意地弥补一切，不为私利、天性、友情和敌意而违背职责和誓言；即使在野外，在大车上，在卫戍部队，永远不背弃我所忠诚的命令和旗帜，只要一息尚存，就要追随它们，并在任何情况下，都要像一个诚实、正直、服从、勇敢、机智的军官（士兵）应做的那样做人和行事。但愿万能的上帝佑护我。在此次宣誓的最后，我亲吻救主的箴言和十字架。阿门。”

但更加可怕的，是浅发如白色浪花般卷曲的副营长拉奇诺夫上尉在宣誓之后开始朗读的那些条令摘引。其中列举了各种违反军纪、背叛军旗和誓词的行为与罪过。他每讲一句，都重重地丢下掷地有声的字眼：

“死刑……死刑！”

敏感的亚历山德罗夫已经十多次联想到自己被判了死罪，头上的毛发也不时打颤，像刺猬一样硬挺竖立。但同一位拉奇诺夫宣读的圣乔治十字勋章授勋条例的一些片断，又让他内心颇感安慰并为之振奋。亚历山德罗夫一面用双耳和英雄的心灵在倾听，一面在想象中占碉堡、堵炮眼、夺取敌人的旗帜、俘虏敌军将领……

随后，士官生们依次亲吻十字架和圣经，又再次回到原位。

“整冠!”别尔基－巴沙下达口令,“升旗,肃静,敬礼!”

旗子被拿走了。宣誓仪式结束。士官生们列队回到各自连队驻地。

德罗兹德站在两排一年级学生面前,来回轻轻地晃动着脚尖,说道:

“喂——就是这样。现在你们是真正的士官生了。祝贺你们。”

“愿意效劳,大尉!”

“但你——你们仍然不要忘记,你们真正的名字是——军人。军人是个十分崇高的称谓。最高的将军,最低的士兵——都是军人。所以你们要记住,你们中的每一位都可能因为特别严重的违纪行为而被开除出校,绝对不是回家找爸爸、妈妈、叔叔、姑姑,而是直接发送到步兵团去做士兵……希望在我的连队永远不要发生这种事情,其实整个学校也从未发生过此类事件……但要记住:对懒惰、散漫、放荡、懈怠,尤其是撒谎,我会毫不留情地追究和惩罚。对委靡不振的作风——也是一样。而现在,哪个人愿意的话,可以去休假了。明天值勤的军官不能迟于晚上八点到岗。每迟到一分钟——一次额外值日。在外面要有个棒小伙儿和军人的样儿。从现在开始,你们——属于军旗了!解散。”

置身于兹纳缅卡街道,人流攒动但仍然非常空阔的阿尔巴特广场,最后还有坐落着一些漂亮而富有贵族情调的两层独宅的波瓦尔斯卡亚大街,亚历山德罗夫感觉那么奇特、那么轻松、那么舒畅!训练有素的双脚迈着威武自信的步伐,仿佛不沾人行便道路面似的。轻便合身、硬挺漂亮的制服让人感到惬意。清爽紧绷的白手套漂亮、舒适。“会给谁第一个敬礼呢?”亚历山德罗夫思量起来,而就在这时候,小胡同里迎面走出一位炮兵中尉。亚历山德罗夫立刻把手贴在无檐帽上。炮兵亲切地笑了笑,接受了敬意,对他说:

“把手放下来吧,士官生先生。怎么?我弄错了还是怎么的?您今天宣誓过了?真的吗?”

“没错,中尉先生。您怎么猜到的?”

“噢,非常简单。从您脸上的表情呀。我一见到您,还有您露出的那种神色,立刻就回想起来,我在宣誓之后也是同样的表情。

甚至也是在那个亲爱的亚历山大军校。好吧，祝您一切顺利。上帝保佑您!”

他们紧紧地握过手，分头走开了。“这个小炮兵可真是个可爱的人。”亚历山德罗夫感动地想。

可接下来他就先后犯了两个愚蠢的错误。给两个将军行立正礼——甚至行得非常潇洒，可实际上呢，一个是退役的，另一个是军需官。第一位忙不迭地给他回了三四次礼，而另一位，则用特别和蔼浑厚的男低音对他说：“非常高兴，年轻人，非常非常高兴见到您并跟您相识。”

一个月过去了。亚历山大军校在十二月举办了自己盛大的年度舞会，如果能够光临，在全莫斯科都会被视为莫大的荣幸。亚历山德罗夫给希涅利尼科夫家寄去三张门票（没分到更多)。舞会当晚，他异常兴奋。士官生在相互比赛：谁的女伴最美、着装最佳。

能轻松容下四百位士官生的大会议厅被装饰成了花圃和热带园林。连队吸烟室和盥洗室变成了雅致的女士化妆间，克莱因布林格的著名乐队开始悄悄调试乐器。

亚历山德罗夫已经第二十次把身子探出粗大的橡木护栏，一面朝楼下铺着红呢子地毯的走廊上张望，一面搜寻自己的女伴，好去帮她们脱去外套。瞧，她们终于到了。亚历山德罗夫子弹一样冲了下去。但她们只有两位——奥利娅和柳芭，由彼得·伊万诺维奇·波布罗夫护送。这是一位以舅舅身份住在希涅利尼科夫家、几乎从不见客的年轻律师。他身穿燕尾服。

两个小姑娘头戴蓬蓬松松的绒线风帽：奥利娅的是淡蓝色，柳芭的是粉红色。

这种风帽是时新装扮。它们今年才开始在莫斯科流行，跟冻出红晕的少女的面庞十分相配，就像曾经流行过的那种宽丝带系成的深地儿小帐篷形状的帽子。小姑娘们散发出迷人的芳香——西瓜、寒风、夷兰香水的气息，还有大衣皮毛味道和清爽的呼吸。她们在大镜子前整理一番，随亚历山德罗夫上楼。

“尤利娅·尼古拉耶夫娜好吗?”士官生打探道。

“她很遗憾不能跟我们一起来参加舞会。她今天非常忙。她祝福您节日快乐，还要我们把这卷东西带给您。那是给您的纪念礼物。给。”

亚历山德罗夫陪女士们进了宏伟的大厅。乐队轻柔婉转地演奏着施特劳斯悦耳迷人的圆舞曲。亚历山德罗夫的女伴们立刻博得了美妙的印象。

士官生们像蜜蜂一样围着她们团团转。

亚历山德罗夫得到片刻空闲，得以跑回自己的连队，跑到自己的小柜子旁边。在那里，他拆开一个包裹着白纸的小盒子。在盒子里面，棉花小衬垫上躺着一个淡蓝眼珠的小瓷娃娃。他找信。没有，只有一个瓷娃娃。再没有什么。

他回到大厅。奥利娅正闲着。他邀请她跳一曲华尔兹。她把光洁的手软软地搭在他的肩上，优雅地微微垂下头，沉浸于华尔兹美妙的旋律，在他的环抱下轻盈回旋。他们的眼神瞬间相遇。她眼眸里荡漾着慵懒迷醉的光彩。

“现在我给您讲讲您的尤利娅，”她伴着热切而馥郁的喘息喃喃道，“我们家今天订婚。尤利娅嫁给了波科尔尼。”

连亚历山德罗夫都不由得为自己听到这个噩耗时的冷静感到惊奇。他也同样热切地喃喃道：

“上帝赐她幸福吧。我对此无所谓。我早已经爱您爱得要死了，奥利娅。”

可她一面理着散开的发缕，一面回答：

“哎哟！但愿我能相信！”

然后挑衅似的笑起来。

庆　典

从亚历山德罗夫踏入军校的白墙那天起，已经过去了将近两个月。作为一个低年级的士官生，尽管对于“法老”这个绰号（高年级——“尉官先生”）还要忍受很久，但他已经开始成长为一个真正的亚历山大－士官生了。他以自己的学校为荣，并热忱地维护它的荣誉。他坚信，在俄国，还可能是全世界的所有军校中，亚历山大士官学校首屈一指。他觉得跟他分享这个荣耀的还有整个莫斯科——莫斯科对官气十足、天寒地冻的彼得堡挖苦刁难，但热情洋溢地偏爱自己的一切：自己的勇士、大辅祭、歌手、演员、拳击手、商人、教授、唱诗班、厨师、高级僧侣，当然还有自己年轻俊朗，永远衣装鲜亮、彬彬有礼的，来自兹纳缅卡的士官生，以及他们无与伦比的奇妙乐队。

士官生的生活快乐而自由。学业根本不重。教授是莫斯科才有的顶呱呱的教授。队列技艺被提升到了炉火纯青的完美程度，但仍然毫不懈怠；这种技艺近乎体育竞赛。它的千篇一律的确有一点点枯燥，但在莫霍瓦亚大室内体育场举行的家庭游行也会给这里带来些许亮色。除此之外，还有一个幸福而奇妙的、有关沙皇视察和沙皇检阅的梦想，支撑着士官生们努力进行队列训练。每个士官生都暗暗觉得命运不公，因为沙皇住在彼得堡而不是莫斯科。但关于这一点，谁都不会说出来。

一八八八年十月，沙皇的专列在波尔卡站附近出事的消息传遍了莫斯科。大家惶惶不安地谈论凶残的暗杀未遂事件。莫斯科人心浮动。后来从报纸上得知，车祸奇迹般地并未造成伤亡。到处进行祷告，各个地方都在大声咒骂工程师和承包人。最后传来新闻，莫斯科正在等待沙皇和沙皇一家的到访：他们前来朝拜古老的俄罗斯圣地。

所有这些流言和讯息传到了学校。士官生们自己都不知道，什么该信，什么不该信。想到皇帝，那个被称为俄罗斯大金字塔塔尖的至高无上的惟一的人，因为意外的火车倾覆，可能遭遇危险甚至死亡，这个念头怪异得有些荒唐，虚幻得略显乖谬。就是说，那么辽阔无涯、那么强大无比的俄罗斯的一切存在，原来都维系于一颗松动的铁路螺栓。

早点名过后，司务长鲁金宣读指令：“遵照皇帝令，迎接他的莫斯科卫戍部队不准携带武器。根据莫斯科警备司令指示，从库尔斯克车站到克里姆林宫，部队成两行夹道排列。亚历山大军事学校学生的列队位置在克里姆林宫内从金栅栏到红台阶一段。遵照校长指示，全营十一点钟从驻地出发。”

正午时分的克里姆林宫中央，铺着厚厚红呢子地毯的又长又宽的橡木板桥两侧，分列着亚历山大第三军事学校四个连的士官生，年龄从十八岁到二十岁的四百位年轻人。四连的士官生阿列克谢·亚历山德罗夫站在第一排，清晰可见、触手可及的沙皇将会从离他三四步远的地方经过。在亚历山德罗夫的想象中，“沙皇”遍体金光，戴歌特式皇冠，“国王”——明蓝配以银色，“皇帝”——乌黑配以金色，头戴白缨饰头盔。

久久的等待。因为是非常事件，士官生们提前两小时就出发了。还在学校，攫用士官和连长们就像送十六岁女儿初次参加舞会的母亲一样，悉心检查过每个人。现在到了克里姆林宫，教官还要不时地走过来，拉一拉大衣上的皱褶，抹一抹饰有燃烧榴弹图案的亮闪闪的铜扣，把别着擦得锃亮的双头鹰的羔皮圆帽向右眼拉得硬挺一些。皇帝当然能以他超凡的目光洞察一切的：未拉紧的围巾角，戴得不平的军帽，膨起的衣褶。他会发现，但对谁也不会讲，而只能生亚历山大人的气。克里姆林宫上方闪耀着蔚蓝的冷空。太阳的金辉洒向大教堂圆顶，鸽子在高高地盘旋。四周笼罩着秋的气息。

等待并不熬人。大家欢欣鼓舞。早已熟悉的年轻的面庞似乎焕然一新，它们变得那么明净、灿烂、含蓄，在秋天醇厚的空气中泛出红晕，也显得愈发英俊了。

感觉像喝了香槟酒。朦胧冒出一个小心翼翼的念头：这些幸福的时刻如此非凡，如此激动难耐，好像你会在等待中瞬间焚为灰烬，而对最重要最伟大的事情，你突然会觉得缺少什么东西。

就在这时，一股突如其来的骚动、一阵倏忽而过的惊悸漫过慌张的队伍。没听到口令，士官生们便挺直身子，振作起了精神。耳听得一阵独特的、一时无法分辨的响声，像风吹森林的鸣咽或无形大海的涛声，从右侧的什么地方远远传来，并且越来越响。

传下“立正”口令。大家看齐。再次“立正”，然后是“稍息”。再次“立正”。可以原地放松一下腿脚。就这样，没完没了。检阅时总是如此。但这一次没有一个士官生抱怨。

亚历山德罗夫用什么语言才能描述这种缓缓袭来的、很快就要以狂喜收场的奇迹，这种随着越来越近的人群的呼喊，随着钟声一起增强的极度紧张的心情呢？整个莫斯科，整个幅员辽阔、人烟稠密、坚贞而古老的沙皇的莫斯科都兴奋得呼喊和轰响起来。报喜教堂、圣母安息节教堂和栅栏后的救主教堂钟声滚滚，好像连沙皇钟也开始轰鸣，沙皇炮也开始隆隆作响！

而当军乐队把自己欢快嘹亮的乐音加入这声响的狂欢风暴中时，似乎听觉已经被填满了，再也容不下它。

但他们著名的校乐队，莫斯科首屈一指的乐队，却在右翼演奏起来。就在此刻，在洞开的镀金大门之内，沙皇在人群簇拥下现身了。他身穿浅色军官大衣，头戴浅浅的羔皮圆帽。他气宇轩昂。他遮蔽了自己周围的一切。他浑身充满超人的威力，以至于让亚历山德罗夫觉得他脚下厚厚的橡木板都给压弯了。

沙皇离亚历山德罗夫越来越近。甜蜜而尖锐的狂喜抓紧了士官生的灵魂，旋风般裹挟它，裹挟它飞升。波浪般迅猛的寒战涌遍他周身，让他的头发刺猬一样竖立。他无比清晰地看见皇帝的脸，他淡红色的浓密的短胡子，他连在一起、鹰翼般展开的英俊的眉宇。他看见他坦率而温柔地注视着自己的眼睛。他觉得他们的眼神有一分钟没有分开。安详博大的喜悦像浓浓的金色的水流在他眼中流淌。

如此幸福如此崇高的永世难忘的几秒钟啊！亚历山德罗夫似乎不在了。他像一粒微尘，融入了数百万人共同的感受。正是在那一刻，他感悟到自己的全部生命和意志一如所有数百万同胞的生命和意志，像变戏法似的，汇聚到这个他触手可及的人身上，汇聚并结成毫不动摇的钢铁般的惟一的信念。在自己整个身体轻若空气的同时，还莫名地感觉到一种魔力，一种超人的能力和对无尽的英雄功勋的渴望。

皇帝身边走着皇储。亚历山德罗夫知道皇储比自己正好年长一岁，但和父亲在一起，皇储俨然一个纤细瘦削的男孩儿。庄严雄壮的男人的威势与少年的娇弱之间的比照，让士官生的内心瞬间涌起温暖而略带怜惜的柔情。

此刻他仍未放过皇帝的背影，但在那一瞬，敏锐的目光也咔咔

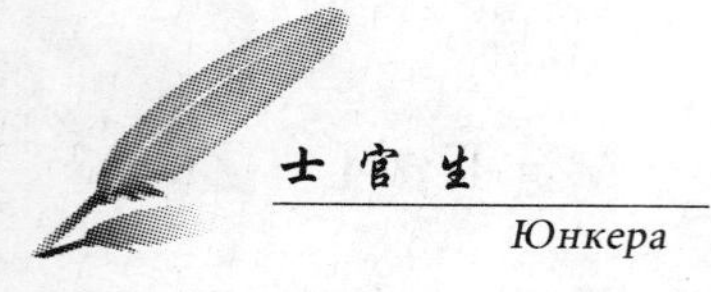

咔地发挥着自己可靠的照相机功能。这是皇后。她非常娇小，却很高贵。她飞快地冲两侧点头，她乌黑的眼睛温情款款，嘴角挂着淡淡的迷人的微笑。

他还看见两位公主。一个年长些，另一个还是个小姑娘。两人身穿亮闪闪的装束。她们短发的刘海儿从帽檐下垂到眉毛。年幼的那个一边笑，一边眨着眼睛，用手捂着耳朵：光荣的亚历山大军校的士官生喊声震天。

但魔幻般的梦境就这样在消逝。真是太快了！士官生们暴风雨般的紧张状态正化为愉悦满足的疲惫感。心灵和肉体欣欣然地放松下来。他们在清晰有力的步伐声中返校。队伍中有个人说：

“皇帝经过的时候一直在看我。我觉得足有半分钟。”

另一个回应道：

“可看我好像有整整一分钟呢。”

亚历山德罗夫却在暗自思量：“你们爱怎么说就怎么说吧，沙皇可是定睛地看了我足足有两分半钟。小公主还笑着瞧了我一眼呢。她可真美呀！”

在学校院子，营长阿尔塔巴列夫斯基上校，这个别尔基－巴沙，占用了士官生队伍一小会儿时间：

“能见到皇帝陛下，全俄国的君主，当然是莫大的荣幸。但无论如何都不能探头探脑，影响队列看齐……皇帝恩准我们两天假期。皇帝陛下万岁！”

9

自己的家

一天天、一周周过去了……亚历山大第三军事学校四连一年级士官生亚历山德罗夫不知不觉地渐渐融入了日复一日的兵营生活，融入它秩序井然的方式，它内部的法则、传统和习俗，它流传已久、耳熟能详的玩笑、歌曲和恶作剧。不久前那次庄严的宣誓像是从年轻的法老们身上抹去了半军人的武备学员孩子气的最后痕迹，而克里姆林宫红阶旁的那次检阅则把所有士官生在精神上团结在了一起：自信、军人的自豪感和乐观忘我的品质，他们每天都能在其中发现新的细微的迷人之处。课间的自由时间内允许吸烟。为此每个连都设置了专门的吸烟室：这是对士官生成人化的一种认可。午餐后可以派服务生去隔壁谢瓦斯季亚诺夫面包店购买小点心。休假必须在八点半准时归校，但只要说明你是去看戏了——假期便可以延长至午夜。每逢重大节日，留在学校的士官生经常被送去看马戏、话剧和芭蕾。跟长官的关系建立在坦诚而广泛的相互信任的基础上。不存在受到偏宠的人，即使有也难以被接纳。偶尔会碰到过分严厉的军官、苛刻的束缚和过于急躁的重罚。像忍受上帝惩戒一样忍受，并用恶毒的歌曲嘲弄他们。但从没有一位长官胆敢冲士官生大吼大叫，或用言语侮辱他们。这样的话，整个学校都会震怒。

相对于四百个年龄从十八岁到二十岁的士官生和他们的需求来说，学校的处所（一个显贵昔日的宫殿）似乎显得狭小局促了。学校一层半的大楼中央坐落着夯得结结实实的方形大演兵场。四个连队宿舍的高大台阶从各个方向通到这里。因此，外表看起来那么矮小的学校大楼，容量却经常让亚历山德罗夫感到惊讶，偶尔觉得不可思议。三连和四连之间是一个能轻松容下学校全体现有人员的宽敞的会议大厅，一连和二连之间——八个教室和四个大辅导室。顶楼上还有家庭教堂、医院、化学实验室、澡堂、体操房和击剑房。

下面的半层住着全体军官：配备勤务兵的单身汉，结了婚带家室和女佣的，四个连长，年级督察员，营长，校长，副连长，神父和教士，医生和医士。当然了，还有可以容纳多人的办公室。但谁也不知道它设在哪儿。士官生们还不晓得为他们的生活服务的那些人的住所起居：所有这些洗衣工，音乐家，灯火管理人，杂役，裁缝，扫院子的，门房，锅炉工，厨师。由于人口如此之多，到处都稍显拥挤。不得不在寝室里背讲义和做图：侧身坐在床上，胳膊肘撑着放鞋和洗漱用具的小椤木柜子。每到夜里便难以透气，不得不打开临街的小窗。但——全是鸡毛蒜皮的琐事！坚强的年轻人什么都能承受，而医院也永远空着，只不过偶尔会遇到——做体操时或

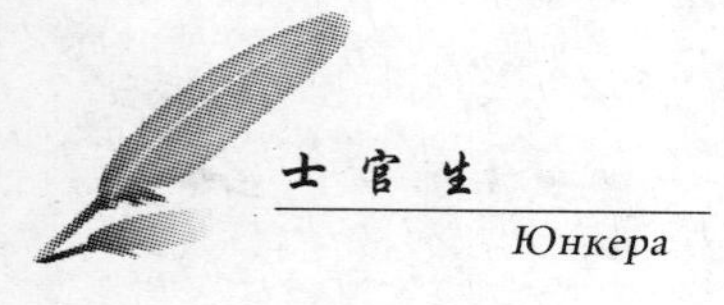

是擦伤，或是抻了筋，或是那种更加罕见的、莫名其妙不愿说出口的疼痛。

像在所有集体生活里一样，给长官和邻居起外号的风气——多数没有恶意，但有时会很不留情——在士官生那里也不会绝迹。亚历山德罗夫很快就学会了这种尖嘴薄舌。

一连是从身材高大修美的年轻人里特意挑选出来的，享有皇帝陛下连的官方名号，而且为了区别于其他连，制服肩章上配有银色花字。而它的粗俗封号是："陛下的种马"。

阿尔卡拉耶夫-卡拉格奥尔基大尉统帅该连，但士官生们似乎不想了解这个古老、英武、如雷贯耳的名字。对他们来说，他只叫胡赫里克，而再粗鄙一点就是——胡赫拉。

全校的所有士官生谁也解释不清这个神秘的词汇——胡赫里克是什么意思：或是狡猾的小兽，或是兽毛，或是某种带刺的植物，或是有毒的浸液，或是类似疖子的疾病。不过，却有一个小故事跟这个外号有关。有一回，亚历山大军校的全营成员进行十分漫长而艰苦的拉练演习。士官生们随身携带打成捆的大衣、全副装备的背包、挖掘工具和可拆卸帐篷的部件，又热、又累、又渴，都快要趴下了。他们的脸上汗水淋漓，盖了厚厚一层黑土地的浮土，脏得像黑人，而且也跟黑人一样，发红的眼睛熠熠放光，洁白健康的牙齿微微闪烁。

终于熬到期盼已久的途中休息。"立定。收起武器。修整！"口令从队伍前头发出，一连连地传送开来。富庶的莫斯科城郊农村。清新如水的碧莹莹的花园和菜园。农妇和姑娘们蜂拥到路上，说说笑笑。她们主动从冰凉的井里打上水来，让士官生们喝个痛快；用井水给他们冲溅手臂，洗净滚烫的面庞和脏兮兮的嘴巴，拿来苹果、李子、黄瓜和甜豌豆，塞进他们的手里和衣袋。爽朗的笑声，无拘无束的玩笑和接触。纯朴、亲切、自古相传的对士兵的同情、对他们艰苦军役的怜惜。

"你们怎么样，可怜的小兵们，遭罪吗？瞧瞧多热呀，地狱里似的，可你们还穿着酸馊馊的毛料子，你们的枪有多沉呀。我们可抬不起来。拿着吧，拿着吧，小兵，再拿一个苹果，会有点儿用的。"

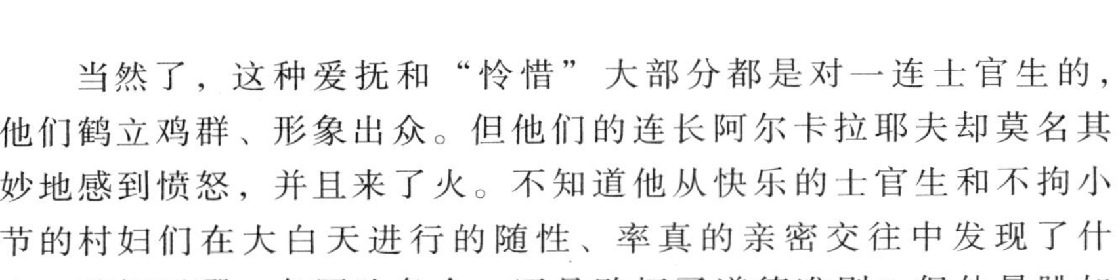

当然了，这种爱抚和“怜惜”大部分都是对一连士官生的，他们鹤立鸡群、形象出众。但他们的连长阿尔卡拉耶夫却莫名其妙地感到愤怒，并且来了火。不知道他从快乐的士官生和不拘小节的村妇们在大白天进行的随性、率真的亲密交往中发现了什么：破坏了哪一条军队条令，还是败坏了道德准则？但他暴跳如雷，咬牙切齿：

“马上归位，士官生们。回到步枪那儿。稍息，不用看齐！”

“塔拉托夫，您笑什么？罚值勤！司务长，您记下来！”

然后，他冲一头雾水的村妇们去了：

“你们聚在这里干吗？没见过吗？这不是你们集市上的草台班子。忙自己的去吧，别人的事情没什么好掺和的。喂，赶紧地，去去去！”

可一个健壮、漂亮、红晕透着雀斑、伶牙俐齿的泼辣媳妇来了脾气：

“你想干什么呀?！你是我们的将军呀？还轰母鸡似的轰我们呢！去你的吧，倒霉的胡赫里克！”说完，她们陆续地走开了……直到阿尔卡拉耶夫发现了她们可耻的逃跑行为。反正她在自己的大辞典里没找到比胡赫里克更恰当更俏皮的词儿。没准儿是她在吵架时灵机一动想起的它呢？

“是啊，”亚历山德罗夫瞧着碰巧经过的卡拉格奥尔基，有时候就会琢磨，“为什么任何别的绰号跟这个高高瘦瘦的人，这个两颊和太阳穴长着窝窝、皮肤蜡黄、样子永远无精打采的人都没这么相配呢？或许这就是民间语言的特点，瞬间便能创造出如此贴切的词汇？”

担任一连教官的是杜勃龙拉洛夫和罗斯拉夫列夫中尉。前一位莫名地让人觉得，他曾经试着读过，但因为无趣又没坚持读完小半本杜勃罗留波夫（作为被禁的作家）的作品。可罗斯拉夫列夫却在士官生的毕业歌曲里得以不朽了，那歌曲属于士官生的集体创作，是这样一首四言诗：

再见，沃洛奇卡，见鬼去吧，
淫贼，酒鬼，牌迷。

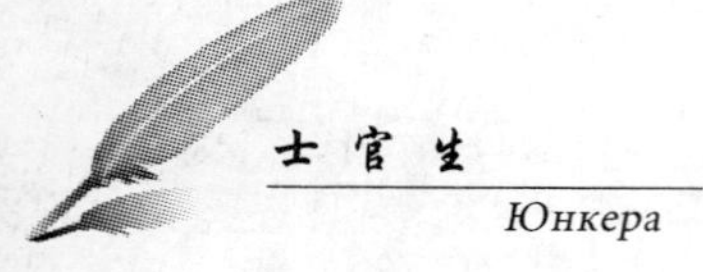

慢性病的好运气呀，
可不白白赐给你。

这个沃洛奇卡身高体壮。X 形的两条腿破坏了他的魁梧形象。大家传说，有一天他喝醉了打赌，赤手空拳拉住了正在行驶的叶奇金家的三套车。他既善良又大度，可就是在士官生那里不讨好。为了逞能，再加上想跟年轻人套近乎，他经常使用龌龊下流的脏话，而在日常交往中，这让士官生们无法忍受，于是，他把粗话编进同样被称为“魔兽之歌”的告别小曲。必须承认，这个题目是剽窃品，它以某种没人知晓的途径，从尼古拉近卫军学校传到了兹纳缅卡的白楼，而在前者那里，它从莱蒙托夫[①]的贵族士官生时代就已经存在了。

莫斯科的“魔兽之歌”，灵感来自于蹩脚而愚钝的缪斯，家养魔兽的诗歌有很多枝桠……

沃洛奇卡·罗斯拉夫列夫在日本战争前中断了自己的教育长官生涯，进入了莫斯科警察局。

二连被称为“野兽”。肩宽体阔、红发微卷的士官生似乎专门加入这个连。大多数留着小胡子、胡子，甚至是大胡子[②]。也曾有过蓄唇下短胡须的年轻人（在亚历山大三世时代）。

二连最突出的特点是严谨，不苟言笑，（亚历山德罗夫觉得）有些孤僻。但它的成员却是优秀的战士，他们在接受检阅和营内训练时，步伐踏得铿锵有力，大地都会为之颤抖。指挥它的是克罗琴科大尉，一个一无所长、循规蹈矩的死心眼，他长着胡萝卜色的红头发，并且少言寡语。除了下面这首粗鄙又朦胧的诗作，野兽们为他再编不出任何刻薄的东西了：

再见，克罗琴科，见鬼去吧，
还有你阴险的红头发。
虽然是个仪表堂堂的男子汉，
脑筋还不如我们哪。

① 诗人莱蒙托夫毕业于位于彼得堡的尼古拉近卫军学校。
② 此处“胡子”指的是唇髭。

这里面为什么要计较智力——不得而知。但克罗琴科在形象上却看不出丝毫阴险来。一个地道的亚美尼亚尉官，脸庞淳朴、宽阔，有一双蓝眼睛（就像红发人常见的那样），表情一如司空见惯的忠于职守的办事员，乏味、平静、冷漠，似乎随时准备听候差遣。

担任教官的是斯特拉多夫斯基大尉，学生们叫他——斯特拉杰罗，从皇家射击队来的学校。他总是非常和善，既亲切又快乐，话却不多。他灯笼裤打褶的裤脚掖在袜勒里面。

他身材不高，但在整个莫斯科军区再找不到一个能跟斯特拉多夫斯基比试步枪射击的军官。干吗要用佩剑砍杀呢，比如说亨利克·显克维奇《火与剑》里的那个潘·沃洛德耶夫斯基吧，他的小个子也没妨碍他打败敌人。

无数天赋中，只需这一项就足以赢得全校人默默的爱戴了。

三连是军旗连。营旗被认为是属于它的。视察、检阅、会见、主显节①的水袚除仪式②，以及其他隆重事件中，营旗都由三连执掌。平日里它则保存在校长室。军旗连永远引人瞩目，庆典时首长敏锐的眼睛总会注视它。正因为如此，组成它的（尤其是第一排）是脸蛋较为英俊迷人的小伙子。这些选拔出来的美男子中最漂亮的那位——保准是攫用士官了——享有执旗的最高荣耀，他也就是所谓的旗手。亚历山德罗夫入学那一年，担任旗手的是他武备中学校友，高他一年的科尼克。

平常私下交流时，三连被称为“小油彩”或“小姑娘”。很久以来，统帅它的都是霍德涅夫大尉，不知何人、何时、因为什么，给他起了“瓦尔瓦拉”这个绰号——一个皮肤黝黑、头发乌亮、威严魁梧的军官，他从来不苟言笑，连一次微笑都没露过；这是台一经启动便终生运转的钢铁机器，一个只遵从职责而没有感觉的人。他用清晰悦耳、带有明显鼻音的男中音讲话。没有人见他生过一次气，甚至一次都没提高过声调。出于职责，不管是表扬还是训斥学生——全都一个样，瓦尔瓦拉的声调同样精确和缺少激情。倒不是

---

① 基督教节日，在圣诞节后第十二天。

② 对水进行袚除的基督教的一种宗教仪式，在俄历一月六日举行。

畏惧他，但谁也不会想到要去违抗他钢铁和磁石般的目光。已故的维克多·雨果擅长用简洁深刻的线条刻画这种人物。幼兽们凭借下意识的嗅觉，保持了一贯的多嘴多舌：

再见，瓦尔瓦拉连长，
规则和方法的导师。
我们如今穿上了军装，
再不需要你机械训练的本事。

三连的教官之一，特米利亚杰夫中尉，一个英姿挺拔的人，全连和全学校的宠儿，盖过所有士官生的花剑选手。值得一提的是，就算跟剑术大师、伟大的布阿雷较量，他也经常以相同的点数结束角斗。

但另一位教官的长相就是个悲惨、可笑、荒诞和偶然的错误了。他身材奇矮，比四连排尾的学生矮很多，而且还是个小短腿儿。他又很胖，脖子跟下巴颏儿连成一片。多亏了紧身制服，他的脸才透出些血色。他门第颇佳，在莫斯科名声显赫——杜贝宁。可在这儿，他永远都叫“普普[1]”，甚至没在魔兽之歌里留下一个字。对他来说，一个绰号——普普，就足够了。

普普并不凶恶，确切地说，是他的身躯太小了。但相对自己卑微的身高，他却暴躁和虚荣得反常和过分。跟长官们讲话或是对学生动怒的时候，他完全变成一只公火鸡：像公火鸡那样气鼓鼓的，脸色涨得紫红，嘟嘟囔囔、语无伦次地唠叨着废话。亚历山德罗夫读一年级的那些日子，所有老生间广泛流行对普普“放烟花”。有人发明一些可笑的蠢话，比如“我还是个小不点儿，睡在爸爸的套鞋里”，或是“阁下，士官生比斯托列托夫[2]射中鼻子自杀了”，再或者“绝对没什么两样：多棱镜和灌肠法——全都出自同样的神话”，等等。杜撰者颤着杜贝宁式的火鸡嗓子，高喊这种不着边际的胡话，而这立刻便会响起拼命鼓足胸肺所发出的连绵不断的嘘嘘

① “肚脐”的意思。

② 士官生杜撰的这个名字是“手枪”的意思。

声。这就算烟花升空了，而为了让飞行显得更加逼真，烟花制造师还要在嘴巴前面扇动手掌，让声音颤抖起来。最后，烟花升高到了极限，轰然爆发出一声："普普！"

必须说明，这种恶毒的烟火发射永远只有一个意图，那就是能让普普听见。他听见了，发怒了，热血上涌，气急败坏，并且实在无法理解，这些成年的傻瓜为何伤害一个既不幸又可笑的人。

亚历山德罗夫有幸效力和就读的四连叫做……也就是它的名字……因为矮小的身高，它的绰号含义粗鲁，听上去让人感到屈辱。亚历山德罗夫一次也未曾对外人说起它，无论是姐姐还是母亲。四连被唤做……"跳蚤"。这个诨号不太公正：身材最矮的士官生也不低于两俄尺四俄寸[①]。

但在全部生机勃勃、永远不会消亡的世界本能中，存在着某个神奇而不可动摇的法则，根据这条法则，最深的伤口可以愈合，被粗暴分裂的肢体要努力复原，可怕的传染病会渐渐过去，而更加惊人的是——在漫长的时间之流里，机体会自动重造与自己凶残敌人做斗争的手段和武器。

不知是否遵循着这个有益的本能法则，在涉及到灵活、力量、精确、速度、勇气、毅力的所有方面，很久以来亚历山大军校四连便持之以恒地努力超越其他各连。在游泳、骑马、障碍跨越、长跑、花剑和佩剑、吊环和单杠的规定动作和单臂引体向上等项目，它的成员永远名列前茅。另外，值得一提的是，他们全是杂技艺术的狂热爱好者，每个星期六夜晚，全连人经常在茨维特诺街心公园的所罗门斯杂技城碰面。那些轻盈的技巧让他们痴迷、赞叹、狂热，在他们眼里，这些技巧既是对地球引力，也是对人类惯性的超越。

连队的直接长官对这种痴迷高级体操的行为不是特别满意。德罗兹德总是担心，过度操练可能导致难以避免的碰伤、骨折、脱臼和筋肉拉伤。因为自己对形形色色的军队命令、指示和规则的罕见知识而被称为"乌斯塔夫奇克[②]"的尼古拉·瓦西里耶维奇·诺沃谢罗夫教官，一面分析什么"鬼磨房"，一面语含不满地训斥道：

① 相当于1.60米。

② 意思为"规则制定人"。

“为什么？有什么用处呢？体操教令上清楚指明了所有规定练习。军事学校不是你们的临时戏台，享有特权的士官生——也绝对不是马戏团小丑。”

第二位教官别洛夫只是带着责备摇摇头，但一言不发。顺便提一句，他永远沉默寡言。他俄土战争时带回一个妻子，一个保加利亚女人——美得无法形容、让人惊艳的女士。士官生们很少见到她，一年两三次，不会再多了，但人人都偷偷地仰慕她。

强壮寡言的别洛夫没惹上一个外号，而对美人，当她经过练兵场或走在兹纳缅卡时，依照大家不成文、不明言的法则，约定不能长时间地出神观望。

骑士的传统。

10

第二次恋情

对新晋升为士官生的亚历山德罗夫来说，拜访希涅利尼科夫一定当然是最重要、最令人激动的了。他们早已从夏季别墅迁到了莫斯科的格罗霍夫大街，邻近捷姆里亚围墙，距离装饰成淡绿色的康斯坦丁诺夫测绘学院一步之遥。早已沉浸于热恋中的少年的心在燃烧，在迫不及待地飞向她，飞向眼眸大而安详的女神，飞向无可比拟的、独一无二的、美妙绝伦的尤列妮卡。出现在她面前的，不是裹在搭配拙劣的大衣内的可怜的小男孩武备学员，而是光荣的亚历山大军校优雅的士官生，一个刚刚在旗帜下宣誓效忠沙皇和祖国的成熟的年轻人——这就是每夜沉入梦乡前充盈着他的甜蜜、惶惑、病态的梦想，在那短暂的瞬间，当不久前的往事浮雕般地涌起，重现……

手上套着紧绷绷的麂皮白手套；配着金鹰的羔皮帽豪放地贴近右眉；漆得油亮亮的皮靴；左肋冷冰冰的武器；潇洒、健美、欢快

地紧贴着整个身躯的做工精良的制服；饰着红色花字“A.Ⅱ”的洁白肩章；金灿灿的宽镶边；而最重要的是——本能地意识到自己十八岁的敏捷轻盈，还有那种整个世界都为之欣然开放的乐观欢愉的自信——难道这一切战无不胜的条件不能触动、不会感化美人的那颗严酷冰冷的芳心吗？可他仍旧带着不由自主的孩子似的腼腆，拖延着，拖延着和她会面的时日。

他至今仍无法理解、也难以忘却分手时尤列妮卡平静的公事化的言语，在那儿，在希姆基，在柜子与钢琴间那个明黄色的小角落，就在那里，他们那么频繁和长久地亲吻，而后出来时，脸上泛着潮红，眼睛闪着光芒，呼吸急促，头脑眩晕，头发凌乱。

但在分别的时候，她却推开他的手，以立法者的声调说：

“忘了这个夏季荒唐的胡闹吧。现在我们变成大人，变成认真的人了。”

然后，她一边把手递给他，一边说道：

“让我们做好朋友吧。”

这个侮辱性的残酷打击降临得为什么如此突兀？就在三天前的夜晚，他们坐在芬芳馥郁的白桦林里，她还柔声对他说：

“你那样不舒服。把头枕在我的膝上吧。”

噢，他一辈子都不会忘记，他的脸颊如何感受着柔软温热的摩尔多瓦麻布粗粝粝的摩擦和麻布下健美的女人大腿大理石般的平滑。隔着衣料，他开始亲吻这健美温软的大腿，而尤利娅似乎被吓着了，热烈而急切地呢喃着：

“不……不要这样……这样不行。”

她同时抚摸着他的头发，把他的嘴压在自己的身体上。

而亚历山德罗夫的记忆怎么能够磨灭呢，就像偶尔发生的那样，当华尔兹疯狂地旋转，尤利娅醉眼微合，整个人紧紧地贴在他身上，透过轻薄的衬衫，他感觉着她少女挺拔的乳房生机勃勃、富有弹性的碰触和又小又硬的乳头的蹭磨……噢，回忆的魔力呀！可现在尤利娅却像一个老处女、一个古板的家庭教师似的说：“哎，我们做朋友吧。”暑天里，人会苦于炎热和饥渴。他的嘴唇、口腔和喉咙变得干涩。但突然间给他的不是水，而是劝告：放进嘴里一颗石子吧，这样能应付饥渴。

但这种疏远，这种冷酷，究竟因为什么呢？是出于陈旧迂腐的审慎吗？他让她厌倦了？还是她爱上了别人？也许，对她来说，亚历山德罗夫真的仅仅是个令人激动的夏季的玩偶，是眼下开始流行的那个古怪陌生的字眼儿——“调情”所需的对象？此外，她大概永远都不会愿意嫁给一个除了薪饷——每月四十三卢布——绝没有任何收入的陆军军官。是的，她是从身边赶走了又高又瘦大长腿的波科尔尼，但莫斯科还缺富有的未婚夫吗，所以她在对其中一个的等待中终止了半天真半孩子气的游戏。

不过也有可能，希涅利尼科夫家三姐妹的母亲，安娜·罗曼诺夫娜，这位丰满、高大、风韵犹存的夫人，在这种偷偷摸摸的亲吻中看出了一些端倪，给了尤列妮卡一顿好骂吧。在希姆基最后的日子，她也不是无缘无故才对亚历山德罗夫神情冷淡的；抑或这只是他的感觉？

当然，最有可能向母亲告密的是她的小女儿，十四岁的鼓眼睛的柳芭奇卡，一个淘气鬼，小奸细，小讹诈者，小勒索者。她的尖眼睛隔墙看见了他们，而且因为把她就当成一个“小不点儿”，也就没什么拘束。每逢姐姐们不带她出去玩，或者她跟她们索要丝带并且纠缠不下的时候，她总会采用最狠毒的招数：意味深长地点着小脑瓜，神秘莫测地吧唧着舌头，拖腔拿调地说：

“那——好——吧。可我要去告诉妈妈。”

“你说什么，小傻瓜？没人会相信你的。我们自己也会去说，你跟中学生丘尔科夫在鸡舍亲嘴来着。”

“没人会信你们，因为我是小孩儿，大家都会信我，因为小孩儿说真话……怎么样，给不给？”

最终她会得逞：得到五戈比硬币或丝带，百无聊赖地尾随着姐姐们走在尘土飞扬的道路上。

因此，这个小蜻蜓①可能有的没的地胡说一气。但对亚历山德罗夫来说，这是多么大的羞耻，多么重的侮辱呀！利用一个可爱迷人、整个莫斯科都敬重的家庭的友善和好客，给它带来秘密的淫荡……不行，现在不能去希涅利尼科夫家现眼，就连他们位于格罗

① 俄语中指多嘴多舌的小姑娘。

霍夫街的房子，都要像个倒霉的小偷一样远道绕行。

可在十月末，收到一封来自安娜·罗曼诺夫娜的短信时，士官生亚历山德罗夫又是多么惊讶、震撼和欢喜呀，那封信小巧雅致，让他不由得联想起她松软丰满的身躯。

“亲爱的阿列克谢·尼古拉耶维奇（我不敢对亚历山大军校的士官生以阿廖沙相称，顺便说一句，故去的家夫也曾有幸在那里求学）。您怎么忘记您的老朋友了？请在任何一个周六来家做客，最好就在本周。我们仍旧住在格罗霍夫大街。我的姑娘们惦念您。您还可以带两三个同学，多多益善。跳跳舞，唱唱歌，玩玩各种游戏……等您。您的 A. C. 。

“又及，请于七时至七时半莅临……”

亚历山德罗夫好不容易才征得两位同学的同意：每个士官生都珍惜周六的家庭午餐和在家的夜晚。答应他的只有他的班长，二年级的安德里耶维奇，阿尔巴特街调解法官的儿子，亚历山德罗夫不止一次去过他家；另外还有韦桑，半个法国人，但从他的外貌，特别是从挺拔的鹰钩鼻上看——一个真正的波尔多人；他是从第三武备中学来士官学校的，并且是四连的排头兵。他假期要回他不堪忍受的继母那里。

士官生们周六在波科洛夫卡聚齐，就在穹顶饰有皇冠、伊丽莎白女皇和拉祖莫夫斯基举行过婚礼的教堂旁边。从那里到格罗霍夫大街只有一步之遥。

亚历山德罗夫起初尴尬地觉得，自己有点儿类似剧团经理或是张罗的远亲。但随后，这种疑神疑鬼的感受渐渐模糊，不知不觉地消失了。这所舒适的小房子里有种独特的魅力和莫名其妙的迷醉氛围。房子里的所有女人都那么迷人；甚至包括常换常新、永远快活的女佣。

克里米亚红酒、涂着黄油和奶酪的小面包被摆上桌子作茶点。弹钢琴的一直是那位瘦瘦小小、浅红头发、为小女儿柳芭消得形容憔悴的音乐学院学生班科夫，而他不在时，就播放“莫诺潘”牌自动唱机，人们在它的伴奏下起舞。那个时候，莫斯科没有一所房子不因为随便什么合适的理由而跳个筋疲力尽的。

希涅利尼科夫家开始经常被士官生们光顾。第一个领来并引见

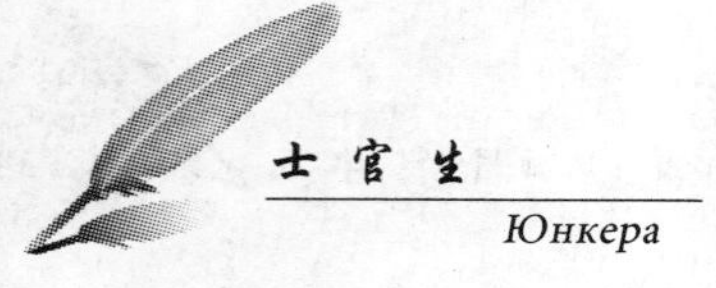

自己的一个朋友，朋友又依次引见其他朋友。来找小姐们的是中学女伴和一些莫斯科的远房表姐妹，全是俊俏而狂热的跳舞家，聒噪激烈的饶舌者，伶牙俐齿、眼眸放光、喜欢爽朗大笑的姑娘。这些无拘无束的周六晚会声名远扬。

此外，在跳舞的间隙还玩 pitits jeux，玩方特、“自己的邻居”、“邮局”、捉迷藏、“小姐差遣”、“万岁国王”[①]，等等。

雍容华贵的安娜·罗曼诺夫娜几乎永远守在客厅，坐在伏尔泰式大高背椅里面，让聪明温顺的圣贝尔纳狗沃尔夫给她的两脚取暖。她面带幸福和赞许的微笑，俨然是从宝座的高度俯视着年轻人。她的大女儿尤利娅跟她长相酷似：漂亮的脸庞，高大的身材，甚至是将来发福的趋势。亚历山德罗夫当然还继续让自己相信，他到现在为止还无望地爱着冷酷的女人，他年轻的心已经彻底破碎了。

但同时他又无法控制自己尖锐而荒唐的观察力。偶尔望着自己的女神和她的妈妈并且比照她们时，他便暗自思忖：“要知道，迷人的尤列妮卡会越来越丰满，越来越丰满。二十岁之前她就会变得肥胖，完全像安娜·罗曼诺夫娜。设想一下她丈夫的姿势吧，如果他想温柔地环抱她的腰肢，把她搂到自己胸前。脊背后的两只手根本应付不了。这姿势哟！”

是的，亚历山德罗夫立刻发现了自己这些念头多么愚蠢和粗鄙。但他早就知道，汇集于一个人的大脑、抵挡他欲念的，会是哪些恶毒、荒谬、讨厌、无耻、卑鄙的念头和形象。

但他怎么也不能从往事中自拔。要知道尤列妮卡毕竟爱过他……一切都在瞬间轰然崩塌，全成了过眼烟云，凄惨的士官生被孤独地留在了空旷荒凉的中途，像个乞求施舍的乞丐一样伸着手。

有时他也敢于用切切的殷勤、共舞时火热的握手、脉脉的哀求的眼神去引起她的关注，但她却带着让人懊丧的平静对他视若无睹，她径直从他身边走开，通过跟随便什么完全不相干的人朗声交谈来打断他羞怯的絮语。

---

① 以上均为游戏名称。

有一次玩邮局游戏的时候，他给她往雅尔塔寄了一张小纸片。

“难道您忘记了，我曾在远方美丽的白桦林拥抱您的双腿，亲吻您的双膝?”

她展开纸条，匆匆瞟了一眼便把它撕得粉碎，瞧也不瞧地扔进了壁炉。但伴随下一辆邮车，他收到了从雅尔塔城递到自己所在的基涅尔玛的一封短函。里面用急急草就的娟秀笔迹写着这么一句话：

“您忘记了您童年时因为粗鲁和放肆而吃到的那根桦树条吗?”

不幸的士官生这回彻底看分明了，他紧赶慢赶的罗曼史最终还是以悲伤收了场。他甚至没怨恨树条这个赤裸裸的暗语。他捕捉住尤列妮卡飘忽的眼神，庄重而恭顺地鞠了一躬，表示从命。客人们开始散场的时候，他在前厅趁机走近尤列妮卡，低声对她说：

“您做得对。我本人也看得出来，我自己的死乞白赖让您厌恶了。这是不知深浅。哪怕淡淡的友情也好过强烈的破碎之爱。”

“瞧，这才是聪明人。”她说着，用自己优雅的、总是冰凉的大手握了握亚历山德罗夫的手。

“我将做您真正的挚友。”

下一个周六再来希涅利尼科夫家时，他已经完全从失恋中康复了。他想：“我会不会迷上奥列妮卡或柳芭奇卡呢?会是哪一个呢?”

也就是在当晚，这位谢尔杰奇金①先生还未决定把胃口颇大的心献给哪一个时，便轮番向两位小姐大献殷勤了。而这两个几乎还是小女孩儿的少女已然学会以女性的本能，天真无邪地卖弄风情，并深谙爱情的花招伎俩。面对士官生的火热攻势，她们回答说：

“抱歉，真的不行！您所有这些奉承话、骑士风度和殷勤手段，这一切都请您去对尤列妮卡吧，可别找我们。真是不胜荣幸！”

---

① 该词原意为“多情郎”。

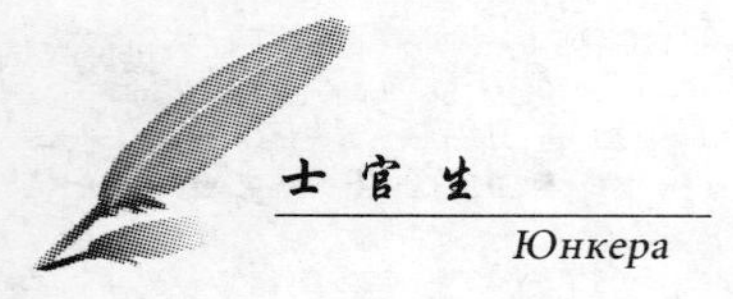

婚　礼

到了这一天，亚历山德罗夫和三个军校同学收到尤利娅·尼古拉耶夫娜·希涅利尼科娃与波科尔尼先生婚礼的请帖，婚礼将于某日某时在康斯坦丁诺夫测绘学院教堂举行。婚礼正好赶在假期，星期三。士官生们兴致颇高地去了。

梅热瓦亚大教堂宾客云集。因为她们过世的丈夫和父亲，曾在弗拉基米尔·多尔格鲁基总督手下担任总参谋部上校，希涅利尼科夫一家在莫斯科具有广泛而显赫的交际圈。结婚仪式非常隆重：有萨哈罗夫合唱团的唱诗班，乌斯宾斯基大教堂的辅祭长尤斯托夫，还有光彩夺目的灯盏和盛装的来宾。

伴随着高亢喜庆的合唱《去吧，去吧，来自黎巴嫩的小鸽子》，尤利娅身穿洁白的丝绸长裙，披着长长的透明婚纱，长裙后摆由两个小男孩儿拽着，庄严地缓缓走向讲道台。嘈杂的赞叹声伴随着她。她选的男傧相是英俊高大的韦桑，而亚历山德罗夫自己都不知道：他是该为这种偏爱怨忿呢，还是相反，为让自己避免了无谓的嫉妒折磨的那种细心而感激新娘。可韦桑为什么直到婚礼前夕也没通告自己所承赐的荣光呢？一定要跟他讲，这样做——卑鄙！

身材魁梧、棕色卷发无比蓬松的辅祭长用低沉、强劲、恐怖的嗓音毫无人道地宣布："妻子要敬畏丈——夫……"这撼天动地的声音震得水晶吊灯乱颤乱响，让鼻梁像打喷嚏前那样发痒。在歌曲《以赛亚赞美道：必有处女怀孕》的伴奏下，头顶婚冠的年轻人被引向讲道台；让他们饮同一杯红酒，让他们亲吻和交换戒指。神父和辅祭长无数次提到怀孕、生育、多子多孙。仪式在飞快、活跃和欢乐的节奏中进行。

亚历山德罗夫倚墙站在排尾，以拿破仑的姿势两手叠放在胸前。他把自己想象成一个历尽风霜、渐进老境的人，承受过伟大爱

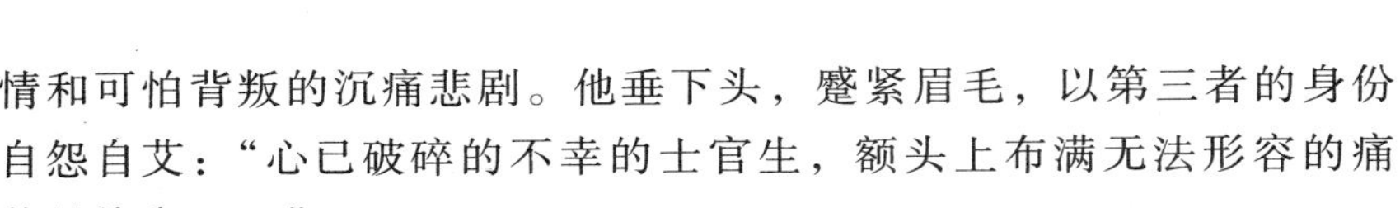

情和可怕背叛的沉痛悲剧。他垂下头，蹙紧眉毛，以第三者的身份自怨自艾："心已破碎的不幸的士官生，额头上布满无法形容的痛苦的烙印……"

婚礼结束了，来宾们上前祝贺新人，不幸的士官生碰见了奥列妮卡，问她：

"怎么样，奥尔加，您愿不愿意处在尤列妮卡的位置上？"

她眨了眨俏皮的黑眼睛：

"噢，多谢您了。波科尔尼完全不是我的罗曼蒂克英雄。"

"哎，我说的不是那个意思，"亚历山德罗夫更正道，"婚礼那么华丽，任何一位小姐都会羡慕尤列妮卡的。"

"单单不包括我，"然后她高傲地翘了翘粉白的小鼻头儿，"正派姑娘十六岁时是不会考虑嫁人的。对了，除此之外，我呢，如果您想知道的话，是个地道的单身主义者。为什么要束缚自己的自由呢？我准备去读高等女校，做一个知识女性。"

但她慵懒的淡蓝色眼睑下，柔情脉脉的栗色眸子却笑得那样富有激情，双唇则撮成一个无比醉人的略带细纹的鲜红花蕾，这让亚历山德罗夫弯身凑近他的耳朵，轻轻地说：

"这一切——全是谎话。您永远也不会去学校接受熏陶。上帝创造您是用来调情和恋爱的，是让我们所有这些崇拜您的人献身的。"

趁着挨近的机会，他摸到她的小拇指，用两根手指用力地捏了捏。她瞪了他一眼，收起了手，对他嘟囔一声：嘘！——就像在赶鸡。

亚历山德罗夫向站在左侧副祭坛上的新人道贺。尤列妮卡的手冰冷沉重，眼睛显得非常疲惫。

她紧握了一下他的手，像是怜悯似的，微微笑了笑。

波科尔尼浑身熠熠生辉；从打了油的中分头发缝儿直到漆皮鞋，全身放光；簇新的燕尾服，白得晃眼的宽大的硬衬领，纽扣、项链和戒指上的黄金，崭新的丝绸高筒帽的光亮，全都在闪耀。但在亚历山德罗夫眼里，瘦长、干瘪、笨拙的他比上个夏天穿着平常避暑上衣时更加丑陋。他用力攥住士官生的手，像抽水机似的摇晃起来。

"谢谢，先生，谢谢！"他一边说，一边幸福得喘着粗气。"我们又将成为友好的老朋友了。我们的家会永远对您敞开。”

而为婚礼精心打扮过的、俨然萨瓦[1]女王的安娜·罗曼诺夫娜，如今漂亮得就像尤列妮卡的姐姐，她殷勤地邀请道：

“从教堂直接去我们家吧，为新人吃点儿喝点儿。也叫上同伴们。邀请所有人也不合实际；我们的住处太狭小了；可你们，我可爱的亚历山大人，永远都有位置。再稍稍跳会儿舞。喂，你们怎么取悦我的尤列妮卡呀？是吧，模样不难看吧？”

亚历山德罗夫颓丧地大声叹了口气：

“您问——模样不难看吧？可我想知道，谁在什么地方见过如此完美无瑕的美人？”

“噢，可真是骑士的漂亮话儿！亚历山德罗夫先生，您是个危险的男人……但遗憾的是，在我们这个时代，恭维话可缝不出一件大衣来。我承认，我非常高兴我的女儿嫁给一个配得上她的人，结成了能完全保证她未来的金玉良缘。您还是去找您的伙伴吧，他们在等您呢。”

亚历山德罗夫摇了摇头。

她关于大衣的什么话，莫非是在嘲笑我吗？

希涅利尼科夫家的公寓已经认不出来了——经过主人奇妙别致的一番调整和布置，它显得那么轩敞、阔大和华丽。安娜·罗曼诺夫娜无疑具备上佳的眼光，身处室内，觉得人数众多却没有拥挤和压迫感。

陈列着美味冷餐的桌子摆放成 Π 字形。几乎没摆椅子。站着 á la fourchette[2] 吃东西。两个雇来的侍应生用银托盘分送斟着香槟的细颈高脚杯。亚历山德罗夫有生以来第二次喝这种酒。它香甜可口，在嘴里沙沙作响，刺激得喉咙酥酥痒痒的，分外香醇。第三杯过后，他的脑袋快活起来，胸口温热了，眼睛也开始像透过微微飘动的窗纱一样看得清一切了。他费了好大力气，辨认出高高的厚壁玻璃瓶上的金字：“Veuve Clicquot[3]”。

---

① 典出《旧约》，萨瓦是传说中的女人部落。

② 法语，意为“用餐叉”。

③ 法语，意为“克利科寡妇”。法国的一种香槟酒，名称来自这种酒的发明人克利科夫人。

之后，侍应生非常迅速和麻利地拆散Π字形桌子，将它们搬到了不知什么地方。大厅彻底开阔了。窗户垂下了深红色的帘子。毛玻璃罩内的灯亮了起来。请来的乐手，一个热情洋溢、黑发蓬乱的男子，奏起了华尔兹舞曲。

亚历山德罗夫又喝了一杯香槟，他忽然感觉不能再喝了。“没关系，够了，行了，不要了。”① 他亲昵地跟忍俊不禁的侍应生说道。

没有，他绝对没有醉，但他整个人似乎都被异常轻盈的空气充满了，灌饱了。他跳舞的动作干净、柔和、无声无息（他多少丧失了些听力，因此嗓门比平时响亮）。连自己都没察觉，他已然在四处弥漫着淡淡爱意的气氛里沉入了迷醉的状态。婚庆上总会弥漫这种淡淡的爱意，其中有种感觉，那种封闭的门突然微微开启的感觉；在参与者眼中，被禁止的变得不仅许可，而且还异常美好。严守的秘密变成公开、愉悦、优雅的欢乐。柔和的大麻酣甜地麻醉着年轻的生命。

亚历山德罗夫寸步不离奥列妮卡，执著地、满含醋意地抓住她从不时出现的舞伴那里解放出来的每一分钟。他疯狂地喜欢她，他自己也感到惊奇，以前怎么就没察觉，这种感觉竟然如此深沉、博大。

“奥列妮卡，”他说，“我要跟您谈一件非常必要，极其必要的事情。我们去那间小会客室吧。就一小会儿。”

“难道不能在这里说吗？干吗还要单独面谈？”

“毕竟我们是在众目睽睽之下呀。请吧，奥列妮卡！”

“首先，对您来说，我绝对不是奥列妮卡，而是奥尔加·尼古拉耶夫娜。噢，走吧，既然您那么想去。大概只是些鸡毛蒜皮的小事吧，”她说着，一面在小沙发上坐下，一面摇着扇子。“喂，您找我到底有什么事呀？”

“奥列妮卡，”亚历山德罗夫颤声问道，“您也许还记得我在我们学校舞会上跟您说过的那句话吧？”

“哪句话？我什么都不记得。”

---

① 原著中，主人公口中的这几个近义词，法语和俄语混用。

“请您回忆一下……我们当时在跳华尔兹，我说：‘我爱您，奥利娅。’”

“可真是放肆！”

“记得您怎么回答我的吗？”

“也不记得了。我好像说您是个堕落的坏小孩儿。”

“不，不是那样的。您回答我：‘唉，但愿我能相信您。’”

“没错呀，当然不能相信您了。您每天都会陷入情网。您又轻佻又肤浅，就像一只小蝴蝶……而这就是您想跟我讲的全部要事吗？”

“不，远不是全部。我会再次说出这句无比珍贵的话语。而为了证明我不是一只飞来飞去的花蝴蝶，我要对您讲一件事，关于它，无论我的母亲，我的姐姐，我的任何一个朋友，一句话，世上的任何一个人，全都不知道。”

奥尔加眯缝起眼睛，乌亮的发卷颤动起来。

“这不会很可怕吧？”

“一点儿也不。”亚历山德罗夫认真地回答。“但我们说好了，奥尔加·尼古拉耶夫娜，既然我只跟您透露这个最大的秘密，那么我恭敬地请求您，请您不要把这件事告诉任何人。”

“谁都不讲，谁都不讲！但愿是您体面的秘密。”

“绝对是。我告诉您，这件事甚至非常高尚……”

“哦，您讲，快点儿讲。我好奇和着急得都浑身打颤了。”

她右眼被灯光从侧面和上方映照着，眼珠和虹膜间有一环灵动的淡金色的光斑在熠熠闪耀，几乎要淌出来似的。亚历山德罗夫出神地望着眼眸里这种迷人的幻动，沉默起来。

“喂，怎么回事？我等您开口呢。”奥尔加柔声问他。

亚历山德罗夫回过神来。

“噢，瞧……最近，很快……过一周，过两周……可能是一个月……我的组曲……我的小说……就将面世……就将刊登在一本杂志上……就将面世。我不知道该怎么说出口……恳请您，奥尔加，祝我成功吧。因为这篇小说，或者怎么说呢？……一篇习作，决定了未来的很多事情。”

“哟，就衷心地，发自整个内心地祝您成功……”奥尔加热切

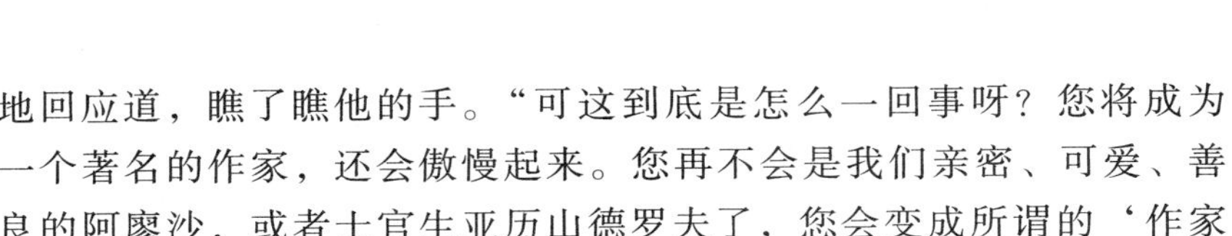

地回应道，瞧了瞧他的手。“可这到底是怎么一回事呀？您将成为一个著名的作家，还会傲慢起来。您再不会是我们亲密、可爱、善良的阿廖沙，或者士官生亚历山德罗夫了，您会变成所谓的‘作家先生’，我们都要张大嘴巴仰视您。”

“噢，奥利娅，奥利娅，请不要见笑，也别拿这件事寻开心。真的。坦白告诉您吧，我在追求荣誉和名望。我说得很认真。因此，为了证明我对您全部的爱和所有敬意，我把我的第一部作品献给您，您，奥利娅！”

她瞪大了眼睛。

“什么？这献辞也要刊登吗？”

“是的。一定刊登。就这样刊登在最开头：‘献给奥尔加·尼古拉耶夫娜·希涅利尼科娃’，下面是我的姓名……”

奥尔加一拍手掌。

“难道真的要这样做吗？哦，这可太神奇了！但是不行。不能用完整的姓氏。要知道全莫斯科都认识我们。天知道会胡诌些什么呀。莫斯科多喜欢飞短流长啊。您最好署个首写字母什么的。但愿知道这件事的只有两个人：您和我。好吗？”

“好的。我遵命。而等我成了真正的大作家，奥列妮卡，等我收到大笔的稿酬，到那时……”

她立刻站起身来。

“到那时候再说吧。现在我们回客厅吧。已经有人在看我们了。”

“请让我亲吻一下您的小手！”

“再说吧。您先走。我整理整理头发。”

士官生们该回学校了。客人也在渐渐散去。奥尔加和柳芭送他们到光线微弱的门厅。亚历山德罗夫穿好衣服、披上大衣的时候，听见耳边响起低低的细语：

“再见，作家先生。”接着，一对滚烫干爽的嘴唇就像啄了他一口似的，飞快地轻轻碰了一下他的面颊。

为了吹散自己身上的香槟酒气，士官生们特意步行回去。路程不近：捷姆利亚土墙，波克罗夫卡，马洛榭依卡，依里扬卡，红场，斯巴斯大门，克里姆林宫，库塔菲亚塔楼，兹纳缅卡……士官生们都已经清醒过来，每个人都把手搭在帽檐下，精神抖擞地走向值班军官，被士官生唤作“沃洛奇卡”的罗斯拉夫列夫中尉报到：“长官，四连士官生某某休假返回。”

沃洛奇卡眯缝起眼睛，扬起大鼻子，简短地问道：

“半干的克利科香槟?”

“一点儿不错，长官。参加了希涅利尼科夫上校家的婚礼。”

“啊哈！进去吧。”

这个沃洛奇卡本人就是个大酒鬼。

作家先生

当一个诗人或小说家——这是亚历山德罗夫由来已久的梦想。还在拉祖莫夫寄宿学校时，他就轻松地写过一首优美的诗歌：

> 鸟儿啊，快一点儿离开我们，
> 飞往温暖的国度。
> 这样，等你们再次飞还，
> 我们这里已是春天。
>
> 草场上小花烂漫，
> 可爱的太阳把她们映亮。
> 树木抽出嫩叶，
> 大地将绽放最娇美的容颜。

当时他只有七岁……对这些小诗的夸赞满足了他的虚荣心。来客人的时候，母亲总会劝说儿子：“阿廖沙，阿廖沙，给我们读一遍《鸟儿啊，快一点儿吧》。”朗诵一结束，客人们便会赞美说：

“太棒了！太神奇了！谁能知道呢，他也许会成为未来的普希金吧。”

但转到武备中学之后，这些小诗却开始让亚历山德罗夫感到害臊了。俄罗斯诗歌为他展现了陌生而完美的典范。他不仅不再高声朗诵自己这些不幸的小鸟儿，还恳请母亲再不要提起它们。

五年级时他迷上了散文①。这件事的缘起当然离不开菲尼莫尔·库柏②。

这种快乐的消遣是怎样诱惑士官生亚历山德罗夫的呀，凭借这种快乐，他写过满分十二分、经常被当做范例向其他同学朗读的作文。

五本练习本，双面都以工整的印刷字体密密麻麻写满了亚历山德罗夫的长篇小说《黑班杰拉》（取材于美洲西部原始部落的生活，讲的是他们与白人的战争）。

小说描述了名为黑班杰拉的伟大首领无比神奇的功绩和他英雄式的死亡。受到红种人驱赶的白人恶魔来到密歇根湖上一个荒无人烟的小岛。印地安人包围了他们，但却攻打不下。敌人的卡宾枪精准可靠，因浓烈的火药味道和子弹让围攻变得旷日持久。面临着主力军队前来救援的危险。而且敌人的给养也毫无困难：有湖鱼和大量飞过的鸟群。

只有首领，英勇无畏的黑班杰拉一个人，了解这个小岛的秘密。整个岛屿都是人工堆积而成，由一根上千年的巨大的猴面包树干支撑。于是，这位勇士没向任何人透露自己的想法，每天深夜小心翼翼地游往小岛，潜入水下，用鱼齿锯锯面包树干，凌晨时再悄悄返回营地。最后一夜的前夕，他传令自己的部落：

“明天清晨，阴影从小岛延伸到奇乌－基乌岬角的时候，你们乘上独木舟，迅速划向白人。威严的战争神，伟大的科奥卡玛，会亲自把白人恶魔交到你们手中。也不要等我。我会在激战正酣时赶到。”

---

① 这里指相对于韵文的小说、随笔等文体。

② 菲尼莫尔·库柏（1789～1851），美国第一位重要作家，以边疆冒险小说闻名。主要作品有《拓荒者》、《最后一个莫希干人》、《大草原》、《探路者》、《杀鹿人》等。

说完，他走了。

清晨，勇士们坚定不移地执行着首领的命令。而当他们不顾凶猛的枪火，快要划到岛屿跟前时，水里传来一声可怕的巨响，整个小岛倾向一侧，开始沉没。欧洲人徒劳地求饶。他们全都葬身战斧或在湖水里见了死神。傍晚时分，水面上才浮出黑班杰拉的尸体。他在水底难以呼吸，在锯断树干后溺水身亡了。从此老祭司们传唱着这个故事，把它作为年轻人的训言……

小说中还有其他一些人物。上了年纪的毛皮猎手，印地安强人和他傲慢的女儿、首领黑班杰拉疯狂迷恋上的艾尔米尼亚，还有瓦亚克斯部落的老祭司和他的女儿祖梅拉，她恭顺而坚贞地爱着黑班杰拉。

小说的创作过程热情饱满而又艰苦漫长。对亚历山德罗夫来说，迷人的水粉画，用铅笔勾勒同学、老师和教导员的巧妙的讽刺画，这种技艺掌握起来要容易得多；但命运把他推上绘画道路的时间已经太晚了……

无论如何也要出版这部小说。从印刷成本考虑，它不会少于两个印张。但把自己的心血结晶送到哪里去呢——亚历山德罗夫对此一无所知。帮助他的是在依里因卡大门附近的谢尔基耶小教堂旁卖蜡烛和神龛的老修士。很早以前母亲曾送给亚历山德罗夫一个储钱罐，里面装着一些没什么意思的旧硬币，这是她过世的丈夫从什么时候开始收集的。亚历山德罗夫总需要五戈比硬币的闲钱，它能买的东西可不算少：两个果酱馅饼，一把果仁酥糖，一杯马林果克瓦斯，十个李子，一整个苹果，总之是数也数不清……

就这样，不知怎么的，有一天亚历山德罗夫突然就来了灵感，去找这个安安静静、浑身沾满蜂蜡的可爱的修士，撺掇他收点儿硬币。藏品中既没有小金币，也没有大银币。但可爱的老修士在铜钱里翻腾一阵之后还是捡出了两三枚，付了二十个银戈比，并叮嘱他什么时候再来。从那时起他们交上了朋友。

亚历山德罗夫自己也不知道怎么就壮着胆子去向老修士讨教：

“要是想出书的话，我最好把我的作品拿给谁呢？”

“很简单呀，”修士说“您出了依里因卡大门，那里左首就是依济马舍夫的售书亭。去找他吧。”

书亭旁边，一个干干巴巴、高高瘦瘦的男孩子在背对着他嗑瓜子。

“有何指教，买主？圆梦书？语文读本？算命小册子？最轰动的长篇小说？《弗兰采尔·维涅奇安》[①]？《古阿克或不可消除的嫉妒》[②]？《土耳其将军马尔奇米里斯》[③]？《死在丈夫坟墓上的漂亮寡妇》[④]？”

“我不需要这些东西。”亚历山德罗夫客气地打断了他。“我想知道该把我个人的小说交给谁出版？”

男孩抠了抠鼻孔。

“原来如此，稍等，稍等。我去叫老板。罗季翁·吉洪内奇！喂，罗季翁·吉洪内奇！请到柜台来。这里来客人了。”

进来一个魁梧的红头发商人，因为刚在街上喝过热蜜水，浑身还在冒气。

“啥事？”他粗鲁地问道。

他的脸充满敌意。

亚历山德罗夫回答：

“瞧，这是我从生活中取材创作的一部不长的小说……”

“看看吧。”他接过笔记本，拎在手里，然后翻了几页，回答道：“这东西不适合我们。模仿菲尼莫尔·库柏的。打算要一个半卢布吗？”

“我不知道。”亚历山德罗夫怯怯地咕哝道。

“不能再多了。”他后背蹭了蹭栏杆柱子。“实价了。”

“嗯，好吧，”士官生回应道，“就一个半卢布吧。”

“说定了。留下吧。过一星期您来。必须得瞧瞧。请收下您的一个半卢布吧。”

一周以后，亚历山德罗夫来了，随后是第二周，第三周，第十

---

① 通俗小说，全名《英雄骑士弗兰采尔·维涅奇安和美丽的林奇米斯女王的故事》，1789 年问世。

② 骑士小说，1789 年出版后流行甚广。

③ 三卷本长篇小说，1782 年出版。

④ 原名为《俄罗斯人和卡巴尔达人之战》或《丈夫棺材上的漂亮寡妇》，手抄本和印刷品在俄国流行至 20 世纪初。

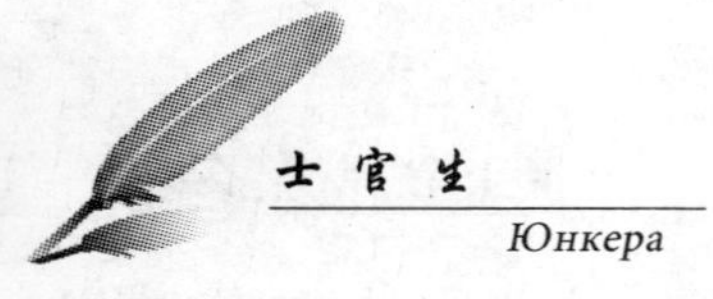

周。起初以各种借口搪塞他，后来则恶狠狠地说：

“什么手稿呀。我们听都没听说过它，也没看过您的什么小说。平白无故打扰忙人。”

就这样，小说杰作《黑班杰拉》永远地湮没于依里因卡商人依济马舍夫尘封的印刷品库房。

放假回家途中，为了不与书商不小心当面撞见而羞赧难安，腼腆的亚历山德罗夫避开依里因卡大街。他选定了两条远得多的路线：穿行马斯尼茨卡亚大街、库兹涅茨基桥和特维尔大街。

但他性格里有种不可动摇的鞑靼人的固执劲儿。散文上的失败沉痛地羞辱了他，取代散文的，是他研习起了诗歌。在武备中学七年级时，每到周末，学生们就人手一册格尔贝尔读本——开本很大、厚度罕见。它不是主修用书，仅供死记硬背时间之外轻松有趣的阅读。书中应有尽有，篇幅全都不长：俄罗斯经典选段，莎士比亚的译文，歌德，席勒，拜伦，海涅，甚至还有七十年代的笑话、讽拟小品和讽刺小诗。

这份丰富而芜杂的材料中的大部分在亚历山德罗夫天真的心灵里一带而过了，但亨利希·海涅，他细腻、热烈、芬芳的抒情诗，他生动的幽默作品，这硬壳内包裹下的晶莹的泪花——海涅让人迷恋，让人心醉，让十六岁的少年敏感而饥渴的心灵着魔。

学生们使用的科尔克维乌斯德语课本收录了足够多的德语文学范文，其中就有十二首海涅的短诗。

非常轻松地开始掌握德文难点的亚历山德罗夫，兴致勃勃地动手把它们翻译成俄文。他当时还不清楚，外语翻译不单单是认识、哪怕是非常出色地认识这种文字，还必须能够深入每个词汇深邃、生动、丰富多彩的含义，以及这些和那些词组合在一起的神秘力量。

但他自己还是渐渐发觉，他的译文丧失了原作轻松、俏皮、无拘无束的灵动感，经他译出的诗句艰涩、笨重、拗口，它们紧巴巴的内涵也远未传达出海涅诗歌清新优美、激动人心的韵味。

在遵照长官命令、关在紧锁的单独禁闭室的那些孤寂的日子，亚历山德罗夫最乐于从事的便是自己的译事。对于这项工作，安静、无聊、郁闷似乎是再好不过的奖赏了。他一被释放出，重获自由，就会挤出一小时空闲，急匆匆地去找忠诚的老朋友萨沙卡·古利耶夫，去找自己永远耐心而宽厚的听众。

两个人选一个舒适、僻静的角落，避开日常的喧扰，在这里，亚历山德罗夫心潮澎湃，两手颤抖，抑扬顿挫地高声朗读他的缪斯的最新创造。

“非常好，阿列克谢，我可以凭良心说，棒极了，”古利耶夫兴奋地摇晃着脑袋赞美道，“你一天比一天完美。写吧，兄弟，写吧，这是你真正伟大的使命。”

萨沙卡的溢美之词让人觉得非常受用和非常开心甜蜜，但亚历山德罗夫早就意识到，它们不值得信赖，既愚蠢又危险。古利耶夫是个非常优秀的小伙子，但说实话，他能领悟如此奥妙艰深的诗歌艺术吗？

因此他决定进行最后一次严格而大胆的尝试。“我要翻译，”他对自己说，“一首最优秀的海涅诗作，并且不参照格尔贝尔文选，译完之后再比较两种译本。到那时，我就清楚自己适不适合写诗了。”他在科尔克维乌斯德语教材中找到海涅的一篇名作，确切地说，是一首小诗——《罗雷莱[①]》，专心致志、勤勤恳恳地翻译起来；为了寻找更多的同义词，他多次跑去求助德俄词典。参考莱蒙托夫《蔚蓝色海浪上》一诗，他轻松地驾驭了韵律，但在精心工作的最初，他便预感到海涅的诗歌不好把握，可能也无法把握。第一节就让他觉得有点儿土气（尽管他不愿意最终承认这一点）：

我不知道我是怎么了
我的心今天那么凄惶
我睡不着，也静不了
因为倏忽而过的歌唱[②]

“比方说，为什么应该是‘安静’却要用‘静’[③]呢？韵律的

① 德国传说中的女妖，在莱茵河上以美貌和歌声魅惑路人。

② 此节通行的中文译法为：“不知是什么道理，我是这样的忧愁；一段古代的神话，老萦系在我的心头。”与原著的俄语译文颇有出入。

③ 原文中，主人公为押韵而改动了“安静”一词的词尾。

要求吗？可哪里能体现俄语规范的要求呢？”

经过无数次的重写、改动和删减，亚历山德罗夫完成最后一稿时停下手：“确实还不完美，但我再也无法做得更好，更忠实于原作了。”

这时候他才翻开格尔贝尔读本，找到那首《罗雷莱》。他觉得米哈伊洛夫[1]的译诗真是惊人地华丽、完美、无与伦比，或者说得准确些，只有海涅的原作可堪比拟。

“是的，”他思忖道，“所以我的翻译毫无意义。如果将来要译，也必须经过对德语的精微之处和渗透在字里行间的伟大作者的精湛思想的多年研习。我怎么行呢！”

但他还想把个人挫败的所有痛楚挖掘到底。有一次上完德语课，他追上正走出教室的老师梅伊，一个臃肿、和善、彻底俄罗斯化的德国人，把自己仔细誊清的《罗雷莱》译稿塞到他手里。

“不太长，只有三十二行。请您费心读一读我的译文，并请您毫不客气地把您的看法告诉我。”

梅伊高兴地收下手稿，答应近日给他回话。几天以后，又是在出门的时候，梅伊冲亚历山德罗夫打了个微微可以察觉的暗号，示意他随自己出来，等他们并肩走到教室门口，他急匆匆地开口道：

“我首先要给您美妙而热情的工作打十二分！必须向您承认，尽管我同样精通两种语言，但要像您那样翻译《罗雷莱》，我还做不到。这需要在内心里具备诗人的气质。您的译文有几处稍弱和理解不当的地方，我全把它们小心地用铅笔画出来了，我的记号可以用橡皮擦去。喂，祝您幸福和成功，年轻的诗人。您的诗棒极了。”

亚历山德罗夫用疲惫沙哑的嗓音谢过老师。心里面的一块石头落了地。

“不，这叫什么事呀。”他内心里向自己一摆手。“俗话说得没错：‘别跟猪脑袋为伍。’”

“我的创作活动永远地结束了！算了吧！”

亚历山德罗夫放弃了写作（顺便提一句，这一点在武备中学的

---

① 米哈伊尔·拉里奥诺维奇·米哈伊洛夫（1829～1865），俄罗斯诗人，政论家，海涅作品的翻译者。

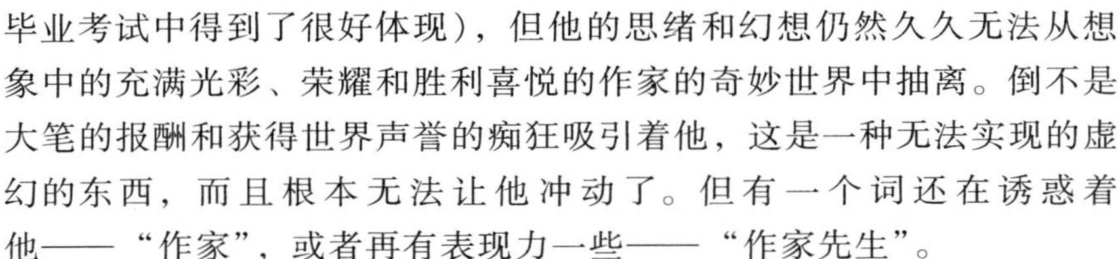

毕业考试中得到了很好体现），但他的思绪和幻想仍然久久无法从想象中的充满光彩、荣耀和胜利喜悦的作家的奇妙世界中抽离。倒不是大笔的报酬和获得世界声誉的痴狂吸引着他，这是一种无法实现的虚幻的东西，而且根本无法让他冲动了。但有一个词还在诱惑着他——“作家”，或者再有表现力一些——“作家先生”。

这不是声名显赫的统帅，不是著名的律师、大夫或歌唱家，这不是令人惊叹的百万富翁，不——这是一个脸色苍白、身材消瘦的人，有一张高贵的面孔，他夜里坐在自己简陋的书房，创造着他理想的人物、他所需要的情节，而这一切将永生不朽，比真正存在于现实中的成千上万的人和事远为坚固、强大和光鲜，它们会存活几十年、几百年、几千年，让无数代人兴奋、欣喜、得到教益。

而这就是：比彻·斯托女士与《汤姆叔叔的小屋》，大仲马与《三个火枪手》，儒勒·凡尔纳与《海底两万里》、《格兰特船长》，屠格涅夫与巴扎罗夫、卢基尼、皮加索夫……数不胜数。

他们所有人都有酷似上帝之处：他们从混沌中——用纸笔——创造出整个世界，完成之后，他们说：这非常好。

尘世真正的主宰是这些神秘的作家。但愿什么时候能见识他们中的一位。也许他能引领我更接近自己创作的秘密，而我也将会领悟它……

这样幻想着的时候，亚历山德罗夫甚至不敢想象，恭顺的命运正准备让他与一位真正的、甚至是著名的作家先生结为私交。

荣耀

升入亚历山大士官学校前的那个假期，在希姆基度过整个夏天的亚历山德罗夫去姐姐索尼娅家做客一周。为了乡村度假，她搬到莫斯科郊区的一个大村庄克拉斯科瓦，村中那些嗓音甜美的庄稼汉

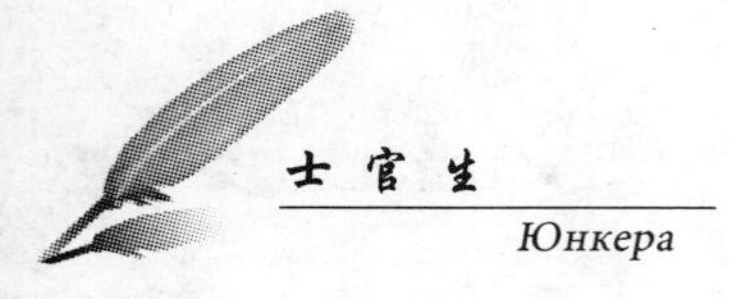

冬天以偷盗为生，而在暖和的季节则出租自己的房舍，有时出租两层，偶尔还会出租三层。云年，亚历山德罗夫就认得索尼娅的家门，所以在他中途跳下火车之后，很快便满怀信心地走到了那所房子。可到了窗前，他却略带惊讶地停下来。索尼娅在弹钢琴，他立刻听出这是他非常喜爱的李斯特的第二狂想曲。这当然没什么特别；让亚历山德罗夫吃惊的，是索尼娅的一位陌生的、确切说是古怪的客人。他颀长，瘦削，脸上长满数不清的雀斑，以至于远远看去，客人的脸上好像涂了一层暗黄色的油彩，或是像在遭受黄疸病的折磨。他的衣着也非常怪异：穿一件长长的、拖到地的、肥得夸张的蝙蝠式披风。他激昂地高高挺着乱蓬蓬的脑袋，在房间里前前后后地疾步如飞。他左手掀着披风一角，让它在空中抖开，就像魔鬼的戏装。陌生人的右手攥着一把餐刀，随着索尼娅的音乐节拍，他疯狂地挥舞着它。

这个画面离奇，如此超现实，让亚历山德罗夫像被焊牢在了窗玻璃上似的，一步也动弹不得。而此刻，索尼娅弹到那段吉卜赛风格的急板－最急板，年轻人的双腿能禁不住为这一段起舞，老人的腿脚也会不由自主地摆动，尽管吃力，尽管根本不像样子，但擅长这种古老热舞的，哪怕是坟墓中的尸骨呢，也都会为之颤抖。黄脸人似乎突然抽搐了一下。他把蝙蝠披风一把丢在地板上，发出一声凄厉的号叫，忽然以无法想象的力气和灵巧的身手，把刀子甩到了墙上，刀锋扎入了墙壁，刀把乱颤起来。

传来索尼娅的惊叫声。亚历山德罗夫觉得，作为一个男子汉，他现在一定要干涉这个怪异事件。他摇起门铃手柄。索尼娅打开门。她的惊恐不见了。她已经在笑了。

“你好，你好，亲爱的阿廖什尼卡，”她一边和弟弟亲吻，一边说，“快进客厅吧。我给你介绍一个非常有趣的人。给您介绍一下，吉奥多尔·伊万诺维奇，这是我的弟弟，他刚刚从武备中学毕业，再过一个月就将成为亚历山大军事学校的士官生了。而这位，阿廖沙，是我们俄罗斯的著名诗人吉奥多尔·伊万诺维奇·米尔托夫，他的诗作经常发表在各种进步报刊上。读它们可真是一种享受！”

黄脸诗人发音不准，尽管不无情趣。

“米尔托夫，”他握着亚历山德罗夫的手，说，“吉奥多尔·米

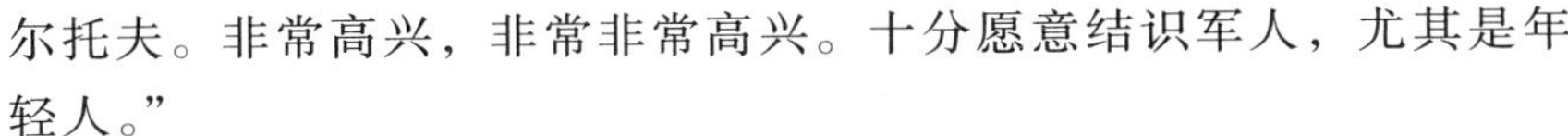

尔托夫。非常高兴，非常非常高兴。十分愿意结识军人，尤其是年轻人。”

索尼娅回想起刚才啼笑皆非的一幕。

“哎呀，吉奥多尔·伊万诺维奇刚才可真把我吓坏了。”她友好欢快地说道。

亚历山德罗夫仔细默想此前他从窗口见到的情景。米尔托夫有点儿发窘，去拔牢牢插在护墙板上的刀子，道歉似的嘟囔道：

“这匈牙利的鬼音乐。让神经质的人冲动。听见这首第二狂想曲，古代祖先的血，大概是西徐亚人[①]或哥萨克的吧，就在我体内沸腾。还是请您，亲爱的索尼娅·尼古拉耶夫娜，原谅我吧。我的诗人性格也很愚蠢。”

亚历山德罗夫认真打量着著名诗人的面容，无论是细密的斑纹，还是形状，它都酷似一枚杜鹃蛋。诗人很讨年轻人喜欢：透过他身上那种早已驾轻就熟的表演姿态，散发出一股善良的淳朴气质。飞餐刀的戏剧化动作也让亚历山德罗夫觉得颇具魅力；只有那些充满明朗的激情、不在乎庸人们如何评说揣测的人，才能那么做。

那一刻，粗鲁、乖僻和冲动都成了英雄主义的娱乐。当时他也并非平白无故地才联想起了大仲马的魔力。尽管亚历山德罗夫对自己怀着一贯的敬意读过的米尔托夫的大量诗歌一窍不通，但他把这一点归结为自身贫乏的诗歌感受力。

总是不知深浅的索尼娅可不会放过干傻事的机会。就在朗诵两首诗的中间，米尔托夫喘气、喝口啤酒的工夫，索尼娅冷不防地说道：

“你知道吗，吉奥多尔·伊万诺维奇，我们的阿廖沙也是个小诗人，写一些非常可爱的短诗。我虽然是姐姐，可也愿意读它们。让他给我们随便背诵点儿什么吧。”

亚历山德罗夫又羞又恼，立刻涨红了脸，心想：“噢，我的天！这些女人不知天高地厚到了什么程度！”

米尔托夫撇嘴含笑，压低声音说道：

---

① 约公元前7世纪至公元3世纪居住在黑海沿岸的部族的统称。

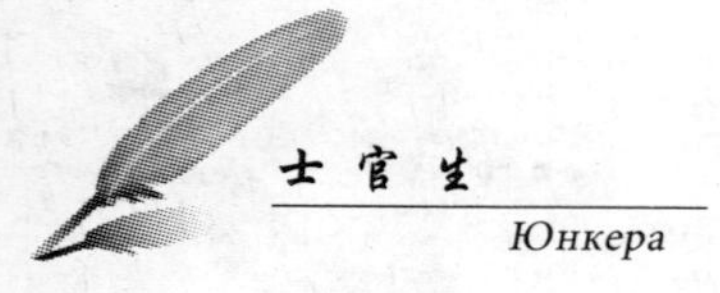

“真的吗，年轻的军人。读一读，读一读。我们老头子真心实意为年轻的后来人高兴。请您读读吧。”

亚历山德罗夫敏锐的耳朵已经听出来了，除了自己的作品，米尔托夫对任何诗歌都全无兴趣，更何况是幼稚、天真、可怜、笨拙的玩意儿了。

“你真不知羞愧，索尼娅？这算什么诗呀。既没内涵，也没乐感。无所事事的小男孩儿平常的打油诗[①]：玫瑰——大雷雨，走——来，时间——负担，石头——火焰。仅此而已。吉奥多尔·伊万诺维奇，请您不要听她的，她对诗歌的理解就如同猪对橙子的理解。还有我——也一样。算啦，请您再给我们读点儿什么吧。”

已经须发斑白的五十岁的著名诗人米尔托夫和无忧无虑的男孩儿亚历山德罗夫就这样结成了朋友。

米尔托夫是索尼娅的邻居，也在克拉斯科瓦租住别墅。亚历山德罗夫在姐姐家做客的一星期，他们几乎从没分开过。一起去小森林采蘑菇、草莓和越橘，每天去冰冷湍急的小溪里洗两次澡。

米尔托夫有一只三岁的、名为德鲁克[②]的纯种圣贝尔纳大公狗。就像俗话说的，狗在作家那里可不会得好：要整天侍弄狗——清洁，梳毛，洗澡，按时喂食，遛弯，训练，关照它的健康——对于上了年纪的作家来说，这太过繁重、衰老和笨拙了。所以德鲁克就像一个同龄人和执行命令的伙伴很愿意去找亚历山德罗夫。他们的友情是这样的：因为某种由来已久的任性，德鲁克无论如何也不愿意下河，而对主人施与它的陆地泼水法，它也总是表示不满——打响鼻，号叫，从手里挣脱后逃回家去，甚至一反自己天使般温驯的性格，却以噬咬相威胁。

亚历山德罗夫征服过它一次。对一个十七岁的少年来说，三普特不算太重。他双手搂住它的腹部，把德鲁克抱起来，一起踏入齐胸的河水。圣贝尔纳狗似乎也期望这样做似的。在感觉到并且确信河水能够很好地托住自己毛茸茸的身体之后，它很快学会并且喜欢

---

① 原文指的是一种只求诗行末尾押韵，而不顾及节奏的诗体。后面两两相对的每组词词尾都相同。

② 该词原意为“朋友”。

上了游泳。

没过多久，它便与阿廖沙开始在小河里进行水战，展开合乎规则的竞赛了。由此开始，这条狗充满信任、心甘情愿地投入了训练。亚历山德罗夫因为痴迷于这种亲密的教学活动、赞赏学生的兴致和领悟力，在克拉斯科瓦待了不是一周，而是两个半星期。

米尔托夫心怀感激地喜欢上了他们仨同去游泳和散步。他是个极其孤独的人。除了一条狗和一个十分老迈的厨娘，他家里冷冷清清，而厨娘什么也听不清，什么也弄不懂，除了忙活吃的，什么也不会做。

他偶尔会对亚历山德罗夫说："知道吗，阿廖沙？——诗歌是一项艰巨的事业。其中真的需要天分和上帝赐予的灵感。诗人，甚至是有名的诗人，数不胜数，可经过时间检验而流芳百世的不超过二十个，当然算不上我了。您什么时候尝试写散文吧。您眼光精准——鼻子就像小公狗，观察力很强，此外还有最简单也最珍贵的财富：您热爱生活。什么时候您写个新鲜的故事，给我寄到布柳西哈吧，我冬天一直住在那儿。我愿意推您最初的一小步，上了那一步——就随上帝的便吧。在比麻雀嘴还短的小故事之后呢，写一个中篇小故事，到那个时候，再看一看，接下去就是八卷左右的长篇了，就像俄罗斯文学的当代国王和神——列夫·托尔斯泰所写的那种长篇。是的，顺便说一句，我建议您最好少读无所不能的列夫，否则您会丧失自己的创造性和您个人的写作风格。也只有古老的圣经时代的凡人雅各胆敢跟上帝较量，代价也相对低廉——瘸掉一条腿。如今可不存在奇迹了。"

当亚历山德罗夫离开克拉斯科瓦的日子到来时，米尔托夫带着圣贝尔纳狗，送他到了小车站，米尔托夫一面尾随启动的火车，一面挥动手帕，冲他喊道：

"记着别忘了我和德鲁克，来吧。地址是——布柳西哈，格利亚兹诺瓦大楼。我住在最上面的鸽子笼。离上帝近一些。"

在莫斯科，已经成为士官生的亚历山德罗夫经常和吉奥多尔·伊万诺维奇见面：有三回是在他公寓，另外，或是在位于法尔茨－芬的姐姐索尼娅的家里，或是在莫斯科人最常约会的大街上。分手的时候米尔托夫也总不忘友好地问一句：

“小故事到底怎么样了？我等着呢，等着呢。别拖拉，亲爱的阿廖沙。时光飞逝，飞逝。”

在奥列妮卡·希涅利尼科娃姐姐的婚礼上，亚历山德罗夫向她郑重承诺，要写一部将会发表并公开献给她、献给他饱受煎熬的心灵里这个新女神的杰作时，想的正是这个黄脸人，这个荒唐得可爱的诗人。

诺言通过了，并且像盖上一个神秘莫测的图章似的，还印下了一个飞快、干爽、火热的吻。现在只要写出一篇小说，之后米尔托夫就一定会把它塞给某家杂志的。

从这时候起，甚至可以说，是从第二天起，亚历山德罗夫便狂热地埋头于最艰苦、最严苛的创作：语言创作。吉奥多尔·伊万诺维奇的良言：写你的个人所见、所闻、所触、所嗅、所感、所察，把这些印象串连成随便什么样的，即使是浅陋的事件线索——这忠告当然也是枉然了。不，他拒绝那些能让故事的推进显得自然而然的微小精致的细节。他还不会赋予自己的角色们语言、习性、喜好和缺点上的细微色彩。黑在他那里就是浓黑，一如黑夜本身。白——白得像天使的翅膀或百合的颜色，红——红得像火。而细微的差别和色彩的变幻呢，他既不想了解，也觉得没必要。对他来说，一如久远的莎士比亚所写的，嫉妒是一个“绿眼的妖魔[①]”，爱情——令人陶醉，火焰般炽烈，忠贞——永不变心，直到进棺材。

他在这样的动机和基础上建造自己的组曲[②]（他不清楚这个外来词的含义），组曲《最后的首场演出》。其中描述的是一个十八岁的青年从未见过、也不了解的内容和感受：戏剧圈子和对悲剧性自杀的迷恋。故事的梗概是这样的：

清晨，天光暗淡，外省大剧院的舞台上正在进行排练。剧院老板，同时还是经理和导演的阿涅姆波吉斯托夫，让二号女演员——斯特鲁尼娜饰演瓦利娅这个角色。

---

① 出自莎士比亚的戏剧《奥赛罗》第三幕，原句为：“您要留心嫉妒啊，那是一个绿眼的妖魔，谁做了它的牺牲品，就要受它的玩弄。”

② 原文为外来词，英语写作 Suite，意为“一套、一组；组曲、舞曲”。

“要知道这可是我擅长的角色。”头牌女演员托洛娃－蒙斯卡娅，阿涅姆波吉斯托夫的情人，惊叫道。

“噢，请不要激动，亲爱的，”经理说，“我们剧团绝对不大。为应对特殊情况，应该偶尔彼此替换一下。”

“你爱她吧？你爱她吧？”女演员托洛娃－蒙斯卡娅气愤地在他耳边低声逼问。

“算了吧，亲爱的。你知道，全世界我只爱你一个人。”

接下来，故事的场景转到了舞台侧幕的化妆间。决定由斯特鲁尼娜饰演瓦利娅这个角色。观众喜欢新奇感受。托洛娃－蒙斯卡娅可以去稍稍休息一下了。

但蒙斯卡娅却骄傲地说：

“我就在这儿，我要留下。斯特鲁尼娜可以明天演，或者她爱演到什么时候就演到什么时候。但我现在要演最后一次。您听见了吧，随风倒[①]的贱货！今天我要演最后一次。”

甩下这句话，她上了舞台。

噢，老天啊，观众看见她苍白痛苦的面容和灰色的大眼睛，是多么热烈地欢迎她！她的每一幕表演都给坐无虚席的观众留下越来越强烈的印象。现在到了最后一场，瓦利娅服毒自杀的那场戏。

女演员走到台沿，用动人心魄的声音说道：

“如果爱——那便是莫大的幸福。如果欺骗——那便是死亡。”说出这句台词的同时，她把一个小瓶子拿到唇边，并在剧烈的抽搐中跌倒在地。

“大夫！大夫！噢，太恐怖了！”观众叫喊起来，“快点儿找大夫！”但已经用不着大夫了。伟大的女演员已经死去了……

带着结束一部巨著的满足感，士官生签上漂亮的署名：阿列汉·安德罗夫。而且还给它装饰上独出心裁的花笔道。

亚历山德罗夫把自己的作品反复读过上百回，又用个人最漂亮的书法抄录了至少十遍。毫无疑问——作品非常之美。它让作者兴奋、感动、赞叹。但欣喜之余，却出现一个莫名的无形的暗斑，一

① 原文中是“阿涅姆波吉斯托夫”的同根词，大概为女演员自造，这里意译为“随风倒”。

种萌生很久的令人羞愧的困窘感，一个亚历山德罗夫无法确认、难以察觉的小伤口。

虽然如此，在最近这个星期天他还是去了布柳西哈，内心忐忑不安地爬上鸽子笼——莫斯科一座又老又旧的公寓的顶层阁楼。米尔托夫戴上接口地方用一小块火漆粘着的大眼镜，欢喜而专注地读完自己年轻朋友的作品。他读得声音高亢，而且按照老习惯，稍稍拖着长腔，给组曲添了庄亘、深邃、优美而忧伤的调子。

士官生和圣贝尔纳大狗带着深深的感动聆听他朗读。德鲁克甚至还在叹息。

吉奥多尔·伊万诺维奇终于读完了，他把眼镜和手稿放在写字台上，两眼水蒙蒙地说：

“太美了，我亲爱的。我跟您说：太美了。吹毛求疵的批评家或许会发现一些纰漏、错误，或者其他什么东西，但正因为如此，他们才是吹毛求疵的家伙。要知道不管是胎记、雀斑还是伤痕，都无法破坏一个十八岁的漂亮姑娘。阿妮霞·哈里托洛夫娜，”他高声喊道，“给我们拿一瓶冒着泡沫的新鲜啤酒来！噢，我善良可爱的朋友，祝贺您妙笔生花。要多写，好好写，要为人类的幸福和快乐写作！”

他们干了一杯啤酒，热烈地接吻。

过了一会儿，亚历山德罗夫准备走的时候，问他能否在组曲前面写几句题词，这样做会不会被视为无礼？

“哦，绝对不会，题词可是美妙的东西。您到底想写什么呀？”

“总共两行海涅的诗句。”

“好诗人，绝佳的诗人。哪两句呀？”

亚历山德罗夫激动得颤着声音吟诵道：“我，一个重伤致死的人，一面向往勇士的战斗，一面嬉戏。”

“太美了，妙极啦，有力的引诗。”米尔托夫称赞道。

这时候士官生壮着胆子，决定再请求题写献辞。

“写什么呀？快点儿讲。献给她吗？当然是她吧？”

年轻人从头到脚涨得通红。

“是的，给我一个非常好的朋友，为了表示仰慕、友谊，还有……不过我下一篇小说一定献给您，亲爱的吉奥多尔·伊万诺维奇，献给您，我最善良、最才华横溢的导师！”

米尔托夫笑起来，露出没了牙齿的嘴巴，然后他拥抱了士官生，送他到了门口。

“别忘了我。有空的时候，一定要来。我最近这些天会尽快把您的稿子送到《莫斯科小溪》、《晚休闲》、《俄文集锦》（尽管它保守得稍微有些过头），或者其他什么出版社。结果我会以明信片的方式通知您。好吧，再见了。无所畏惧无所怀疑地前进吧！”

但是畏惧和怀疑残忍地噬咬着可怜的亚历山德罗夫。时间像橡皮胶一样粘滞。等待的几天长得如同数月，几周——如同数年。他没跟任何人透露过自己大胆的文学尝试，甚至包括最忠诚的朋友韦桑。他疯子一样在大厅和走廊里徘徊，消磨着漫长无尽的时光。

终于收到了吉奥多尔·伊万诺维奇的明信片。它是星期二到的：“《晚休闲》采用了。这个星期天，最迟——下个星期天就会见报。唉，我得了流感，卧床不起。您自己去找吧。您亲爱的米尔托夫。”

第一个星期天，亚历山德罗夫转遍了十二个报亭，一面探问最新一期的《晚休闲》，一面盼望着奇迹，但又不敢相信自己的眼睛。让他难过的是，所有《晚休闲》都一模一样，一份都没见到他的《最后的首场演出》这篇大作。

下个星期天他不可能进行自己的疯狂搜寻了，因为筑城学得了一分，被该死的德罗兹德罚掉了假期。

怎么办呢？不得不对亲密的伙伴韦桑揭开自己深藏不露的秘密了。对方带着一贯招人喜欢的心甘情愿的劲头，动身去寻找和购买当期的《晚休闲》。

亚历山德罗夫一整天都在遭受无聊等待的折磨。晚上八点钟左右，士官生们开始度假回来了，正从宽大的楼梯往上走。亚历山德罗夫把身子探出大理石廊柱，老远就认出了韦桑，而从对方宽厚灿烂的微笑中读出胜利的预兆以后，他因为激动打起冷战，疲惫不堪地浑身颤栗。

手持着登在精美亮光纸上的博得好评的个人处女作，眼望着印成永远不会磨灭的黑字的自己的词句，呼吸着浓郁的墨香……除了（当然是在一定程度上）剧痛之后的年轻产妇带着虚弱而迷人的微

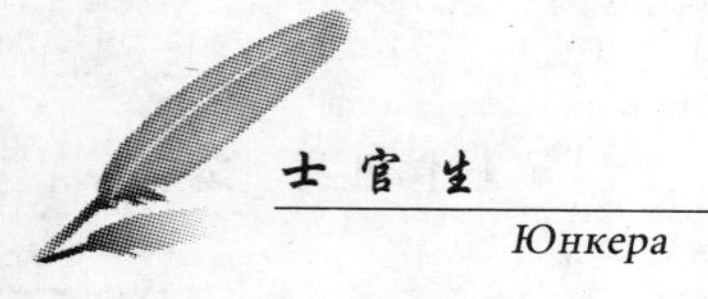

笑，向丈夫展示他们的第一个宝贝孩子时所体验到的那种无法描述的幸福感，还有什么能跟这种奇妙的感觉相比呢？

无论如何，欣喜的潮涌如此凶猛，以至于让亚历山德罗夫无法安静下来。他的身体需要运动。他不加助跑，一张接一张跃过整齐地摆放成一排的床铺，跃到尽头，又转身再来一遍。这之后，他才在自己的小床上坐下，心脏狂跳着读起来。他把大作读了两遍，先是飞快地浏览，然后就专注多了——作品绝对令人称叹。他让韦桑来读它，自己则隔着他的肩膀观看，并且不时地从他手里夺过报纸，高声朗读那些最具感染力的段落。然后，四连所有的一年级学生都把《晚休闲》轮流翻看，接着其他连的同级法老们跑了过来，再后来，所有连里的尉官先生们也发生了兴趣。

成为作家的士官生的名声闪电般传遍所有大厅、走廊、宿舍和学校的各个角落。《晚休闲》的需求量巨大。

令人疲惫和头痛的荣耀伴随着独特的噪声，降临到亚历山德罗夫身上。

这夜他过得沉重而烦闷。起初久久不能入睡，随后每分钟都要醒过来。在阴沉沉的冬天的黎明，他早早地起了床，浑身痛楚，嘴里充满讨厌的味道。

14

耻　　辱

全连洗漱，穿衣，在走廊集合，排队去喝早茶。

像往常一样，德罗兹德在点名前赶到，站在了左翼。点名进行得很顺利。士官生们全部到齐了。夜里没有任何事情发生。德罗兹德走到队列中间。

“士官生亚历山德罗夫。”他心平气和地招呼道。

“到。”亚历山德罗夫声音洪亮地回答，向前迈了两步。

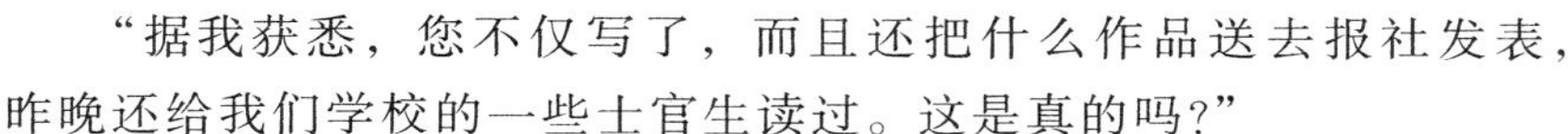

“据我获悉，您不仅写了，而且还把什么作品送去报社发表，昨晚还给我们学校的一些士官生读过。这是真的吗？”

“是这样的，大尉先生。”

“劳驾您马上把您的这个艺术作品给我带来。”

亚历山德罗夫跑向自己的小衣柜。路上他生气地想：

“德罗兹德怎么可能知道我的组曲呢？……从哪里呢？任何一个士官生——不管是法老还是尉官、攫用士官还是司务长，无一例外——任何时候都绝不允许自己向长官汇报士官生的私事，只要他的事情不有损学校的荣誉和尊严。这可是件头疼的事情……”

他脑子里就没简单地想到，星期天那期《晚休闲》有可能落到德罗兹德本人，或学校其他一位军官，或他们的一个校外熟人的手里。

“给，大尉先生。”亚历山德罗夫一边递上报纸，一边说。

德罗兹德冷冷地吩咐道：

“马上去禁闭室蹲三个昼夜，并且履行服役职责。而您的刊物，我要撕碎了扔进厕所……”随后他喊了一声：“司务长，带队！”

就这样，亚历山德罗夫蹲进了孤独的禁闭室。守卫，一个暂时被派到学校来的别尔诺夫近卫军团的上等兵，每天会放他一两个小时，去上课和参加专业军事训练。也是那个守卫给被关押者送早餐、午餐、茶和白面包。

士官生们私下里有很多不成文的老规矩，即所谓的“阿达特①”。建议每个被关押、被放到连里训练的士官生都不要同自由的同学们讲话，不要跟他们进行没必要的交往，好不让连长和教官猜疑，士官生们可能私底下偷偷摸摸、躲躲闪闪地干些什么。要知道他们可是完全公开地用恶毒、甚至常常是粗野的绰号来整治自己的长官的。而这个自行制定的规矩里无疑具有骑士精神的影子。

但亚历山德罗夫仍然没有克制住不去破坏士官生传统。体操课上，在做双杠练习时，他低声对韦桑说：

“亲爱的韦桑，请您帮我从图书室随便弄本小册子，通过守卫转给我……郁闷死了。”

---

① 原指一些信奉伊斯兰教的民族的不成文法。

“尽量吧。”韦桑说完，赶紧走开了。

确实如此，孤寂、无聊和屈辱弄得亚历山德罗夫痛苦不堪。昨天还是胜利的凯旋者，学校的骄傲，熠熠升起的新星——如今不过是一个可怜兮兮的、受罚的法老，在六平方俄尺的空间内沮丧地来回乱撞。有时候躺在木板床上，望着高高的天花板，亚历山德罗夫会试着逐字回忆自己的杰作《最后的首场演出》的文本。他还会突然萌生出致命的怀疑：“其实你瞧，好像那个题目：《最后的首场演出》，可能显得不够准确，甚至是荒谬。首场演出——要知道这是指开局，就跟下象棋时一样，这是指——女演员的第一次试演，而我的女演员托洛娃-蒙斯卡娅（呸，这也是一个凭空臆造的矫揉造作的姓氏），从我的故事来看，她经验丰富、名声很大。首场演出——这对读者来说既明白又可以接受。《最后的首场演出》这个名字会引起自然而然的怀疑。人家可能以为，我那个无论如何也已不很年轻的女主人公只知道试演、试演，而且永远都不成功，一直试演到自杀为止……”

于是，亚历山德罗夫的潜意识里再一次悄悄潜入那个暗斑，那个神秘的小伤口，那种早已熟悉的令人沮丧的困窘感，而在第二十次重读自己手稿的时候，他就不时体会过这种感受。此刻他越是凭记忆默默细读《最后的首场演出》，就越是在里面发现更多丑陋、空洞的地方，更明显的牵强附会、学生式的紧张、呆板的语句和笨重的短语。

“不，不过是我这样觉得。”他试图安慰自己，为自己辩护。“最近这些天经历了太多的折磨、期待和不快，我变得颓废了。但要知道，编辑部可不会发表不合要求、写得糟糕的作品。韦桑这就给我带来其他什么小书，我也要休息休息，忘掉这部组曲，转移一下心思，一切也就会变得美好、清晰和可爱起来的……变换一下喜好……”

晚上六点，午餐后的自由时间，别尔诺夫团的上士守卫敲了敲禁闭室的栅栏门。

“士官生先生，有人给您送来一本书，请您收下。”

亚历山德罗夫从来没见过这本破损严重的书。

“《哥萨克》。中篇小说。托尔斯泰伯爵的作品。”他在封面上

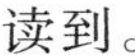

读到。

“大概不会多有意思，取材于历史的什么东西……可对监牢来说，这种消遣也还相配。”

“请告诉士官生先生，说我十分感谢。”

他在晚上六点多钟开始阅读这篇小说，一口气地读了整宿，看完的时候，清晨懒洋洋的白光已经射进禁闭室的栅栏门。

“这究竟是怎么回事呀。”亚历山德罗夫疲惫不堪，他既震惊又迷醉，抓挠揉搓着头发，喃喃地说。“上帝啊，怎么竟有如此伟大的神奇之物？瞧，这我能理解：天赋，天赋，超凡的灵感……这是莎士比亚，歌德，拜伦，荷马，普希金，塞万提斯，但丁，他们是住在云彩里的仙人，吃神食，饮琼浆，与神交谈，诸如此类……即便我不能理解，但我会充满景仰地承认并且臣服……可是，我的上帝呀，为什么竟会这样呢。一个普通的凡人，甚至还有伯爵的封号，一个有两只手、两只脚、两只眼睛、两只耳朵、一个鼻子的人，一个跟我们一样吃、喝、呼吸、擤鼻涕和睡觉的人……却忽然用最平常的语言，毫不困难、毫不紧张，不带任何杜撰的痕迹，拈取并且平静地讲述自己所见的东西，这样就能在他笔下诞生一部无与伦比、不可企及的迷人而又绝对纯朴的小说。”

亚历山德罗夫就像在车站初次见到群山的奥列宁[①]，带着惬意的不知餍足的饥饿感在心中默念：

“瞧，奥列宁——这个地主，这个知识分子，该怎么说他呢。那个耶罗什卡大叔！那个卢卡什卡呀！那个马里扬卡！那个拿腔作调的村镇百人长！那个被射杀的强盗！他那乘独木舟来赎尸首的兄弟。那年轻的仆人瓦纽什卡和他蹩脚的法语词儿。那盘旋在灯边的飞蛾。‘小傻瓜，你往哪儿飞呀。要知道我可心疼你呀……’”

而在这时候，亚历山德罗夫祈祷般的欣喜却猛然止住了：“可我呢，我呢。我怎么敢提笔呢，我对生活一无所知，一无所见，一无所闻，一无所长。这个可恶至极、凭空杜撰的组曲算什么呢。难道里面有一星半点儿真实生活的影子么。它通篇贫乏、苍白、怯懦得犹如……犹如……犹如……”

---

① 小说《哥萨克》里的人物。

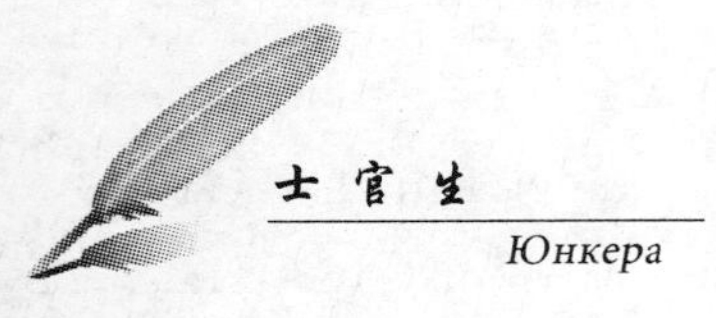

这一瞬间，他的记忆似乎豁然通亮了，不久前触痛他的由某个无法解释的小伤口和令人烦闷困窘的斑点所引发的惶恐也立刻变得鲜明起来。

“是的，”他痛楚而勇敢地说，“噢，不幸的人，你的《最后的首场演出》不像别的，正像你在七岁时写下的那些愚蠢的诗句：

鸟儿啊，快一点儿离开我们，
飞往温暖的国度。
这样，等你们再次飞还，
我们这里已是春天。

草场上小花烂漫，
可爱的太阳把她们映亮。
树木抽出嫩叶，
大地将绽放最娇美的容颜。”

他拼尽全力一掌拍在橡木桌上，大声说道：

“见鬼去吧！别再娇生惯养啦！”

德罗兹德没关亚历山德罗夫三天，只关了两天。第三天早晨他来到禁闭室，亲自放出了被关押者。

“您知道吗，士官生亚历山德罗夫，”他问，“您为什么会被关起来？”

“知道，大尉先生。因为我写了最愚蠢、最平庸、还被发表的作品。”

“噢，不，”德罗兹德温和地反驳道，“贬低自己比骄傲自大更糟。很有可能，您的作品具有毋庸置疑的长处。但您的过错在于，您没有认真学习军人条令，特别是内务条令。那里面清清楚楚写明：‘如果哪个现役军人写了手稿并想付诸出版，必须向自己的直接长官报告此事并呈交手稿。’拿您来说吧——就要给您的司务长。他把您的意愿汇报给我，还要把手稿转交给我。我——交给营长，最后是——校长。因此，要由长官他来充当您的最终法官和裁决人。在获准出版的过程中，您的原稿要以相反的程序下达，直到司务长，他会通知您是被允许还是被禁止发表手稿。明白吗？”

“明白，大尉先生。”

“好吧，现在回连里去吧，顺便拿走您的刊物。不许说写得很糟。是我姨妈最先把她碰巧买到的这期《晚休闲》拿给我看的。您的笔名其实很明显。此外呢，三号晚上我巡视连队时分明听见吵吵嚷嚷有关您文学成就的议论。而现在，士官生，”他像在训练时那样命令道，“立正。跑步——走。”

亚历山德罗夫已经不再翻看那么快就已褪色的作品，也不再去享受油墨的味道了。信守承诺的他当天就给奥列妮卡寄去了一份《晚休闲》，而当时他也未曾料到即将到来的不幸。

在无数次反复重读自己的《最后的首场演出》时，他一带而过地完全忽略了献辞，这种事情是非常罕见的漫不经心和疏忽大意的例子。而实际上，献辞里犯下了致命的错误。

献给Ю.Н.希……尼科娃

那初恋威猛而永恒的力量可真是强大！那亲密名字中所蕴含的难以忘怀的香甜啊！昔日的、然而尚未死亡的爱情之手支配着年轻人的笔尖，所以他像夜游症患者似的，在名字的首个字母的位置上写下的不是“О”而是“Ю”[①]。印刷厂也就照样印上去了。

两天后，亚历山德罗夫收到了让人惊恐不安的恶毒回信：

我收到了刊登您大作的报纸。说实话，您原本随随便便就可以不必为这个邮件难为自己的。鉴于首写字母为“Ю”，献辞不是给我，而是给另外一位名字以“Ю”开头的女人的。

大作的署名也让我颇感诧异。显然，阿列汉·安德罗夫先生——一个东方的贵族子弟——就是这篇我既没有空闲也没有任何兴趣拜读的大作的作者。

① “О”和“Ю”分别是奥利娅和尤利娅两个名字的首位字母。

出于某些原因，我不见得能在什么时候再跟您见面了，所以再见吧。

O. 希涅利尼科娃

过了两三个礼拜，士官生们午餐后回来、暂时摆脱功课的时间，四连的值班攫用士官扯开嗓子喊道：

“士官生亚历山德罗夫。去接待室见人。”

亚历山德罗夫跑到他跟前：

“知道是谁吗？”

“不知道。一个草包。”

在学校里，所有文职人员无一例外地被称为“草包”，很久以来对他们就是既轻蔑又鄙夷。士官生中间流传着一首老歌谣，里面有这样一段：

文员我受不了
叫他们大草包，
连我的老奶奶
也用鞋打他脸。

可军人我热爱
他们真是好汉，
连我的老奶奶
也愿意去当兵。

尽管不是特别情愿，亚历山德罗夫还是飞快地跑下楼。在那里等他的不仅是个草包，这个草包大得还要——如果可以这么讲的话——加个平方甚至立方，所以他能让人的名声败坏透顶。他像平日里那样，穿着自己宽大的披风，带斑纹的那张脸如同一枚杜鹃蛋，一句话，这是著名诗人吉奥多尔·伊万诺维奇·米尔托夫，他彻底掉进了军人圈子，为此自己也同样感觉局促不安。

“我只打扰一小会儿，阿廖沙。我来祝贺您处女作的诞生，并

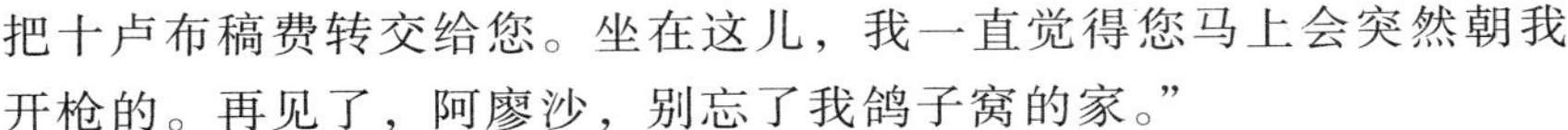

把十卢布稿费转交给您。坐在这儿，我一直觉得您马上会突然朝我开枪的。再见了，阿廖沙，别忘了我鸽子窝的家。”

随后他那么快地就消失了，好像钻进了舞台的地道口。

纯真的良心本来提醒士官生，他该跑过去唤回诗人，归还为一文不值的组曲所接收的报酬，但要当着值班军官的面演出如此难看的一幕（要知道米尔托夫无疑也会反对），这让他觉得丢人和可耻。

十卢布——这是一个童话般的大数目。亚历山德罗夫还从来没拥有过那样一大笔钱，他很快便挥霍掉了它们：他用六卢布给妈妈买了一双软山羊皮皮鞋，凡事都不为自己考虑的妈妈像憧憬不可能实现的奇迹一样，经常幻想能有这样一双鞋。他给她买的是最小的尺码，即便如此，老太太随后还不得不亲自去一趟商店，把买来的鞋子换成成人嫌小、儿童嫌大的尺寸。她的脚太小了。

亚历山德罗夫和韦桑用两卢布饱餐了两次谢瓦斯季亚诺夫的小点心，他们派服务生去买回来的。而用余下的两卢布，他们礼拜天去杰列尔萨尔骑了大约一小时马，感觉这是最高雅的享受。

第二部

15

尉官先生

著名诗人吉奥多尔·伊万诺维奇·米尔托夫（在自己的文学梦破灭之后，因为痛苦和难堪的羞愧，亚历山德罗夫再没跟他见面）曾经英明正确地感言：

“时光在流逝，流逝。它无可阻止，也无法倒流。阿门。”

对于一个心中充满幻想、容纳了所有欢乐和挫败的年轻人，一八八八年的年中和年末有种宿命的色彩。落在心头的黑暗日子远比明媚日子多：刚刚起步的年轻法老寂寞独处时的忧伤和沮丧，严苛磨人的队列训练，粗鲁的训斥，羁押，额外值勤的惩罚——所有这一切都让军役生活变得沉重和无趣。此外还要跟一门精密科学——所谓的军事筑城学发生经常性的冲突。教这门课的是工程兵上校克洛索夫，一个极端严厉、冷酷无情的人。作为一八七七至一八七八年俄土战争中捐躯的俄国军人纪念碑的设计者，他享誉整个莫斯科。但这种荣耀并不妨碍他像虐待狗崽子似的摧残打压无辜的士官生们。他的教学法简单、粗暴，严格得要死。在一边踏进教室一边问好的同时，他必须要见到所有教具摆放就绪：擦得光可鉴人的黑板，洁净微湿的海绵，以及精心削成铲形、用平整的白纸包裹好的粉笔。他不做任何讲解。他手持粉笔，走到黑板跟前，用怪里怪气、颐指气使的腔调流利地说道：

“射击孔，还有野战壕，还有眼镜堡、露天炮塔、遮弹墙等等。”然后，他开始一声不出地在黑板上画出工事剖面和正面的平面投射图，并在两侧标注上以英尺和英寸表示的非常细小精确的数字。图一画完，上校便闪开身子，好让全教室人都能看见他的作品，这作品也的确非常流畅、干净、漂亮，只有借助精良的绘图工具才能做到。

快要下课时，克洛索夫用一根细长的铅笔作工具，指点着图中的所有部位，说明它们的尺寸：斜坡道三英尺四英寸，上坡道四英尺，护坡道，倾斜度，壕沟内斜坡，外壕前斜坡，等等。士官生们务必在专用笔记本上摹画克洛索夫令人惊叹的图样。他很少检查。但偶尔从成排的课桌前经过时，他会停下来，指着某个人的笔记本，用自己音色单调的嗓子问道：

“是蜘蛛吗？是装草莓的篮子吗？是变色蜥蜴吗？”接着稍作停顿：“一分！”

他非常自我，几乎从不等课间铃声。只要他愿意，便会取出细亚麻布手帕，抽打一阵胸前和胳膊上微微可见的粉笔末，再抖一抖手帕，就一言不发地走开了。

亚历山德罗夫不管怎么做，也无法让这位严厉、无情、永远沉默寡言的偶像满意。他能画得非常漂亮，线条匀净雅致，却掌握不了筑城学的基础知识。他的想象力无论如何也不能把土石建成的物体视为投射的平面，视为既无材质又无重量的东西。假如让他参看黏土或混凝纸浆制作的眼镜堡、露天炮塔或射击孔，那他马上就会意识到自己几何学知识不足的问题。但这一点，唉，谁也不想花费心思。几乎每次练习克洛索夫都默默地给他不及格的分数，而德罗兹德就会取消他的假期，剥夺这种欢娱、乐趣和心灵上的寄托。

但个人隐秘的痛苦与失落更加残忍地折磨着士官生亚历山德罗夫：尤利娅·希涅利尼科娃的背叛，从奥尔加·希涅利尼科娃那里冷酷而屈辱地退出，最后还有伟大的文学事业的毁灭，一种他自己痛苦而绝望地承认的毁灭……

于是亚历山德罗夫变得忧愁起来……

而时间在流逝，流逝，并在自己无尽的流逝中，消磨所有棱角，侵蚀山岩，刷平浅滩，变换风景和航道。

对于如今的亚历山德罗夫——法老只是一个绰号。体操和击剑展宽了他的胸膛。军事训练和队列的难度消失得无影无踪。枪械不再沉重，脚步雄阔有力，而更重要的是精神上建立了自豪感和责任感：我——一个光荣的亚历山大军校的士官生，请忍受一切，忍受所有的敌人吧，甚至对难以攻克的筑城学，他都表现出友好的态度。一天晚上，在预习明天讨厌的筑城学课程时，亚历山德罗夫恶狠狠地大声咒骂道：

“不，见鬼去吧，什么时候我掌握了筑城学这门烂玩意儿，就让克洛索夫，让他的老师采扎尔·屈伊[①]统统去死吧。”

他的邻铺，谦和、安静、教养良好的布里比尔，一个优秀的钢琴手，深表同情地说：

“请您听我说，亚历山德罗夫伙计，别怪我多管闲事。我早就发现您在筑城学方面的误解和苦恼了。我觉得我多少能帮助您，当然了，如果您愿意的话。所有问题都出在一个瞬间就能解决的不值一提的地方。就拿我这个烟盒来说吧（布里比尔从口袋里掏出一个朴素而精致的卡累里阿桦树皮烟盒）。我们假设说吧，您非常喜欢它，打算向工匠定做一个质量和尺寸一模一样的。您为此该怎么做呢？您来到工匠这里，跟他交代：‘亲爱的师傅，请您给我做一个漂亮的卡累里阿桦树皮烟盒，六英寸长，四英寸宽，两英寸厚。’不是这样吗？为了让他更好地记住订单，您可能会拿出一张纸、一支铅笔和一把格尺，画出所有尺寸，标清楚长、宽、高。要知道，即使您是个出色的画家，您也不会想到在亚麻布上用油料和粉彩为工匠描画这个烟盒吧？您像对待立体几何学一样来对待筑城学图纸，可它们是平面几何学。我看见您孜孜不倦地埋头于那些射击窗。从您的记忆里显然是无法浮现出达达尼昂[②]时代古老巨大的射击窗和沃巴诺夫工事的。而今天的射击孔——这不过是您自己挖掘

① 采扎尔·屈伊·安东诺维奇（1835～1918），俄国作曲家、音乐评论家和军事工程专家。（作者原注）

② 《三剑客》里的人物。

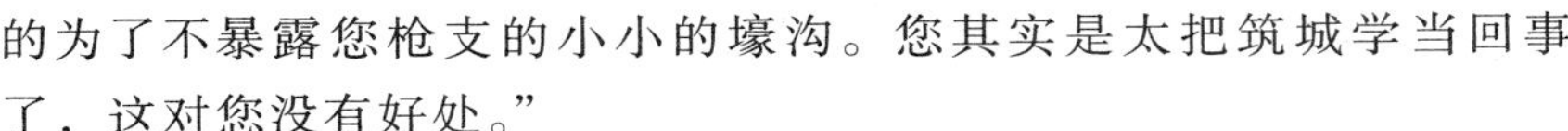

的为了不暴露您枪支的小小的壕沟。您其实是太把筑城学当回事了，这对您没有好处。”

他不再作声了。亚历山德罗夫半张着嘴巴，呆坐了好一会儿。最后，他吧嗒一声合上嘴，说：

“布里比尔，请您行行好，叫我白痴吧。”

“您说什么呢，您说什么呢，亚历山德罗夫。天哪！”

“不，劳驾，叫呀。”

他们就这样争执不下，直到站在旁边的日丹诺夫开口道：

“尽管我不信自己亲口说的话，但您是个白痴，亚历山德罗夫先生。”

“谢谢，日丹诺夫。要知道这简直不可思议，此前我犯了多么荒谬的错误。现在我好像突然给摘除了白内障。我能重见光明，还多亏了魔法师布里比尔（他的名字将永远被我尊崇和敬仰）。”

就在第二天，亚历山德罗夫给自己的同学们做了一次小型汇报演出：

“亚历山德罗夫！”眼神和笔尖似乎都准备好打一分的上校用自己乏味的声音叫到他，“劳驾画一下双层遮弹墙，并注明它的所有尺寸。”

亚历山德罗夫走到黑板前（大家立刻便认出了模仿克洛索夫的步态），从口袋里掏出一根以克洛索夫的方法精心削好、整齐包裹着洁净白纸的粉笔，然后（大家甚至打了个冷战）惟妙惟肖地以克洛索夫式的呆板腔调大声解说：

“双层遮弹墙。”

他画得既迅速又自信。他的线条比克洛索夫的更加纤细、更少起伏，却是一样的美观。他画完图，又标上了所有数字，没讲一句废话，没做一个多余的动作，把粉笔藏进口袋，像个列兵似的挺直身子，望着上校冷冰冰的眼睛。

克洛索夫沉默片刻。士官生们第一次在他石头般的脸上察觉到某种类似惊诧的表情。

“为什么以前，”他问，“为什么以前您画的图就像某种风景画，还经常弄错名称和数字？您这是怎么回事？”

“我不过是坚决遵循您的教导，直到最小的细节，上校先生。”

“也可能总得一分让您厌倦了吧?”

“多少是的，上校先生。”

“嗯。现在您把我置于一个非常尴尬的位置。我不能给您十二分，因为这是一个世上并不存在的绝对完美的标志。十一分——这是最高的分数，在这个程度上掌握筑城学的只有我。因此请您不要觉得委屈，这一次我只给您十分。可以坐下了。”

这是一次令亚历山德罗夫欢心鼓舞的大胜。此后他成了学校最优秀的筑城学学生，还说筑城学——是最简单的军事学科。

时光流逝。爱情的伤口已经愈合，痛苦消散了，自尊心平复下来，昔日的爱的冲动原来是一场天真幼稚的游戏，亚历山德罗夫很快便被真正伟大的爱情所充盈，关于它的记忆永久留存，终其一生……

有关文学方面遭受惨败的屈辱感也稍稍淡忘了。忠诚的本能给亚历山德罗夫指示了绝佳的解毒药：他再次回到绘画和写生。所有节假日（在拿下筑城学之后，它们实在太多了）他都前往特列季亚科夫画廊、斯特洛加诺夫中学、绘画和雕塑学校，或是去听彼得·伊万诺维奇·什梅里科夫[①]的讲座。他消耗了无数纸板和活页本，用铅笔、炭笔和水彩给自己的同学、长官和教师画肖像。这件事做得又成功又开心。新楔子终于顶掉了老楔子[②]。

另外，法老们的第一次野营大会也渐渐临近。考试结束了。高年级的同学也停止了练兵场上的骑术课程。尉官先生对待法老们的态度也变得柔和、平易起来。接下来，教官们开始训练低年级学生实弹军事射击。学校练兵场右侧坐落着特备的小型射击场，场地狭窄，但长度足够了，有四十步，它严严实实地与布列奇斯金林荫道隔开。

每天从早到晚都有人把士官生分为四组，依次带到那里进行射击，并且监督士官生在开枪时不要闭眼，在后坐力下不要抖动，对正准星、透过准星豁口瞄准，扣动扳机时不要过猛，要用平稳的

---

① 彼得·伊万诺维奇·什梅里科夫，天才的素描画家。他被当代的俄罗斯画家遗忘了。请参看法国作家丹尼斯·罗切斯的专著。(作者原注)

② 取自俄罗斯谚语“用楔子顶掉楔子”，即“以毒攻毒”、“以其人之道还治其人之身”的意思。

动作。

射击场的另一端竖立着带有黑色同心圆的硬纸靶，最好要射中最小的圆环。因为靶场地方狭小，射击声震耳欲聋，士官生们会因此头晕耳鸣很长时间，勉强能听得清讲课甚至是口令。

但因为不习惯而更加难挨的是，射击时落在肩膀上的后坐力强大得出奇。它是如此的猛烈和沉重，在三十普特重的别丹式步枪冲击下，初学的射手几乎要被摔倒在地。现在，所有法老们的右肩和右锁骨都会因此瘀青，夜夜疼痛。

不过，在校的射击练习也已经结束了。“要学会清洁和擦拭步枪，让它在你手里光亮如镜。”清晨来临了，全营擎着军旗，排着严整的队列，身穿白色的亚麻布衬衫，在自己乐队雄壮的乐曲声中从练兵场开拔，穿过整个莫斯科，英姿勃勃地踏进霍滕田野上的古老营地。

营地给亚历山德罗夫留下的印象微弱淡薄。日复一日的射击、射击，日复一日的目测和罗盘测量，日复一日的队列训练和散兵队形。雨水连连，这些时候士官生们便蹲守在简易营房，上千次反反复复地死记硬背规章和《条令课程》。

但最要命的，把法老们贬低得一无是处的是——尉官先生们所承担扮演的重要角色和重大影响。

不日之内的职位选择，晋升，少尉肩章，正式尉官的崇高军衔；法老们远远地晾在一边，居于人下，默默无闻，被人抛在脑后。可在高年级晋升第一级军衔前三天被遣散并放假到八月末时，他们欢天喜地。

亚历山德罗夫随妈妈在科洛姆纳附近的切尔诺列琴斯基林区，在姐夫，即姐姐济娜的丈夫那里度过了残夏。在那里，他经常打猎、捕鱼，在森林里采浆果、捡蘑菇。

返校时他已经是真正的尉官了，高了将近一头，说话带着些沙哑的男低音，晒得黝黑，长起了一厘米长的真正的胡须。

噢，对于新生无助的局促感，他们的慌张，他们的不知所措，他是那么地熟悉、亲切和同情！他永远忘不了入学时的凄惨印象，当时他就像个怪物，从玩具般的世界被带进了严酷的真正的现实。

他是个好尉官，随时准备帮助和保护法老。但他不会去触犯古老的阿达特。他觉得它既必不可少，又具有黏合力。

他是速度的狂热崇拜者。

“速度，”他对法老们说，“是伟大的第六感。速度赋予运动以信心，让身体灵活，让思维清晰。整个世界都建立在速度之上。所以，法老们呀，要在速度中行走，在速度中采取措施，而更重要的是，要在速度中舞蹈，在击剑和体操练习时学会利用速度。”

连他自己也没料到，无比爱戴他的法老们私下里叫他“速度尉官”。

连长德罗兹德偶尔会坦率地说自己觉得非常可惜，为什么亚历山德罗夫在考试中达不到中等分数，那样的话，他就能成为攫用士官，担任排长。

可是，唉！克洛索夫上校实在不能接受他在筑城学上的神奇表现，坚持把过去在练习中给的一分、三分、五分跟所有十分算在一起，这样便明显降低了亚历山德罗夫的机会。唉！这个过分庸俗的人不相信也不珍惜奇迹。但这并没让亚历山德罗夫难过。他享受着平静的军队生活、个人的全部欢喜、长官对他的信任、美味的食物、小姐们的青睐，以及强壮健美的年轻身体所拥有的全部快乐。

16

德罗兹德

四连有一百名学生，但在圣诞节假期，他们中的四分之三都要离开莫斯科，回到远方的城市和宁静的家园：有的回第比利斯，有的回博尔塔瓦、博罗茨克、斯摩棱斯克、辛比尔斯克、诺夫哥罗德，有的回到古老的庄园。他们多幸福呀：整整两个星期的休息、消遣、冒险、打猎、盛装出行；丝毫不用操心和挂念学校。他们要到一月十号才返校，因为旅途而声音嘶哑，晒成冬季里的那种健美的黧黑色，变胖了，带着家庭炖品、腌菜、干苹果、小俄罗斯荤

油、丘奇赫拉[①]、巴德利占[②]，以及其他食物浓浓的味道。

而莫斯科本地的——可就郁闷了。每周三次到校，还必须要在早晨七点以前，目的只是为问候德罗兹德（四连长官福法诺夫大尉）而扯着嗓子大叫："您好，长官。"但为什么呀？我们本地的怎么就哪也去不了，不能像外地人一样呢？

尉官先生亚历山德罗夫差不多就这样暗自嘀咕着，大步流星地沿波瓦尔斯卡亚大街前往阿尔巴特。昨晚安德里耶维奇家举办枞树晚会和舞会。他将近凌晨五点才回到家，费了好大好大力气在六点四十分爬起来。唉，但愿不要迟到！万一德罗兹德冷不防发话说三天不许休假呢。圣诞节可就完蛋了……

亚历山德罗夫眯了一小觉，睡眼惺忪，身体透着疼痛和疲惫。但雪的气息那么怡人，严寒那么惬意，快速的运动那么有力地驱动着浑身的热血……两分钟过后，亚历山德罗夫诧异地问自己："我的疲惫、不满和酸痛感哪里去了呢？"它们不见了，消失了。身体再没有负担。这种轻飘飘的失重感——是世界上最舒适的感受，但它并无害处，它就像拥有三十二颗牙齿、巨大的肺活量和钢铁般的肠胃一样难以察觉，样样不会让人想到还要感激命运——只有到了永远失去这种感受时，亚历山德罗夫才理解了它，而那是二十年之后了。

雪在他的漆皮靴下沙沙作响。雪在所有行人脚下沙沙作响。它在雪橇下吱吱尖叫，雪橇在身后留下晶亮光滑的长带，而在拐弯的地方，雪橇板压实攒起的积雪吱吱嘎嘎，声音清脆。所有高耸在房屋上方的烟囱竖起白而直的烟柱，静静地插向碧空，在那里缓缓缭绕。终于，左侧是谢瓦斯季亚诺夫面包房，阿尔巴特广场斜对面——是亚历山大军校绵延的白楼，屋顶上方是本校教堂的标志，一个金色的小圆顶。谢天谢地，一分不差。没迟到。

攫用士官佐洛托夫——一个父母双亡的孤儿；他假期无处可去，代任四连的司务长。在教室走廊，他让到校的二十六名士官生

---

① 格鲁吉亚、阿塞拜疆等地一种用葡萄汁、胡桃、面粉等制作的类似香肠的甜食。

② 茄子做的一种食物。

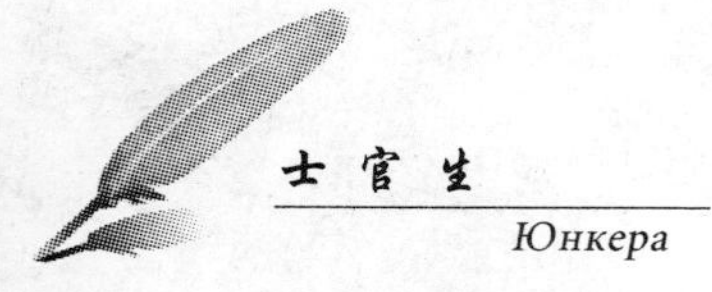

站成一排横队点名。全部到齐了。他立刻命令："立正。向左看齐。"德罗兹德从左侧走出来，跟士官生们问好。

孩子们起的绰号妙得惊人。福法诺夫大尉溜肩、长腿，瘦脸黧黑泛红，头上的黑发梳成偏分，发缝清晰；既漂亮又笨拙的微微摇摆的步态，稍稍侧倾的脑袋，再加之专注而敏锐的眼神，他的确像一只鸟，一只黑色的乌鸫鸟。在军务和队列训练上，他严格而冷酷。士官生的倒霉日子，"取消假期"、蹲禁闭室、轮值外的值班和值勤就这样从他嘴里喷涌而出。但这一切都说得礼貌有加："士官生亚历山德罗夫，劳驾您蹲两昼夜禁闭，并履行军事职责。"而在需要严明纪律的规则之外，他是一个不拘礼节的朋友、保护者和随时的救助人。四连所有调皮的士官生，尤其是最疯狂的淘气鬼亚历山德罗夫，全都晓得他的这些可爱之处。可德罗兹德却痛恨一丝一毫的说谎，要求犯错的士官生立刻坦白承认。

有一回，亚历山德罗夫因为筑城学得一分而被扣留，取消了假期。他在空荡荡的大厅内无所事事乱逛的时候，完全让烦闷和怨怒搞昏了头，自己也不清楚为什么，把火钩子在厕所的壁炉里烧得通红，在红面板上烫出一个大大的词：德罗兹德。

星期一早晨，早点名过后，大尉在解散连队之前留下一会儿，照例讲了几句话，拖着长长的"ъ"（俄文字母中的硬音符号）①（他稍微有点儿口吃）说道：

"嗯——这是哪个笨蛋在厕所嗯——画的嗯——下流东西？"

亚历山德罗夫马上从队伍里大声回答：

"我，大尉先生！"

连长斜着眼，鸟一样瞟了一眼士官生，带着惊人的冷漠说：

"嗯——我也清楚这事。"然后命令连队："解散！"

晚上喝过茶，大家都坐在自己的床铺上为明天死背功课的时候，士官生亚历山德罗夫看见正从走廊经过的德罗兹德，他跑了过去。为长官的宽宏大度而感到沮丧的亚历山德罗夫难受一整天了。

"大尉先生，允许我请求您的原谅。"

"嗯——小傻瓜，"德罗兹德拖长声音，"嗯——鸡毛蒜皮的小

---

① 古俄语里硬音符号的名称，在词中不发音。

事。快去学习吧，瞧你这个制图员！”

然后他用手掌轻轻推了一下他的后背。亚历山德罗夫却从德罗兹德的话语和接触中感到了暖意。

德罗兹德就在自己这些二十岁的孩子间培养迅速的服从、绝对的公正，以及普遍的相互信任的关系。

德罗兹德背着手，缓慢而笨拙地走在队列旁边，敏锐地打量着每一张面孔、每一粒纽扣、每一条腰带和每一双鞋子。与亚历山德罗夫并肩站立着魁梧健壮、宽肩黑发的日丹诺夫。他脸色白得难看，眼白显得潮湿发黄。

“嗯——不舒服吗？”德罗兹德问他。

“绝对没有，大尉先生。感觉很好。”

德罗兹德吸了吸灵敏多疑的鼻子。

“嗯——昨晚喝了什么鬼东西？”他嫌恶地问道。

士官生略一迟疑，但马上回答：

“做客时让人灌了菠萝甜酒，大尉先生。”

“呸，真可恶！”德罗兹德皱着眉头。“嗯——这不是甜酒，这是臭狗屎。您为什么要尝试烈性甜酒呢？喂，喝一杯红酒，您就够量了。不过最好是滴酒不沾。年轻的倒霉蛋闷得去喝酒，可您面前却有整个世界。就是不喝酒也快乐、也醉人。”

讨厌的巡查接近了队尾。士官生们不耐烦得两手发痒，脚底冒火。假日如此短暂，它们正在以魔鬼的速度飞奔，溜走了就再也不会复返啦！

但德罗兹德站在队伍正前方，从袖口拿出一张纸，不紧不慢地展开它。“快点儿吧你，德罗兹季舍①！”亚历山德罗夫在心里催促他。

德罗兹德令人痛苦地拖着“ъ”，开始宣读：

“遵照校长指示，今天每连六人，计二十四位士官生，集合前往叶卡捷琳娜女子中学举办的舞会。四连前往的士官生有：”

他以短暂的沉默作为冒号，绝对短暂，总共也就一秒半钟，但就在这微小的间隔里，数以百计的不安的念头闪过了亚历山德罗夫

① 德罗兹德的昵称。

的大脑。

他今天的日程充实而幸福地排了个满满登登，都没给家人留片刻空闲。十点钟之前，他要在动物园等娜塔莎·玛努西娜。他们将到壮观的冰山去滑雪。踩着小雪橇，左脚屈在身下，右脚如同方向盘一样为神奇的飞翔导引笔直的方向，从晶光闪耀的路上飞驰而下，这是多么刺激的享受啊。的确，娜塔莎不会一个人来，要由秃鹳似的无聊的英国女人陪同。但幸运的是，家庭女教师不喜欢从山上滑雪，似乎把它视为俄国人的野蛮行径之一。她会守候在山顶，把自己通红的不列颠鼻子包裹进河狸鼠皮的大围脖。可娜塔莎就跟故意作对似的，没完没了地提要求——最后一次，又是最后最后一次。娜塔莎的海狗皮大衣痒痒地蹭着亚历山德罗夫的脸，这件大衣散发出的皮毛味道和令人神迷的淡淡的香水气息是那么香甜，或许娜塔莎本人也为自己的爱慕者骄傲吧："这个迷人的亚历山德罗夫可真是矫健、勇敢，他可能有点儿爱上我了。"哎，娜塔莎，绝对不是有点儿，而是相反：爱到发疯了。

一点钟在什帕科夫斯基家吃早餐，早餐后是快乐的轻喜剧《涉水之前，先问深浅》[①] 排演，亚历山德罗夫在剧中饰演马卡尔卡，并且是化装演出。也许还会跳一会儿舞吧。在这个宽敞、舒适、乱糟糟的人家还有两个小姑娘和三位小姐，此外永远也少不了她们各个年龄的无数的女朋友。这里从早到晚唱歌、跳舞、做游戏、骑马、恋爱和开怀大笑。亚历山德罗夫常常觉得他爱上了年纪最轻的小姐，浅色头发、天真无邪的尼娜。顺便提一下，亚历山德罗夫的所有恋情全都热烈而又短促，所以姐姐戏谑地称他为——谢尔杰奇金先生。

然后是卡尔梅科夫家的午餐，而且也有舞会。再之后——最重要的——晚上布拉格罗德依聚会点儿举办的非常有名的枞树晚会，莫斯科的所有年轻人都将汇聚到这里：儿童、少年、姑娘和小伙子。他答应要陪伴三个奔萨来的同乡姑娘——马什妮卡·博鲁波亚里诺娃、索涅奇卡·阿尼奇科娃和卓娅·斯克里皮岑娜。把小孩子们各自送回家以后，这里就变成上千年轻人共舞的盛会。如果照实

① 独幕轻喜剧，19世纪末在俄国的戏剧爱好者中间非常受欢迎。

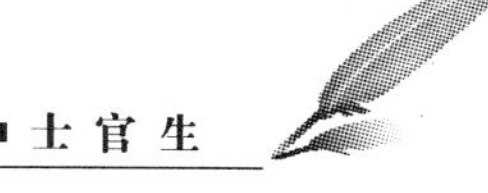

说的话，就在那个晚上，当马什妮卡演奏肖邦，他俯身面对钢琴站立在那儿，她卓尔不凡和变幻不定的面容在黑暗中忽隐忽现的时候，不幸的士官生说不定就已经真的闪电般地爱上她了呢。

“但愿别叫我。敬爱的、亲爱的德罗兹德，拜托了，但愿别叫到我。”亚历山德罗夫暗自祈祷。

“嗯——里希特，”大尉开始喊名字，“日——丹诺夫，布——布滕斯基，卡尔加诺夫，布里比尔……”

“过去吧，过去吧，过去吧！”亚历山德罗夫在祈求好运，他拼命咬紧牙关、握住拳头。

“还有嗯——亚历山德罗夫。谁想在学校吃早餐和午餐，请赶快告诉值日生，好让他通知厨房。晚上八点整，所有人务必在学校整装待发。如果迟到——取消剩下的圣诞假期。我建议注意一下外表。记住，亚历山大人——是莫斯科的近卫军，要展现的不仅是精神上的光芒，还有靴子的高雅。嘿，正好相反。这之后你们就自由了，士官生先生们。出发前我会亲自检查你们的。解散。”

亚历山德罗夫在楼梯追上了德罗兹德，做最后绝望的尝试。

“大尉先生！”

德罗兹德在台阶上停下来，半转过身，鸟一样略带狐疑地对着士官生。

“还有什么事？”

“大尉先生，劳驾您听我说，我滑雪橇时一只脚扭伤了。简直没法走路，真的很疼。”

“嗯——胡扯。去医疗室开证明来。”

就像从动物园的冰山上滑下似的，亚历山德罗夫的心情一下子低落起来。

“大尉先生，”他难为情地说，“就算我能克服吧。可我还有其他重要原因。”

“嗯？”

“没有手套。”

德罗兹德蹙起眉头。

“嗯——伸手。”

亚历山德罗夫掌心朝上翻过双手。德罗兹德做出同样的动作，比量着自己和他的双手。

“小问题。我们一样的号码：七号或七号半，差不了多少。晚上我把自己的给你带来，你去跟司务长要。去吧。喂，你怎么还站在那儿？”

“大尉先生，”士官生怯怯地说，他又被这个怪人的宽宏大度打动了，“就算我有手套吧，只是很脏，但我可以把它们洗干净。可我还必须跟您说实话（此刻亚历山德罗夫要略施谄媚手段了）。我知道您所有事情都能够原谅。”

德罗兹德恐吓似的努了努下颌，打断了他：

“远不是所有事情。”

“如果跟您讲真话，您能原谅很多事情。”

德罗兹德狐疑地乜斜着士官生。

“胡诌吧，给我再胡诌几句！”

“所以我必须跟您坦白承认……”

“姑娘，应该是吧？”

“是的，大尉先生。是小姐们。从奔萨来莫斯科的，只待两星期。我的亲戚。答应去布拉格罗德依聚会点儿的枞树晚会。我都打了保票了。欺骗她们太让人难堪了。”

但德罗兹德固执地摇着头。

“无所谓，你会成功的。对女人的心思我可比你了解。你迟到，不去——让她生气吧；下回她会更加心焦地等你的。此外呢，我跟你说（他的声音马上柔和起来），布拉格罗德依聚会点儿的舞会，那地方可是——又挤又闹，像个集市，对所有人免费开放：来自扎莫斯科沃列奇的商人女儿、德国佬、理发匠、小官吏，还有其他各式各样的草包。而参加叶卡捷琳娜女子中学舞会则要经过严格的筛选，经过有名有姓的个人邀请。在叶卡捷琳娜女子中学学习的，我的小傻瓜，只有最悠久、最地道的贵族家庭的姑娘。真正世袭的俄国贵族不在彼得堡，亲爱的，在莫斯科，在我们这里。不要错过机会。夏天你就要成为军官了。你将不得不长时间地，如果不是永远的话，被塞在什么普罗斯库罗沃或是基涅什马，你生活中再也见不到这样的美人儿了。喂，难道军人的英勇能让你往上爬或是奇迹般地进入研究院吗？那样的话——也许可能

吧……但毫无疑问，今天的舞会将像一场无与伦比的美梦在你心中永存。我跟你保证，星期五你就会主动感激我的。嗯——去吧，去吧，士官生。”

他用指尖温柔地拍了拍亚历山德罗夫的肩膀，急匆匆地登上了楼梯。

“有什么办法呀，”亚历山德罗夫心想，“看来只能如此了。也好，不用整天待在学校。毕竟还来得及去一些地方。可马什妮卡·博鲁波亚里诺娃呢，就只能派通信兵送便条给她了。此外还有一件事：早点儿洗好麂皮手套……唉，德罗兹德呀！不管怎么说，跟他还能过得去。”

每回选派士官生去参加视察、检阅、会见和典礼，他一定会派上亚历山德罗夫。噢，竞争多激烈呀！遵照老传统，全校人都还记得，因为没被纳入沙皇会见时担任光荣警卫任务的十二人军旗队，士官生库弗什尼科夫是怎么在吸烟室开枪自杀的。这是荣誉问题！是的，亚历山德罗夫的确不太英俊——他本人也承认——甚至可以说，一点儿都不英俊。但他跳木马和翻单杠的技术比很多人都高超，他是出色的队列军人，他舞跳得富有节奏感和全身肌肉的协调性，击剑上比他优秀的全校也只有两个人：他所在连里的士官生奇赫伊泽和三连教官特米利亚杰夫中尉……可美貌？男人的美貌算什么呀？

差五分八点。被指派去舞会的全体士官生整装待发。（“多愚蠢的一个词，”亚历山德罗夫暗自琢磨，“‘被指派’，好像给我们穿上了西班牙服装。”①）手套洗好了，在壁炉旁烘干了，它的指头也用木棍撑直拉平。所有六个人并肩坐在离门口最近的床铺上等马拉雪橇。德罗兹德也在这里落座。他在做最后一次训导：

“如果叫你们吃晚餐的话，要注意自己的餐刀、餐叉和盘子的整洁。吃鱼——只能用叉子；可以用面包皮辅助。吃禽类时不要下手。小口儿吃东西的话，旁边的女客找你交谈的时候，嘴巴就不会填得鼓鼓囊囊的。别跟姑娘们胡说八道，什么情呀爱呀的都让它一边去，见鬼去！对女校长和将军们要行宫廷礼，就像舞蹈教师教的

---

① “指派”和“穿衣”是一个多义词的两个意思。

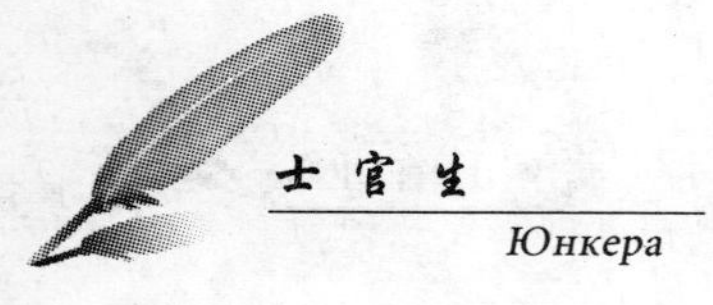

那样。如果女校长伸出手来，要恭敬地亲吻，但必须躬下身子，不要咂巴出声来。里希特带队。就这些了。我真羡慕你们。"

"最好跟我们去吧，大尉先生。"亚历山德罗夫说。

"嗯——我怎么行呢。老了。"

一个伤感的，但对士官生们来说又颇具说服力的理由。德罗兹德三十六岁。确实，在士官生们私下的考量标准里，这是——高龄。就比如亚历山德罗夫吧，他坚信自己只会活到三十岁，然后开枪自杀。难道值得继续活成一个年迈的老头儿，一把渐渐冰冷的老骨头吗？

"您还非常年轻，大尉先生。"精力四射的亚美尼亚人卡尔加诺夫带着假惺惺的同情说。

德罗兹德摆着手。

"哪里呀！……怎么会呢！"

士官生们前去的地方有灯光、音乐、鲜花、迷人的姑娘、香水、舞蹈和曼妙的笑声，而德罗兹德将回到单身宿舍，除了勤务兵，那里只住着两个生命，两只没有任何血统标志的小杂种狗：嗯——小男孩和嗯——吉卜赛人。听说德罗兹德每夜都要独饮。

杂役飞跑上楼梯，笔挺地立在德罗兹德面前：

"马车到了，长官。"

"哦，好的，"德罗兹德一边起身，一边说道，"相信你们能维护学校的丰彩和荣誉。舞会结束后不要马上到寒风里去。先让身体凉下来。里希特，你要注意这一点。"

"明白，大尉先生。"

而杂役，这个土生土长、无所不知的莫斯科人，则在一旁兴奋地嚷嚷着：

"四辆从叶奇金那儿来的三套马拉雪橇。叶奇金家的三套马拉雪橇。带圆点的灰毛马。不是马，是狮子。车夫吓唬说：'我拉士官生先生们兜兜风，能让他们记一辈子。'先生们，到地方你们给他凑点儿茶钱。福托根·巴甫雷奇亲自驾车。"

福托根·巴甫雷奇

“好啦。穿衣服吧。”德罗兹德吩咐道。“小心别冻伤鼻子。外面十七度[①]。”

士官生们又激动又慌乱。披上大衣，边跑边系扣子。长耳风雪帽搭在肩上或夹在腋下。帽子草草戴上。这一切都来得及路上整理。

这中间——也存在跟其他连士官生自觉而又无恶意的竞赛。无论如何都要最先冲到街上，占据靠前的、打头的那辆三套马拉雪橇。跑在最前面多开心呀！

但他们刚一转到通往前厅的宽楼梯口，就看见赶在自己前面，从侧面走廊飞奔出他们的邻居，绰号为——“野兽”或“马车夫”的二连的士官生；之所以称其为“马车夫”，是因为最初选进这个连的，历来都是身材矮壮、带有明显的胡须和大胡子特征的年轻人。而身后已经跑过来并在拼命朝前拥的是三连——“小油彩”和一连——“种马”。楼梯上乱哄哄挤作一团。

“四连的，帮帮忙！”大嗓门的日丹诺夫在前面什么地方高喊。

亚历山德罗夫挤过密密实实、拥挤不堪的身体，像木塞喷出瓶子似的，突然冲到了开阔地。他看见小短腿的日丹诺夫在前面捯着细碎但飞快的步子滑下楼梯。而在他身后，一个高个子、大长腿、皮帽子上的铜鹰在忙乱中偏到后脑勺的野兽一下越过三级台阶，看似不紧不慢，但离他分明越来越近。三个人依次隔着相等的距离，正在逐渐拉近。

在这几分之一秒内，亚历山德罗夫凭借天生的迅速做出判断的目测力，分析着形势：在倒数第二级或最后一级台阶，野兽就会超过日丹诺夫。“呵，如果能稍稍赶上这个大长腿，只要轻轻推他一

① 指摄氏零下十七度。

下，把他赶到一边，日丹诺夫就能上雪橇了。”关键不是个人的胜利，而是要维护四连的荣誉。

可老天帮了他一把——是的，带着突如其来的粗鲁劲儿。谁在后面猛推他一下，力气大得让他双脚立刻失去了支撑，身子随着惯性无助地向前冲去。刹那间——亚历山德罗夫的脑瓜顶就得撞在台阶的石板地上，但他带着本能的自我保护意识，一把抓住了他所碰到的第一件物体，这便是对手大衣的下摆。

两个士官生摔倒在地，向下滚去。在他们头顶，飞奔的腿脚跃过他们，一冲而过。

“您见鬼去吧！”野兽咆哮起来。“这种手段不公平。我膝盖擦伤了。”

这一刻，亚历山德罗夫发觉自己也蹭破了胳膊肘。他一边爬起身，一边带着调侃但又深表同情地说：

“战争中的所有手段都是公正的。让我帮您站起来吧。我被人从后面猛推了一把，不过我向您保证，要不是您无意中的救助，我已经摔成饼子了，而这样呢，只碰到了胳膊肘。”

“哎，算了吧，”野兽露出笑容，疼得眉头又皱了起来。“结婚时我们会长好的①。我们就等着吧。”

日丹诺夫站在打头的雪橇上，高高挺直身子，放开喉咙叫喊着：

“四连的！尉官先生们！到这儿来！”现在其他连的任何人都不能爬上这辆三套马拉雪橇了。这就是不成文的头名预定法。

亚历山德罗夫恍惚觉得，在月夜澄澈的青光中，发出呼吸声和响鼻声的魁梧的灰马显得那么伟岸、虚幻，宛如神话。地毯一样密密缠着绷带的雪橇异常平展宽松，白地儿饰以奇特花纹的辕马背上高耸着沉甸甸的拱木。

马的鼻孔和脊背喷着白色的蒸汽，透过蒸汽，在兹纳缅卡方向上，熟悉的瓦斯灯淌溢着暗淡的七彩光晕。

车夫从驾位上弯下身子，去解狼皮坐毯。他的胡子上挂着白霜，头戴一顶插着孔雀翎的大皮帽子。他两眼含笑。

---

① 俗语，对受伤的人说的宽慰话。

“坐下吧，坐下吧，士官生先生们。路上再捯饬吧，你们有时间弄。”

“您就是福托根·巴甫雷奇吗？”布滕斯基问道。

“绝对没错儿。”车夫一边在座位上揉弄，一边答话。他的声音快活、自信，还有一点点儿调侃味道。“您打哪儿知道的呢？”

机灵的卡尔加诺夫想都没想就回话道：

“谁不知道大名鼎鼎的福托根·巴甫雷奇呀？”

其他士官生赶快响应：

“全莫斯科都知道您。莫斯科首屈一指的车把式。不只莫斯科，全俄罗斯都知道。瞧我们多幸运呀，能坐您的雪橇。”

不带恶意的谄媚！但它却正好击中了车夫的硬心肠。

“得了，得了……过奖了。”

他悄悄地，但深沉有力地笑着，有点儿像马夫带着一斗燕麦走进马厩时，心满意足地咴儿咴儿直叫的公马。

“出发，好不好——”车夫拖长声调冲身后喊道。

福托根·巴甫雷奇松开缰绳，最后一次在驾位上乱动一阵屁股，微微转过头，拉长颇具感染力的低沉嗓音：

“走——啰……”

雪橇板从硬邦邦的雪地中起步，开始吱吱嘎嘎、哧哧呜呜地鸣叫和抽泣，车轭下面的铃铛零乱纷杂地聒噪起来。三套马踏着轻盈的碎步，像在玩闹，像在嬉戏，转弯进入阿尔巴特广场，不动声色地穿过去，优雅地驶上了银亮的尼基茨林荫大道。

亚历山德罗夫后来总忘不了这次神奇美妙的出行！他占到的是最右侧面朝马匹的位子。他能轻松看见身躯宽大的辕马毛发纷披的马头，右侧拉边套的那匹马把自己又长又柔顺的脖子低低弓向地面，蜷曲着整个身子，甚至还看得清它那闪烁着阴郁凄苦的白光的充着血的漆黑眼睛。他惬意地感觉到马蹄下迸溅出的碎雪正飞上他的面颊。但他心里还是闪动着一个懊丧的念头，或许其他士官生也一样吧：这种让人神经绷紧、心脏乱颤的臭名昭著的疯狂疾驰什么时候结束呀？或者它只适合醉醺醺的莫斯科商人？还要不怀好意地威胁说要让“士官生们”兜一兜风呢！

但这个念头去得就像来时一样迅速。在福托根的驾驶中有种让

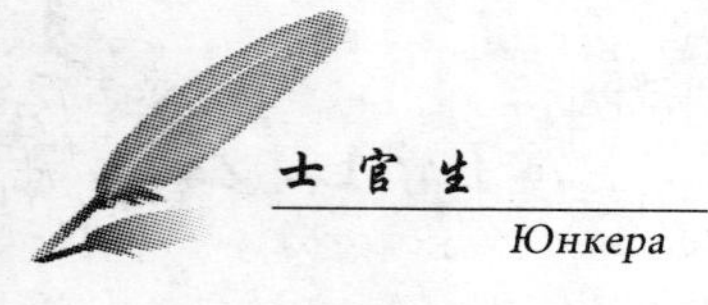

人着迷的莫名的美。

特烈尔斯柯依林荫大道，连同它富丽堂皇、灯火通明的独栋住宅不断向后飞逝。黑黢黢的普希金塑像在高高的基座上若有所思地低下卷发的头颅。对面是斯特拉斯特诺依修道院绵延的一堆白色，它前面则是遍布着马车夫和一对对"情侣"的停车场。有一个士官生抽起了烟。亚历山德罗夫费劲儿地掏出自己的皮烟盒，久久地捣鼓着在疾驰中坚持要熄灭的火柴。等他终于成功点燃了烟，再瞧一瞧眼前，这时候，无论街道还是莫斯科本身，他都已经辨认不出来了。行驶在某个不认得的生疏之地。

福托根·巴甫雷奇可真是本行的大师！此刻他正驱马走在狭窄的街道。他凭借缰绳神奇莫测的动作，在驱动、控制、收紧三套马拉雪橇，只偶尔冲迎面而来的雪橇闷声喊上两句：

"小心。小心点儿，赶车的！"

可一旦拐上稍微宽敞些的街道，他就立刻放开马匹，任由它们之间拉开最大的宽度，这样，屈着身子拉边套的马儿几乎要蹿上人行便道了。"嗨，靠紧啦！守点儿规矩！"于是，他又拢紧自己听话的三套马。

"就像合上和打开扇子，"亚历山德罗夫暗想，"可真是潇洒！"

跟他并排坐着的皮肤黝黑的布里比尔，天才的钢琴家，头抵在肩上，微微摇晃着，说着莫名其妙的胡话：

"渐强和渐弱……他——就像鲁宾斯坦！"

陌生的街道有时非常狭窄，堵满了雪橇和马车，以至于三套马不能奔跑，甚至偶尔还要停下来。这时候后面雪橇的马头就会紧贴雪橇靠背，亚历山德罗夫能感觉到身后马儿非常接近的温暖湿润的呼吸，以及浓烈的令人愉悦的气味。

然后又是宽阔的陌生街道、雪橇轻快的滑行、马蹄和谐的韵律：嗒—嗒—嗒—嗒——这是辕马踏出的节奏，特拉—嗒，特拉—嗒，特拉—嗒——拉边套的马儿在奔腾。一切都如同在神秘的异地城市中那样奇特。瞧，在挂灯明晃晃照亮的亚麻布帷帐下面，黑胡子、黑眼睛、红面颊、白牙齿的商人伫立在苹果摊床旁边。黄色、紫色、白色、红色、灰色的苹果码成漂亮的棱柱形。老远便能闻到它们的芳香，并且分明能联想到唇齿间它们香甜的汁液（巴不得能

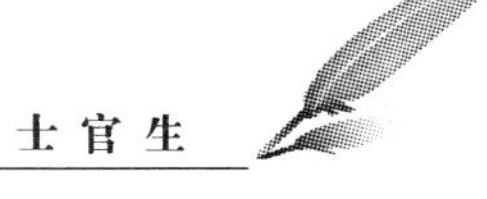

狠狠地咬上一口）。瞧，大门内走出来一个不戴帽子、头包灰围巾、系着浆过的围裙的腿脚麻利的女佣。她想穿过街道，又害怕三套马，她冲它们扭过头，吆喝一声，而她整个人便马上一览无遗：红脸蛋，喜盈盈的，有一双亮闪闪的蓝眼睛，带着灿烂俏皮的笑容。“小心点儿，美人！轧着你！”福托根咕咕噜噜地冲她吼道，又朝后半转过身子，说：

“我们莫斯科有能干的娘儿们。”立刻，他又冲一个磨磨蹭蹭的马车夫嚷嚷起来：“睡着啦，赶车的！”

现在士官生们又行走在非常开阔的道路上了。不知为什么，亚历山德罗夫回想起很久以前的故乡奔萨来。左右两侧坐落着带一扇小窗、鲜有两扇小窗的木屋。间或有窗口亮着微明的彩光，那是圣像前的灯火。狗在吠。福托根越来越安静，他轻柔温婉地吆喝着马儿们。

终于在小酒馆前面停下来。在那儿，透过污迹斑驳的窗玻璃，能感觉到屋内炫目的光亮，大而飘忽的影子在晃动，除此之外再看不清什么了。还能听见和谐的乐声和大而沉闷的踏步声。

第二辆三套马拉雪橇从旁边驶过。上面传来呼喝声：

“怎么停下了，福托根大叔？”

“轭绳呗。”福托根气呼呼地回答。

福托根不紧不慢地爬下驾座，像提着女士的曳地后襟似的拎着粗呢上衣长长的下摆，又把缰绳郑重地递给亚历山德罗夫。

“抓着，老爷。我现在得去干一件事儿。”

亚历山德罗夫感到荣幸，觉得一下子变得重要起来了。不过——这一大团乱七八糟的缰绳可真够粗糙和沉重的。

士官生们七嘴八舌：

“到底是怎么回事呀，福托根·巴甫雷奇？这样我们可是最末一个了。可真丢人！”

“别担心，士官生们，”车夫回答得轻描淡写，“你们跟着的可是福托根·巴甫雷奇！”

他猛地推开门，消失在煤的烟气、烟草的雾气、喊叫声、嗡嗡声混成一团的烟云当中，而这一切都从小酒馆喷涌而出，又瞬间消失在了屋顶上空。

“可真有你的，福托根！”日丹诺夫沮丧地说。

不过车夫没让人久等。两分钟后，小酒馆的门豁然打开，从一团猛烈腾起的白色烟云中闪现出福托根·巴甫雷奇，恭恭敬敬送他出来的是一个白衣白裤的瘸腿跑堂。

“您一路顺风，福托根·巴甫雷奇。”跑堂客气地说了一句。

福托根从亚历山德罗夫手里接过缰绳。

“谢谢您，老爷。”他说着爬上驾座，还在咀嚼着什么。“你们呀，士官生先生们，别担心。但我得提醒你们：抓牢了，可别跟土豆似的到处乱滚。”

他很快活。他散发出的酒气在寒风中异常香醇……

“就看怎么算啦，”他说，同时一面梳理缰绳，一面踏踏实实坐下，“瞧见了吧，他们走直道，可是坑坑洼洼，马儿们没有真正能走的路。我的路线又轻松又平坦。对我来说呀，小半里地——小菜一碟。”

接着，他突然狂吼一声：

“嗨，你们这些长翅膀的家伙！”

“天哪，”亚历山德罗夫心想，“我为什么不去做个车夫呢？唉，哪怕不做一辈子，就这样，做个两三年呢。了不起的经历！”

亚历山德罗夫接下去的印象既兴奋，又纷乱无绪、无法回想。留在他记忆里的是：抽打着面庞的令人窒息的狂风，雪块打在雪橇前脸的撞击声，鬣鬃暴然竖立的辕马熊一样地起起落落，还有驾座上的福托根应和它节奏似的起起落落。日后，恍如梦境一般，他回忆起他们时而飞驰在森林，时而又驶过公园。宽阔的大路两侧矗立着密密麻麻银装素裹的树木，它们忽而在三套马拉雪橇驶近时垂下树梢，忽而在雪橇倏忽而过时向后仰倒。

他还记得，在一个急转弯，雪橇倒向右侧，似乎只用一个滑板行驶，随后又“轰隆”一声，重重地两板着地，马上又倒向了另一侧，让所有士官生同时腾空而起、咯咯大笑。亚历山德罗夫忘不了在腾起来的那一瞬，他望了一眼天空，看见皎洁的银灰色的月亮，他忧伤地闪念道：“她也许非常冷，非常寂寞吧，就像一个病老的孀妇；而且那么孤单。”

在下一个转弯的地方，福托根赶上了自己人。他前面只有第二

辆雪橇。他整个人也不由得为快乐的飞行兴奋，于是高喊起来：

“靠右，亲爱的！”

“哼，鬼东西，死鬼，该死的。”被赶超过去的车夫回应道，但并没有恶意，确切地说，还带着赞美。“胡冲乱撞的！”

但闪着明晃晃大窗子的宫殿已经呈现在眼前。福托根让马儿们小跑着进了宽敞古朴的大门，停在正门前面。里希特把同学们凑的一点儿小钱交给他的那一刻，他问道：

“利索吧，士官生们？”

他们找不到能表达自己喜悦的话语。他们确实已经真的忘记了那些时刻，那些他们中的每个人都禁不住暗自琢磨“但愿安静一点儿吧”的时刻了。

“回去时还跟我一起走吧，”福托根离开时叮嘱道，“只要喊一声我的名字：福托根·巴甫雷奇。”

叶卡捷琳娜大厅

装饰华美的叶奇金三套马拉雪橇一辆接一辆滑到了古老威严的正门，正门入口灯火辉煌，围裹着条纹布遮篷，铺设着一条长地毯。汗涔涔的灰马头顶翻滚着浓浓的味道强烈的白色水汽。士官生们吃力地从大雪橇上爬下来。严寒，再加上不舒服的姿势坐得久了，他们腿脚发麻、僵硬，好像不听使唤、难以迈动它们似的。

巨大的橡木外门大敞四开。它后面，透过第二道玻璃门，轩敞高大的前厅灯火通明，那里最引人注目的是巨人门房，昔日的别尔诺夫近卫军司务长，大名鼎鼎的波尔菲利威武的身影。

他的拖地侍从制服和华丽的短披肩——两样都由火红的厚呢子制成——镶满了金边，扣着金色的纽扣，绣着成排的黑色双头鹰。他留一绺扑了粉的白色假发的脑袋上，戴一顶别着帽徽和白羽毛的硕大的三角帽。看门人抓着槌形杖的一只手伸向一旁，杖头的一个镏金大球悬在他的头顶。他富丽堂皇的制服，他的身材和仪表，他乌黑、浓密、两角向上紧紧卷曲的大胡子，都给他的身型赋予了一种让部长们艳羡的难以企及的冷傲……

他利落地拉开半扇玻璃门，把槌形杖木柄朝石头地面上蹾了一下。但一见到熟悉的士官生们的制服，他职业化的严肃面孔便绽露出非常和善的微笑。

照学校的老传统，有个约定俗成的受士官生爱戴的名单，其中包括这样一些人：克留切夫斯基教授，神学博士伊万采夫－普拉丹诺夫，俄罗斯经典文学教师和杰出的朗诵家舍烈梅杰夫斯基，军乐队指挥克莱因布林格，著名击剑手普布阿雷和塔拉索夫，著名的体操健将和溜冰手波斯特尼科夫，舞蹈教师叶尔莫洛夫，男中音歌手霍赫莫夫，伟大的女演员叶尔莫洛娃，以及其他有数的一些文职人员；而叶卡捷琳娜女子中学的看门人波尔菲利也属于这个名单。从很早以前开始，每逢节庆和特别隆重的日子，亚历山大人就来女子中学跳舞，一到周末，他们中的很多人便会带着糖果来赴姐妹或表姐妹正式而礼貌的约会，在墨守陈规、明察秋毫的女学监的警惕监视下，跟她们聊半小时闲话。谁知道呢，或许如今的门房根本不叫波尔菲利，随便叫什么伊万或特洛菲莫，但因为叶卡捷琳娜女子中学的看门人上百年里都身着一模一样的侍卫制服，而前辈的士官生又把波尔菲利一世这个耳熟能详的老名字代代相传地告诉后辈，让波尔菲利不再是个私人的名字，而俨然成为一个称号，一个头衔，或是叶卡捷琳娜女子中学的后代门房们忠实继承的一个封号。

如今的这位波尔菲利永远慈祥、快乐、礼貌、谦恭、麻利，随时准备为人效劳。他喜欢欣欣然地回忆，在霍登卡营地他的别尔诺夫团驻扎在距亚历山大士官生营不远的地方，回忆晨霞初上时礼节性地互射礼炮，所有部队的乐团同时演奏《献给俄国沙皇之歌》[①]，而后整个警备队高唱《我们在天上的父》。

是的，波尔菲利也有一个小缺点：无论如何也不能说服他给女学生传一个哪怕最小的纸条，即便是转给亲姐妹的呢。“抱歉。发

① 俄国国歌。

过誓啦，”他遗憾地说，“好吧，就算我转交，但也要事先把它拿给值班的年级训导员检查。哎，随便吧。对您所有别的要求，我可以为士官生先生们粉身碎骨……可这件事不行：规矩呀。”

尽管如此，士官生们很久以来仍保持着给波尔菲利优厚小费的习惯。

“啊！士官生先生们！贵客呀！敬请光临！请。”他欢快地欢迎着他们，同时小心翼翼地把自己的槌形杖靠在墙角。“缺了你们，舞会没法开。请，请……”

他是那么和蔼可亲，那么发自内心地高兴，在旁观者看来，听着他庄重的声调，有人可能会以为说话的不是别人，正是这座叶卡捷琳娜时代由拉斯特列里[①]亲自建造的宫殿大楼殷勤慷慨的主人。

“大衣和帽子，士官生先生们，会放在一个特别的地方保管。瞧，这是你们的衣挂。不用号码牌，”波尔菲利一边帮着脱衣服，一边说道，“路上大概冻僵了吧。你瞧，好像寒风为你们才刮得那么凶似的。凉得就像切开了一个阿斯特拉罕西瓜。要不要刷子，清理一下？先生们，如果你们需要吸烟或去洗手间的话，敬请下楼去我的斗室。有爽神花露水，布罗卡尔工厂出的。欢迎光临。”

士官生们聚集在占满两面墙壁、彼此相对的大镜子中间。他们相互捋平制服后背上的皱纹，用便携小梳子把头缝打理齐整或者把平头梳得陡立起来；一些人沾湿手指，搓捻稚嫩的稍稍成型的胡须，另外一些人则在揪扯着尚未长成的绒毛。“布滕斯基真有福气！他的红胡子多气派呀，就像二十五岁的上尉。”

在相互反射的镜子里，在镜子经过无数次映射形成的长廊中，似乎有一个团的士官生在摇晃和移动。一连花花公子气的高个子士官生，美男子巴乌曼高声说道：

“先生们，别忘了，我们进了大厅，要像舞蹈教师教的那样，给女校长和贵客们行宫廷礼。但行完礼以后，要尽可能退后或闪到一旁，绝不可以把后背展示给人家。”

性子急躁、伶牙俐齿的卡尔加诺夫挑衅似的回应：

“谢谢您，好心的教导员。顺便问一句，劳驾您告诉我们，可

① 拉斯特列里，意大利裔建筑师，曾为俄国设计建造了很多宫殿。

不可以在行礼的时候擤鼻涕或者挠下巴颏儿呀？”

“别耍小聪明了，废话真多。”巴乌曼轻蔑地还击道。

上面传来弦乐队演奏圆舞曲的柔美乐声。士官生们立刻骚动起来。“先生们，到时候了，走吧，开始啦。我们走吧。”

他们聚成紧密的一团上了楼梯，楼梯下面，巨人看门人手持自己可怖的槌形杖，脸上又重新透出傲慢威严的神情，已然伫立在那里了。就像别尔诺夫近卫军该做的那样，他英姿勃发地给士官生们行了两次上等兵的军礼。

应该说，别尔诺夫人每年一次对士官生们表现出的特别的敬意有违条令：从职务上讲，士官生不过算做列兵，而波尔菲利曾经担任过司务长。

大理石楼梯异常宽阔，坡度舒缓宜人。它通透的雕花栏杆，它轩敞的楼梯间的平台，它精细和轻灵的石头线条，营造出疏朗优雅的印象。士官生们刚从麻木中恢复知觉的脚惬意地感受着厚厚的红地毯细微、柔和的弹性，他们经受了严寒的面颊、耳朵和眼睛还在发烧。微微散发着某种芬芳的熏香：不是香烛，也不是些亮闪闪的黄纸片，而是一种完全陌生的令人惊喜的味道。

二楼宽敞的平台上，两个接近成年的姑娘——值班生在等他们。

她们俩一模一样，身着长到脚踝的黑樱桃色的薄礼服。透过舞会礼服豁大的领口，从脖子到胸脯上部一览无余，后面则裸露着整个后颈和脊背上段，展现出少女娇嫩的肩部曲线。从短短的暗白色袖口中伸出的手臂完全赤裸。没有任何修饰——没有耳环，没有戒指，没有胸针，没有手镯，没有镶边。只有长过手腕的薄羊皮手套和素雅的折扇装点着青春亮丽的丰采。

姑娘们一起给士官生们微微行了屈膝礼，其中一位说道：

“请让我们带你们去大厅，messieurs①。请劳驾跟着我们。”

这不过是殷勤待客的热情厚意。无须任何帮助，小提琴和大提琴的悠扬乐声分明在指引道路。

宽敞的走廊两侧分列着毛玻璃门，门的一边是带金字的长圆形

---

① 法语，意为“先生们”。

小木牌，上面标着班级和科系。

亚历山德罗夫的姐姐曾在尼古拉耶夫女子中学就读，所以他从最高的年级号码立刻便推断出，在这间教室里学习的完全还是小姑娘[1]。而士官生们那里则正好相反。

很快就到了大厅。再次行过屈膝礼的漂亮引领人不见了。士官生们现在要证明各自的行事能力了，他们中的一些人突然羞怯起来。

大厅的规模让亚历山德罗夫着迷，尤其吸引他的是轮廓的美与和谐。垂着花缎窗帘的下层窗户呈方形，且异常高大，上面的则要小得多，呈半月形。很简洁但又非常精妙。这里的所有大小、距离和弧度大概全都经过严密的设计。“我不懂的可真多。”亚历山德罗夫心想。

顶端包着柱头的大理石圆柱在大厅两侧沿墙排开。第一对圆柱充当一个有围栏的小平台绝佳的支撑。那平台是厢座，此刻在上面的是莫斯科最著名的利亚波夫舞会乐队：黑色的燕尾服，白色衬胸，浓密蓬松的头发。琴弓协调一致地上下翻飞。从平台上奔涌出活泼欢快的圆舞曲的旋律。

巨大的青铜枝形吊灯挂在天花板上，数百个水晶棱柱微微颤抖，魔术般地荡漾，迸溅着蓝色、绿色、红色、紫色、橙色的——迷幻的光芒。每根圆柱的五头烛台上燃着洁白的大蜡烛。烛光给大厅添上了温暖的粉黄色的调子。这一切——吊灯，圆柱，五头烛台，还有明亮的厢座——都在如顶级溜冰场冰面般平滑亮洁的黄铜色镶木地板上反射出美妙动人的光影。

墙壁和圆柱之间，两侧都留着足够宽的过道，过道高出镶木地板两级台阶，里面摆放着椅子。坐在两侧的长廊，可以非常舒适地休息和欣赏舞会，而不会妨碍跳舞的人。在这里，在右首通道的入口处，士官生们聚在一起。除了他们，还有另外一些男舞伴，但人数不多：十到十二个卡特科夫政法学校学生，他们的红色立领高得出奇，高到耳朵；三个大学生，他们身穿带有白色衬里和两排金色

---

① 俄国的一些寄宿学校和女子中学，年级顺序倒着排列，即毕业班为一年级，以此类推。

纽扣的漂亮的墨绿色紧身常礼服。几个苍白、瘦弱、身穿燕尾服的平民男孩子，还有一个来自彼得堡的浅发的贵族学校学生，他衣装华贵，一副慵懒餍足的样子，立刻招来所有士官生的忌恨。

19

爱神之箭

大厅另一端的厢座下面，红色镏金的天鹅绒圈椅上坐着贵宾，他们当中就有校长本人，一位端庄的身穿灰珍珠色丝绸礼服的华发女士。客人们年长、尊贵，金灿灿的衣着，肩披红蓝相间的绶带，佩戴着勋章，白肩章搭配金色镶条。一位非常矮小、苍老、谢顶的骠骑将军站在女校长身边，轻轻撑着她的椅背，他身穿装饰银绳的黑色制服，套一条紧绷绷箍在微微弯曲的小细腿上的紫红色马裤。亚历山德罗夫认得他：这是莫斯科院校的名誉监护人奥尔苏菲耶夫伯爵。他身体向女校长微倾，异常兴奋地跟她讲着什么，而她微微含笑，带着略显嗔怒的快乐神情摇着头。

“噢，这个老顽童。”日丹诺夫和善地说道，他也瞧见了这位伯爵。

在达官贵人云集的马蹄形大厅的后面和两侧，或三两成群，或单独一人，或在大厅，或在长廊，伫立着所有女学生，她们全都身着统一的黑红色礼服，全都一律的大开领，远远看去全都彼此相像，一样的神秘和美丽。

没过半分钟，亚历山德罗夫锐利的眼睛便已捕捉到整个景象，并把它们牢牢记下。包括巴乌曼在内的一连士官生已经下了台阶，不由自主地踩着进行曲迷人的节拍，走在长长的大厅明晃晃的镶木地板上。

“你们瞧，先生们!”卡尔加诺夫指着巴乌曼，高叫起来。“你们瞧这位上流社会的人物。第一，他的步伐太慢了。试问一下，他

什么时候能走到地方呢？”

“没错，”日丹诺夫证实道，“其他人就跟公火鸡似的原地踏步。”

“第二，他出于傲慢而仰头看天，好像在研究天花板。他挺直了胸，却完全不顾了屁股。他神气活现，但让人讨厌。”

机灵的日丹诺夫恍然大悟：

“先生们，这不是队列，也不是训练，而是舞会。我们走，不用再排队等候了。走吧！”

刚下到大厅，亚历山德罗夫便明白巴乌曼为什么要挪着那么小的碎步了：完美无痕又清洁得一尘不染的镶木地板光滑得犹如最好的溜冰场。脚踩在上面，就像初次尝试溜冰一样，拼命向四处打滑；每迈一步都下意识地害怕失去重心，就连下定决心抬脚都让人心惊胆战。

“如果尝试一下滑行会怎么样呢？”亚历山德罗夫思忖。结果好多了，当他尝试着不去直线迈碎步，而像舞蹈演员那样脚尖外翻着地时，每一步就都找到了支撑。于是一切就都变得简单而愉悦起来。就这样，他超过了同伴们，径直出现在一连士官生的身后，因为不想跟他们混在一起，他又停下几秒钟。但他又感觉有无数旁观者，当然也包括可爱的姑娘们，全把目光投向自己，这样走走停停地还是让人觉得又讨厌又迟缓。

一连的士官生们行礼，然后退下。亚历山德罗夫看见，对他们深深的并且——为什么不实话实说呢？——足够知书达理的鞠躬，女校长面带庄重而愉快的微笑，轻轻地点着自己威严的花白色的脑袋。

一连最后一个士官生背朝后倒退着离开了。亚历山德罗夫——单独一人。“老天，帮帮忙吧！”他记忆里突然浮现出学校舞蹈教师彼得·阿列克谢耶维奇·叶尔莫洛夫滚圆而又灵巧的身影，想起他优雅的鞠躬动作和教导：“双臂放松，不要有丝毫紧张感，下垂，然后轻轻地，特别特别细微地拢成弧形。两腿也保持同样的弧形。要同步，记住：鞠躬礼的秘密和美感就在于此——同时缓慢地——垂肩和低头。你们挺身和抬头时要一样同步，一样平稳，但要稍稍快一点儿，然后根据情况，退后或侧向迈步。”

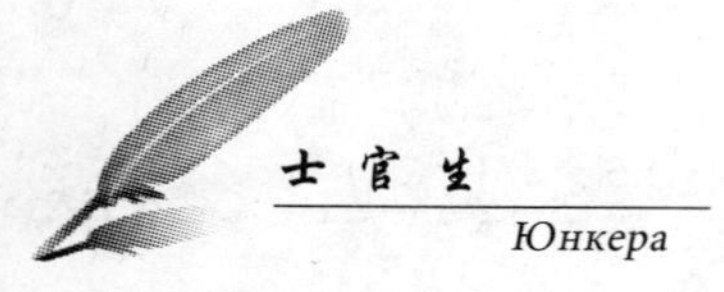

亚历山德罗夫感到幸运的是，他算得上是个不错的模仿者。他强迫自己想象，这不是他，而是可爱的胖乎乎的老叶尔莫洛夫在以平稳、自信、轻盈的脚步滑行。瞧，彼得·阿列克谢耶维奇在离女校长五步远的地方停下左脚，右脚在地板上轻轻画了个半圆，然后两腿准确地过渡到第三个姿势，充满敬意和尊严地鞠了一躬。

挺直身子的时候，亚历山德罗夫心满意足地感觉到——他“大功告成了”。女校长神态慈祥、高贵，缓缓地微微垂下又抬起自己满头银发的脑袋，冲士官生露出迷人的微笑。“她可真是个美人，尽管头发花白。多么鲜活的脸色，多么漂亮的眼睛，多么威严的目光！简直就是叶卡捷琳娜女皇！”

站在她椅子后面那位瘦小的老伯爵奥尔苏菲耶夫，对士官生的宫廷礼也浅浅地、欢快地点一点头，还像朋友似的递了个眼色，表示着什么。珠光宝气的老人们微微动了动下巴。亚历山德罗夫感到无比荣幸。

他行完礼，举止从容地绕过围在女校长身边的侍从们。他觉得自己已经进入了一个自由的空间，急匆匆地赶往救命长廊的最近的一端，可突然又在奔跑中收住了脚：第一组圆柱间的空隙和下面的那级台阶上，拥满了黑樱桃色的礼服、光洁柔弱的手臂和笑盈盈的可爱的面庞。

“您想过去吗，士官生先生？”他听见头顶上方一个无比圆润甜美的声音，就像最优美的天使合唱队的女低音。

他抬起眼睛，突然之间，他身上发生了一个惊人的奇迹。就像是巧遇，就像一道极近的闪电掠过，在瞬间炫目的光焰中，一张绝美的脸从所有面孔中光彩夺目地呈现出来。它无比清晰。亚历山德罗夫恍惚觉得，很早很早以前，也许在几千年前吧，他就认识这个美丽绝伦的姑娘，现在他立刻就认出了她，而且将一生一世记得她，纵使过去几百万年，他也永远不会忘记这个微微垂首的优雅轻灵的身形，这张无与伦比的独特面孔和编成冠形的深栗色秀发下柔美睿智的额头，这双虹膜布满了纤细无比的大理石般的花纹、淡蓝色的瞳孔周围闪烁着细碎金光的含情脉脉的大眼睛；他不会忘记这美妙双唇上隐约可见的温柔的微笑，这笑容如此完美，亚历山德罗夫只在白铅粉颜料的画作中见到过，上绘画班时，他在老什梅利科

夫指导下曾以一座维纳斯的半身石膏像为原型作过这样一幅画。

那个充满魔力的声音完全没有停下，又继续传来：

“劳驾，请给士官生先生让一让路。”

亚历山德罗夫一面朝两边点头，一面红着脸，咕哝着致歉和感激的话，登上了台阶。一个女学生挪给他一把维也纳式样的椅子。

“您大概想坐下吧？”

他感激地深鞠一躬，但仍然扶着椅背站立在那儿。

就算士官生亚历山德罗夫什么时候能够想象，在微渺至极的瞬间，一个人的头脑有时会卷起那些情感的瀑布、欲望的飓风、形象的雪崩，但他在面对人类头脑的容量、灵性和速度时，也会充满神圣的恐惧。这种魔术此刻正发生在他身上。

“难道我爱上她了吗？”他问自己，同时就像倾听自己灵魂似的，专注甚至充满惊慌地倾听着自己的身体、血液和理智，他坚决认定：“是的，我爱上她了，并且是一生一世。”

就在他体内，一个隐秘的恶毒声音冷冷地嘲弄道：“瞬间的爱，一见钟情——哪里都不存在，哪怕是在小说里面。”

“但我该怎么办呢？我也许是个怪物吧。”亚历山德罗夫柔顺而忧愁地想了想，又叹了口气。

“在你的年纪，爱情能算什么呢？”阴毒的声音继续讥讽道。“你已经恋爱几百回了，多情郎先生？啊，唐·璜！啊，用心险恶、口蜜腹剑的薄情郎！”

亚历山德罗夫的所有放荡行径，所有“意中人”立刻在他记忆里忠实地浮现出来。他这些昔日的心上人都在他面前飞速飘过，快得就像她们在从全速飞驰的特快列车窗口探视，他则伫立在彼得罗夫－拉祖莫夫小站的月台上，一如去年夏天的那些夜晚……

……穿海狗皮短大衣、眼睛下面有颗痣的娜塔莎·玛努西娜，长着大粉蝶翅膀一样浅色浓眉的天真纯朴的尼娜·什巴科夫斯卡娅，幽暗中坐在钢琴后面的马什妮卡·博鲁波亚里诺娃，眼尖、腿勤、嘴快的卓娅·希尼采娜；还有被他爱过多少次又抛弃过多少次的索涅奇卡·弗拉基米洛娃；还有丰满、高大、眼睛甜甜的希涅利尼科夫家的三姐妹——谢天谢地，跟她们彻底了断，尽管悲惨，但永远了断了。还有，还有，还有……还有数百个……在他眼前停留

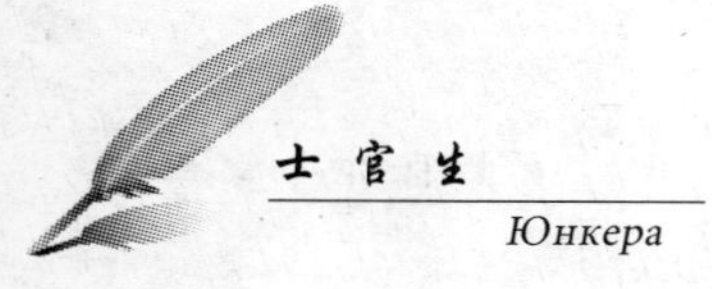

时间最长的是小小的、有点儿斜视的——这跟她很相称——盖妮娅，根里叶塔·赫尔扎诺夫斯卡娅。他勇敢地保护她免受小男孩儿欺侮，当她离开亚历山德罗夫家时，他亲手给她穿鞋，有一回他还送给她一只蜡黄色的金丝雀，它被关在通过圆孔透气的白铁皮笼子里。

但这些形象消散了，融化了，没留下丝毫痕迹。只是有一点点怜惜小盖妮娅，但也只是在想起她的那一瞬间。

“噢，不。这一切全不是爱情，没错，是消遣，是游戏，是不值一提的小事，类似——偶尔也会当真——方特或邮局游戏。参照着读过的小说而对大人可笑的模仿。过去了！过去了！再见吧，少年的胡闹和荒唐！”

但此刻他在爱。啊，爱！——多么伟大、骄傲、强烈、甜蜜的字眼儿。瞧，整个宇宙就像一个无限大的天体仪，从上面切下极其细小的一块儿，嗯，差不多房子那么大吧，这个可怜的切块便是亚历山德罗夫以前的生活，又无趣，又沉闷。但现在，新生活又在无尽的时空中开始了，充满了荣耀、光彩、权力、功绩，而我要把这一切，连同我炽热的爱情，放到你的脚下，爱人啊，我灵魂的女王！

他一面幻想，一面望着发辫盘成皇冠形状的栗色秀发。她顺从着这目光，转过头去。亚历山德罗夫觉得，就在转身之间，那道从耳垂沿着长长的娇柔的脖颈下行、又平缓地蔓延到肩膀的奇妙的曲线真是美得无可比拟。“世上存在美的定律！”亚历山德罗夫兴奋地想。

她莞尔一笑，又转过身来。士官生喃喃地说道：

“我永远属于你。”

但客人们已经向女主人做完了自我介绍。校长跟弯腰靠近自己的奥尔苏菲耶夫伯爵说了句什么。

他点点头，挺起身，招了一下手。

一个身披穗带的细高挑儿军官仿佛从地下冒了出来，他毕恭毕敬地弯下身子，仔细听清了指示，然后挺起胸，走开几步，到了大厅中间，做了一个让乐手们安静下来的手势。

利亚波夫把乐段带到结尾，停止演奏进行曲。

“波洛涅兹舞曲[①]！”副官欢快地高声喊道。“骠骑兵们，邀请你们的舞伴吧！”

波洛涅兹

“波洛涅兹，先生们，邀请你们的舞伴吧。”身材颀长柔韧的副官用洪亮的男高音召唤着，一面在镶木地板上滑行，一面把马刺弄得轻轻作响。“波洛涅兹！女士们，先生们，请劳驾结对吧。”

亚历山德罗夫迈下台阶，停在两根圆柱中间。现在他那位棕发盘成冠形的美人站得比他高了，她轻轻低下头，垂下睫毛，微微含笑地望着他，似乎在等待他的邀请。

“让我请您跳一曲波洛涅兹吧。”士官生弯身说道。

她的笑容变得愈加迷人了。

“谢谢，非常荣幸。”

她居高临下地把紧紧包在薄羊皮手套内的小手递给他，轻盈优雅地踏上大厅的镶木地板。“就像一位公主。”不久前刚读过《玛戈王后》[②]的亚历山德罗夫心想。他们牵着手来排波洛涅兹舞队形，占好了位置。其他成对的舞伴也随他们迅速排列起来。

“我看见您给我们可爱的妈妈行礼了，”姑娘说，“您的动作非常优雅。我自己也知道，就您一个人，四面八方都在盯着您一个人的时候，这有多难堪。”

“尤其是漂亮小姐们嘲弄的眼神。”亚历山德罗夫机敏地回答道。

“说实话，您很紧张吗？”

“告诉您一个秘密——怕极了！手啊，脚啊，像被捆住了似的，

---

① 《波洛涅兹舞曲》，波兰的一种交谊舞曲。

② 大仲马的历史传奇小说。

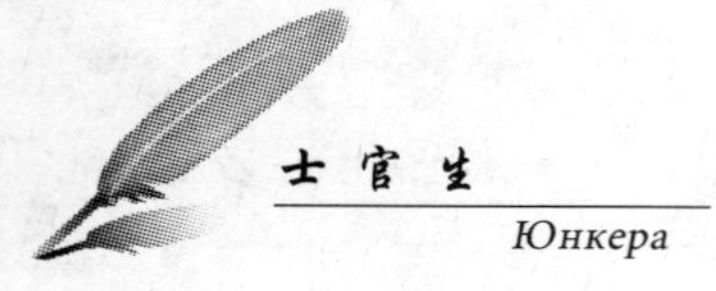

只有一个念头：要不要逃跑，现在还不算晚。不过我骗了自己一回，我想象着我——不是我，而是我们的舞蹈教师彼得·阿列克谢耶维奇·叶尔莫洛夫。这样一下子就放松了。”

她听了开心地笑起来。

“叶尔莫洛夫也来我们这儿。他好像无处不在。但我非常理解您。我也会那样模仿。有时候我认真观察某个人的步态：或是女朋友，或是班级教导员，或是老师，努力跟他们走得完全一样。那个时候我就觉得我好像不是我自己，而是这个人。我好像在代替他看，代替他听，代替他思考和感受。对我来说，他的性情一览无遗——您看，朝前面看，”她用娇小的手指轻轻捏了捏他弯曲的手臂，“看见谁是第一对了吗?”

排在最前边等待舞蹈开始的是女校长和奥尔苏菲耶夫伯爵，他穿着墨绿色的制服（此刻距离近了，亚历山德罗夫得以更好地分辨颜色）和深红色的紧腿裤。女校长站立时显得愈加高大、丰满和庄重。她的男舞伴的头还不到她的肩膀。跟塑像一样仪容尊贵的女伴站在一起，他明显驼背、小细腿略略弯曲的瘦小体形显得愈加可怜了。

“我担心他们的波洛涅兹舞会很可笑。”亚历山德罗夫由衷地惋惜道。

“噢，不见得好笑吧，”他的漂亮女伴辩护道，“要知道，看见老人们为舞会开场总会让人感动。而看见跳得糟糕的年轻人才更可笑呢。”

高个子副官向后一甩头，冲乐手们抬起一只手，拖长声调高喊道：

“请！波——洛——涅兹！”

士官生的女舞伴稍稍离开他一些；她在自己肩膀的高度，把一只弯成弧形的、赤裸的、还像小姑娘一样的手臂递给他。他微微低下头，轻轻拉着她纤纤小手的指尖儿。

从上面厢座突然传来雄壮、激昂、欢快、优美的波兰圆舞曲的旋律。阵阵寒意掠过亚历山德罗夫的头发和脊背。

“这是——格林卡。”亚历山德罗夫轻声说。

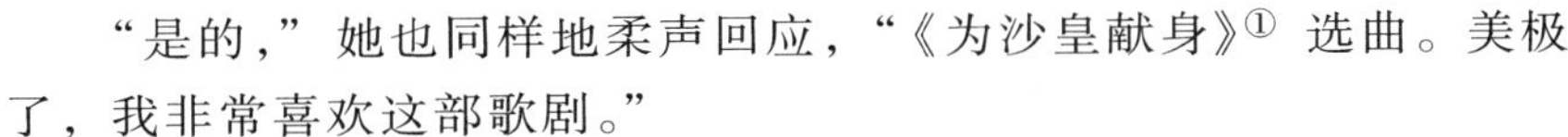

“是的，”她也同样地柔声回应，“《为沙皇献身》① 选曲。美极了，我非常喜欢这部歌剧。”

一直目视前方、望着波洛涅兹舞队列转成半圆形那个方向的亚历山德罗夫忽然一阵冲动，险些没由着中学的坏习气说出脏话来。

“见鬼……”但他立刻收住了话头。“不，您欣赏吧，只管欣赏您的伯爵和校长吧。我愿意收回自己的话。”

这一对的确值得欣赏。他们等到四分拍之后开始起舞，充满柔和的韵律，带着强烈的自尊，透出简洁而优雅的迷人气质。他们丝毫不显得可笑和古怪。女校长异常轻盈地移动自己高大丰满的身体，散发着细腻动人的质朴之美，俨然一个头顶皇冠的女王，一个身边簇拥着英俊少年和美丽女官的奢华宫廷内的温柔的女主人。她的一举一动无不自信、优雅：不论是对自己舞伴微微颔首，还是满面春风地向左右殷勤行礼。

奥尔苏菲耶夫也根本显不出衰老和虚弱。雄壮威武的音乐捋平了他的肩背，让他的腿脚变得灵巧驯顺。现在他是昔日传奇的黄金岁月里那个剽悍的骠骑兵，那个为名誉两次降为士兵的决斗者和酒徒，那个地道的骠骑兵、布尔措夫或邓尼斯·达维多夫的朋友。

在几周的艰苦行军和恶战过后，因为皇帝陛下驾临，突然要在韦尔诺开一场舞会。他刚下马，几乎来不及更换戎装，只喷了一点儿香水，长时间的骑行已让他浑身散了架了。奥尔苏菲耶夫投向自己妖媚舞伴身上的眼神可真是火辣！……马上便开始了不可抵挡的连战连捷和对女人骑士般的臣服。为了女人他甘愿干什么傻事，甚至不惜生命。此外还有轻薄的花招，源源不绝的不着边际的甜言蜜语，他所有情敌的残酷死亡，以及对爱情忠贞至死或至少忠诚一昼夜的草率承诺。

“他们两人可真美呀，”亚历山德罗夫赞叹道，“不是吗，这是个奇迹。”

“就是呀，我很高兴您最初想错了。”

这时候乐曲恰好反复到波洛涅兹的第一节。亚历山德罗夫谙熟合唱队在这一节所唱的歌词，他本人就曾经演唱过。他稍稍凑近美

① 《为沙皇献身》是俄国第一部古典歌剧，由音乐家格林卡于1836年创作完成。

人——其实不是在唱——低吟道：

昨天的鏖战
今天的舞会
也许明天又要上战场

噢，是啊，两次死亡之间这无忧无虑的欢愉。

“该我们了。”他的舞伴说道。等前面的一对闪开几步，他们跳起了充满魔力的古老舞蹈，感觉他们的每一次脚步、每一个动作、每一回转头、每一缕心绪都被一些无形的细线连结在一起。

“我可真是幸运，今天遇见了您。”亚历山德罗夫感叹道，同时准确地跟着波洛涅兹舞曲的节奏。“我真是高兴。我心里只是在想，因为一件小事，一个小小的意外，我就可能失去并再也无法体验这种快乐。”

“大概这只是您的感觉吧？会有什么意外呢？”

“我必须向您坦白，今天不是自愿来参加舞会的，是长官们的安排。”

“唉，可怜的人，我非常同情您！”

“就是啊，照单派遣。我开始推托。为了不来，我想尽了各种借口，但一点儿用处都没有。”

“唉，不幸，真是不幸。”

“因为三天前我就答应几个相识的女士，要陪她们参加布拉格罗德依聚会点的枞树晚会。”

“我能想象她们现在有多么恼您。您在她们眼中降格了。这种背叛永远都不会被原谅的。所以我猜想，跟我们这些给您带来可怕牺牲的无辜的罪人在一起，您会感到无聊的。”

“噢，不不不！我感激命运，还有我们连长的固执。我生命中从未有过，也永远不会再有如此无上的幸福，就像这一刻，就像现在，当我跟您手牵手跳着波洛涅兹舞，聆听着这美妙的音乐，感受着……”

“不，不，”她笑着打断他，“抱歉，只是不要谈感情。这是被禁止的。”

“这种感受瞬间而过，并且立刻……充满……”

“好啦，好啦。好好跳舞吧，别聊闲话了。”

她挥了挥折扇。她——一个小姑娘——完全像一个成熟老练的交际名媛在跟士官生调情。她用微笑编织认真得近乎严厉的神情，每一次微笑也是意味各异。她的上唇似乎被雕成了形如满弓的奇美的轮廓，而唇线隐没的地方，是隐约可见的两个浅浅的酒窝。

“就像造物主完成自己精美绝伦的作品之后又加上个冒号，意思是说，他的作品——完美无瑕。”

亚历山德罗夫就这样胡思乱想，波洛涅兹舞曲已经结束了。亚历山德罗夫一面牵着自己舞伴的手，把她领向她指示的位子，一面低声请求：

“我能邀请您跳一曲华尔兹吗?”

“好的。”

“再跳第一曲卡德里尔?”

“您不觉得这太多了吗?”

“还有第三曲。”

“不，这不可能。”

但她微微一笑，表示感谢。

华　尔　兹

演奏起施特劳斯的圆舞曲，婉转，欢快，带着让人眼花缭乱的技巧。这个利亚波夫可真是个魔法师，他和他的乐队能创造这种奇迹，让人禁不住会觉得所有十六个乐师就像——他自身的各个器官，比如手指、眼睛或耳朵。

亚历山德罗夫还沉浸在上一曲华美的波洛涅兹舞印象中的时候，又优雅考究地行了一个礼，邀请自己的舞伴。她站起身，左手轻巧而信赖地搭在他的肩头，他揽着她纤细柔软的腰肢。

“跳三步还是二步?”亚历山德罗夫问。

“如果您愿意的话，跳三步吧，然后再跳二步。”

说话的工夫，她从士官生肩上拿开手，理了理前额上的发绺。这个近乎下意识的动作充满了如此天真纯朴的风韵，让亚历山德罗夫的内心骤然泛起一股熟悉而宁静的转瞬即逝的忧伤，仿佛蝴蝶翅膀的轻轻一抚。某种真正美妙的东西触动他的感觉时，他往往会体验这种短暂而甜蜜的怜惜：在夜空中惊颤、闪动的一颗璀璨的明星，木樨、铃兰和香堇的芬芳，肖邦的音乐，欣赏女性质朴的、似乎连她自己也未意识到的美，手里握着婴儿蠕动的、无比柔弱的小手的触感。

这种奇怪的忧伤中，还丝毫没有凡生命终有一死的念头。这种想法离士官生尚且遥远。它们将在很久之后来临，伴随着一个突如其来、令人惊恐的发现：难道我，我自己，可爱、善良的亚历山德罗夫，也要服从于普遍的法则，不可避免地在某个时候死去么?

多么卑鄙、多么不公正、多么冷酷无情啊！他曾在一个偶然失眠的深夜体验过这种不祥的恐惧，此后这种恐惧就再也没离开过他。这种忧伤的倏忽而过的恐慌——具有另外的特征，它让亚历山德罗夫永远无法解释，无论是对自己，还是对他人。它更接近于惋惜，为这一刻，为眼下的这一刻飞逝而去，而你却再也无法挽回，再也追赶不上。生活无边无际，丰富多彩，也还有另外的东西，它可能非常相仿，可能几乎一样，但这一刻却永远地逝去了……

亚历山德罗夫大概天生就特别迷恋世上诱人的美，以至于愿意崇拜它的每个碎片、每粒微尘。这一点他自己都无法理解，他就像一个贪心而吝啬的百万富翁，不允许任何人染指自己的黄金，因为别人的手可能玷污这被奉若神明的金属最细小的微粒。

亚历山德罗夫不仅喜欢而且精于跳舞。关于这一点，首先他自己知道；其次，伙伴们告诉过他，他们的意见向来是有多尖刻就有多可信；最后，在周六的舞蹈课上，彼得·阿列克谢耶维奇·叶尔莫洛夫尽管有所保留，但也偶尔称赞他：“不错，士官生先生，好，士官生先生。”每次周三和从周六到周日的休假（只要德罗兹德不因为他筑城学得一分而把他留在学校），或在朋友家里，或在小型

晚会上，或是毫无缘由，仅仅因为当时整个莫斯科都在疯狂跳舞，他都会跳到筋疲力尽，跳到趴倒在地。但在自己家里他总是充当对跳舞也同样狂热的姐姐济娜的舞伴，并且要由他用人声来伴奏。姐姐跳得很棒，但总是感觉不满。

“你是个优秀的男舞伴，阿廖沙，”她说，“但你毕竟是弟弟，不是男友。跟你跳，就像在学校里俩女孩儿配对跳舞。换句话说，让人觉得就像在无声钢琴上弹奏。”

而他也不客气地回敬她：

“我搂着你就像搂着硬纸玩偶。我觉得，就算你跳得好极了，也是个没生命的死物。”

不过，亚历山德罗夫一辈子都没像现在这样跳得那么轻盈，那么享受。他几乎感觉不到自己的体重和女伴的体重。他们的动作完全协调一致，与音乐也是如此地融洽，感觉他们似乎有——一致的意念，一致的呼吸，一致的心跳。他们飞旋的舞步轻轻点在光滑的镶木地板上，只有小小的鞋跟儿着地。因此在他们的舞蹈中有向上的飞升感、旋转时奇妙的凌空飘行感和令人陶醉的近乎失重的轻盈感。

不计其数的烛火颤动着，上下起伏。拂动的裙衫鼓着温软的细风，衣裙下瞬间露出穿着白袜和小巧黑皮鞋的修长的腿，或是闪过衬裙洁白的花边。马刺轻柔地鸣响，明晃晃的地板上倒映着色彩斑斓、光影浮动的舞会场景。头顶上方，快乐的魔术师们的双手似乎在施展富有旋律的魔力，流淌出醉人的圆舞曲。在那儿，在笼罩着炫目灯光的厢座，好像有谁在摆弄着不计其数的钻石，铺展着洒满细碎金光的淡蓝色的丝绒宽带。

一些迷醉的声音在歌唱，歌唱这场迷人的舞蹈——飞翔之舞——永无尽头。

亚历山德罗夫不经意间便能看见，确切地说，便能感觉到女伴礼服领口下的胸脯如何充满弹性地频繁起伏，领口露出的那截粉白的身子上，躺着一道柔和的浅沟的淡影。他还注意到她舞动的时候把头稍稍垂向肩膀，时左时右地徐徐转动着脖颈。这让她显出些许的疲态，但这姿态非常优美。她是不是累了？

像在回答他无声的发问似的——在这个非凡的夜晚，这是那么

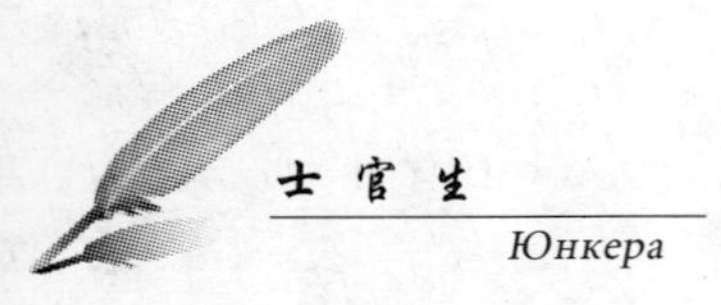

自然，那么合理——她说：

“我有意这样的。以防头晕。”

往往是这样，时而她的发式几乎触到他的脸颊；时而他又面对着她布满纤柔卷发的秀美的后脑，那秀发像蒙了层蛛网，闪烁的金光在上面螺旋形游动。他感觉她的脖颈泛着接骨木的色泽，散发着跟接骨木一样的在远处比在近前更加醉人的芳香。

“您的香水真好。”亚历山德罗夫说。

她把因为舞动而泛着潮红的笑脸微微转向他：

“噢，不。我们谁也不用香水，我们这里甚至都不用香皂。”

“不允许吗？”

“绝对不是。我们这里不接受而已。被当做十分愚蠢的行为。我们的妈妈曾经讲过：‘小姐的香水抹得越浓，她的气味就越糟。’”

但芳香的魅力是多么奇妙啊！亚历山德罗夫向来无法逃脱这种魔力。现在也是如此：她的女伴离他这么近开口，都能嗅到她双唇的气息。而她这种气息……没错……绝对没错，就像少女刚刚咀嚼过玫瑰花瓣。但这一点他决心只字不提，而且觉得这样做很好。他只是说：

“我无法用言语描述跟您跳舞时我有多么愉快。所以恨不得这场舞会永生永世不要终止。”

“谢谢您。与您共舞我也很舒畅。可永恒呀，岂不是太过分了？我们大概会累的。然后便是厌倦……烦闷……”

但这时却出现了一个小插曲。华尔兹舞的回旋闪动中间，亚历山德罗夫早已经留意到一个卡特科夫政法学校的学生。这个又高又瘦、有点儿驼背的小家伙明显跳得忽快忽慢，而他的左手臂，连同自己舞伴的手臂，像长长的辕杆一样直挺挺地伸向前方。这一切组合起来就显得不是可笑而是丑陋了。此刻，他们正笨拙地紧挨亚历山德罗夫和他的女伴旋转，靠得越来越紧，已经马上就要撞到他们了。亚历山德罗夫想要避开他们的轨道，开始小心地向左侧绕开对方，他松开舞伴的手，稍稍抬起左臂来避免碰撞。可就在这一刹那，根本不会变向的政法学生用自己的双套辕杆突然戳向他们。亚历山德罗夫成功避开了袭击，预先阻止了碰撞，但在这个过程中，在没失去平衡的情况下，却猛地闪了一步。他的脸撞在姑娘的肩上，与此同时，他的双唇、鼻子和下巴感觉触到了温热而稍稍有点儿潮润的、非常奇特地散发着接骨木花香的肩膀。不，他绝对没有亲吻她。这不是真的。也许无意中亲吻到了吧。这一整晚和随后的许多天里，或许还持续了一生吧，他都在凭着名誉和良心质问自己：有还是没有？但这个问题就这样永远没有答案。

他刚要表示歉意，便看见红晕飞快地漫过这位曼妙少女的两颊、脖颈、肩膀，甚至胸脯。

“我好像有点儿累了，”她说，“我想休息一下。请送我过去吧。”

他送她到两根圆柱间的长廊，让她在椅子上坐下，自己则立在她身侧稍后的位置。瞧见他尴尬凄惶的神情，她怜悯起他，让他在旁边坐下。

他们说了一会儿话。她告诉他自己的名字——济娜依达·别雷舍娃。

“可我很不喜欢它。单独的一个济娜——这还没什么，像是希腊名字，但济娜依达——就好像太大了。金字塔，女神柱，大西洲[①]……”

“很美——济娜。”士官生悄悄提示她。

“对爸爸和妈妈来说，是很美，”她戏谑道，“您也许不知道吧，男人也有叫济纳[②]的。”

“说实话，没听说过。”

“真的，真的。我也不记得谁叫这个名字了，屠格涅夫或托尔斯泰的作品里吧，有个叫济纳的庄稼汉，好像不是个本分人。”

“而济娜齐卡呢？”

“这还好。家里人就这样叫我。可弟弟——无缘无故地就叫我——金卡-列金卡[③]。”

“我心底里也会叫您济娜齐卡的。”士官生说走了嘴。

---

① 俄文中这几个词都是以“依达”结尾。大西洲，又称大西岛，出自弗兰西斯·培根的乌托邦名著《新大西洲》。

② 俄语中“济纳”与“济娜”的拼写相同，中文译法不同，以区分性别。

③ 列金卡的俄文意思为“橡皮，橡皮筋”。

“您敢！我不许您这样。”她毫不做作地笑着回应他。

“但谁能察觉并且控制人的心思呢？”亚历山德罗夫稍稍向她弯下腰，反问道。

她兴致勃勃地高声说：

“您自己呀。光对别人真诚还不够，还要坦诚面对自己。就比方说吧：盘子里有块点心。它是别人的，但您很想吃，您就吃了它。假设世界上没有一个人察觉，而且永远不会察觉。那又怎么样呢？您面对自己时就问心无愧吗？是不是呀？”

士官生低下头。

“我认输了。您的嘴里出真知[①]。对不起，让我问一句：您大概读书很多吧？”

就这样，姑娘跟他讲起自己的一些情况。她是教授的女儿，父亲在大学教书，此外他也在叶卡捷琳娜女子中学讲自然史课程，在学校有一套公房。因此，她的情况在学校有些特殊。她住在家里，只在学校上课。所以在时间、阅读和消遣方式上，她比女友们要自由得多……

“现在我们还去跳舞吧，”她站起身，说道，“但不跳两步了。我刚才仔细看过，发现这不过是在转圈，而且还不太美观，另外劳驾您离这个政法学生远点儿。他那么笨。”

说完，她脸上又一次泛起淡淡的红晕。

22 争　端

他们在跳第三曲卡德里尔舞。对面是日丹诺夫和一位非常漂亮的女学生。这是个小巧的姑娘，还是小女孩的模样，亚历山德罗夫

① 俄文中有俗语“小孩嘴里出真知”。

觉得她就像一个复活的崭新的瓷娃娃。她有着柔软蓬松的椰子纤维色的头发、珐琅般晶莹的蓝眼睛、像精心涂抹上去的圆润的腮晕和猩红的樱桃小口。关于她所有的美丽之处，除了用缩微的形象，不可能有其他的比拟和联想。她不时闪着尖溜溜的小白牙微笑。她由衷地透着快活：旋转，顾盼，甩动着脑袋和鲜亮亮的卷发，她的小手小脚片刻不停地急匆匆舞动。

“多可爱呀，是不是啊？”济娜齐卡轻声问。

亚历山德罗夫低头面对她。

“简直是个尤物，”他说，“她也许能在展览会上夺冠。”

济娜齐卡略带疑惑地望着他。

“什么展览会？我不懂你说什么呢。”

“洋娃娃展览会。您知道吗，我一直感到奇怪：一旦人们想对漂亮的小姐作最高级的赞美，就必定会说：瞧，跟洋娃娃一模一样。我不是那类美人的崇拜者。”

济娜齐卡生气了，而且不像装出来的。

“我没想到您会这么恶毒。尼娜·扎别洛——是我最好的女朋友，我们大家也全都喜欢她。她是最聪明、最善良、最快活的姑娘。可您这个——佐依尔①。”

“佐依尔……这算什么称呼呀。大概出自什么文选读本吧？”亚历山德罗夫早就熟悉这个词，但它的准确意思却忘记了，“佐拉和依尔……不是特别光彩的东西。不会是某位以厌恶女人而闻名的古希腊哲学家吧？”士官生觉得自己很难堪。

“既然如此，我恳请您原谅，”他恭敬地哀求道，“能拥有您这样正直的朋友该多快乐呀。我是在开玩笑，并且我承认开得很笨。现在我看清楚了，扎别洛小姐颇具魅力。”

济娜齐卡垂下又长又黑的睫毛，遮掩着隐隐可见的眸子里调皮的笑意。

“您没有过错，”她短短地叹息一声，“我很想变成她那样呢。”

士官生感觉此刻到了说赞美话的最佳机会，但又错过去了。可以说：“噢，不，您可美丽得多！”显得平常，还有点儿庸俗。“您

① 公元前4世纪的古希腊哲学家，又译作祖洛斯。

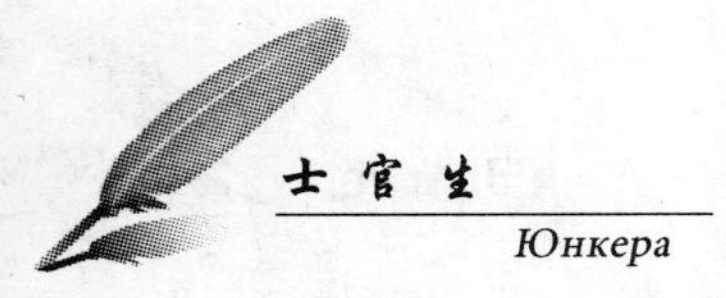

的美，任何东西和任何人都无法比拟。”不好，像数学似的。“您的美旷世无双。”这当然是实话，但好像有点儿司令部文书的味道。况且现在已经迟了。适当的时机稍纵即逝，再不重来。唉，真让人沮丧。我可真笨啊！

乐队演奏起第二段前奏。士官生早就熟悉它的曲调。这曲卡德里尔——是俄罗斯歌曲的精华。他记着天真可笑的歌词：

不，不，不，
她不爱我呀。
不，不，不，
她会杀死我。①

亚历山德罗夫的慌张无措不断加剧。不知从什么年代开始便立下一个规矩：跳卡德里尔，特别是在舞曲转换中间，男舞伴要通过滔滔不绝、海阔天空的闲言妙语想方设法调动自己女舞伴的兴致。但亚历山德罗夫惊奇而悲哀地发现，他所有卡德里尔式闲话全部粘在喉咙的最深处，怎么也讲不出来。他已经第二次问济娜齐卡：“您喜欢今天的舞会吗？”——可话一出口，便羞得满脸通红，打住了话头，随后完全不合时宜地跳到另一个问题：“您喜欢滑冰吗？”济娜齐卡也根本不照顾他，（就像士官生感觉到的那样，故意干巴巴地）说：是或不。

唉，在这难挨的时刻，他是多么心痛地羡慕毫无顾忌、不知疲倦、上了发条一般的日丹诺夫啊。他的闲话儿片刻不停，像瀑布奔涌，像焰火喷溅。命运竟会赐予一个人如此超群的天赋！亚历山德罗夫凭着早已练就的技能，心不在焉地做着快滑步、交叉步、换跳步和平衡步的同时，一直在下意识地捕捉着日丹诺夫自信、洪亮，绵绵密密倾洒而出的那些胡说八道的只言片语：宿命论呀，星宿呀，气质和香水呀，沙皇大炮呀，吉卜赛女巫呀，粘膏药呀，金丝雀呀，安东诺夫卡晚苹果呀，梦游症患者呀，拿破仑呀，色彩色调的作用呀，剃度出家呀，安哥拉猫呀，轮回呀，等等，没边没沿，

---

① 原文节奏、韵律颇有滑稽味道。

无穷无尽，毫不相关。他的舞伴，小巧玲珑的尼娜齐卡·扎别洛，一面哈哈大笑，一面眯着眼，频频点着自己银亮亮的洋娃娃一样的小脑袋。亚历山德罗夫颓丧至极。舌头上冒不出一个轻松的词儿来。乐队成心似的，用五步舞曲撩拨他：

不，不，不，
她不爱我呀……

每一分钟，可怜的士官生都觉得自己越来越沉重，越来越笨拙，越来越丑陋和畏缩。身穿青黑礼服、胸前缀满珍珠母纽扣、面色鱼一般冰冷的班级督导员，她那双混浊的眼睛早就用阴沉敌意的目光远远地盯视着他了。“又是个这样的：来参加舞会，既不会跳舞，也不会调动自己的舞伴。还是亚历山大人呢。您怎么不害羞呀，年轻人!”

这倒霉的卡德里尔舞曲拖拖拉拉，漫长得令人恐怖。终于，它结束了。

“大圆舞!”副官欢快地打着颤音，呼喊道。

济娜齐卡对“大圆舞”发表意见。

“我不喜欢这种人挨人、人挤人的舞蹈。”她说。

但无需多讲亚历山德罗夫就已心知肚明，济娜齐卡不喜欢的根本不是这混乱繁复的舞蹈，而恰恰是他，士官生亚历山德罗夫。

济娜齐卡在圆柱间长廊内的椅子上坐下。士官生满心的怯意和期待，刚准备在她旁边落座，她立刻站起身来。

“对不起。女友在叫我。”

随后，飞快地闪动着可爱的黑皮鞋和白短袜，轻盈优雅地迂回穿行于跳舞的人丛，急匆匆地跑向了大厅另一侧。

“全完了。”亚历山德罗夫体内，有个浑厚而悲哀的男低音叹息道。

但济娜齐卡奔向的绝不是自己的女朋友。亚历山德罗夫的目光追随着她。她停在一个神情木然的蓝衣女士面前，垂下迷人的栗色脑袋瓜儿，聆听那位女士讲了几句，端庄地坐在了她旁边。“什么女朋友啊?”黯然神伤的士官生心想，“她不过是想避开我而已……”

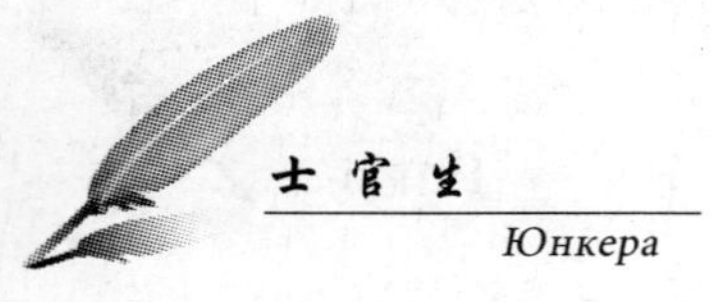

可是不对呀。她穿过整个大厅向他投来的一瞥似乎并无恶意，但一瞥过后，她好像马上又畏缩了，躲闪开他，轻轻地碰了碰穿蓝衣的女士，在椅子上更加端庄地挺直了身子。“莫非这一切——只是一场阴险的游戏？”

郁闷的亚历山德罗夫柔搓着自己的平头，不时神经质地揪扯着上唇刚冒头的细毛，等待没完没了的大圆舞结束。他终于等到了。主持人宣布波尔卡－马祖尔卡舞开始。“又是试跳！最后一曲，可到时候还会接着来的。唉，可惜不能丢开舞会直接跑回家，回到普列斯尼亚。还必须回学校，回那里过夜。这一切都怨这个顽固的德罗兹德。”

在波尔卡－马祖尔卡遒劲、激越、豪放的乐曲声中，亚历山德罗夫急急忙忙溜到济娜齐卡坐着的地方。他已经离她很近了。只有十步、十五步远。一个疲疲沓沓、脑满肠肥的侍从官不知道从哪里冒出来，没理会亚历山德罗夫就出现在她面前。他像开恩似的，那么漫不经心地冲她鞠了一躬，不情愿地揽起她优美纤柔的腰肢。而且，他根本是故意不想把舞步跳到位，他只是无动于衷、甚至略带厌恶地踏着节拍。“呵！在皇宫或彼得堡的权贵家里他也胆敢这样马马虎虎地跳舞吗？在他看来，这不过是莫斯科，是可怜的外省，而他，这位荣光显赫的陛下或殿下的侍官，还会带着轻蔑的微笑谈起莫斯科可笑的表姐妹呢。好吧。我还真愿意跟这只油光水滑的浅头发野鸡单独会一会，不需要任何旁观的见证人！”亚历山德罗夫这样合计着，同时用力绷紧了健壮身体上的肌肉。

侍从官绕完了一周，把济娜齐卡送回原位，微微摆了摆头。亚历山德罗夫赶忙跑上去，用力地弯下身去。

“可以邀请您吗？”

“噢！不过现在不行……我累坏了。”

亚历山德罗夫缓步向长廊退去，那里要昏暗和空落一些。可转过身之后，他看见了怎样的情景啊？就是那位跳华尔兹时把手像辕杆一样杵向前方的卡特科夫政法学校学生，半躬着身子戳在济娜齐卡面前。她站起身，把自己的手搭在他的肩上，同时舒缓地点了点修长柔美的脖颈上那个美丽绝伦的脑袋瓜儿。

亚历山德罗夫不想也不能看下去了。现在他确信自己犯下一个愚蠢的不可原谅的错误，干了一件荒唐可笑的蠢事，已经再没机会也没有可能补救了……要去解释吗？去请求原谅吗？不，这样做意味着错上加错……他心里对济娜齐卡既无怨恨，也无责难。某种淡淡的、奇异的、亮闪闪的幸福吐芽、绽放，可一下子又暗淡、消失了。整个世界在此刻都突然蒙上了一层昏黄的底色，阴沉，枯寂，似乎他戴上了一副黄色的眼镜。

急促的乐声显得无精打采。吊灯光、烛台上烛泪四溢的蜡头的火光，还有他脑中的面孔，全在悲伤地摇荡——所有人都变得不再美丽，不再匀称，都变得面色惨白。

忧伤啊！

他走出大厅，顺楼梯下到门房。作为殷勤的主人，威武的一身红金色的波尔菲利接待了他。

“进第二个门右拐，”他指了一下，“不需要吗？那您要不要，士官生先生，用冷水冲洗冲洗？有花露水，布罗卡尔出品的。喂，您想抽支烟吗，士官生先生？跳累了吧？”

“不……没什么，没什么……”

士官生本来想说：“最好给我一杯伏特加！”他读过很多小说，里面受挫的主人公借伏特加消愁，直到不省人事。可看门人满面胡须的宽脸庞是那么纯朴，那么快活、和善，让他为自己偶然萌生的傻瓜念头感到可耻。

但波尔菲利似乎以某种魔法般的嗅觉猜到了这个念头，也猜透了士官生的心绪，突然问道：

“可我有什么能提供给您的呢，士官生先生？我生来滴酒不沾，我们整个家族都不喝酒。可我有樱桃果子露酒，很有名的。里面没有一滴酒精，是加糖的樱桃汁，要不我也不敢冒昧给您……不过很可口，对神经也有好处。我妻子心绪不佳时总要喝上一小杯。我马上就来，一小会儿。”

“不必啦，波尔菲利。谢谢你。不必了。”

“我马上……”

他消失在了自己看门人的小屋，把餐具弄得一阵轻响，用托盘端出一个高脚杯来。这是个古朴的波希米亚，或像在莫斯科所称的“波米亚”风格的红色雕棱多边形玻璃杯。浓黑的液体在里面晃荡，发出绿色的光泽。

“为您的健康喝一点儿吧，老兄。”波尔菲利亲昵地轻声劝道。“这样会好一些的。还要吗?”

“不要了，你说什么呀，波尔菲利。非常棒的果子露，”士官生一边用手帕擦嘴，一边说，“非常感谢你。”

“噢，不，不，不必这样。”见到士官生把手伸进口袋掏钱，波尔菲利连忙阻止道。“能招待亚历山大的士官生是我的荣幸，可不是为了捞什么好处。”

果子露——没错——绝对没有掺酒，但里面的糖和浆果大概经过了酒精发酵，士官生呼吸微微发紧，嗓子也稍稍刺痛，但感觉很舒畅。

也不只是果子露，波尔菲利亲切、赤诚、地道的莫斯科式的态度，还有他可爱、善良的面容，都使得刚才还笼罩着天地间万物的烦闷的黄色烟雾开始渐渐凝结，减退，消失。而亚历山德罗夫的伤痛，大概也并非因为那些让人们酗酒、发狂和自杀的事情。关于这种瞬间的痛苦，亚历山德罗夫在日后会带着充满诗意的感激之情偶尔记起来。在不祥的、真正严酷、阴郁、绝望的日子到来之前，还隔着无数美好的岁月。

走在楼上的休息走廊，亚历山德罗夫发现一扇镶着毛玻璃、带有班级号码的门半开半掩，门后传来快乐的喧哗、低语，轻微而响亮的喝彩和兴奋的尖叫和欢笑声。乐队此刻正在大厅演奏波尔卡。一张专注、狡黠、绯红的孩子的小脸儿正从门后机警地窥视着走廊。

“你们可以跳，”一个十二三岁、穿绿色连衣裙的小姑娘说，“不过说好啦，不能告诉任何人。”

亚历山德罗夫推开门。

教室空间不大，课桌都被搬走了，二十个年级最低的女学生正两两一对，在“大人”的乐曲声中专心跳舞，她们身着绿色短裙，完全还是被她们学长高傲地称做“小矬子”的小女孩儿。但她们却洋溢着两层高的明亮两倍的庄严大厅内似乎缺少的、真正激情饱满、无忧无虑的欢快劲儿。她们全都那么可爱，长手长脚的透着孩子气的纯真，轻盈灵巧得那么动人！……亚历山德罗夫面带微笑回想起自己快乐的柯斯佳叔叔对这个年龄段小孩儿的俗称：“五条腿的小崽子[①]”。

亚历山德罗夫振作起来。他突然萌生一个绝佳的调皮念头。他向门口的第一个女孩儿走过去，那个女孩儿用细带束紧的头发朝上翘着，仿佛某种珍禽的翎毛。他冲她无比殷勤地深鞠一躬，彬彬有礼地邀请道：

“小姐，您愿不愿赐给我无上的荣光和极大的幸福，跟我，您恭敬的仆人，跳一圈华尔兹？”

小姑娘满脸绯红，怯怯地，难为情地伸出自己纤瘦柔弱的小手，不是搭在肩膀——她还够不到，而是搭在他的衣袖上。因为意外和惊奇，其他人停下舞步，像是不敢相信自己似的张大了嘴巴和眼睛，默默地望着士官生。

跟自己的舞伴跳完一圈，他又以同样优雅的方式邀请第二位，然后是第三位，第四位，第五位，所有人都轮了个遍。噢，这些小姑娘多么美妙迷人呀！他分明嗅到她们每个人的头发都散发着同一种“木樨草”牌香油味儿，这大约是买来的最危险的私货。而这场偷偷举行的神奇的小型儿童舞会，本身就是一次违法活动吧？

她们的小脚丫儿踮得高高的，舞步无比流畅，无比深情。她们像接受严格的考试一样专注，咬着下嘴唇，舌头从里面顶着腮帮，甚至间或还从唇间吐着舌尖。

每当亚历山德罗夫走向该轮到的舞伴时，其他人便把他团团围住：

“劳驾再跟我跳一圈吧。”

“跟我，跟我，跟我。”

“亲爱的士官生，什么时候跟我跳啊？”

最后，一个细如蚊鸣的微弱的声音颤抖着抱怨道：

“真是的！跟所有人都跳过了，可就是不跟我跳。”

亚历山德罗夫很公道，他记得清。对小姑娘们来说，能跟一个真正的成年人舞伴，而且还是莫斯科最耀眼、最受宠的亚历山大学校的士官生跳舞，是多么难得的快乐，是多么引以为豪的经历。他不会漏下一个不共舞一圈波尔卡的小女孩儿。

---

① 半大孩子一般脖子又长又细，故有此说。

但他没来得及。因为乐队停止了演奏，两个女学生没跳成波尔卡。看见这两个嘟着嘴巴、快要哭出来的小脸蛋儿，亚历山德罗夫立刻找到了对策：

“女士们。这算不了什么。我们自己奏乐。”

随后，他拉起那个泪珠快要滚出来、该轮到自己的小姑娘，一面高声伴奏“特拉，拉，拉，拉——特拉，拉，拉”，一面充满激情地起舞。

其余的人兴致勃勃地紧紧注视着他们，同时用小手打着拍子，一起组成一个绝妙的乐队。

跳完了，他鞠躬行礼，准备离开。但力气很大的小可爱们却扯住他的制服不放。

“别走，士官生，亲爱的，可爱的，别离开我们。”

他答应下次舞会一定来找她们，这才艰难脱身。

亚历山德罗夫走进大厅，刚踏上长廊的台阶，主持人便隆重宣布：

“最后一曲！华尔兹！”

亚历山德罗夫的目光斜穿过整个大厅，立刻搜寻到了济娜齐卡。她仍然坐在先前的老位子，灵巧地用折扇扇着脸。她小心翼翼地凝神扫视整个大厅，显然在寻找什么人。而就在她和亚历山德罗夫目光交会的那一刻，他看见她脸上流露出无比的喜悦。不，她不是在微笑，但亚历山德罗夫却感觉她周围的空气都给映亮了，闪烁起笑意来。她美丽的脸庞仿佛笼罩着一轮光环。她的双眼在向他发出召唤。

他看懂了，向她走去。她已经迫不及待地站起身，匆匆地收起折扇，而当他离她还有两步远，正准备行礼时，她自己都没察觉，就已经下意识地抬起左手，准备把它放上他的肩头了。

“您怎么逃得无影无踪了呢？您不觉得羞愧吗？”她说。这些平平常常、没什么意味的话语却突然像温柔的天鹅绒似的撩拨着他的心。

“我……我……其实……”他本想开口。但她打断了他。

“是的，您，您，您。什么都不用说了。现在我们只跳一曲华尔兹。一，二，三。”她数着音乐的节拍，然后他们又在轻盈酣畅

的飞行中旋转起来了。

济娜齐卡柔软的发丝不经意地摩擦着他的鬓角，对他喷吐着自己清新纯净的气息，揭开了他们远远相望时所发生的那场奇特暗战的缘由。

在舞会上，师长们严密监督，不让女学生们连续几次和同一位舞伴共舞。因为这种做法就像一种青睐，就像某种特别的宠爱，简直就近乎眉来眼去的调情。墨守陈规的蓝衣女士批评济娜齐卡，说她过分吸引士官生亚历山德罗夫的关注，说这太扎眼了，最后会发展成有失体面的事情。

"跳第三曲卡德里尔时，她用大眼睛那样瞪我，现在您明白了吧，我自己感觉有多么拘束。"

"她也那样盯过我，"亚历山德罗夫说，"我甚至觉得，即使我和她之间隔着一面玻璃屏障，她的目光也能在玻璃上打出一个小圆洞，就像子弹射击那样。哎，您为什么不及时跟我讲呢?"

"我们这儿有这么一条道德准则，我们可以随意折腾班级管理员，但跟外人抱怨——这可不行。但现在我无所谓了。J'ai jete le bonnet par dessus les moulins.① 明天就会告到爸爸那里的。"

"爸爸呢?"

"爸爸会开怀大笑的。哦，我爸爸非常可爱，非常可亲。不过不说这些了。我很开心您不再气呼呼的了。还有一圈呢。您累了吗?"

23 情　书

寒假结束了。经过自由自在、无拘无束的两星期，再次艰难地渐渐习惯严苛的军事纪律，投入功课和演习、机械化的队列操练、

---

① 法语，意为"反正我已经开始堕落了"。

每天的早起、熬夜值班，重回千篇一律的无聊的日子、行为和思想。

士官生的日程表上只有午餐后两个小时的休息时间（四点到六点），期间可以唱歌、聊天、看闲书，甚至可以解开上衣顶端的衣钩在床上躺一会儿。六点到八点又要在教官监督下背书或画图。

亚历山德罗夫跟日丹诺夫并肩坐到床上；他们就这样每天相互请客。喊来连里的杂役，派他去学校斜对过、隔着阿尔巴特广场的谢瓦斯季亚诺夫面包店去买馅饼——小事一桩。魁梧强壮一些的日丹诺夫给自己要两个苹果馅饼和两个蒂罗尔水果馅饼；体重轻得多的亚历山德罗夫——两个小奶油筒和两个扁桃馅饼。吃着点心，话儿说得似乎也甜蜜一些。而最热衷的永远也不会枯竭的话题呢，当然是——不久前叶卡捷琳娜女子中学的那场舞会，以及无数美妙细碎的记忆了。他们回想起两个姑娘如何姿态妩媚地把奥尔苏菲耶夫伯爵团团围住，恳求他不要那么急着走，在舞会上再待半小时，而他如何像马踏碎步一样，乱踏着自己患痛风的两条弯腿，说道：

“不行，我的美人儿。所罗门王的箴言里说：建有时，毁亦有时[①]，奥尔苏菲耶夫老伯爵跳舞有时，回家睡觉亦有时。”

“奥尔苏菲耶夫伯爵妙极了？啊？”亚历山德罗夫说。

“没错。是个好样的，”日丹诺夫附和道，“那次晚餐可真是豪华呀，多美的鲟鱼肉，多棒的牛里脊！”

但对亚历山德罗夫来说，更亲密更迷人的都是另外一些印象。公爵夫人－女校长讲得是那么亲切质朴：“女士们，请你们的舞伴们去用晚餐吧。”这可真是一位地道的贵妇！士官生也想说点儿什么，说点儿更温柔更隐私的话；要知道不倾吐彼此内心的秘密，哪算得上什么友情啊。大厅到餐厅由一条足够狭窄的走廊相连。大家你拥我挤，难以通行。亚历山德罗夫和济娜齐卡的肩膀不时相碰，她的手轻轻放在亚历山德罗夫的衣袖上，就这样，济娜齐卡的手会突然非常短促地抓住士官生的手臂，她衣衫内富有弹性的身子会贴到他身上。这当然是无意的，是因为挤碰，但谁知道呢，其中或许也包含极微小极精细的蓄意成分吧？不，关于此事，他对日丹诺夫

---

① 《圣经》中的所罗门箴言并无这一句，应为伯爵杜撰。

绝对不提。尽管他们维系着八年的武备中学友情（虽然年级不同，但两人都留过一级），但日丹诺夫非常世俗、村气，还有点儿粗鲁，他能吃能喝，受不了关于大自然的描写，嘲笑诗歌，喜欢讲下流的笑话。他是个地道的图拉省的顿河哥萨克。他不会理解的。

他们的记忆回到最后一刻，回到离开女子中学的时候。当士官生们走下通往前厅的宽阔的拉斯特列里楼梯时，所有女学生都趴在顶层的栏杆上，向下探出淡褐色、金黄色、栗色、红色、草色、黑色的脑袋。

“谢谢你们！谢谢，亲爱的士官生，”她们冲着离去的人呼喊，“不要忘了我们！再来参加舞会！再见！再见！”

这时候，亚历山德罗夫一下子清晰地回想起来，济娜齐卡努力地探出栏杆，挥动着皎洁的镶边手帕，她笑盈盈的眼神与他的目光交会，他在下面分明听见她的召唤：

“写信呀！写信呀！”

从这一刻起，随着奇妙的舞会渐渐沉入往事的记忆深处，济娜齐卡迷人的身影却在亚历山德罗夫的想象中变得愈发亲密、温婉、秀美，让他的夜晚越来越不安宁——给济娜齐卡·别雷舍娃写信的念头愈发坚定地控制住他。当然了，信要写得含情脉脉而又优雅得体，不带爱情的蛛丝马迹，但有一点，如果她读到它，她用自己纯洁无瑕的手指摩挲它时，一定要体味到无上的喜悦。亚历山德罗夫一封又一封地写，用最好的纸，最漂亮最精心的字迹，然后工工整整地誊成六十四份。显而易见，信件不能通过邮寄，要以某种曲折的秘密手段送达。

第一个周末的两点钟之前，他动身前往叶卡捷琳娜女子中学。威武高大的看门人波尔菲利喜笑颜开，立刻认出了他：

“多谢光临，士官生先生！您过得好吗？贵体安康吧？有什么可以效劳的呢？”

亚历山德罗夫小心翼翼地抛出诱饵：

“上一次，波尔菲利，你用樱桃果子露招待我。果子露令人赞叹，不过欠债吗——随你怎么想——我可不喜欢。所以……”

他递给看门人一张淡绿色的三卢布纸币，因为紧张，这纸币已被他的手握得温暖甚至发烫了。

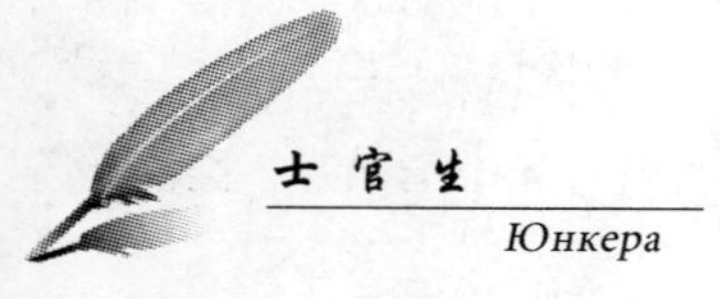

波尔菲利的左眼皮微微跳动着，随时要调皮地眨一下。

“您可不要客气，士官生先生。最好讲一下，有什么事儿吧？而钱呢，请您收起来。”

亚历山德罗夫别开脸，磕磕巴巴、颠三倒四地说道：

“这个么……你瞧……我表妹……这个……别雷舍娃小姐……济娜依达……亲戚来的信……”

“非常乐意，我非常乐意效劳，士官生先生。我会即时转交的。但先要呈交给谁呢？是班级管理员，还是教授先生本人呢？因为我发过誓……”

“见鬼！行不通！”亚历山德罗夫暗自说着，讪讪地走开了。他感觉自己臊得浑身火辣辣发红。

可他就像躁狂症患者似的，无法摆脱自己疯狂的意念。舞蹈教师，可爱透顶的彼得·阿列克谢耶维奇·叶尔莫洛夫怎么样？他记忆里马上便浮现出魁梧端庄的身形、黑色燕尾服宽大洁白的领口、舒缓稳健的动作，还有花白平整的头发下剃得干干净净的粉红胖脸。不，带着三个卢布去找他可是太过分了。听说以前士官生们也尝试过，却从未成功。

但跟叶尔莫洛夫四处授课的有个小提琴手，一个瘦瘦小小的人，长着一张平淡无奇、大概连自己的妻子也不记得的面孔。等到下了课，彼得·阿列克谢耶维奇已经到了走廊，快要到楼梯口了，提琴手还在用黑毛巾包裹自己廉价的小提琴，这个时候，亚历山德罗夫走近他，一面出示三卢布纸币，一面急匆匆地低语道：

“您明白吗……这里面没有任何愚蠢和不光彩的东西……其中只是有关遗产的家事。必须声明，不能落到外人手里……劳驾您多费心了！”

可提琴手却摆动着两只手，还有包在黑布套内的提琴。

“快救救我吧，上帝！您怎么能这样想呢，士官生先生？要知道为这事彼得·阿列克谢耶维奇眨眨眼就能轰走我。可我有家室呀，加上妻子和老母亲七口人呢。告到总督那里去的话，他一、二、三，数三下就会把我发配出莫斯科的。不行，少爷，老套故事了。荣幸地给您鞠躬。再见吧！”随后他便忙不迭地跟自己的庇护人跑掉了。

但强力即意志，而世上比它更强大的惟有偶然性。一天晚上的休息时间，十来个士官生聚成一团，凑在两张邻近的床铺间。列维斯·奥夫·梅纳尔正在复述一部法国小说的故事，不知是埃米尔·加波利奥[①]的，还是蓬松·杜泰拉伊[②]的。亚历山德罗夫没什么特别的兴趣，他无精打采地走过去，懒洋洋地听着。

"当时吧，"列维斯继续不紧不慢地讲述道，"嗜血成性的罪犯还发明了一个狡猾的通信手段。他们相互之间写最普通的便条，讲的是最平常的家务事，所以，任何人，任何时候，都不会想到要去挑剔它们的内容。但他们借助蘸着柠檬汁的鹅毛笔，在干净的白纸上传递自己的凶残计划。他们用热熨斗熨平纸上有点儿凹凸不平的皱褶，只要收信人把这张白纸拿到火边一烤，就会在上面慢慢地清清楚楚显现出黄色的字迹……"

列维斯的一番话犹如一道闪电，刹那间照亮了亚历山德罗夫。

"这正是我所需要的！让上帝和陆军院来审判我吧！"

最近这个星期六，他去居住在莫斯科河外马蒙托夫庄园的已经成家的姐姐索尼娅家度假。他把一整个柠檬的汁液挤进小空药瓶，用簇新的八十六号鹅毛笔写了一封言辞郑重的书信，但士官生觉得不可能不在字面之后读出炽热而诚挚的情愫。

"我在未得到允许的情形下决定给**您**写信，我知道这种做法非常愚蠢，但我没有其他方式来表达我对命运深深的感激，因为它赐予我无法言表的幸福，让我在叶卡捷琳娜女子中学的舞会上与**您**相识。我不能，不会，也不敢对**您**倾诉**您**所带给我的那种绝妙的感受，甚至眼下这种尝试，在我看来也像一种亵渎。但让我恭敬地请求**您**，请**您**从那个快乐的夜晚开始，直到我们生命结束，都把我视作**您**最忠顺的仆人，他愿意为**您**做一个人所能做的一切，那个人惟一的梦想——哪怕偶然地，哪怕是瞬间呢——便是再次见到**您**让人永远难忘的面庞。

"兹纳缅卡，亚历山大第三军事学校，四连士官生，阿列克

---

① 埃米尔·加波利奥（1835～1873），法国侦探小说之父，以写作勒科克侦探为主人公的小说著称。

② 蓬松·杜泰拉伊（1829～1871），法国作家，擅长写作侦探纪实故事，数十部连载小说中，最有名的人物是罗康博尔。

谢·亚历山德罗夫”

字迹晾干之后，他用索尼娅的熨斗小心把信熨平。但这还不够。现在还要用普通墨水在第一页写上一些话，第一，这些话在其他检查者的眼中要绝对无可挑剔、绝对枯燥无趣，而第二呢，要让济娜齐卡有所察觉、一定要烘烤第二页。

亚历山德罗夫（多少算个诗人）非常迅速地想到了贯顶诗的规则。不过写这封复杂的书信却耗费了他若干钟头的辛苦劳作，开头便撕碎了差不多一刀[①]的信纸。瞧，这就是每行首个字母都被亚历山德罗夫用笔道稍微加粗的字迹写下的书信。

亲爱的济济：

你还记得你的老姑妈是这样叫你的吗？两年了，没收到你的任何书信。我想你已经完全长成大人了。上帝保佑你万事如意幸福，主要是身体健康。我用快件给你寄去山羊毛手套和奥伦堡[②]头巾。如果夏天你能来奥泽里谢，我的天使，我们该有多高兴啊。那样的话，我会无微不至地保护你。奶妈向你致以深深的问候，她整个冬天都在饱受痛风之苦。

米沙在上实科学校，学习很好。他痴迷贯顶诗。深深地吻你。双亲另外写信。

爱你的奥利娅姑妈[③]

信封上贴的不是城区而是（多细心的伎俩！）郊区的邮票。亚历山德罗夫心脏怦怦乱跳地把它投进信箱。“破釜沉舟了。”他夸张但勇敢地想。

第二天，周日，一大清早，德米特里·彼得罗维奇·别雷舍夫教授在跟自己宠爱的济娜齐卡一起喝茶。家人还未起床。无论是著名的教授，还是十七岁的姑娘，这种周日的二人早茶是他们小小的

① 俄制的一刀纸为24张。

② 俄国地名。

③ 原文中，此信每行首位字母连贯起来，意思是“请您在火上烘烤”。

乐事。他带着一种略显严肃的庄重劲儿亲自备茶。他先在干燥温热的茶壶里加进一小撮茶叶，轻轻注入滚烫的开水，又即刻把水倒进茶碗。

“之所以这样，”他认真地讲解着，“是为了必须洗掉迷魂药，因为这茶由饶舌的东方人采集加工，出自他们之手的茶是有毒的。至少所有莫斯科河南岸的人都相信这一点。”然后他再次冲入开水，但量很少，又用厚厚的鸡形呢子盖布包起茶壶，几分钟后再把茶壶注满。这套仪式始终让济娜齐卡觉得好笑。

接下来，德米特里·彼得罗维奇用自己那双宽厚的大手，那双能借助手术刀分解最细的植物纤维的大手，把菲利波夫面包店的弧形白面包切成两半，抹上黄油。父女俩简直是在彼此欣赏对方。

有人敲门。

“请进！”

身穿早装的波尔菲利走进来。

“邮件。”

教授不慌不忙地拆开邮件。

“这是给你的，济娜齐卡。”他一边说一边谨慎地把信丢过桌子。

济娜拆开信封，久久地试图弄明白信里说了什么。恶作剧？骗局？抑或是什么人弄混了信文和信封？

“爸爸！我一点儿都看不懂。”她说着，把信递给了父亲。

父亲研究了几分钟，随后他睿智的面庞上便渐渐荡漾开欢快的笑容。

“奥利娅姑妈？”他惊叹道。“你怎么会不记得呢？请回忆一下。那么高大、匀称。她还有明显的胡须。她非常喜欢跳舞。拿去吧，拿去吧，好好读一读。”

过了一周，在祷告和点名之后，四连连长福法诺夫，也就是德罗兹德，从队列旁走过的同时，把以士官生名义收到的信件转交给他们。他也递给亚历山德罗夫一个足够厚重的硬信封。信封上写着：内附照片。

“喂，不给我看看吗？”

“是的，长官先生。”

士官生赶紧打开信封。这是一张济娜齐卡迷人的小头像，相片下面有一行简短的题字："济娜依达·别雷舍娃"。

"哦……非常美，"德罗兹德说，"喂，怎么样？现在还后悔去舞会吗？"

"一点儿也不……"

24

朋　友

冰冷的一月过去了，大雪连天、给莫斯科所有屋顶堆上滚圆洁白的雪垛的二月也已经过去。三月姗姗来迟，每到清晨，屋檐、流水槽和铁皮宽檐屋顶上便会挂满溜尖的冰锥，它们像人工水晶，在太阳下闪耀着七彩斑斓的碎光。

大街上，"冰人[①]"正用雪橇把切成半俄尺的冰砖运往各家各户。天气还冷，但空气中不时弥漫着从远方传来的谢肉节的气息。

高年级士官生在辛苦背书。总共还有两个月，过了学校教堂命名日，过了苦修圣徒圣乔治和亚历山德拉皇后的纪念日——他们的庆祝活动在四月十三号——决定"尉官们"未来命运的、艰苦恐怖的考试就将开始了。夏末，在晋升初级军官军衔之前，载有两百个不同军团空缺职位的清单就会寄到学校，而随后的选择权就取决于两年间上过的各门课程的平均分了。当然，优等生——司务长和攫用士官——会被最上等、最显赫、最舒适的军团录用，首当其冲的是彼得堡的近卫军。但在那里服役开销昂贵，需要家人的大量贴补，少尉的薪水——每月四十三卢布七个半戈比——根本不可能生活。其次是波兰王国的呢军服近卫军，军服非常漂亮，但消费也有些高昂。再次是炮兵。接下来轮到的就是留在首都或大的省城，最

① 即运冰人。

好是卫戍部队。再下来，选择的等级就急转直下，要落到地理课上一次都未提到过的某些小城，或者是被抛弃在外省腹地的边防营队。

亚历山德罗夫学习成绩一直中等。在亚历山德罗夫的想象中，不久后的晋级犹如一个有点儿离奇的苍白的怪物，无形，无色，无嗅，无味。惟一关心的事情是以全部十分的成绩毕业，这样就能获得优先的选择权较高的军衔。对最后一项特权亚历山德罗夫一无所知，他原本也从来没有机会享用。

普遍的背书就让他焦头烂额了。但不管怎么说，他攻读得也算不上特别刻苦，既散漫又怠惰。可爱、美丽、迷人的济娜齐卡·别雷舍娃本人尚不知情便成了这种敷衍了事的罪魁祸首。瞧，从她寄自己的肖像给他已经过去了差不多三个月，有将近小半年了，却再未收到她什么——就像奶妈达丽雅·福米尼什娜什么时候讲过的：音信全无。而再次给她写密码信呢，这让他又畏惧、又害羞。

亚历山德罗夫无数次避开同学，特别是床铺附近的邻居们，跪在自己的木柜子前，郑重其事地从里面取出珍贵的相片，把它从小盒子和卷烟纸里解放出来，保持着那个别扭的姿势，久久地欣赏这个仙女般迷人的脸庞。不，她不是美人，不是那种光彩照人、雍容华丽的女人，在《田地》附页的马科夫斯基的石印油画，在库兹涅茨基桥上的阿万措和达奇阿罗[①]售货亭，亚历山德罗夫见过这种女人的形象。可为什么亚历山德罗夫每次久久地凝视着她的肖像时，他的呼吸会变得陶醉，嘴唇会干燥，头脑会飘飘然微微眩晕呢？略略上翘的长眉毛下这双安静的眼睛里，稍显俏皮的一低首的瞬间，那么可爱地合拢着、不知是要微笑还是要亲吻的双唇上，究竟隐藏着哪些魅力的奥秘呢？

亚历山德罗夫聚精会神地仔细端详相片，把它举得离眼睛越来越近，在这个过程中，图像不断放大，仿佛在渐渐凸出，渐渐变得鲜活，变得温暖起来。

最后，当他的双唇几乎触到此刻已经生长到真人大小的、济娜齐卡的面庞时，亚历山德罗夫周身上下充盈着幸福的迷雾，极其渴

---

① 当时的一家艺术品商店名。

望亲吻一下济娜齐卡的嘴唇，却又没有勇气，意志力不允许自己这样做。

“不能这样，”他在说服自己，“这很可耻，这是秘密的偷盗行径和罪恶的自我欺骗。男人不应该这样做。要知道她还没答应你呢！”

于是随着一声疲惫的叹息，他把相片藏进了柜子。

他没向任何人坦白过这种奇特的苦闷。只有一回——是跟韦桑。可对方一摆手，对他说：

“忍忍吧！不值一提。不过是你青春的血液在躁动。‘用祈祷和自制力驯服它。’[①] 走吧，朋友，去体操房，我们来击剑赌两个馅饼。比二十点，你先让我五点……走吧。”

亚历山德罗夫和韦桑的友情日益牢固，虽然他们来自不同的中学，韦桑又高他一级。

或许，他们性格上的高低不平之处分布得恰好能让彼此契合，既不用多费口舌，也无须争执。

上课时他们总是坐在一起，并且相互帮助。亚历山德罗夫替韦桑画大炮和工事剖面图。而精通外语的韦桑则在德文或法文老师叫到亚历山德罗夫的名字时站起来替他回答问题。

如果课上得实在太过无聊，两个朋友便开小差，拿阅读、玩牌和编歪诗打发时间。但他们最热衷的游戏是有关胡子的幻想。

韦桑可不是徒有一半法国血统的：他很用心地在侧兜里藏着一把小梳子和一面小镜子。

让俄文老师，师范毕业生杰卡波尔斯基单调地唠唠叨叨，说什么作者观念和现实之间的矛盾是俄罗斯作家创作的诗歌、长篇小说、中篇小说、讽刺作品、喜剧等等的根源和依据吧。这种矛盾比辣萝卜还让大家厌烦。

谁也不听杰卡波尔斯基讲课。

韦桑掏出小镜子，攒起眉头，来回转动着脑袋，凝神打量自己刚刚露头的稚嫩的胡须。

“喂，怎么样？”一本正经地问。“好像又长了一点儿。”

---

① 普希金《鲍里斯·戈东诺夫》中的诗句。

“没错，又密了一点儿。嗨，也让我看一看吧。你可真是个幸运儿。你是黑发男人，胡子也是黑的，可我呢——浅栗色，我的不太显眼。喂，到底怎么样呀？比先前明显了吧？”

“当然啦，甚至老远就能看见呢。会慢慢长出美髯来的。劳驾，让我再看看我自己的，再看一次……”

后来他们又信不过镜子里的形象，转而采取图示的方法。他们用削尖的铅笔，凭着目测或借助铜制绘图尺和量角规，认真测量彼此胡须的长度，标注在纸上。为了更加直观，亚历山德罗夫还用墨水圈上自己的铅笔道。忙着这些事情，一节课顺顺利利、不知不觉地就过了，而年轻人也跟所谓的作者观念全然无关。

这两个士官生乐于邀请对方参加晚会，去看喜欢的戏剧演出，光顾他们相熟的家庭整个冬天都在举办的小型舞会。当时，全莫斯科整年整日地跳舞。亚历山德罗夫把韦桑引见给——希涅利尼科夫、斯科里皮岑和弗拉基米罗夫家；韦桑带自己朋友去的永远是一座房子，即舍尔凯维奇家。这家的家长，犹太人舍尔凯维奇，被认为是莫斯科最富有的三个银行家之一。他每月的家庭舞会享誉全城：最好的弦乐队，莫斯科最漂亮的女人，配有野鸡、牡蛎、外订的小体鲟、最好牌子的香槟酒、诺亚花店送来的名贵鲜花、新鲜凤梨的晚餐，八人舞要用到的精美的小饰物，即使上了年纪，早不再跳舞的人们，心中也还保留着对这一切的美好回忆。

韦桑爱恋着这家的小女儿玛丽亚·萨姆伊洛夫娜，一个十七岁的怪人，她任性无常、为所欲为、古怪精灵而又令人着魔。她轻松驾驭五种语言，每个礼拜都要更换自己的昵称：马妮娅，马什妮卡，姆拉，姆霞，马鲁霞，梅丽和玛丽。她动作灵巧敏捷，像一只蜥蜴。她经常遭受头痛折磨。她在文学、音乐、绘画和建筑上颇有见地，国外旅行期间还结识了很多真正的大师。

她的面容非常奇特，丝毫不像其他女人。她浅灰色眸子流出的眼波似乎永远淡淡地笼罩着一层无比纤柔的淡蓝色的薄雾。她的嘴很大，贪婪，猩红，但轮廓非比寻常地美；她的两手精致得无与伦比。这张奇特而生动的脸上有种怪异的神情：傲慢，嘲弄，但又很娇柔。她经常和亚历山德罗夫跳舞，也不止一次地对他讲，没有人华尔兹跳得能比他更优美，更有韵律，更令人陶醉。她把整个修长

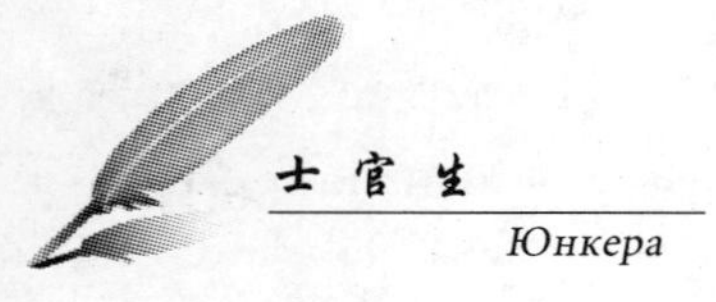

柔美的身体和马来橡胶一样的小胸脯贴在舞伴身上的放纵举止也总是让他局促不安。“要是她父母突然发现呢？大为光火呢？那样的话该有多难堪呀？”

他避免跟她交谈，因为害怕她尖刻有力、毫不留情的话语，况且也找不到任何交流的话题。

不过她满足于他只充当一个出色的舞伴，并不去搅扰他。亚历山德罗夫似乎偶尔也会不无刺痛地暗自忖度，觉得她把他当成了傻瓜。他不感觉委屈。他清楚知道，在家里，在和朋友的交往中，在同很熟络的小姐们聊天时，他既能表现聪明博识，也能展示语言上的机锋和轻松自然的幽默感。

但可怜的亚历山德罗夫拿自己可恶的矜持感有什么办法呢？当他身处一个不太熟悉的大场面时，无论如何也难以克服这种感觉。

他不羡慕韦桑。他只是惊奇于他的自信和冷静，羡慕他能迅速抓住一个话头，续上它、重新启动它、让它永不枯竭的天赋。而他与玛丽亚·萨姆伊洛夫娜之间充满俏皮和刻薄话的戏谑交锋，又让亚历山德罗夫联想起两个顶尖剑客的辉煌对决。离开舍尔凯维奇家时他总是疲惫不堪、头昏脑涨。

在学校，士官生们全天的作息都被学业和军务排得满满登登。每昼夜只有两个钟头精神和肉体上的放松时间：从午餐到晚课，这期间，士官生们可以在兹纳缅卡的白色大楼范围内随便走动、自由行事。

在傍晚前的这段时光，士官生们常常欢快地合唱、朗诵、上演自创的短剧、变戏法、听人讲述往事或读过的故事。这种时候，士官生们安闲舒适地诉说着推心置腹的、需要委婉表达的秘密，特别是初恋，它在年轻而健康的心灵里传染性地绽放，充盈着它们，寻找着哪怕是言语上的出口。

韦桑和亚历山德罗夫每晚都要相互拜访：今天在这位床头，明天——又在另一位床头。如果不带着隐隐的激动，谈论两人都被传染上的、各自躁动不安的爱情，能说些什么呢：关于济娜齐卡和马什妮卡，她们的言语，她们的微笑，她们的娇媚。

两种品性、两种性格、两种气质间的差异马上便显露出来了。亚历山德罗夫的爱情充满那种青草生长和芽蕾绽开般的纯真、质朴和喜悦。他未想过、也想不出他的爱情将来会是什么样子。他只是在思念济娜齐卡的时候，不时会因为柔情而感到眼睛里火辣辣的刺痛和想要哭泣的冲动。

韦桑爱得更加热烈和坚定，带着进入性成熟期的年轻人的自觉。但他既不对自己也不对亚历山德罗夫隐瞒非常实际的未来规划：

“马什妮卡——一个美人和怪物，”他说，“但她也还算聪明，还算有教养。这样的妻子永远是丈夫的好招牌。而除此之外（我干吗要在你面前装腔作势呢）——除此之外，她很富有，娶她能得到不错的嫁妆。我们已经约好了：晋升那一天向她求婚。我会去别尔涅夫近卫军团，跟哥哥一起服役。反正是在莫斯科……等我年满二十三岁，我会娶她，之后呢，我无论如何也一定要进入总参谋部研究院。这便是我的前程和体面的地位。哎，朋友：要亲自洗衣服、亲自给小孩儿喂奶的、窝棚里的爱情可不是好东西。”

“你这个犬儒主义者。”亚历山德罗夫说道。

韦桑笑着说：

“绝对不是。我不过是把爱情和理智结合起来而已。但你永远也不会理解这一点。你是个——作家，你惟一的快乐便是——想入非非……”

25

Rendez-vous[1]

早点名——连队一天生活中最重要最严肃的时刻。所有士官生依次喊“到”之后，司务长宣读团部命令。他指派每个昼夜的一位高年级值勤生和两位每隔四个小时换班的低年级值日生，他还宣读

① 法语，意为“约会”。

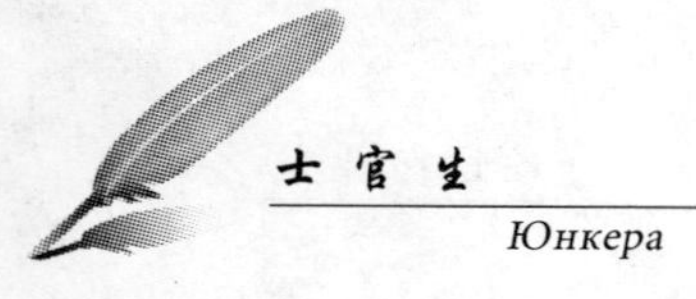

长官们裁定的处罚。

最后，点名结束时，要给士官生们分发信件。最后一项通常由德罗兹德本人进行，其中也不无某种意味。按照条令，他可以事先浏览士官生们的任何邮件，但他却把它们原封不动转交。他大约真正理解有关权威的公理："相对于猜疑和惩罚，相互信任能更有力地联结领导和下属。"他还理解，未被开启的信件总能带来喜悦和暖意，而被别人的手破坏过的就似乎枯萎并失去了温度。

二月末，亚历山德罗夫从德罗兹德手中接过一封小得令人惊叹的短信，它的邮票几乎盖住了整个信封。

"嚯，"德罗兹德说，"可真是麻雀通信!"

站队时，除了队列绝对要心无旁骛：这是首要的军规。微型信件灼烧着亚历山德罗夫的口袋，直到进了餐厅，坐在早茶和白面包前面了，他才拆开它。它简洁至极，散发着上个圣诞节那种无比迷人的香水气息！……

> 谢肉节次日，中午两点钟，请来奇斯特耶水塘滑冰场。我会带女友。
>
> 您的 З. Б.

您的!啊，上帝呀！您的！这个可爱的字眼儿像热水浇在了士官生身上，让他幸福得脑袋立刻眩晕起来。

这天四连高年级士官生第一堂是神学课。上课的是亚历山大军校教堂主持，全欧洲闻名的教会史专家，神学博士伊万采夫－普拉丹诺夫神父。

一年级时，亚历山德罗夫曾如饥似渴地聆听过他关于文艺复兴时代的罗马教皇和萨沃纳波利的精彩讲座。但此刻他在讲教会分裂、圣灵诞生、一种或两种形式的圣餐礼、教皇的绝对权威和大教堂。这个题目无聊、空洞，令人费解。

亚历山德罗夫，连同其他一些伊万采夫－普拉丹诺夫的忠诚信徒，很快便背离了他，不再对他感兴趣。老迈睿智的大祭司对这种冷淡毫不为意。在这种关系里面，他俨然一位古代的哲人，似乎在说："我不为众人而讲。我为少数人而讲。即使只有一位聆

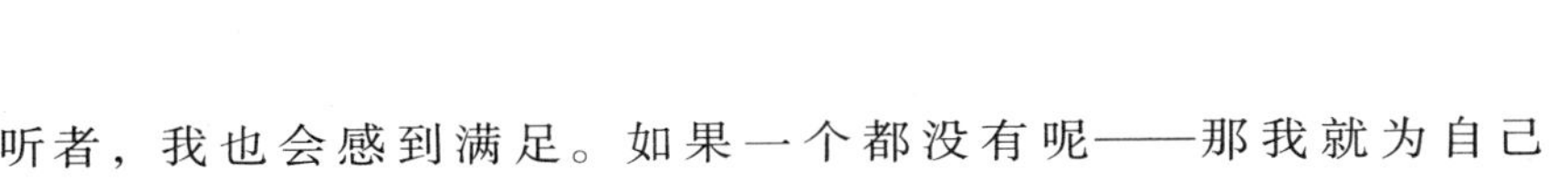

听者，我也会感到满足。如果一个都没有呢——那我就为自己而讲。"

伊万采夫－普拉丹诺夫在特罗伊茨－谢尔吉耶夫神学院和各种神学机构有诸多事务，此外他还要稍稍抽出些时间，用于他众多杰作的出版和修订。他分明知道，神学课在军校里几乎被当做非必修的课程，也不规定考试。于是，他以无所谓的冷漠态度给所有士官生打十二分。士官生们在他课上做什么，他也同样无所谓。在用自己深沉而睿智的学者嗓音讲课时，他甚至瞧都不瞧学生一眼……在此期间，士官生们小声背诵最近要测验的军事课程，画炮兵学或筑城学教师布置的剖面图和正面图，操练测绘艺术，阅读大仲马的小说，或不客气地勾画著名牧师那颗几乎秃成光头的大脑壳。只需保持相对来说最低限度的安静，因为伊万采夫－普拉丹诺夫是在最严肃的地方准备的最接近本质的讲稿。

一如平时，亚历山德罗夫坐在韦桑旁边，把收到的短信递给他。韦桑神色庄重地匆匆看过一遍，还给了他。

"哟，行呀，亚历山德罗夫，你是个——幸运儿。"他带着友好的微笑说道。（他们早习惯了在学校事务上彼此称"您"，而说到友情、微妙的感受和恋爱方面的事时——则以"你"相称。）

"昨天，就在昨天，你还不敢用嘴唇碰一下她的相片呢，可你瞧，今天她就约你在滑冰场幽会了，到那儿的话，你亲吻的就不是一片硬纸板，可能就是可爱小手上活生生、暖呼呼、香喷喷的手套了。哎哟，你们可真够我受的，聒噪的悲观主义者！"

"你瞧瞧，瞧瞧，"亚历山德罗夫兴奋难安，"瞧瞧，我的老天，她怎么署的名。'您的'。这就是说——是我的，我的，我的，我的。我的。"

地道的现实主义者韦桑并不赞同。

"您的——这并不意味着——你的。您的（她）或您的（他）——这不过是程式化的、不太恭敬的书信结尾的普通缩写而已。有事干的人很少这样写：'我仁慈的先生，现在请您允许我不胜荣幸、无比恭敬地恳请您，信赖您最温顺的仆人绝对的忠诚、深深的敬意和忠贞不渝的为您效劳的愿望……'聪明干练的人不说所有这些公文式的废话，会简单地写上：'您的 X.'，仅此而已。"

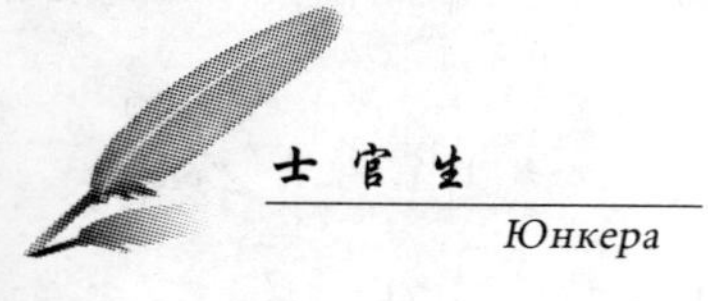

亚历山德罗夫做出一副苦相。

“瞧瞧吧，你总是那么实际。你透过灰色眼镜看一切。你没注意到女朋友吗?”

“说什么呀，注意到了。这大概会是一位老姑娘，一位年龄偏大、容貌不佳、性格古板的小姐，所以，我要提前拒绝陪你去奇斯特耶水塘滑冰场，并在严寒中征服一位冷漠寡言的丑姑娘这件美差。”

“哎呀，韦桑!”

“不行，亲爱的，”朋友变得温和起来。“谢肉节第二天我也有约，也是滑冰场，不过是在巴特里阿尔希耶水塘，邀请来自马什妮卡·舍尔凯维奇娅，来自我美丽的犹太姑娘。”

“哎，我的好事落空了。”亚历山德罗夫沮丧地说道，又吧唧一下舌头。

“怎么会落空呢? 虽然我是个现实主义者和一个讲究实际的人，但也是个忠诚而智慧的朋友。你瞧一瞧马什妮卡的来信吧：她在下午四点前等我，也带着女朋友，不过呢，这位却很活泼，你会为她兴奋的。这样的话，我们俩两点整已经到了奇斯特耶水塘，而差一刻四点的时候，我们叫一辆像样的出租马车前往巴特里阿尔希耶水塘。好不好?”

“噢，我亲爱的，你安排得可真不错! 本来我的肝儿都疼了。你又善良，又慷慨，我的白种人兄弟。”

“这就对了。”

星期六给士官生们放了整整一个礼拜的谢肉节假期。在最繁重最紧张的背书期间，七天的中断和休息，在不知不觉间活跃起来的莫斯科，七天充实而快乐的自由；在严厉的大斋节到来之前，在对正在逝去的冬天的热烈祭祷中，在庆祝大步赶来的春天的狂舞中，莫斯科再次回到久远的多神教时代，重新沉浸于无所不在的偶像膜拜。

昨天莫斯科还以百灵鸟为食：烤成粗糙的小鸟形状的白面包，有小翅膀、尖尖的小嘴和葡萄干的小眼睛。百灵——顶峰、天空和温暖的象征。而今天，莫斯科的主宰、强人和勇士则变成了达日博格神[①]的子孙——上千年历史的煎饼。煎饼是圆的，形如慷慨的太阳。煎饼又红又烫，像火热的温暖万物的阳光，煎饼上满是熔化的油脂——这是对祭献给威力巨大的石头神像的牺牲的回忆。煎饼——这是太阳、晴天、丰收、婚姻和睦与子孙安康的象征。

啊，多神教的大公采邑莫斯科！它在吃滚烫如火的煎饼，就着黄油，酸奶油，黑鱼子，咸鲟鱼子，金鳞鱼子酱，阿丘耶沃鱼子，大马哈鱼子，鲇鱼子，所有品种的鲱鱼，梭鲱、黍鲱、沙丁鱼罐头，小鲑鱼和白鲑，干咸鲟鱼脊肉和白北鲑鱼肉，鱼腹肉，风干鱼精腺，熏鲟鱼，有名的别拉湖小胡瓜鱼。单纯为了填饱肚子而吃，花样奇特地组合着吃。

为了能轻松通过肠胃，每张煎饼都浇上各式各样的四十种伏特加和四十种露酒。其中有黑豆芽酿制、散发着田园芳香的传统的伏特加，有贡蒿浸酒，苦艾酒，茴香酒，德国茴香甜酒，治百病的金丝桃酒，茅香露酒，桦树芽和杨树芽浸酒，柠檬酒，胡椒浸酒……数不胜数。

谢肉节的一周之内莫斯科要吃掉多少煎饼——永远没有人数得清，因为这是个天文数字。倘若计数，也不得不从普特开始，再转换成贝尔科维茨[②]，然后再转换成吨，而后就要转换成六桅货船了。

以多神教的方式不知拒绝地为荣耀而吃。老住户痛惜地说：

“哎！不是那样，不是人们今天做的那样。人们变弱了，没肚量了。自己琢磨一下吧：商人奥甘奇科夫和食品店老板特利亚希洛夫在彼得罗谢耶沃附近打赌吃煎饼——看谁吃得多。你以为怎么着？没动窝儿就吃三十二个煎饼，把灵魂都献给神了！是啊，人都变小气了。在我年轻的时候，这是很早以前了，巴尔丘克的商人科洛文一口气能吃掉五十个煎饼，还一定要就着添了里加香膏的柠檬浸酒。”

但亚历山德罗夫却对大啖煎饼不太理解，也没觉得对煎饼有特别的热情。他在妈妈那儿吃了两张，又在姐姐索尼娅那儿吃了两张，便开始精心准备礼拜二的约会了。他放在储藏室一年多没用过

① 斯拉夫－俄罗斯神话中的太阳神和天火神。

② 俄国旧式计重单位，1 贝尔科维茨相当于 163.8 公斤。

的钢底冰鞋有些地方已经生锈，还沾着什么脏东西；不得不好好倒腾它们一番，涂抹上煤油，用树脂油擦拭，最后还要用金刚砂除去特别顽固的锈迹。

等冰鞋已经侍弄就绪了，亚历山德罗夫才想起他已经一年多没从事过滑冰这种高雅运动了。最好立刻进行一下必要的练习。的确，在滑冰技艺上姑娘们总是远远不如小伙子，但亚历山德罗夫平生碰巧目睹过两次绝对相反的例子，两次都是在动物园滑冰场。一次是个丹麦女孩儿，另一次是一个冷酷的挪威姑娘。在速度和耐力上，没有一位莫斯科的职业男选手能胜过她们。但在花样滑的打分上，亚历山大学校的体操教师，莫斯科的著名运动健将——波斯特尼科夫，每一次都能胜过她们。

“哦，当然了，济娜齐卡·别雷舍娃既不是丹麦人也不是挪威人，但考虑到她的步态、她的舞姿，以及她对节奏的敏感、运动时的轻盈灵巧，可以推断对滑冰这种运动她也会很在行。万一自己不只比她略差，而且还差很多呢？不行！这种屈辱我无法容忍，况且连她也会为此瞧不起我的。现在就要去练习。”

离库德林最近的滑冰场恰好就在巴特里阿尔希耶水塘，但自带冰鞋要进入它严密封闭的冰面，连带音乐费，也要支付十戈比……而这让再次陷入恋爱、号称尉官的贫寒的士官生阿列克谢·亚历山德罗夫开始感受到锥心的悲哀和精神上的痛苦。

开销预算非常巨大，甚至勉强够用：周六，周日，周一——三天，每天在巴特里阿尔希耶练习两次，总共六次——六十戈比。进奇斯特耶水塘滑冰场——十戈比，共计七十戈比。要请济娜齐卡吃点儿什么，要送她乘出租马车回家，要替她给女仆小费。

可亚历山德罗夫连一个戈比都没有。噢，卑鄙的、可恶的贫穷啊！难道不得不拒绝吗？不去吗？让韦桑带话，说我突然患了白喉或折了脚？

永别了，济娜齐卡灿烂迷人的娇美容颜，她，温柔的魔法师，任何有名的美人儿都无法比拟的我的心肝儿。永别了，我的爱情！而这一切都因为区区几个戈比！

他本可以去找母亲讨要，但他早就知道，她对一个恶毒愚蠢的权威所施加的信念有多么坚定。

妈妈曾经有一位德高望重的老朋友，玛丽亚·叶菲莫夫娜·斯列普措娃——上沃洛乔克最重要、最开明、最无可争议的明白人。她每年四次来莫斯科办事和拜访妈妈，她每次都要教导大家，提供意见，发表预言和警示，等等等等。

由于从少女时代起多年来一贯的敬仰，母亲听从她就像聆听天使的声音，而她本人也天生热爱自由，便把对方火鸡乱叫般的废话当做不容置疑的、智慧和经验的宝库。

有一天傍晚，当时还是四年级武备中学学生的亚历山德罗夫穿好大衣，正准备休假后返校。母亲给他五个戈比，让他坐有轨马车到泽姆利亚纳亚土城。玛丽亚·叶菲莫夫娜却发出嘘声，揪扯着自己肥大胸脯上的老式花边，理直气壮地宣讲起来：

“我不理解你，柳芭——这样把钱交给孩子或者说是青年人，难道有教育意义吗？（亚历山德罗夫倒是清楚有什么意义：到学校附近的小贩伊格尔卡那儿买两个蒂罗尔苹果馅馅饼。）谢天谢地，他有鞋穿、有衣穿，还在温暖明亮的地方学习。他的钱往哪儿花呀？坐有轨马车？可对他这种年级的男孩子来说，步行从库德林到列弗尔托沃不过是次消遣！而我们不止一次地见识过，听说过，也读到过，年轻人过早地和金钱打交道、知道钱的用途，这会导致哪些不幸的后果。”

“您说得对，玛丽亚·叶菲莫夫娜，您说得绝对没错。”阿廖沙的母亲恭敬地说。“我真心接受您的金玉良言。您可真是善良和英明！”

上沃洛乔克的女预言家完全动了感情，继续拿腔作调地说：

“我之所以特别强调这一点，是因为，柳芭奇卡，您的家境根本不富裕。但我希望您允许我看在我们老交情的分上，送给您亲爱的小男孩儿这个卢布，您把它用在一些对他无害的小玩意儿上吧。”

亚历山德罗夫连忙戴上大檐帽，走到了门口。

“阿廖沙，要道谢！阿廖沙，跟玛丽亚·叶菲莫夫娜道别！”母亲连忙招呼他。

“她不配。”中学生颤声回了一句，“砰”地摔上了门。

亚历山德罗夫一言不发，心情沮丧地胡思乱想。母亲默默地在底布上绣毛线，不时传来她角质织针轻轻的碰击声。

“不，跟妈妈要钱，既羞耻又没用。要知道她活着可从来不为自己，永远为了我们。姐姐们需要社交——就连土地一起卖掉了祖博诺和谢尔巴托夫卡这两座祖传的小农庄。姐姐们的孩子会走路了——她又是外祖母，又要当奶妈——亲自用奶瓶喂奶。小时候，她总是带我们离开尘土飞扬、暑热炎炎的莫斯科去别墅，到了那儿，她又成了我们的厨娘和女佣。难道不是她，给我这个掌握不了代数基础的笨蛋、懒汉、野孩子雇来补课教师，或者用她的话来说，雇来‘赶牲口的鞭子’？”

唉！无论如何也不能去找她，也就是说——幸福的谢肉节第二天泡汤了。我的生活可真是残酷！

但世上的确存在奇迹：早在分娩之前，母亲就通过脐带与她的婴儿相连。生产时，这条脐带被切断。被扔掉了。但心灵的脐带却活生生地存留在母子之间，连接着他们的思想和感受，直到死，甚至直到死后。

“你怎么了，阿廖沙，嘴撅得跟马屁股上的老鼠似的[①]？妈妈轻声问道。“到我这儿来吧。过来，快点儿过来！喂，把头靠在我肩上吧，瞧，就这样。”

“可我，妈妈……那个……”

“喂，讲吧，讲吧。我早就觉着你整个人都心神不定的，还不停地寻思着什么事。告诉我吧，我的亲爱的，坦白说出来吧，跟妈妈可没什么好隐瞒的。看起来有什么烦心事在折磨你，上帝保佑，但愿不是什么大事。说吧，阿廖什尼卡，说吧——最好我们俩一起分担。”

自幼便感到亲密的温和的嗓音和早已稔熟的柔声细语驱散了士官生的顾虑。母亲爱抚着他的头，而他条条缕缕地讲述着：德罗兹德几乎强迫他前往的叶卡捷琳娜女子中学盛大的圣诞舞会。跳舞。和济娜齐卡·别雷舍娃相识。短暂的别扭，天真的和解。真正的、炽热到永恒的初恋（昔日的别墅恋情根本不算数。那是——胡闹，是对读过的浪漫小说的盲目效仿）。亚历山德罗夫还讲了他怎样用柠檬墨水，以杜撰出来的姑妈的贯顶诗形式，给自己崇拜的姑娘写

---

① 俗语，意思是“撅着嘴生闷气”。

密码信，以及济娜齐卡怎么给他寄来令人迷醉的相片，他怎么苦受煎熬，被久久的游荡和不可能的见面折磨。

“妈妈，你究竟能不能理解我呀？你年轻时，在出嫁之前到底恋爱过没有？”

“没有，没有，阿廖什尼卡，我的亲爱的，”母亲轻声笑起来。“我年轻的时候，我们还没有恋爱这种事。你外祖父和外祖母找到我，跟我说：‘柳布什卡，调解法官、会审法庭代表尼古拉·费奥多罗维奇·亚历山德罗夫向你提亲；他是个有教养的好人，甚至还会拉提琴。他门第很好，是贵族。地位也让人敬重。喂，你怎么回话呀？嫁还是不嫁？’‘随你们怎么说吧，爸爸，妈妈。’就这样，我不满十六岁就出嫁了；婚礼之后，连所有的洋娃娃都一起搬进了丈夫家。你还说什么恋爱呢。”

“哎，妈妈，此一时，彼一时，现在——现在完全不是一回事了。”

“是啊，好吧，好吧。信你的，如今不一样了。你接着讲吧。”

“后来的济娜齐卡给我往学校寄了这封短信，所以我现在不知道该怎么办了……”

母亲不慌不忙地把金属框的大眼镜架到鼻梁上，仔细看了一遍字条。然后把眼镜推上额头，说道：

“一个爽快的姑娘，又干练，又活泼。她是哪个别雷舍夫家的？不会是德米特里·彼得罗维奇教授的女儿吧？”

“是的，妈妈。她叫——济娜依达·德米特里耶芙娜。”

“噢，怎么回事呀？我没资格指责他，可他怎么这样放纵自己的女儿呢……不过他是个值得敬爱的人，在整个莫斯科都很有名望，很受敬重。况且——这也不干我的事。你最好直接告诉我，你那么迫切需要的是什么呀？大概是钱吧？对不对呀？”

“是的，妈妈。可我非常非常不好意思跟你开口。”

“哟，也不是很难为情呀。我还是你的监护人呢。去年你送我一双软山羊皮皮鞋，可我哪用得着软山羊皮的呀？我不是摩登女人。老了。我去了你买鞋的那家商店，在那里我看上了一双漂亮的缎纹面的，还拿回了差价。喂，怎么样，给你五个卢布够了吗？够不够呀？”

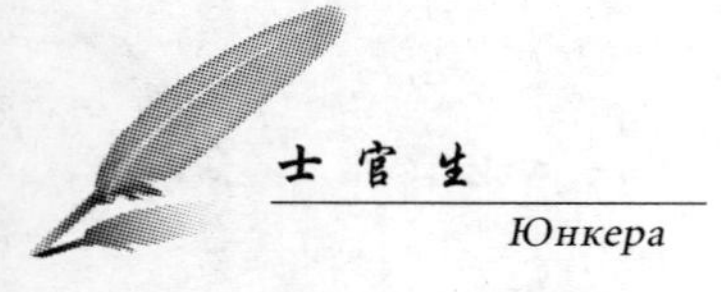

亚历山德罗夫把嘴唇贴在她布满皱纹的脖子上，热烈地亲吻着她，深情地喃喃道：

“够了，绝对够了。你真让我感动啊，妈妈。你多么善良、多么慷慨呀！可你想一想，妈妈，现在玛丽亚·叶菲莫夫娜·斯列普措娃能说什么呀，假如她见到你这样大手大脚的话！”

母亲露出那么亲昵、那么可爱、上了年纪的人的笑容来，那笑容阿列克谢是如此熟悉和喜爱，那笑容里非常纯朴地带有一丝无恶意的责备神色。

“嗨，阿廖什尼卡！这里只有我们两个人。外人谁也听不到。不是教训，也不是责备，我跟你说，我的玛丽亚·叶菲莫夫娜具有所有优秀品质，同时——还是个正派的傻瓜，让上帝保佑她万事顺利、幸福安康吧。在奔萨时她就表现出这个特点了。不过呢，虽然充满愚蠢的自豪感，虽然永远显得无所不知，但她非常善良，永远愿意帮助别人。可是跟你，我的阿廖沙，我得说一句：看在老天的分上，你要学会控制自己不可驯服的鞑靼人的脾气。因为它，你生活中还会遭遇很多不幸。你的性子可是太急躁了。”

奇斯特耶水塘

就在这个星期六，傍晚稍早的时候，亚历山德罗夫赶到离家不远的巴特里阿尔希耶水塘不大但舒适的滑冰场。这时那里没有播放音乐，由溜冰俱乐部热心会员照管下的滑冰场十分清洁、光亮如镜。在运动员换冰鞋、喝柠檬汁、在严寒天气里取暖的小木屋上空——悬挂着一条标语：“请光临冰场的先生们若无必要不要用醉汉的姿势划损冰面，也不要做出能把石板划出横沟的急停动作。”

亚历山德罗夫起初担心，因为近六个月远离“铜锈”会让他感觉到自己动作上的沉重、笨拙和生疏。但在平整的冰面上半跑半跳地滑行四个来回，又以大幅度的回环动作速滑一阵之后，他立刻便欣喜地发现，自己的双腿运转起来依旧轻巧、驯顺和欢快，仍然记得溜冰的节奏。

一位上了年纪、头戴小圆帽的胖胖的运动员从木头梯子上滑下来时，叫了一声好：

"好，士官生先生！好，好，好样的。"

亚历山德罗夫宽厚地微笑着，把右手搭在带双头鹰徽标的羊羔皮帽子上，不无得意地心想："这还不算什么呢。你最好下周二再来瞧瞧，来奇斯特耶水塘，到时候我不套军大衣，不带这讨厌的军刺，只穿阅兵制服，跟她，跟济娜依达·别雷舍娃，跟世上最美丽最优雅的小姐手拉着手……"

就这样，他活动着身体进行练习，直到暮色渐沉，周围已经什么都看不清了，筋疲力尽而又舒畅绵软的他才吃力地回到家。

但第二天一大清早，他便开始体会到间隔很长时间之后过度训练的后果了。醒来时他感觉自己的四肢、后背好像遭受过毒打，自己已被打得遍体瘀毒似的。每块肌肉都疼痛、乏力，不能稍稍碰一下。为了从床上爬起来，亚历山德罗夫不得不撑着椅子，同时还完全像老人那样哼哼唧唧。他以为昨天滑冰时生病了，为了不惊动母亲，他请求把早茶给自己送到床上来，这种事他以前从来没干过，因为在他看来，卧床吃东西是种极其鄙俗的行为。

可母亲却亲自给他送来了茶和抹了黄油的白面包。她立刻看出来自己的儿子在忍着痛楚、艰难地勉强挪动着四肢，于是关切地问道：

"怎么了，阿廖什尼卡？看样子昨天滑过头儿了？"

"是的，有一点儿，妈妈。可我自己也不明白怎么会一个劲儿难受，一个劲儿地发晕，就像得了疟疾似的。竟然出了这种事，赶在谢肉节生病。"

妈妈亲了亲他的额头（她总是这样测试自己孩子的体温），说道：

"谢天谢地，没得什么病。而你的不舒服呢——事情很简单，也很好解释：不过是轻微的肌肉拉伤。它是所有从事重体力劳动的人歇较长一段时间后再干活时常见的症状。熟悉这种疼痛的人很多：骑手，船夫，搬运工，特别是杂技演员。演杂技的人把它叫做肌肉酸痛症，甚至叫它肌肉刺痛症。”

“可怎样能治好它呢?”亚历山德罗夫问道，他想起了没剩几天就到星期二了。

“根本就没有办法，阿廖什尼卡。无论是按摩、涂擦剂，还是内服的办法，都没有作用。能帮上忙的只有时间。但我提供给你一个最好的方法，阿廖沙，这就是——马上去冰场，开始像昨天那样练习。”

“老天爷，就这样呀，我的身体从上到下都跟碎了似的，我连动一动都疼。”

“那无论如何也要忍住了动一动。要以毒攻毒。这是古老的民间智慧。腿疼——就要站起来走一走。你直接去冰场吧。自己控制住自己，忍住所有疼痛。一到那儿——立刻就不疼了。你就信我的吧。这种办法我试过多少次了。你舅舅，就是我的哥哥，一点儿也不让人敬重的阿尔卡基·阿列克谢耶维奇，一个最不可救药的鞑靼人和整个奔萨和坦波夫省最疯狂的骑手。噢，老天，他一辈子干过多少傻事呀。比方说吧，他说服所有人，特别是我这个当时十三岁的小姑娘，说我身上潜藏着超常的独一无二、绝无仅有的骑马天分，只需要发挥和锤炼这种天分，到时候所有跟马有关的行当对我来说就会畅通无阻：想进马戏团——就进马戏团，扮演优雅的女骑师艾尔弗利达。要是去赛马——天下第一、不可战胜的女骑师。如果我愿意的话——去阿拉伯，骑遍外国的上等宝马，或者去拜见英国女王，做她私人马房的女师傅……阿尔卡基公爵总爱胡扯，好像脑子有问题似的。但是说实话，在马匹方面我的确有种祖先遗传的天赋。我永远热爱马儿，它们也喜欢我听我的。就这样，你猜怎么着，我这位阿尔卡基老兄，这个鲁莽的家伙，为我的训练想好了主意。（当时，他，还有同样可爱的鞑靼人兄弟们，因为自己各种各样的狂欢滥饮和鬼把戏，已经把我们祖辈传下来的非常棒的马场败光了。）他经常骑得远远的，跑到吉尔吉斯草原，从那里赶回大群的外邦野马。这些马匹非常优良，爱马的人特别珍惜它们。虽然身材不太高大，却很有特点，马胸非常宽，鼻孔大上四倍，跑起来时

气息很长，这点是其他品种的马儿所不具备的。它们能随随便便跑溜蹄步[①]。可除了所有这些优点，这些毛发蓬乱的吉尔吉斯马，个个都像有意挑选过似的，凶猛、倔强，特别特别难以驯服。经常地，它们要么相互撕咬，要么跟别的马群干架，对人也一样凶，不是咬就是踢。一旦发怒的话，就会一面嘶鸣，一面龇出牙齿，恕我直言，就像魔鬼一样的野兽。就这样，我心爱的阿尔卡基老兄先骑熟它们，然后就送给当地的爱马人。他还开始用它们发展我出色的骑马天赋。起初让我上马的时候，像对男人那样不放马鞍，只用一块毡垫。把我放上去，把马鞭递到我手里，再用长鞭子猛抽一下草原马。而且还追着冲我大喊大叫：你要抽它，一直抽它。这些吉尔吉斯马折腾我的那些事呀，让人现在回想起来还觉得可怕呢。我浑身瘀青，满是疤痕、伤口和大包。可不管怎么样也不跟大人诉苦。我的妈妈，也就是你的外祖母叶利扎维塔·格里高利耶芙娜，是个圣人，没人怕她，也没人听她的，可因为诉苦让她难过就有点儿让人羞愧了。不过说实话，我得承认，对我来说阿尔卡基的这些马要比所有的书本都让人开心，比所有糖果都要甜蜜。有时候我也碰到跟你现在一样的情况，被迫在马背上跑了一年半载，然后突然骑过了头，腰酸背痛就会找上我，几乎不能走路，一直疼得哼哼唧唧的。这时候，阿尔卡基就一定会带着他的兽医疗法跳出来：

“‘嗨，至高无上的女骑手。您受受腰腿疼的折磨吧。到马厩去。驯马师命令您的可不是走，而是在田野里纵马飞驰。怎么样！’——然后他还响亮地抽一鞭子。你不得不跑起来。他甚至亲自上马，在后面扬鞭鼓劲，于是我便开始飞驰，向广阔的田野飞驰。开始时当然全身关节都疼了。可掉头回家，所有的病痛全都烟消云散了，没用任何月桂软膏和秘鲁香胶。所以我也建议你，阿廖什尼卡，你也用一下这个勇敢的老法子。”

亚历山德罗夫听从母亲的高见，哎哎呀呀，眉头紧蹙，轻轻揉着身体酸痛的部位，去了巴特里阿尔希耶水塘。连把冰鞋固定在脚上，这都让他觉得困难得无法想象，可要在冰上滑步就更加艰苦、笨拙和痛楚了。就这样，他愁眉苦脸、哀声连连，久久地小心尝试

---

① 一种马匹步法，同侧两腿同时提起，同时落下。

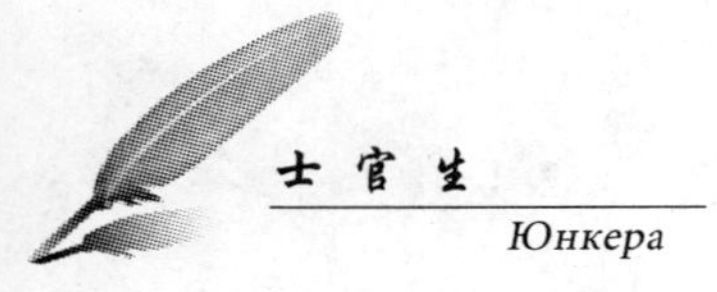

着恢复早已谙熟的回旋和转身，可接下来当他问自己“让我想一想，我的疼痛哪里去了？我那令人沮丧的疼痛哪里去了？”的时候，都没弄明白这一刻是怎么发生的。奔萨的笨法子原来这么高明。

当天（星期日）亚历山德罗夫害怕疼痛复发，还避免用复杂的动作给自己增加难度。而星期一他却几乎一整天都没离开过巴特里阿尔希耶水塘滑冰场，特别欣喜地感觉到自己的身体重新恢复了敏捷、弹性和肌肉力量。

星期二，韦桑和亚历山德罗夫如约在位于两条尼基茨大街——大尼基茨和小尼基茨大街——交角处的升天节大教堂附近会合。出于朋友间的礼貌，他们俩比约定时间早了二十分钟赶到约会地点。

“出发吧，”韦桑说道，“因为时间充裕，我们走大尼基茨街，然后顺伊维尔斯卡亚街，途经红场、依里因卡，然后再经马洛谢伊卡，直接到奇斯特耶水塘。绕道不多，但我们能欣赏一下莫斯科的欢庆场面。”

像训练课上一样，他们身板笔直，习惯性地踏着相同的步调并肩而行，并且以自然优美的标准动作向军官先生们行礼。

洁白的云朵坦荡安闲地躺在淡蓝的天空。寒风带着暖意，并不刺痛面颊，空气中，从某个非常遥远的地方飘来慵懒而活跃的，春天临近、冰雪初融的气息。

莫斯科完全沉醉了，温厚和善得让人欢喜。人群里已经能偶尔碰见酱紫和赤红的鼻子、趔趄的腿脚，能听见爽利、传神的莫斯科土话，说得字正腔圆而又泼辣劲儿十足，让人过耳难忘。

“请别妨碍莫斯科，”韦桑意味深长地说道，“创造独特的语言艺术。”

红场人群稠集，不得不艰难穿行。无数的气球，白色和红色的茶藨子花，它们一串串挂在高空，像要冲上云霄似的。成群的家鸽在人群上方盘旋，不时有个别离群的鸽子振翅掠过人们的头顶。被踩烂的积雪的颜色酷似方形果仁酥糖。盛着腌苹果的缠满红色酸果蔓的白盆摆成长排，一位莫斯科的大学生买了个冻苹果，为了逞能，也因为冷得牙齿打颤，吧嗒吧嗒地示威似的吃着它。在谢肉节吃腌苹果——这是莫斯科大学生的老传统。到处都是煎饼，煎饼，煎饼。行走的煎饼，站立的煎饼，小吃摊上的煎饼，抹着大麻油的

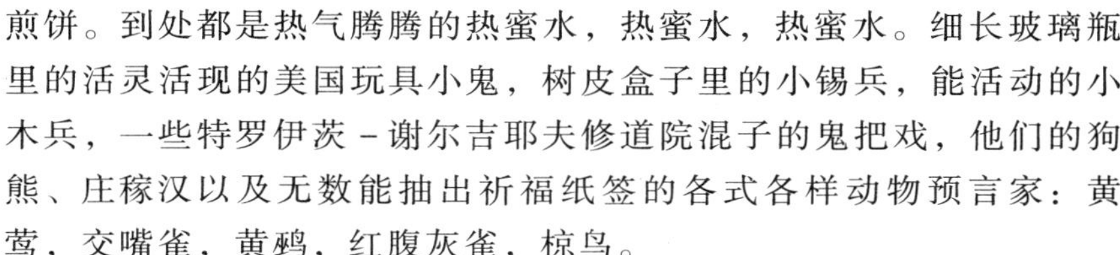

煎饼。到处都是热气腾腾的热蜜水，热蜜水，热蜜水。细长玻璃瓶里的活灵活现的美国玩具小鬼，树皮盒子里的小锡兵，能活动的小木兵，一些特罗伊茨－谢尔吉耶夫修道院混子的鬼把戏，他们的狗熊、庄稼汉以及无数能抽出祈福纸签的各式各样动物预言家：黄莺，交嘴雀，黄鹀，红腹灰雀，椋鸟。

“走吧，到时候了。”韦桑说。

“稍等片刻，亲爱的，”亚历山德罗夫回应道，“我只抽一张，试试自己的运气。”

他走向一个小货亭，有只松鼠在笼子里跳跃翻腾。

“多少钱？”

“两个戈比。”

“好吧。”

松鼠为他抽出一张命运签，他接过来便赶紧去追同伴。他们步履匆匆。路上亚历山德罗夫打开自己的纸条来看：“您很快就会见到您心仪已久的那个人，并且会确信你们情投意合，只是可恶的障碍阻挠了你们的会面。您的月份是一月，您的星座是摩羯座。您经商成功，婚姻和睦。”

“可以瞧瞧吗？”韦桑问道。

“算了，不值一提。”亚历山德罗夫回答，他把纸条揉成团，放进了口袋。他觉得这预言非常具有先见之明。

士官生们抵达奇斯特耶水塘时将近两点，总共差不了三四分钟。

“别担心，”韦桑安抚心神不宁的亚历山德罗夫，“一刻钟——这是她们迟到的最小值，而最大值呢——她们根本不来。我们去那个挨着肉铺的入口吧，从叶卡捷琳娜林荫道直接通向那儿。”

亚历山德罗夫表示赞成。可就在这一刹那，此前一直沉寂的涅瓦团的军乐队突然演奏起雄壮、优美、激扬的舒伯特的圆舞曲。两扇绿色的大门豁然打开，在它们透出的那道亮光中，两个修长的少女的身影猛地一闪，又立刻停下来。

“真是怪了，”韦桑一脸惊喜地感叹道，“不知是乐队在迎接她们，还是她们在等待乐队。”

一眼便认出济娜齐卡的亚历山德罗夫得意地想：“她从乐声中

出现，一如远古时代荷马的女神浮出海浪。”但他同时转念又想，这个浮华的比喻不宜讲给可爱的姑娘听。

士官生们赶紧迎向赶来的女士。济娜齐卡·别雷舍娃的女友原来是位身材高挑儿匀称——正好和韦桑搭当——的小姐。亚历山德罗夫还从未见过她那种浅褐色、那种红铜色的头发，同样他也从未见过她那种布满雀斑、白得晃眼的皮肤。

尽管如此，这个姑娘却是美得惊人，高高扬起的头颅让她的形象显得孤傲而又独立。

“这是我亲爱的女友黛丽，”济娜介绍说，“她是爱尔兰人，俄语一点儿不懂，但她的法语说得很棒。”

亚历山德罗夫也给济娜齐卡引见了自己的同伴：

“韦桑，我最好的朋友。”

她嫣然一笑，说：

“希望您也能成为我的好朋友。”

韦桑的法语讲得自由流利，足以胜任红发小姐黛丽绝佳的男伴。此外，他们看起来也让人联想到精心选择的一对高大恋人，这引得滑冰场的观众都不由得欣赏起他们来。

“请带我去那个换鞋的小棚子吧。”济娜齐卡一面说，一面把左手温柔地放进亚历山德罗夫灰大衣外翻的袖口。“老天，给你们穿的料子可真硬。这是驼毛的吗？”

现在，亚历山德罗夫可以尽情欣赏自己的恋人了。从十二月到三月这段时间，她变化很大，可到底是哪里变了，却难以辨别出来。在她身上，从前那种淡淡的天真烂漫而又无忧无虑的童年的影子似乎退去了，不见了。似乎可以这样描述她：“是的，她完美无瑕。但她身上有种东西，比美更加珍贵，更加罕见，更加令人迷恋。她非常可爱。之所以可爱，是因为那种莫名的醉人的魅力，关于这种魅力，老百姓说得非常精妙：‘不是因为美丽而可爱，而是因为可爱而美丽。’这种肉眼可见的、神秘而又能征服一切的‘可爱’，不可能只是一幅苍白的肖像，它只是微弱的回声，只是智慧、精神和肉体的绚烂之美的纯真证物吧。”

亚历山德罗夫把济娜齐卡领到简易木屋。人们在这里把自己的大衣挂上衣钩。这里出售夹肉面包、茶和水果汽水，还出租冰鞋。

济娜齐卡和亚历山德罗夫的冰鞋是自带的。她单膝跪下，说道：

“请吧，济娜依达·德米特里耶芙娜，跟我完全不必拘泥礼仪。请把您的脚放到我的膝盖上吧。我一眨眼的工夫就能给您穿好冰鞋，把它们固定得结结实实。”

“怎么会呢？”济娜齐卡友善地微微一笑。“我对您非常感激。”

她麻利地脱下薄薄的蓝紫色兔皮大衣，把它挂在衣钩上。然后甩下套鞋，把一只可爱的小脚放在亚历山德罗夫屈下的膝盖上。

“给您我的冰鞋。拿着。我好帮您一点儿忙。”她灵巧地弯下身，稍稍提起呢子短裙。士官生眼前瞬间闪现出一只精致的足背翘翘的小脚。这让亚历山德罗夫感动得要涌出泪水来：“老天啊，她多么美，多么可爱。我多么爱她呀。但愿她整个一生都快乐和幸福。”

“您觉得舒服吗？您不觉得疼吧？您觉得合适吗？”他既温柔又关切。济娜齐卡感觉好极了。今天冰鞋似乎也讨两只脚欢心，又赶上如此美妙的天气。她从台阶上走下冰面，把冰刀在木板上踩得轰轰作响，以令人着迷的笨笨的姿态保持着平衡。她在冰上滑着漂亮的大圈，然后停在阶梯前，兴冲冲地对亚历山德罗夫喊道：

“快到冰上来呀。我们一起滑，快点儿呀，赶快呀。”

亚历山德罗夫甩掉身上的大衣，忙不迭地跑下来。他们手牵手在长长的冰场上滑行，同时通过短促而有力的蹬冰动作不断增强惯性，亚历山德罗夫兴奋地发现，她是一个出色的滑冰选手。

“摘下手套吧，”她提议说，“现在不冷了，不戴手套的话，会更舒服、更开心。”

“噢，开心一百万倍！”亚历山德罗夫粗笨的手掌小心而有力地握着她充满信赖的温柔细腻的小手，激动地想。他们的手臂倾斜着纠缠在一起，这样滑行着，彼此越来越近、越来越近地接触着，就像共舞华尔兹的时候，亚历山德罗夫又不时闻到她呼吸的芬芳。随后他们在长椅上坐下休息。

“记得我们在女子中学跳华尔兹吗？”济娜齐卡问道。

“当然了，”士官生回答，“我一辈子都忘不了。”

接着他又问：“而您记得吗，那个长腿的卡特科夫政法学校学

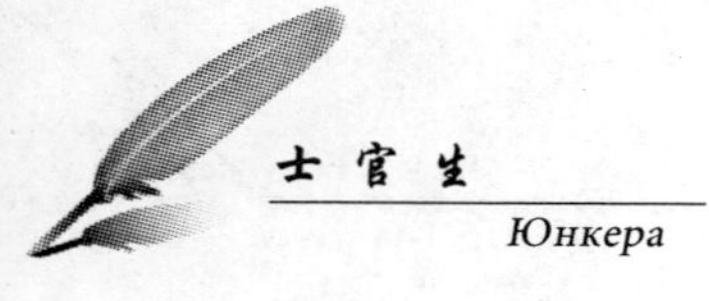

生险些没撞翻我们。”

他一面在济娜齐卡色彩变幻的眸子里捕捉着某些激情的火花，一面默然不语。她的回答微微有点儿矜持，还带着淡淡的羞涩的红晕。

“哦，我不记得了。大概忘了吧。只记着跟您跳舞感觉那么惬意，那么舒畅，那么轻盈，跟谁都不会那样的。”

这个关于政法生的小插曲从洒满吊灯光焰、充盈着美妙的舞会乐队乐声、笼罩着纯净的初恋幽香的短暂往事中唤起了新的回忆。

“您还记得我们怎么发生争端的吗？”济娜齐卡问他。

“还有那么可爱的和解，”亚历山德罗夫回应道，“老天，我当时可真是愚蠢和多疑。那么愤怒、吃醋、嫉妒和忿恨。您远远地用一个眼神就能把甜蜜的安宁带入我凄楚的内心。但要想一想，激起所有风暴的是那位可恶的、被腌制过一样的班级管理员，她就像一条死鱼——不知是闪光鲟，还是欧鳇……”

济娜齐卡把自己的手指轻柔地放在他火热的手上。

“别说了，别说了，不该这么讲。这么讲不好。这样做可能比背后不负责任地挖苦人还要糟糕呢。纳谢金娜是个聪明、善良、受人尊敬的女士。毕竟不是她的过错，她必须严格执行我们半修道院风格的所有校规条款。我更愿意为她辩解，因为她被人那么残忍地嘲笑……”她沉默片刻，好像有点儿犹疑，而后突然说道：“被我那位无所畏惧的完美的骑士嘲笑。”

亚历山德罗夫大为震惊。他还没过那个青涩的带山羊嗓音的年纪，一个聪明的建议，一句善意的批评，都能被非常轻易地当成侮辱，激起狂热的反抗。但是，从那张优美地刻画成满弓形的嘴巴里流淌出的训诫，却给他的整个生命都注入暖意、感激和忠贞的爱。他从椅子上站起来，摘下羊羔皮帽子，给她深深地、深到冰面地鞠了一躬：

“请原谅我愚蠢的行为，”他由衷地懊悔道，“并且请您接受我对纳谢金娜女士深深的歉意。”

“赶紧戴上帽子，”济娜齐卡说，“您会感冒的。噢！戴上吧，戴上吧。”

于是他们又坐在了长椅上，听着音乐。他们四目相对，片刻也

不分离。人们很少那样定睛地相互注视。人的眼神里有种巨大能量，有种不为人知但又鲜活的放射性的精神流质，对这些流质来说，既不存在空隙，也没有阻碍。日常状态和情绪平稳的人们永远无法承受这种充满魔力的放射；他们会渐渐难以忍受，一触到这样的眼神，就会移开目光，转过头去。背德的、有罪的、懦弱的人绝对会逃避人的目光，就像大多数动物。但对于庄重的恋人，明净纯洁的眼波交融是最本能的快乐。

“你爱我吗?”济娜齐卡晶亮的眼睛在探问，眼白微微泛着粉红。

“爱，爱。”亚历山德罗夫的眼睛里闪动着清澈的水雾，回应道。“而你爱我吗?”“爱。”“爱吗?”“爱。”“爱吗?”“爱。”“爱吗?”“爱。”……

即便他们的嘴巴讲不出最谦卑、最羞怯的表白，但他们却能在瞬间相互传递上千次，这种动人心魄的无声的呼喊：“爱吗，爱”，他们没有难堪，没有惭怍，没有客套，没有拘谨，没有餍足。济娜齐卡首先摆脱精神流质令人沉醉的魔力。“我爱，但我们是在滑冰场呀。”她的眼睛理智地说道，她本人则爽朗地向亚历山德罗夫发出邀请：

“我们再去滑一会儿吧。这回我们尝试一下荷兰步法。或者该叫——大步步法吧?”

他们再次手拉着手，但因为身法的要求，现在保持着较大的距离并列滑行。他们同时用右脚滑着大弧，整个身体同时倾向右侧，做完这个动作，立刻又换成左脚，身体倾向左侧，滑着另一个大弧。圆弧滑得越大，身体越是低垂，姿态就越是显得漂亮和干净。不过荷兰步法操练起来可不太轻松，要想滑出特别标准、特别宽展的圆弧，就要尽最大的力气蹬冰，这种发力很快就会让人筋疲力尽。济娜齐卡又和亚历山德罗夫坐在一起，又再次唱起美妙的永恒的歌曲：“爱吗？爱。爱吗？爱……”——一首普普通通然而又是世上最伟大的歌曲。

黛丽小姐和韦桑飞驰到他们跟前。

“嘿，我跟您说，这位小姐，”韦桑赞叹道，“可真是一位滑冰演员。跟她相比，我连当打蜡的男孩儿都不配。难道所有的爱尔兰美女都是这样的高手？……另外问一下，你们想不想观看顶级的花

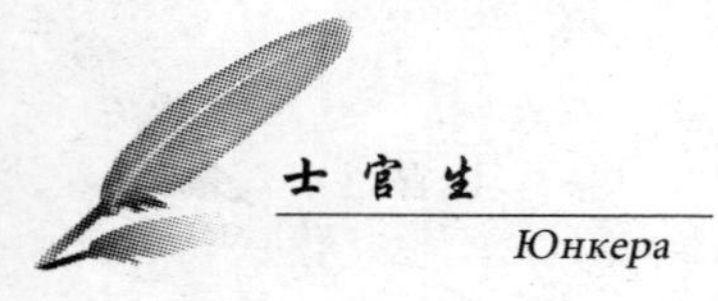

样舞步示范呀？著名的滑冰选手波斯特尼科夫刚刚赶到。顺便说一句，他还在我们亚历山大军校负责体操训练。我们去吧，趁着还没聚集起观众。去晚了就得挤过去了。”

他们走向裁判台。台上站着身穿白毛衣、头戴白色贝雷帽、士官生们早就相熟的波斯特尼科夫，他身材匀称、略显消瘦，脸刮成英国人模样，他还很年轻，是全莫斯科体育界、而且不只是体育界的宠儿。全莫斯科人从小到大都狂热地以自己的名人为荣：著名拳击手，壮硕如山、用自己可怕的嗓音能震动乌斯宾斯基大教堂所有玻璃和吊灯、震得女人发昏的辅祭长，著名的小丑杜洛维伊兄弟，歌剧院老板、爱惹事的林托夫斯基，新闻记者和大力士吉拉洛夫斯基（吉利亚大叔），莫斯科总督多尔格鲁科夫——独立的首都也把自己当做他的领地和封邑，民众游艺、滑雪山丘、焰火晚会的组织者谢尔盖·施梅廖夫，等等，数不胜数；神奇的游泳爱好者，鸽子爱好者，异禀的饕餮者，享有盛誉的白痴和预言家，能创造奇迹的永远醉醺醺的卑鄙的律师；自己无与伦比的剧院和马戏团。所有这些都只能排在运动员的后面。这一切都是对显赫的彼得堡的嘲讽：“在你们彼得堡不过尔尔，而在我们莫斯科要带劲一百倍。你们哪儿行呀，鼻涕虫。”

波斯特尼科夫老远便认出了士官生们，他摘下贝雷帽，高高地挥舞着：

“你们好，亚历山大的士官生先生们。”

士官生们笑着回答：

“您好，教练先生。”

波斯特尼科夫显然早就明白广告的威信和力量了，他对站在台子上自己身边的一个人大声说道：

“我最优秀的学生。亚历山大军事学校的顶尖体操选手。”

已经聚得足够多的人群中传来低沉的、时断时续的人声，就像娇生惯养的马儿冲着送来的燕麦咴儿咴儿直叫。莫斯科忠诚不渝地把兹纳缅卡白楼内的军校，连同它的英姿飒爽和谦恭有礼，它的克莱因布林格乐队，它在大型阅兵和演习时的漂亮队列，全当成自己的骄傲。

“不，你们不是属于虚弱憔悴的彼得堡，而是属于面色红润的

莫斯科的勇士。”

韦桑和黛丽小姐挤到了观众的前排。济娜齐卡和亚历山德罗夫却出现在（或许是碰巧吧）另一端，他们面前是高高的栅栏，身后则是一些人的脊背。前方高声鼓起掌来，亚历山德罗夫朝自己的女伴扭过身，此刻她也在望着他，他们的目光又交融在了一起，又沉溺于甜蜜的情话：“爱吗？爱，爱。”“永远爱吗？”“永远，永远。”这个时候，亚历山德罗夫决定不再通过放射性的精神流质，而要用粗粝执拗的话语来倾诉他头脑里堆积和沸腾已久的东西。他感到恐惧，下颌颤抖起来。

“济娜依达·德米特里耶芙娜，”他声音嘶哑地开口道，“我想跟您讲一件非常重要、能改变人命运的事情。您允许我讲吗？”

她的脸一阵煞白，但眼神却在回答：“说吧。我爱你。”

“我在听您讲呢，阿列克谢·尼古拉耶维奇。”

“我——这个么……我……我早就爱上了您……从看见您的第一眼起，在那……那个，还是在舞会上。再也不会……再也不会，也不可能爱上任何人了。恳求您不要生我的气，让我……让我说出自己的想法。我今年，再过三个，三个半月，就将成为军官了。我知道，我清楚知道，我不会得到特别出色的职位，我也不羞于承认，我的家庭非常贫困，不可能给我提供任何帮助。我还清楚知道年轻军官的艰难处境。少尉每月收入四十三卢布多一点儿。中尉——可这要服役三年——四十五卢布。这样的薪水勉强够一个人生活，成家就完全渺茫了，即使有保证金。但我另有考虑。我不理解，也不想理解窝棚里的天堂，甚至好像还鄙视它，如同鄙视自私的蠢行。不过，我一到部队就会马上准备参谋部研究院的考试。为此需要两年，我因为在亚历山大军校学习，原本也需要服役这么长时间的。对于通过考试这一点，我没有丝毫怀疑，因为您将成为给我引路的明星，济娜齐卡。”

他为不小心脱口而出的昵称感到发窘，于是不再出声了。

“接着讲吧，阿廖沙。”济娜齐卡轻声说道，她的抚爱让士官生的心脏猛烈地跳动起来。

“我这就说完了。所以，再过两年多——我就是研究院的学员了。前半年就能弄清楚，面对我自己，面对我的教授和我的同龄

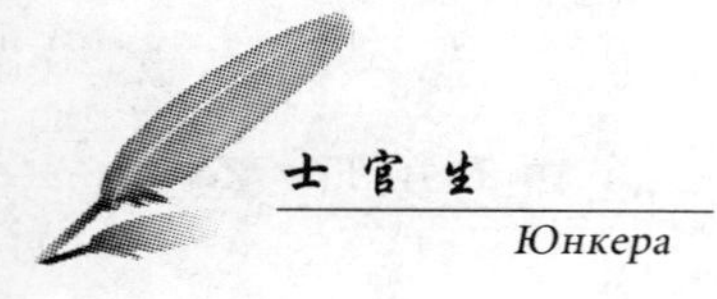

人，我的价值是多少，我的分量如何，够不够让我有勇气把另外一个人，一个我无比崇敬的人的生命拖入自己的生活。如果我能有个幸运的起点——我将比国王幸福，比百万富翁富有。我的未来就有了保证——前面等着我们的是光辉的前程、崇高的社会地位和生活上必要的舒适。而到那时，济娜齐卡，您是否允许我去拜见德米特里·彼得罗维奇，见您让人无比敬重的爸爸，像祈求至高无上的奖赏一样，向他祈求您的手和您的心，您允许吗?”

“嗯。”济娜齐卡隐约可闻地呢喃道。

亚历山德罗夫亲吻了一下她的手，继续说：

“从母亲的血统上讲，我是鞑靼人出身。您知道鞑靼人所谓的‘聘礼’吗？这是为姑娘付出的赎金。可我了解得还要多一些。在辛比尔斯克、卡卢日斯克省和梁赞省的一些地方，俄罗斯农民也有同样的传统。它被称为赎金，要付给新娘家里；但数额不大，收受它也仅仅是出于古老的风俗。其中最重要的是——小伙子要在结婚前证明自己。换句话说，看他有没有自己的房子，自己的牛，自己的马，自己的羊，自己的家禽，除此之外，如果在农闲时节出去打零工的话，看他在同伴中受不受尊重。因此我想在您和您爸爸面前证明自己。我见不得也听不得追逐嫁妆的可怜虫。这不是男人。当然了，在我编织好自己个人的小巢之前，您是个绝对自由的人。随您怎么作为、怎么行事，我绝不给您的自由设置障碍。只要您想着：您必须要等我三年左右，也许还会多些。时间长得可怕，非常巨大的考验。我可不可以、有没有权利在这里提什么条件或带走什么承诺呢？我要说的只有一点：真正的爱情，它像黄金一样永远不会生锈也不会腐蚀……它……”这时候他停下来。济娜齐卡娇柔的手臂缠住他的脖子，她的唇轻触他的唇，给了他一个温暖而急促的吻。

“我等得到，我等得到。”济娜齐卡的呢喃微微可以听清。“我等得到。”滚烫的泪水滴在亚历山德罗夫的下巴上，他动情而惊诧地第一次发现，情人的泪水是又咸又涩的味道。

“您哭什么，济娜?”

“因为幸福，阿廖沙。”

而韦桑和火红头发的爱尔兰小姐黛丽已经穿过人群向他们走来了。

第三部

测绘学

进入六月下旬。对士官生来说，野营生活开始变得日益艰难。正值凝滞、郁闷的暑热日子。每个夜晚，霍登原野的上空，沉默无声的蓝色闪电在漆黑的天幕疾驰。恼人的疲惫感让人日夜不得安宁。精神和肉体都在期待瓢泼暴雨。

最后的野营训练接近了尾声。低年级士官生还在忙于目测。工作不太困难：粗略，自由，甚至愉快。这跟借助远镜测绘仪进行的精确的地形测绘完全是两码事，而准备不久后以绝佳的形象晋升为真正的当代军官的高年级士官生，每天都要兢兢业业、汗流浃背地操弄这种仪器。

“这可不是让你吃一磅葡萄干①，是工具测绘。”晒得跟吉卜赛人一样黝黑的精疲力竭的日丹诺夫一面把瞄准筒对准地界标杆，一面恶狠狠地说。他跟亚历山德罗夫在一个小组工作，“这也不是让你舔干净家里的搅拌棒②。就是这样，我的朋友们。”

---

① 俗语，意思是“小事，小瞧了”。

② 同上。

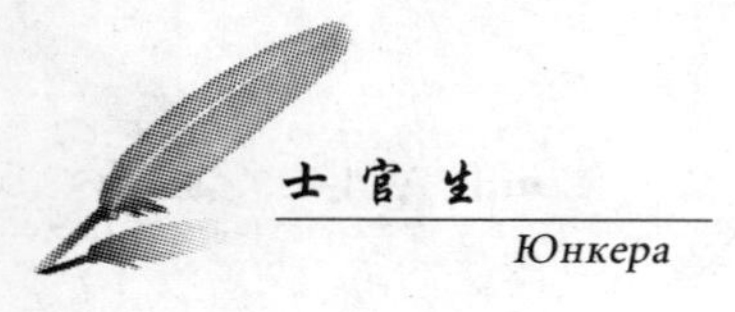

亚历山德罗夫摊上了可怕的情况。他的问题出在测绘学所得的分数，最关键的是：这关系到他以一类生还是二类生从学校毕业。这里面——有天壤之别。第一，在日后的空缺职位等级上，士官生的总平均分越高，供他选择的服役地点就越是丰富多样。第二，关系到军衔的高低。每位带着一类生证明出现在自己部队里的少尉，在登记表里都要高于所有同年晋级的其他少尉。三年或四年以后，他也会第一批轮到中尉军衔。这不正是最需要重视和严肃对待的理由吗?

但全部困难在于——那个苛刻的条件，要想获得一等，所有科目的平均成绩无论如何都不能低于九分；残酷而严格的最低分!

这样的话，亚历山德罗夫就存在可恶的令人沮丧的不足。他一切都好，所有学科的成绩都很优秀：战术学，军事行政学，炮兵学，化学，军事史，高等数学，理论测绘学，法学，法语和德语，军队条令知识，还有体操课。但只有一门课程糟糕：军事筑城学。这门课仅仅得到六分，最低的及格成绩。嘿，这个军事工程师克洛索夫上校，这个课堂上未曾笑过一回、没说过一句家常话的冷酷的家伙，这个面如石硬、一声不吭便胡乱涂上致命的二分、一分，甚至要命的零分的沉默的暴君！因为他该死的六分，亚历山德罗夫的平均成绩差一点点而不够九分，总共只低了大约九分之三分。算术上脑袋灵光的同学布登斯基算得很精确：

“亚历山德罗夫，如果你能想法在测绘学上得到十分，那头等生对你来说就手拿把攥了。喂，加油吧，年轻的尉官先生。”

测绘工作在一个名为弗谢赫斯瓦茨科耶的大村庄附近，在它的农田、牧场、沟壑和丛林间进行。每天清晨五点，高年级士官生草草吃过早茶和面包，图囊里带上早餐，一组组地赶往工作地点，在那里要忙碌到晚上七点，直到疲惫不堪的眼睛已经开始分辨不清远处的指示物。这时候就该赶回营地了，好赶在午餐前清洁一番、洗一个澡。在下面，在营地边界以外陡峭的峡谷里，为士官生们建有一个又大又深的游泳池，里面永远满盈盈地荡漾着流动的清澈泉水，池子里的水温从来没高过九度。游泳池上方矗立着每周烧两次水的澡堂砖房。在澡堂蒸床上蒸得恶心，蒸得炽红，蒸得完全疲软无力，然后撒腿冲出澡堂，在飞快的助跑之后，做个空翻或直直地头冲下“扑通”一声扎进游泳池清凉的泉水，对某些士官生来说是一种刺激而兴奋的享受。最先出现的感受是灼痛、窒息、瞬间的恐惧，以及心脏的停滞。但很快，等身体适应了冷水，游泳的人又跑回澡堂；就这样，他们一直充满着难以形容的轻盈感，体验着近乎失重的感受，仿佛每丝筋肉、每个时刻都沁透了醉人的喜悦、甜蜜和激情。

当号兵吹响就餐号时，已经是夜晚了。

找爸爸，找妈妈，
士兵在要牛肉汤。
给我，给我，给我呀。

饿透了的士官生们狼吞虎咽，总是胃口极佳。杂役们往又大又重的锡杯里倒上味道浓厚、直呛鼻子的克瓦斯。午餐后是半小时的自由休息。著名的校乐队演奏着乐曲，士官生私下喝着自己的茶，跟某个亚历山大学校的随军小贩买点儿零食。随军小贩在营地开办摊点，而且还愿意提供期限到晋级前的赊账。给著名鼓手因杜尔斯基的孙子、漂亮的金发少年鼓手发糖果（这成了例行的时尚）。随后全部四个连遵照信号指挥，沿直线排成两列横队，开始点名。

“某某！”司务长点名。

“到！”被点到的人短促地回答。

“某某！”

“到！”

“上帝的这种创造多么可爱，又多么奇怪呀，”点名的时候，耽于幻想的亚历山德罗夫经常寻思，“世界上没有哪个人的音色跟另一个人相同。难道世间的万物都这样千差万别、永不重复吗？为什么造物主不愿用一些直线、一些几何图形、一些完全相同的副本工作呢？这是怎么回事？是创造力无穷无尽，还是对人类的惩罚？”

亚历山德罗夫格外紧张地等来了点到德罗兹德的宠儿、攫用士官波波夫的那一刻，他拥有一副全校人都欣赏的浑厚的男中音。

“攫用士官波波夫。”司务长单调乏味地喊道。

“瞧，马上，马上。”亚历山德罗夫心脏紧跳。

“到！”

噢，这声音是多么完美无瑕、漂亮圆润呀！它温柔醇厚、香甜如蜜。它纯净柔和的美，犹如恋人的琴弓奏出的大提琴的中音。它——就像陈年的名贵红酒。

一如平时，亚历山德罗夫抬眼仰望青湛湛的苍穹。在那里，在安宁的深处，悬着一颗温暖银亮的星星，它静静地流淌着，颤动着，注视着它，胸膛里也渐渐欢喜和酥痒起来。他忽然萌生一个强烈的念头：“又会怎样呢——如果这迷人的声音，这颗如同尚未滴落的少女眼泪的星星，这缕从远远、远远的地方刚刚飘来的柔和淡雅的木樨香，以及世上所有质朴的欢乐，其实都只是同一种神奇而不死的力量的变形？”

“祈祷！脱帽！”司务长们发出命令。四百个年轻人的嗓子高唱《我们在天上的父》。他们的声音里所蕴含的力量无比强大。对自己和命运的信念无比健全。亚历山德罗夫想起那个苍白而憔悴的大学生，九月九日，大学生骚乱那天，他从大学的铁栅栏后面那么恶毒地冲经过的士官生们高喊：

“恶棍！奴才！职业凶手！炮灰！摧残自由的人！你们真是可耻！可耻！”

“不，这个臭大学生不对，”唱到主祈祷诗的结尾部分时，亚历山德罗夫马上想到，“他或者糊涂，或者是恼羞成怒，或者是病了，或者是不幸，或者仅仅是受到某人恶毒虚伪的意志的唆使。如果遇到战争，我愿意去保卫人民免受敌军侵犯，其中也包括这个大学生，包括他的妻子儿女，他老迈的父母。为国捐躯，多么伟大、质朴和动人的话语！而死亡呢？死亡又有什么特别，因为这种由充满快乐的、我们所永远无法了解的力量导致的突变又不只它这一个。死亡也将成为快乐，就像劳累一天后酣甜无梦地入睡。”

祷告之后，士官生门散去了。夜色渐渐浓重。一弯早月升上天空，亮得像面镜子的碎片。它升上去，还用无形的缆索拖上了一颗小星。一（低）年级的营房里仍然传来交谈、欢笑与合唱声。但军官先生们（高年级）一天下来却已疲惫不堪，他们的手脚断了一样。亚历山德罗夫费劲地脱下左脚的靴子，而右脚上的只脱到一

半，就这样留在了脚上，便立刻沉入香甜的无梦的睡乡，沉入这种无可逃避但仍然快乐的与死亡相似的状态中去了。

第二天，又是五点钟起床和前往测绘地的漫长路程。每组有五个人，他们由任课至少两年的教官详加考虑后选定。四连教官尼古拉·瓦西里耶维奇·诺沃谢罗夫中尉，就是被士官生们戏称为“乌斯塔夫奇克”的那位，在自己的小组中只安排最可靠的士官生担任组长，把测绘的其他角色则交给士官生们自行分配。就这样，亚历山德罗夫非常荣幸地自愿承担起把分量颇重的带三角架的远镜测准仪和测量平面用的钢卷尺搬往测绘地再搬回来的任务。

他对待自己的职责非常尽心，甚至以自己出色的视力、观察力、行进中的机敏和灵活性，经常为小组做出贡献。测绘第一天他便完全掌握了测绘仪不太复杂的操作。但坚持跟他过不去的，是用晕线在纸上标出地势的所有高低起伏以及它的所有沟壑和切边。越是平坦的地方，勾画它的晕线就越细，彼此的间距也就越远。与此相反的是：只要开始出现斜坡，晕线就变得密集起来，铅笔道也要加粗。其中的全部关键不在于技艺和天分，只取决于耐心、专注和仔细。即便对测绘学一窍不通的人，瞧一瞧组长，一个名叫巴杰尔的清瘦、整洁、一本正经的小伙子的草图，也会感到纯粹的愉悦。只要稍稍眯起眼睛，所有地形就会像石膏塑出来的一样凹凸有致。

不但这种奇妙之物，就连它的复制品亚历山德罗夫也做不出。他用铅笔和炭笔画得很是不错，能用水彩自由摹绘，油画也稍有涉猎，肖像和速描下笔成趣，风景和速写也点染勾画得清新可人。但可恶的“晕线镀锡法”（士官生们这样称呼这项技艺）却绝对不向他驯服。请一位擅长晕线镀锡法的同伴帮忙吧，这又不为特有的道德观所允许，很久以前，甚至从学校正经历自己黄金期的施瓦涅巴赫将军时代起，这种道德观便在学校里确立下来。他也的确保留一丝渺茫的近乎幻想般的希望。他恍惚记得，去年，已经临近毕业并为此对年长些的法老们变得近乎同志般和善的尉官先生们，就曾经讲过严厉而挑剔的乌斯塔夫奇克的好话。据说碰到类似亚历山德罗夫所遭遇到的这种情况，乌斯塔夫奇克私下里会重新描画交给他的绘制不佳的草图。“他是一个，”尉官先生们说，“老到的晕线镀锡家，而且与他的吵吵嚷嚷相反，还是个顶好不过的人。”

“是的。我的前辈们的运气是不错，”亚历山德罗夫咬着手指甲，郁闷地浮想联翩，“他们大家想必是窄皮带，是队列军人，是听话的机灵鬼，对所有军队条令熟悉得不比对《我们在天上的父》更差。但我身后呢——老天啊！——我身后有多少罪过和缺陷呀！正是这位尼古拉·瓦西里耶维奇·诺沃谢罗夫，他多少次送我去蹲禁闭、让我额外值勤、并且罚掉我的假期呀？

“又是哪个吵吵闹闹的魔鬼揪着我去跟教官作对的呢？要知道，自打创世以来整个世间就全都晓得，任何长官不容忍、不喜欢、不理解、不允许的恰恰就是与他作对。的确，有时候无论如何也无法克制自己不去反驳。哦，你瞧，就拿体操考试来说吧。弹跳板跳跃，障碍物总共半俄尺左右高，但依照跳跃练习准备动作条例，也请你绕过它。为此要求做一小段列队助跑，右脚踏弹跳板，腾空时左腿和两臂伸直并与地面平行。跳过之后，落地时要用脚尖着地，脚跟并拢，两膝分开，两手放在臀部上方。”

“中尉先生！”亚历山德罗夫愤愤不平地喊道。“这可真是装模作样的乌龟跳。让我随便跳吧，别在乎什么规则，我能以我一个半身高越过障碍物，差不多一丈高。”

但得到的回答却是干巴巴的严厉的申斥：

“请不要做任何反驳。请按条例要求去做。条例就是您的法规。条例就是您的戒律。此外，因为顶撞长官，罚做职责外值勤。司务长！请您记下来。”

“不，我不会得到头等的，”亚历山德罗夫阴郁地做着判断，“乌斯塔夫奇克永远不会原谅我的傻瓜行为，他的冷酷心肠永远不会发一点儿慈悲。那又怎么样呢？无所谓。我就去最偏僻最闭塞的团队或不知名的边防营好了。可我还年轻。我奋发努力，考上参谋部研究院。要不爆发战争。勇士能够丢人多久呢？我将得到两枚‘乔治勋章’、珍贵的武器和不断的晋升，以上校的身份从战场归来——到那时，这个乌斯塔夫奇克要向我敬礼，要把身子挺得弦一样笔直。而我对他说：

“‘中尉！您的刀柄圈系歪了。我对您提出批评并请允许我把它

通报给您的直接长官。可以走了……’”

多么畅快的报复！

这个暑热熬人的夏天，在官办学校的最后一个夏天，对亚历山德罗夫来说非常挫败。一系列命中注定的倒霉事和不快乐。今年以来的总分平白无故地就是二十六，正好就是十三的两倍。马上还有新的不幸呢……

测绘已经接近尾声。整个斯瓦茨田野上的工作剩下不到三四天了。

一个周六，亚历山德罗夫所在小组照例比平时收工早了一些，他们收拾好工具，动身返回营地。可半路上，亚历山德罗夫却突然慌张起来，开始手忙脚乱地在所有口袋里乱翻。

“您怎么了？”巴杰尔问道。

“我也不知道把测量卷尺放到哪里去了。我找又找不到。”

“也许您把它落在测绘地了吧？”

“好像是这样。喂，军官先生们，帮我拿一下测绘仪和三脚架。我快去快回。”

他急匆匆地沿原路飞奔而去，为了能喘口气，他一阵猛跑伴以一阵大步流星地快走。

突然，一个浑厚的女人的声音从小路旁边的黑麦田里冲他喊道：

“嗨，士官生，士官生！等一下，劳驾你啦！”

他气喘吁吁地停下来，转过身。他脸上大汗淋漓。

成捆麦秸围拢着的茂密的黑麦田间，一位头上盘着银亮亮淡黄色发辫的蓝眼睛弗谢赫斯瓦茨科耶村姑坐在界石上。

“你这是在叫我吗，美人儿？”

“是你，是你，帅小伙儿。你没丢什么东西吧？”

“没错——是丢了。那种圆形的小提包，里面装的是量地用的铁尺子。”

“喂，你瞧，你真幸运，我捡到了。其实你把它弄丢了，就丢在了路上。你也知道我们的人有多不老实：有用没用的——全都偷偷塞到口袋里。你等我一小会儿，喘口气。瞧你跑得呼哧带喘的。想必是公家的东西吧？”

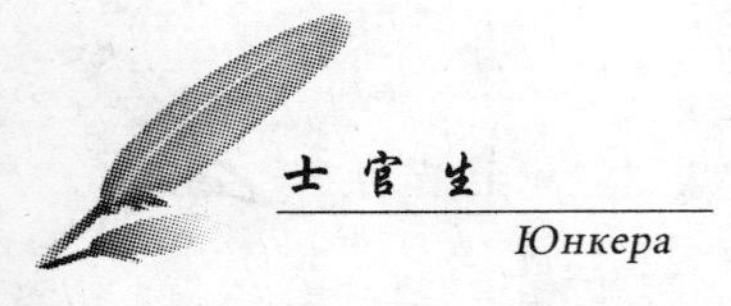

“一点儿没错，是公家的东西。”

“瞧瞧你！说你什么好呢，小宝贝！人家都直接叫我杜尼亚莎，杜什卡。坐下吧，士官生，坐下吧。干吗老站着呀。我给你喝点儿克瓦斯，自家做的，很厉害的。”

她温存有力的手冷不防拽了一下亚历山德罗夫细亚麻布白衬衣的下摆。士官生突然失去了平衡，禁不住倒向了姑娘，一只手抓到了她的前胸，另一只手则抓到她结实浑圆的大腿。她放声笑起来，露出一口漂亮的牙齿。

“不行，士官生，你闹归闹，可不该干的——不能干。还小呢。”

“真的，我向天发誓，不是成心的！”

“算啦，算啦！我们可知道你们当兵的怎样不成心地往姑娘们的裙子下面爬的。”

“真的，我的的确确……”

“周围呀，不管往哪儿瞧——都一直有人经过。不用一小时就会有人见到，而且会弄得谣言满天飞。一个姑娘家经得起多的久败坏和丢脸呀？瞧那边，有个庄稼汉拉着箱子过来了。你呀，亲爱的，最好赶紧开溜吧。”

亚历山德罗夫扭过身，隔着肩膀见到一百步远的地方有个越来越近的“使徒”。士官生们向来这样称呼那些小贩，他们夏天里在所有营地周围转悠，卖一些糖果、馅饼、水果、香肠、奶酪、夹肉面包、柠檬水、甜面包克瓦斯，私底下还偷偷兜售啤酒和伏特加。亚历山德罗夫赶紧跑到路上，冲使徒做个了招呼他过来的手势。那位一见到，便习惯性地连忙加快了脚步。

“瞧你，叫他干什么呀?”杜尼亚莎躲在茂密的黑麦后面责备道。“我们对他可有用呢!”

“等一小会儿。你马上就知道了。你不用担心，他不是你们这儿的人，他是外来的。”

“外来的就外来的吧，”姑娘从黑麦后面闪着笑盈盈的蓝眼睛，拖长声音说道，“可不管怎么呢……”

使徒来到近前，以莫斯科买卖人那种非常讲究的殷勤劲儿，展示起自己的流动货摊。

“我有什么能为尉官先生效劳的呢?”

“这个给我们两杯，还有一瓶柠檬水、两个夹肉面包，另外再来……”亚历山德罗夫微微做个鬼脸。

“您是要垫垫肚子吧?马上就好。得了。”

“正是这个。要两什卡利克①。”

弗谢赫斯瓦茨科耶的漂亮姑娘起初扭扭捏捏：什么不应该呀，什么我干吗呀，什么您自己用吧。可等到她确信柠檬汽水比自己那种“厉害的”克瓦斯，那种黑麦皮酿制的普通饮料更可口更来劲时，再说服她尝一尝俄罗斯的伏特加，就已经没那么困难和费工夫了。她喝它的神态，就跟所有俄罗斯村妇一样：小口小口地抿，挤眉弄眼，似乎喝下去的是难以下咽的苦汁。可她干掉最后一口时已经完全像个小伙子了。她用袖子抹了抹嘴，抱怨道：

“瞧它可真辣，我的妈呀!可怜的士官生怎么会喝它呢?”

她一面用亮闪闪的白牙咀嚼着黄油白面包上的火腿，一面快活热闹地聊起来：

“瞧，你是——一个不错的士官生，上帝保佑你身体安康，也谢谢你的好吃好喝，”她点了点头，“可你们的兄弟里头，士官生里头，也有那种胡作非为的，多得很呢。瞧，去年他们就捉弄过我们；到现在想起来都臊得慌。他们驻扎在这儿，离自己靶场不远的地方，一直在测量着什么，一直在小本子上记着什么。我们这些姑娘和婆娘们总在瞧他们，觉得稀罕呗。就有一个士官生突然叫嚷说：‘你们到我们这儿来，姑娘大嫂们!看一看我们这个让人生疑的小筒。’不得了，多有意思呀。瞧我们这些，当然啦，像母火鸡一样的傻婆娘吧：就一个接一个扭捏着凑上去啦。圆筒里有个小玻璃片——原来呀，得用一只眼睛瞧这块小玻璃。你猜怎么样!真是个神奇玩意儿!看得清清楚楚，甚至可以说，清楚极了。可就是所有东西，我的亲爱的，不是正着的，而是脚冲上、头冲下。还有这种事呀!我们看自己无比神圣的村教堂，可是——你相信吗?——我们看见它圆顶朝下，教堂前的台阶朝上。又瞅了瞅陈列堂——也是头朝下。然后，那个士官生把小玻璃镜对准了我们的牲口群，让

① 量酒的单位，1什卡利克约合0.06升。

我来看，你猜怎么着？……所有奶牛都在四脚朝天走路，甚至能看清楚我们共有的公牛，雅拉斯拉夫尔种的阿法纳西正在撒欢儿，可脑袋却朝下乱动。这时候，阿夫多吉娅·比尔金娜大娘，一个跟我同名、已经上了岁数的婆娘嚷嚷起来：‘姑娘们，赶快回家！非要闯祸不可吗？’嗬，我们一下子跳起来就跑掉了。可士官生们就像歇了很久的公马，在后面冲我们发威。他们扯着嗓子叫唤：‘大嫂们，姑娘们，小心点儿呀！你们全都一个样，全都脚朝上走路呢，你们的裙子掀起来啦……’我们一下子慌了神，啥话也说不出来啦！有的赶紧捂住裙子，有人坐在地上，大家全都羞得一下子尖叫起来。可士官生们笑得死去活来……我们一辈子忘不了他们那些该死的玻璃镜。”

听杜尼亚莎闲扯的时候，亚历山德罗夫有点儿不安地望着那个使徒，他一面匆忙收拾自己的货篮，一面越来越频繁、越来越慌张地扭头朝后窥探，可随后，他一声也不吭，突然就掉头大步离开了。士官生转过身，张着嘴愣了片刻。不远处，绰号别尔基－巴沙的营长阿尔塔巴列夫斯基上校，骑着自己的阿拉伯白母马卡巴尔金卡，腾起道路上褐色的烟尘，轻快地飞奔而来。马上亚历山德罗夫便听见他的喝斥声：

“士官生，过来！过来，士官生！”

亚历山德罗夫连忙小跑到他跟前停下来，别尔基－巴沙轻盈地翻身从浑身淌汗的坐骑上跃下，手里抓着马的笼头。

“这像话吗？”阿尔塔巴列夫斯基咆哮起来。“这就是你们所谓的测绘学？您以为这就是兵役吗？亚历山大第三军校的士官生应该这样表现吗？呸！泡姑娘，（他闻了闻）喝伏特加！真是丢人！赶紧去见你们连长并跟他汇报，因为私自离队和所有其他原因，我罚您五天监禁，而因为饮酒，扣除您到晋升军官前的所有假期。赶紧走！”

“是，长官！”亚历山德罗夫掩饰着自己的难过和沮丧，铿锵有力地回答。

最后的日子

关押在简易禁闭室的这五天备受煎熬，不舒服，不快乐，也让人沮丧。禁闭室位于被荒弃在高过人头的荨麻和巨大牛蒡后面的，破旧而狭陋的木头房子里面。透过横着锈迹斑斑的铁栅栏的天窗，幽暗而昏沉地透进来轻轻颤动的浅绿色的微光。尤其令人不快的是，蹲禁闭的同时还要完成服役任务。每天必须出监三到四次：参加地形测量，进行队列训练，射击，武器清洁，拆卸组装配有二号滑动枪机的别丹式快射步枪不计其数的零件，死记硬背军队条令——然后再返回牢房。这种放风似乎成倍加重了关押的痛苦。

亚历山德罗夫来禁闭室之前，那里已经羁押着两位尉官先生，两个来自“种马”连的士官生：早已闻名全校的顶级美男子巴乌曼和布留内里。巴乌曼——一个棕红头发、白净面皮、湛蓝眼睛的条顿人后代；布留内里——意大利、俄罗斯、高加索混血儿，有一张黝黑、俊朗、冷漠、高傲的面孔。他们两个高大挺拔，并排站在一起，真的能产生一种富有冲击力的强烈的对比效果。此外——他们彼此交情甚好。

早就众所周知的是，世上任何时代的囚犯都有两个无法克服的癖好。第一，无论如何都要同狱友、同患难与共的朋友进行交流；第二——在监狱墙上留下自己被关押的纪念。于是，遵守普遍规律的亚历山德罗夫便用削笔刀在木墙上郑重刻下了：“一八八九年六月二十六日，尉官亚历山德罗夫羁押于此，源于野蛮的别尔基-巴沙的恶毒意愿，他的劣行——将成为历史遗产。”

被羁押者各有单独囚室，因为白天不上锁，不禁止士官生们相互走动。狱友们首先跟亚历山德罗夫讲述了导致他们身陷囹圄的不幸遭遇。

上周末，他们获准休假后进城去见自己的裁缝，试穿定做的全套军官制服。返回军营时，他们鬼使神差地没走惯常的近路，却要穿行彼得罗夫公园，莫斯科最阔气的别墅区！

据他们讲，他们事先没有任何犯错误的企图。只有一个心思——无论如何也要在晚上八点半之前赶回营地，向值班军官报到。但他们犯错的根源就在于，一栋仿俄罗斯风格的豪华别墅的阳台上突然闪出两个妩媚的女人，她们穿得又薄又透，如同夏天的装束。其中的一位，莫斯科著名的咖啡馆歌手，招呼道：

“巴乌曼！巴乌曼！快点儿过来。拉上自己的同伴。你也不必担心，只待几分钟。然后就让马车送你们回去。尽管放心吧。只喝一小瓶就算完事。”

士官生们进去了。偌大的别墅高朋满座、沸反盈天：苏姆基的龙骑兵，演员，报纸出版人和编辑，三位赛马手，刚毕业的卡特科夫政法学校学生，演奏吉他的吉卜赛男人和女人，著名的妇科医生，深受莫斯科商界喜爱、身穿仿庄稼汉式打扮的时髦紧腰长外衣、春风得意的剧院老板……正在举行莫斯科风格的纵酒狂欢。早已经喝上了香槟酒，酒液也已浸湿了桌布。苏姆基人为亚历山大人干杯，亚历山大人——为卡特科夫人干杯。然后再为所有军人和平民、为伟大的俄罗斯、为战无不胜的军队、为俄罗斯文化和艺术干杯。

浓烈快乐的迷雾很快蒙蔽了士官生的精神、意识和四肢。他们只记得充气橡胶轮胎上平稳的、弹性十足的、让人昏昏欲睡的颠簸，其余的都在记忆里混沌成一团。他们做梦一样，恍然觉得一下子到了营地边界线，听见胡赫里克干巴巴的问话：

“女士们，爱国主义当然是永远宝贵和崇高的事情，小姐们，你们的感情配得上所有敬意。但是抱歉，规则就是规则，条令就是条令。因此请你们离开营地警戒线。”

亚历山德罗夫也讲述了有关使徒之酒和弗谢赫斯瓦茨科耶姑娘杜尼亚莎的小插曲。美男子们心不在焉地、善意地听着他的故事。

“真是倒霉，”布留内里说，“我们全成了巴克斯①和维纳斯的牺牲品。”

但之后就无话可说了。亚历山德罗夫打量着他们俩的时候经常

① 希腊神话中的酒神。

胡思乱想：

“我们没有任何共同之处。比方说吧，他们身材比我高，甚至也比我英俊。他们或许还有显赫或富有的亲族吧？但我对他们的生活道路了如指掌，而且坚信不移。巴乌曼会先在自己团里担任营副官，接着是团副官。之后，他会成功或者说是大有益处地娶一位波罗的海沿岸的漂亮小姐，加入宪兵团或边境警卫队。至于布留内里么——那么严肃的一个人——他的道路会非常明确。参谋部研究院或是法学院。一条通往荣耀、独立和优裕未来的漫长、坚定、可靠的道路。毫无疑问，他们暮年时会升为大衣配着红色宽镶条和红色衬里的将军。这就是他们的一生。仅此而已。但愿上帝赐给他们这种幸福。”

不！亚历山德罗夫的一生将会更加灿烂、精彩、跌宕起伏、多姿多彩。他将成为伟大的俄罗斯英雄。他或许还会当一个著名的画家，深受爱戴的当代作家，年轻人的偶像，登上人迹罕至的喜马拉雅山顶峰的帕米尔研究专家。或者是当一个顶尖的演员！他的名字将挂在所有人嘴边。他的肖像将装点所有杂志。“这个被所有人膜拜的黝黑而威严的人是谁呀？”“啊哟，这是著名的亚历山德罗夫。没错吧，多么刚毅的一张面孔！”亚历山德罗夫和患难之交们的友好关系并无恶意地日渐疏远起来，直到在不知不觉间彻底断绝。

监禁的第四天到第五天之间的那个深夜，酷热而紧张的天气终于发作了。一整天似乎都弥漫着煤气的味道。因为缺少新鲜空气，嘴唇时刻干燥。天空变得沉重、昏黑、凝滞、死寂和可怖。呼吸越来越艰难。脖子上，脸上，浑身上下都浸出黏糊糊让人疲惫不堪的汗水。刚近傍晚，天空、大气和土地就变成无法看清的一团浓黑，第一轮震雷远远地轰响起来。紧接着，正像大雷雨来临时常见的那样……一片凝重幽深的寂静；囚室里散发出两块火石猛烈撞击后的干燥味道，骤然之间，一道刺眼的明蓝色闪电，伴随着一个可怕的炸雷，从铁栅栏冲入禁闭室，与此同时，破碎的玻璃窗一下子变得光焰通明，被哗啦啦震落到黏土地面上。魔鬼般骇人的大雷雨倾泻下来，无论过去还是日后，亚历山德罗夫从未见过同样的大雷雨，而他从未见识过的还有让莫斯科本地人牢记多年的大雷雨非凡的成功，因为它把安年戈夫斯卡亚和列弗尔托沃丛林冲了个精光，把莫斯科几百座木屋摧毁殆尽。它直到晨光熹微才停歇。

禁闭室老朽的天花板和千疮百孔的墙壁灌进大量的雨水。亚历山德罗夫躺下睡觉时裹着绒布被子，可在金灿灿的阳光里醒来的时候却浑身水淋淋的冻得发抖，不过他依然健康、振奋和快乐。守卫士兵给他送来装在铜壶里的茶和面包之后，他才彻底暖和过来。随后，水洗过一般澄净美妙的天空变得愈加明媚，温暖迷人的阳光也越发让人感到惬意。

一小时以后，他听见靴子踏在水洼里的啪嗒啪嗒声，以及从下面召唤他的熟悉亲切的喊声：

“亚历山德罗夫！亚厉山德罗夫！”好朋友韦桑在窗户下面招呼他。“把手从窗户里伸出来，能多长就多长。我坐在树上呢。顺便衷心地祝贺您。”

“祝贺什么？结束监禁吗？”

“不是。现在您自己看吧。我们的乌斯塔夫奇克原来还真不错！这会儿可恶的别尔基－巴沙正在附近什么地方乱转呢。喂，赶紧把手伸出来！好啦！”

韦桑跳了下去，“啪嗒”一声落在了泥泞当中。亚历山德罗夫手里留下一卷公文纸复件，显然是从营部行军办公室里买来或是偷来的。纸上按士官生的等级从高到低依次印有所有士官生的名字，从司务长和攫用士官到普通学生，还附带着他们军事课程的平均分数。亚历山德罗夫的内心混杂着自豪的喜悦与屈辱这两种怪异的感受，见到自己正好排在第一百名，正好是倒数第一的序号；最终的九分给了他挤进头等生的资格。而下面还排列着不幸的二等士官生的一百个序号。

“要知道这一切不过是小恩小惠，不过是乌斯塔夫奇克丢给我的施舍物而已。”亚历山德罗夫悲哀地想，又摇了摇头。

过了五六天，从彼得堡的参谋部转来登记着各个兵团空缺职位的表格，它们马上在办公室被复印，并被发到士官生们的手中。给尉官先生们熟悉这些单子并且考虑团队选择的时间总共只有三天。不能说这种选择有多轻松。它关系到许多条件：既举足轻重，也同样微不足道、琐碎至极，可要理清它也颇费思量。有多重要，又有多微小呢？

可能希望去靠近家乡的团。这些二十岁的年轻军人心中仍能强烈地感觉到家乡小巢的温馨安适和美妙之处。

选择位于省城，或至少位于富庶的大县城里的部队也很好，那里有不错的圈子，漂亮的女人、交际、舞会、打猎，地方上的享受应有尽有。

相对靠近首都的地方也令人神往；一想到与莫斯科公国，与它的七座小丘，与它众多的教堂，与克里姆林宫和莫斯科河，与所有根深蒂固的自由、亲切、浓郁的莫斯科生活长离久别，就特别让莫斯科人伤心。

但这类美缺非常少见。只有一些幸运儿能去近卫军和卫戍部队，但不管怎么说，轮到第一百位的当然也应该是些享有声誉的兵团——但远远不够卓越。也还好，毕竟不是那些后备营，它们甚至都不具备自己光荣的名称而只有些番号：第三十八陆军后备营，第五十三，第七十四，第九十九……第一百一十三，等等。

然而对于年轻心灵的想象力来说，也有另外的诱惑、另外的空间。他们永远乐于憧憬冒险的生涯、庞大帝国未知的边远之地、新奇的人群和民族、漫长而艰苦的旅途上的非凡奇遇……南方令人向往：在高加索，在撒马尔罕，在突厥斯坦，在波斯、阿富汗和布哈拉边境，在通往伟大、神秘、繁华的神话般的亚洲的前沿服役。不能说士官生们特别通晓地理，他们这方面的知识还停留在武备中学六年级的水平，此后就再未更新过。不过，凭借模糊的记忆，他们还是能够想象，克里米亚——这是人间天堂，生长着葡萄，味道甜美的克里米亚苹果正在成熟；高加索风景如画，巍峨壮丽，除了莱蒙托夫，没人可以描绘；波多尔省和巴黎在同一个纬度，因此那里很少下雪，到了夏季便桃杏芬芳；而波里希耶则以自己的欧洲野牛著称，它的居民多染真菌病，等等，诸如此类。军团的军事史，它昔日的勇武精神，它取得的功绩和奖赏，均具有重大意义。选择军团时，制服肩章也扮演不小的角色——红色的，蓝色的，白色的，或黑色的：哪一种跟哪个人更相配。发生过这样的事情——据过去的尉官们讲——很早以前的一位二等生曾经悲痛地一挥手臂，说："我无所谓。请把我登记到戴红肩章的部队吧。"

亚历山德罗夫几乎也处于同样的情绪。不久前他迷恋上了哲

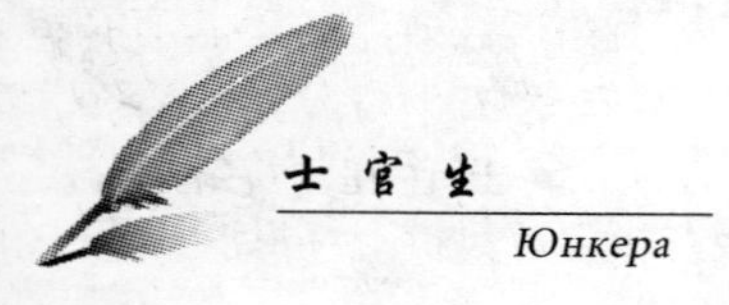

学。他沉思道："一百个团给我选择，而我从中只需选定一个。难道这不是以我个人一生作赌注的一场抽彩游戏吗？惟有上帝知晓，等待我的是第一、第二、第三十、第七十四，还是第九十九和第一百团。完全无法预知，哪里有陆军执行军官的平步青云在等待我，哪里是狂暴而荒唐的酗酒打架的生活，哪里能顺利地考入研究院并且鸿运当头，哪里将举行迎娶美丽恋人的盛大婚礼，哪里是孤独的军人香烟陪伴的单身生活，哪里有悲惨的决斗，哪里会因为军事法庭的判决而被强制离开军队，哪里有战争舞台上的丰功伟绩……一切都蒙着无法穿透的迷雾，可不管怎么样你也要抽出你的命签。"

究竟是谁担负起判定哪个团好、哪个团坏，哪个团更好、哪个团更坏这件鲁莽的事情呢？亚历山德罗夫不由得想起普希金《科洛姆纳小屋》里的八行诗：

我们在打仗呀！帅小伙，
你们这些哑嗓的人却突然沉默，
你们是否经历过英勇的远征，
在别尔夏见识了希尔班大军？
人类！微渺之物，瞎眼老人，
其实他们每一个都身处狼群。
大家咆哮着冲上去浴血激战，
希尔班的军队堪比八句诗韵。

是的，俄罗斯的军队里当然没有一个道德不端的团。或许有一些境遇凄凉的，它们被驱赶到人迹罕至的荒僻之地，被最高长官遗忘，因此变得粗鄙。但它们全都不比光荣的近卫军低贱。是的，最终……亚历山德罗夫面前忽然浮现出他很早以前在什么地方读过的一个古希腊逸事："为了羞辱一个著名的智者，主人在宴会上把他安排到一个最远、最不舒适的位子。但智者温柔地微笑着说道：'这就是把末位变成第一的方式。'"

选择职位的庄严日子终于来临了。

一个星期四，早餐过后值班的士官生跑回各自营房，高声传达营长的口头命令：

“全体二年级士官生立刻到吃饭场地集合！着平常的制服。（所有跟部队有关的人都知道，平常的制服永远都伴随着不平常的事件。）随身携带职位小册子！赶快，赶快，尉官先生们！”

杂役们已经在就餐场地上摆好桌凳。士官声们还从未像这次一样，那么主动和迅速地在长官的命令下集合。三分钟过后，他们已经笔挺地伫立在自己的桌子旁，所有二百个脑袋急不可耐地伸向阿尔塔巴列夫斯基上校应该现身的那个方位。

他很快在连长和教官的簇拥下出场了。

“请坐！”他似乎是以威吓的腔调下达命令，并开始翻开名册。然后他轻咳一声，继续说道：

“瞧，此刻你们面对着为两百个士官生提供的两百个空缺职位。我将根据你们在学校的两年学习期间所取得的成绩依次点到你们。我介绍备选部队时会清楚地大声念出名字，不会放慢速度也不会再次重复。你们已经有足够的考虑时间。好啦，一号：一连司务长，士官生库马宁！”

高大的美男子库马宁麻利从容地站起来：

“以苏沃洛夫特级公爵命名的法纳格里斯基近卫军团。”

阿尔塔巴列夫斯基大声重复一遍部队番号，并在一张大纸上记下什么。亚历山德罗夫低声笑起来。“也许谁都猜不到，别尔基-巴沙还会写字。”他心里想。

“四连司务长，士官生塔尔别耶夫！”

“莫斯科近卫军团。”

“二连司务长，士官生波日达耶夫！”

“十二炮兵旅，跟父亲共同服役。”

“攫用士官，鞑靼人瓦奇纳泽！”

“艾里万斯基近卫军团，跟哥哥共同服役。”

就这样，当着所有毕业生的面，点到了司务长、攫用士官和成绩优异的士官生。驻地上佳、让人神往的一些团很快被分配殆尽。给二等毕业生只剩下外省县城的一些偏远之地，它们的名字士官生们平生第一次听说。

亚历山德罗夫的注意力早就松懈和涣散了。他下意识地勾掉点到的团队，同时玩着独特而幼稚的游戏：每一次士官生起立报出自已的团队时，他都从那个人的面容、那个人的声音、那个团的名号，努力去想象——在未来等待着这位士官生的是什么样的命运，什么样的变故和历险。因此当亚历山德罗夫听见别尔基－巴沙高声念到自己的名字时，他浑身一惊，完全不知所措。他无助地扫视着用蓝红铅笔涂画过的纸页，选不出一个让他心仪的团来。

阿尔塔巴列夫斯基用自己金属般的“第一声部”大喊道：

“怎么不出声！想什么呢？醒醒吧，士官生！”

这时候，亚历山德罗夫胡乱一点那张纸，结果是一个他完全不知底细的团，一个他从未听说过的小城。随后他清了清嗓子，高声喊道：

“温多姆斯基步兵团！”

伟大的格利亚季城。他再一次暗自想道：“这就是最末——成为第一的方式。”

选位已经结束了。别尔基－巴沙发表训话：

“但是不要以为你们真的已经是——军官先生了。不许这样想当然。你们实际上仍是士官生。在你们选择的职位送抵圣彼得堡之前，在呈给我们伟大的君主，亚历山大三世皇帝，并由他亲自确认之前，在他至高无上的恩准最终送抵莫斯科之前——你们必须无条件地、加倍地承担军队事务和它的岗位职责。因为很多东西你们还未学会，很多事情你们还不熟练。所以，现在马上在前方警戒线列队进行营队训练！”

噢！歹毒的亚洲人！

29

整　治

不同兵团的两百个职位被分配一光。

军装样式已然清楚——定做的制服上要缝什么颜色的肩章，要配什么样的镶条：白色，蓝色，红色，还是黑色。

未来军官的姓名和他们所选部队的番号已经传走，此刻正通过邮局传往主持军官晋升的彼得堡。如今，被全俄国所有军校所选择的职位在这个强大而神秘的机构开始汇集，其中的一些学校离彼得堡无比遥远，位于广阔无垠的俄罗斯帝国的边陲。

然后所有这些职位最终被汇总检查。到那时再把它们分给几十位全俄国最熟练的大尉军衔的书记员，他们用金笔在瓦特曼厚光纸上填写晋升初级军衔的士官生名册，这些士官生将被派往俄国军队中一个战无不胜的光荣团队英勇服役。

到这时，出场的不是别人，是参谋部部长。他带着这个宝贵的名册，在约定的日子进宫觐见已经在等待他的沙皇。

统治地球六分之一疆域、为五亿臣民的福利操劳不辍的俄国沙皇，即便从体力上考虑，也不会给数万军官中的每一位的晋级亲自签字。不会的，他只是认真地快速浏览一下长长的名单。他的嘴角快乐而忧伤地微微含笑。

“多好的年轻人，”他轻轻默念道，“多么美妙、纯洁、荣耀的俄国青年啊！这些青年人中的每一位都乐意为我们的祖国、为我洒尽全部鲜血。”

他叹息一声，签上自己的名字，对部长说：

“请转达我对他们所有人晋级的祝福，以及我对他们未来完美服役的信心。”

国家公文的行程十分漫长！

高年级士官生焦躁不堪——他们已经不再自称“尉官先生”了，倘若还与这个编造的名字为伍，会让人不太愉快地意识到，当前的少尉阁下实际上还是尉官先生。

如今他们把自己完全视为成人，甚至好像还饱经沧桑似的。他们的动作变得越发持重，姿态也变得持缓。他们每个人都是一副担心把盛满宝贵液体的茶壶弄洒了的神态。他们略带爱恋、像兄弟一样彼此关照。到处弥漫着酷似非洲的火热气氛，沸腾的焦躁情绪不知向何处倾泻，神经绷紧到了极限。但愿不会有谁在这种高压下爆发，做出不被允许的粗鲁荒唐的傻事，并为此失去军官头衔。那样的话该如何是好呢？不可能也没办法包庇。送去当兵吗？驱逐出学

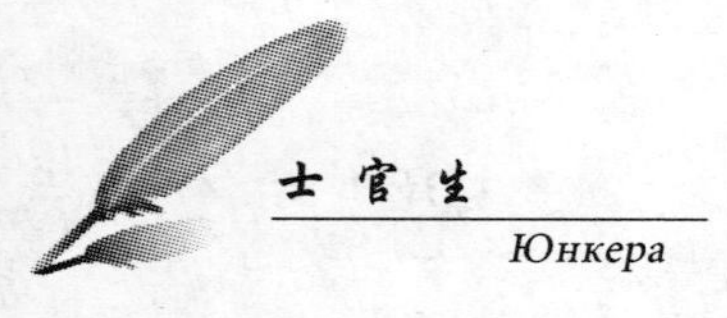

校吗？假如真的出了这种事情，莫斯科的罪犯刚刚被皇帝在彼得堡晋升为军官，又该怎么办呢？电报上奏皇帝吗？这位至高无上的国君该会怎样龙颜大怒啊！享有盛誉和爱戴的亚历山大母校将会蒙受难以洗刷的污点！

连长和教官洞察年轻人内心的这种躁动，因此，他们略微放松了对军纪的严格要求，减轻了些酷热下简直无法忍受的队列操练的沉重负担。毕业班士官生也感受到了这种纵容，变得对长官稍稍有些不敬，变得懒散和随便起来。

在野外训练散兵队形时，诺沃谢罗夫上尉（就是乌斯塔夫奇克）下达命令：

“停止射击，起立——向磨坊前进。跑步前进！”

毕业生中有人懒洋洋地说：

“跑什么步呀，尼古拉·瓦西里耶维奇？热得要命。最好能躺一会儿。”

乌斯塔夫奇克一边踏步，一边小声喊一句：

“起立，我要送你蹲禁闭！”

毕业生柔声细语：

“那好吧，我们走吧，尼古拉·瓦西里耶维奇。要知道我们那么爱戴您，您是那么善良。”

“安静！分头跃进！”

或者偶尔对热得懒洋洋的德罗兹德说：

“大尉先生，让我们朝远处那个红衣少女的方向列成散兵队形吧？”

“公狗！”德罗兹德骂一句，又突然变得温和起来。“起立！向三连跑步前进！别跑得跟梁赞的婆娘似的，要有士官生的样子！喂，快点儿，要不我练到晚上！”

这个德罗兹德可真是个怪人，有时候瞬间发怒，有时候又突然通情达理、关怀备至。有一回就让亚历山德罗夫既无比惊诧，又感动不已。经过营地时，他看见了四脚朝天躺在大白桦树荫凉下的亚历山德罗夫，停在了他的身后。亚历山德罗夫以一贯的机敏和迅捷挺身而起，抖了抖帽子，敬了个礼。

“把手放下吧。”德罗兹德开口道。接着他用讥讽的眼神打量他

好一会儿，没头没脑地问："恐怕很想抽出点儿时间，进城去见裁缝，试一试军官制服吧？"

"是的，大尉先生，"亚历山德罗夫叹口气，坦白说，"非常非常想去。可我在受罚，晋级之前都没假期。"

"是呀，你的情况很不妙。营长绝对不会宽大处理的，也永远不会疏忽大意。他是个严肃的军人。"

"是的，大尉先生。世上没有比他更严肃的了。"

"嗯，你的事情很糟糕：又想做，又怕出问题，妈妈也帮不上呀。完全理解你的痛苦……"

"衷心感谢，大尉先生。"

"而关键是，"德罗兹德故作遗憾地继续说道，"关键是，世上有些天不怕地不怕的捣蛋鬼、不听话的家伙和小混蛋，换成你的处境，他们谁都不问，也不请示，就会私自溜出营地，在裁缝那里待上个把钟头，再赶紧跑回来。当然啦，规矩懂事的孩子是不会干这种违反纪律的事情的。您自己考虑一下：私自离队——这可是原则性的错误，军队里绝对不会纵容的。"

"是，大尉先生。"

两个人都不再作声，沉默了有三四分钟。突然，德罗兹德莫名其妙地打了个响鼻，轻蔑地说了一句：

"嘿，可真是块木头！"

"什么木头？"亚历山德罗夫疑惑地问道。

"那种木头。"德罗兹德漫不经心地回应一声，缓步从士官生身边走开了。

亚历山德罗夫怅然若失。他似乎觉得德罗兹德的随意闲聊里面透着什么言外之意，但如何理解它呢？他回到营房，找到日丹诺夫，这位上司所有把戏和暗语的出色的破解人，转述了自己与德罗兹德的全部闲谈。日丹诺夫刻薄地冷笑道：

"木头——这当然是你了，我的美男子。难道你没有马上听出来，心地善良的德罗兹德拐弯抹角地建议你做一片轻快的木板吗？也就是说私自偷偷进城？他当然不能、也不敢讲得再明白一些了，因为他毕竟是你的直接长官。可不管怎么样，他也真是个好样的。而你只需做一件事——明天放假，你穿好军服赶紧去见你的裁缝；

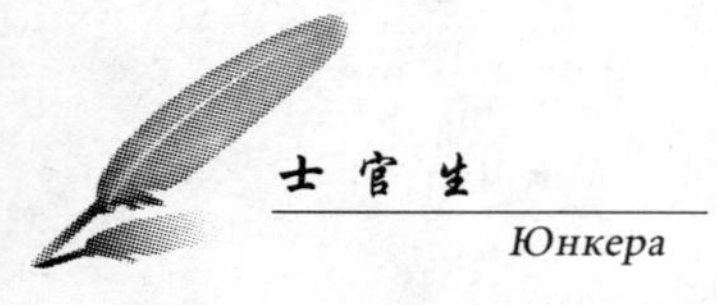

尽可能不要浪费时间。混在人群里走、混在人群里回，神不知鬼不觉的。如果你愿意，我提前去给你放哨。”

于是，亚历山德罗夫第二天就付诸行动了：巧妙地混入休假士官生稠密的人群，顺利溜到了霍登原野。到那儿他就自由了，长了翅膀一样赶到了特维尔－亚姆斯卡亚大街，抵达那座装饰有“军服店”金字招牌的房子。的确，与等待亚历山德罗夫的喜悦相比，私逃的风险不值一提。老裁缝围着他转来转去，拉扯着布料，在上面用裁缝粉笔涂涂画画。三面大镜子里，无穷无尽地反射着让他自己都觉得精神抖擞的身段，让他一直想用《浮士德》的曲调欢唱：“亚历山德罗夫！这不是你！回答我，回答我，快点儿回答我！”

他试穿了很多东西：制服，常礼服，便服短上衣，两件单排扣立领黑色皮上衣，舞会长裤和休闲长裤。他反反复复端详着佩戴肩章和缨穗的自己，裁缝老头儿也不住嘴地高声赞叹他匀称的体型和威武的英姿。

回来的路上他想绕一点道儿，去一趟叶卡捷琳娜女子中学，跟波尔菲利打听打听济娜齐卡·别雷舍娃过得怎么样，但又突然感觉自己缺少这种勇气。等他回到营地时，天已经开始黑了。他飞奔到流淌着清冽湍流的峡谷深处，迅速换上提前藏在那里的亚麻布衬衣，出了峡谷。他第一个碰见的就是德罗兹德，他正背着手在游泳池上方的练兵场散步。

“过得怎么样，尉官先生？”德罗兹德慢条斯理地问道。

“衷心感谢您，大尉先生，非常好！”亚历山德罗夫闪动着眼睛，大声回答。

在两年的交往和野营过程中，士官生和军官之间的关系就这样变得单纯而富有人情味。

所有长官中，只与其中三位的关系非但没得到这种无可非议的和缓，而且还日渐交恶，就好像越临近秋天，苍蝇越变得凶猛。这三个迫害者：胡赫里克、普普和别尔基－巴沙，后者即——营长阿尔塔巴列夫斯基上校。

前面两位似乎已经没那么恶毒，没那么冷酷无情，以至于能让人对他们充满强烈的敌意、愤恨和血海深仇了。但因为自己随时随刻神经质的批评，吹毛求疵的找茬儿，愚钝地唠叨千篇一律的让人厌烦得要死的无聊言论和指令，永远的不满和怀疑，最后还有没完没了、夹缠不清、郁闷烦人的腔调，他经常让年轻人感到愤怒。

别尔基－巴沙遭到整治，可不是由于那种平淡无味的冲突。或许他是在工厂里由钢铁浇铸而成的吧，然后又经过长时间的锤打，直到粗粗具有了人形，但同时工匠师傅们又忘记了给他配上心灵。

确实，别尔基－巴沙即使不是全部缺失，似乎也缺少一个平常人所特有的长处与不足，激情与软弱。他不懂得任何虚荣心、同情心、爱和眷恋。恐惧和羞耻也与他格格不入。他只是平静冷酷地施以惩罚，不带惋惜和愤怒地、最大化地行使自己的权力。他的声音铿锵有力，如同钢铁，能从可以轻松容下莫斯科所有军队夏季操练的、辽阔无垠的霍登原野的一端传到另一端。但他一次也未冲士官生怒吼过，正如他从来也未曾对他们表示过同情。

包括军官在内，学校的所有人全都坚信，别尔基－巴沙只是因为不太善于变通而已。他的一些只言片语会被二年级学生精心记住，并且代代相传，当然也会添油加醋，就像远航的轮船会寄生很多小贝壳和软体动物。

士官生们不可能对别尔基－巴沙说自己喜欢他，但他们敬重他，因为鞑靼人天生的正义感、嗓音和堂堂的仪表，尤其是当他骑着自己纯种的阿拉伯白色母马卡巴尔金卡——巴沙以特有的固执把那匹马称为卡巴尔金诺夫卡——驰骋于全营面前时，那种无可争议的英武和剽悍。

可现在，士官生，特别是即将毕业的士官生，他们所恼火的是在隆重的职位分配仪式之后，别尔基－巴沙立刻便野蛮地把全营赶去进行队列训练，好像根本没把上一个事件的巨大意义放在眼里。

在类似情况下，在自己的部下刚刚经历如此强烈的感受以后，任何一个正派的军官也会让他们放松两三个小时。

而在他看来，这是一种没礼貌的行为，一种作风散漫的臭习气，一种必须立刻还击的带有轻慢意味的挑衅。

于是这时候，一道无形的命令就像无线电发报似的传递开了，从最挺拔、最优雅、最有威信的一连直到最精明强干的四连："要像从前一样审时度势地整治所有人。对胡赫拉与普普——猛击痛打。而对冥顽不化的别尔基－巴沙，不仅要加倍整治，而且要加两倍，甚至加无数倍。"

这个提议得到各处积极主动的响应。值得一提的是，全校都已得知，今年晋升工作不同于以往，要推迟很长时间才能进行。由于某些重要的政治原因，皇帝要稍晚回到彼得堡。额外的延期给士官生们带来绵延不尽的烦闷。加倍的整治能提供某种消遣，而结果真的是前所未闻的丰富和精彩。

晚点名、"点名号"和晚祷告过后——从此刻到睡觉前属于自由时间——整治行动便毫不客气地开始了。"解散"的口令刚一发出，立刻就有一个轻柔而可憎的声音如泣如诉地叫起来："胡——赫——里克！"另一个接过话音，小猪仔似的哼哼着："胡赫拉，胡赫拉，胡赫拉。"而后，全体动物合唱团便激昂地唱起了这个著名的绰号，呼唤着猫、狗、驴、雕、羊、牛……

随后开始燃放纪念和赞颂普普的焰火。亚历山德罗夫不无自豪地担任最重要的烟花制造师之一。这也不是平白无故的，他上中学时就和一年前成为军官的图恰布斯基共同研究过焰火技艺。他也不知道大家从哪里弄来的硫磺、甲硝、酒石酸钾和其他东西。他亲手把木炭和白糖塞进一个小圆筒，火药则取自士官生们射击训练时留下的子弹。必不可少的大小圆筒则是他用通条和其他圆柱形物体滚制出来的。就这样，亚历山德罗夫制作烟花、五彩焰火、罗马花炮，以及最重要的爆竹。尽管工艺粗糙，但也能达到一定要求。

对胡赫里克的捉弄有点儿厌烦了，亚历山德罗夫发出一个明显的信号，以引人关注，接着把一根爆竹夹在两指之间，点燃了它。爆竹拖着火星四溅的金黄色的尾巴升上了天空，身后留下刺刺的颤响。这个过程持续时间不长，十到十二秒的样子，但已足够高唱赞美杜德什金的颂歌了。无数声音此起彼伏地大声呼喊：

"我是普普，但没有那么老土。等我做了古，请把我葬进我的鼻烟壶。胆小的姑娘，也不必怕我，我特别的好心肠。我是普普，

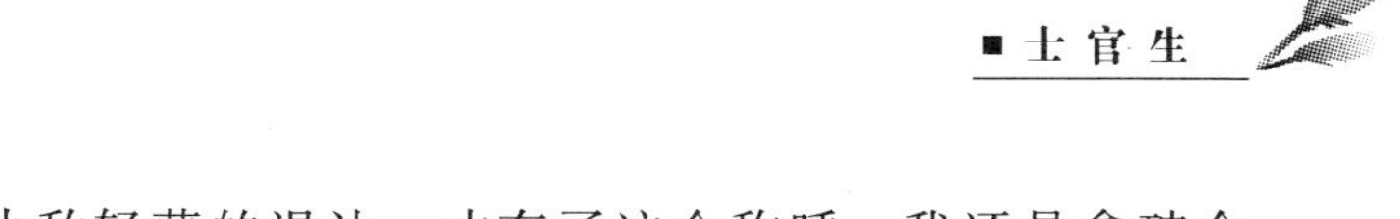

因为我对自己仇敌轻蔑的退让，才有了这个称呼。我还是拿破仑，我们两个都很肥，但短小又精悍。”等等等等，而待到爆竹飞至极限、轰然炸开的时候，几百个声音便拼命大喊：

“普普！”

对别尔基－巴沙的整治就要复杂、多样和艺术化一些了。先是在记忆库的档案资料中挖掘，再到前辈们的传说中寻找让人惊诧和难忘的巴沙语录。这就是其中的几段：

一个士官生靠窗站立，透过玻璃望着学校操场。别尔基－巴沙走过来，目光紧紧盯住他的后背。两个人沉默好久，十分钟，十五分钟……突然，巴沙打破了宁静：

“你站在那儿瞎胡想，你想你在想啥，你自己都不知道，你啥都没有想。你想不想蹲禁闭，士官生？”

还有：

克莱因布林格乐队，大名鼎鼎的校乐队，正在餐厅演奏。一个乐手腋下夹着圆号。别尔基－巴沙走到指挥面前，问道：

“这个人为什么闲站着？”

“他保持休止符。”

“他为什么要把它抱在怀里？他为什么不演奏出来？”

还是跟克莱因布林格有关的：

巴沙在观察乐队时发现，一个吹低音号的老演员在整个演出过程中一下都没碰自己的乐器。他走到克莱因布林格跟前：

“喂，这个人为什么不演奏？也在休止吗？懒汉！”

“不是，他把号嘴丢了。”

“真是岂有此理！丢了公家的东西？好好教训教训他，而损失要从他的薪水里扣掉。我要让他们知道，丢失公物会有什么结果！”

后来，所有关于俄国将军无穷无尽的笑话都落到这位可怜的阿尔塔巴列夫斯基上校头上，这些将军，有的领悟能力太差，有的热忱过度，有的直率得可怕，有的是女色的荒唐崇拜者，有的是谜语热衷者，不可胜数。

这些笑话通常会在别尔基－巴沙能够听到的地方讲述。讲故事的人这样开场：

“嗨，来听听吧，还是同一位将军的新段子……”大家当然明白说的是别尔基－巴沙，而且讲故事的人中间不乏——真正的口技高手，能惟妙惟肖地模仿上校金属般的嗓音、他不太连贯的斩钉截铁的语句，还有在动词结尾时以奇特方法运用软音符号①。

别尔基－巴沙听得懂。他苦恼不堪，眼珠乱转，紧咬嘴唇，但又无计可施——担心陷入可笑或不快的境地。但鞑靼人的脾气既火暴又记仇。别尔基－巴沙暗暗地伺机报复。

夏季里最闷最热的一天，他安排营队训练。全营的人要肩披大衣，身背三十磅重的别丹式步枪，腰间带着挖掘工具。他把营队在霍登田野上编成两排，自己则在一旁骑着洁白如雪的卡巴尔金卡，军官们也跟自己的连队站在一起。

应该说，在学校的所有军官中，别尔基－巴沙是一位最完美最精干的队列训练大师和专家。

他不让营队休息（士官生们愤愤地想，这是因为他自己骑着卡巴尔金卡），只是在完成十次、十五次队形练习之后，偶尔下达命令：“稍息。整理着装。不要离开原地。”而目的则是两分钟后再次高喊：“全营取枪！”（众所周知，这种频繁而短促的停顿比连续的匀速行军更让步兵们疲惫不堪。）他像演奏手风琴似的指挥着军队，把全营收成紧密的四个连队，显得人数少而密集，然后再让它一字排开，像一条长长的虫子。他要求所有连队“迂回前进”，也就是来回兜圈。他带领营队笔直地大踏步朝一侧斜向前进，而后突然下令“上枪”，让四百杆枪在行进途中亮出片刻间端起的刺刀。

这个时候，别尔基－巴沙像一位著名的芭蕾舞编导，指挥着特殊的群舞演员；像杂技团团长，正命令无数盛装的马匹完成急转圈、陡立跳跃和后腿回旋；像一个正在玩耍活动木头士兵的大男孩儿，让它们的整个队形一下子合拢，又一下子分开，忽而从前到后，忽而从左到右。

巴沙口令分明，士官生们执行得也绝对标准。但今天阿尔塔巴

① 每次阿尔塔巴列夫斯基说话时，动词的结尾的发音都要软化。

列夫斯基好像发了疯，每走十步他就命令道：

“立定！”

营队像一个人似的，以两个动作停下来，又用另外三个动作从肩上下枪，再以枪托抵地。但马上又传来口令：

“全营齐步走，立定，齐步走，立定，齐步走，立定。”

在一次短暂的停顿中间，他爆发了疾如闪电的疯狂怒火：

“为什么敲枪托？为什么敲枪托？讲过了，枪托着地不能出声。你们必须让枪托不出声着地。”

然后又是：

“齐步走。立定。为什么，为什么枪托啪啪啪地出声？哪怕累死在训练中，也不能发出任何声响。”

就这样，别尔基－巴沙每次都要一边号叫，一边绕着全营纵马疾驰，用马刺折磨着美人卡巴尔金卡。它浑身大汗淋漓，从自己漂亮的马头上淌下一绺绺的白沫，但不管巴沙怎样发疯，也无法达到理想化的寂静无声。

士官生们清楚其中的原委。别尔基的过错不在于他强迫士官生们完成不可能完成的任务。有罪的是那位高高在上、或许还属于皇室成员的将军，在一次视察兵营时，热情洋溢的士兵们用木枪托捶击木地板的巨响震得他耳鸣头晕。他们在长官抽打下，已经练就了粗犷豪迈的武器动作——以至于他只能垂头丧气地说：

“嗯，这一切都好极了，不过只希望再轻一些。请你们相信，如此用力的击打可能震坏别丹式步枪，损坏它非常精细、非常敏感的内部零件。”

为了引起重视，这个意见很快便传达到了所有军区、军、师、团。军中事务——是项严厉的工作。其中决容不得任性、抵触和反驳。下了命令——就要执行，没什么好商量的。但没完没了的“前进”和“立定”，加之别尔基－巴沙鞑靼式的猛攻，让士官生们痛苦不堪、筋疲力尽，最要命的是无聊得要死。起初是一个、两个、三个士官生，因为疲惫、疏忽和一定程度上的意外，枪托放得声音过于响亮。旁边的人出于捣乱也附和他们，这种暧昧的效仿也展示了自己的威力。全营弥漫开一个催眠般的声音：“他们在整治别尔

基-巴沙！整治别尔基-巴沙！”

这时候，伴随着每一声“立定”的口令，已经是全营四百个人用枪托全力撞击干硬的地面了。

营长没有慌神儿。他变成了野兽；他勒住自己的卡巴尔金卡，背对一连队伍，脸色恨得泛绿，用撕裂的声音咆哮道：

“不想做？不愿意？娇气了？噢，瞧我现在就把你们全都赶到展览会，再从那里折回来。”

不知是谁突然从队伍中间冒出一句：

“反正你不会赶的！”

“不会赶？”巴沙拼尽自己喉咙的全部力气怒吼道，他的脸上也涨起了红斑。“我不会赶？我要赶你们两趟：到那里返回，然后再来一次——到那里返回……全营上枪。齐步走！”

被这次狂暴的怒火惊呆的营队顺从而精神饱满地开拔了，咆哮似乎变成抽在他们身上的马鞭。士官生抗议者的名字成了个谜，他本人大概也被自己下意识爆发的勇敢举动吓傻了，事后也觉得难堪，并且有些羞于承认，更何况谁也没有再询问这件事情。倘若巴沙当时追查队伍里胆敢顶撞他的是谁，犯错的人会立刻报上自己的名字：严格的校内不成文法规就是这样。

别尔基-巴沙对顶撞者施以哪种最严厉的惩罚，这并不重要。如果被巴沙激怒到极点、又同情那个胆大妄为者的整个营都奋起保护他，那可就危险多了。如此一来，这个危险的事件可能波及到很多士官生，让他们在毕业前几天毁掉前程，光荣的母校也会因此蒙羞。

巴沙绝对不会因为分寸感，因为政治因素或是怜悯心，满足于所有连长和教官都不很情愿参加的长途拉练。不，别尔基-巴沙是不会那样做的，他被天生的愚蠢和利令智昏的怒火所蒙蔽。不过他最终也没能完成四段路程。在第三段时——四连教官，炮兵上尉别洛夫，由于暑热和疲劳流起了鼻血，流得很凶，以至于不得不终止拉练。全营掉头返回了营地。还在用马刺催促卡巴尔金卡的别尔基-巴沙，样子就像一只被强行从嘴里夺走猎物的老虎。

晋　　级

好像不愿离开彼得堡似的，那些神奇的文件迟迟不到，它们具有奇妙的魔力，只要一露面，马上就能让数百位消瘦、黝黑、因期盼而疲惫不堪的小伙子变成英俊的年轻军官、威武的斗士、祖国勇敢的保卫者、小姐们的偶像和军队的宠儿。

但彼得堡始终杳无音信。暧昧的流言传到营地，说因为某些非常重要的国事，皇帝在国外耽搁了，晋升仪式也只好等到六月下旬。

这种延迟也让学校的军官们忧虑和不安。昔日的学生和直接的属下晋升军官之后就渐渐独立，再不需要为他们操心劳碌，没有义务，甚至都没留下记忆。

未来的二年级学生（尉官先生们）通常在晋级仪式前三天放假，一直放到八月初，到那时他们在同一天的同一时间回到学校接待处，向值班军官敬礼，并高声向他报到："长官，二年级士官生某连某人休假返校。"

但从晋级那天到休假学生向长官们报到，还剩下将近一个月没有学业的自由时间，每个人都会凭财力和想象力支配这一个月。

因此在这段紧张等待的日子，学校所有人员都变得越来越烦躁，越来越涣散。几乎停课了。一周前把枪支从士官生那里收回，送到学校的武器库。武器库常设的老工匠借助眼力、感觉和专门的小镜子，检查出所有的沙眼、锈迹、划痕，以及由于不认真清洁、不好好保护而造成的其他损伤。高年级学生已经收到账单，上面注明每位士官生因为损坏公物而在晋级时所要结清的总数（亚历山德罗夫的数额大得惊人：三十卢布四十八戈比），二年级学生要在来年付清自己的罚金。

死记硬背条例，列举皇室家族成员，在军旗下、在弹药库前担任警卫，上一上体操课，稍稍练习一下队列。

学校骑师普拉克萨每天训练选择去炮兵服役的士官生骑马。最吸引人的是游泳——天气炎热如火。

就连整治人也感到厌倦了。有一天，亚历山德罗夫试着发射了他仅存的最后一支爆竹——碰巧它飞得很漂亮，炸得也很震撼。但没有人跟在它后面奉上俏皮话，仅仅是在爆炸时有个士官生应和一声：“普普”——而且声音还是有气无力，似乎原本打算喊一句：“一直还不晋级……”

三连在自己营房前组织了一场夸张的演出，名为《尼尼微[①]的苏丹对骑手和山贼别尔基－巴沙的最高奖赏》。这出戏很不错，床单、枕头、大衣、彩纸和树枝制作的布景和戏服，非常惹人注目。饰演巴沙的士官生巴甫洛夫脑门缠着最大号的包头巾，苏丹的使臣戴一顶缀满星星的白色硬纸板尖顶帽。尼尼微的使臣出场时演奏的是风格独特的进行曲；乐手们用梳子、纸筒、自制的鼓和别具一格的口哨声充当乐器。

舞台被四根硬脂蜡烛照得灯火通明。使臣给别尔基－巴沙深鞠一躬，而别尔基－巴沙同样回礼。然后，使臣吩咐自己的随从：“带上送来的奴姬。”

随从退场，旋即又回到舞台，款款地带上两位浓妆重彩、身穿床单制成的华丽女服的士官生。

“噢，美艳的奴姬，请用你们优美的舞蹈来取悦伟大的战士别尔基－巴沙的眼睛吧。”

乐队轰然奏响了《土耳其回旋曲》，乐声伴奏下，奴姬跳起了令人赞叹的舞蹈，她们摇臀扭腰，摆动肚皮，用富有东方韵味的淫荡的眼波向观众左顾右盼。

“就到这里吧。”使臣说道，又向巴沙鞠躬行礼，巴沙也同样回礼。“啊，伟大的勇士，布兹杜汉和基斯迈特[②]，”使臣赞颂道，“我的主宰，太阳之子，月亮的兄弟，众王之王，颁给你伟大的克里扎波姆普勋章，赐与你显赫的新封号。从此你将不再简单地叫做别尔基－巴沙，而是威严的哈尔达·巴尔达·别尔基－巴沙。你要

---

① 《旧约》中的地名。

② 布兹杜汉和基斯迈特均为土耳其语，前者意为“槌杖”，后者意为“命运、天命”。

知道，四部分的组成名字在尼尼微被视为最崇高的封号。为证明你的伟大，我赠送你两块宝石：胆石和尿石。”

新受封的哈尔达·巴尔达·别尔基-巴沙冲使臣深鞠一躬，使臣也同样回礼，随后说道：

“我的主宰者把这两位美丽的尼尼微姑娘赐给你。”

“不，不！”巴沙连连摇头。“我要她们干什么？我用不着她们。这里有苏丹后宫宦官的空缺，薪水也还公道，对此我倒是不会拒绝……”

“今天她们就是你的了，”使臣说道，“而我根本不是使臣，我就是苏丹本人。我喜欢你，别尔基。走，一起去小酒馆。演出结束了。怎么样？我演得好吗，尊贵的观众先生们？”

这出仪式剧是在演出前一小时编出来的，但说实话，没什么意思。它也没引起任何反响。此外，士官生们尚未忘记不久前跟阿尔塔巴列夫斯基的那场两方都有问题的激烈冲突，士官生一方甚至更不占理。

但一连，陛下的连队，很快就以一场真正隆重的演出回应了三连——“军旗连”，剧目名为《枪刺的葬礼》，俨然一出传统剧目。“种马”们不惜时间，不辞辛劳，在周日休假期间收集了大量的道具材料。

天微微泛黑的时候，他们开始演出。以放射烟花开场。亚历山德罗夫那些歪歪斜斜、不太驯服的小爆竹哪能跟它比呀——这个精致的东西像蒸汽机一样哧哧作响，冲天而起，飞得不是什么可怜的一两百俄丈，而足足有两俄里①高，轰然爆炸的时候，大地似乎都猛然颤抖一下；它周围飞散开无数色彩斑斓的圆球，这些圆球久久地飘浮，消失在湛蓝的、几乎是雪青色的天幕。随着这个信号，游行开始了。

小提琴、陶笛和吉他行进在最前边，精彩绝伦地演奏着肖邦的《安魂曲》。乐队后面，一个悲伤的鼓手手持一根挂着黑纱的长木棍，踏着凝重迟缓的步伐。

接下来是一具棺材，尺寸超不过半俄尺，大小可以轻松容下别

---

① 1俄里相当于1.06公里。

丹式步枪的枪刺。棺材由某种类似锦缎的布料覆盖，顶上满满堆着一大团野花。它被抬在一副小担架上，两侧的树脂火把映照下，四个佩戴黑纱的骑士抬着担架四角。送别的人肃穆地缓缓走在后面。游行从游泳池开始，终点在一连驻地右翼。到了那儿后，小棺材被放进事先准备好的坑穴，又掩埋上泥土。每个士官生撒一把土。然后在小坟堆上撒满鲜花，竖起了一块写有谦卑题词的小木板：

枪刺
1889

完全像开场时一样，整个仪式的结束也无比肃穆。

“愿意的人可以发言。”一连的一个高个子士官生提议，因为笼罩下来的暮色，他的脸无法看清。有个人走到坟墓前，开始讲话：

“再见了，枪刺。我们在左臂上方佩戴你两年。试问：有什么意义呢？作为军人称号的象征吗？但你的形象一点儿也不威武，确切地说，是可怜。你包裹在自己狭窄的皮套内，酷似一条长长的摇摇荡荡的鲱鱼。为了力所能及的保护吗？但你只有被固定在雄壮的武器上时才够强大。为了美观吗？但没有你军官只会更显英姿。我们的装扮中，有羊羔皮帽子上金光闪闪的雄鹰，有腰带上光焰烈烈的炮弹，有金银饰带和我们漂亮的花体名字。噢，不幸的，你究竟属于哪里，哪个高贵的圈子呢？我记得我们沉甸甸的双锋短剑，我们光荣的祖先曾用它进行激战，但因为别人的恶作剧，它从我们手中被夺走。它庄严威猛，像真正的战斗武器。它多才多艺，作战时需要它的时候，能够砍开树木、穿透坚冰、挖出洞穴，如此等等。再见了，枪刺。在泥土中生锈腐烂吧。我们不会记你的仇。不是你不请自来地进入我们的生活。不是。你是被强迫赖上我们的，而我在自己的简短发言里最终破坏了古老的传统：‘对死者要么说好话，要么不开口。’因此，为了表示对你的公正，我要崇敬地说，在刚刚过去的同土耳其人的战争中，你也没少刺中和划破敌人的肚子。再见了，我们被迫接受的战友。再过一两天，高贵、敏捷、令人生畏的军刀，赫赫大名、源远流长的马刀的高贵女儿，就会代替你为我们效劳。阿门。”

“阿门。”参加葬礼的人重复道。

悲伤的葬礼结束了，大家回到各自的营房。

暖洋洋的夜，天空中布满无数硕大的微微闪动的星星……

但渐渐到了捉弄长官和露天演剧也失去所有乐趣和吸引力的时候。一年级已经开始动身去休假。高年级士官生在晋升之前还要留下一天、两天抑或三天，他们紧紧握住低年级的同学、过去的法老们的双手，热烈祝贺他们获得“尉官先生”的校内名号。

“你们要维护学校纪律，”他们叮嘱准备离去的小同学，“不要纵容法老们，不要瞧不起他们，注意他们稚嫩的外表和高尚的心灵，制止他们哪怕是一丝一毫的失礼行为，要经常教训他们，督促他们，让他们有自知之明，必要的话，喝斥他们。但要叮嘱你们：谨防以不合情理的要求和让人感到屈辱的愚蠢的死缠烂打对他们吆五喝六。要记住，亚历山大军事学校是全俄国首屈一指的学校，它纪律的维持不是靠畏惧，而是靠良知，靠善意的相互信任。再见，朋友们，再见了，让上帝保佑我们作为战友相逢在战场上吧。”

而另外一些人则对准备离开的人说：

“永远不能允许任何人贬低陆军的名誉，要以它为荣。步兵——功能最丰富的军队。它像骑兵一样冲锋在前，像炮兵一样射击，像工程兵一样挖掘工事，还像他们一样架桥和铺设浮桥，英勇和坚韧的步兵作用重大，决定着战局。再见吧！”

尉官先生们走了。恰好就在第二天的一大清早，神奇的校乐队就全体从莫斯科来到荒僻的营地。

“这是——校长的礼物，”德罗兹德解释说，“夏天太炎热了，营地也太艰苦了。”

“今天晋级吗？”一个士官生兴奋地问。

“不清楚。一点儿都不清楚。”德罗兹德支吾道。

七点钟点过了名。营长指示，士官生们要着检阅服。八点钟，士官生们吃过茶、面包和奶酪，阿尔塔巴列夫斯基指挥全营排成两列纵队，乐队——在军旗连前面，然后下令：

“齐步走！”

清晨既不炎热，也没有扬尘。黎明前倾泻下的一阵暴雨冲刷过地面，走起来轻松爽快。进行曲《双头鹰下》熟悉的旋律响彻天

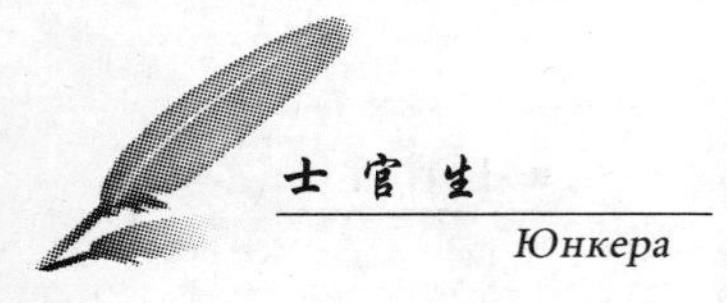

际，那么悠扬、激越、振奋，在这雄壮的乐声里，迈开矫健的大步，踏着有力的节拍，让人心情愉悦。野营期间洒满士官生们汗水的辽阔的霍登原野似乎也突然亲切起来。营队在跑马场前休息五分钟——走完的一俄里刚好是大走马在赛跑前热身的距离。大家整理好衣装，勒紧皮带，抚平皱褶，挺直了胸膛，然后重新——齐步走。伴着明晃晃的铜号、快乐的长笛、忧伤的单簧管、深沉凝重的双簧管、温柔俏皮的圆号、好斗的小鼓所奏出的雄壮乐曲，以及欢快的黄铜铙钹衬托下的土耳其大鼓铿锵有力的节奏，踏进了莫斯科的第一条街道。

队伍上方，矗立着旗子卷起来的金灿灿的旗杆尖；真是见鬼，无法判定两者之间现在谁更英姿勃发：是已经完全被乐声鼓动和激发起来、每根神经都在撒欢儿的英俊的阿拉伯母马卡巴尔金卡，还是它的驾驭者阿尔塔巴列夫斯基上校，这个天生的骑兵，桀骜不驯、无所畏惧的鞑靼人，一刀能砍下人头的高加索山贼的后代。

大街两侧是水泄不通的莫斯科市民。

“我们的人在游行。亚历山大人。兹纳缅卡人。”

所有窗口都探出少女可爱的面庞和穿着鲜艳的印花布夏衣的女人身影。男孩子们围着乐队跑来跑去，快把脏兮兮的小脸蛋伸进了震耳欲聋地轰鸣着的黑里康大号，又在隆隆的大鼓前惊得目瞪口呆。一位头发斑白、佩戴乔治勋章的退休老将军悄然伫立，目送着营队。他的神色温柔而动情，面颊上滚动着泪珠。

全体二百位士官生就像一个人，数学般精确和完美地轻盈矫健地同时踏着步子。在这近乎完美的人的运动中，有种可怕的力量和严格的禁欲色彩。

一个上了年纪的高个子女人忽然拍着手高声赞叹：

“就是他们，我们的帅小伙儿，要去为我们捐躯……”

神圣、纯洁、伟大的话语。其中蕴含着多少人民的智慧啊！瞧，一个新兵被招募了，正要被带去宣誓。婆娘在抹泪，少女在哭泣，老人们在墙根的土台上唉声叹气。而酩酊大醉的剃了头[①]的那位则在瞎说胡侃，自吹自擂，吵吵嚷嚷，骂骂咧咧。他说：“我愿

① 旧俄招募新兵，要剃掉头部前边的头发。

意为祖国牺牲，马尔法。再来四分之一维德罗[①]伏特加。”此刻他已经是当兵的了，一个注定要死的人，一个公家的人，一个为整个东正教世界负责的人，一个沙皇和国家的奴仆。最初的日子多么艰难啊！因为不习惯，除了想家还是想家，训练也难以应付。瞧，在那边，你瞧，他回来了，他规矩了，适应了，变成了一个真正的士兵，甚至还是个上等兵和下士呢。利用短暂的休假赶回家——都认不出来了：挺拔，敏捷，自信，过去那个蠢货根本不见了。人家问他：“训练一定很遭罪吧？”对这个问题，他以士兵的方式不假思索地回答：“训练对我们来说是很艰苦，不过也不算什么。我们每天菜汤里都有肉，粥里也有，肉食定量供应，每天二十五佐洛特尼克[②]。可到皇帝们的诞辰和团里的节日，会给我们送来整壶的伏特加。”不，部队里可以过得很好，但要机灵、懂事、勤恳、快乐，最重要的是诚实。

后来，上帝保佑，战争开始了。忠于誓言的士兵上了战场。劣质羊皮大衣捆在腰间，身背行囊和盛着他全部家当的杂物袋，肩上挎着步枪和装在弹药盒里的子弹。

军队伴着乐声行进——大地在他们脚下颤栗和震动，一边行进，一边随处痛击祖国的敌人：土耳其人，德国人，波兰人，瑞典人，匈牙利人，还有其他外国人。俄国士兵一切都能理解，一切都能完成：筑造工事，架设桥梁，修建磨坊、面包铺或是搭建澡堂。

他就是一个士兵，他随时心甘情愿地牺牲，用自己的身体为连长挡子弹，把负伤的同伴背出战场，冒着炮火给自己的长官送午餐，给俘虏食物并且安慰他——一切对他来说都是手到擒来。

在为伟大的俄罗斯夺取无数城市、俘获不计其数的俘虏之后，士兵返回家乡，他浑身伤病，或者缺手，或者少腿，但胸前挂着苦修圣徒乔治的奖章。

这个时候，士兵已经完全进入了最受欢迎的传说和令人感动的童话中。没有一个国家像俄罗斯那样，战争奖章获得者会被如此纯

---

① 旧俄容量单位，1 维德罗相当于 3.0748 升。

② 旧俄重量单位，1 佐洛特尼克约合 4.26 克。

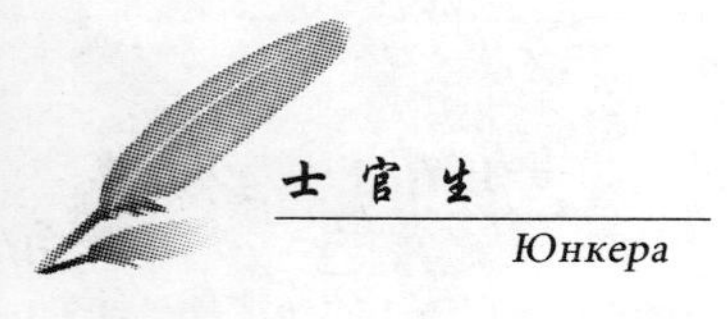

真可爱的敬意所笼罩。士兵能用斧子煮肉汤[①]。从暴徒手中解救阁楼上的彼得大帝，赢得魔鬼的赌局，把幽灵从房子里驱逐，安顿好一切，让所有人和解，到处都会成为受人欢迎的贵客、生日会上的教父、婚礼上的媒人。

“奇怪，”亚历山德罗夫心想，“瞧，我们学过条令、战术学、筑城学、法学、地形学、化学、力学、外语。此外除了射击方法和队列，将来要教给士兵们什么，却跟我们只字未提。我要用什么语言跟年轻士兵交谈呢？我又如何跟他们中的每一位私下交往呢？关于这个神秘莫测、模糊不清的生命，即使随便哪一点呢，难道我了解吗？要想获得他的尊重、爱戴和信任，我该怎么做呢？再过一个月，我就要前往自己的团队，加入某个连，很快就会安排我统领半个连或是某个排，行使最密切的直接长官的权力和职责。

“学校里教过我怎样给士兵下命令，却根本没教过该如何跟他们交谈。瞧，这我理解——一场战斗。敌人近在眼前。‘同伴们，全俄国都在注视着我们，要么取胜要么战死。’我拔刀出鞘，在空中挥舞着它。‘跟我冲，勇士们，万岁……’

“没错，这很简单。这是英雄主义。它现在甚至就让我呼吸紧促，浑身激动得阵阵发冷。噢，这件事我能干得非常漂亮。但每天的日常生活呢，每天的教育呢，教育那些往往既不会读也不会写的粗野的文盲。我将怎样着手这项重要职责呢，如果我仅有的军事知识只比对此一窍不通的我的同龄人，我的年轻士兵多出一点点；但跟我这个温室长大的孩子相比，他却是个阅历丰富的人。他什么都会做：耕地，耙地，播种，刈草，收割，养马，砍柴等等无数事情……难道我敢把对他的全部教育都托付给跟他是同乡和亲人的老兵、士官与司务长吗？

“不会的，假如我是政府官员，是参谋部长或是司令部首长，我会下令：年轻人从武备中学毕业——立刻下到团里但任列兵。裹包脚布，吃粗劣的士兵伙食，睡木板通铺，六点钟起床，清洗兵营的地板和窗户，跟士兵相互学习，经历所有的阶段——从列兵到老兵，到排长，到上等兵，到士官，到伙食管理员，到军需给养员，

① 俗语，意思是“创造奇迹，做不可能的事情”。

到司务长助理。流流汗，吃吃苦，娇生惯养的人，跟庄稼汉们平起平坐吧，一年之后再去军事学校，经过两年学习，再回到原先的团里做尉官。

“不愿意吗？‘没必要。’‘那就去当官僚或者文书吧。让那些力不从心、神经脆弱的家伙见鬼去吧——坚强的军人们留下来。’”

亚历山德罗夫一激灵，从遐想中回过神来。日丹诺夫用指尖捅了捅他的腰，小声嘟囔道：

“不要走横排。”

营队已经过了尼基茨林荫大道，正行进在阿尔巴特广场。离兹纳缅卡只有几步远了。乐队激扬地演奏着《布朗热进行曲》。全营雄赳赳地开进学校练兵场，按连排成两个纵队。

“立正。”阿尔塔巴列夫斯基翻身下马，命令道。“看旗。举枪敬礼。”

一阵悦耳的武器碰击声。在旗手和副官的护送下，旗子被送到校长房间。安丘金将军走到全营面前。

“你们好，士官生。”他的嘴唇嚅动着，无声、但能让人明白。

“您好，长官。”黑压压的年轻人兴奋地大声回答。

校长交给快步走到跟前的阿尔塔巴列夫斯基一张洁白耀眼的硬纸板。别尔基－巴沙敬了一个礼，在一片静穆中开始高声宣读：

“伟大的皇帝陛下和全俄国至高无上的统治者恩准铭记以下仁慈训话。”

士官生们挺直身子，张大鼻孔。

“祝贺我光荣的士官生晋升为初级尉官军衔。恭祝幸福。相信你们将来能完满效忠帝位和祖国。

“本人签名——亚历山大。”

阿尔塔巴列夫斯基高呼：

“陛下万岁。万岁！”

“万岁！”士官生的喊声震耳欲聋。

“万岁！”亚历山德罗夫一面深情地呼喊，一面异常激动地想：“不管怎么说，别尔基－巴沙也是条好汉。”

大家拥入体操房，军官制服已经放在那里了。

就在体操房，连长们宣布，三天之后士官生们要来学校办公室报到，领取派遣费。而八月末每位务必抵达自己的部队。让亚历山德罗夫感到困惑的是，年轻的少尉中没有一个去跟自己的连长和教官们道别，并且似乎也没有这个打算。为此感到诧异的亚历山德罗夫穿过整个操场，摁响德罗兹德租住公寓的门铃，问那个半掩着门的瘦高的勤务兵：

“可以见一下大尉先生吗？”

“根本不可能，阁下，”对方冷漠地回答，“刚刚出城。”

亚历山德罗夫耸了耸肩。

临别赠言

衣着是访客的样式，是——舞会服；长过膝盖的墨绿色常礼服，带着紧绷绷套脚带的散腿长裤，肩上是金灿灿的圆形徽章……真是英俊。但按照条令，这种装束必须在外面配以灰色的夏装大衣，而天气难以形容地炎热，满身满脸——汗水涟涟。还未穿软、还未撑开的呢子布料硬挺挺的很板人，毛刺扎着脖子，行动时也让人感到拘束。可军人的形象是那么威风，那么让人得意洋洋！

首先要做的是，一定要前往特维尔大街，漫步经过正门西侧站立着两个身穿上等兵制服的巨人近卫军的总督宫。他们老远就瞪大眼睛主动恭候亚历山德罗夫，在四步远的地方，他们同时行上等兵的举枪礼，齐刷刷的动作，齐刷刷的节拍，齐刷刷的声音。而他把手举到帽檐下，一面从容地缓步经过，一面用骄傲而安详的目光依次打量着他们的面容。这一刻他似乎觉得，特维尔广场中央那个骑坐在陡立骏马上的青铜将军斯科别列夫正在轻声说：

“哎，我多想让这样光荣的尉官加入我的钢铁之师、驰骋疆场啊。”

但这种快乐太过短暂了，应该再体验它一回。亚历山德罗夫走进菲利波夫点心店，吃了一个果酱馅饼，又折回刚刚走过的道路，经过那两个神武的上等兵。可这一次他看得清清楚楚，他们行礼时脸上不再有美妙的笑容——和善、赞扬的笑容。

此刻——到了母亲跟前。他羞涩而快乐地看见，她忽而笑，忽而哭，全然忘了去拿姜汁桃子酱。“你想想呀——阿廖什卡，我的朋友，你还在我怀里呢，可突然就变成真真正正的军官了，留着胡子，佩着宝剑。”就这样，她透过泪水，回忆起非常古老的有关军官的歌曲，那还是很久以前唱给谢瓦斯多波尔战役的歌曲：

小军官简直是个小心肝儿
就是个头小一点儿
他的胡子和马刺呀
你们可夺走了我的魂儿

“还有一段呢，阿廖沙。我们跳格罗斯法尔时唱的——那舞蹈以前可真是流行：

瞧这个小姐呀
追求着军官啊
她一门心思呀
想让他爱上她
想让他来娶她
可那个军官呀
却慌忙溜掉啦
腿脚那个快呀”

然后，她再次抱紧阿廖沙的脑袋，老人的泪水打湿了它。

“明天我们去一趟特罗依茨－谢尔吉耶夫大教堂吧。去跟主的仆人祷告。”

三天后的上午十点钟，亚历山德罗夫走进学校办公室，他费了好大周折才在白楼的迷宫内找到它。头发花白的军需官在给年轻的少尉们分发派遣费。士官生们排成长队等待。进行核算的方式十分古怪：尽管大多数的省城、县城如今都有铁路彼此相连，但派遣费仍以骑马行路的方式支付，每人三匹马外加伙食补贴，骑马和乘火车之间的差额是个相当大的数目。这或许是什么人送给年轻少尉们隐秘的礼物吧。

把钱发给军官，让他签过字，军需官通知每个人：

“校长先生大人邀请你们一点整去一趟他的住所，他有什么话要跟军官先生们讲。但我重复一下将军的原话，这不是命令，是提议。一路顺风。衷心感谢您。”

亚历山德罗夫来时空着肚子，现在他有足够的时间跑到阿尔巴特广场，在那里从容地吃点儿东西。当他返回来，到了安丘金将军的住处时，心中却充满了忧伤和羞愧，两百位被邀请的年轻军官来了不足一半。

“其他人怎么回事？”他疑惑地问道。但没人回答他。有一位瞧了瞧时间，说：

“还差五分钟。等一等吧，能怎么样呢。”

但这时候，房门一下子打开了，身穿罗斯托夫团军服、戴着白手套的勤务兵招呼道：

“请你们进来吧。首长请你们到客厅等一下。请赏光跟我走。”

军官们跟随他上了二楼，因为面对“石像”时一贯的、习以为常的胆怯，他们稍稍有些局促，稍稍有点儿压抑。

将军笔直地挺着自己高大的身躯，站立在那儿迎进了他们。客厅空阔、简朴，就像苦行僧的单间居室。装饰它的只有一些画像，托特列宾，科尔尼洛夫，斯科别列夫，拉德茨基，杰尔－古卡索夫，卡乌夫曼，切尔尼亚耶夫[①]，所有画像都有本人签名。

安丘金冷静平和地打量一下昔日的士官生，开始讲话（亚历山德罗夫立刻发现，他嘎哑的嗓音酷似著名演员罗希茨－皮萨列夫，而在亚历山德罗夫看来，后者是世界上最伟大的演员）。

“军官先生们，”安丘金说道，“很快你们就将前往自己的团队了。将要开始全新的，远不轻松的生活。和平时期，一个团里通常不会少于七十五位军官先生——一个很大的，非常大的团队。但早

① 以上诸位皆为当时著名的俄国将军和将领。

就众所周知的是，在众多人长时间从事一件工作的地方，在具有共同利益的地方，在所有谈话都已谈尽的地方，在乐趣结束而无聊的郁闷已经露头的地方，比如在环球航行的轮船，在军团，在修道院，在监狱，在远程考察队，等等——在那里，唉，就会不可避免地生出是是非非的小蘑菇，而跟它们的斗争一般都很艰难，甚至没有可能。因此，在这里我要交给你们一个预防这种不良风气的惟一的处方。

“如果同伴来找你并且跟你说：‘我现在要告诉你一个关于某某同事的惊人消息。’你就问他：‘您敢当着这位先生的面讲出这个消息吗?’假如他回答：‘哎呀不行，请您千万不要跟他说，这是秘密。’那么你就大声告诉他：‘请您自己保留这个消息吧。我不想听。’”

结束了这个简短的赠言，安丘金用沙哑的，但钢铁一样坚实有力的声音说道：

“你们自由了，军官先生们。祝你们一路顺风，事业有成。再见吧。”

军官们不由自主地向他行了一个叶尔莫洛夫教授的深深的宫廷礼，踮着脚跟出去了。

到了外边，他们谁都没说一句话，但安丘金的教诲却永远留在了他们的耳畔，深刻得如同用钻石镌刻在玉石髓①上的铭文。

一九三二年

---

① 一种宝石，常被附会消灾禳祸等灵性。

扎湼塔

——四条衔公主

巴黎的西南角，绿意盎然的帕西区，距离布隆涅森林几步远（只需通过环城铁路路基上方的天桥），一座六层房子的屋顶上住着一个俄国老教授。他的阁楼又长又窄；靠近门口的地方——略微宽些；慢坡屋顶权当它的天花板。总之，在这间屋子的房客看来，它的形状和尺寸都酷似古代勇士斯维亚托格尔①的棺材。它仅有的一扇窗户深深地嵌在挡雨墙当中。

西蒙诺夫教授过得像修士一样清苦。他的所有家具：一张军用折叠帆布床，白碴儿木桌，两把同样的白碴儿板凳，带高水罐和水桶的洗脸盆，还有一个粘满花花绿绿旅行标签的老式行李箱。墙上贴着非常丑陋的蓝黄条纹壁纸；望着它们，你会觉得头昏眼花。

教授亲自动手用酒精炉照料自己斯巴达式的饮食、煮茶，自己收拾房间，自己清洗衣物和鞋子。

可人活着不能没有消遣（狂热的信徒和白痴除外），而依照教授的观点，除了几种善于神奇地装饰自己巢穴的鸟类，人跟所有动

① 俄国《壮士歌》中的英雄，神力非凡。

物最重要的差别之一就在于此。窗台上，几只大木箱里面总是生长着珍稀绚丽的花木。他对它们精心呵护。偶尔能碰见他拿着个小毛刷，像小型彩画艺术家似的，小心翼翼地把黄色的花粉从一朵花的花萼播到另一朵花的花萼。这个时候，他神情专注，嘴唇撮成喇叭形状，两眼在浓密的棕色眉毛下面眯成细缝。

在不大的区域内，他早就为人熟知，且颇为有名；这个区域仅限于一些小店：肉店、乳品店、食品店、烟草店、面包店，还有街角那家博萨克夫人的小饭店，他会偶尔顺便光顾这里，坐在明晃晃的白铁皮柜台旁喝一小杯兑一半水的苦艾酒。总是老远就能认出他瘦长的身影；他行走中翻来摆去的灰格子披风，这种款形很久以前曾经流行过，不知是叫麦克法兰式，还是帕默斯顿式；还有他宽大的渔民帽，帽子那么低地压在眉毛上，从垂下的帽檐呈现出来的只有大鼻头和火红杂以灰白色的、熨斗形的大胡子。

以前，法国小店主们会为教授的丢三落四而生他的气，他们摊开手，拍着自己的大腿，不耐烦地喊着“alors![1]”。总之是很恼火。但如今他们习以为常了，而且在他忘了给零钱、错拿别人的包裹或不结账就打算出门时，还会善意地提醒他——这种小麻烦他每天会发生十次。在和人们的交往中他很独立、很轻松，也颇受厚待，这让他感到惬意。他身上丝毫见不到沮丧、抑郁、沉闷不堪、穷途末路和对世界的神秘不解——一句话，丝毫见不到法国人所认为的、被他们生气勃勃的天性所嫌恶的“斯拉夫人”的所有表情。

教授走进小店。他把左手伸过柜台去跟店主握手，右手远远地冲老板娘打招呼，同时热情地跟顾客们问好：

“先生，太太！……”

“先生！”从报纸后面发出几个声音。他照例一定要问一下老板：还行吧？结果是——还好。这时候，教授就要做最出人意料的开场白了：

“天气可真好！”

或是：

“好雨呀！”

---

① 法语，意为：“唉，没办法”

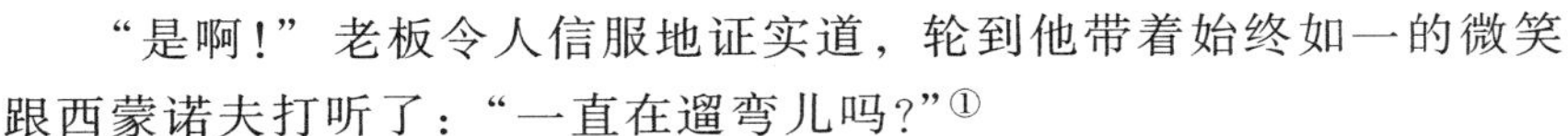

“是啊！”老板令人信服地证实道，轮到他带着始终如一的微笑跟西蒙诺夫打听了：“一直在遛弯儿吗？”[1]

对教授这种“一直遛弯儿”，法国人无论如何也难以理解，尽管他们对西蒙诺夫非常客气。看上去，他要求自己进行的这种遛弯儿绝对郑重其事——选在根本不适于散步的时间。每个本分的法国人——而他们全都很守规矩——分明都知道，散步只能是在星期天，所以在平常日子，如果他们没守在自己的小店和办公场所，那不是赶在上班的途中，就是奔走在回家的路上。早晨七点，所有工作的巴黎人都在从洗脸盆里往自己鼻子上淋水，晚上九点，每个正派的有产者都已经上床。

而教授呢，没有任何堂皇的理由，不断地往来于大街之上，不分早晨、白天还是深夜。这事很怪异。怎么说——他也是斯拉夫人。

教授自己也知道这很怪异。所以，他在法国人面前有点儿窘促，觉得自己是忙碌的工蜂中间的一只雄蜂。但他应该怎么为自己逛马路进行解释和辩护呢？

说他在三个不同的人家上三门课。可法国人对私人课堂根本没有概念。真是胡闹！要想学习——有上好的免费公立学校和优秀的中学。什么样的傻瓜才会把钱扔给私人教师呀。

跟他们解释，说他在写科学文章，习惯了一边赶路，而且还是急匆匆地赶路，一边构思它们。再说，怎么也不能在阁楼上快步行走吧？

但他们又会把肩膀耸到耳朵根，反驳说：

“唉，没办法！……我们的工程师就坐在自己的工作间，每天思考固定的钟点儿。待在自己的办公室，同样这么做的，还有学者、诗人、商人和律师。他们一定要坐在那儿想事情。他们谁也不会允许自己为了思考而在大街上乱转，要是有人纵容自己这么轻浮，就是让汽车轧了，那也是他们自己的过错。马路不是给哲学家和冒失鬼，而是给行人准备的。就是这样[2]。”

---

① 原文为用俄语说的法文。

② 原文为用俄语说的法文。

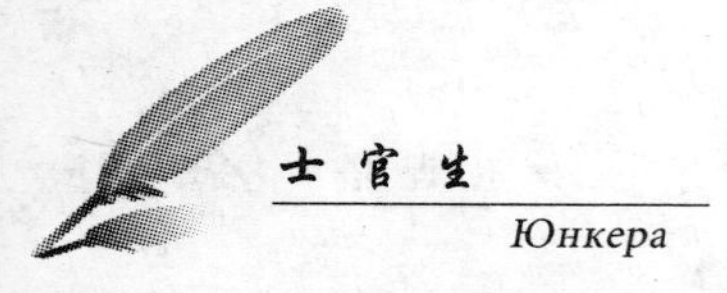

“要知道他们说得对。”教授宽厚地想。有时候他本人穿行马路时，除了自己思绪的流动，会忘掉世上的一切，而当汽车在他耳边轰然响起时，他这才吓得一激灵，惊出一身冷汗。司机一边绕行而过，一边冲他喷着恶毒的脏话，可他们的心脏也要狂跳很久。

授课和写文章勉强能维持修士般的生活，然而西蒙诺夫已经不指望重上讲台了。他并未失去过崇高的声望，但这声望似乎被他辜负、挥霍和浪费了。五六个老同事还记得他不同凡响的讲课：在莫斯科大学的自然科学系、在彼得罗夫－拉祖莫夫研究院讲授的物理学、有机化学和树木学。

他有过成为科学界名人的所有机会，但他既没有创立自己的学派，也没写过一本严格意义上的学术著作。他的前程之所以停滞和中断，出于四个原因，准确地说，是因为智力和性格上的四个缺点。他不具备完善细节的耐心。他失去了职业上的功利心。他因为自己的率真和自尊而难以与人相处。他无法用专业和纪律满足自己对知识孜孜不倦的渴求，他想洞晓人的智力所能达到的一切甚至更多。

热得快，冷得也快——他在哪个领域没写过优异的报告和精妙的科普文章？他在哪里没做过在优美和生动方面都堪称典范的演讲？从符拉迪沃斯托克到摩尔曼斯克，从阿尔汉格尔斯克到巴库，他跑遍了整个俄罗斯，什么工作和职业他没有干过？有人把他称为科学界的唐·璜。可他也是科学领域的堂·吉诃德。

有关任何物体、现象、名词和事件都可以向他讨教。但他的头脑可不是机械的储藏室和知识的小仓库。西蒙诺夫富有天才的综合洞察力。他经常能道出、能在随手写就的文章中触及未来的科学成就。而数十年之后，当他瞬间闪现的猜想找到了坚实的科学论据时，他会大度地说：

“我是个流浪汉。我把自己赤裸的婴儿抛弃在大路上，继续前行。如今我非常欣喜地看见他们长成了魁梧的男子汉，有着浓密的胡须，戴着金丝边眼镜。但我却感受不到亲子的柔情：爱，它太过炽烈，也太过易逝了。”

一八八五年，他从希腊哲学中抽身，沉迷于相对论。一八八九年，他证明人的大脑——是个向空间不断发射振动波的电池组，他断定，在不远的将来，这种电波就会被特别灵敏的仪器所接收。一八九三年，他在担任梁赞省的林业检查员期间，测算并绘制出配备硝化甘油马达的双翼机构造图。一九〇一年，他致力于能远距离传递视觉图像的仪器设计。一九〇七年，他在一本英国的评论杂志上发表了一篇惊世骇俗的文章：关于可见恒星系无序状态的假象，以及圣经启示录的注解等等。

教授几乎是过着单身生活。曾经有过妻子，有过两个女儿，有过一个像蓬庙[①]一样流动、但非常心爱的住所……而这一切都不在了，一切都颠覆了……不必回顾过去……伤口早已经愈合。心里留下一道厚厚的粗糙的伤疤，它就像恶劣天气里老年人的风湿病或子弹伤口，在所有的胡思乱想爬进大脑时的无眠的深夜，偶尔让人回想起它。

可尽管如此，他毕竟还不算孤独到底。两年前的冬天，一个阴雨绵绵的黄昏，一只半野生的猫——乌黑、修长、精瘦、厚颜无耻——一个地道的巴黎猫族流氓，从屋顶溜进他敞开的窗户。无论是人，还是动物，西蒙诺夫一辈子都未见过身上能容下这样不计其数殊死拼杀的伤痕。

那只猫恶狠狠地“喵”了一声，嘴巴咧成狭长的菱形，寒光透骨的绿眼珠闪闪夺目，爪子颤巍巍地抓着窗台沿。教授把一碟掺了面包的酸奶和炸肉渣放在窗台上。猫咪吃完了，打了个呼噜，好像是随口说了声“谢谢”，纵身一跃，又上了房顶。

第二天它是白天来的。不仅做客将近一小时，甚至还带着毫不掩饰的放肆劲儿让人轻轻抚摸了一阵。此后它开始经常造访，像狗一样，在光溜溜的地板上酣睡一整天，而后在夜晚时离开，赶去忙

---

① 古犹太人的活动会所。

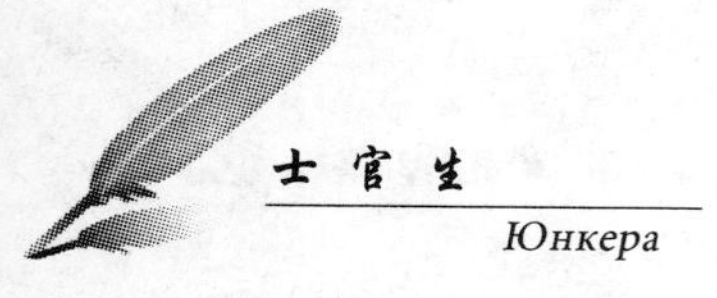

自己那些黑暗中的危险勾当。

有时候它会几个星期不见踪影，再回来时疲惫不堪，常常一瘸一拐，带着新的伤痕，耳朵被撕成两半。西蒙诺夫给它起名叫“星期五”，往往是在夜里，当上面的铁皮屋顶隆隆作响，凄厉的猫号声破空传来，他便暗自想道：“这是我的星期五在那里号叫。”

他们之间的关系大概可以算做友情吧。友情中间，一个好像是从上向下俯视，而另一个仰视。一个庇护，另一个忠诚。一个宽容地接纳，另一个高兴地施与。前者当然是猫咪。这可是它找到的教授，而不是教授找到的它。在三维空间的活动范围方面，老天对猫咪的眷顾远远要比对教授慷慨。教授已活得累了，尽管他仍然热爱和感激生活——猫咪的日子却热火朝天、野性十足：恋爱，斗殴，偷盗，杀戮。猫咪知晓并能去做教授根本无法企及的上千种事情。

教授怎么能用牙齿猎获哪怕是最小的小老鼠呢？有天早晨，猫咪把它在外面捉到并咬死的一只大沟鼠，那种活动在下水沟、谁也不怕的凶残的大家伙，拖回了阁楼。教授给它打开窗户，它从桌子上径直把擒获的敌人尸体丢向地板，丢到这个虚弱的人脚边。它满是血污的黑脸是那么强悍，它兴奋得时而张开时而眯起的眼珠是那么骄傲。西蒙诺夫非常郑重地摩挲一下它的脚，说道：

“非常感谢您。”

在自己的起源上，猫咪可比教授古老得多，《旧约》第一章里就有这方面的铁证。此外，猫族还有更显赫的历史呢：远古时期，在它的祖先已被伟大而智慧的民族尊为神物的时候——教授的先祖还赤身裸体地在洞穴里瑟瑟发抖，听着天空的雷鸣，在拙劣的想象中头一次虚构自己的神。

人兽之间有时也会久久地相互对视：在威严、专注、仿佛能穿透物质和时间的目光逼视下，人首先退却。这时候，猫便懒洋洋地眯着绿眼睛，把溜圆的漆黑的瞳孔收成一道窄缝。它怎么能屈尊与教授进行眼神的交锋呢？它不过是向自以为是的人类展示一下它在宇宙中的地位，而且还做得充满平和的自尊。

但也偶尔会有势均力敌、甚至人稍占上风的时候。这种情况发生在夜晚的暴风雨来临之前，凝然不动、胀成一大片的乌云透着铅灰，渐渐地发黑，空气也变得干燥，似乎还伴随着火石的相互撞击。

这种天气，猫会早早地回来，它躁动不安，全身积满了电火。它忽而卧下，忽而起身，在幽暗的角落里乱转，爪子伸伸收收，它的秃尾巴梢儿急促而神经质地乱颤。倘若教授用手轻轻捋它的脊背，竖立的皮毛便嗞嗞作响，迸射出散发着海风味道的淡蓝色的火花。这时候，猫咪便可怜巴巴地用鼻子蹭着教授的膝盖，一面无声地哀鸣，一面乞怜似的张大了嘴巴。此刻，人胜过了兽。

在布隆涅森林散步时，西蒙诺夫有时会在草丛、树上、灌木丛中间发现星期五：这里大概是它狩猎林鼠和幼雏、在夜间搜捕睡鸟的场地。当然了，猫咪早赶在教授之前看见了他，但它或许羞于在光天化日之下承认和他相识吧。

西蒙诺夫还有一个朋友——一个上了年纪的画家，他在彼得罗夫研究院时的老听众。他们有时会在礼拜天一起去瓦格兰街的熟食店，偶尔也会在清晨或黄昏到被画家称做“布阿[①] - 德 - 布隆涅森林”的丛林漫步。他们边走边聊。教授满怀激情地描绘自然之美——画家一言不发，轻轻吹着口哨。而当彩色写生艺术家狂热地谈起哲学和政治时——教授则默默地摊着手。

昨晚回家的路上，西蒙诺夫教授看见远方布隆涅森林黑黢黢的树林和灌木后方，红彤彤炭火一样的晚霞在烈烈燃烧，而在西蒙诺夫的右面，森林上空悬挂着银色镶边的初月。

“月明，天净，霞红——意味着明天会有大风。”教授暗自思忖。随后，他从坎肩儿口袋里掏出一枚一法郎的硬币，把它衬在皎洁明亮的月牙儿上……新月正好与右边相合：近乎一轮满月。

他决不盲信，但他热衷于所有古老的习俗和传统——哪怕是荒

① 法语中，“布阿”是“森林、树林”的意思。

诞无稽的呢——把它们视为丰富而朴素的日常生活中的坚定信念。他有时候会说，预兆先于精确的知识，而有关心灵的科学——则在迷信之后。

确实不错，今天刮起了强劲的西北风。为了放进黑猫这个想来就来、不定期的留宿者，西蒙诺夫一大清早便打开了窗户，他看见大街的另一侧，野生梧桐的树梢在滚滚摇动，分明能闻到远方略带酸味的奇特的海洋气息。遗憾的是不能像所希望的那么早出门。按照女看门人不成文的约定，这是被禁止的；顺便提一下，女看门人对阁楼里的俄国房客始终殷勤有加。但有一次跟他闲聊时，她似乎话里有话地说过：

“噢，先生，我们这些看门的听见铃声就得去开门，一直要到深夜，对此我们没什么可抱怨的。唉，有什么办法呢！这是我们这个职业的小小的不如意。早晨的几个钟头，从三点到七点——可是我睡得最香的做好梦的时间，要是这时候让鸡毛蒜皮的小事搅和了，我会非常恼火的。”

教授没有钟表，说得确切些，他有一个球形的老怀表，但它时常要到另一个地方做客，当然是落入不招人喜欢的那拨人手里了。没有表，教授用自己独特的计时方式也能很好地应付。他知道，三点钟时，公鸡会从睡梦中用沙哑而湿漉漉的嗓音你呼我应，帕西区外省一样的大院子里栖息着很多公鸡。再晚些，黎明之前，乌鸫开始在房子周围啁啾轻啼；它们要在太阳升起之前飞往森林和街心公园。六点钟——已经完全醒来的、舒爽振奋的公鸡迎着朝阳再次鸣叫。六点一刻，头班环线列车震动着大地，呼啸而过。六点半，清洁工会乘着带半圆形铁篷的长卡车匆匆赶来。他们一面从放在街边的箱子和桶里清理一天存下来的所有垃圾，一面嘶哑含混地用奥弗涅方言和意大利语骂粗话。差一刻七点钟，远方会传来低沉、悠长的号声，顷刻间，不计其数的各式各样的轰鸣声和嘭哨声便会淹没它。这是工厂在召唤工人：“快！快！赶紧通过检票亭！否则就要丢掉半天和半个月的薪水。”他们吵闹半分钟左右便会消停下来。随之而来的是最后一小会儿轻松短暂的清静。

教授起床，把两手藏进自己灰色大披风的前襟，戴上渔夫式样的帽檐下垂的帽子，然后开始等待那个奇特的时刻，这个时刻总会

给他带来迅猛而神奇的印象，也只有在人烟稀少的巴黎郊区，才能每天欣赏到这瞬间的景象。

这一刻，他觉得巴黎正在胸膛里聚集空气，正在收紧肌肉，如同长途跋涉前的信使……

突然之间，偌大的城市像被电流推动起来似的，一下子挣脱了清晨的束缚，它沉吟一声，从房舍立刻涌向街头，把绵绵不绝、瞬息不停的喧嚣填满大街小巷，这让人习惯得充耳不闻的喧嚣整日笼罩在城市上空，一如它头顶整夜弥漫着红黄色的灯光；嘈杂的喧嚣汇集了叹息和哀号声、小汽车的嘀嘀声、大车与卡车的隆隆声、马掌的嗒嗒声、脚步的沙沙声、电车的铃声和呼啸声、无穷无尽的人声……

“启示录中的野兽发怒了。”教授高声说道，随后上了“员工专用”的旋转楼梯。

乳品店的姑娘们已经奔忙在街心公园和大街上了，她们身穿白色罩衣，衣袖滚圆打褶，袖口系着皮圈。她们的每只手、每根手指上都挂着奶瓶提梁；圆润悦耳的叮当声充满整个街区。晨风揉弄和吹动着送奶女工耷拉在刚刚洗过的粉红脸蛋上方的清爽的头发，望着她们，教授满心欢喜：“在明净的清晨，在户外，人们是这么可爱，这么轻灵，这么美……之所以如此，也许是因为他们还未开始说谎、行骗、伪装和作恶吧。他们眼下像一群婴儿，还像动物和植物。是的，这是美好的天性：在适当的时间一早走出家门的人不会迷失。而从布隆涅森林吹来的清凉晨风是多么舒爽啊。”

西蒙诺夫进行自己每日的简单采购。在拉姆雷特广场的面包店买了面包（“你好，先生，太太!”）；在食品店买了黄米、面粉和盐（“还行吗?”——“还行!”），买了半斤猪排（“多好的天啊!”

“可是有风。”“你们法国人总埋怨天气。风可以净化空气呀！”)；顺便去肉铺给星期五买了半法郎的羊肝（“一向可好吧，先生？”)，与此同时，他望着这个胖硕、健壮、生气勃勃、两颊深红、黑头发的店老板，心想：“可真是太妙了，全世界的肉贩、香肠技师和屠宰工人都有最强壮的外表。或许是因为经常呼吸有益健康的肉类、油脂和血液蒸气的缘故吧。我要是大夫，就不用难闻的药丸和时髦的疗养地，而直接把贫血病人送到香肠店去做一年工。”

现在粮草备齐了，猫和人一天的食物有了保证。花费不到四个法郎；该回家煮茶了。

可还没走过四座房子，没走到勒内拉赫街尽头，教授却突然停下来，把鼻子和楔形的红胡子探进隔开街道和房前小花园的铁栅栏，腋下夹着长面包，定在原地，呆呆站立了足有十分钟。在狭窄的便道上，他有点儿妨碍行人们的正常赶路；不过这个街区都早已习惯了他的怪异之处：有一位经过时，端起胳膊肘，夹紧肩膀；而另一位眯起一只眼睛，点了点头；要是女人经过的话，则会不太满意地转两次身。

在一小段黑色的栅栏和瓦斯路灯柱子之间，总共三四俄寸见方的空间，蜘蛛结了一张轻盈的网，就是它让教授不能脱身，这几分钟，他忘记了时间、地点，以及该煮沸的茶和该喂食的猫。

这张用一根世上最纤细的丝线编成的蛛网呈螺旋形，由中心点放射出的一些半径线紧紧拉直，相交的地方牢牢联结。近乎无形的细线在太阳下闪耀着霓虹一样的碎光。你把头垂向左边——霓虹荡向右方；垂向右边——它又在左侧摇晃起来；霓虹闪闪发亮，并在节点处断开。

街上猛然起了一阵怪风。在它变幻不定的攻击下，纤柔的丝网建筑虹影闪动，在颤抖，在飘摇，突然像一面涨满风的帆，紧紧地鼓了起来。

面对这华美而灵动的造物，教授满心赞叹，一只手揉搓着自己楔形的红胡子梢儿。

不见建筑师本人。它或许是体形异常微小，或是巧妙地隐藏起来了。从它轻若无物的身体里竟然能吐出如此巨量的建筑材料。

其中倾注了多少无意识的智慧，多少计算、应变和审美力啊。

而所有这一切，也许只为一天、一分钟，只为一个微不足道的偶然的目的。

“自然真是博大，”可敬的教授思绪万千，“它如此慷慨、如此丰富广博地把生命和繁衍的技能赐给自己的所有造物。一棵古老的西伯利亚红松有上千只松果，每只松果有上百粒松子，而最终——只剩下偶然落入大地摇篮的一粒种子，仅生长出一株生命受到无数死亡威胁的幼苗。但红松不是一棵，有数百万棵，它们每年结籽，几百年生生不息，而全部红松——便是物种的保证。

“一条上好的鲟鱼——有一普特重的鱼子，数百万枚鱼卵，假如这个数量的胚胎中哪怕只有几十条长成，自然界最终也会得到完美的收获。一对苍蝇，如果它们的蝇卵不受破坏，一个夏季所生产的后代就能遮蔽整个地球表面，就像如今没有节制地繁衍的人类正在覆盖地球一样。”

“是啊，”教授感叹道，“生是种福分。这福分还包括繁衍，包括进食。然而，死也是一种福分，就像所有必要的东西。有关人类将战胜死亡的幻想——是懦夫的蠢行。微生物也像所有生命一样，需要进食、繁殖和死亡。

“为了生存竞争，大自然用形形色色的武器装备了所有生命。甲壳、犬齿、毒钩、利刺、尖针、毒液、气味、感觉、头脑、视力、肌肉。谁在显微镜下见过跳蚤，谁就会清楚，这是怎样一种可怕、强悍、无比凶猛和嗜血的动物……假如它有人体大小，那它就能纵身跃过勃朗峰，能在几秒钟内消灭一头大象。

“或者瞧瞧这个小蜘蛛……即使是在最低的限度上，人类可怜而拙劣的手工，比如那个雾天里酷似一个小涅任花楸酒瓶的埃菲尔铁塔，又怎么能跟这神奇的建造相比呢？埃菲尔铁塔比这轻薄的蛛网沉重、坚固、耐久多少倍？这个无法计算——得到的数字会具有这样的特征：即便你用最细小的字迹也无法把它写成一行。但为了简单起见，就假设是小小的微不足道的十亿吧。

“比如说，我按照气象学的算法，把蛛网此刻承受的风力确定为四级。那么，要想让埃菲尔铁塔和蛛网承受同样的风力，就要把这个风力相应地增大到铁塔应当承受的阻力，也就是说要达到四十亿级。这可太壮观了！人类无法想象四十级大风的威力。只要四百级的飓风，眨眼间就能把埃菲尔铁塔掀翻，就像掀翻一座纸房子、一座麦秸屋，把这堆垃圾扔进塞纳河。不！它一下子就能荡平整个巴黎，把它的石头瓦砾、断壁残垣裹向东南方向。它能一下子扬起全部河水，能把海水洒遍大陆。是啊，当然不是蜘蛛比工程师建得更好，但全世界的工程师加在一起也比不上大自然建造得坚固和高超。大自然是享有荣耀、景仰和天上感恩的创世之初的惟一一次爆发。”

正在原地浮想联翩的时候，教授突然停止揉弄自己的红胡子。已经好一会儿了，在他有意识的“我”进行比例构造的同时——他潜意识的“我”感到右手有种隐隐的不安。教授朝右下方望去。真的，他蜷曲的右手手掌里安安静静地放着一只粗糙的小手，他身边站着一个五六岁的小姑娘，个子将将高过他的大腿。他怎么没察觉女孩儿偷偷塞进自己手里的这只小巴掌呢？值得一提的是，在他身上还发生过更离奇的事情。在赫尔辛福斯，有天他走进一家理发店，通常每隔一天这家理发店的一个麻利的女理发师就会为他修理胡须，并把面颊上的毛发剃得干干净净。

但他平生一次也没刮光过脸。

这一天，在圈椅上落座的时候，他默默指了指自己的面颊，甚至都没发现，站在他身后忙碌的不是熟悉的女理发师，而是一个新来的员工。他至今仍然记得当时他所沉迷的是什么问题。还是在去理发店的路上，他突然想到，几乎所有人的面相——尤其是男人的——在它们看似千差万别的同时，都可以根据外观的相似程度分为几百组，甚至还可能分成具有一定典型性的几十组。于是，他坐在椅子里，脖子上系着白毛巾，两眼视若无睹地望着镜子里的自己，仍然痴痴地在视觉记忆里重现自己熟悉的所有男人的面相，根本没注意理发师在往他的面颊上打肥皂沫。直到冷酷无情的剃刀刀

锋在他眼前闪过的时候，他才回过神来。

就在他看见小姑娘的那一刹那，对方也清醒过来，她把眼神从蛛网移开，向上望去，怔怔地盯着这个大个子怪人的眼睛。她右手的食指还含在嘴里，这根手指显然是让又尖又白的小牙咬疼了——因为高度紧张的专注和惊讶。

她面色黝黑，呈古铜色；红艳艳的脸蛋和金黄的皮肤上布满纵横交错的泪痕和黏糊糊、亮晶晶的糖果印。她身穿一件破旧肥大的明黄色外衣，就像为脑袋和赤裸的小手小脚开了五个窟窿的布口袋，手脚纤细，蒙了一层草黄色的绒毛，泛着亮巧克力色的光泽。又直又硬的头发乌黑里透着点儿青，垂在她的前额和两鬓，俨然一个日本的小偶人。此外，在她漆黑可人、被微微靠上的鼻梁分得略开的眼睛里，还蕴含着一种即便不是日本也是东方的情调。她的小嘴细长，但很美，始终透着若有若无的微笑，略带羊羔嘴唇的轮廓。她的神情捉摸不定，交织着善意和顽皮、羞涩和执拗、亲昵和警惕。

可就在这时候，小姑娘自己也发现她的手毫无希望地做了俘虏。不管孩子还是小宠物，都无法忍受他们的肢体失去自由。猴爪一样的小指头突然全都动起来，它们变得就像长着很多只脚的螃蟹或者大甲虫，这些脚开始支支棱棱、蹬来踹去、翻转扭动，直到最终挣脱开了拳头。

“你叫什么呀，漂亮的小家伙儿?”西蒙诺夫问。

“扎涅塔。”小姑娘告诉他，又用脑袋指了指蜘蛛网，说：“可真好看！是不是呀?”

“非常好看。”

“谁做的呀?”

“蜘蛛。一种昆虫。”

“为什么做它呀?”

“捉苍蝇。小苍蝇飞呀飞的，发现不了这些细线。撞到上面去的话，就怎么也逃不掉了。蜘蛛看见了，就过来把苍蝇吃了。”

“为什么呀?”

“因为它饿了。想吃东西了。”

“它很大吗？它在哪儿呢?”

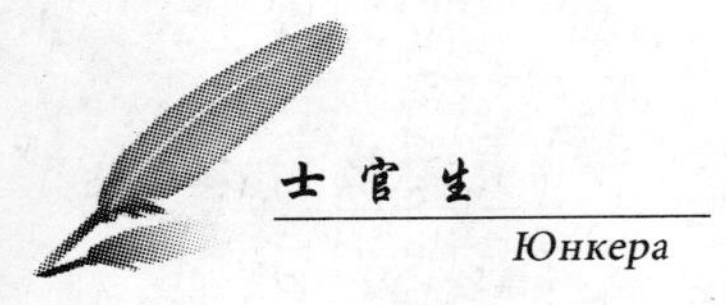

“等一下，我试着把它叫出来。”

教授在装满杂物的披风口袋里翻来找去，失去了贤妻照顾的落魄男人，衣袋里总是装满那些破烂儿。他找到一张皱巴巴的碎纸片，趁着风稍稍止住的工夫，用纸角轻轻弹弄起蛛网的细丝。两只细小的触足，弯曲多节的蛛网颜色的触足，从黑栅栏后面慢慢探出来，随后露出一个毛茸茸、深褐色、比大头针的头略大的东西。教授和扎涅塔交换一下眼神。他们神情专注，就像需要格外谨慎应对的大事件的两个参与者。然而，蜘蛛却不慌不忙地收拢起自己脚上的关节，拖着脚退回去了。

“溜走了。”教授小声说。

“是呀。它——很狡猾。它看见了，这是我们，不是苍蝇。”

“你住在哪儿呀，扎涅塔？”

“这里和那里。”

她先是指指附近的房子，然后又顺着街道指指售报亭，解释说：

“我们在这里睡觉，在那里卖报纸。”

“我以前怎么没见过你呀？”

“我去乡下了。昨天才回来的。可我早就见过您，还是在去乡下以前呢。您特别好玩儿。”

“非常感谢。我们走吧，我的小家伙儿，给我带路，我去买报纸。”

他牵着她的手。现在女孩儿的小手信赖他了，但不安分的手指头不可能不蠕动，不可能不摇晃：它们蕴含着那么精力充沛的自由感。

售报亭夹在铁路围墙和横跨铁道的天桥之间。这是一个开着方形窗口的小木屋，屋子外面是摆放成摞报纸的柜台，报纸上面压着铅条，以防被风吹散。因为挂满了用木制晾衣夹子连接在一起的大量插图杂志，报亭的褐色外墙几乎无法分辨。柜台两侧——有两个盖着玻璃板的箱子。箱子里面是用来干点儿副业的小物件：缝针，大头针，线轴，成桄的毛线，顶针，发卡，成卷的丝带和花边，铅笔，钩针，拍纸簿，角制、木制和骨制的纽扣，最后还有锡包、纸包的糖果和普通的冰糖。屋顶上伸出一根拐弯的白铁皮烟囱。每次

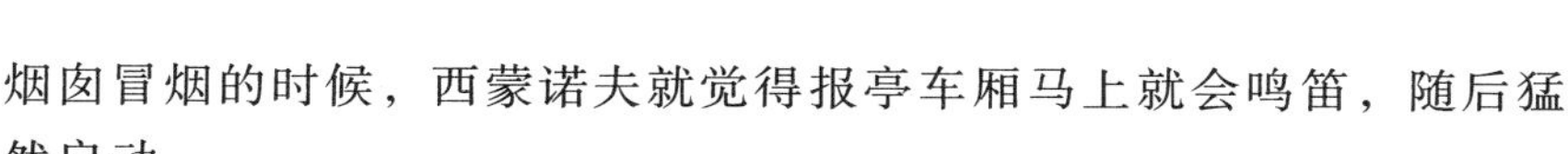

烟囱冒烟的时候，西蒙诺夫就觉得报亭车厢马上就会鸣笛，随后猛然启动。

一辆非常破旧、一岁婴儿用的漆布面敞篷小推车占着便道，紧靠售报亭。车上堆满各式各样的玩具和一些废弃的破烂儿，其中有长毛熊，玻璃球眼珠、呢料做的褐色小猴子，棕红色的卷毛狗，两眼不一样的大脑袋小哈巴狗，千疮百孔的纸板大象，还有好多衣衫不整或完全裸着身子的洋娃娃，有些缺头发少腿，有些露出乱麻和刨花的内脏。

“很棒吧，是不是呀?”扎涅塔轻声对他说。

“棒极了!”

“这全都是我的。”

“噢!”

应该买点儿什么。一本绘图本农业杂志很引人注目，它大开本，也足够厚，淡蓝色的封面上画着两匹鬣鬃很长、四肢毛茸茸的灰色阿登马。但两法郎五十分的定价很吓人。他不读报，无论俄文的还是外文的。他说过，报纸，这不是精神食粮，而是生活的清汤表面上那层让人舀出来泼掉的肮脏浮沫。从这层浮沫的确可以分析汤的品质，但我既不是厨师，也不是美食家。假如出了不得了的大事，你反正也能碰见什么人——他会讲述的。报纸之所以强势，就在于它能为无所事事、无聊而又缺乏想象力的人们提供一整天用“自己的语言”复述的材料。他不得不从随便碰到的第一摞里拿了一份——原来是《言论报》。他付钱的时候，那只硬硬的小手溜掉了，再也没有回来。

教授本想讲一讲蜘蛛，却没有进行下去……女报贩感兴趣的不是蜘蛛而是零钱，她也就没听。这是一个身材不高的女人，体态丰满，姿色犹存，明显带有犹太人或吉卜赛人血统，远不是扎涅塔那样肤色黝黑、满头乌发，长相上也一点儿不像。她们相似的只有唇型，可表情却各不相同。看着母亲肆无忌惮的嘴巴，会让人觉得她似乎刚刚跟男人热吻过，因为疏忽大意，肿胀的双唇上还留着接吻的痕迹。

此外，她还像所有的法国女人一样——对自己的顾客总是态度粗鲁，不时地冲他们叫嚷。被她呵斥最凶的是她的男朋友——从总

是沾满污迹的面孔判断，他大概是个钳工、机械师或是管道工。她管他管得很严。可到了星期天，他们却打扮得光鲜亮丽地在森林中散步，带着战争期间开始在巴黎流行的自由开放劲儿，旁若无人地搂抱着坐在长椅上。

“再见，太太，”教授对她说，“您的扎涅塔是个招人稀罕的孩子。”

女报贩几乎是大发雷霆：

“嗬，根本不是，先生，根本不是。她是个——恶魔。”

“太太，难道能这么讲自己的孩子吗？”

“我跟您说，她是个恶魔。她坏，她非常坏……她是恶魔。”

而后她却没有任何过渡地突然喊道：

“到我这儿来，快过来，我的小宝贝儿。”

扎涅塔从窄窄的小侧门挤过来，母亲把她抱在自己的腿上，紧紧搂在自己丰满滚圆的胸脯前，疯狂地亲吻起她脏兮兮的小脸，亲吻间隙，还用呻吟般温柔的声音呢喃着：

“哦，我的小鸡仔，哦，我的小兔子，哦，我亲爱的小母鸡，哦，我最亲最心爱的小人儿！”

“可用不了几分钟，她就会为什么事噼里啪啦打她几巴掌的。”离开的时候，教授在心里琢磨。“这么热烈和暴躁的母亲——也只有法国女人和犹太女人。”

黑猫用古怪、冷漠、似乎不太友好的目光迎进西蒙诺夫。“这是因为，”教授心想，“我回来晚了。”猫咪异常贪婪地迅速吃完自己那份胸排。但在饱餐之后，它并没有遵照老习惯，躺在地板上沐浴金黄温暖的阳光。它用力跃上桌子，骆驼一样弓起脊背，一双瞪得极大的绿眼珠带着怒不可遏的敌意，逼视着教授的眼睛。

“你怎么啦，星期五老兄？”教授弯下腰，伸出手想摸一摸它。可猫咪不让。它恶狠狠地打了个响鼻，把翘起的尾巴掉过来对着他，经过两次有力的跳跃，它已经蹿上屋檐，跃上了房顶。

“生气了。”一脸窘态的教授说着，摇了摇头。“可为什么呢？”

过了一天一夜，迎来一个灰蒙蒙干燥的早晨。中午时，西蒙诺夫看了看别人家花园别墅内的风向标。那指针片刻不停，恶作剧似的变换着各种方向旋转，时而顺着太阳，时而逆着太阳，转遍了全

部三十二个罗盘向位。午后四点钟，天气炎热起来。

“瞧吧，马上会下一场大暴雨。”教授一边往外走，一边大声地自言自语。“噢，已经开始了。”

的确，人和动物感到憋闷，他们嘴唇、舌头和喉咙发干，脑袋充血。时断时续、反复无常的西罗可南风①不能解暑，只会一阵阵袭来火辣辣的撒哈拉的空气。

行人头上刮下的草帽、圆礼帽、细呢帽，边缘着地，轮子一样在尘土飞扬的马路上滚动，坎肩儿前襟乱摆的行人像山羊似的跳来跳去地追逐它们。看热闹的人毫无恶意地笑着。深受大风之苦的则把帽子更用力地捂在后脑勺上，也忍不住地笑。雨伞噼噼啪啪作响，伞骨翻转到了外面。女士的短裙呈郁金香的形状向上卷起来，或者猛然皱在一起，紧紧包裹着胸腹、屁股和大腿。她们弓着背，头压得低低的，左手抓着帽子，右手揪住不听话的轻薄的衣裙，背着风赶路。

在布隆涅森林，这股乖戾的狂风摇动、拍打、撕拽、抓挠着咆哮中的茂盛的古树，扫帚一样纠缠着它们哧哧作响的树梢。它忽而撩开所有树叶明亮的底面，忽而又一下子把它们翻到幽暗的正面，因为这狂放的游戏，整片森林时而刹那间发亮，时而又一下子暗淡。而在树叶间，在绿莹莹的草坪，还有小径黄色的沙地上，金色的阳光、湛蓝的天空、颤动的树荫，它们斑斓、跳荡的光影欢快地交相辉映。

大栗树漏斗形的宽敞的凉棚下面呆坐着一个人，他身穿灰色披风，头和胸垂得那样深，路过的人从他渔夫式样的帽子底下，只能看见杂着白丝的火红色的胡子梢儿。他不时用两根指头下意识地摸索着大胡子梢儿，偶尔心不在焉地把它叼在嘴里、咬来咬去。行人们还会面带微笑地发现，这个身材高大、神气活现的老人忽而用拳头捶打大腿，忽而不以为然地耸耸肩膀，猛然仰起头来，忽而又用手杖狠狠地敲击地面：这是那些无法进行表面和偶然的断片式思考而非要穷根追底、讲究逻辑的人的坏习惯。

但行人们只会觉得，在这儿，在绿色的长椅上只坐着一个人。

① 欧洲南部的焚风。

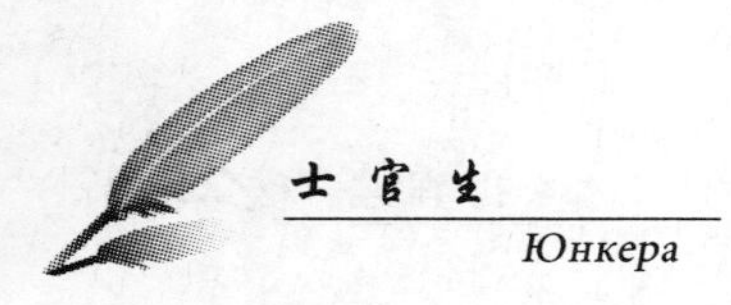

他们无论如何都猜不到，离他们近在咫尺、熔铸在一具人形中的两个截然不同的生命正在进行一场混乱而不快的家庭谈话。一位——化学、物理学、植物学、植物生理学教授，营林学学者和营林员，欧洲大学的荣誉双博士，永远的老大学生，幻想家，闲不住的人，虔诚、开朗、特立独行的人，廉洁的人，马虎的人。另一位——仅仅是尼古拉·叶夫多基莫维奇·西蒙诺夫，世上有成百上千、甚至是上百万的那种人。尼古拉·叶夫多基莫维奇懂得非常非常多的事情，比方说，他知道正常人为了防备下雨，出门时要随身带伞，知道夜里归家晚了，随手关上楼门时务必不要弄出太大动静，知道楼梯扭上栏杆是用来撑扶的，知道米饭、油脂和茶叶都需要花钱，知道急转弯的汽车可能撞翻想入非非、爱看热闹的人。还有无数类似的理智而有益的常识。最后，作为家庭手册的最重要的一节，他信奉有关金钱的残酷真理。金钱上的理想状态完全体现在钱包里带得够用，但绝不是为了更轻松地把它们挥霍在满世界的东游西逛上，而是与此恰恰相反：要让它们得到妥善保管，以便能把它们完好地一叠叠攒起来，直到点算清楚，存入可靠的银行。

教授不大情愿地聆听着尼古拉·叶夫多基莫维奇的真知灼见，并将它们当做粗鄙无聊的东西加以蔑视。尼古拉·叶夫多基莫维奇在谴责教授的慷慨、混乱和盲目的好心肠，他唠唠叨叨，唉声叹气，不住地数落他，甚至是对他冷嘲热讽。教授对他以“你”相称，就像从前对待那个在他的实验室干了三十年的老看门人。这里面包含着老派的习惯、温暖的热乎劲儿和保护人一样的亲近感……尼古拉·叶夫多基莫维奇则带着小心的呵护的语气，充满敬意地称他“您”和“教授先生”，但有时也会像依依不舍的老保姆一样，流露出教训的口吻。

此刻，他们俩坐在布隆涅森林绿色的铁长椅上进行无声的交谈，教授不时觉得，不安静的树木也在激动地倾听这场谈话，而且要慌里慌张地参与进来。

教授把不大却很柔软的右手手掌伸在面前，整个手掌纵横交错地布满了纹路、老茧和裂痕。这种如同青铜铸成的手，只有巴尔扎克，只有在巴黎雷努阿尔街以他命名的博物馆里才有，洞察过一切、经历过一切、感受过一切、遍尝过一切、测算和权衡过一切的伟人的手，即使化做金属的形态，也不失优美和生动。

西蒙诺夫教授喜欢巴尔扎克甚于所有外国作家，并且经常拜访他简朴的博物馆，但从未想过拿他的手来跟自己的比照。在博物馆不多的朴素收藏中，最吸引教授的是挂在墙上的一个像框，框子里镶着一张方形的绘图纸，上面巴尔扎克亲手书写的漂亮题词：

Ici un Rembrandt!![1]

这天真热情的题词总让教授感动得几乎落泪，所以他从不带多疑而世俗的尼古拉·叶夫多基莫维奇来博物馆。

教授久久地凝视着自己巴尔扎克式的手掌，微微露出慈祥苍老的笑容，无声地说：

“瞧，在这里，就是在这里，她小小的、糙糙的、脏脏的、那么可爱的小手犯了糊涂。然后它那么从容不迫地挣扎，想要重获自由。多像一只无忧无虑、活泼好动的小兽呀。噢，跟这种最质朴、最纯洁、最美妙、最天真的信赖感相比，所有慰藉、喜悦和安宁的享乐算得了什么呢?”

有一分钟，教授紧紧闭上眼睛，好更清晰地回想起脏兮兮的小扎涅塔的模样；他突然听见尼古拉·叶夫多基莫维奇，这个没完没了的唠叨鬼、难以忍受的责难者、讨人嫌的孪生兄弟在尖酸抱怨；

① 法语，意为：“这是伦勃朗!!”

“哎呀，教授先生，教授先生。在我们漫长的一生中，我跟您把无数异想天开的傻事撒遍了地球的所有经度和纬度。可如今呢，在自己德高望重的晚年，因为一个黄口小雏似的肮脏邋遢的六岁街头女孩儿，突然就冲动得一下子犯起糊涂来了。瞧，已经第三天了，我们在售报亭周围乱转，无缘无故地买晨报、日报、晚报，哪怕就一眼呢，也希望能再次看见那张小脏脸儿，捕捉到她顽皮的笑模样。此外，我们还带着佛陀观望自己肚脐眼儿的那种祥和劲儿，不知疲倦地盯着自己的右手。

“是啊——这一切都很可爱，很美妙，很动人；况且，您这个人的心地好像经过化学处理似的，绝对纯洁。可您得承认，教授先生，如果用敏锐多疑的眼光冷眼旁观，我们田园牧歌般的兴趣也许让人觉得既荒唐又可笑呢。”

“让他们那么觉得好了。傻瓜，闲人，还有他们猪一样的想象力，跟我有什么相干？我的年纪，我的华发，我无可指摘的生活——这就是我的担保！能在这件事情上，能在这个可爱、奇妙、迷人的小姑娘让我心动得几乎落泪这件事情上看出龌龊的人，他是猪，像你一样阴暗和恶臭的猪。仅此而已。滚吧！”

“仅此而已，滚吧，仅此而已，滚吧。”摇摇摆摆、纷纷扬扬的枝叶低声附和。

尼古拉·叶夫多基莫维奇告饶道：

“我讲什么好呢，教授先生？有损您名誉的话，我可什么都没说。我只想告诉您，每个民族都有自己的习性、传统、风俗、迷信和征兆，它们可比刊印的成文法规强大得多。您瞧，这样一个外国人，而且还是一个在友善、忠诚、强大的翼护下躲避羞辱和死亡的孤苦的侨民，对这些不成文的规定就更应该小心谨慎。”

“算了吧，陈词滥调。”教授气愤地大喝道，颤动的叶子跟着他吼叫：“陈词滥调，陈词滥调！”

但昔日的实验室工友并不退让：

“您本人也记得，教授先生，您当着女报贩怎么表现自己对她可爱女儿扎涅塔的兴奋的亲昵劲儿。而她对此又怎么动粗的呢？甭管对您，还是扎涅塔，她的脏话里根本没有恶意。没有。这是下意识的、本能的、久远的、与多神教时代凶恶的家神和基督教初创时代的恶魔诡计做斗争的记忆在驱邪。您看见了吧，这个令人敬重的女人听见您热烈赞美他的女儿，不由自主地害怕了——万一您有毒眼呢？万一您的毒眼看坏了扎涅塔呢？万一恶魔听见您对可爱女孩儿的衷心赞美，出于凶恶的嫉妒，抓走她，毁掉她，把她变成邪肋，或是让她的脸上长满可恶的天花，或是弄歪她的眼睛呢？而说到毒眼，难道不是您本人，教授先生，九年前在一本英国的神智学杂志上，用'无声'这个笔名，发表过一篇半科学半神秘主义的文章，饶有趣味且非常详尽地试图证明，在人体大量的放射物中，非常靠近大脑的所释放出的精神流质几乎是最强烈的物质吗？让催眠波在眼神间传递的，借助于想象力在深夜编织色彩斑斓、形象各异的梦境的，难道不正是视觉吗？所以，总而言之，人眼神奇的感光能力绝对不是不负责任的小说家们（就像您亲口说的）的凭空杜撰。是的，人眼在内心激情的支配下，的确能够闪烁，发光，放电，燃烧，透视，引起恐惧，让人臣服。可天知道是在多么久远的时候，这种神奇的力量就已被一些能辨析、能发现、能铭记一切的人揭开，他们自身的种姓已被历史湮没，但他们却在身后留下不可磨灭的口头遗产。小说家们只是徒劳无益地剽窃神秘的祖先。与此同时，在默默无闻的百姓那里，古老的智慧和伟大的经验却在愚昧的征兆和迷信中得以保存。所以，教授先生，现在要问的是：您迁怒于宝贝儿扎涅塔情感外露的妈妈，这样做公正吗？"

教授用手杖的铁头击打着小径，砾石刺耳地咔咔作响。

"住嘴，倒霉的混蛋，收集陈词滥调的家伙，你能把自己接触到的一切都变成流言蜚语。"

风越来越凝重，越来越强劲。甚至在绿意盎然的森林里都难以透气。曾在自己的树荫下见证过维克多·雨果、阿尔弗雷德·缪塞、巴尔扎克和两位仲马的参天古树，疑惑而疲惫地吱呀作响，满心不快地唉声叹气。天空暗淡下来，奇大、乌黑、不祥的鸟儿飞快地展动羽翅，一群群地飞过。整个自然界都怀着阴沉沉的期待。逼近的暴风雨让教授感到苦恼。此外还有这个喋喋不休的市侩，这个庸俗的资产阶级道德的守护人，这个不离不弃的台词提示人、教导员和孪生兄弟，你与他永远无法分离，他会一直把教授自由的心灵拉向被踏烂的老路：自救的畏惧，明智的缄默，政治上的克制，始终如一的从众，重复陈腐发霉的真理，公式化的微笑，对高高在上的蠢货口是心非的吹捧。所以，教授像颗被扔在地上的炮仗一样爆炸了。

“我不想了解也不想听从任何人！管它是愚蠢还是丢人，我整颗心脏和全部心思都让这个可爱的小姑娘，这个活泼温柔的法国小孩儿迷住了。上帝啊！要知道我从未体验，从未感受，甚至也从没指望过，什么时候能够享有这种在人间浓香馥郁的快乐都已远离以后，命运如此英明、如此慷慨地赐予祖父母的安详而无私的快乐。唉！我不是祖父，我没来得及……是的，其实有什么可隐瞒的呢？我能否凭良心自夸，我曾经是一个幸福的丈夫，或是一个让人景仰和尊重的父亲、家里的权威、支柱、领导者和守护人吗？”

不，他全部的家庭生活似乎都不太顺利，都显得倾斜、盲目、偏离和苦闷。担任编外副教授时，他娶了一位著名教授、大学系主任、科学院院士平庸而任性的女儿，那位教授为自己赢得显赫的名声、独立的地位和舒适的生活，用的是当时看来不太正直的手段：随时准备迎合领导的意愿，对大学生集会、抗议和罢课的抵制态度，还有考试时的苛刻要求。他当然清楚，在激进的教授圈子里自己被恶毒地称为“糖果点心师”和“制皂匠”。但那些失败者、无能之辈和不学无术的懒汉们的狂吠，跟他又有什么相干呢？

他带着习以为常、不加掩饰的自得，把每次科学院大会结束时赠与的令人愉悦的、沉甸甸的黄金礼品放进钱包；他心安理得地接受开销颇大的公费出国旅行和自己著作的奢华出版，毫无阿谀之态地扩大和巩固自己跟彼得堡权贵和顶级名流的交际关系。大学生们仇视他，但他的课却总是人满为患，因为他能充分调动自己深刻而灵活的智慧，他能言善辩而又机锋魅人。

“天才的畜牲。”有一回，言语粗俗刻薄的伟大的无耻之徒维特伯爵这么称呼他。

西蒙诺夫和教授的小女儿利季娅的婚姻异常独特，不仅在于它突如其来时的迅疾，还因为完全缺少作为新郎重要乐趣的痴情追求。

教师小团体的一次阿普捷卡岛出游。昏昏沉沉的白夜，轻松欢快地畅饮廉价的俄国产“阿布拉乌－丘索”香槟酒，涨满的涅瓦河

强劲的气息，白桦嫩芽散发出的树脂清香，无拘无束的朋友们野餐时的轻松氛围。玩逮人游戏。利季娅以她柔软纤弱的身段，闪动着苍白的面容和鲜红的嘴唇，两脚不着地似的飞跑，在神秘的幽光映衬下，俨然一个热恋中的女巫。没人理解这是怎么发生的。西蒙诺夫快要追上利季娅的时候，猛然一加速，险些没把她撞翻在地，为了保持平衡，他不得不紧紧抱住她的腰，把她搂在自己胸前，就这样他感觉到了少女乳房弹性十足的接触。在这一刻，在老树的掩护下，她亲吻了他的嘴唇。

年轻的学者起初惊慌失措，未被满足的冲动和在这个火热湿润的亲吻中释放的情欲羞得他满脸通红，但随后，出于本性上的宽厚和对女士的尊重，他很快便理智地判定，这不过是一个天真无邪的少女最自然的笨拙、幼稚、青涩的举动，她是在突发奇想地模仿成人，或是试演新读过的浪漫小说里的情景。但不管怎么说，依照他的绅士观念，这个火一样传遍他全部神经的吻需要严肃对待。因此，从野餐会返回拉兹耶兹扎亚大街之后，西蒙诺夫鼓足勇气，心脏乱跳着向利季娅正式求婚。而她答应时的冷静多少让他感到厌恶。西蒙诺夫期待听到这句世代相传的老话："请您跟爸爸妈妈谈一谈。"但不是这样，她带着温柔贤淑的微笑开门见山："我同意。我早就喜欢您了。我不必向您隐瞒，我的嫁妆不会有从我家看似非常阔气的生活来分析而可能期望的那么多。当然了，我父母会主动承担婚礼和出国旅行的全部开支的。他们会非常愿意为我们张罗，给我们在上等地段物色一套舒适漂亮的公寓，包括称心的家具和全套的生活用品。但我认为爸爸给我的陪嫁不会超过五万。而这笔钱——在眼下这个连开玩笑都不会想到窝棚①的时代也不算多。我精通三门外语：法语、德语和英语——我可以出色地靠它们做翻译。不过您也知道，翻译有多么廉价……"

这种冷酷的务实作风让西蒙诺夫一下子浑身抽紧，他忍不住冷冷地回应道：

"我在诺夫哥罗德省有个不大的田庄。如果没记错的话，有四百多俄亩。在乌斯秋日纳县。但我更相信自己的劳动，因为我喜欢

---

① 典出俄国谚语：与心爱的人在一起，住窝棚也是上天堂。

也擅长工作，从来不害怕也从来不逃避工作。请相信我，丽达，有您的爱和支持，我很快就能获得能让您理直气壮地引以为荣的地位。这是我跟您作担保的手；请您用力握紧它吧。”

姑娘在满足未婚夫请求的时候，苍白的面庞微微泛红。然后她说：

“我即便不信任您，那我总该相信爸爸对您的判断吧。您是知道的，他有多么吝惜恭维和赞美，特别是在科学领域。他私下里说到您时，就像在谈论一位未来的科学巨擘，一位未来的新学派的伟大创始人。这是他的原话。如果您还没改变主意的话，我们现在就上楼去见他，告诉他我们要合法结婚的决定。我只请您注意一点，科学归科学，但在商业和金钱事务上，永远都要去向爸爸征求意见。他在整个文化界名声显赫，但很少有人知道，爸爸以自己清晰、卓越、敏锐的头脑，还是个绝顶精明的生意人和万无一失的投资者，善于把大笔资金投到很快就能收回十倍回报的地方。爸爸简直可以胜任俄国的财政部长！”利季娅自豪地夸耀道……

就这样，西蒙诺夫娶了利季娅·科舍利尼科娃。这个婚姻不是出于心计，不是因为炽烈的爱情，甚至都不是由于让人突然脑袋发昏、眼睛蒙雾、思想和言语都失去内涵和意义的瞬间偶发的意乱情迷。

西蒙诺夫日后曾无数次回想新婚前后这段奇怪的生活，他从中永远找不出逻辑、理由和必要性来：一个残酷的幻梦，一场华丽的爱情戏。过了很久他才看清自己妻子的灵魂，并给她找到一个准确的定位，但这个定位没有任何复杂、神秘或特别的地方。很简单：她是特殊时代的女儿，在这个时代，姑娘们要么幻想政治和学业，要么力不从心地囫囵吞下奥斯卡·王尔德、弗里德里希·尼采、魏宁格①和其他诲淫的下流东西。丽达属于最新诞生的新人。还在上层女子学校时，她就吃过碎粉笔、喝过醋，为的是一直保持轻飘飘甚至轻若无物的体态，而她浓妆的面容经常透出疯狂度过无眠长夜

① 魏宁格（1880～1903），奥地利哲学家，代表作《性与性格》。该书出版后不久，23岁的魏宁格便因绝望而自杀。

的倦怠痕迹——黑眼圈。

也还是在学校的时候，通过天真无邪的“崇拜”年长女友的游戏，她体验到了反常的同性之爱的诱惑，当时，因为道德败坏和所有贵族学校青年男女的假正经，这种不伦之爱大行其道。她在夫妻的亲密关系中无法表露健康的敏感，只是冷冰冰地觉得好奇，于是，年轻的夫妇很快就变得渐渐疏远，渐渐失去了激情。有一天，利季娅对丈夫说：

“你是知道的。说到底还是德国人明智和务实，因为他们推崇‘两子女制度’的公民权。这正好不多不少。”

像往常一样，西蒙诺夫平静地表示赞同，并且一点儿也不觉得惊奇，利季娅在生完第二个、也是最后一个女儿之后，完全拒绝履行夫妻义务，取而代之的是她给丈夫充分的自由，而实际上他根本就不需要这种自由。

但养家的责任要由他承担，且逐年地急剧加重。利季娅从不照料孩子。她不喜欢也不擅长此事。女儿身边总是围着奶妈、保姆和阿姨。母亲本人只负责打扮她们，把她们装扮成洋娃娃，跟她们玩，每天十分钟，也像是在玩洋娃娃。外文翻译其实是待嫁小姐天真的胡话。三种主要的欧洲语言中，每种她确实都认识——而且是对错参半——一百个左右的单词，但对于翻译职业来说，这点儿学识就显得寒酸和浅薄了。而最关键的是，无论从事这项工作的志向还是耐心，利季娅都不具备。对她最有吸引力的是灵活多变、奔走忙碌的社会慈善事业，组织文人和大学生晚会，抽彩，逛市场，以及其他名人邀请、购买香槟和鲜花、经常有理由定制最新时装的快乐琐事。

利季娅所享有的最大成功，是在新文学、诗歌和绘画界刚刚诞生的一些放荡团体——这些年轻人全都带着稀奇古怪的标签，立体派、未来派、阿克梅派，甚至是尼切沃克派[①]。他们在她身上发现了魏尔伦式癫狂的放荡之美和毕加索式快感中诱人的惊恐。而且，这些绝顶放肆的世界艺术的颠覆者们根本不在乎随口丢出的惊人之

① 1920年前诞生于莫斯科的一个文学团体，受“达达派”影响，这一派名称的含义即“毫无意义，什么都不是”。

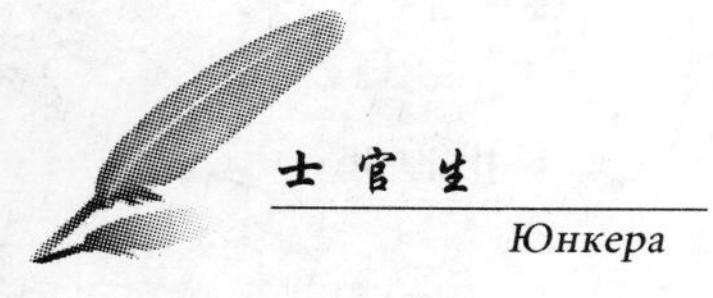

语的内涵和意义，它们沉重、响亮、玄奥无比，绝对不为外行的有产者们所理解。无所谓！这些外行们一直毕恭毕敬地紧紧追随。恐怖大战前夕，超人迷狂症曾在俄国的两个首都流行一时，什么天才、先知、术士、预言家、通灵人、世界性的智者、拿破仑和查拉图斯特拉，就像夏日暖雨后的蘑菇一样，在知识分子间迅速诞生。为了不错过跑去朝拜昨晚发现的煌煌巨擘，自重又开放的文明人不得不忙得不可开交。莫斯科，古老、悠久、商人们的勤劳的莫斯科，它以前宴客，首先要请的是疯子科列依沙、嗓音能震灭所有吊灯的大辅祭沙霍夫措夫、警察局长奥卡廖夫、夏里亚宾或是摔跤手波杜布内——天真诚挚的莫斯科在醒来之后，猛然发现缺了颓废派根本没法过。于是，它忙不迭地给自己的居所设计成颓废派风格，弄来极端颓废又无比昂贵的作品，而莫斯科的胖少女做梦都会胡言乱语：爸爸妈妈，给我买一个真正颓废的肯陶洛斯作新郎。

而他们就给她买了。

循规蹈矩的彼得堡永远比火热的莫斯科安宁、节制和冷漠，从彼得大帝时代起，它就早已习惯于高高在上地俯视莫斯科。但所有艺术领域来势汹汹的新潮流也疯狂占领了当时突然改名为彼得格勒的顽固保守的彼得堡。迫不及待的钻营之徒和不学无术的编外副教授充任这种夸夸其谈的新潮流的预言家和代言人，他们在不计其数的女子学校宣讲“观念与物”，在数百家杂志上发表言论，这些杂志每天顶着最古怪的名字诞生，为的是两三天后无声无息地长眠。

利季娅以自己对热闹、低俗、廉价的小玩意儿的一贯激情，最早成为这些“主义者们”的狂热信徒、忠诚友人，以及活跃的助手和鼓动家。他们把她称做自己的妈妈、自己的缪斯、自己的 X 光，并在每周五成群结伴地准时光临她有点儿乏味但殷勤好客的沙龙，这里提供非常可口的三明治和上等的“穆库津”高加索红酒。

西蒙诺夫起初不无兴趣和好奇地参加妻子的颓废派晚会。用利季娅的话说，不管怎样，其中也能酝酿和培育出强大而崇高的新艺术，它注定会踏碎前人可怜、枯燥、烦闷的努力，用灿烂的星光照亮世界。

但很快他就暗自思忖：“说良心话，以下两点非此即彼：要么是我落伍于艺术，一窍不通，要么是所有这些未来主义者和立体主义者——不过是无赖、骗子、故弄玄虚者、冒牌货、放肆的无耻之徒和下流之辈……”晚会革新家们装腔作态的同时，的确会偶尔迸发出奇怪的蛮力；在精研过农民俗谚和顺口溜的西蒙诺夫看来，颓废派们用以替代苛刻节律中空洞死板风格的粗放不羁的协和韵[①]既明白又晓畅，这也是事实。但真正内涵的缺乏和他们朗诵自己作品的方式同样让他气恼和不快，他们咕哝着鼻子，拖着长腔，和着伊尔莫斯[②]丧歌或庸俗小曲的“黄雀”调，满不在乎污言秽语。更怪僻的是未来派音乐家和立体派画家，即使亲密的同伴也无法理解他们。此外，在这些吵吵闹闹的超人匪徒中间，还把古怪莫测视为通往天才的起点。

这伙人高马大的年轻人能吃善饮，堪比伏尔加河上的苦力，他们不断借钱，经常在长沙发、折叠椅或干脆在地板上过夜。对年轻人的莽撞胡为，西蒙诺夫宽容以待，甚至还暗暗表示同情。教授生活尚未磨灭他对莫斯科大学时代的记忆，当年，不拘小节的年轻人乐于同屋共寝，分享餐厅里的食物、最后一杯啤酒以及学问和见解。但有一件事情让他大为光火。一个魁梧高大、满脸粉刺的颓废派，穿件半边黄半边蓝、衣襟上插着一小束土茴香和一根胡萝卜的肥大外衣，他刚刚哀号完自己标新立异地题为《帕凡纳》[③]的新诗，在纷纷涌来的赞叹声中凝然伫立，而他周围，一些二流诗人充满景仰地噤若寒蝉。黄蓝颜色的傻大个儿跟西蒙诺夫对视了一眼，鼓着鼻子问道：

“喂，怎么样，阿姆菲特里昂？您现在认为谁是全俄罗斯诗人中最棒的那个？”

窘迫的阿姆菲特里昂下意识地用眼光扫了扫他身边的那面墙壁，所有俄罗斯大作家和大诗人镶在玻璃下面的肖像在上面挂了一排，然后，他怯怯地嘟囔道：

“我觉得，怎么说也还是普希金……”

---

① 诗歌的一种韵脚。

② 7世纪拜占庭诗歌；古罗斯教堂的一种音乐体裁。

③ 词根为“孔雀”的意思，大概是指西班牙和意大利一些地区的古老舞曲帕凡舞，或称为孔雀舞。

“噢，真是巴兰的驴子[1]！”粉刺脸颓废派叫嚣起来，“您那位甜得发腻的欧洲人普希金，他整个人都抵不上我的一根脚趾头。”说完，颓废派突然抓起粗大的墨水瓶，猛地一挥，向普希金的脸砸去，打碎了玻璃，墨水溅污了画像。西蒙诺夫愤怒得脸色发白，他以非凡的力气揪住诗人的脖领子，把他拖向屋门，颤着嘴唇，低哑地喝斥道：

“你这个狗崽子！马上滚蛋！否则我杀了你这个混账东西！立刻滚！”

全俄罗斯第一诗人桂冠的觊觎者急匆匆蹿到门厅，他被揉成了一团似的，晕头转向。二流诗人们吵吵嚷嚷，一窝蜂地跟在他后面。但西蒙诺夫“愚蠢丑陋的野蛮行径”可不会轻易摆脱干系。第一，在歇斯底里的大发作之后，利季娅号啕痛哭、要死要活地逼迫丈夫第二天上门去找黄蓝色诗人请求宽恕。第二，他今生今世都被禁止参与颓废派们的狂欢，哪怕是远远地扒门缝。第三，从这个闯下大祸的夜晚开始，夫妻间的人伦关系永远地断绝了。这里面既没仇恨，也不是出于报复和反感，仅仅因为他们早就开始明白并感觉到，他们之间不存在也从没存在过任何共通、亲密和真诚的东西，他们婚姻的猝死只能归因于北方白夜冰冷无眠的魔力，以及委靡娇纵的彼得堡小姐瞬间的心血来潮。

分居之初，西蒙诺夫甚至为家庭内的自由感到高兴，他得以更轻松地工作，更轻松地思考，最重要的是，在这段独处的清静日子，西蒙诺夫最终找到了培养自己两个女儿的智力和心性的方法与途径，她们至今都在愚蠢的娇惯和任性的无知中成长。他充满温情和愉悦，已经快乐地发现，他给她们朗读的那些精挑细选的书籍开始进入儿童的头脑和心灵——用心挑选的俄罗斯传说，安徒生的童话，马克·吐温、神奇的吉卜林和都德的小说，《汤姆叔叔的小屋》，儒勒·凡尔纳的传奇，普希金的《银冰鞋》和《上尉的女儿》，以及其他一些适合孩子智力和想象的轻松读物。他一有机会，就带小姑娘们去动物园、野兽苑、博物馆和画廊。每片叶子，每头

① 典出《旧约》，预言家巴兰的驴子挨打时便说人话，表示抗议。后指愚笨而固执的女人。

野兽和幼仔，每只甲虫和小蝇子，都是他和孩子们强烈关注和编织奇妙故事的对象。跟小女儿和睦相处的这两年成了西蒙诺夫终生难忘的最美好、最温暖、最感激的回忆。往往是这样，他在为妻子的混乱无序和她奔忙于各个熟人、店铺和会议而动怒之前，总会默念一句冷酷的所罗门箴言："这妇人喧嚷，不受约束，在家里停不住脚。"此时他已经越来越经常地发觉，自己有个习惯孤独的被遗弃者的消极念头：

"如果这个家里没有可敬迷人的女主人利季娅，不管怎么说，也要美满欢乐得多。"

但人们早就知道，失爱且刻毒的女人永远也不会安于平静的沉默。这同样也包括利季娅，她为此选中了一个最薄弱、最敏感、最疼痛的地方——金钱，并且很快便孜孜不倦地埋怨和噬咬起丈夫来。

这样一个时期到来了，佩斯季的这间曾经温馨可人的小居室内，从早到晚传来的只有这个陈旧发黄的、恐怖、讨厌、恶毒且无所不能的字眼儿——钱。"您好像忘记还有钱这回事了吧？钱在哪里呢？看样子，您一直幻想的是窝棚而不是钱吧？您好像忘记了，我们明天——有客人，而为了招待他们需要钱吧？奥林妮卡买鞋子要用钱，尤林妮卡买皮衣要用钱。厨娘去市场需要钱，我买鹿皮手套和瓦格纳的演出票需要钱。"钱，缺钱，关于钱，要钱，用钱，要钱，用钱……这金属般的追债声一响起来，西蒙诺夫的嘴里就冒出铁锈味。没过多久，女儿们起初像刚学舌的小鹦鹉，而后来她们越来越自觉，越来越坚定，完全学会了这首关于永恒金钱的凄凉小调儿。

"爸爸！人家都戴钻石的别针，你为什么给我们买玛瑙的？""爸爸！你为什么买的是池座，不是二楼包厢？""爸爸！为什么我们的枞树上挂蜡烛，可X家的挂电灯？为什么Z家有自己的马车，可我们还要在出租马车上颠簸？""爸爸！为什么妈妈总是哭着说你又贪财又小气，从来不给她钱，而且还说你是大懒汉，不想干活？"

"那种靠谎言煽动孩子反对父亲的母亲们可真是伤天害理啊，"西蒙诺夫常常自忖，而同时又在调整自己，"但更糟糕的是长年累月的家庭内的敌视，双方在敌视中都认为自己苦大仇深，并且只管

处心积虑寻求对敌人更狠毒的伤害。”

本性温和宽厚的西蒙诺夫主动牺牲，骑士一样承担起敌对中的一方。要带着难以消除的仇恨，这让他觉得是种无比痛苦的沉重负担。他尽可能默默承受对方的仇恨。不，他从来不是个懒汉或吝啬鬼。就像他那天在远方的白夜向利季娅郑重承诺要为小巢不辍劳作那样，他信守着这个诺言，对完成神圣的责任充满坚定不移的热情和快乐的感受。他不辞辛劳地在彼得堡农林学院和女子学院任教，在武备中学、军事学校和女子中学讲授物理学、化学、天文地理和自然史。同时他还在总参谋部研究院主持大地三角测绘课程。除了严格的学术论文，他还写了很多科普文章。报刊杂志乐于采用，编辑们满口赞扬、吹捧……稿费却微乎其微。虽然岳父在陪嫁上放了空话，可毕竟还能生活，甚至算得上安逸。但不幸的是，利季娅不知道钱的宝贵，它们流水一样在她的指缝间溜走；西蒙诺夫一辈子都没学会跟有用的人相处，用逢迎、谄媚和奴颜婢膝与他们周旋：他经常是再骄傲、独立、自重和固执不过了。而权势人物一向都不喜欢这些品质。

西蒙诺夫该进行博士论文答辩的时候，有一天，科舍利尼科夫教授尽量装作漫不经心的样子，客气地问道：

“亲爱的女婿，要是你知道大学委员会任命我做你的答辩评阅人的话，你会说什么呢？”

以教授的道德伦理，这种客气的问话永远包含着极重的分量和最严肃的含义。话里似乎挑明了，年轻候选人的才华和成绩已经提前得到了认可，除了感恩的微笑，不可能以别的方式回报。但西蒙诺夫略显生硬、熊一样笨拙地答道：

“我当然非常开心和荣幸，不过……不过请您相信，我和您毕竟是姻亲关系……天知道人家会说出什么不怀好意的话来……徇私情，任人唯亲，看面子……诸如此类的……我们两个人都会感到尴尬。”

岳父从椅子上站起来，刻薄地说道：

“这是您的事情。随您便吧，随您便……”然后他一边在门厅戴帽子，一边又说：“随便您吧。”

结果，西蒙诺夫在莫斯科通过了答辩，是以最光明正大的方式

通过的。他回到彼得堡以后，岳父甚至都不愿意祝贺他。

科舍利尼科夫并不记仇；何况他非常疼爱自己委靡不振的女儿。因此，没过多久他便在自己家里给了女婿一个伟大的建议，这个建议完全符合利季娅曾经夸耀过的他的财智。事情是这样的，总参谋部的几位权要提出了排干波列西耶沼泽的巨大的军用项目。眼下正在开始物色和选拔经验丰富的工程师、水利工程人员、土地测量员、营林员和大地测量专家。工程预算数千万。一项可靠的大事业，靠它能以正当的途径谋得舒适的好位子，并为日后的幸福打下根基。尼古拉·叶夫多基莫维奇是参谋部的老相识，岳父还能施加自己的影响。只需要趁热打铁。

西蒙诺夫请他容自己两周时间考虑。在预定的日期，他准时来找岳父，请求单独谈一谈。他一开口就坚决推辞波列西耶的工作，而当科舍利尼科夫教授问他断然拒绝的理由时，女婿勾勒出一幅阴沉可怖的图景。

“第一，”他说，“排干波列西耶的费用不是数千万，而是数十亿。第二，排干波列西耶，除了造价昂贵，还会枯竭所有水源、小溪、河流，不仅小河，还包括中等河流与大河。这件工程本身就会在波列西耶滋养的河流上造成广大区域内的经济衰退、水磨停转，危及水上交通，特别是轮船航运。请您想一想：现在连第聂伯河都需要疏浚，等它干涸的时候，下一步该怎么办呢？第三，哪位是这项排水工程的首倡人和领导者呀？总参谋部的Ж.上校。他是个波兰人，的确是——Ж.。排水这个主意他打了很久了，并且跟防御战争联系到一起。有一次，关于这个理由，英明的作战艺术理论家米哈伊尔·德拉格米洛夫曾经说过：‘智慧果敢的将领谈笑间就能通过沼泽。懦弱的傻瓜在平地上也能摔破脑袋。’

“可Ж.上校眼下又再次高升了……最后——第四，我了解到提交上来的承包人名单。全都是——钻营之辈和江湖老手，而最要命的是，全是冷酷的林业生意的专家。”

“那又怎么样呢?”

“就是说，排水的实质完全在于以闻所未闻的规模砍伐波列西耶、并出售数量惊人的木材。战争利益——不过是个借口。”

“但是，”岳父反驳道，“要知道股东里可有一些大人物。”

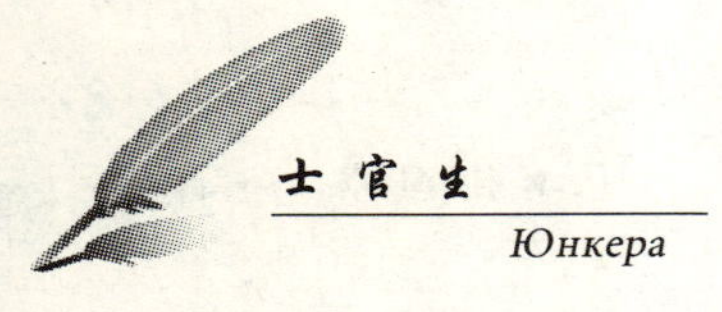

“况且，”西蒙诺夫阴沉地低声补充一句，“我跟这伙人不是同路。”

“愚蠢的墨守陈规。”科舍利尼科夫耸耸肩膀，双方再没多说一句话。沉默很长时间之后，他们干巴巴地互相道别。

第二天，利季娅来办公室找他，没吵闹一句，便用没精打采、公事公办的声调向他提出离婚。他什么都没问就马上同意了。他还应她的请求，答应由他自己以玷污婚床的丈夫的身份，来担负分手的罪过。这个天真、善良、随和的人在正式登记离婚之前，不得不聆听无数宗教事务所的诘问。

离婚的条件之一让西蒙诺夫恼火和郁闷不堪：根据至圣圣教公会的裁定，他的两个女儿必须留给母亲，按照东正教圣教公会的判决和旨意，她们的精神和道德教育由她承担。“她会灌输给她们好方法的。”西蒙诺夫暗自抱怨。他预见到分家时会因为孩子引发不可避免的嫉恨，而这种嫉恨又会让双亲交恶的小姑娘们生出无法消除的仇恨，给她们造成深刻的影响。因此他沉痛地永远告别了彼得堡，回到亲切、熟悉的莫斯科任教。

就这样，跟过去那个家庭的所有联系，甚至是关于它的记忆本身，对他来说都不可挽回地断裂了。然而，对孩子们的爱，对她们无尽的怜惜，听到她们的声音、看到她们的笑脸、观望她们嬉戏和她们初次涉世时的喜悦，都像治病的香膏一样充盈着他的内心。在莫斯科召开的母亲大会上，他不是为了讲漂亮话，而是从纯洁的爱心深处迸发出自己的警句：

“那个为孩子们创作了优美书籍或设计出便于活动、穿着舒适的儿童短裤的人——他比所有机器发明家和国家的统治者更加配得上让人感恩的不朽声望。”

又闷又热的西罗可风不但不愿停息，还愈来愈烈地积蓄着能量、怒火和威力。教授早已厌倦了跟自己愚钝且格调庸俗的孪生兄弟尼古拉·叶夫多基莫维奇进行徒劳的争辩。渐渐逼近但始终没决定暴发的雷雨仿佛要把它压倒在地，并且夺走空气。“我愁苦不堪地坐在这儿，究竟算怎么回事呀？”他寻思道。要知道连一年级的中学生都清楚，没有比雷雨时站在树下更危险的了。

“回家吧。我的鸽子窝上面装了避雷针。这方面法国人真是好样的。此外，在关系到暴动和起义的所有事情上，他们也都是好样的。”

他站起身，用力伸展着久坐僵麻的四肢。他身上起了无数鸡皮疙瘩。

“过电似的，”教授自言自语道，“这种感觉的实质为什么不可能是带电现象呢？”就在这一刹那，西蒙诺夫重重地跌在了地上，他被同时到来的暴烈的闪电和惊雷震得耳聋眼花。狂风大作，像脱缰的野马。浓重阴沉的昏暗罩住了天空和大地。林木呼号，被摧折的枝杈吱呀作响，上百年的大栗树深埋于地下的虬曲苍劲的树根拔出地面，带着可怖的轰响和哀吟倾倒下来。树木摇摇荡荡，压向地面。闪电和惊雷片刻不停。大雨如注。除了铺天盖地、连成一片的沉重的雨幕，一无所见。

浑身湿透、迷了路的西蒙诺夫在树林间艰难前行，他本能地探寻着小径，找到了，又重新迷失。一只温软的小手突然触到了他的手指，一个微微颤抖的无比惶恐的小脑袋在下面说道：

“哦，先生。我怕。帮帮我吧。我怕极了。我不知道该朝哪儿走。”

“哎哟！我的天啊！这可是扎涅塔。”教授又惊又喜地认出她来。“你怎么跑到这儿，跑到我的防雨大衣底下来的？没什么，没什么的，我亲爱的小姑娘。没什么的。现在不要害怕了。你放心吧，我马上就把你送回报亭。”他用自己的帕默斯顿式大衣敏捷地包裹起扎涅塔，勇敢地啪嗒啪嗒踏着水洼行进。

柔弱哀怜的小嗓儿不时从衣包里嘤咛几声：

“噢，我可真怕，我可真怕呀，我的好先生！”一腔柔情的西蒙诺夫用手掌轻轻拍打着鼓胀的大披风，他深情款款，满含爱抚。就这样，他们走出布隆涅森林，经过波谢儒尔林荫道，在那里，在过街天桥底下，教授把自己湿漉漉的女孩儿交还售报亭，售报亭内立刻淌满了雨水，充斥着女主人惊诧的大呼小叫——在这暴雨、闪电和晦暗密布的恐怖时刻四处寻找自己的快腿扎涅塔，她被折磨得难过死了。她以世上所有充满爱意的母亲所特有的利落劲儿和动人的灵巧劲儿，把小姑娘从教授无数层的包裹中解放出来，飞快地擦拭

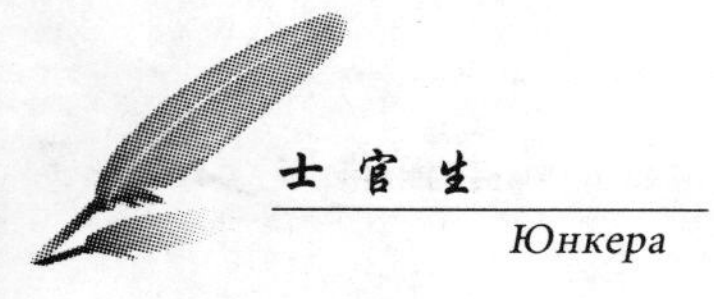

着她湿淋淋的小身子，给她擤鼻涕，同时还不忘一面拍打她的小屁股，一面连珠炮似的，或是责骂，或是上百次地跟扎涅塔、教授和所有最近的邻居们反复唠叨她今天遭受的惊吓。

“噢，亲爱的先生，”她转向西蒙诺夫，“希望您能原谅我，我最初觉得，好像是您把扎涅塔带往布隆涅森林的，于是我就跑去找您的女门房，跟她打听您。我非常高兴，从她嘴里听到的是对您最崇敬最善意的介绍。不过，您当然会理解一个可怜母亲发自内心的惊慌。我想，您本人也有姐妹、女儿或是孙女吧?”

扎涅塔从一团破布中猛地挣脱出来，亲自来帮助和袒护教授。

“噢，我亲爱的妈妈，”她惊喜交加地说，“你要是见到有多么吓人就好了。我和热尔曼，肉店老板卡恩先生的女儿，去了布隆涅森林，碰到大雷雨的时候我们走散了。我，我的天呀，这真是可怕，我可真是吓坏了。那大风呀，所有的树都给刮折了，很多大房子都给吹倒了。闪电到处乱飞，有我的手那么粗，有埃菲尔铁塔那么大。雷声那么响，就像七月十四号的礼花或大炮似的，雨猛得吓人，完全是大洪水，神父给我们讲的那种大洪水，那种淹没全世界的大洪水。我特别害怕，特别害怕，一想起来，马上就会吓死的。可你想一想，妈妈，一个善良勇敢的先生在暴风、雷雨和闪电中前来救我，像圣天使一样，用自己的大衣[①]遮住我，把我带出真正的地狱。这个英勇的贵族是我的救星，我们要一辈子感激他。”

这段即兴演说把教授感动和撩拨得几乎落下泪来，而母亲已用平和的腔调插话道：

“教会扎涅塔讲这些话的是她最好的朋友热尔曼，比她大，可惜，书读得太多了。”

教授说道：

“当然了，这个小意外——简直不值一提，一切都平安过去了。夫人，请容我一点儿工夫，去布耶夫人的小店弄一点儿椴树花[②]，她那里的椴树花好极了。要知道您可怜的小姑娘两脚可全都湿透了。”

---

① 原文中扎涅塔用的是“女式大衣”这个词。
② 椴树花可入药，作发汗剂。

“噢，不必了，我亲爱的先生。请您别费心了。椴树花我家里有，可我还是对您表示万分的感谢，我同样也请您关注自己的健康。夏季的感冒可比冬天的危险多了。”

“这个要强的婆娘！”西蒙诺夫一边出了报亭，一边摇头，“总之呢，是个很有爱心的好母亲！”

走出五步远的时候，他又转过身来。报亭内，在手帕和破布之间，扎涅塔快乐、可爱、带着笑意的眼睛正望着他。

西蒙诺夫教授很快便体验到了苦闷的精神空虚。以前，哪怕就一两分钟呢，他也能以各种借口偶尔见一见扎涅塔活泼欢快的小脸：有时买报纸，有时仅仅是故意摆出一副严肃端正的样子从报亭经过。现在他开始为昔日天真的小把戏感到羞愧，并且担心扎涅塔的妈妈会觉得这个俄国怪老头儿，尤其是经过了布隆涅森林雷雨之后，好像很想卷进别人的家庭。所以在关注可爱的小姑娘的时候，他变得格外地小心和隐蔽，保持很远的距离，尽可能避开母亲和小姑娘的目光，同时他也感谢老天给了他老练的护林员的好眼力。

扎涅塔快乐、丰富、多姿多彩而又古灵精怪地过着自己不断充满新奇感受的日子。她的双腿还不能奔跑，胸肺还不能喘息，双眼还不能贪婪地捕捉一切，耳朵还不能聆听一切，头脑还不能理解一切。倘若让扎涅塔完全无拘无束——整个十六区，整个巴黎市区和城郊，整个偌大的法国，对她来说都会显得狭小。但让她沮丧的是，母亲的严格监视和热心邻居们的密切关注把她的自由束缚在了一个四条街见方的狭小空间：拉内里亚大街、莫查尔马路、阿康西昂大街和波谢儒尔林荫道。

教授早就发现了这一点，并偷偷地把扎涅塔称做“四条街公主”。

的确，这个不住脚地跑跑颠颠的快腿公主也会冲进其他邻近街道：蒙诺兰西林荫路和布朗博士大街。但这只是渴望天真冒险的阿马宗[①]公主的突袭。

最严厉禁止的事情是去布隆涅森林，面对它的恐怖，就连勇敢的扎涅塔本人也瑟瑟发抖，而且至今她都无法理解，西罗可暴风来临期间，是什么力量把她带进了这个浓密的公园。照帕西区老居民

① 希腊神话中的女人部落。

的说法，那里密不透风的树丛中间隐藏着凶恶的匪徒，匪徒袭击路人，把猎物扔上汽车，为了随后索要大笔的赎金，天知道会把他们带到哪里；那里会冒出既不怜惜妇女也不怜惜小孩儿的残忍的色情狂；那里还经常有逃出动物园的猛兽出没；而最后，那里每晚都游荡着惨白的幽灵，以及很久以前在布隆涅森林决斗而死并且没做亡灵追荐的鬼魂。

但在自己独立小王国的整个领地之内，扎涅塔是个公认的真正的公主：一个善良、礼貌、热忱、深受爱戴的公主。她的子民对她没有期待。当她迈着轻巧的脚步经过自己王国的街道，两侧便会传来亲切的问候：

“你好，扎涅塔！你好，小扎涅塔！”

所有人都这样欢迎她：背着圆鼓鼓皮书包的邮递员，用手推车忙着给各家各户送牛奶和面包的大姑娘，嘁嘁喳喳、三五成群地赶着上学的女孩子，刚刚在小吃店享用一份例行开胃酒或早餐的工人，脸上努力保持一本正经的严肃神情、但同时微笑像光一样照亮胡须的官员和听差，踏着匆忙而又节奏分明的步伐前往市场的上了年岁的妇女。

“你好，扎涅塔！你好，扎涅塔！”

伴以铃兰和雏菊般灿烂的微笑，扎涅塔也向左右送去自己银铃似的问候：

“您好，杜邦先生！您好，托吕夫人。您好，伊雷内，西蒙，马德兰……”

她对臣民的劳作和利益的关怀无微不至。瞧，便道上走着一位衣衫褴褛的街头艺人，鼓着鼻音吹一把古旧的木笛。他身旁的马路上，一群密匝匝、毛烘烘的山羊簇拥着向前移动。街头艺人只管漫不经心地吹奏上千年的忧伤的曲调，而羊群的秩序则由一条聪明的大黑狗热忱、严谨、勤勤恳恳地负责，它不知疲倦地奔忙在羊群周围，把每只掉队的、淘气的或倔强的山羊赶回咩咩叫着的紧密的集体。它用叫声，用头撞，偶尔用小心的噬咬，更多是用自己人一样的严厉的眼神来完成这项工作。了解萨瓦牧羊犬凶猛坚韧的性格的行人远远地躲开它，但扎涅塔既不存在恐惧，也不为自己身体担心，她的双手还从来不知道畏缩和颤栗。因此，她无忧无虑、尽心

尽力地帮助黑色牧羊犬赶羊，而从脚到头毛发纷披的毛茸茸的大狗则不时伸出鲜红火热的长舌头舔一下扎涅塔，它恨不得舔遍她的脸。

郁郁寡欢的流浪艺人并不叫停羊群，把它们留给牧羊犬照看，他只拉住一只母山羊，魔术师一样，麻利地朝一个小杯子里挤弄梨子形状的乳房，又默默地把杯子递给扎涅塔。温热的羊奶并不好喝，非常强烈地散发着狂躁的公山羊身上的膻臊气，只有病人和少有的嗜好者才喝它。但怎么能辜负这艺人和他那只无比善良的大狗呢？羊奶被勇敢地一饮而尽了。

"谢谢，再见，我亲爱的大狗。再见！"

打理刀子、剃刀和所有金属厨具的磨刀匠一边走，一边悦耳地摇着大铃铛。他的流动作坊非常重。拉车的有两位：老板和他勤劳的狼狗。这条油光水滑的棕红色大狗尽职尽责的认真劲儿经常让扎涅塔满心感动地觉得惊讶。她抓紧套索，使尽浑身力气，身子几乎要跟地面平行了似的，拼命减轻自己偶像和它老板的重负。

"您好，贝利埃先生！"

"你好，我的小娃娃！"

他停下脚，又摇起铃来，用眼睛寻觅着可能给他活儿干的楼层和住户。这个时候，棕红色的大狼狗便蜷作一团，趴在磨刀器具下的地面上。主人把自己的工具弄得刺刺啦啦、吱吱呀呀、嗡嗡嘤嘤的时候，它依然那样趴伏着。就是主人苦干之后去"小草地"餐馆透一透气的时候，它也不会起身。也许它不喜欢布朗博士大街上这家小饭馆内豢养的、所谓"蓝色奥弗涅"品种的淡蓝色的塞特猎狗，还有可能它向来不属于世上的任何交往。它沉默寡言、性格孤僻，永远这么寂寞。它从不让任何人抚摸自己，主人似乎也从没爱抚过它一次。扎涅塔当然可以这么做，但抚摸一条对此不理不睬的狗，又有什么快乐可言呢？

这只狗忧郁的性格十分怪异。（它心里不会藏着什么深重的罪过吧？）更何况贝利埃先生一向开朗可亲。扎涅塔非常喜欢远远地听他在自己钟爱的小饭馆唱那些古老欢快、现代法国人难以听懂的歌曲。而让扎涅塔觉得奇怪的是，贝利埃先生要用呼噜声和意味深长的哼哼声代替一些歌词。

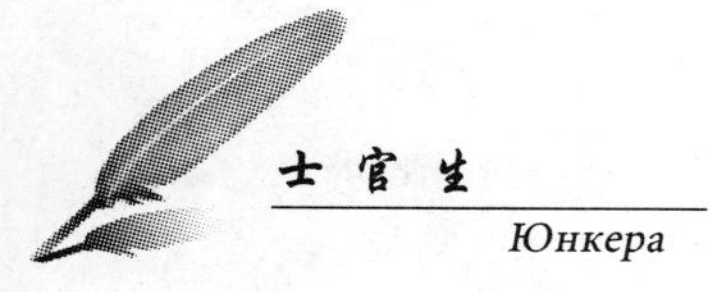

大家都是扎涅塔的朋友：收废铁、倒腾各种衣物的那个咋咋呼呼的怪人；华丽花房的园丁，那花房属于某个从来没露过面的神秘的百万富婆；实验室的姑娘；赌马的狂热赌徒，他们买体育报纸，让扎涅塔告诉他们幸运号码；乞丐，如果能在前兜里找到两个苏[1]的话，扎涅塔从不会舍不得送给他们。但她还有一些朋友，他们格外可贵、有趣、繁忙，也最让她喜爱。比方说吧，一个精神旺盛的老乐手会每月三次出现在扎涅塔的领地。他没有左手和右腿，他在战争中失去了它们，却在优美的风琴音乐——确切地说，是“管风琴”音乐——的真正行家和品味考究的爱好者中间拥有相当数量的听众。每隔十天，他便定期来到乐迷们的窗下，借助拐棍，以不可思议的方式固定好自己的风琴，用它演奏一场绝妙的音乐会。音乐会总是以意大利的坎佐内塔[2]《我惟一的人儿啊》、法国战争歌曲《马德兰》或《马赛曲》开场。应该说，他的上流（依他的看法）观众喜欢他。音乐会进行中间和演出结束的时候，各种硬币和折起来的纸币会从所有楼层飞下来，叮叮当当地落在便道和马路上。

此外，除了优雅的音乐，独腿独手的风琴师还在乐器顶上放了一个小匣子，街头观众花五生丁[3]便可以从里面抽出红色、蓝色、绿色的小纸卷，用来占卜运气，预测爱情和经商的结果，解释每个人的星象含意以及其他奥秘。但要同时兼顾几件事情，乐师显然会因为残疾而感到痛苦和不便：转动风琴摇柄，照顾算命爱好者，一瘸一拐地走动，艰难地弯下腰，从地上捡拾突然落下的钱币，还要吃力地向各个楼层的好心的主顾们点头致意，从马路沿一直要到八层的复折屋顶——顶层蜗居着女仆、厨娘、裁缝，还有另外一些永远会为些许的欣慰而慷慨解囊的穷人。但风琴师却无法忍受围在他身边的任何一位观众上前帮忙。碰到这种情况，他就会敲着拐杖，不满地连忙阻止：

“不，不，谢谢，谢谢，我自己来，我自己来。谢谢啦！”

但神奇的是——当扎涅塔第一回弯下腰，以自己轻巧的动作，

① 法国辅币名。1 苏相当于 1/20 法郎。

② 原指意大利民歌的器乐曲。

③ 法国辅币名。1 生丁相当于 1/100 法郎。

优雅地用两根指头给他捡起揉皱的纸币和两枚厚厚的十苏硬币时，风琴师轻轻地拍了拍她的肩膀，微笑着说：

“噢，谢谢，非常感谢，我的小不点儿。您可真是可爱！”

的确不错，这个两眼乌亮灵动、面色黧黑的脏兮兮的小姑娘身上，非常富有法国人所谓的那种魅力，那种交织在扎涅塔身上的人的、狗儿的、马儿的和猫咪的可爱之处。

在下一次造访帕西、造访扎涅塔公主的王国时，乐师已经在东张西望地寻找他不久前的那位帮手了。他寻到了，笑眯眯地招呼她过来。她欢天喜地地走过来，他从大衣领口掏出一枝微微揉皱但仍然芳香馥郁的玫瑰，毕恭毕敬地把它献给小姑娘。从这天起，扎涅塔老远一听见风琴师深沉舒缓的乐声——只要不出禁区，便箭一样飞向自己的音乐会组办人，勤勤恳恳地工作。而她也一定会收到乐手的玫瑰、石竹或其他应季的鲜花。这些礼物是她的骄傲。它们是靠清白的演出工作赚来的。

另一个残疾人——扎涅塔最喜爱的朋友，她的爱心和特殊关怀的对象——是个盲人。他是一个慈祥的上了年岁的男子，有着苍白的面容和音色美妙忧伤的温柔的嗓音。不知为什么，他每天清晨都要经过拉内里亚大街。今年，这条街道上起了几个堆满垃圾、砖头和木板的新工地，对失明的人来说，变来变去的通道既难走又危险。很多天，很多星期，很多个月，扎涅塔都在帮助他。除去节假日，每天早晨七点，扎涅塔守在莫查尔林荫道和拉内里亚大街相交的十字路口，等自己和蔼慈祥的朋友出现。他也准时在七点钟露面，一分一秒都不会差。他手持一根白色的小拐棍，虽然看不见，但头部的转动似乎是想探测出小姑娘所在的位置，而她呢，立刻便会响亮地送上自己轻柔的问候：

“您好，加斯东先生！”

他深深凹陷的眼睛漆黑凝滞，但嘴角却流淌出温暖而又总是带着忧伤的笑容。

“你好，我的宝贝。梦见什么啦？”

可扎涅塔那么小，还不做梦呢，即使做梦，瞬间也会遗忘掉的。

“什么都没梦见，加斯东先生。”

“谢天谢地。”盲人安慰她似的说道。

他们手拉手走路。盲人已经习惯了用自己的拐棍探路，可扎涅塔还是会不时地轻轻握住他的手，提醒说：

“右边有砖头！左边是个坑！”

他们偶尔会在街边的长椅上坐下来说说话。盲人忽然问道：

“今天是星期一吧？”

“好像是，加斯东先生。”

“你觉得，扎涅塔，星期一是什么颜色呀？”

“墨绿色。”小姑娘回答。

“我也这样觉得。而这个，你听见了吗？——士兵们在吹喇叭。现在是什么颜色呀？”

“红色。”扎涅塔不假思索地回答。

“可我觉得，是红里透着黄。对不对呀？”

“对，没错，加斯东先生，透着黄。”

他们都不作声了。过了几分钟，加斯东先生轻声说道：

“是呀，我是个瞎子，什么都看不见。但命运却慷慨地留给我听觉、触觉、嗅觉、味觉和神智。而我本来可能失去这一切，可能躺在永远的毫无知觉的黑暗中的。难道我不幸福吗，亲爱的扎涅塔？”

“我爱您，加斯东先生。”小姑娘喃喃地说着，用温柔的左手轻轻地摩挲着他的脸。然后，他们手牵手走向波谢儒尔林荫道，在那里道别。

西蒙诺夫教授不止一次目睹这种安宁而忧伤的约会，不！他纯净的心灵不懂得嫉妒，特别是对加斯东先生这样受到命运无情惩罚的人。他只是偶尔悄悄地想象，如果自己是个盲人，和扎涅塔的友谊就会成为这不幸中最大的安慰。于是，有一天他决定设计一个天真可笑的孩子气的陷阱。扎涅塔跟俄国教授的交往被非常严格地禁止，但每次和他在街上碰巧遇见时，她从不放过对他微笑或点头的机会。有时候，她甚至会冲过大街，飞奔到另一侧，她从每辆电车和火车旁穿行的讨厌方式会让西蒙诺夫吓得直打寒颤。有一天早晨，当扎涅塔从一辆浓烟滚滚的疾驰的大汽车下面奇迹般地闪身出来的时候，见到自己的老朋友非常虚弱、萎顿、摇摇晃晃、疲惫

不堪。

“噢，教授先生，您怎么了？您好像病得很重呀？”扎涅塔心疼地说，“我能帮您做什么吗？”

“哎哟，亲爱的扎涅塔，”西蒙诺夫唉声叹气地诉起苦来，“我惨极了。我眼睛瞎了！你愿不愿好心送我回家呀？我住得不远，蒙诺兰西林荫路。”

“噢，非常乐意，教授先生。您方便扶着我的手吗？”

他们同行。走了五十步，教授的步态越来越踉跄，越来越迟疑，走到离他住处三十步远的地方，扎涅塔突然爆发出开心的大笑，那笑声响铃似的，就像金灿灿的雨滴落在银亮亮的池塘。

“哎呀呀，爱开玩笑的家伙！骗子！”扎涅塔笑着大声说，“还能糊弄我！对盲人来说，您的手太硬了，您从睫毛后面瞟我的时候，难道我没见到它们怎么抖动吗？您的步子也比盲人有劲儿多了。您瞧瞧，喂，赶快回家吧，盲人先生！请您别再跟自己玩这种把戏了，要不然会永远变瞎的。别人可不喜欢跟自己开这种玩笑。”

西蒙诺夫羞愧而尴尬地走开了。但在上路时，扎涅塔给他送来亲切的安慰：

“您别多想。我爱加斯东先生，可我也爱您。加斯东好，您也好，方式不一样。您等着吧，我什么时候会介绍您和他认识的，你们会成为好朋友的。”

在追随扎涅塔的过程中，教授发现很多奇异之处。他也同样察觉到，这个可爱的小姑娘根本不会挑毛拣刺。

有一天大清早，教授从高高的阁楼上下来，来到柏油马路上，见到一幅每日司空见惯的平常景象。楼门口，在装满一昼夜间积攒下的生活垃圾、被开门人提前放在那里的几个锌桶旁边停着一辆大汽车。三个麻利的奥弗涅人灵巧地抓起这些锌桶，在汽车上把它们腾空。西蒙诺夫突然听见一个奥弗涅人兴奋的叫喊声：

“嗨，扎涅塔！接着。”

教授立刻看见此前一直被汽车挡住的小姑娘的身影。扎涅塔敏捷地凌空抓住扔给她的一个不大的灰色东西。这是个非常破旧的毛绒熊，有一张天真、诧异的小脸儿。

“谢谢您，安托万先生。”扎涅塔开心地大声说。

西蒙诺夫想起来了："这就是她童车上那么多破烂旧玩具的来处吧。来自垃圾堆，而照俄国的说法——来自污水坑。见鬼，要知道这些大桶可是所有细菌特别是杆菌最适宜的滋生地。这能染上危险的传染病——只要一秒钟的工夫。扎涅塔的妈妈怎么能这样马虎。城市警察局在想什么呢。卫生监督机构在忙什么呀。"教授不敢去找扎涅塔的妈妈，不敢去警告和劝说她，他早就清楚她对待女儿的专横和独断专行。给那些忙于偌大城市的洁净与市民健康的人们提建议，让他们注意行为卫生，关怀每个活泼欢快的七岁巴黎女孩儿的清洁，这么做也显得滑稽和荒唐。这是——母亲和学校的事情。但教授机敏的头脑又想出了一个花招——一个对扎涅塔无害又让他自己欣慰的花招。

清洁工中的一位，长相酷似格鲁吉亚人、而性格却近乎俄罗斯雅罗斯拉夫人的安托万先生跟他交情不错。他们去同一家博萨克夫人小饭店，一起玩过很多次贝罗托牌，每玩一局都轮流请对方喝红酒。从早年起西蒙诺夫就具备和朴素的劳动人民打成一片的天赋。有一回，快喝完自己那杯玫瑰红酒的时候，教授说：

"顺便提一句，安托万先生，我有件小事儿求您。"

"非常愿意效劳，先生。"

"您见到了吧……小扎涅塔——一个迷人的小姑娘……可爱极了，可她那位让人尊敬的妈妈对她太严厉了。从来也不给她任何儿童的快乐，还莫名其妙地不让别人送她礼物，哪怕是最无害、最不值一提的小玩意儿呢。"

"哦，先生，"安托万一本正经地对他说，"我们法国人很爱自己的孩子，我们永远都无法理解，外国人，即使是位绅士呢，出于什么原因忽然要送给我们孩子玩具。他在打什么主意。怎么会这样古怪无常。难道外国人自己没有小孩儿吗？"

教授叹了口气。

"唉，安托万先生，我有过两个孩子，两个小女儿。但现在她们不在了，而且我也再不会见到她们了。您理解对孩子的这种思念吧。一个大哲学家好像说过：'天性无法忍受空虚。'我对扎涅塔纯洁神圣的爱、我父亲般的依恋也在于此。我要是个富人的话，我会给扎涅塔和她的母亲创造舒适的生活条件，让扎涅塔接受最好的教育，让她活在世上的每一天都快乐、都对她和她周围的人有益。可有什么办法呢，我，一个穷鬼，现在只能找个机会送她一个廉价的玩具。”

教授的一席话，尤其是他温暖、忧伤、感人肺腑的语调，打动了安托万先生。

“我能怎么帮助您呢，我可怜的朋友？”

教授回答：

“噢！安托万先生，绝对不费吹灰之力。我曾经见过您从自己的卡车上扔给扎涅塔一只毛绒熊。它又旧又破、残缺不全，可我看见扎涅塔闪动着多么兴奋的眼神呀。就是这样。所以，请允许我什么时候把个不太贵重的儿童玩具拿给您，而您什么都不必说，把它扔给扎涅塔就是了，我也向您保证，这件事不告诉任何人。就让我们俩保守这个秘密。”

说到孩子的时候，每个法国人，即便是严肃的奥弗涅人，内心也会充满一定程度的感伤。

“哦，”奥弗涅人拍着西蒙诺夫的肩膀说，“这当然不会给我带来任何困难。我听您吩咐。”

还是在可怕的战争以及紧随其后的被迫流亡之前，西蒙诺夫就已经对巴黎有浮光掠影的了解，并在短暂的逗留期间对它赞叹不已。如今，他在世界的中心居住了将近十年，仍然不知疲倦地对它感到惊讶：它强大的生命力，它永远年轻的欢快节奏，它对表演、机智谈吐和所有生活领域内的精致格调的迷恋，它在任何事务、发明和创造中令人惊叹的合理性。巴黎对世界的贡献无所不包。最辉煌、最奢华、最强盛和最纯粹的君主制，最血腥、最不可遏止的革命；帕斯卡尔的智慧和奥芬巴赫的轻歌剧，拉伯雷的笑和伏尔泰的尖刻讽刺，思想家的格言警句和拿破仑特有的粗鄙形式下富有历史意义的妙语，著名化妆品商生产的顶级香水和萨瓦林的睿智之作《趣味生理学》。

在数百年内，巴黎是女性时装公认的君王和主宰，而且还会占据这个宝座若干世纪，就像它将在数学、化学、物理、建筑、司法、医学、工艺和所有科学艺术领域领先其他民族一样。

巴黎的标牌——这是荣光与不朽殿堂的通行证。不只学者，也

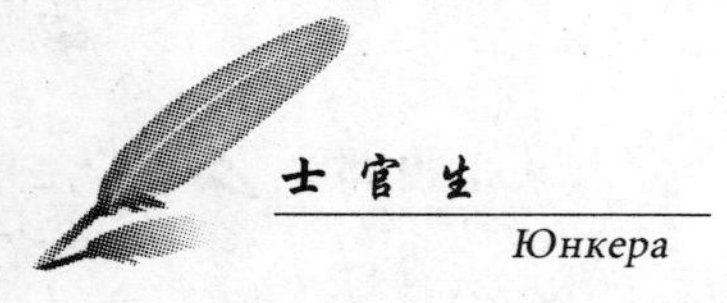

不只作家、画家、雕塑家、作曲家、歌唱家，就连魔术师都清楚这一点。也包括腹语者、骑师、小丑、街头艺人和预言家。巴黎有点儿吝啬于庸俗的金钱馈赠，但它的掌声却能响彻全世界。巴黎非常高尚地保留着对有幸成为自己宠儿的人的记忆。难道世界上还有第二个城市能像巴黎那样，让过世的伟人在塑像和街道的名字中永垂不朽？巴黎真正称得上是世界的火把和首都。

但让西蒙诺夫格外痴迷和赞叹的是法国人纯朴的民间手工艺品。他从未错过为纪念巴黎市长勒佩尔举办的经济展览会，从未错过聆听街头骗子动人的花言巧语，他们借助于言语和手势，能用最不值钱、毫无用处的东西蒙骗路人。每到晴天，当无名的设计师和工匠们在大林荫道售卖永远新奇、永远有趣、永远诱人和精妙的儿童玩具时，在这里闲逛也会给他带来完全像孩子一样的无上的快乐。只有到了这里，在身不由己的艰难流亡中，他才得知，自己童年时在莫斯科的几乎所有心爱的玩具都辗转来自于巴黎：木棒接球玩具——一种户外游戏，美洲小鬼头，五颜六色的气球，还有后来被警察总监奥加廖夫禁止的、吱吱作响的蟋蟀。巴黎的手艺人源源不断地制造着能取悦大人和儿童、老头儿和老太太、男孩儿和女孩儿的花样翻新的玩具。多么快乐的创造力，多么了解流行风尚。巴黎女士们开始钟情小狐犬——大林荫道便马上出现用细羊皮革、针织绒布、法兰绒甚至是天鹅绒制作的小狐犬。毛茸茸的蝴蝶犬走俏——而在大林荫道就已经有数百只这种温顺可人的小狗在售卖，它们由棉絮、绒毛和家里的碎布头制成，妙趣横生，好像仓促地出自不熟练的儿童之手。接下来轮到了米奇，它既不像小老鼠，也不像大西洋豚鼠，更不像家兔。以前，这个米奇一出现在电影放映间隙的银幕上，就能把孩子们逗得笑出眼泪来，后来它们逗趣的形象被制造成了小玩具，仍然让人忍俊不禁，很快就充当起绝佳的吉祥物。可以一伸一缩的玩具“哟哟”曾大受欢迎，但它们的成功持续不久——五六个月，随后就消失了。但也有一些玩具幸运儿，无论风尚、时间，还是购买者的捉摸不定，对它们都毫无影响，并且总有需求：即使没有几百年的话，也有数十年了。它们的成功要么是因为运气，要么是聪明地抓住了所有同一年龄段孩子的兴趣。这类玩具里，首当其冲的是两个纸兵，游戏人操纵一根无形的细线，它们便能在桌上活灵活现地演示罗马－法兰西战争的所有戏剧化情节。其次是用手一捏就嘎嘎嘎地响彻市场的鸭子。最后还有甲虫、苍蝇、蜻蜓、蜜蜂和其他在弹簧驱使下自行运动的动物；它们一边运动，还一边叮当作响。这种玩具当然可以传承几代人——如果沉稳的父亲在节日里把它从玻璃盒中取出来，小心操作，不拧断发条，而随后像玩偶演完自己的剧目似的，小心翼翼地再把它重新锁在玻璃盒里，直到下一个隆重的节日。当年我们能到哪里去释放天真幼稚的好奇心和孩子所特有的对各种机械装置的兴趣呢？

就在与奥弗涅人安托万进行过感伤交谈的第二天，西蒙诺夫去了大林荫道。他提前做过严格的个人财政预算。现钱有十一法郎七十五生丁。因为黑猫星期五行踪不明，它的口粮不必采购。这是——好事。他的老式旧怀表可以卖掉或抵押，这表走得就像船上的精确计时器，可谁会钟意这个陈旧发黄的破银表呢？预支一次讲课费吗？人家会问：干什么用？可我既不能撒谎，也没法摆出一副奴颜婢膝的样子。会有别的办法的。而且你瞧，还会更加有益呢，素食主义试验乃是调节生理和精神的最佳动因。这一招儿——可行。半磅有点儿干硬的白面包花费五十生丁，够吃两天。现在要解决的是营养和维生素问题。麦片很好，燕麦米也不错，贵格①麦片和燕麦粥令人称道。应该从中选择物美价廉一些的。我喝的茶是泡过的，但只冲过一次，因此还可以再煮五六次。好，一切就绪！

大林荫道上云集着玩具卖主和众多玩具爱好者，而更多的是假日闲逛的人。西蒙诺夫难以选择。因为看上去好一些的价格太贵，而便宜的呢，又太平庸，不招人喜欢。

在意大利人林荫路，教授碰见一个让他觉得新奇漂亮的玩具。卖主左臂腋下放着一只活灵活现的褐色的小狐犬，说不清是幼崽、畸形，还是侏儒。它非常小，非常可爱。它的小眼珠挑衅似的闪闪放光，伸出来的精巧的小爪子不住动弹。“真是个可人的小狗崽。”教授思忖着。他这才发现，小狐犬用某种白色材料制成，眼睛——是玻璃球做的，爪子由主人用什么方法驱动。但这个巧妙的设计骗过的可不止教授一个人。货摊前不时有人赞叹，不只男人，更多的

① 著名的燕麦品牌。

是眼尖的女人：

“哎呀，多漂亮的一只小狗啊！还以为真是长成玩具模样的小狗呢。可谁能养育出那么小的品种呀？真是神奇，随便什么技艺都发展到了这种程度啦！哎呀！刚才它看我的样子简直不是一条狗，而是一个人。”

西蒙诺夫带着郁闷的绝望感，哑着嗓子问道：

“多少钱？”

“十法郎九十生丁。”

西蒙诺夫默默地站立很久，自己该死的贫穷让他无比心痛。他总共只有十一法郎七十五生丁现钱。如果用一个法郎来维持自己日后的全部开支，那样的话，唉，要买下小狐犬也还差三个苏[①]呢。

“三个苏，”教授在无声的绝望中仰天长叹，“只差三个苏！但愿能在地上找到。”他弯下腰，紧紧盯着人行便道。一枚厚重粗大的、有拿破仑三世图纹的两苏硬币躺在地上。教授甚至不觉得诧异。唉！还缺一个苏，如今在法国除了微不足道的小药片什么都买不到的一个苏。

但那只令人着迷的小狐犬的卖主却好心地说：

“算了吧，您别再难为自己啦。不就一个苏嘛——不值一提啦！您好好瞧一瞧，该怎么操纵小狗吧。一只手指放这儿，另一只放这儿，而您最好用一只手遮住它几乎不成形的身子。谢谢您，先生，我觉得您的手很灵巧。”

次日一大清早，奥弗涅人安托万装作碰巧似的，在自己满载的卡车上发现了这个绝妙的玩具，先把这只活泼可爱的小狗崽所有的奇妙动作演示一番，把它给了扎涅塔。这个玩具在街区引起了极大轰动。扎涅塔的所有伙伴整天把兴奋的尖叫和难以抑制的喝彩填满大街小巷、楼前屋后：

“噢，扎涅塔，让我玩一会儿你的魔术小狗吧！亲爱的扎涅塔，它会汪汪叫吗？它叫什么名字呀，扎涅塔？能摸一摸它吗，扎涅塔？哎呀，你可真幸福呀，扎涅塔！”

扎涅塔又善良又大方。更何况她的快乐如此之大，倘若不跟别

---

① 一个苏相当于五生丁。

人分享，她会憋得透不过气的。还隔着一百步远呢，她一见到西蒙诺夫，就像小燕子似的飞奔过来：

“教授先生！噢，我亲爱的教授先生！您快看看，我有个棒极了的好玩意儿。您什么时候见过能跟它相比的东西吗？”

教授一脸的惊奇和严肃：

“没见过，可爱的扎涅塔，从来没见过。这是——真正的奇迹。从它的长相看，谁都不会怀疑这小狗是只——小狐犬，但我相信，全世界都没有一个人见到过这么小的小狗。要么是英国人，要么是日本人，只有他们才能培养出这么珍稀的品种。你用什么喂它呀，扎涅塔？”

小姑娘马上爆发出银铃般的笑声：

“要知道它可不是真的，不是活的。它不是活物。它是用什么材料做的，它连肚子都没有，它也不会喘气。”

“太神奇了！”教授说，“它的眼睛绝对是活的，小脸儿的表情是那么丰富。你从哪儿得到它的呀，扎涅塔？”

“人家送我的。安托万先生送的，他每天早晨收垃圾。”

“没什么说的，非常有趣的礼物，”西蒙诺夫称赞道，“你要爱惜它呀。”

西蒙诺夫那么虔诚地在意大利人林荫路上捡到的、拿破仑三世时期的、沉甸甸的十生丁的两苏硬币，在教授的大脑里纠结起成团的思绪、回忆和无畏的信念。吃燕麦粥，喝冲淡的茶，这只会激发想象力和智慧。

他想，就在此地，在帕西区，在近到触手可及的地方，坐落着布隆涅森林这个新鲜空气的贮藏所，还有巨大的跑马场和两个水禽浮游、可以泛舟的湖泊。这片布隆涅森林根本算不上森林，只是一个精心营造的公园。不过，如果再往深处走，在通往鲁昂方向，就可以进入真正的密林，那里偶尔会有优雅而胆怯的野山羊群向路人冲来，它们随着尖叫声，以难以捕捉的动作瞬间便踪影全无。而布隆涅森林的另一侧——是个动物园。那里有大象，熊，鬣狗，海象和海豹，火烈鸟和秃鹳，猴子和各种野生动物。离布隆涅森林不远——是特罗卡德罗广场，那里有趣味盎然的水族馆、藏品丰富的博物馆和上演古老的经典歌剧的大剧院。这一切可爱的小姑娘扎涅塔还从未见识过。要给脏兮兮的扎涅塔提供系统的教育和培养，西蒙诺夫当然想都不敢想。他怎么行呢！适当的时候，她会得到母亲的教育，然后上公立学校，上普通中学，在那里学一点儿语法、一点儿文学、一点儿物理和化学、一点儿数学、一点儿历史和地理——这一切就是为了不做一个地道的文盲。再之后呢，如果上天眷顾，谁又能妨碍她成为新的乔治·桑或新的居里夫人呢？但凭着理智、感觉和本能，教授清楚并且相信，早期童年经验将以世界建构中的任何东西都无法比拟的非凡作用和原始力量，进入幼儿和少年敏感的心灵。每道光线和色彩，每个走调和悦耳的音符，人声的每次细微差异，每种气味和每次气息的流动，有意识或下意识触摸到的每件物体，听说或讲出的每个词汇，还未成熟的大脑中轻轻闪过的每个思绪，梦到的每个情境，胆怯而贪婪的嘴巴所吞下的每一颗食物微粒——所有这些现象、形象和物体都会参与创建那个名字为“人”的、人类的一切创造与之相比全都微不足道的伟大构造。“是啊，”教授激动地暗自感叹，“那些英明的导师是对的，他们建议，对婴儿的成长施以美和善，对幼儿的成长施以美和启蒙知识，对少年的成长施以美和体育，对青年的成长施以美和理论。”

教授继续自言自语：

“是的，让扎涅塔回到自己家乡的学校，对于智力来说，母语永远是最好的养料，想学什么就学什么，能学什么就学什么；但她为什么不能在我的悉心指导下，来学会领悟世界无尽的美、善，以及它的丰富多彩与完美和谐呢？此事只有一个障碍：专权、迷信、多疑的母亲，售报亭的女主人。但没关系。像动物园、集市和剧院这种纯真的消遣，我们什么时候都可以办到。我也不愧为北美蛮族一样狡猾的人，对妈妈，我们不会直接和亲自施加影响。我们派她的情人，懒惰贪杯的管道工奥古斯特先生去打前站。心爱的女人当然不会拒绝他的请求了。但问题是——星期天闲耍的花费要由我本人承担！这不是马基雅维利式的手段吧？”

与管道工的交情早已经建立，而且日益加深。这并不复杂：五六局贝罗特，游戏期间，教授好像没注意到，他的对手并不拒绝在自己的账单上记下十到十五杯红酒或啤酒，而这些酒要由西蒙诺夫装作弄错了似的来结账；尤其能派上用场的，是教授对法国和法国人真诚热烈的爱——狡猾的老侨民所寄予希望的这种友谊的纽带。但还存在一个难以克服、几乎是无法克服的障碍——钱。分文皆无，早就分文皆无了。但教授并不沮丧。他也不是平白无故就把自己当成幸运儿的，从很久前他才刚刚记事时起，自己所有认真的愿望就总能得以实现。有时实现得圆满，有时实现一半，更多的是实现五分之一或十分之一，但总能够实现。他记得还是在上预备班之前，他和父母住在莫斯科普列斯尼亚的木屋，房子所在的大院是真正的玩羊拐子的游戏场。小家伙儿科里亚[①]费尽了力气，无论如何也要赢得一个灌铅的羊拐子。当然了，这种灌铅羊拐子分量很轻，而且可以购买，可以自己制作或跟铸工师傅定做，但这样得来的羊拐子不受尊敬也没有面子。只有具备击中的经历、被街区内最有名的玩家证明的铅拐子才被人看重。想弄到这样的羊拐子可不容易：必须要在和最高水平的伙伴对垒时打下无数的“城”，击出无数的铅拐子。西蒙诺夫最终赢得了风光体面的铅拐子。他真的足足用了一年时间，经历了伟大的考验，都已经上了中学一年级才完成这个心愿。

后来到了中学二年级的时候，他非常渴望加入学校的教堂合唱团。这个愿望的达成颇费周折，直到西蒙诺夫嘎哑的小细嗓儿变成了悦耳的男中音才最终实现。同样的情况还包括学会游泳、骑马、第一次打兔子、胆怯天真的初恋、初上讲台、著作的初次出版。的确，随着年岁增长，教授渐渐发现，愿望的力量和他的好运仅在少年时活跃，青年时略显疲倦，壮年时变得衰弱，之后他尽管顺利，但也有些磕磕绊绊、摇摆不定，不过毕竟还算顺利。在巴黎，在恶劣的日子，有一次他在街上捡到五法郎，而另一次——两法郎。对了，还有不久前在意大利人林荫路上的奇遇。能在地上捡到这个厚重的两苏硬币，难道不是因为他的愿望吗？只需凝聚意志、集中愿望。

连绵的雨下了整夜。清晨暖洋洋、雾蒙蒙地醒来，太阳藏在厚重慵懒的积云后面。

---

① 教授的名字“尼古拉”的昵称。

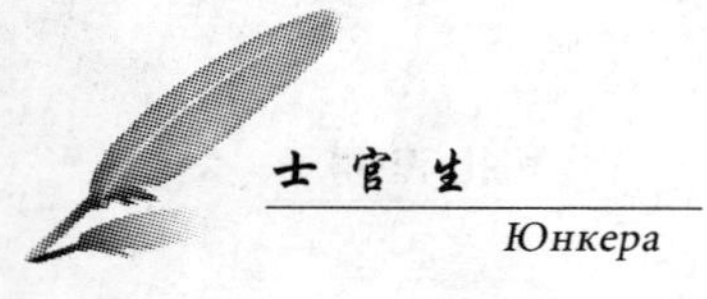

像往常一样，教授很早便从自己的阁楼来到街上。清洁工已经开始工作。想起扎涅塔这个四条街的公主，因为爱怜，心脏刺痛起来，隐隐地感到忧伤。迎着西蒙诺夫走来他的老朋友——画家。

“您好，教授先生！”

“您好，伊万·伊万诺维奇。怎么样，我们去布阿－德－布隆涅森林吧？”

“走吧。”

他们深入到跑马场以外很远的地方，沿外湖走到通向对岸的轮船渡口。画家大骂德国的政治手腕，并预言一场规模和惨烈程度都超乎人类想象的可怕战争即将临近。

就这样，他们来到了一个停靠租赁船只的小水湾。他们面前展现出一幅神奇的景象。天鹅密集在浓雾弥漫的水面。奇特的是，远景消失了一般，完全隐没不见，只剩下一道平面。因此，群鸟像被勾画，或更准确地说，像被穿在若干无形的细线上一样平行排开。

“真是见鬼！”感到惊奇的教授不快地叹息道。“整个世界似乎都被压扁了。”

“这不算什么，”画家解释，“这不过是视觉偏差，就是那种在船上和沙漠里常见的情景。太阳一出来，一切便会恢复上帝安排的原貌。”

的确如此，画家说的不错。雾气很快散去，景物显出了原形。两人掉头往回走，路上画家突然对他说：

“因为这浓雾的变化，我差点儿忘了有正事找您。还记得您那幅木版古画吗？”

西蒙诺夫努力回忆并且记起来了。说的是数年前扔在诺夫哥罗德的西蒙诺夫家老宅、又让教授莫名其妙随身带到巴黎的一幅小画。它的幽暗的色调描绘了一个古旧的荷兰人或弗拉芒人的小酒馆，画面上还有一个戴铜头盔的青年，一位衣饰华丽、袒胸露背的女人，一只白狗，以及一个正朝角落做着布鲁塞尔撒尿儿童所做事情的半大男孩儿。很久以前了，教授曾把这件东西拿给画家，请他鉴定一下作者和大概的价值。

他说：

“记得。怎么了？”

“作者不是我曾经认定的坦尼尔，而是丹尼尔斯，坦尼尔最喜爱的学生。之所以说最喜欢——从他让学生署自己的名字这件事可以看出来。作品很好。如果在古玩店仓促出手，能得到八千至一万。从爱好者手里可以轻松拿到两万，而从行家那里可以拿到三万。就是这样。我的使命完成了。”

“我答应过给您佣金的。”西蒙诺夫轻声说道。

“嗨，您别胡扯了，”画家回答，“您是承诺过，可这个承诺我听都不想听。什么时候我们去博萨克夫人的小饭店吃一顿兔肉或羔羊配大蒜，再配一瓶普通红酒，这就得了。两清了。”

他们登上过街天桥，走过去，从另一侧下来，径直面对早已熟悉的售报亭。教授走在前面……画家突然惊讶地听见他发出一声尖叫：

“老天呀！报亭哪里去了？报亭出什么事啦？”

身材单薄的画家猛然滑倒，正撞到了教授高高扬起的手臂上。报刊亭几乎被清空了，而且一半塌毁，到处都是尘土、烂泥、纸屑和碎绳子头。报亭周围挤满了劫匪似的外来的陌生人。教授头昏脑涨，他的心脏因为不祥的预感而发冷和抽紧。陌生的暴徒带给他可怕的猜测。他前往博萨克夫人的小饭店。

“夫人，报亭出什么事了？莫非发生了什么不幸吗？”

博萨克夫人——真正的帕西区区长，凡事她总比别人提前知道。

“噢，没什么特别情况，教授先生。您放心吧。”

然后她马上原原本本地给西蒙诺夫讲述了报亭发生的变故。

扎涅塔的母亲一向不喜欢自己的报纸生意；她从来不愿意也不大会经营此事。这不，她忽然就碰到一个可以告别自己报亭的好机会。昨天晚上，她把自己的买卖和新东家交接完毕，就带着扎涅塔和奥古斯特先生去了车站。他们之间的关系对任何人来说都不是秘密，可现在他们像真正的有产者一样把关系确定下来了。扎涅塔的母亲近日得到了一笔可观的遗产，好像是在自己的家乡朗格多克或者布列塔尼，而奥古斯特先生也在那里的一家大工厂谋到了舒适的职位。当然了，回到单调乏味的朗格多克之后他们会立刻完婚的，先去市政厅，再进教堂。

“喂，好啦，教授先生，祝他们一路顺风、婚姻幸福吧。”

“祝福他们。愿上帝保佑。”教授说，“哎，她的小女儿扎涅塔可真是可爱呀。”

“是啊。招人喜欢的小姑娘。”

笼罩巴黎的浓雾一直持续到傍晚。西蒙诺夫很晚才回到家。扎涅塔的突然离去和阴沉的天气让他彻底崩溃了。没有光亮，他呆坐在黑暗中，漠然地体味着灰色的愁绪。他平生第一次感受到寂静的忧伤。

罕见的大雨瓢泼一般冲刷着铁皮挡雨板。“瞧，又在下雨，”教授无动于衷地自忖道，“冬天也许会下雪吧……一切都结束了……”

就在此刻，伴随一声铁皮的震响，屋顶鼓动一下，有谁在抓挠玻璃窗。

“谁？”教授喊了一声，没等回答他便打开了窗户。软绵绵、沉甸甸的一团东西落在地板上。西蒙诺夫点亮灯，弯下身子。“星期五！”他又惊又喜地大叫道。“是你吗，星期五？”猫咪跳上他的膝头，喵喵喵地唱起没完没了的单调的乐曲。西蒙诺夫立刻惊恐地发现，他过去两年间的挚友星期五，身上带着多么惨重的伤痕：它瘸了右前腿和左后腿，浑身上下的毛被成团成团拔光，脸上还留着没有愈合的抓伤。

“你这个没脸的家伙，星期五，”教授一边叹气，一边说道，“不过，我们俩挺好。”

猫咪把嘴张得大大的，露出整条粗糙的红舌头，大声地叫唤：“喵，喵……我饿得跟狗一样了。”

教授披上自己的防水披风，冒雨跑向博萨克夫人的小饭馆，去买碎牛肉和牛奶。

一九三三年

附：

亚·伊·库普林生平与作品年表

1870 年

8 月 26 日（公历 9 月 7 日），生于梁赞省纳罗夫恰特市地方官员家庭。

1871 年

父亲过世。

1874 年

母亲携子女迁到莫斯科，入住库德林广场的孀妇院。

1876 年

被送进拉祖莫夫孤儿寄宿学校。

1880 ~ 1888 年

就读于莫斯科第二军事学校，该校 1882 年更名为武备中学。开始最初的文学尝试（诗歌写作）。

1888 年

进入莫斯科的亚历山大士官学校。

1889 年

首次发表作品：12 月 3 日，《俄国讽刺杂志》刊登小说《最后的首场演出》。

1890 年

以“优等生”身份从军校毕业，晋升为少尉，前往波多利斯科省普罗斯库罗夫城（今属乌克兰）服役。

1890 ~ 1894 年

在第聂伯第四十六步兵团担任军官，同时从事文学创作，发表一系列短篇小说、随笔和中篇小说《在黑暗中》。

1893 年

投考位于彼得堡的总参谋部研究院。考试受挫（因为基辅军区司令的指示），重回团队。

1894 年

以中尉军衔退役，来到基辅，在基辅的报刊上发表大量作品。

1894～1897 年

在基辅写作，在国内旅行，频繁变换工作地点和职业，做过记者、猎人、渔夫、土地测量员、装卸工、演员、马戏团杂役等等。

1896 年

在《俄罗斯财富》第十二期发表中篇小说《摩洛》。

1897 年

5 月，与伊万·蒲宁相识于敖德萨。同月，第一本作品《小品集》在基辅出版。

1898 年

在报纸《基辅人》发表中篇小说《阿列霞》。

1901 年

2 月，结识安东·契诃夫，多次拜访契诃夫在雅尔塔的别墅。

11 月，迁往彼得堡。

1902 年

2 月 3 日，与玛丽亚·卡尔罗夫娜·达维多娃成婚。

11 月，结识米·高尔基，与知识社作家团体密切交往。

1903 年

1 月 3 日，女儿利季娅出生。

1905 年

5 月，长篇小说《决斗》收入《知识丛书》作家合集的第六卷面世。

11 月～12 月，作为“奥恰科夫号”巡洋舰起义的见证人，发表特写《塞瓦斯托波尔事件》。

1907 年

第二次结婚，娶伊丽莎白·莫里斯洛夫娜·亨里希。

1908 年

4 月 21 日，女儿科谢尼娅出生。

1905～1908 年

发表《雷普尼科夫中尉》、《冈布利努斯》、《绿宝石》、《里斯特黎冈》、《苏拉蜜妃》等作品。

1909 年

9 月，在敖德萨乘飞艇升空。10 月，穿潜水服潜水至海底。

1910 年

母亲柳波芙·阿列克谢耶夫娜·库普林娜去世。

1911 年

在加特契纳置屋，全家迁至此地定居。发表中篇小说《石榴石手镯》、短篇小说《报务员》等作品。

1912 年

在法国和意大利旅行，著有反映此次见闻的特写集《蔚蓝色的海岸》。

1914 年

8 月，大战开始后，在加特契纳的家中开办救助伤员的长期医疗所。

11 月，以中尉军衔应征入伍，去芬兰训练新兵。

1915 年

因健康状况从军队回到加特契纳。

完成长篇小说《亚马街》。

1917 年

春，发表中篇小说《每一个愿望》（后更名为《所罗门星》）。

1918 年

与高尔基主持的世界文学出版社合作。

12 月 26 日，在莫斯科（克里姆林宫）会见列宁，递交创办报纸《大地》的计划。

1919 年

10 月 16 日，尤登尼奇的军队占领加特契纳后，库普林加入白军，主编战地报纸《涅瓦河流域》。11 月 1 日，携家属随西北志愿军离开加特契纳，撤至赫尔辛福斯。

1920 年

7 月 4 日，与妻女流亡巴黎。

1920～1922 年

在巴黎担任《祖国》杂志主编，为《共同事业报》撰稿。

1927 年

在巴黎出版《最新中短篇集》。

1928～1930 年

在巴黎和贝尔格莱德出版作品集《圣伊萨基·达尔玛茨基尖顶》、《广袤的荒原》、《时间之轮》、《勇敢的逃亡者：献给南方读者的故事》。

1928～1933 年

最初单章发表，后成书出版长篇小说《士官生》。

1932～1933 年

发表中篇小说《扎涅塔》。

1937 年

5 月 31 日，和妻子离开巴黎，回到莫斯科。

1938 年

8 月 25 日，在列宁格勒因病去世。

图书在版编目(CIP)数据

士官生/（俄）库普林著；张巴喜译.—北京：新星出版社，2007.3

ISBN 978-7-80225-251-6

I.士... Ⅱ.①库... ②张... Ⅲ.①长篇小说－俄罗斯－现代②中篇小说－作品集－俄罗斯－现代 Ⅳ.I512.45

中国版本图书馆CIP数据核字（2007）第038720号

士官生

[俄] 亚 · 伊 · 库普林 著　张巴喜 译

责任编辑：罗　晨
封面设计：孙　昊
责任印制：韦　舰

出版发行：新星出版社
出 版 人：谢　刚
社　　址：北京市东城区金宝街67号隆基大厦　100005
网　　址：www.newstarpress.com
电　　话：010-65270477
传　　真：010-65270449
法律顾问：北京建元律师事务所

经销电话：010-65512133
邮购电话：010-65276452
邮购地址：北京市东四邮局7号信箱　100010

印　　刷：河北大厂彩虹印刷有限公司
开　　本：660×980　1/15
印　　张：32.5
版　　次：2007年4月第一版　2007年4月第一次印刷
书　　号：ISBN 978-7-80225-251-6
定　　价：42.00元